1997 · 第21회

이상문학상 수상작품집

사랑의 예감 외

문학사상사

제21회 이상문학상 대상 수상작 선정 이유서

인간 의식의 내면을 깊이 있게 추구해 온 중견 작가 김지원이
일상의 공간과 익명의 공간을 환상적으로 연결시킨 문제작

1997년도 제21회 이상문학상의 대상 수상작으로 김지원 씨의 〈사랑의 예감〉을 선정한다. 김지원 씨는 섬세한 감각과 문체로 인간 의식의 내면을 깊이 있게 추구해 온 중견 작가로서 한국 소설의 현대성을 잘 대변해 주고 있다.

이번에 이상문학상 대상 수상작으로 선정된 중편소설 〈사랑의 예감〉은 소설적 상황의 이중 구조를 통하여 인간의 조건을 전형적으로 대표하는 일상의 공간과 익명의 공간을 환상적으로 연결시킨 문제작이다.

이 작품에서 작가가 시도하고 있는 한 인간의 운명적 도정(道程)에 대한 환상적인 접근은 운명이라는 것에 대한 일종의 주관주의적 해석이라고 할 수 있다. 소설에서 드러나는 행위의 동기 부여를 포기하면서 우연성의 묘미를 또 다른 환상으로 처리하고 있는 이 작품이 한국 소설의 지평을 한 차원 높이고 있다는 점을 주목하여 이상문학상의 영예를 드린다.

1997년 1월

이상문학상선고위원회

이어령 · 박완서 · 김윤식 · 이문열 · 권영민

제21회 이상문학상 대상 심사 경위

권영민(문학평론가 · 〈문학사상사〉 주간)

〈문학사상사〉는 1997년도 제21회 이상문학상부터 이미 예고한 대로 매월 1월 말에 대상 수상작을 선정하기로 하였다. 이상문학상의 수상 후보작 선정 작업은 해마다 그 해 1년 동안의 소설 창작계를 총 결산하는 의미를 지녀왔다. 그렇기 때문에, 후보작의 심사 대상을 1월부터 12월까지의 발표 작품으로 한정하는 것이 좋겠다는 문단의 요구와 독자들의 권유를 따르게 된 것이다. 제21회 이상문학상 후보작은 지난해 5월 이후부터 금년 1월까지 발표된 중편소설과 단편소설로 그 범위를 한정하였다. 내년부터는 1월부터 12월까지 한 해 동안의 창작계를 결산하는 의미를 분명히 지니게 될 것으로 생각한다.

금년도 이상문학상의 심사는 비평가, 작가, 문학 교수, 일간지 문학 담당 기자, 문예지 편집장 등으로 구성된 이상문학상 추천위원들의 우수 작품 추천이 그 첫 단계를 이루었다.

이상문학상 예심은 추천위원들이 추천한 우수 작품을 〈문학사상사〉의 기획위원인 비평가 정호웅 위원, 비평가 권성우 위원, 비평가 김미현 위원, 비평가 신수정 위원이 독자 추천 우수 작품들과 함께 정리하는 과정으로 이어졌다.

이상문학상 본심 심사위원회는 비평가 이어령, 작가 박완서, 비평가 김윤식, 작가 이문열, 비평가 권영민으로 구성되었다. 본심은 1997년 1월 16일 오후 4시 〈문학사상사〉 회의실에서 열렸다. 심사위원들은 금년도 본심 대상 작품들이 전체적으로 두드러진 특색을 지니지 못하고 있음을 지적하였고, 중진 작가들의 부진을 아쉬워하였다.

본심의 첫 단계에서는 모든 심사위원들이 자신이 주목한 작품 2～3편을 먼저 추천하기로 하였다. 그 결과 권현숙의 〈연못〉, 김소진의 〈울프강의 세월〉, 김이태의 〈식성〉, 김인숙의 〈바다에서〉, 성석제의 〈어린 도둑과 40마리의 염소〉, 이혜경의 〈그늘바람꽃〉, 김지원의 〈사랑의 예감〉 외에 3편이 우수작으로 결정되었다. 이 중에서 다시 대상(大賞) 작품을 고르는 제2단계 심사에 들어가 각 심사위원들의 의견 교환이 있었고, 장시간의 논의 끝에 2～3편의 작품으로 압축되었다. 그러나 결론이 쉽게 나지 않아, 이어령 위원은 자신의 최종 의사를 유보하고 하루 더 결정을 미루어 좀더 작품을 숙독한 후에 결정을 했으면 어떻겠는가 하고 제의했으며, 다른 심사위원들도 모두 찬성하였다.

이튿날 이어령 위원은 '자유간접화법'의 서술을 활용한 김지원의 〈사랑의 예감〉을 대상 작품으로 추천했다.

이에 이미 김지원의 〈사랑의 예감〉을 대상 작품으로 추천한 박완서·김윤식 두 위원과, 다른 작품에 더 후한 점수를 주었던 이문열 위원도 종다수의 원칙을 따르겠다는 의사를 표시하고, 나도 김지원의 작품을 마음에 두고 있었던 터라 선뜻 동의함으로써 심사위원 전원의 찬성으로 대상이 결정된 것이다.

본심 과정에서 겪은 우여곡절에도 불구하고, 모든 심사위원들이 이 같은 결정에 흔쾌하게 뜻을 함께하였다는 점을 분명히 밝혀 둔다. 수상작을 낸 김지원 씨에게 축하를 보낸다.

끝으로 이상문학상 운영 내규에 의하여, 대상이 선정된 후 우수작은 최종심에 회부된 작품 중에서 선정했으며, 작가의 사정이나 지면의 제약으로 수상작품집에 수록하지 못한 작품은 밝히지 않는 관례를 따랐다.

대상 및 우수작으로 최종 확정되어 이상문학상 작품집에 수록된 작품과 그 게재지는 다음과 같다.

▶ 대상	김지원 〈사랑의 예감〉(라쁠륨, 96년 겨울호)
▶ 추천 우수작	권현숙 〈연못〉(문학사상, 97년 1월호)
	김소진 〈울프강의 세월〉(작가, 96년 11 · 12월호)
	김이태 〈식성〉(세계의 문학, 96년 여름호)
	김인숙 〈바다에서〉(문학동네, 96년 가을호)
	성석제 〈어린 도둑과 40마리의 염소〉(문예중앙, 96년 가을호)
	이혜경 〈그늘바람꽃〉(현대문학, 96년 12월호)
▶ 기수상작가 우수작	유재용 〈환생, 끝나지 않은 이야기〉(동서문학, 96년 가을호)

심사평

일상성을 섬세한 의식의 흐름 속에 부각

〈사랑의 예감〉은 일상성을 섬세한 의식의 흐름 속에서 부각시킨 특이한 작품이다. 이야기의 줄거리나 내용보다는 실험적인 시도 자체의 가능성을 인정해 줄 필요가 있다고 느꼈다.

이어령(문학평론가 · 이화여대 석학교수)

본심에 오른 작품들 가운데에서 대상 후보작의 범위가 좁혀졌을 때, 나는 하루 동안의 유예 기간을 두자고 제의했다. 어느쪽에도 선뜻 표를 던지기 어려웠기 때문이다. 실제로 대상(大賞)의 결선에 오른 작품에 대한 심사위원들의 지지가 비슷한 형편이어서 나의 선택에 의해 대상작이 좌우될 수 있다는 사실도 부담이 되었다.

결국 나는 하루 동안 다시 숙독한 후 김지원의 〈사랑의 예감〉을 대상 작품으로 추천했다.

이 작품은 일상성을 섬세한 의식의 흐름 속에서 부각시킨 특이한 작품이다. 소시민들의 생활 의식에 대한 작가 나름의 비판도 담겨 있다. 우리 작품에 흔하지 않은 이른바 '자유간접화법'의 서술 방법을 활용하고 있는 점도 눈에 띈다. 이 작품은 이야기의 줄거리나 그 내용보다는 실험적인 시도 자체의 가능성을 인정해 줄 필요가 있다고 생각한다.

최종심에 오른 다른 대부분의 작품들이 각기 뛰어난 수작들이긴 하지만, 그 가운데 한 작품을 선뜻 고르기 어려웠던 점에 대해 다시 말하고 싶다. 그 이유는 대개의 작품들이 산문 문체의 기본적인 요건 충족에 미흡하다는 불만을 느꼈기 때문이다. 그 불만의 주요 부분은 언어 표현의 정확성에 이르지 못하고 있는 일부 젊은 작가들의 안이한 창작 태도가 마음에 걸렸다는 뜻이다. 소설의 성패는 그 내용과 더불어 결국 문체의 성패에 달려 있다고 생각된다.

심사평

무르익은 솜씨를 내보인 아름다운 묘사

모든 것이 속속들이 까발려진 세상에 아직도
신비화시킬 수 있는 여지가 남아 있는 사랑의 힘.
그렇게 느껴지게끔 한, 남편을 납북당한 여자의
조용한 견딤의 묘사 등이 아름다웠습니다.

박완서(소설가)

예심에서 올라온 작품 중 김지원의 〈사랑의 예감〉과 성석제의 〈어린 도둑과 40마리의 염소〉를 의중에 품고 심사에 임했습니다. 김지원의 작품은 한 달 전쯤 문예지에 실린 걸 재미있게 읽은 기억 때문에 다시 읽을 필요는 없었습니다.

1장과 2장으로 나누어진 비교적 긴 이 소설의 1장은, 꼼꼼하게 생활을 설계하고 그대로 실천하면서 야무지게 사는 부부가, 집 장만을 한 후 비로소 떠난 신혼 여행이자 첫 해외 여행 길에 들른 뉴욕의 소꿉친구 부부와 이틀인가 사흘 동안 흉허물 없이 실컷 떤 수다로 되어 있습니다. 거침이 없는 그들의 수다를 통해 그들 외 여러 사람의 성격뿐 아니라, 그쪽 한인 사회의 현황까지 훤히 드러내 보이는 솜씨가 그의 예전 소설보다도 무르익어 보였습니다.

그들이 직접적인 화제로 삼지 않았음에도 불구하고, 분단 문제가 마치 김치 냄새나 몽고반점처럼 도저히 감춰지지 않는 가장 확실한 우리의 정체성이 되어 얼핏얼핏 드러나는 것도 그럴듯했고요.

그러나 2장은 좀 낯설었습니다. 1장에 비해 짧게 처리된 서술에서의 이야기는 차분한 지문 위주여서 그런지 1장을 읽던 호흡으로는 불균형스럽게 느껴졌습니다. 억지로 만든 군더더기가 아닌가 싶기도 하고요.

그것도 께름칙하고 심사평을 쓰려면 좀더 좋은 느낌을 갖고 싶기도 해서 수상작으로 결정된 후에 다시 한 번 읽어 보았습니다. 그랬더니 처음 읽었을 때와는 달리 2장이 군더더기가 아니라, 2장을 위해 장황한 1장이 있었던 게 아닌가 싶어지는 거 있죠.

2장에선 신혼 여행에서 돌아온 그들이 계획대로 아이도 갖게 되고, 분단 문제도 그늘로서가 아니라 실체로서 그 모습을 드러냅니다. 뉴욕이 아니라 서울이니까요.

몇 년 전 제네바에서 남편을 납북당한 여자의 꿈의 계시와, 뉴욕에서 돌아온 남자가 죽을 뻔한 불상사가 맞아떨어지는 대목이 너무 작위적인 것 같아 그 부분이 가장 걸렸었는데 다시 읽으니까 유연하게 넘어가지더군요.

모든 것이 속속들이 까발려진 세상에 아직도 신비화시킬 수 있는 여지가 남아 있다면 사랑의 힘밖에 더 있겠습니까? 그렇게 느껴지게끔 남편을 납북당한 여자의 조용한 견딤의 묘사가 아름다웠습니다.

성석제의 '옛날 옛날에……살았습니다'로 시작되는 〈어린 도둑과 40마리의 염소〉는 그 형식이 낯설면서도, 실은 얼마나 친숙한 것인지요. 요즘 책읽기의 그 옥죄는 듯한 답답함에서 자유롭게 놓여 나 질펀하게 마음껏 낄낄대며 옛날이야기를 듣는 것 같은 즐거움을 만끽할 수가 있었습니다. 이건 물론 정말 옛날이야기는 아닙니다. 그러나 허풍, 능청, 해학 등을 자유자재로 구사해 멀쩡한 거짓말인 줄 알면서도 그래서, 그래서? 하면서 다음 이야기를 조르게 만드는 입심은 영락없이 옛날의 구수한 이야기꾼의 수법 그대로였습니다. 가능성이 많은 작가라고 여겨집니다.

심사평

〈사랑의 예감〉이 지닌 충만감의 세 층위

우리의 허무를 밀쳐 내는 건강한 육체의 수다스러움이
〈사랑의 예감〉에 담겨 있다. 그 수다스러움에는 불투명한 삶과
그에 대한 불안이 동반한다.

김윤식(문학평론가 · 서울대 교수)

김지원 씨의 〈사랑의 예감〉은 풍만하다. 육체도 풍만하고 정신도 그리고 관념도 그러하다. 이러한 풍만함은 이 작품이 중편에 속한다는 사실과 무관하지 않다. 육체의 풍만함은 주인공인 두 여성의 연륜에서 왔다. 거의 10년 차의 연상의 남자를 남편으로 택한 30대에 접어든 두 여인의 육체는 건강하다. 건강한 육체의 수다스러움, 이것만큼 재미있는 것, 그러니까 우리를 무시로 에워싸는 허무를 밀쳐낼 방도는 별로 없는 법이다. "오, 너는 아는구나"라고 말하기, "오, 너는 많으면 안 사는구나"라고 말하기가 그 매력.

불투명한 삶과 그에 대한 근원적인 불안이 두 여인에게 동반하지 않는다면 이 수다스러움은 세련성을 띨 수 없다. 세련성이란 무엇인가. 만일 이 세련성을 문화 감촉이랄까 예술적 감성이라 하지 않는다면 문학은 영영 지방성에서 벗어나지 못할지도 모른다. 미술관이 있고, 같은 영화를 여덟 번씩이나 보는 사람들이 있고, 뉴욕과 서울을 아인슈타인의 시간론이 지배하고 있다. 이를 정신의 풍만함이라

부를 것이다.

관념의 풍만함이란 또 무엇일까. 이 대목에서 나는 북쪽에 육친을 둔 이 작가의 개인적 염원과 그 고통의 근원을 보고 있었다. 작가는 이 때문에 작품이 파탄에 이르고 말 것조차 각오하면서도 이를 마다하지 않았다. 분단 문제가 그것. 월북한 남편을 그리며 아이를 키우고 있는 한 여인을 돌연 출현시킨 것이 그것. 이 순간 국적 불명의 작품은 이 나라 문학이 되었다.

독자를 빨아들이는 안정된 문체와 안목

〈사랑의 예감〉은 작가의 문학적 연륜에 걸맞게 안정된 문체에
섬세하면서도 트인 안목이 쉽게 독자를 빨아들인다. 김소진 · 성석제
이혜경 등의 작품도 나의 관심을 끌었다.

이문열(소설가)

다수를 따르는 게 원칙이긴 하지만 세 해째나 불만스런 동의로 수상자를 내게 되고 보니 미련한 내게도 이제는 이 심사위원 노릇을 사양해야 할 때가 되었다는 느낌이 든다. 그만큼 작품을 평가하는 내 기준에 문제가 있다는 뜻도 되기 때문이다.

예심에서 올라온 작품 중 단편으로 인상적이었던 것은 전경린의 〈고통〉과 김소진의 〈울프강의 세월〉 그리고 이혜경의 〈그늘바람꽃〉 등이었다. 특히 전경린의 〈고통〉은 문단 이력이 일천한 신인답지 않은 정제미와 원숙미를 느끼게 했으나 중편과 비교해서 그런지 소품(小品)이란 느낌을 지울 수가 없었다. 기대를 품고 정진을 당부한다.

중편으로 심사의 대상이 된 것은 성석제의 〈어린 도둑과 40마리의 염소〉와 김지원의 〈사랑의 예감〉이었다. 〈어린 도둑과 40마리의 염소〉는 이야기의 방식이 재미있고 문장과 구성에서도 재치와 기지가 번득이는 작품이었다. 하지만 빈약한 주제가 아무래도 불만이었다.

김지원의 〈사랑의 예감〉도 유의하여 읽은 작품이다. 작가의 문학

적 연륜에 걸맞게 안정된 문체에 섬세하면서도 트인 안목이 쉽게 독자를 빨아들인다. 하지만 1장과 2장 사이에 있는 어떤 단절의 느낌이 흠을 이루고, 그 같은 형식에 의문을 품게 했다. 독법(讀法)의 차이일 수도 있으나 다수에 동의하면서도 여전히 그 의문은 남아 있다.

운명의 도정(道程)을 포착하는 기법

〈사랑의 예감〉은 소설적 상황의 이중 구조를 이해하지 않으면
독법(讀法)에 실패하기 쉽다. 소설에서 행위의 동기 부여를
포기하면서 우연성의 묘미를 또 다른 환상으로 처리하고 있는 이 작품이
어떤 반응을 일으킬지 궁금하다.

권영민(문학평론가 · 서울대 교수)

이번 제21회 이상문학상의 본심에 오른 작품들은 두드러진 기법적 특성을 드러내는 경우는 별로 없었다. 그런 가운데 몇몇 젊은 여성 작가들의 작품이 예심을 거쳐 본심에 오른 것은 주목되는 현상이다. 그렇지만 아직은 그 문학적 경향의 심도와 폭을 판별하기 어렵다는 생각이 든다. 그 이유는 이들의 작품이 모두 너무 다양한 주제의 변주를 보여 주고 있으며, 그러한 경향이 여전히 모색의 단계에 머물러 있다는 느낌을 주기 때문이다.

심사위원들이 주목한 권현숙의 〈연못〉, 김소진의 〈울프강의 세월〉, 김이태의 〈식성〉, 김인숙의 〈바다에서〉, 성석제의 〈어린 도둑과 40마리의 염소〉, 이혜경의 〈그늘바람꽃〉 등 예심을 통과한 작품들은 각기 특색 있고, 젊은 작가의 패기를 엿볼 수 있는 우수작들이었다. 그러나 다수의 심사위원들은 김지원의 〈사랑의 예감〉에 더 후한 점수를 주었다.

김지원의 〈사랑의 예감〉은 소설의 전체적인 짜임새가 독자들을 당

황하게 할 만하다. 소설적 상황의 이중 구조를 이해하지 않으면, 이 작품의 독법(讀法)에 실패하기 쉽다.

이 작품은 두 개의 이야기가 서로 겹쳐 있다. 앞의 이야기는 뉴욕의 한복판에서 이루어진 일상적인 만남의 공간을 중심으로 한다. 뒤의 이야기는 서울의 한복판에서 일어나는 또 다른 만남의 환상적 공간이 주축을 이룬다. 두 이야기의 접점(接點)에 하나의 인물이 끼여 있지만, 그 인물의 존재 자체가 특별한 의미를 지니는 것은 아니다.

이 작품에 연결되어 있는 두 개의 이야기 공간은 인간의 조건을 전형적으로 대표하는 일상의 공간과 익명의 공간이다. 수다스러운 일상사들이 서로 얽혀 있는 일상의 공간에는 어떤 심리적인 통일체로서의 주인공이 존재하지 않는다. 각각의 개인들이 자신의 이름으로 살고 있다.

그러나 익명성의 공간으로 처리된 서울의 이야기에는 작가가 주목하고자 하는 한 인간의 운명적 도정(道程)에 대한 환상적인 접근이 이루어지고 있다. 물론 여기서 말하는 운명의 도정은 어떤 충동, 방향을 잡기 어려운 의식의 흐름 등을 통해 어렴풋이 드러난다. 작가는 그것을 '사랑의 예감'이라고 명명한 것은 아닐까?

바로 여기서 작가가 주목하는 하나의 강조점을 찾아낼 수 있다. 인간의 운명이라는 것이 일상의 삶 속에서 때로는 어떤 환상에 의해 깨어지고, 어떤 예기치 못한 사람에 의해 무너지며, 또한 다시 메워지기도 한다는 것. 그리고 그것은 어떤 위기나 중심적인 갈등이 없이도 가능하다는 것. 이러한 운명에 대한 주관주의적 해석을 소설적 형식으로 제시한 것이 이 작품의 의미라고 할 수 있다.

전반부의 이야기에 매달리면, 독자들은 일상사의 홍수에서 헤어나지 못할 것이다. 그렇다고 후반부의 이야기에 매달려서 그 이야기 속에서 하나의 모티프를 이루고 있는 분단 문제에 주목하면 이 작품은 완전히 균형을 잃게 된다.

나는 소설에서 행위의 동기 부여를 포기하면서 우연성의 묘미를 또 다른 환상으로 처리하고 있는 이 작품의 이야기가 어떤 반응을 불러일으킬지 궁금하다.

김지원의 〈사랑의 예감〉을 대상 수상작으로 결정하기까지 심사위원들은 만 하루의 시간을 미루어야 했다. 그러나 수상작을 결정한 후에 모두가 안도했다. 우리 소설이 객관주의의 미망(迷妄)에서 벗어날 수도 있다는 하나의 가능성을 발견했기 때문이다. 수상작을 낸 작가에게 축하를 보낸다.

차 례

대·상·수·상·작

사랑의 예감

김지원

1942년 경기도 덕소 출생.
이화여대 영문과를 졸업하고,
1974년 《현대문학》에 〈사랑의 기쁨〉
〈어떤 시작〉이 추천되면서 작품 활동을 시작했다.
작품집으로는 《폭설》 《겨울 나무 사이》 《알마덴》
《모래시계》 《꽃을 든 남자》 《잠과 꿈》 《돌아온 날개》
《물이 물 속으로 흐르듯》 《소금의 시간》 등이 있고,
동생 김채원 씨와의 자매집 《먼 집 먼 바다》
《집, 그 여자는 거기에 없다》가 있다.

사랑의 예감

제1장 지금은 뉴욕

1

“우섭 씨가 숲에 들어가서 별을 꼭 봐야 되겠다고 해서 차에서 내려 모두 걸어갔다. 우섭 씨는 별이라면 미친다. 네바다에서 별똥별 조각을 40불 주고 샀다고 보여 주는데 그냥 돌멩이드라. 크기는 엄지손톱만한 게 글쎄 40불이래.”

“그게 별똥별인지 아닌지 어떻게 아니?”

“누가 아니래니. 하여간 우섭 씨 성화에 우리는 모두 숲으로 들어갔다. 별을 뭐 꼭 숲속에서 봐야 하니? 그런데 그래야 된대. 우리 모두 무서워서 죽은 거 있지. 연못이 있는데 귀신이 나올 거 같고 어쩌면 그렇게 깜깜하니? 아무것도 안 보여. 내 손을 내 눈앞에 이렇게 대도 안 보이드라. 낙수 형은 안 내리고 차에서 자겠대. 그래서 우리들이 숲으로 간 동안 차에 있었는데 그 동네에 사는 어떤 사람이 와서 가라고 하더래."

"백인이?"

"물론이지. 낙수 형이 친구들이 지금 저기로 별 보러 갔다니까 요놈이 가더래. 그런데 보니까 요놈이 그냥 간 게 아니라 경찰을 불렀어. 경찰이 왔는데 그땐 우리가 숲에서 나왔지. 염려 말라고 가겠다고 하는데도 정중한 말투로 경찰이 우리를 동네 어귀까지 에스코트해 주겠대. 그런데 낙수 형이 우리는 예술가라고, 낙수 형하고 거기 또 허 뭐라는 그날 처음 만난 화가가 그렇게 설명한 거 있지. 그런데 낙수 형이 영어를 왜 그렇게 이상스럽게 하니? 창피하더라구. 참 창피하고 이상한 밤이었어."

"낙수 형은……혹시 윤낙수 씨니?"

신옥은 벽 너머를 넘겨다보는 듯이 걸으며 장미에게 물었다.

"오, 너 아는구나. 어떻게 아니?"

"그이가 우리 여학교 때 미술 선생님이었다. 지금도 잘생겼니?"

"오, 너 그런 걸 잘생겼다구 그러는구나."

"그렇잖니? 나 고등학교 1학년 땐데 그 선생님이 국전에서 국무총리상을 타고서 우리 학교에 미술 교사로 왔었어. 애들이 참 좋아했다. 장가갔어도 상관없드라구. 난 아니지만 선생님 좋아하고 그러는 애들 타입이 있잖니? 그런 애들이 난리를 쳤었다. 그런데 이상하다. 그 선생님은 우리 학교에 1년쯤 있다가 스페인으로 유학을 떠났었는데……모르는 말을 쓰는 모르는 나라로 가고 싶어서 떠난다고 그랬었는데……."

"스페인에서 불란서로 갔다가 미국 온 거 있지. 낙수 형이 처음 와서는 고생을 직사게 했대. 공사판에도 다니고 그랬었나 봐. 그런데 한국에 그림 수집 붐이 나서 지금은 괜찮은가 봐. 형편이 폈지. 스페인에서두 살구 불란서에서두 살았는데 어쩌면 그러니? 스페인

어랑 불어는 하나도 모르는 거 있지. 서울 강남에 가면 낙수 형 그림이 없는 집이 없다던데 정말이니?

“몰라. 우리 집은 경기도 성남시에 있으니깐. 작년에 집을 지었다. 방은 많으니까 한국에 오면 우리 집에 와서 지내라. 그런데…… 저, 그럼 우섭 씨라는 사람은 하우섭 씨니?”

“오, 너 아는구나.”

“어야.”

신옥은 장미의 대답을 듣고 어정쩡한 소리를 내고야 말았다. 매스컴을 통해서만 보던 국제적으로 유명한 한국 예술가들의 이름이 20년 만에 만난 소꿉동무의 입에서 거침없이 흘러 나오는 때문이었다. 신옥과 장미는 초등학교 1, 2학년을 같이 다녔고 장미네가 먼저 이사갈 때까지 신옥의 집과 장미의 집 사이에는 담도 없었다. 그곳은 지금 고급 아파트 단지가 되었다.

“우섭 씨는 얼마 전에 30분짜리 비디오를 만들었는데 보니까 아주 싹 망쳐 논 거 있지. 이 세상에서 나쁜 아이디어는 전부 거기다가 모아 놓았더라구. 두루 막 섞어서 관중을 어떻게 하면 성가시게 할까 하고 요것도 해보고 저것도 해보면서 실험하는 거 같은 거 있지.”

“작년에 하우섭 씨 전시회를 한국에서 크게 했어.”

“그랬다지, 정말.”

“줄을 한참 섰다가 들어가서 구경했어. 웬 사람들이 그렇게 많던지. 봐도 난 잘 모르겠더라.”

“글쎄 그렇다니깐.”

그게 그럴 일인가 싶을 정도로 장미는 신바람을 내며 동감을 표시했다. 진바지에 새까만 티셔츠를 입고 머리는 기하학적인 선으로 커트하고, 눈주위는 시커멓고 입술은 반짝거리는 은색. 신옥은 세련된 멋쟁이로 변모된 소꿉친구의 모습이 놀랍기만 했다.

“하우섭, 윤낙수 그런 분들은 우리보다 나이가 훨씬 위 아니니?”

"위지. 나는 우리 집 미스터 김이 부르는 대로 부르는 거야. 그러구 그 사람들은 나를 동료 예술가로 대해 주니 고맙지 뭐. 우섭 씨가 하는 건 클래식은 아니어도 오래갈 거야."

신옥은 장미가 무슨 예술가인가 했으나 그 얘기는 그냥 정지 동작으로 두기로 했다. 비디오를 보다가 정지 동작의 단추를 누르듯.

"덥구나. 뉴욕두."

신옥이 말했다. 핑크빛 투피스가 움직일 때마다 그녀의 몸에 들러붙고 있었다. 7월의 뜨거운 태양은 모든 것을 녹여 내고야 말 것만 같은 기세였다.

"여기 뉴욕은 에어컨하고 전등 같은 걸로 기온이 인근 지역보다 9도나 높대. 빌딩들이 낮에 열을 받았다가 밤에는 뿜어내서 뉴욕은 자체 내에서 기후를 만들어 낸단다. 바람도 만들구. 말하자면 이 도시는 자신만의 고유한 태양을 하나 가진 셈이지."

"그런 식으로 말하면 서울은 안 그렇니, 뭐."

신옥은 마음속에 불끈하는 무엇을 느끼며 말했다. 기온이 다른 데보다 더 높다는 것이 하등 자랑거리가 될 수 없음에도 뉴욕만이 가졌다고 하는 '고유한 태양'이란 말에 과잉 반발심이 일어났다.

신옥은 캐나다를 거쳐 뉴욕으로 지금 신혼 여행중인데 평생 처음으로 외국에 나와 보니 교포들 중에는 우리나라를 흉보고 싶어하는 사람들이 의외로 많음을 알게 되었다. 특히 토론토에서 만난 한 지식인 여성은 우리나라에 뭐가 있어. 뭐가 있어 하며 우리나라 사람 중에서 건질 사람은 오로지 그녀뿐인 듯이 굴었었다.

"여기가 뉴욕에서 물건이 제일 싼 거리다. 가기 전에 여기서 선물 쇼핑을 해. 그런데 언제 떠난다구?"

"토요일날. 이틀 후야. 티 더블류 에이(TWA) 항공기 추락 사건도 있고 해서 비행기를 타기가 겁이 나네."

신옥과 장미는 맨해튼 14번가를 걸어가고 있었다. 길 양편으로 가방, 옷, 커튼, 그릇, 신발, 램프, 시계 등등을 파는 가게가 세일이라고 크게들 써붙이고 늘어서 있어 하늘에서 알몸으로 뚝 떨어진 사람이라도 이 거리에만 오면 금방 생활을 해결할 것 같았다.

"저기 있는 사람이 왜 우리를 보고 마리아라고 그러지?"

이상스러운 듯이 신옥이 물었다. 옷가게 앞에 서 있던 얼굴이 까무잡잡한 남자가 그들을 향해 마리아! 마리아! 두 팔을 공중에 휘저으며 외치고 있었다. 내가 성당에 다니는 것을 알아보고 그러나? 혹시, 혹시 성모님의 후광이 내 등뒤에?

"우리가 아니야. 남미 여자들한테다가 그러는 거다. 우리나라로 치자면 영자야 영자야가 되나? 영자야 제발 좀 들어와서 옷 사라구."

장미가 말했다. 잘 보려고만 하면 어디든지 볼 만한 것들이 있는 듯했다. 장미는 그냥 걸어가는 길을 신옥은 고개를 들고 두리번거리며 열심히 구경했다.

"그렇구나아. 그런 거구나아."

'마리아'는 성모님의 이름인 줄만 알았던 신옥은 큰 지식 하나를 습득한 것같이 고개를 끄덕였다.

"요 모퉁이만 돌면 우리 아파트야. 인제 다 왔어."

장미가 말했다. 며칠 전 아침에 밴쿠버에 살고 있는 손위 시누이가 전화를 했다. 우리 친구 아들이 색시하고 한국에서 신혼 여행을 와서 같이 지냈거든. 뉴욕으로 간다고 해서 거기 전화번호하고 주소를 줬어요. 연락이 가면 한번 만나 저녁이라도 먹어. 좋은 사람들이니까. 이것들이 배우려고 어찌나 열심인지 발이 부르트도록 미술관, 박물관을 돌아다니다 떠났어. 어머, 어떻게 함부로 남의 전화번호를 알지도 못하는 사람한테다 막 주구 그래요. 당신 누나는? 전화를 끊고 나서 장미는 남편에게 화를 내었다. 그 신혼 부부가 우리를 찾을지 안 찾을지도 아직은 모르는 거잖아. 누님이 어련히 알아서 하셨겠지. 돈 워리(Don' t worry). 남편은 장미를 달랬다. 남편은 5남매의 막내로 큰시누이의 손에서 커서 남편에게 있어서 시누이는 누이라기보다도 어머니 같은 존재였다. 앞으로 오는 전화를 자동 응답기를 통해서만 받아야겠다고 장미는 작정했다. 그랬는데 아까 점심때쯤에 울린 전화를 이어링을 떼내며 무심코 받았더니 웬 남자, 즉 신옥의 남편이었던 것이다.

"애, 신옥아. 정말 반갑다. 난 아까 전화를 받고 식당 압강옥에 나갈 때까지도 네가 거기 있을 줄은 꿈에도 몰랐다. 신혼 부부라고 시누님이 그래서 앳된 신부를 상상했었구나."

"결혼은 스물여덟에 하고 작년에는 집을 지었구. 올해야 허니문이야. 허니문 끝나고 한국에 돌아가면 가정을 꾸려야지. 아들딸 구별없이 둘만 낳고 싶어."

꿈에 차서 신옥이 말했다. 신옥은 한 번뿐인 인생을 대단히 잘 살아 볼 작정이었다. 그러려면 다가오는 미래를 수동적으로 맞이할 것이 아니라 계획해서 내가 만들어 내야 한다는 생각이었다. 그녀는 연극이나 음악회, 미술 전람회에도 문화 주사를 맞는다는 기분으로 열심히 다녔다. 장차 교양 있는 주부, 교양 있는 아내, 교양 있는 엄마가 되기 위함이었다.

"몇 시나 됐니? 지금."

손으로 부채질을 하며 장미가 물었다.

"두 시 반……. 이 시계 괜찮지? 이거 공산품 판매장에서 만 원 주고 산 거야. 시계 파는 남자가 이 시계는 아버지가 낚시 갈 때 찼다가 책상에다가 풀어 놓으면 아들이 학교 갈 때 차고 아들이 책상에다가 놓으면 엄마가 시장 갈 때 차는 거래. 내가 말이지 왜 책상에다가 놓는가 하고 물어 봤어. 그랬더니 그건 온 가족이 찬다는 뜻이래. 그냥 그 뜻밖에 없대. 책상하고는 아무 상관이 없댄다. 넌 시계가 없니?"

"있어. 그런데 배터리가 다 닳았는지 느리게 가서 요샌 안 찬다. 뭐가 그렇게 바쁜지 시계 배터리 갈 시간두 없구나. 오늘부터 휴가니까 인제 그런 거 다 해야지."

"요샌 시계가 왜 그렇게 싸고 흔해졌니? 한번은 밤에 서울에서 버스를 탔는데 외판원이 올라와서 만 원에 남자 시계 한 개에다 여자 시계 한 개, 미키 마우스가 그려진 애들 시계 한 개, 그러구 책상에 놓는 조그만 디지털 시계, 거기다가 또 덤으로 시계 달린 볼펜을 준댄다. 생각하다가 안 사고 말았어."

"왜?"

"너무 많잖니."

"오, 넌 많으면 안 사는구나."

2

장미의 아파트는 건물 3층에 있었다. 우물 속에서 두레박이 올라가듯 흔들거리고 덜컹대는 엘리베이터를 타고 3층에 도착해서 엘리베이터 문이 열리니 바로 드높은 천장에 확 터진 공간이 신옥의 눈앞에 나타났다.

"우리 집 미스터 김은 소원이 로프트에서 살아 보는 거였는데 소원대로 3년 전에 이리로 이사를 오게 됐어. 지금은 예술가들이 많이 살지만 전엔 이게 전부 공장이었대. 그래서 여기저기 파이프 선이 지나가지. 너 뭐 마실래? 주스도 있고 우유도 있어. 너네 전화 받고 급하게 나가느라고 집 안이 엉망이다."

집에서 나갈 때 장미는 전화 속의 남자가 신옥의 남편인 것을 몰랐었다. 그는 오전중에 아내와 함께 뉴욕에 도착해서 엠파이어스테이트 빌딩을 구경하고 32번가 한국 타운에 와 있다고 말했다. 여기 한국 음식점이 아주 많군요. 밴쿠버에서요, 저희가 김기자 아주머님께 너무 신세를 지고 왔습니다. 아주머님께서 말씀하시더군요. 정 그렇게 마음에 부담이 되거든 뉴욕에 가서 동생 내외하고 식사나 하라구요. ……점심 한 끼……저희들에게 점심 한 끼의 기회를…… 낮잠을 자다가 장미로부터 전화를 바꿔 받은 장미의 남편은 슬그머니 감도는 웃음을 감추지 못했다. 거 되게 진실스럽군.

"어야. 너네 집은 무슨 우주선 사령탑 같구나. 컴퓨터에서 팩스기에. 그러구 이런 건 다 무슨 기계들이니?"

가죽 소파에 앉으며 신옥은 마음붙일 곳이 없는 방이라고 생각했다. 입구 쪽에 스토브와 싱크대 같은 부엌 설비가 있고, 휑하니 넓은 공간에 다탁과 의자들이 한구석에 모여 있고, 그러고는 저쪽 벽에 붙여서 컴퓨터 같은 전자 기계들이 스산히 놓인 책상이 있었다. 서가만으로 모자라 책은 마루 한편에 높이 쌓여 있고 신문지와 잡지 같은 것들은 다탁 주변에 흐트러져 있었다. 소파 위 벽에 붙은 그림은 연기 나는 공장 굴뚝을 연상시키는 것이고 전화기 옆에 있는 게시판에는 약속 메모와 공문, 영화, 미술 전시회 등의 프로그램이 아무렇게나 붙여져 있었다.

"신옥아, 옷 갈아입을래? 티셔츠 줄까. 넌 신부답게 이 더위에도 핑크 투피스 정장 차림이구나."

아무리 여름 옷감이라고는 하지만 이 더운 대낮에 투피스를 입고 목에는 진주 목걸이를 한 줄……장미는 신옥이 우스꽝스러웠다. 다이애나 공주라도 안 그러겠다.

"괜찮아, 우리 어머니는 삼복 더위에도 맨발을 보인 적이 없으셨어. 아무리 더워도 난 스타일을 구길 순 없어."

"오, 너 스타일리스트구나."

"난 가만히 있어도 멋있는 여자가 아니야. 난 가꿔야 해."

"지금 에어컨을 켰으니까 좀 있으면 시원해질 거야. 여긴 선풍기도 같이 틀어야 해. 우리 에어컨은 처음에 조금 찬바람이 나다가 도로 더워진다. 오, 이-메일(E-mail)이 스페인에서 들어왔구나."

"응?"

"여기 컴퓨터를 보니까 스페인에 있는 친구가 이-메일을 길다랗게 보냈구나."

"장미야, 남자들은 언제나 올까?"

신옥은 흘러가는 시간에 안타까움을 나타내며 장미에게 물었다.

"아마 곧 올걸. 왜 무슨 약속이 있니?"

장미는 컴퓨터를 읽으며 말했다.

"아니, 너도 바쁜 모양인데."

신옥은 빨리 거리로 나가고 싶었다. 모레면 귀국인데 그 전에 쌍둥이 빌딩도 가보고 자유의 여신상도 구경하고 서클라인이라고 하는 맨해튼을 도는 유람선도 타야 했다. 그리니치 빌리지에 가서 이 선생이 그랬듯이 와인에 곁들여 스파게티 요리도 먹어 보고 싶고, 그리고 무엇보다도 메트로폴리탄 미술관과 현대 미술관, 링컨 센터, 소호의 갤러리를 둘러보며 문화 주사를 맞아야 했다.

"너 주스 괜찮지? 우린 콜라나 소다는 안 사."

장미가 냉장고 문을 열고 오렌지 주스를 꺼내는데 전화 벨이 울렸다.

장미는 한 손으로 주스를 따르며 전화를 받았다.

"어마 어마 밴쿠버 언니시군요. 네 그렇잖아도 한신옥이가 여기와 있어요. 아뇨, 남편들은 점심 먹고 어디 갔어요. 색시만, 네 이서환 씨 색시만 같이 집에 들어왔어요. 언니, 보니까 신옥이는 어려서 이웃에 살던 친구예요. 그럼요. 1분도 채 못 돼서 금방 알아볼 수 있었어요."

컵에다 따른 주스를 장미가 들고 오려 했으므로 신옥은 황급히 일어나 주스잔을 받았다. 장미는 꺼냈던 주스병을 냉장고에 넣으며 통화를 계속하고 신옥은 소파로 돌아와 얌전히 앉았다.

"네, 미스터 김은 이서환 씨하고 학교를, 네. 학교를 알아보러 나갔어요. 이서환 씨 동생이 고등학교 2학년인데 성적이, 네. 왜 한국은 입시가 야단이잖아요. 그 입시를 치르기가 좀 어려운 성적인가 봐요. 그래서 여기 학교 사정을 알아봐 준다고 같이 나갔어요. 어디 교외에 사는 교포 가정집 주소로 해서 여기 고등학교로 들어가는 수도 있고 무슨 특수 고등학교……."

"그랬구나, 그것들이 그래도 뉴욕에 가서 전화를 했구나. 학교 때 이서환이 엄마하고 나하고는 그럴 수 없는 친구였어. 그런데 큰병을 앓느라고 걔가 변했드라. 내가 한국에 갔을 때 한 친구가 데리고 들어오면서 오의순이가 온다 해서 오의순인 줄 알긴 알았는데 이렇게 봐두 오의순이가 아니고 저렇게 봐도 오의순이가 아니야. 사람이 그럴 수가 있는 건지 아주 딴 얼굴이 됐어. 그런데 올케는 아마 곧 휴가지?"

언제 들어도 기상이 높고 시원한 시누이의 목소리가 전화기 안에서 왕왕 울렸다.

"사실 휴가는 오늘부터예요. 그런데 미스터 김은 대학에서 서머코스를 맡았으니 우리가 어디 가긴 틀렸어요."

10년 연상인 장미의 남편은 대학에서 미학을 가르치고 있고 장미는 그래픽 디자이너로 광고 회사에 나가고 있었다.

"동생네를 이번 여름에는 만나 볼까 했는데 틀렸네. 서환이가 가서 연락을 취했다니 내가 기쁘구만. 걔 엄마를 지난 봄에 로스앤젤레스에서 만났는데 이것이 며느리 칭찬을 어떻게나 하던지. 우리 동창회가 로스앤젤레스에서 열렸거든. 스물여덟이 왔어. 한국에서 열다섯이 오고 뉴욕에 사는 애들은 아홉 명이 왔두만."

"오, 언니는 북미 지역 동창회장이니까 대활약을……."

"뭐 이것들이 준비를 어떻게나 잘해 가지구 와서 시끄럽게 잘들 노는지. 노래도 악보가 있는 노래. 어떤 건 글만 있는 노래. 그걸 복사해 가지구 와서 버스에서랑 부르구 그랬어. 또 1번 도로를 봐야겠다. 그랜드캐니언은 말고 브라이언캐니언을 봐야겠다. 그런 것들도 계획해 가지구 와서 우린 걔들이 하자는 대로 했지. 애들이 전에 적어도 한 번씩은 자식들 보러, 아니면 남편 출장 때 따라와서 캘리포니아는 대개 다들 봤드만. 이틀에 한 번은 한식을 먹어야겠다구 해서 이틀에 한 번은 한식을 멕였구. 우리는 이것들이 올 때 공항에 나가서 성미 법대 졸업 40주년 모여라 하고 써들고 서 있으니까 모두 그리루들 왔지. 애들이 육십삼 세라 뚱뚱하고, 늙구, 처음에는 못 알아보다가 이틀이 지나니까 옛날하고 똑같애지두만. 하나 다행한 것은 하나도 사고가 없었다는 거야."

"사고요?"

"혈압 높은 애, 심장 나쁜 애, 다 있었는데 별일들 없이 지났지. 쇼핑들을 그렇게 하데. 손자 손녀 준다고. 그러다가 얘, 남편 것두 하나 넣자 하구 남편 걸 사드라. 여기 사는 애들보다 한국에 사는 애들이 나이가 더 들어 보였어. 관록이 붙구. 이것들이 재미가 나서 해마다 동창회를 하재. 해마다는 어렵구 2년에 한 번씩 하기루 하고 헤어졌는데 다음 번엔 오스트레일리아에서 모이기루 했어. 한국에서 하재니까 애들이 한국은 싫대."

시누이가 나이 육십이 넘은 사람들을 애들애들 하는 것이 장미는 우스웠다.

"언니. 그렇겠죠. 이왕이면 해외 바람은……여기 우리 여고 동창들도 유람선 타고 카리브 가자고 그래요."

장미의 전화가 길어지고 있으므로 신옥은 주스잔을 들고 창가로 갔다. 창문 바로 밑으로는 옆 건물인 자동차 주차장의 시커먼 지붕이 넙적하게 누워 있고 그 너머로 벽돌로 지은 오래된 아파트 건물이 두 채 뒷면을 보이며 시야를 막고 있었다. 이 더위에도 창문들은 커튼이나 블라인드로 가려져 있어 안을 볼 수 없는데 서른 개 남짓한 창문 중에서 네 개의 창문 밖에는 꽃을 심은 화분이 내놓여 있었다. 그리고 거기 어디에 맨흙 땅조각이 있는지 4, 5층 높이로 솟아 올라온 나무 하나가 삭막한 풍경에 푸른 잎을 펼치고 있었다. 집집에서 에어컨이 돌아가는 소리가 모여 보이지 않는 공기를 지속적으로 흔들었다. 황량한 창 밖의 풍경은 왜인지 신옥에게 번들거리는 빌딩의 거리보다 여기가 미국이라는 느낌을 강하게 전달했다.

"얘, 얘, 신옥아, 여기 전화 받아 봐. 우리 시언니."

장미가 전화기를 들고 창 쪽으로 오고 있었다. 신옥은 장미가 내미는 전화기를 받고 정말 거기 김기자 아주머니가 서 있는 것처럼 한 번 절을 했다.

"……그럼은요. 저희들은 나이아가라 폭포를 구경하고 오늘 오전에 무사히 뉴욕에 도착했어요. 나이아가라에서 우연히 한국분을 만나게 돼서 그 댁에 가서 저녁을 먹었는데요. 거기서 옥수수를 아주머님이 가르쳐 주신 방법으로 했더니 모두 맛있다고."

"그렇지? 옥수수 껍질을 벗기지 말고 마이크로 웨이브 오븐에 넣어서 한 개에 3분씩, 수염두 떼지 말구. 수염을 안 뗐지?"

"네, 우리는 세 개를 오븐에 넣고는 안전하게 하느라고 9분에다가 1분을 더해서 10분 시간을 줬어요. 그 댁에서 맛을 비교해 보자며 옥수수를 일부는 삶고 일부는 마이크로 웨이브 오븐에 넣었는데 오븐 거가 맛이 월등했어요. 아주머니는 이번에 저희들한테 너무 잘해 주셨어요. 닥터 유에게도 고맙다는 말씀을 좀 전해 주세요. 닥터 유는 인제 이북으로 곧 가시겠네요."

"여기 그 사람이 있으니까 신옥 씨가 직접 얘기하라구."

곧 그녀 남편의 우렁우렁한 목소리가 들렸다.

"아이구, 뉴욕까지 무사히들 갔다구요. 좋은 때야 그렇지? 깨가 쏟아지지? ……아, 그거? 난 이북에는 안 가기루 했어. 여기 그룹들이 가는데 가려고 했었잖아요. 그런데 가면 평양에 있는 호텔에서 일가 친척들을 만나게 하고 고향에는 못 가게 한대요. 전에는 시골에 보내 줬으나 요새는 안 그런대요. 그래서 집어쳤어요. 난 어머니가 자라던 시골에 가는 게 목적인데 평양에 가서 뭐 하겠어요. 요새 이북은 장마가 지고 전염병도 돌고 그래서 굶기도 하고 형편이 없대요. 이북이 이 세상에서 제일 가난한 나라가 됐대요."

"네에, 안 가시기로 하셨네요."

밴쿠버에서 신옥 내외가 머무는 동안 닥터 유는 함경남도에 있는 어머니의 고향으로 갈 꿈에 부풀어 있었다. 소녀 적 어머니가 말 타듯 걸터앉아 하루 종일 바다를 바라보았다는 커다란 나무, 그 소녀가 뿌왕뿌왕 울어대는 뱃고동 소리를 들으며 타관에서 다른 여자와 살림을 하고 있는 한의사 아버지를 눈물 속에 그렸다는 바닷가, 학교에서 배운 노래와 유희를 머릿속에 새겨 넣었다가 집에 와 어린 동생들에게 전부 가르쳐 주었다는 초가집, 호박잎을 따서 양산인 양 머리에 얹고 땡볕에 돌아다녔으므로 동네 어른들이 비가 안 와 야단인데 재수 없는 아이라고 흉을 봤다는 그 마을……닥터 유의 얘기를 듣고 있던 신옥의 남편은 그때 정중하고도 조심스럽게 물었었다.

선생님께서는 어머니가 마치 시집도 안 가본 어린 소녀인 것처럼 말씀하시는군요. ……난 말요. 바닷가 나무 위에 앉아 있는 열 살 남짓한 어머니에게 앞으로 당신은 당신을 몹시 사랑하는 아들을 낳을 거라고, 인생이 아직 시작되기 전인 어린 그녀에게 그걸 꼭 말해 위로하고 싶어요. 그 시절 난 우리나라 사람이라면 다 겪어야 했던 고생이라 할지 모르나 특히 우리 어머니는 휴우, 난 말을 못 하겠어. 일찍이 당나라 시인 이태백은 시간은 지나가는 과객이라고 읊었으나 지나가는 것은 시간이 아니라 사물 현상일 뿐이래. 시간은 '늘' 그대로래요. 그래서 오'늘'이래요. 도끼 자루가 썩도록 긴 시간이 신선들에게는 장기 한 판 두는 짧은 사이였더라는 얘기도 있잖소. 시간 여행은 가능해요. 닥터 유는 신옥 내외를 납득시키고야 말겠다는 듯,

아니 그 자신을 설복시키고야 말겠다는 듯 열렬히 말했었다.

"신옥 씨가 애틀랜타 올림픽 개회식 중계를 우리 집에서 봤던가? 이북 애들도 우리 얼굴 아냐."

"그래요. 그때도 닥터 유께서는 그렇게 말씀하셨어요. 세계가 하나일 수도 있다는 꿈. 그 꿈의 힘. ……〈파워 오브 드림(Power of Dream)〉이란 노래가 나올 때 닥터 유께서는 벌떡 일어나셔서……."

"여기 TV 중계에서는 한국 사람을 통 비춰 줘야 말이죠. 생전 한국 사람이 나와야지. 저희들 하는 것만 나와. 인종이 무언지 그래도 중국이 이기면 좋던데요. 아직도 일본이 이기는 건 제일 싫구. 세계가 사랑으로 뭉쳐야 한다는 걸 머리로는 알겠는데 그게 잘 안 된단 말이야. 아, 여기 바꾸랍니다. 바꾸라면 바꿔야죠. 잠깐만……."

하고는 다시 김기자 아주머니의 시원스런 목소리가 되었다.

"신옥 씨, 아저씨는 생선회를 못 잡숴요. 왜냐? 일본 것이기 때문에! 어떤 환자가 퇴원을 하면서 은혜를 갚는다고 집에 초대를 했더래. 갔더니 일본에서 오래 살았다니 생선회를 좋아하리라 생각하고 서양 사람인데도 생선회를 한 접시 잘해 놨더래요. 이거 큰일났구나, 예의상 어떻게든지 먹긴 먹어야겠다 하다가 에라 사람 먹는 건데 못 먹을 거 뭐 있겠나 하구는 입에 한 점 집어 넣고 그냥 목구멍으로 넘기셨대. 몇 점을 성공하셨대."

"아주머니, 올림픽은 며칠날 끝나요?"

이번 여행을 떠날 때 서울의 여행사 직원이 '올림픽 끝나는 날 오신다'고 말했는데 그날 김포에 떨어진다는 소린지 아니면 뉴욕에서 그날 떠난다는 얘긴지가 신옥은 궁금했다. 올림픽과 관계없이 비행기표에 적혀 있는 8월 4일날 떠나면 되는 것이나 그래도 괜히 알고 싶었다. 서울과 뉴욕은 밤과 낮이 바뀌는 하루 사이인데 거기다가 비행기가 공중을 날아가는 시간까지 합치면 날짜로 이틀이나 차이가 났다.

"왜 마라톤 보구 갈려구? 난 마라톤 안 볼 거야. 황영조가 예선에서 떨어졌다고 이번 올림픽에 안 보냈다잖어. 그런 무식한 놈들이 어디 있어. 황영조가 예선에 떨어졌어도 개막식에 우리나라 깃발이라도 들고 나와야 하는 거야. 그래서 4년 전 바르셀로나 올림픽에서 1등으로 들어온 황영조 모습을 TV 중계 카메라가 비춰서 세계 사람들이 다 봐야 하는 거야."

"네에."

오, 넌 전화를 받으면서도 연신 절을 해대는구나. 시누이의 집에서는 집안 사람인 자기보다도 남의 며느리인 신옥에게 더 친근감을 느끼고 있는 것 같았으므로 신옥에게 전화기를 넘겨주고 그 옆에 임시인 듯 서 있던 장미는 점점 시무룩해져 갔다.

"네에 그러겠습니다. 서울 가서 편지 드릴게요. 송이하고 또 뭐죠? 취나물, 네, 아이 그게 뭐가 어려워요. 네, 그럼 안녕히 계시구요. 여기 장미요."

신옥은 또 한 번 절을 하더니 장미에게 전화기를 넘겨주었다. 계집애, 전화기를 어떻게나 꼭 쥐고 있었는지 땀이 다 뱄잖아.

"신옥이가 거기 있으니 반갑네. 그럼 올케는 신옥이하고 오랜만에 만난 회포를 풀고 이따 동생 들어오면 이리루 전화나 한번 해달라구 말해 줘요. 거긴 지금 오후 서너 시 됐겠네. 여기가 점심때니까."

"네, 그래요. 미스터 김한테 언니한테서 전화가 왔었다고 전할게요. 바이."

전화를 끊고 난 장미는 신옥 쪽은 보지 않고 TV 있는 데로 가서 TV를 틀었다. 그게 다 무슨 기계들인지 TV 근처는 신옥이 보기에 전파상에나 들어온 것 같았다. TV에 오디오 세트는 알겠는데…… 현대인답게 얘네는 기계들을 참 좋아하는구나. 남편이 이것을 본다면 틀림없이 부러워할 것이다. 신옥의 남편은 신옥에게 좋은 스피커를 사자고 했고 신옥은 지금 있는 라디오로도 충분히 음악을 들을 수 있다는 주장을 팽팽히 펴고 있는 상태였다.

신옥의 집에 있는 것에 두 배는 되게 큰 TV 화면이 소리와 함께 밝아지더니 롱아일랜드 앞바다에 추락된 항공기의 수색 작업 장면이 나타났다. 요즈음은 이 뉴스뿐이었다. 이거 아니면 애틀랜타 올림픽 공원의 폭파 사건. ……센 바람에 머리카락을 날리우며 뉴스 리포터가 롱아일랜드 바닷가에 있는 수색 본부 앞에 서서 수영객이든지 누구든지 항공기에서 떨어진 조각을 보면 세균 때문에 위생상 위험하니 절대로 사사로이 만지지 말고 꼭 여기 TV 스크린에 나가는 번호에 전화를 걸어 달라. 왜 비행기가 공중에서 삽시간에 폭파되었나, 거기 대해 지금 여러 시나리오를 검사중이다. 시체는 현재 140구 발견되었다. 지금 이 방송을 보고 있을 시청자 중에 희생자의 가족이 있을까 봐 유순한 표현을 쓰겠다고 하면서 뉴스 리포터는 베트남 전쟁에도 가봤으나 아직까지 이렇게 처참한 사체의 모습을 본 일이 없다고 말했다. 신옥은 우리나라에서 삼풍 백화점이 무너졌던 때의 TV 방송을 연상하며 화면을 바라보았다.

"김기자 아주머니네는 이북 방문을 한다고 기뻐하시더니 그만두셨나 봐. 여기서 이북 방문들을 많이 하니?"

친구의 갑자기 멀어진 감정을 느낄 수 있었으므로 신옥은 애써 화젯거리를 찾아 장미에게 말을 붙였다.

"왜?"

"그냥. 이북은 통일이 되기 전엔 못 가는 덴 줄만 알았거든."

"캐나다엔가 무슨 기관에서 이북 방문 신청을 받는대. 거기다가 이북에 있는 누구를 만나고 싶다 그런 거 신청을 하면 편지가 온대. 몇 번 그러다가 연락이 온댄다. 그런데 보니까 이북까지 가고 오는 데만도 날짜가 꽤 걸리더라. 여기서 일단 북경까지 가고 북경서는 여권을 반납해야 된대. 겁이 덜컥 난대. 신분증이 다 없어지는 거니깐."

"어마아 그렇겠다."

"미국 정부에서는 미국 시민권자한테 북경까지는 가는 줄만 알고 비자를 내준 거래. 북경서부터 이북까지는 아무것도 없이 가는 거래. 갔다가 이북서 못 나오게 하면 어떻게 하나 싶어진대. 갈 땐 여기서부터 시간을 아주 잘 맞춰 떠나야 한댄다. 북경서 이북 가는 비행기는 1주일에 두 번뿐이래서 잘못하면 며칠을 북경에서 허송세월해야 한댄다."

"아유, 호텔방처럼 아무것도 할 수 없이 답답한 데가 없는데."

"평양에 도착하면 먼저 한 사흘쯤은 평양호텔에 있으면서 김일성묘도 보러 가고 선전 영화도 보고 그런대. 그러다가 시골에 있는 친척이 호텔로 와서 만난대. 만나 가지고 친척을 따라서 시골로 가서는 사흘쯤 지내고 온대."

"그렇구나."

신옥은 말하며 리모콘을 들어 시끄러운 TV를 껐다.

"우리 아는 사람은 떠나면서 안내를 맡은 사람한테 친척들에게 뭐 하나 사주고 싶은데 뭐가 좋겠냐고 물어 봤대. 천연색 TV를 사주라고 하더랜다. 그 집에는 TV 꽂을 데도 없는데 그러더래. 사주고 오면 기관원이 와서 TV를 쌀 몇 말 주고 바꿔 간댄다. 그 사람은 오다가 LA에서 몇 번 이북에 다녀왔다는 남자를 만났는데 그 남자는 한 번 갔다 오면 자꾸 가고 싶어진다고 그러더래. 못사는 걸 보고 오니 자꾸 뭐를 갖다 주고 싶어진다고 그러더래. 여기 교회 같은 데서도 이북을 돕는 모금 운동을 많이 하는가 봐."

"어머!"

신옥은 얼굴이 빨개 가지고 벌떡 일어났다. 고쳐 앉느라고 움직이다가 어떻게 장의자 옆에 놓인 조그만 사각 탁자를 망가뜨린 것 같았다. 탁자는 힘없이 옆으로 나동그라져 있었다.

"다리가 떨어졌나 봐."

"오, 넌 뭘 물어 보지도 않고 부수는구나."

"이거 비싼 거니?"

"왜? 하나 사줄려구? 이거 값을 매길 수가 없는 거야. 미스터 김 친구가 준 건데 그렇잖아도 주면서 다리 하나가 망가졌으니까 손질해서 쓰라고 했었어. 워낙 망가졌던 거야."

탁자를 벽으로 가져가 기대 놓던 장미의 얼굴에 장난기 어린 웃음이 번졌다.

"너 이거 준 사람 자동 응답기 한 번 들어 봐야 돼. 오후면 이 사람이 가게에 나가거든. 지금이 딱 좋겠다."

장미는 컴퓨터가 놓인 책상에서 전화번호가 적힌 수첩을 찾아내어 그 어떤 번호를 손가락으로 콕콕 찍었다.

"얘, 신호가 간다. 받아 봐. 일곱 번 벨이 울리고 그 다음에 말씀이 나와."

"싫어. 그러다가 그 사람이 받으면 어떡하니?"

"지금은 부재중이라니까 그러네. 공항에서 하는 안내 방송보다도 더 상냥스런 서양 여자 목소리가 나온다. 우린 처음에 이 사람이 세상 몰래 장가를 갔나 했었어."

"혼자 사는 사람이니?"

"물론이지. 그러니까 이상한 거지. 우린 다 못하는 영어지만 제 목소리를 넣잖니. 그런데 이 사람은 말소리가 녹음된 걸 아예 샀는지……."

장미가 말하는데,

"헬로."

느리고 신중한 남자 목소리였다.

장미는 화들짝 놀라며 신옥에게 넘겨주려던 수화기를 자기의 귀로 가져갔다. 말없이 끊고 싶어하면서도 얼결에,

"어마, 계셨네요."

장미가 말하고 신옥은 장난을 하다 들킨 아이 같은 얼굴로 장미를 바라보았다. 그녀들은 웃고 있었다.

"아, 미세스 김이시군요. 안녕하세요."

그는 장미의 목소리를 곧 알아보았다.

"저기요……지금 우리 집 미스터 김이 나갔거든요. 혹시요……거기루……갔나 해서요."

"아, 그러시군요. 여기 지금 여러분이 계시지만 김 선생은 안 보이는군요."

"대낮부터 파티를 하시나 봐요. 음악 소리도 나고."

"골프 토너먼트에서 이겼다고 이렇게 몰려들 왔지 뭡니까?"

"어마, 요 다음에 그렇게 신나는 일이 있으면 저희도 좀 끼워 주세요."

"허어, 이상한 말씀도 하시는군요. 어디다 끼워 드릴까요?"

"……."

"장미 씨, 지금 여기 리빙 룸에 한 패, 부엌에 한 패, 그러구 데크에 한 패가 나가 앉아 있는데 어디다 끼워 드릴까."

"알았어요. 재미나게 파티하세요."

전화를 끊고 난 장미는 웃는 얼굴이었다.

"너 이 사람 우습다. 휴가를 자메이카로 갔다 왔다고 해서 어땠냐고 물어 보니까 파도가 싸악 밀려오더래. 요노옴 봐라아 하는데 또 밀려오더래. 그래서 또 요놈 봐라 하는데 또 오더래."

"파도는 영원히 밀려오겠지. 난 밥을 같이 먹고 잠을 같이 자는 사람보다 영원을 향해 함께 갈 사람을 원해."

잠긴 목소리로 신옥이 말했다.

"그럴 사람이 이미 있잖니, 넌."

얘가 신혼 여행부터 벌써 문제가 있나, 장미의 눈동자는 호기심으로 반짝 빛났다.

"그렇지, 너와 나에겐 있지 뭐. 밴쿠버에서 마흔 살쯤 먹은 여자가 혼자 사는 아파트에 우리 모두 저녁 먹고 갔었거든. 그 여자는 그 아파트에서 6년이나 살았다는데 가구도 하나 없구 금방 이사를 온 집 같았어. 상자 속에는 아직도 짐들이 그냥 들어 있더라. 김기자 아주머님이 그러는데 그 여자는 남자를 기다리는 거래. 남자가 나타나야 인생이 시작된다고 생각하고 있대."

신옥의 얼굴은 말하는 동안에 점점 어두워져 갔다. 술 마시고 들어오는 날의 남편은 현관문을 통과하면 곧바로 거실로 가서는 TV를 크게 켜고 옷도 안 벗은 채 쓰러져 잠이 들었다. 신옥이가 TV를 끄려고 하면 코를 골던 사람이 눈을 뜨고 화를 냈다. 마침내 잠에 떨어진 그를 침대로 옮기려면 얼마나 무거운지, 또 새로 지은 집은 얼마나, 얼마나 적막한지.

"얘. 어저껜가 보다. 우리 미스터 김이 아파트 로비에서 나를 인터폰으로 불러. 좀 내려와 보래. 일하다가 내려가니 어떤 젊은 부부하고 서 있더라구. 그 부부가 나더러 우리 집을 세를 줄 거네. 내가 아니라고 그랬어. 그 부부는 집을 구하러 다니다가 마침 엘리베이터 앞에 서 있는 미스터 김을 보고 여기 어디 한 달만 세를 얻을 집이 있겠느냐 물은 거야. 그 부부는 시애틀에서 살고 있는데 한 달만 뉴욕에서 지내야 된대. 그런데 이상하잖니? 미스터 김은 왜 남편이고 우리 집 주인인데 그 대답을 못 하니? 그런데 그냥 말하기가, 아니 말할 생각조차 하기가 싫은 거야. 그러구 피자도 한 판 사오면 그게 얼만지 몰라. 얼마 줬냐고 하면 여기 주머니에 거스름돈이 있대. 그러고 만다, 얘."

그러나 장미는 그런 남편이 싫은 기색은 아니었다.

"남자들한테 뭐 사오라고 시키면 잘못 사오는 거는 남자들이 바보래서 그러는 게 아니래. 우리는 그래서 그러는 줄만 알잖니. 그런데 그게 아니라 잘하면 또 시킬까 봐서 일부러 그러는 거래."

"오, 그럼 그게 작전이었구나. 오늘 아침에 병뚜껑이 안 열려서 좀 열어 달랬더니 온 힘을 다해 거꾸로 돌리고 있드라구. 더 잠가 놓는 거 있지."

"남자들은 한 때에 한 가지 일밖에 못 해. 난 그걸 요새야 알았어. TV 볼 때는 TV만 봐야지 TV 보면서 말은 못 해. 어머아 벌써 다섯 시가 다 됐어. 남자들은 언제나 올까. 아까 점심 먹고 식당에서 헤어질 땐 곧 우리 뒤를 따라올 듯이 그러더니."

"어마, 너네 남편을 끌고 또 영화 보러 갔나 보다!"

장미가 무엇을 홀연 깨달은 사람처럼 나직이 부르짖었다.

"미스터 김이 미치는 영화가 있어. 오늘 또 갔다면 미스터 김은 그 영화를 여덟 번째 보는 거야. 어쩌면 그럴 수가 있니? 난 이해를 못 하겠어. 거기 어떤 장면 하나가 그렇게 좋대. 미스터 김은 영화 속의 바로 그 장면을 남들한테 보여 주고 싶어서 야단인 거야. 우린 보통 안 그러잖니. 좋은 영화가 있어도 가서 보라고 말로만 권하잖니. 누가……."

"너두 봤니?"

"물론이지. 처음엔 우리 둘이서 봤지. 난 지루하고 그저 그렇더라구. 보안관 나오고 그런 영화야. 오 너 하품하는구나. 아침에 뉴욕에 떨어졌다니 고단하기도 하겠다."

장미도 신옥 못지않게 남편이 기다려졌다. 고대하던 휴가의 첫날인데 잠깐 나가서 점심을 먹고 온다던 것이 그만 하루 해가 다 가고 있었다. 신옥의 하품이 계기가 된 듯 그 어떤 긴장이 풀리며 서로 보이고 보던 두 친구는 젖은 타월을 짜낸 것같이 흥미를 잃었다. 둘이 머리를 맞대고 놀다가도 누가 와서 부르면 서로를 동댕이치고 돌아서던 어린 시절로 돌아간 것 같았다.

"나는 말야, 잠깐 사라져야겠어."

장미가 음악을 틀고 컴퓨터 앞에 앉았으므로 신옥은 장미가 심심하면 읽으라고 내놓은 신문과 잡지를 뒤적거렸다. 시냇물이 흐르는 듯한 실내악의 곡조는 신옥의 혈관을 뚫고 달려갔다. 좋은 기계로 듣는 음악은 이렇게도 다르구나. 음악은 방의 분위기도 바꾸는 것 같았다. 조금 전까지만 해도 칸막이가 없어 부부니까 살지 애가 있어도 힘든 아파트다 했으나 지금은 하얀 블라인드 사이로 들어오는 늦은 오후의 햇빛을 그물망인 양 온몸에 감고 컴퓨터 앞에 앉아 있는 장미하고 조화를 이루며 기능적인 도시인의 공간 같았다.

"너 거기 좀 누워서 쉬어. 베개 갖다 줄까?"

"난 낮잠이란 걸 몰라. 여기 신문이나 읽을래."

누가 우리 집에 와 있는데도 돌아서서 나는 내 일을 할 수 있을까? 장미는 저리도 자신있는 태도와 매력 있는 용모로 이 세상 어디에 가든지 내 집같이 편안하겠다. 나도 그럴 것. 신옥은 교포 신문을 펴들었다.

미국 대학과 고교에 한국 붐 파고든다. ……교회 여름 학교 봉고차 안전 사고 유의, 운전사 사전 교육, 자동차 안전 점검, 정차 시간 등 철저히 지켜야……철물점 주변 인력 시장 성행, 공사 하청업자와 직접 거래 일자리 구하기 쉬워, 일부선 이민자에 대한 노동 착취 현상 심화 우려…….

지난달 13일 새벽 교통 사고로 사망한 용커스 거주 한인 유순(22세) 씨의 부검 결과 유씨가 사고 당시 마약을 복용하지 않은 것으로 드러났다. 사고 차량에서 발견된 흰 가루는 평소 복용하던 '용각산'. 가족들 주장……올림픽에 성조기 상품 코너 인기, 상혼 이용 국기 모독 행위 비난도……(단단하구나. 여기 단단한 또 하나의 세상이 엄연히 있구나 하며 신옥은 마음의 눈을 둥그렇게 뜨고 신문을 읽어 나갔다. 여기 교포들같이 하루를 살아도 필요한 정보를 수집하여 자신들에게 맞는 세상을 구축. 그래 구축하며, 나는 나의 가정을 단단히 구축하여)……항공기 수색 작업, 시신 인양이냐 증거 확보냐 우선권

둘러싼 갈등 증폭 조짐…….

지난 17일 롱아일랜드 앞바다에서 폭발한 TWA 800기 수색 작업을 벌이고 있는 당국은 시신을 인양하는 작업과 비행기 폭발 원인을 보여 주는 증거를 확보하는 작업 중 어느쪽에 우선권을 두느냐 하는 문제로 갈등을 겪고 있다. 피해자의 친지들은 24일 최초 잠수부들이 해저에서 피해자들의 시신을 발견했다는 소식과 그렇지 않다는 상반된 소식을 듣고 당국에 거세게 항의했다. 이에 대해 수색반은 범죄 가능성이 큰 사고 현장에서 가능한 많은 증거물을 확보하는 작업과 피해자들의 시신을 복구하는 작업 사이에 갈등이 있을 수도 있다고 말했다. 수색반은 또한 잠수부들이 비행기 잔해 사이에 널려 있는 시신을 확인하더라도 인양을 위해서는 거대한 동체를 옮겨야 하기 때문에 작업이 쉽지 않다고 말했다. 관리인들이나 수색반은 공석에서는 피해자 시신 복구가 최우선이라고 말하고 있다. 그러나 법집행 관리들은 비공식적인 자리에서는 시간이 지체되면 증거물이 떠내려가는 등 유실되기 때문에 피해자 시신 복구 못지않게 가능한한 빨리 증거를 확보하는 점에도 관심을 두고 있다고 말한다.

……캐나다에서 단기 영어 연수를 받은 본국인들 가운데 수강 계약을 맺은 캐나다계 교육 기관과 수강료 등을 놓고 이견을 보이는 사례가 잦아 본국인들의 강력한 주의가 요망된다. ……한인 사회의 가정 폭력 특별 프로그램을 오는 8월 1일 실시하는 로스앤젤레스의 그레이스 검사는 지난해 동안 접수된 아시아 가정의 폭력 신고 접수 중 75～80퍼센트가 한인 가정의 경우라고 밝혔다. 한 검사장은 한인 가정 폭력이 다른 아시아 가정에 비해 많은 이유는 '갓 이민 온 생활의 스트레스와 경제적인 어려움으로 인한 정신적인 피로일 것'이라고 지적하며 '다른 소수계 민족들의 경우도 신고율이 저조할 뿐 가정 폭력은 어느 민족에게나 심각한 문제'라고 말한다.

……올림픽 개최지인 애틀랜타의 올림픽 100주년 공원에서 27일

오전 1시 20분경 폭발물이 터지는 사고가 발생했다. 이 사고로 150여 명 이상의 부상자가 발생했다. 일부 관계자들은 2시 30분 현재 폭발 사고로 네 명의 사망자가 발생했다고 말했으나 애틀랜타 소재 법원 대변인들은 아직 사상자는 없다고 밝혀 정확한 사망자 수는 규명되지 않고 있다.

공원을 순찰중 사고를 목격한 오던 경관은 '자욱한 연기와 함께 굉장한 폭발음이 들려 왔다'며 '많은 사람들이 땅에 쓰러져 있는 모습을 봤다'고 말했다. 사고 직후 254대의 구급차가 현장으로 출동, 부상자들을 긴급 수송했으며 이어 긴급 차량이 줄을 이으면서 비상등 불빛이 사고 현장 주변을 환히 비추고 있다. 한 목격자는 종이봉투에 담긴 물체가 폭발한 것으로 보였다며 '불꽃과 연기가 새어 나오더니 순식간에 폭발했다. 많은 사람들이 폭발로 인한 파편에 맞았다'고 말했다.

……오는 8월 1일 영국 정부는 사회 일각에 공포와 종교적인 분노와 도덕적이고 실질적인 의문들을 일으켰던 인간 수정 및 태아에 대한 법에 근거해 수정체 병원에서 사용되지 않은 3,000개의 수정체를 폐기할 계획이다. 난자는 인공 수정관에서 수정되어 냉동되며 네 개의 세포로 구성된 냉동 수정체는 여자의 자궁에 이식될 때까지 더 이상 성장하지 않게 된다. 기증자가 수정체를 보관해 달라는 요청을 하지 않게 되면 5년 간 저장된 모든 수정체는 폐기 처리된다. 수정태아 관리국의 당국자는 33개의 병원에서 보관중인 수정체가 31일 자정 이후 냉동 보관실에서 꺼내져 녹여진 후 알코올 몇 방울이 투여돼 폐기될 것이라고 말했다. 그 후 수정체는 불태워 소각된다. 태어나지 않는 인간 수정체의 폐기를 놓고 일부 영국인들이 인도적 도덕적 분노를 금치 못하고 있음에도 불구하고 정부가 이를 강행할 방침이어서 큰 파장을 일으킬 것으로 예상된다…….

"어야, 너 이거 읽었니?"

신옥은 소리쳤다.

"뭘?"

앉았던 의자를 빙 돌리고 장미는 신옥을 바라보았다. 하던 일에서 완전히 헤어나오지 못한 시선이었다.

"인간 수정체라는 게 있단다. 세포가 네 개래. 이 세상에 태어나지만 않았다 뿐이지 수정된 완전한 인간이 영국에 있는 수정 태아 관리국이라는 데에 3,000개나 있대."

"오, 넌……관심이 그런 데 있구나."

대답을 하면서도 장미는 컴퓨터 화면을 응시하며 자판을 몇 번 두드렸다.

"우리 나이 벌써 서른한 살이잖니. 어느새 그렇게 됐는데 난 임신을 영영 못 하고 말까 봐 걱정스러워."

"너네 시집에서 압박감을 주니?"

"그건 염두에도 없어. 내가 더 야단이니까. 넌 일부러 아이를 안 갖는 거니?"

"생기면 생기구 안 생기면 또 그대로 좋구. ……자연의 섭리에 맡긴다. 여기 애들 때문에 밖에 나가 일하랴, 살림하랴, 애들 보랴, 정신 착란증에 걸릴 정도로 힘들어하는 여자들이 많아. 외국에서 사는 거는 한국보다 힘들다. 한국에는 식구와 친척들이 있잖니."

"난 훌륭한 가정을 만들 거야. 난 꼭 가정이 있어야 해."

"오, 넌 가정을……아이와……동일시……."

말하며 장미는 컴퓨터의 자판 위로 손가락을 놀렸다. 그녀는 어느새 컴퓨터 앞으로 돌아앉아 있었다.

"아이들이 없는 가정은 가정이 아니야. 날더러 이상가이고 노력가라고 해도 좋아. 꿈이 있으면 꿈이 깨어지지 않도록 꿈에다가 집을 지어 줘야지. 난 돼가는 대로 막연히 기다릴 수 없어. 오늘의 선택이 자동적으로 나의 내일이 되는 거야. 인생은 선택의 연속이야."

신옥은 어느새 읽고 있던 신문지를 움켜쥐고 있었다.

3

남자들은 밤 아홉 시나 돼서 위스키 냄새를 아련히 풍기며 들어왔다.

"……좀 돌아다녀 보자고 얘기가 돼서 아는 사람들을 불렀지. 장필복 즉 필립 장이 퇴근하면서 직장 동료들을 데리고 나왔어. 거기 린다도 있었어. 만나서 모두 아일랜드 바로 갔지. 생선 튀김, 감자 튀김, 파이도 감자하고 고기를 넣은 게 전부 칼로리가 높은 음식뿐이더군. 린다는 건강한 음식을 먹어야겠다구 해서 딴 데로 가자구 하다가 그냥 거기서 지냈다구. 얘기를 많이 했어."

말하고 장미의 남편은 컵에 든 냉수를 쭉 마셨다. 컵 속에서 얼음이 소리를 냈다.

"얘기를 많이 했다구요?" 장미는 기가 막힌 얼굴이었다. "필립 장 친구라면 우리가 그 집 바비큐 파티에서 만났던 사람들이겠네. 전부 미국 사람들 아녜요. 이서환 씨는 오늘 어떠셨어요? 영어를 듣느라고 곤욕을 치르셨죠?"

"놀랐습니다."

신옥의 남편이 꼬고 앉았던 다리를 바꿔 꼬며 말했다.

감색 양복에 하얀 와이셔츠. 그는 윤곽이 뚜렷한 미남이었다.

"그봐요. 당신은 남의 사정은 생각을 안 해요. 난 시간이 늦어지길래 미스터 리 끌고 또 그 영화 보러 갔나 했어요. 그러다가 무슨 사고가 났나 하는 생각두 났구요."

"장미 씨, 전 지금 놀라고 있는 중입니다. 김 교수님께서 집에 돌아오시면 밖에서 지낸 일들을 언제나 이렇게 술술술 부십니까?"

신옥과 장미, 두 부부는 램프가 밝히고 있는 다탁 주변에 둘러앉아 있었다. 해가 지고 어둠이 깔리자 벽이 없는 이 집의 거주 공간을 여러 개의 램프가 구분지어 밝히는 것을 신옥은 알 수 있었다. 연극 무대에서 부분 조명으로 여러 장소를 나타내는 것과 같이 지금은 다른 데는 불을 끄고 다탁 주변만 하나의 키 큰 램프를 켜 놓았다.

"인제 보니까 미스터 리는 술을 잘하시네요. 우리 집엔 술 마시는 사람이 없어서 맥주나 가끔 살까, 좀체로 술을 사지 않는데, 마침 이게 있어서 다행이에요."

다탁 위에는 술잔이 한 사람 앞에 하나씩 놓여 있었으나 술을 마시고 있는 사람은 신옥의 남편뿐이었다. 장미는 그의 잔에다가 병에 든 위스키를 또 따라 주었다.

"우리는 얘기를 했지. 만일 우리가 연쇄 살인범이라면 어떤 사람들을 골라 죽일 것인가 그런 토론도 하구. 잭이 전화를 해서 잭 와이프도 퇴근하고는 바로 왔어요. 잭 와이프는 린다하고 싸우고서 오늘 밤 한 달 만에 대면을 한 거래. 모두들 둘 사이의 우정을 복귀시키는 작전을 폈지. 들어 보니까 사정이 이렇게 된 거래. 린다하고 잭 와이프가 둘 다 같은 회사에 다닐 땐데 회사에서 사원 연수 코스가 있었대는군. 그때 둘은 한 팀이 돼서 서로를 인터뷰해야 됐었다는군. 서로 아주 정직하게 상대방에 관해 얘기를 해야 된대요. 그때 잭 와이프는 린다에 대해서 다 좋은 얘기만 해줬는데 린다는 잭 와이프한테 성질이 까다로워서 사람들하고 잘 사귀지 못한다고 정직하게 말한 것이 그만 싸움이 된거두만. 좌우간 그게 린다 쪽의 주장이야. 또 한 친구를 오래 기다렸는데 결국 안 왔어. 부엌 옆에 있는 테이블이라서 덥드라구. 우리 어디 딴 데 가기로 하고 나와 가지고 영화나 보자 하고 링컨 센터까지 갔는데 빈스하고 다아 씨는 가야 된대. 린다도 오늘 밤에 뉴저지로 가야 된대요. 그래서 그만 다 헤어지기로 했지. 택시로 린다를 42번가 시외 버스 정류장에 내려 주고 우린 곧바로 집으로 들어온 길이야. 신옥 씨. 신옥 씨는 결혼을 참 잘했습디다. 미스터 리가 넥타이를 멋진 걸 매고 있어서 그거 어디서 샀냐니까 그 당장 길에서 풀어 주더군요."

장미의 남편은 한쪽 엉덩이를 들고 반바지 주머니에서 구겨진 넥타이를 꺼냈다. 적당한 취기로 그는 기분이 썩 좋은 것 같았다.

"어머, 저인 넥타이 매기를 죽기보다 싫어하면서두. 도로 드려야 해."

장미가 말했다.

"그런 넥타이 집에 또 있어요. 김 교수님 그거 아셨어요?"

신옥이 물었다.

"아뇨."

"그렇담 그걸 알려 드립니다."

"남의 사정은 생각지도 않고 저인……어찌 됐건 린다가 나와서 당신은 좋았겠네요."

장미가 말했다.

"아냐, 오빤 유익하고도 즐거운 시간을 보냈어. 그렇잖으면 우리가 어디 가서 미국 사람들하고 어울려 보겠어."

"오, 넌 신랑을 오빠라고 부르는구나. 아까 식당에서 점심을 먹을 때도 오빠라고 그러는 것 같았지만 난 내가 잘못 들었으려니 했다. 아빠를 오빠로? 아이가 없는데도 벌써부터 아빠라 하는구나 했어."

"결혼 전에 부르던 버릇대로 그냥. ……인제 가족이 생기면 다르게 불러야지. 오빠하고 나하고는 오늘 너네 부부를 만나서 아주 의미 있는 시간을 보냈어. 세상일이 그렇드라구요. 어떤 목적 하나만 마음에 품고 그 외는 그냥 하늘에 맡기고 있으면 생각지도 못했던 여러 가지 일들이 일어나요. 사과를 손에서 놓으면 반드시 그 사과는 땅으로 떨어지죠. 떨어진다는 것만 알고 손에서 놓으면 됐지. 다음 과정을 일일이 마음쓸 게 아니더라구요. 모로 가도 서울로 가면 된다고 목적 하나만……그거 하나만 정해 가지고 있으면…… 그 과정에서……똑바로 떨어질 때보다 모로 세로 떨어지는 과정에서…….”

“그럼 묻겠는데 미세스 리의 오늘의 목적은 무엇이었습니까?”

장미의 남편은 두 눈에 호기심을 담고 신옥을 건너다보았다.

“보고 배우고 즐기는 거죠. 우린 그래서 여행을 하는 거죠.”

“알았다구! 내가 그걸 알았다구! 미스터 리가 오늘 그 친구들하고 지낼 때 입 꼭 다물고 말 한마디 안 했으나 음미하듯 술을 마시며 속으로 고요히 누구보다도 즐기는 걸 내가 알았다구.”

장미의 남편은 무르팍을 치며 좋아했다.

“봤지, 신옥아. 저인 다 저렇게 자기 식으로 해석한다. 그래서 남을 끌고 영화관에 가서 일고여덟 번씩 같은 영화를 본단다. 자기가 좋으면 남도 다 좋아하는 줄 안단다. 어쩌면 그럴 수가 있니? 난 이해를 못 하겠어. 미스터 리, 정말 괜찮으셨어요?”

“전 말입니다. 김 교수님 같은 분은 세상에 나와서 처음 봤습니다. 사내대장부가 그렇게 다 불어 대시다니요.”

“어마, 오빤 술이 취했나 봐.”

신옥은 남편이 9년이나 나이가 위인 장미의 남편에게 실례를 저지르는 것 같아서 마음이 오그라들었다.

“미스터 리, 집에 와서 신고하는 건 다 나의 평화와 안녕 질서를 위해서요. 난 웬만한 건 와이프한테 맡기고 살아요. 잡혀 줬죠. 그러고 나니 아아주 편해요.”

장미의 남편은 맥주통같이 둥근 가슴에다가 부드러운 음성을 가득 담아 가지고 있는 듯했다. 그는 실제보다 커 보이는 사람이며 누구하고라도 통할 수 있어 보였다.

“아일랜드 바의 메뉴가 전부 느끼했었다니. 저녁들은 잘 드셨어요? 우린 저녁때 부침개를 해서 맛있게 먹었어요. 집에 있던 재료들을 가지고 신옥이가 했는데 그거 좀 덴혀 올까요?"
"아닙니다. 난 술 마실 때 안주를 안 먹습니다."
"나도 생각 없어. 냉수나……."
장미의 남편은 냉장고로 가서 마시던 컵에 찬물을 채워 가지고 돌아왔다.
"그렇게 필립 장하고 시간 가는 줄 모르고 재밌게 놀고 있는 거면 집에다 전화나 좀 하지. 금방 들어올 듯이 그래 놓고 무소식이니 신옥이하고 얼마나 기다렸는데요."
장미는 자기 남편한테다 말했는데 신옥의 남편이 끼여들었다.
"장미 씨. 시간은 돈이 아니고 줄어드는 것이 아니고 일순간의 쉼도 허용 않는 것이 아닙니다. 엄밀히 말해서 지금 여기 이 순간을 규정할 만한 단위나 시간적 척도는 없습니다. 어떠한 수치에 의해서도 현재라는 순간을 규정지을 수는 없는 것입니다. 시간은 사실 그냥 있는 것입니다. 오늘은 늘 있는 시간 속에 오늘이라 합디다."
"미스터 리는 그럼 시계는 왜 차고 다니세요? 시계 바늘은 지금도 가고 있잖아요."
"이 시계는 신옥이 사서 채워 준 것입니다. 그렇습니다. 시계 속의 시간은 이 순간도 쉬임 없이 흘러가고 있습니다. 그러나 그것은 만든 시간입니다. 시간을 잘라 내서 인간이 만든 거죠. 1905년에 아인슈타인은 상대성 법칙을 발견해서 뉴턴적인 생각에 사로잡혀 있는 세상을 경악케 했습니다. 공간이란 3차원이 아니고 시간과 공간은 따로 존재하는 것이 아니라는 거죠. 빛의 속도로만 가면 시간은 정지한답니다. 밴쿠버에서 저는 닥터 유하고 이런 얘기를 밤새워 했었습니다. 닥터 유는 저와 대화가 가능한 분이더군요."
인간이 시간을 잘라 내서 기계를 만들었다고 말할 때 신옥의 남편은 손바닥을 옆으로 세워 가지고 탁자 위에다가 칼질하는 것 같은 시늉을 했다. 그 몸짓에는 왜인지 섬뜩하도록 노여움이 깃들여 있었다. 그런 그로부터 모두의 시선을 거두어들이려는 듯이 신옥이 크게 한 손을 들어 머리를 만지며 입을 열었다.

"무엇보다도 저는 이번 여행중에 김기자 아주머니한테서 커다란 인생 공부를 했어요. 박사 학위를 가진 분이 자녀들이 넷이나 있는 남자와 결혼하여 직장을 가지고서 이국에서 그 아이들을 다 키워 냈을 뿐만 아니라 음식을 아주 정성스럽게 장만하시는데 감명을 받았어요. 차 한 잔을 끓여도 알맞은 농도와 온도로 우려내어 제일 좋은 찻잔에다가 따르셨어요. 음식도 양식이면 양식답게, 한식이면 한식답게, 꾸미까지 정식으로 하셨죠."

"네, 그 누님은 강하시죠. 우리 형제가 5남맨데 어머니가 일찍 돌아가셨어요. 누님이 우리들을 다 키우셨다 해도 과언이 아니죠."

"신옥이는 누가 선생님을 안 했달까 봐서 맨날 인생 공부를 했느니 인생의 목적이 무엇이니, 배웠느니 말았느니 하고 얘기를 한답니다."

"오, 너 선생님이었니? 미스터 리, 그래요?"

"난 사범 학교를 나와서 순천에서 초등학교 교사로 있었어. 작년에 집 짓기 직전에 그만뒀지만. 그러니 자연 고속 버스를 타고 서울을 오르내리는 시간이 많았었는데 스물여덟 살, 눈 내리는 어느 날, 버스 창 밖으로 흘러가고 있는 겨울 경치를 내다보다가 나는 이 해 안으로 꼭 결혼을 해야겠다고 결심을 했어. 그냥 어떻게 결혼이 되겠지 되겠지 하고 수동적으로 운에 맡긴다는 듯이 있지를 말고 계획을 세워야겠다는 생각이 들었어. 그러나 무엇을 어떻게 해야 할지는 몰랐어. 사과가 땅에 떨어질 것만을 믿고 손에 든 사과를 놓았다고나 할까. 그런데 그때 내 옆자리에 앉아 있는 머리가 허연 남자분이 오빠의 아버님이셨어. 지금 시아버님이시지."

"어마아, 그래서……."

장미는 갑자기 재미가 났다.

"그런데 그 버스는 내가 처음에 탔던 버스도 아니었어. 몇 정거장 달리다가 고장이 나서 뒤에 오는 버스에 옮겨 탄 거였어. 그래서 나는 아는 거야. 목적만 정해 가지고 있으면 되지 세부 사항은 그냥 놔두면 상상도 못 했던 일이 일어나는 거 같애."

"저의 아버님께서요, 어느 날 말씀하시더군요. 너의 색시는 순천에 있는 자랑초등학교에 있다구요. 버스에서 아주 얌전하고 야무진 처녀를 만났다구요. 저 사람이 좀 어려 보이지 않습니까? 아버님은 그때 스물여덟 살이나 먹은 저 사람을 스물을 갓 넘긴 앳된 처녀로 보셨더군요."

신옥의 남편이 말했다.

"어쩌믄! 신옥아, 그때 버스에서 무슨 일이 있었니?"

"저언혀. 난 옆에 계신 어른하고 이런 얘기 저런 얘기 하면서 왔을 뿐이었어. 그냥 보통 얘기야. 그분이 여러 가지를 물어 보시더라. 밖에는 함박눈이 펑펑 쏟아지고 있었어. 이런 날 여기 이분말고 사랑하는 애인하고 마음속의 얘기들을 하면서 가면 얼마나 좋을까 싶더라."

"신옥이는 어른들이 좋아하는 타입의 여자야. 틀림없어요. 우리 밴쿠버 언니도 신옥이를 좋아하는 것 같았어요. 미스터 리, 그렇죠? 그래서 신옥이를 만나셨어요? 만나니까 첫인상이 어땠어요? 첫눈에 사랑이 싹텄어요?"

"우리 얘기만 물어 보지 말고 너네 얘기도 좀 해봐."

신옥이 말했다.

"우린 평범해. 미스터 김은 선생이구 난 학생, 직접 제자는 한 번도 아니었지만."

"사랑? 이 세상에 사랑이라 일컬을 수 있는 것이 혹시 있다면 그건 전부 이루지 못한 것이 아닙니까? 차가운 현실이 우리 얼굴을 갈기기 전이 아닙니까?"

신옥의 남편이 말했다.

"오빠하구 나하구는 시아버님 때문에 만난 게 아니라 우연히 딴 데서 알게 됐어요. 내 친구 생일 파티에 갔는데 귀공자 같은 남자가 환한 모습으로……."

신옥이 말했다.

"그거 깊은 인연의 부부시군요."

장미의 남편이 말했다. 그는 졸렸으나 자리를 뜨지 않았다. 실례를 저지르고 싶지 않아서이기도 했고 일어날 기운이 없어서이기도 했다.

"난 술이 거나했는데 보니까 웬 여자가 빈 의자 밑에 스커트를 얌전하게 펴고 앉아 있었습니다. 아무도 그 여자 근처에 없더군요. 난 그리로 가서 이 의자에 임자가 따로 있습니까? 하고는 앉아 버렸죠. 그때까지는 거진 장난이었는데 앉고 보니 갑자기 좋아지는 겁니다. 그런데 이 사람이 어디로 가버렸어요. 그 집에서 나올 때까지 계속 안 보였습니다."

"그건요, 오빠가 술을 엉망으로 마셨기 때문이었어요. 혀 꼬부라진 소리로 자꾸 추근대는 거예요. 그래서 도망을 갔는데 그 후로 오빠가 내 친구한테 나에 대해서 여러 가지를 물어 보면서 만나게 해 달라고 하더래요. 술을 안 마시면 만나겠다고 했어요."

"그래, 술은 간단히 볼 게 아냐."

장미가 말했다.

"우리 집에 문제가 있다면 그건 절대 술과 무관합니다. 술 때문이 아니고 이 사람이 나한테 잔소리를 할 때 내가 잔다는 데 있습니다. 잔소리가 자장가인 듯이 잠이 오는 겁니다. 신옥이는 말하다가 내가 듣는 것이 아니라 자고 있다는 걸 알고는 쑥스러워서 그만둡니다."

신옥은 남편의 말을 듣고 얼굴을 붉혔다.

"그렇게 말하면 우린 맨날 다투는 부부 같은데 그게 아니구요. 무슨 문제가 있으면 대화로 풀어 가려고 노력하고 있어요."

"대화는 피곤합니다. 내가 관찰한 바에 의하면 부부 사이에는 대화가 오히려 없는 것이 좋습니다. 각자의 위신을 세우며 자신만의 생활을 가질 수 있어야겠죠. 사람은 누구나 다 그만이 가진 요구가 있습니다. 어떤 이는 사랑을 한답시고 주고 주고 주고, 어떤 이는 주고받고 주고받고, 어떤 이는 받고 받고 받고, 그런데 어떤 이는 시간과 공간을 줍니다. 난 시간과 공간이 필요합니다. 행복이란 지극히 사사로운 감정이어서 무리하게 강요해서 될 일이 아닙니다. 마음을 억지로 한 방향으로 끌고 가면 스무 살에 했던 말을 서른 살 때 후회합니다. 상대방을 내버려둬 주는 거, 그게 사랑입니다."

"그러니 미스터 리는 아까 우리 미스터 김이 밖에서 지낸 얘기를 했을 때 얼마나 황당하셨을까요."

장미가 말했다. 장미의 남편은 졸고 있었다.

"이봐, 원비디 있어?"

신옥의 남편이 올라오는 트림을 가슴에 한 손을 얹어 누르며 물었다.

"어마, 속이 불편해요?"

신옥은 식탁 의자에 놓여 있는 핸드백을 가지러 일어났다. 신옥의 남편은 냉장고와 책상 사이에 놓인 의자에 움직임이 없이 앉아 있었으므로 신옥은 그의 옆을 몸을 짜내며 지나가야 했다. 신옥은 갈 때도 등을 벽에 문지르고 엉덩이를 냉장고에 부딪쳤고 핸드백을 들고 올 때도 그랬다.

"보세요 미스터 리, 혼자만의 시간과 공간이 필요하다고 하시면서도 아내의 손길을 그 누구보다도……원비디? 그걸 이 외국에서…… 난 놀랐어요."

"장미 씨는 내가 그렇게 우습습니까?"

신옥의 남편은 아내가 마개를 따서 내미는 음료를 목을 뒤로 젖히고 꿀떡꿀떡 마셨다.

"하긴 신옥이를 보자마자 어머니도 말씀하시더군요. 너는 저런 색시 얻어야 한다구 말이죠. 그때 나는 사귀던 여자가 있었습니다. 군대 가기 전부터 알던 여잔데 그 여자랑 만나고 밤에 집으로 오는데 이상하게 신옥이 생각이 났습니다. 그래서 그 여자랑 정리를 하고 신옥이를 집중적으로 만나기 시작했습니다. 참 좋더군요. 넌 언제 장가들 거냐. 색시가 해주는 밥을 먹어야 할 놈이 내 밥을 먹고 있구나 하고 병드신 어머니가 밤늦게 들어간 내게 밥상을 차려 주며 말씀하셨습니다. 그래서 내가 그랬죠. 어머니한테 보여드리고 싶은 여자가 있어요. 그러니까 어머니는 몰래 구경하시겠답니다. 그래서 롯데 호텔 로비에서 내가 신옥이와 만나는 장면을 아버님하고 둘이서 숨어서 구경하셨어요. 그날 신옥이와 헤어져 집으로 들어갔더니 집에서는 경사가 났어요. 아버님이 찍어 놓았다는 순천의 규수감이 바로 신옥이었던 겁니다. 부모님들이 나보다 더 신옥이를 좋아하시며 혼인이 안 이루어질까 걱정을 하니 이젠 내가 뭐가 뭔지 모르게 되고 말았습니다. 아직도 난 알고 싶은 겁니다. 내가 정말 신옥이가 좋아서 결혼을 했는지 아니면 부모님 성화에 결혼을 한 건지…… 문득문득 내 결혼을 도둑맞고 만 것 같은 상실감에 사로잡힙니다. 퇴근 후에 친구들과 술 한잔하고 들어가겠다고 집에다 전화를 하면 몇 시에 올 거냐고 신옥이는 묻습니다. 무슨 특별 요리를 해놨다는 겁니다."

그의 입에서는 말이 줄기로 흘러나왔다. 남더러 들으라고 하는 것 같지도 않고 자기 자신을 잘 보이려고 하는 말 같지도 않고 그냥 흐르는 말줄기였다.

"우리 집에서도 음식은 내가 해요. 미스터 김이 할 때도 있지만 대개는 내가 하고 미스터 김은 빨래를 하고 장도 좀 봐주고……청소도 요기만……."

"공평하게 일을 나눠 하려고 해도 장미가 나보다 조금 더 하죠. 그냥 내 느낌인데 나보다 와이프가 아무래도 더 하고 있는 것 같아요."

장미의 남편이 말했다. 그는 한참 동안 깜빡깜빡 졸았는데 갑자기 더 이상 졸리지 않게 되었다. 술기운도 없어지고 정신이 맑았다.

"결혼은 사회를 위해서 있는 거지 그 안에 들어 있는 사람을 위해 있는 건 아니라고 봅니다. 신옥이는 내 발목에다가 쇠사슬로 우리 집을 묶어 놨습니다. 결과로 나는 신옥이란 여성에 대해 아쉬운 것이 전혀 없는 남성이 됐습니다. 저 여성은 내 집 속에 항상 있을 것이다, 그러므로 나는 저 여성의 기분이나 의견을 상관할 필요가 없다아 그런 겁니다. 그러나 아이를 갖는 문제가 이슈로 떠오르면 간단해지지가 않습니다. 부모님까지 신옥이와 함께 성화입니다. 인생은 무거워서 좀 누웠다가 가고 싶지만도 계속 가야만 합니다. 나는 세상에는 중요한 사람이 아닐지 모르나 나를 아는 몇 사람한테는 아주 중요한 사람입니다. 내가 말을 안 들으면 그 삶들이 나를 싫어할 것 같고 미안하고……그 사람들이 나를 어떻게 생각하나 하는 것이 빤히 보여서 난 내가 누군지 모르겠습니다."

"미스터 리가 자신의 정체성에 대해서 말하니 TV에서 본 것이 생각나는군요. 어떤 남자가 어머니로부터 자신이 시험관 아기라는 것을 듣고 아버지를 찾아다니더군요."

장미의 남편이 말했다.

"미스터 김은 이 얘기를 참 좋아해요. 그 필름을 어디서 구할 수 있었으면 좋겠대요. 미스터 김은 뭐를 한번 좋아하면 끝을 몰라요."

장미가 말했다.

"그런데 이 사람은 아버지를 찾는 과정에서 아버지의 정자가 아이를 다섯 명 더 만들었다는 것을 알아냈더군요. 다섯이 전부 다 여자더군요. 미국 중서부에 있는 작은 도시에서 생긴 일인데 그 아이들 중의 하나가 고등학교 때 생물반에 같이 있던 소녀였답니다. 아무것도 모를 땐데도 걔가 좋아서 데이트 신청을 했었는데 여자애가 안 받아 줘서 사귀지를 못했답니다. 그 남자는 형제로는 그 여자 하나밖에 못 찾았어요. 그러고 마침내 정자를 제공한 아버지를 찾아냈습니다. 아주 이상한 느낌이었답니다. 그 사람은 젊은 날 용돈을 벌려고 아무 생각 없이 정자 은행에다가 정자를 제공했던 아버지의 팔을 만지면서 이 살이냐, 이 살이 진짜냐 하고 도저히 말로는 표현할 수 없는 어떤 감정을 느끼더군요. 마지막 장면은 이 남자가 자기를 길러 준 아버지의 무덤 앞에 서 있는 거였습니다. 길러 준 아버지는 그가 자기 아이라고 죽는 날까지 말했답니다. 그가 세상에 태어났을 때는 친지들에게 축하 시가를 돌리며 기뻐했었다고 그 사람은 길러 준 아버지에게 감사의 눈물을 흘리더군요."

"좀 출출해지는군요. 과자 쪼가리라도……."

개구리같이 다리를 벌리고 앉아서 신옥의 남편이 말했다.

"그래요?"

신옥은 용수철이 튕기듯이 일어나 사방 벽에 부딪히며 벌써 부엌으로 가고 있었다.

"내가 비빔국수를 만들게요. 오빠는 시고 얼큰하게 무친 국수를 참 좋아해요. 김 교수님도 배고프시죠? 여기 아까 국수가 있었는데……저녁 할 때 내가 봤었는데……."

찬장 문을 있는 대로 열어 보며 신옥이 말했다.

"응, 그건……내가 알아."

"장미 씨가 안 가셔도 잘할 겁니다. 신옥이는 일을 할수록 기운이 솟는 이상한 체질입니다. 저 사람이 집 지을 때 총지휘하는 모습을 장미 씨가 한번 봤어야 했습니다. 그건 바로 초인의 경지였었습니다. 난 회사에 나가느라고 관여할 시간도 없었지만 관여할 필요도 없었습니다."

신옥의 남편은 일어서려는 장미를 손으로 잡아 앉혔다.

"비빔국수요? 거 좋죠. 몇 년 만에 먹어 보는 것 같군요."

의자에 몸을 낮추며 장미의 남편이 말했다.

"그런데 말이죠 김 교수님, 아까 그 얘기 말예요. 그 사람의 어머니는 아무 정자나 병원에서 얻은 건가요? 노벨상을 탄 천재의 정자가 아니구요?"

신옥은 국수를 찾아냈다. 양파도 찾아내고, 당근도 찾아내고, 양송이도 찾아내고, 마늘이 있어야 하는데…….

"그냥 평범한 노인이던데요. 허술한 집에서 할망구하고 살고 있습디다. 직장에서 은퇴했대요."

장미의 남편이 말했다. 부엌 공간에 불이 환하게 켜지고 거기서 물 소리 그릇 소리와 함께 음식이 만들어지고 있는 것이 오늘따라 그의 마음을 푸근하게 했다. 그는 여기가 아닌 고국에서 살고 있는 누이들? 처녀들? 어머니들? ……그런 것을 느꼈다.

"그래, 그런 소리들이 있었어. 노벨상을 탄 사람들의 정자 은행을 만든다고, 아마 벌써 만들었는지도 모르지. 그때 페미니스트들이 정자 은행이 있다면 난자 은행도 있어야 된다고 그랬던 것 같애."

장미가 말했다.

"노벨상 좋아하시네."

신옥의 남편이 말했다. 그는 일개 정충에 불과할지라도 아내의 입에서 거침없이 흘러 나오는 노벨상을 탄 남자, '나암자'라는 소리에 역겨움을 느꼈다.

"아유 우스워라. 저 말이죠, 여자가 정자 은행을 찾는 건 괜찮은데, 남자가……남자가 말이죠, 내 알을 꼭 우수한 난자에다가 부화시키겠다. 그러는 건……그러고 돌아다니는 건……."

장미는 무엇이 그렇게 우스운지 허리까지 꼬부리며 웃었다.

"아마 신옥이는 노벨상 수상자의 정자가 어디 있는지 알기만 한다면 집을 팔아서라도 살 겁니다. 저 사람의 인생 모토가 미래는 자기 손으로 만들어 간다는 것이거든요. 우린 계획대로 집을 지었고 계획대로 신혼 여행을 하고 있으니 이제 집으로 돌아가면 아이를 가질 겁니다.

이번 여행을 위해서 신옥이는 영어 공부를 얼마나 열심히 했게요. 집을 짓는 와중에도 허리에다가는 워크맨을 차고 헤드폰은 머리에 끼고……우린 집을 완성했고……예산은 좀 초과했지만 말입니다. ……그리고 신혼 여행을 지금 하고 있는 중이니 이제 집으로 돌아가면 아이를 가질 겁니다. 방법은 나에게 묻지를 마십시오. 사과를 손에 쥔 건 신옥이니깐요."

"남녀의 신체 구조상 난자 은행엔 무리가 따를 것 같군요."

장미의 남편이 신옥 남편의 칼칼한 음성을 다리미질로 펴는 듯 느리고 둥그런 음성으로 입을 열었다.

"가령 말이죠, 어떤 남자가 노벨상을 탄 여자의 난자에다가 수정을 했다 합시다. 그 다음에는 어떻게 합니까? 그 남자는 수정체를 들고 아내나 아니면 다른 여자한테 가서 내가 우수한 난자를 구해서 수정을 한 아주 귀중한 것인데 당신 자궁에 넣어서 제발 잘 키워 주시오 하고 부탁을 해야 하겠죠. 남자의 몸에는 생명을 키울 장소가 없으니까요."

"아이 돈 노(I don' t know). 아이 돈 노. 난 모르겠어……."

말꼬리를 흐리며 신옥의 남편은 벌떡 일어났다. 그는 비틀거리며 거친 걸음으로 욕실을 향해 갔다. 스토브 앞에 서서 야채를 썰던 신옥이 그 모습을 근심스럽게 바라보았다. 어머, 많이 취했나 봐.

잠시 말이 끊기고 어색한 침묵이 공간에 떠돌았다.

"사실 난 아이를 낳아 본 일이 있어."

장미가 부엌 쪽으로 의자를 돌리고서 말했다. 불임의 불안에 시달리고 있는 신옥이 앞에 있으니 장미는 자신의 임신 경험이 갑자기 자랑스럽게 느껴지는 것이었다.

"그래애?"

어머 얘가 남편 앞에서 그런 얘기 막 해도 되나? 신식 남편이라서 괜찮은가, 아니면 이미 고백을 해버려서 문제가 되지 않나.

"사산된 거 있지. 아니 사산은 아니구 나서 사흘 만에 죽었어."

"그때 장미가 아주 슬퍼했었습니다."

장미의 남편이 말했다.

난 또 뭐라구. 괜히 놀랐잖아. 신옥은 프라이팬에 기름을 둘렀다.

"애기가 뱃속에 있을 때, 그때부터 벌써 모성애를 느낀다는 건 거짓말이야. 난 안 그렇더라. 애기가 죽고 산모가 살아야 하나 산모가 죽고 애기가 살아야 하나 그런 갈림길에 선다면 난 물론 애기지. 그런데 이상해. 낳고 나니까 모성애가 생기더라. 새처럼 조그만 애기가 인큐베이터에서 생명줄을 붙들고 할딱할딱 애쓰는 게 안타까웠어. 죽고 나니까 가슴이 너무너무 아프더라. 그런데 이상해. 죽은 애기가 나를 안아 주고 위로해 주는 거 같은 거 있지. 내가 안아 주고 싶었는데 거꾸로 애기가 날 안아 주겠지. 살아 있다면 벌써 다섯 살이야. 공원에 나가서 뛰놀 때지."

음식이 프라이팬 속에서 소리를 내며 익고 있었다. 맛있는 냄새도 풍겼다.

"그래도 여긴 우리 집인데, 넌 손님인데, 내가 좀 해야 하는 거 아니니?"

"아냐, 앉아 있어. 그런데 그런 경우엔 애기가 죽는 게 차라리 낫겠더라. 우리 친정 동네에 이수나라고 미스 코리아에 나가서 본상은 아니고 무슨 상에 뽑힌 굉장히 얼굴이 예쁜 여자가 있었는데 애기를 낳고서 한 달 만인가에 죽었어."

"이수나요? 한국여대 나왔죠? 그렇게 들은 거 같애요."

장미의 남편이 말했다.

"졸업은 못 했을걸요. 미스 코리아에 뽑히고 나서 은행에 잠깐 다니다가 결혼을 했어요. 아들을 하나 낳고 그 아들이 한 살도 채 못 됐을 때 연년생으로 또 여자애를 낳았어요. 걔를 낳고는 그만 죽은 거예요. 병원 영안실에서 남편이 통곡을 하는데 눈물 없이는 못 볼 광경이었어요. 두 아이를 남편이 혼자 길렀어요. 지금은 커서 모두 중학교에 다니지만 걔들이 젖 먹을 때는 심봉사가 따로 없었어요. 이수나 남편은 계모 밑에서 자라났대요. 그 상처를 자신의 아이들에게는 절대로 줄 수 없다며 재혼 권고를 완강히 물리치고 있어요. 마음에 한 번 상처가 생기면 그것을 없애기는 어렵다나요. 옆에서 보기가 딱해요. 살림이 엉망이죠, 뭐."

"아이들이 예쁘게 생겼습니까?"

"신옥아, 미스터 김이 그 집 애들이 엄마처럼 미인이냐고 묻는구나."

"그렇지 못해요. 둘 다 아빠를 닮았어요."

"그렇군요."

장미의 남편은 슬픔을 느꼈다. 이수나가 죽었구나. 여중생이었을 때도 처녀같이 숙성한 태가 나던 아름다운 소녀였다. 작은누이가 결혼할 때였던 것 같다. 대학생이었던 그는 누이와 함께 갔던 침구점에서 갈래 머리를 땋고 숙제를 하고 있던 이수나를 처음 보았었다. 그렇게만 스쳐 간 여자건만 죽었다니까 항상 마음속에 있기나 했던 듯 그는 인생 한 귀퉁이가 떨어져 나간 듯이 허전했다.

"오빠가, 오빠가 왜 이렇게 안 나오지?"

신옥이가 욕실 쪽을 바라보며 말했다. 나무 칸막이로 막아 놓은 침실 옆에 욕실이 있었다.

"내가 가보죠."

마침 일어나고 싶었던 장미의 남편이 엉덩이를 들었다.

"어쩌면 어디 누워서 지금 쉬고 있는지도 모르겠네요. 오빤 술이 과하면 잘 그래요. 이제 국수만 삶으면 된다고 해주세요, 김 교수님."

"난 그럼 상이나 차릴게."

남편과 거의 동시에 일어나서 장미는 부엌으로 왔다. 수저를 서랍에서 꺼내 들고서 장미는 은밀한 태도로 신옥의 몸에 바싹 붙어섰다. 옛 친구인 신옥에게 해주고 싶은 충고가 그녀의 입 속에 가득히 들어 있었다. 너는 보통 아니게 매사에 열성스럽고, 보통 아니게 몸을 가꾸고, 보통 아니게 어른들의 환심을 산다. 그렇게 노력함에도 단 한 사람으로부터는 인정을 못 받는구나. 그 사람은 언제나 너의 손이 닿는 곳 너머로 냉큼냉큼 물러나는구나.

"미스터 리는 침실에서 혼곤히 자고 있군요."

장미의 남편이 침실 공간 어귀에서 큰소리로 말했다. 그리고는 욕실 안으로 사라졌다. 샤워 커튼이 닫히는 소리가 나고 이어 물 소리가 나는 것이 그는 샤워를 하는 것 같았다.

"모두 다 나오시면 국수를 삶아야지. 물은 곧 끓을 테니까. 오빠는 국수가 딱 알맞게 삶아져야 좋아해."

"우리 앉자 얘. 앉아서 기다리자."

장미는 식탁에다가 수저와 그릇을 놓고서 의자를 끌어당겨 앉았다. 그녀는 입 속에 든 말을 내쏟을 참이었다.

"신옥아."

장미는 식탁 건너편에 앉은 신옥을 다정하게 불렀다.

"응?"

"모래 속에다가 고개를 처박고는 제 눈이 안 보이니까 세상도 저를 못 보는 줄만 아는 타조. 너 아니?"

"나보고 타조 같다구? 미련해도 어떡하니. 국수를 잘 삶는 게 맛의 비결인걸. 집에서도 오빠가 식탁에 앉아 있어야 난 국수를 끓는 물에 넣는다. 감자전도 보는 앞에서 감자를 갈아 가지고 하나씩 부쳐서 뜨겁게 먹어. 오빤 고 맛의 차이를 알아."

길로부터 사람들의 말소리와 자동차 지나가는 소리, 급히 걸어가는 구두 소리들이 새벽으로 다가가는 공기 속에 메아리치며 올라왔다. 번쩍하는 빛 같은 것도 가끔씩 창문에 서렸다.

"보니깐 넌 모든 걸 노력과 의지의 차원에서 해결하려고 하고 있어. 현실이 자신에게 맞지 않고 희생만 강요할 때는 직시하고 현실을 바꾸는 용기가 필요하다고 봐. 변하지 않으면 계속 같은 경우에 처하게 되잖니. 혹시 다른 경우를 거치더라도 경험은 같은 것이 되고 말잖니. 난 오늘 저녁에 봤다. 미스터 리가 원하는 것은 시간과 공간이더라. 미스터 리는 마음속에 노여움이 잔뜩 쌓였더라. 미스터 리는 국수를 먹자는 게 아니었어. 봐라, 얘."

"오빤 고단했던 거지. 우린 밤새 고속 버스를 타고 아침에야 뉴욕에 도착했어. 사람들이 그러더라. 비행기 타구 날아다니면 보는 게 없다구. 버스로 달려야 미국을 안다구. 그런데 밖은 밤이니 보이는 것두 없구 의자에 앉아 장시간 버티려니 고역이었지 뭐."

"오, 넌 머리로만 사는 거 같구나. 심장은 싹 빼놓고 모든 걸 두뇌 차원에서 이해해 버리는구나아."

일단 말을 시작하고 나니까 장미는 울컥해지며 제 속에 가진 줄도 몰랐던 감정에 휘몰렸다. 남의 일에 이렇게 격해지는 것이 스스로도 이상스러웠다. 바보가 믿는 것은 현자도 어쩔 수 없다는 말이 왜 생겨났는지를 널 보니까 알겠구나.

"인생의 길에서 나는 누가 뭐래도 사랑의 삶을 살기로 선택을 했어."

"그걸 누가 뭐래니?"

"그건 말이야. 오빠가 내 심장을 이렇게 두근거리게 하는구나 하면서 잠도 못 자고 밥도 못 먹고 드러누워서 앓는 그런 사랑이 아냐. 네 말이 맞는지도 몰라. 네 말처럼 내가 머리로 선택을 했다 치자. 나는 그 선택에다가 내 심장을 끌어다 넣었다. 저기 TV는 그냥 상자곽이지만 전파에 연결이 되면 그 안에서 여러 가지 일들이 일어나잖니."

불자동차의 요란스러운 경적 소리가 맹렬히 다가오고 있었으므로 장미는 하려던 말을 멈추었다. 그러다가 경적 소리의 끝을 밟으며 장미는 타이르는 어조가 되었다.

"넌 다른 사람의 의견이나 기분은 고려함이 없이 너만 잘하고 있으면 다 되는 줄 알고 있어. 난 너에게 눈을 뜨라고 충고하고 싶구나. 눈을 떠야 뭐가 보이잖니."

신옥은 장미의 말에 수치감과 충격을 아울러 받은 듯 식탁 위에다가 손가락으로 의미 없는 그림을 그리며 묵묵했다. 그러다가 고개를 드는데 그 얼굴은 깜짝 놀랄 만큼 아름다웠다.

"오빠가 나를 보러 이 세상이 이렇게 넓고 여자들이 이렇게 많은데도 매일 밤 집으로 달려온다고 믿는 게 뭐가 나쁘니. 학생들은 하나라도 더 배우고 싶어 아침이면 집을 나서고 선생님은 하나라도 더 가르쳐 주려고 교실로 향하고 국회의원은 좋은 나라를 만들고 싶어 조바심을 치며 국회로 간다고 믿는 게 뭐가 나쁘니. 그렇게 보고 있으면 그런 일들이 일어나는 거 아니니?"

"이 세상에 눈 가리고 아웅 대회가 있다면 오, 넌 쉽게 여왕으로 뽑히겠구나."

"길을 가든지 밥을 하든지……뭘 하든지 간에 내 안에는 나를 보고 있는 변함없는 내가 항상 있어. 난 다른 사람들한테도 그런 게 있겠지 싶어. 오빠가 화를 내거나 기분이 침울할 때 나는 오빠가 정말로 그런가 싶어져. 오빠 속에도 모든 걸 보고 있는 또 하나의 오빠가 있겠지 해. 난 종이 인형을 가위로 오려 내듯 그 오빠를 그려낼 수가 있어. 어린애들은 크레용으로 이런 집도 그리고 저런 길도 그리고 이런 엄마도 그리고 저런 아빠도 그리지. 근본으로 가면 이 세상은 그렇게 우리가 크레용으로 그려 내는 게 아니니?"

신옥이 말을 하면 할수록 장미에게는 파국을 향하여 치달리고 있는 신옥의 모습이 똑똑히 보였다. 네가 알고 있는 것과 반대되는 일이 일어났을 때, 너의 믿음이 산산조각이 난다고 느꼈을 때 너는 얼마나 경악할까. 장미는 신옥의 얼굴 쪽으로 상체를 깊숙이 내밀었다.

"나무는 나무일 뿐인데 너는 나무한테다가 네 마음을 집어 넣고 나무를 미치게 하는구나. 사람은 항상 열려 있어야 한다고 봐. 그런데 어떤 사람들은 자기가 믿고 있는데 꽉 막혀 다른 걸 받아들이려 하질 않아. 그거야 나도 그래. 마음은 항상 같은 것을 원하지. 믿고 있는 것만을 느끼고 안심하고 싶지. 그러고 있으면 저 하나야 한없이 편하지, 그러나……."

"……."

"왜 조용하니?"

"듣고 있어."

조용한 음성으로 신옥이 말했다. 그러나 장미는 자신의 말이 신옥에게 먹혀들지 않았음을 느낄 수 있었다. 어떤 사람한테는 무슨 얘기를 해도 소용이 없구나. 귀가 먹은 게 아닌데두.

"아이구, 맛있는 냄새가 진동하는군요."

장미의 남편이 욕실에서 나왔다. 장미는 아직도 신옥에게 할말이 남아 있어 미진한 감정이었으나 식탁 의자를 당겨 주며 남편에게 앉으라는 몸짓을 했다.

"시원하겠어요. 내가 다 시원하네."

장미가 말했다. 장미의 남편은 흰 티셔츠에 체크 무늬 반바지로 산뜻하게 갈아입고 있었다. 샴푸 향기가 풍기는 젖은 머리카락 몇 올이 한 개의 작은 물방울을 달고 이마 위에 드리워져 있었다.

"신옥 씨, 요새도 이런 노래 서울에서 듣습니까?"

샤워를 하고 옷을 갈아입고 그러는 중에도 머릿속에서 떠나지 않는 하나의 노래를 장미의 남편은 부르고 싶었다. 그는 장미가 내민 의자에 앉아 노래했다. 내가 너의 얼굴을 밝혀 줄 수우 있다면 빛 하나 가진 작은 벼얼이 되어도 조오겠네. 너어 가는 곳마다 하암께

다니며 너의 기이를 비추겠네…….

"미스터 김이 굉장히 기분이 상쾌한가 부다, 오늘 밤."

장미가 말했다. 장미는 왜인지 조금씩 서러워지고 있었다. 김 교수가 노래를 하는 도중인데도 장미가 감히 말을 했으므로 신옥은 슬그머니 일어나서 스토브로 갔다. 신옥은 아까부터 일어나서 음식을 만들고 싶었다.

"얘, 너 이 노래 아냐니깐?"

장미의 목소리는 그녀 자신도 놀랄 만큼 날카롭게 나왔다.

"난 유행가들을 잘 몰라. 김 교수님은 노래를 잘하신다아."

두 개의 냄비를 양손에다 들고서 신옥이 말했다. ……내가 너의 아픔을 만져 줄 수 있다면 이름 없는 들의 꽃이 되어도 조오겠네, 으음 눈물이 고인 너의 눈 속에 슬픈 춤으로 흔들리겠네. ……장미의 남편은 아주 멀리에 있는 노래를 그리워하며 그것을 몸 안으로 불러들이는 것처럼 노래를 불렀다. 침구점에서 이수나를 보고서 집으로 오는 버스에서 들었던……돈암동인가 미아리인가 그 근처를 지날 때쯤, 하여튼 아마 그때쯤에……내가 너의 사랑이 될 수 있다면 노래 고운 한 마리 새가 되어도 조오겠네. 너의 새애벽을 날아다니며 내 가진 시이를 들려주우겠네……한 마리의 새로 정말 그는 나는가 보았다. 미아리 근처의 희뿌연 새벽이 눈앞에 펼쳐지고 있었다. 그는 어쩌면 온 서울을 다 보고 있는지도 몰랐다. 아니면 우리나라 전체……그리고 시집간다고 시끄럽던 가난하고 젊었던 누이들…….

4

한 대의 택시가 전등 빛으로 휘황한 뉴욕의 밤거리를 질주하는 한 대의 택시 안에는 신옥 부부와 장미의 남편이 그릇 속에 담긴 양 앉아 있었다. 밤 두 시가 가까운 시각이었다.

"뉴욕은 문만 나서면 삶과 맞부딪치죠."

장미의 남편이 말했다. 그는 오른쪽 창가에 앉아 있고 왼쪽 창가에는 신옥이 있었다. 그들 사이에는 신옥의 남편이 호송되는 죄수인 듯 옹송그리고 끼여 있었다. 그는 자느라고 국수도 못 먹었다. 신옥과 장미 부부가 몇 번 깨우려 했으나 발질과 손질을 아울러 하며 그는 깨기를 한사코 거부했었다.

택시는 헤드라이트 불빛을 앞으로 쏘아부으며 59번가에 있는 신옥 부부가 잡아 놓은 조그만 호텔로 가고 있는 중이었다. 타임스 스퀘어의 현란히 돌아가는 전광판들이 다가왔다가는 뒤로 물러섰다. 차들만이 다니는 거리에 가끔씩 웅성대며 걸어다니는 흑인 청소년들이 보였다. 뉴욕은 무서운 도시라는 소리를 너무 들어서인가 신옥은 사람 모습에 오히려 긴장하며 택시문이 잘 잠겼는가 하고 자기 옆에 있는 창문의 잠금 꼭지를 잠겨 있음에도 한 번 더 눌러 놓았다.

"도시는 결코 잠들지 않는다. 더 시티 네버 슬립스(The city never sleeps). 저기 저건 은행 광고 문안이지만 바로 뉴욕을 한마디로 표현한 것이죠."

장미의 남편이 빌딩 높이 붙어 있는 전광판의 글씨를 읽으며 말했다.

"아, 네에."

신옥이 대답했다. 그러나 넝마 뭉치처럼 곳곳에 쓰러져 자고 있는 부랑인들의 모습 때문인지 아니면 긴 날을 보내고 난 자신의 마음 상태 때문인지 더위 속의 도시는 고단하고 지친 듯해 보였다. 한 걸음 한 걸음……하나의 발을 힘차게 내딛고 그 다음 한 발을 그 앞으로……다시 뒤에 남은 발을 잡아당겨 또 한 번……앞으로……앞으로……눈을 들어 빛나는 해를 바라보듯 밝은 미래가 저기 있는 듯이 응시하며……오늘도 걷고 있으나 힘찬 발걸음 밑에 깔린 길은 짙은 안개였다. 초조? 실망? 낭패? 그런 감정들이 길로부터 축축하게 피어 올라 자신을 휘감았으나 손가락을 그 안에 넣으면 잡히는 것은 하나도 없었다. 이것은 나와 상관없다. 나의 감정이 아니다 하고 신옥은 마음에 서리는 안개를 힘껏 떼밀어 내려고 했다. 그러나 안개는 형체가 없이 시야를 막았다.

"인종 분규나 빈부의 차이 같은 문제는 우리 다같이 솔직히 인정하고 해결점을 모색해야 하겠죠."

장미의 남편이 신옥이 불안해하며 창문이 잠겼나 점검하는 것을 보고서 말했다.

"해결점을 발견할 수 없을 때는 차라리 불편한 상태 그대로를 보고 있는 게 낫겠죠. 우리는 불편한 것은 쓸어내 버리며 내 것이 아닌 듯이 그러죠. 무엇이 내 주변에 있든지 연결되어 느끼는 게 중요하겠죠. 가시가 박혔을 때는 다른 가시로 뽑아 내야 하죠. 그게 삶의 테크닉이죠."

"네, 가시가 박힌다는 게 뭔지를 전 이해해요."

집 짓는 동안에 나무를 만지며 신옥은 여러 번 가시에 박혀 보았었다.

"이해한다, 그것은 아주 얕은 레벨이죠. 이해한다는 것과 안다는 것은 분명 다르죠. 아는 것은 우리 속에 이미 있어요. 혹 본인은 그게 있는 줄 모르고 있었더라도 어느 순간 한마디 말이나 사건에서 아하 하고 깨닫죠. 그러나 속에 없는 것은 절대로 모르고 말죠. 우리는 전기로 이렇게 도시의 밤을 밝히고 있으나 사실 전기가 무언지 모르죠. 이해를 아무리 한다 해도 물이 되어 보지 않고는 H_2O가 뭔지, 흑인이 되어 보지 않고는 흑인이 뭔지, 한국 사람이 되어 보지 않고는 한국 사람이 뭔지 정말은 모르는 거겠죠."

"김 교수님은 이제 보니 굉장한 휴머니스트시군요. 김 교수님, 한국에 오시면 꼭 연락 주십시오."

신옥의 남편이 말했다. 어느덧 택시는 호텔 앞에 도착해 있었다. 그들은 일단 차에서 모두 내렸다. 이제까지 보였던 자신의 모든 면모를 일순간에 일신하고야 말겠다는 듯 신옥의 남편은 어깨를 빳빳이 세우고 팔을 내밀어 장미 남편에게 손이 으스러질 듯한 힘찬 악수를 청했다.

"아무리 바쁘셔도 알려 주셔야 해요. 장미한테도 오늘 고마웠다고 전해 주시고요. 집에 가서 편지 드릴게요."

후줄근히 주름이 진 핑크 투피스의 스커트를 손으로 자꾸 펴놓으며 신옥이 말했다.

"네, 네, 그럽시다. 그럽시다."

장미의 남편은 한 손을 쳐들어 보이고 그들이 타고 온 택시를 타고 집으로 돌아갔다. 뉴욕에서의 만남은 그날로 끝인 듯 큰 작별을 고하고 헤어졌으나 그들은 신옥 부부가 귀국하기로 된 8월 4일 아침에 다시 한 번 만나게 되었다.

5

8월 4일 토요일 아침에 장미는 현관문이 열렸다가 닫히는 소리에 잠에서 깼다. 이어 열쇠로 바깥에서 문을 잠그는 소리가 나더니 엘리베이터가 아래를 향하여 내려가는 소리가 들렸다. 남편이 조깅을 하면서 《뉴욕 타임스》 일요판을 사러 나가는가 보았다. 일요일 아침마다 그는 늘 그렇게 하고 있었다.

잠이 깨었으므로 장미는 일어나서 커피를 만들려고 부엌으로 나갔다. 커피포트에 물을 받고 있는데 전화 벨이 울렸다.

"헬로."

"올케지? 지금 TV 보지? 마라톤……마라톤……올림픽에서 마라톤을 해."

밴쿠버의 시누이였다. 장미는 전화를 받으며 리모콘으로 TV를 켰다.

"언니댁은 별고 없으시죠? 미스터 김은 지금 신문 사러 나갔어요."

"턱에 수염이 있고 하얀 띠를 이마에 동인 게 우리나라 애야. 띠에도 태극기가 있고 가슴에다가도 태극기를 붙였어."

"아, 나오네요. 하얀 띠. 어마 아주 단단하게 뛰고 있네요."

"전화 걸기를 잘했네. 난 이것들이 보고 있겠거니 하면서도 그냥 한번 걸어 본 건데. 올케는 그럼 손기정 나오는 거 놓쳤어. 일제시대에 일장기 달고 뛰던 거랑 서울 올림픽에 봉화 들고 뛰던 거 해주는데 얼마나 멋있었다구."

"언니, 어마 이북 선수도 있나 봐요. 우리나라 선수보다 좀 처져서. 일본인가 했는데 일본 선수가 아니구 이북이에요. 시골 아저씨 같은 헤어 스타일을 했네요."

"우린 아까 우리나라 선수를 일본 앤 줄 알았다구. 하얀 띠를 맸기 때문에 꼭 일본 애 같앴어. 우리나라, 일본, 중국은 얼굴이 참 비슷하게 생겼어."

시누이가 말하는데 뒤에서 닥터 유가 고함치는 소리가 들렸다.

"잘한다, 이봉주. 이북 끌고 1, 2등으로 함께 들어오너라."

시누이와 통화를 마치고 나서 장미는 신옥의 호텔로 부리나케 전화를 걸었다.

"얘, 지금 마라톤 보는데 눈물 나는 거 있지. 너 신랑하고 같이 우리 집에 와서 TV 보면서 아침 먹자. 지금 머리두 빗지 말구, 곧바로 택시 타고 와. 토요일이고 아침 여덟 시니까 교통도 안 막히고 금방 올 수 있을 거야. 알았지? 빨리 응? 빨리!"

신옥 부부는 그러나 우리나라 선수가 케냐 선수 두 명과 함께 막바지로 올림픽 스타디움을 돌고 있을 때에야 장미의 집에 도착했다. 신옥은 전에 입었던 핑크 투피스와 비슷한 디자인으로 된 연둣빛 투피스를 입고 목에는 예의 진주 목걸이를 하고 꽃을 들고 왔다. 신옥의 남편도 넥타이에 회색 양복을 단정하게 입고 있었다. 야! 봉주야! 처지지 마라! TV 화면에 나타나 비로소 알게 된 이봉주의 이름을 식구인 듯 부르며 장미의 남편은 신옥 부부를 맞을 새도 없었다. 그러나 상관없었다. 그들은 모두 다 TV에 시선을 꽂으며 초조하고 기뻐서 제정신이 아니었다. 모든 세상은 여기 있는 TV 스크린 안에서 끝나는 것 같았다.

봉주야 자알했어. 우리나라 선수가 마침내 2등으로 골인하고 미국선수 서너 명이 이십 몇 등으로 들어오는 것을 끝으로 마라톤 중계를 마쳤으므로 이북 선수가 들어오는 것은 보지 못한 채 그들은 식탁에 앉아 커피와 빵과 과일로 아침을 먹었다. 신옥이가 사온 노란 꽃이 화병에 꽂혀 향기롭게 식탁을 장식했다. 올림픽에선 마라톤이 제일 재미있어. ……그래, 법칙을 몰라도 누가 1등인지 2등인지 금방 알잖아. ……이북 선수는 처음에 좀 보이다가 안 보이는군요. ……오늘도 덥겠죠. ……네, 네, 네……그렇군요……. 그들의 마음은 즐겁게 어울리며 상쾌한 아침을 만들고 있었다. 그리고 모두 무슨 기계 속에 들어가서 새 상품으로 재생되어 나온 듯 신옥 부부는 장미 부부에게 또 장미 부부는 신옥 부부에게 처음 식당에서 만났을 때처럼 신비로운 존재로 돌아가 있었다.

제2장 서울의 사랑

1. 여름

화창한 초여름날 오후에 한 여자가 북한산 기슭에 앉아 있다. 핀이 풀린 머리를 반달 같은 빗으로 쓸어 올리던 여자의 두 눈이 갑자기 커진다. 어머나, 저걸 봐……파란 유리창을 통과해 흐르는 듯한 부드럽고도 신비로운 햇살이 마음을 따로이 가진 듯이 오솔길 안쪽으로 파르스름하게 퍼져 있다. 동공과 마음 사이에는 깊고도 서늘한 터널이 뚫려 있는지, 눈으로 들어온 오솔길은 여자의 마음속으로 서늘히 내려가 자리잡는다. 여자가 있는 곳에서는 여자의 아이가 다니는 초등학교도 환하게 내려다보인다. 학교 운동장은 분첩 속에 든 납작분같이 반반하게 비어 있다.

여자의 발 앞에서 섬세한 향기를 뿜으며 꽃송이가 봉긋 벌어지더니 연한 잉크 빛깔로 꽃잎이 활짝 펴진다. 온 우주가 손 붙잡고 피워 낸 것같이 신기하다. 그런데 이 꽃만이 아니구나, 여자는 굽혔던 허리를 편다. 눈에 들어오기 시작하니까 여러 모양 여러 빛깔의 꽃들이 이미 사방에 피어나 바람에 살랑거리고 있다. 아이의 학교가 파하는 시간까지 20분 가량을 여자는 그곳에서 지내다가 일어선다.

석 달쯤 지나서 여자는 그 오솔길을 꿈속에서 다시 본다. 여길 또 왔구나. 전에는 길 입구에서만 서성댔는데 지금은 달빛도 아니고 햇빛도 아닌 푸른 빛에 잠긴 길을 걸어가고 있다. 생각의 속도로 여자는 움직이는 것 같다. 모든 것이 죽은 듯이 조용하구나. 그러면서도 풀벌레 하나가 나는 소리를 듣는다. 그러다가……발걸음이 멎고 만다. 칼날같이 사납게 잎을 뻗은 풀더미 너머에 죽어 누운 남자가 있다. 마음이 섬뜩하더니 여자는 잠이 깬다. 밖에서 바람이 장대 같은 빗줄기를 데리고 지구를 휩쓰는 소리가 난다.

2. 가을

아이의 빨간 자전거가 기대어 있는 담장 너머 하늘은 간밤에 실컷 울고 났다는 듯이 맑게 개어 있다. 맞은편 산동네에서 한 남자가 마당에다가 쓰레기를 모아 놓고 태우고 있다. 그의 모습은 먼 거리 때문에 고작 한 뼘 키로밖에 보이지 않는다. 쓰레기차가 꼭대기까지 갈 수 없어서 산동네에서는 자주 쓰레기 태우는 연기가 솟는다. 마루에 앉아서 보는 때문인가. 쓰레기를 태우는 남자는 파랗게 드리워진 하늘 휘장 속에 서 있는 것 같다. 쓰레기로부터 나는 검은 연기는 구름에 닿아 보려는 듯 하늘을 향해 솟아오르나 구름은 너무나도 깨끗하다. 구름과 연기는 절대로 합칠 수가 없는 것처럼 보인다. 여자는 다듬은 콩나물이 든 양푼과 찌꺼기가 담긴 신문을 한꺼번에 쥐고 일어선다.

오후 두 시쯤에 여자는 부엌에서 나와서 응달 속 같은 마루를 지나 햇빛이 홍수를 이루고 있는 방으로 들어선다. 창문은 계절따라 다른 모습을 보여 주며 언제나 예쁘다. 지금은 코스모스가 한들거리는 뒷담과 라일락 나무의 일부분을 네모난 틀 속에 담고 있다. 여자는 앞치마를 벗어서 못에다 걸고 머리를 빗고 립스틱을 바른다. 눈썹도 안 그리고 분도 바르지 않으므로 여자의 화장 시간은 짧다. 여자는 시장 갈 때 드는 지갑을 열고 그 안에 돈이 얼마나 있나 본다. 만 원짜리 한 장 5,000원짜리 한 장 그리고 동전과 버스 토큰이 보인다. 지갑을 쥐고 방을 나온 여자는 마루 끝에 놓았던 찬합을 들고 신을 신는다.

"어머니, 이건 콩나물밥이에요."

여자는 난초 미용실의 뒷문을 열고 손님의 퍼머를 말고 있는 몸이 비대한 여자에게 말한다.

"까순일 데리러 가는구나. 시간이 벌써 그렇게 됐구나."

"네."

여자는 함부로 널려 있는 잡지와 신문들을 한군데 모아 놓고 머리카락이 떨어져 있는 바닥도 쓸어 놓는다.

여자는 들어올 때는 미용실 뒷문으로 들어왔으나 나올 때는 앞문으로 나온다. 미용실은 여자의 집 문간방이었는데 도로 확장으로 집이 길가로 나앉게 되자 2년 전에 개축해서 미용실이 되었다. 처음에는 시어머니가 미용사를 데리고 하다가 요새는 시어머니 혼자서 하고 있다. 새로 들어서는 아파트 건물과 사무실 빌딩들로 여자의 집을 위시해 주변의 집들이 폭삭 주저앉은 듯 보인다.

가을 바람이 싸늘히 옷깃을 파고든다. 여자는 집으로 들어가서 뭐 하나 덧입을까 생각하면서도 발걸음은 아랫길로 향한다. 아이를 데리러 학교로 가는 길인데 좀 늦은 것 같다. 버스를 탈까, 여자는 지나가는 버스를 바라본다. 아이의 학교까지는 다섯 정거장인데 꼬불꼬불 동네길을 다니는 버스여서 정거장과 정거장 사이는 짧은 편이다.

여자는 걸어서 학교 앞에 도착한다. 빨리 걷느라고 콧등에는 땀방울이 솟고 얼굴은 상기되었다. 학교가 파해서 나오는 아이들로 학교 앞은 시끄럽고 활기 있고 혼잡스럽다.

"넌 몇 학년 몇 반이니? 1학년 5반 파했니?"

여자가 그만한 또래의 아이를 붙잡고 묻고 있는데 가숙이가 엄마를 발견하고서 달려온다. 조금 있다가 가숙이의 한 반 친구인 마리도 와서, 여자는 두 아이를 데리고 학교 앞에 있는 모짤트 빵집으로 간다. 여자는 가숙이가 마리와 함께 손 붙잡고 나왔으면 싶은데 요즘 두 아이 사이는 별로 좋지 않은 것 같다. 두 아이는 친하다 말다 하며 지낸다. 여자는 마리 엄마와 직장에서 한 사람 몫의 일을 나누어서 하고 있다. 마리 엄마가 처녀때부터 다니던 회사인데 결혼해서 아이가 생기면서부터 사장의 양해를 얻어 월, 화, 금요일은 마리 엄마가 회사에 가고 수, 목, 토요일은 여자가 출근한다.

"오늘은 뭐 배웠니?"

여자가 빵을 먹고 우유를 마시는 아이들을 번갈아 보며 묻는다. 여자가 아이들에게, 특히 자신의 아이에게 말하는 태도에는 좀 특별한 데가 있다. 아이의 존재를 황공히 여기며 저절로 흐르는 사랑에 압도당하는 듯.
"아이구, 오랜만입니다."
빵집 문을 밀치고 들어서던 점퍼 차림의 남자가 여자를 보고 큰 목소리로 인사를 한다. 서 형사다. 5년 전 직장일로 유럽 연수중이던 남편이 제네바에서 납북된 사건으로 해서 여자는 그를 알게 되었다. 가족을 비롯해서 강만형을 아는 사람이라면 누구나 그의 북한행을 강제 납북으로 보는데 정부 기관에서는 그렇게만 보고 싶어하지 않았으므로 가족들에게는 몹시도 고통스럽던 시간이 있었다.
"까순이가 애죠? 벌써 책가방 메고 학교 다니나? 까불기도 하더니 아주 얌전해졌는데."
"아, 안녕하세요. 오늘은 날씨가 좋죠?"
"어떤 데는 비가 안 와서 야단이고, 어떤 데는 홍수가 나서 야단이군요. 마실 물은커녕 눈에서 떨어지는 눈물밖엔 물방울이라곤 구경 못 하는 데도 있습니다."
"네, 뉴스에서 봤어요."
서 형사는 여자에게 남편을 졸지에 잃고서 혼란스럽고 괴롭던 날들을 상기시킨다. 그때로부터 시간은 물같이 흘렀고 여자 자신도 흐르는 물이어서 저만치 가버렸는데 억지로 옛 모습을 짓고 있어야 하는 것 같아진다.
"간판을 보면 대개 가게 주인의 소원이 뭔지를 짐작할 수가 있잖습니까? 그런데 여긴 모짤트거든요?"
서 형사의 음성은 부드럽고 몸동작은 유하다.
"음악 학원 같아서요?"
"글쎄요. 까순이는 몇 살이지?"
"일곱 살이에요."
"너희는 중요한 사람이에요. 미래가 있거든."
서 형사는 두 아이의 어깨를 한 번씩 짚어 주고는 카운터 쪽으로 가서 주인 여자와 무슨 얘기를 나눈다. 그의 모습을 보며 여자는 그를 부르고 싶어진다. 그녀가 어젯밤 꿈에 본 장소를 그더러 가서 조사해 보라고 이런 걸 신고한다고 그러나? 여자는 거기 가면 꼭 어떤 남자가 죽어 있을 것만 같다.

학교 수업을 끝내고 몰려나온 아이들과 어머니들로 소란스런 빵집을 나온 여자는 아이들을 데리고 10분쯤 걸어서 태권도 도장으로 간다. 아이들은 건물 2층에 있는 도장으로 올라가고 여자는 삼거리에 있는 작은 시장으로 저녁 찬거리를 사러 간다. 오후의 태양은 육교와 그 너머에 있는 상가 빌딩을 분홍빛으로 씻으며 공상 과학 영화 속에나 나올 것 같은 초현실적인 장면을 연출해 내고 있다. 태양은 여자의 마음에도 빛을 던져 여자의 머릿속은 비고 오로지 마음만이 순금같이 빛을 발한다.

그 무엇을 잊지 않기 위해 여자는 머리를 비우고, 그래서 결국은 언제나 기억한다. 어둠을 보고 빛을 기억하듯 사랑의 기억은 한 번도 여자를 실망시킨 적이 없다. 둘이 아니고 하나라는 것. 하나의 경험을 다른 사람하고 완전히 나누었다는 것……그것을 흘러간 시간 속에서 끌어내 기억한다기보다……여자는 그냥 잊지를 않는다.

추석을 앞둔 요즈음 시장은 물건이 넘칠 듯이 많고 각종 나물과 과일들도 궤짝에 담겨 손님을 부른다. 포플린 원피스만을 입은 여자는 좀 춥다가 시장 안의 온기에 반갑게 휩싸인다. 떡집이나 순대집 같은 음식점 앞에 내다 놓은 솥에서는 흰 김이 솟아오른다. 여자는 천으로 하늘을 가리고 알전구가 빛을 쏘아 대는 시장 골목을 오르락내리락하며 아파트 경비실에 출근하는 시아버지가 좋아하는 두부도 사고 시어머니가 좋아하는 고등어도 사고 딸아이가 좋아하는 햄도 사고 떡집에서 금방 쪄서 목판에다 쏟아 놓는 뜨거운 송편도 2,000원어치 산다. 남편은 시아버지처럼 두부를 좋아했고 암만 먹어도 싫증이 안 난다고 했었다. 여자는 남편과 같은 몸을 갖고 싶어서 남편이 잘 먹는 두부를 먹는다. 장 본 것을 들고 여자는 태권도 도장을 향하여 걷는다.

한 공기의 밥이, 그리고 한 조각의 두부가 몸에 들어가서 어떻게 영양분으로 화하는가를 이해할 수 없듯이 여자는 어떻게 해서 자신에게 그렇게 신기한 일이 일어났는지 알 수가 없다. 가숙이는 돌을 앞뒀고 남편은 유럽 연수가 있기 6개월쯤 전인 어느 아침, 누워 있는 남편 곁에서 일어나 부엌으로 향하는 여자는 전과 똑같이 생긴 사람이었으나 달라져 있었다. 여자는 전과 다르게 세상을 보고 전과 다르게 세상을 느끼고 전과 다른 주파수로 진동하였다.

그날 이후로 온몸의 감각은 하루가 새롭게 열려 가고 건강을 비롯해서 여자의 모든 것은 좋아지고 더 좋아지고 항상 좋아지므로 여자는 스스로도 신비스럽고, 고마운 마음이 줄곧 우러나왔다. 남편과는 남북으로 갈려 세월이 유수같이 흐르고 있으나 시간이 갈수록 이별의 슬픔이나 혼란은 사라지고 남편과의 결합은 점점 단단해지는 것 같았다. 여자 자신의 힘으로가 아니라 결혼이 저 스스로 그렇게 질서를 찾으며 자리를 잡는 것 같은 요즈음이다.

길을 건너려고 오는 차 가는 차를 살피고 서 있는데 하늘로부터 한 마리의 새가 여자 쪽으로 날아오더니 커져 가지고는 산 방향으로 사라진다. 새를 쳐다보다가 훌쩍 눈에 든 산에서 여자는 다시 간밤의 꿈을 생각한다. 이렇게 머릿속에 붙어서 떠나지 않는 꿈도 있으나, 여자는 매일 밤 꿈을 꾸고 아침이면 거의 다 잊어버린다. 남편이 실종되기 며칠 전에는 꿈속에서 돌아가신 친정 어머니가 여자의 이름을 불렀다. 갈희야. 부르는 목소리에 잠이 깼으나 여자는 눈을 뜨지 않았다. 지금 와서 생각하면 그건 어머니가 앞으로 닥칠 어려운 일을 꿈에 나타나 미리 걱정해 준 건가도 싶은데 그때 마음에는 여자 속에 남겨 놓은 어머니 자신을 어머니가 부르는 것 같았고, 어머니를 존중하는 마음이 우러났고, 나는 나가 아니므로 나를 잘 대해야겠다는 생각을 했다. 요 위에 누운 자신의 몸이 가장자리 없이 넓은 벌판인 듯 아니면 가장자리 없이 넓은 바다인 듯이 느껴졌다.

꿈속의 삶이 너무 좋아서 꿈 깬 후의 삶은 삶이 아닌 것처럼 느껴지는 꿈도 여자는 가끔 꾼다. 하늘은 불타는 듯한 노을로 덮였고 바다 또한 노을빛으로 파도치는데 어떤 거인 남자의 손을 잡고 여자는 바다를 향해 걸어가고 있었다. 바닷물이 점점 깊어져서 여자가 겁을 낼 때쯤에 거인 남자는 여자를 작은 인형인 양 거뜬히 들어올리더니 무등을 태우고 바닷속을 늠름히 휘적휘적 걸어갔다. 아무리 깊은 바다도 거인의 허리에는 못 미칠 것 같았다. 거인 남자는 남편이라는 인상이었고, 대단히 보호를 받고 있다는 느낌, 우리는 끝내 만났다는 성취감 같은 것이 꿈을 꾸는 중에도 여자의 가슴을 뿌듯하게 했었다.

그날로부터 열흘 후에 여자는 딸아이와 마리를 데리고 학교에서 돌아오다가 산에 가본다. 단풍이 들어 화려한 오솔길은 햇살이 어떤 각도로 비쳐들어서인지 오늘도 신비스럽고, 아이들은 학교 숙제라고 낙엽을 주우며 앞서거니뒤서거니 하며 따라오는데 여자의 심장이 쿵 소리를 내며 멎는다. 풀더미가 있고 거기 쓰러져 있는 남자가 언뜻 보이고 있었다.

3. 겨울

"아침에 일어나니 나무에 설화가 펴서 사진 촬영하는 작가들이 감탄을 금하지 못하고 갔습니다. 내일 오시는 분은 밤 사이에 날씨가 어떻게 변할지 모르나, 지금은 사람들이 노고단까지 못 올라오고 있습니다. 오늘 저녁을 지나 봐야 제가 서울로 갈 수 있을지 알겠습니다. 어머니께는 따로 전화를 안 드리니 형수님이 잘 말씀해

주십시오."

지리산 속에서 조그만 산장을 운영하고 있는 시동생이 지리산 일대에 내린 폭설을 여자에게 전했다. 형이 실종된 후 마음을 못 잡고 집 밖으로만 떠돌던 그인데 요즘은 산장 생활을 하며 연락도 되니 다행스러우나 언제 또 종적을 감출지 몰라 서울의 식구들은 불안해하고 있다. 어디서 구했는지 그는 요즈음 목칼라가 올라온 네루 같은 낡은 회색 윗도리를 볼 때마다 입고 있다.

서울에도 간밤에 첫눈이 내렸다. 창문으로 담장에 소복이 얹힌 눈이 보인다. 식구들이 먹고 떠난 아침상에서 남은 반찬을 걷어 가지고 여자는 소반 앞에 앉아 있다. 물에 만 밥을 한 숟갈 떴는데 전화벨이 울리므로 여자는 마루로 전화를 받으러 나간다. 문을 꼭꼭 닫건만도 마루는 단단하고 차갑다.

"저어……요, 갈희 씨 댁입니까?"

낯선 남자의 목소리가 머뭇거리며 묻는다.

"전데요."

"아, 그러시군요. 저, 저가……이서환입니다."

목소리가 힘이 없고 발음이 분명치 않다. 실성한 사람인가?

"……."

"잘 모르시는군요. 저……두 달쯤 전에 산에서 사고당했을 때, 그때……."

"아, 네! 네! 네! 네!"

여자가 탄성을 지른다. 혼수 상태로 병원 중환자실에 있다고 하던 그가 이렇게 전화를 걸어 오니 여자는 반갑고 기쁘다.

"지금 어디세요?"

"병원입니다. 중환자실에서는 열흘 전에 내려왔는데 저 나름대로 좀 괜찮은 모양을 갖춘 후에 인사를 드린다는 게 이렇게 늦어 버린 것 같습니다."

"인사는 부인이 와서 잘 하고 가셨는데요. 홀몸도 아니던데 이쁜 이불을 사가지고서."

경찰로부터 갈희가 남편을 발견했다는 사실을 알고 이서환의 아내인 한신옥은 여자의 집에 인사를 왔었었다. 그녀는 붕긋한 배를 하고 초췌한 얼굴로 이 은혜를 두고두고 갚겠다는 말만 몇 번씩 하다가 갔다.

"범인은 잡았대요?"

"못 잡았답니다. 친구 아버님이 돌아가셔서 상가에 갔다가 밤새 술을 마시고 새벽에 산으로 올라간 것까지는 기억이 나는데 그 뒤는 통 모르겠어요. 신혼 여행을 마치고 집으로 돌아온 직후였죠. 나는 말도 못 하게 공허하였습니다. 나 자신도 모르겠어요. 내 몸 속에 커다란 구멍이 난 것 같았습니다."

"회복되셔서 정말 다행이에요."

마루를 딛고 있는 발이 시려워서 여자는 한 발로 다른 발등을 비빈다. 이서환을 경찰에 알리고 나서 여자는 범행과 연루되지 않았는가 하는 의심을 받고 한동안 경찰에 불려다녔다.

"저도 살아나서 기쁩니다. 피를 그렇게 흘리고도 살아났어요. 어제 휠체어를 타고 산부인과 진료실로 가서 아내의 뱃속에 든 아기를 초음파 검사로 보았습니다. 눈물이 솟더군요. 감동이 치밀어 울다가 웃다가 했습니다. 장례식을 가봐도 그렇고, 사람들은 죽는 일과 태어나는 일은 큰일인 듯 여기지만 그 중간은 어떻게 태어났는지 언제 죽는지 다 잊어먹고 그냥그냥 생명을 유지하며 살고 있구나 하며 자신의 생활 태도를 돌아보게 되더군요. 뱃속의 아이가 생명의 형태를 이루려고 어머니의 배 안에서 애쓰고 있듯이 내 인생도 귀중하다 생각했어요. 나는 이 세상에 제일가는 아빠가 되어 아이를 맞이할 겁니다. 모든 생명을 존중하고 귀히 여길 만큼, 나를 둔기로 친 놈을 용서할 만큼 난 아직 그렇게 위대하지 못해요. 저의 오늘 일은 분명

하늘의 도우심이 있었다고 믿어집니다. 갈희 씨가 꿈에 저를 보셨다죠? 아내가 그러더군요."

"그게 저도 이상해요. 그 꿈을 꾼 거는 그보다 열흘 전이거든요."

여자는 고개를 갸웃하며 말한다.

"하나도 이상할 거 없습니다. 시간은 상대적인 거예요. 아인슈타인의 상대성 원리는 한 가지 사건을 두고 두 사람이 각각 다른 때 볼 수 있다는 것을 설명합니다. 한 사람은 A라는 사건을 B라는 사건에 앞서서 보는 반면 다른 사람은 A에 앞서 B를 본다고 말이죠. 아아 눈이 내린 깨끗한 아침에 저의 생명의 은인과 이렇게 얘기를 나누다니 꿈만 같습니다. 저의 빠른 회복에 담당 의사도 놀라고 있습니다. 그런데 말이죠. 이 전화를 끊기 전에 전 갈희 씨하고 차를 마시고 싶군요. 여기 보온병에 아내가 끓여다 준 녹차가 있어요. 갈희 씨도 지금 차를 만들어 저와 전화로 얘기를 나누며……마침맞게 밖에는 탐스런 눈이 하늘을 가리며 내리고 있군요. 폭설이 되겠는데요."

이서환의 목소리에는 갈수록 힘이 빠진다. 마루문은 불투명 유리로 되어 있어 여자가 있는 곳에서는 밖의 눈이 보이지 않는다.

"우리 집 전화는요. 전화선이 있는 거래서 전화를 받으면서 돌아다닐 수가 없어요."

환자의 마음에 생기를 불어넣고자 여자는 최대한도로 밝은 목소리를 낸다.

"그러구요. 우리 집은 한옥이래서 신발을 신고 마당으로 해서 부엌으로 나가야 해요. 차 마시는 것은요, 다른 날……."

"그렇군요. 전 첫 만남의 시간을 함께하고 싶었는데, 거기에 의미를 부여했는데."

"오늘만 날인가요. 약속 시간을 정해 가지고 차도 마시고 아침도 함께 먹을 수 있죠. 아침이 더 좋겠어요."

이서환의 몸에 들어가 양분이 되는 음식이 차보다 낫지 않을까 해서 여자는 말한다.

“지금은 식욕이 없어요. 집사람은 퇴근 때 들르고 어머니와 장모님이 번갈아 오전에 오십니다. 내가 이렇게 몇 달 동안 병원 신세를 지니 아내가 취직을 했더군요. 그럼 갈희 씨, 내일 아침 열 시는 어때요?”

“전 좋아요. 빵도 같이 먹을까요. 무슨 빵을 좋아하세요?”

전화를 끊고 방으로 들어서던 여자는 유리창에 훌훌훌 빠르고 가볍게 떨어지는 눈을 보고 창가로 간다. 창을 열고 상체를 내밀어 얼굴에 눈을 맞는다. 아른아른 눈발 너머에 있는 봄, 아른아른 눈발 너머에 있는 꿈……무동을 태우고 불붙는 노을의 바다를 걸어가던 남편은……오늘 꿈속의 이서환이 실체를 나타냈듯……언제 현실로.

지나갈 어느 날

김 지 원

그의 손이 떨리고 있었다.

그는 연자와 같이 살고 싶다고 말하였다.

"같은 지붕 밑, 같은 유리창 안에요."

찬준이 무엇을 말하는지 알 수 없었지만 연자는 심장에 총알을 한 방 맞은 것 같았다. 그 동안 남의 부인인 여자와 만날 때마다 영혼이 한 계단씩 내려가는 것 같다고 말하였다.

"더 이상 영혼이 타락하는 것을 막기 위해서는 결혼하는 길밖에요. 이혼하고 저와 결혼해 주실 수 있으신지요?"

……

차라리 찬준이 같이 자자고 하였다면 좋았을 것 같았다.

지나갈 어느 날

1

조사 결과에 의하면 결혼한 여자 세 명 중 하나는 정부가 있다. 그러므로 영화관이나 은행 기타 공공 장소에서 줄을 서게 되는 경우에는 여자들 머릿수를 세어 볼 일이다. 하나 둘 셋, 하나 둘 셋. 그 중 두 여자는 남편에게 충실했을 확률이지만 한 여자는 이번주나 지난주 아니면 별로 오래지 않은 과거에 다른 남자와 침대에 있었다는 결론이다.

읽던 책에서 눈을 들어 연자는 서점 안을 둘러보았다. 딸아이가 찾아보기 위함이었다. 목을 빼어 휘돌아보는데 검은 머리 그 모습은 얼른 눈에 잡히지 않았다. 서점 아래층에 내려간 모양이었다.

연자가 서 있는 곳은 뉴욕 시 그리니치 빌리지에 있는 달톤 서점의 2층, '여성'이란 표지가 붙어 있는 서가 앞이었다. 독일 여자 영화 감독인 리나 베르트뮬러가 오는 일요일, 저서에 자필 서명을 한다고 서점 입구 전광판에 안내 광고가 돌고 있었다. 자정이 가까운 늦은 밤임에도 서점 안에는 적지 않은 사람들이 있었다. 사람들의 발자국 소리, 책장을 넘기는 소리, 소곤소곤 말하는 소리들을 휘감고 근원을 알 수 없는 곳으로부터 나직이 실내악이 흐르고 있었다. 가끔씩 직원을 부르는 목소리가 마이크로부터 부드럽게 울렸다. 아늑한 조명과 키 높이로 차곡히 서 있는 서가 때문인지 실내는 주저앉은 듯 정지된 느낌인데 직원을 부르는 암호와도 같은 마이크 목소리는 더운물 속에 향료 비누가 녹아나듯 연자의 귓속에 아늑하고 수월히 풀려 들었다.

연자는 두 아이를 가진 가정주부였다. 머리를 쫑쫑 땋아 틀어 올렸음에도 목 뒤와 이마에는 말 안 듣는 머리카락이 서너 가닥 내려지고 선이 단순한 원피스를 입은 마른 몸은 단정하였다.

연자는 다시 책으로 눈길을 돌렸다. 남편들은 정사를 가지고는 공공연히 자랑한다. 그러나 아내의 경우는? 노. 아내들은 다른 남자와 자는 것, 비밀 애인을 갖는 것, 로맨스라는 것, 열정을 아는 것, 그런 세계에 호기심을 가진다. 당신이 혹시 연애나 해볼까 생각한다면 당신은 혼자가 아니다.

작게 흐르던 음악이 멎고 아나운스먼트가 있었다. 곧 문을 닫겠습니다. 손님 여러분들은 1층 카운터 앞으로 오시기 바랍니다. 속삭이는 듯한 마이크 목소리의 여운이 채 사라지기도 전에 연자가 서 있는 2층 조명이 소리 없이 낮아졌다. 책표지 글자나 겨우 읽을 수 있을 정도로 어두워졌다.

안 보이던 딸아이가 연자 옆에 와서 섰다. 요 반 년 사이에 수림은 엄마를 내려다보도록 커 버렸다. 그리고 조용해졌다.

"이거 사두 돼?"

수림은 무슨 잡지 두 권을 말아 쥐고 있었다.

아래층 카운터 앞에는 길게 줄이 이루어져 있었다. 책을 사지 않고 서둘러 서점을 나가는 사람들도 있었다. 아래층도 조명이 낮은데 두 개 금전 계산기가 있는 카운터 주변만 환하게 밝았다. 차례를 기다리는 동안 연자는 하나 둘 셋, 하나 둘 셋, 앞에 선 여자들 머릿수를 세어 보았다. 셋에 해당되는 여자들은 비밀스러워 보였다.

연자 앞에 선 키 작은 남자 차례가 되었다. 그는 들고 있던 책을 카운터에 놓았다. 연자는 그 책을 읽었으므로 그 내용을 알았다. 소설가 잭 캐루악의 애인이었던 여자가 그와의 연애 얘기를 썼다. 책에 나오는 사람들은 필자인 애인 여자는 물론이고 다른 인물들도 독특하고 생기 있었다. 그들은 1950년과 60년대에 뉴욕 리버사이드 드라이브와 그리니치 빌리지를 왔다갔다 하였는데 이 두 곳은 연자가 잘 알았다. 연자 자신이 사는 곳이니까 빌리지는 알게 되었고 리버사이드 드라이브 콜럼비아 대학 부근에는 연자 친구가 살고 있었다. 책을 읽어 보면 빌리지와 리버사이드는 20여 년이 지난 지금도 책에 쓰여진 대로의 모습이었다. 아는 장소를 책에서 재발견하는 재미가 컸다. 한 책은 또 다른 책으로 인도하여 연자는 캐루악의 전기를 사서 읽었다. 400페이지나 되는 두꺼운 책 속에서 그 여자 얘기는 넉 줄로 있었다.

"바이킹 출판사와 일을 마치기 위하여 정월 초에 뉴욕으로 돌아왔을 때 책은 뜨거운 가마솥에 빠지는 것 같은 관심을 받게 되었으니 두 번째 아내인 조안 해버티를 닮은 편집 보조인인 조이스 그라스만이라는 젊은 여자와 데이트하기 시작한 것이다. 중상류층 유대 가정 출신인 그녀와의 불규칙적인 연애는 1년 반을 유지하였다."

캐루악의 일생에는 그의 어머니와 친구의 부인과 다른 남자 친구들이 더 중요했음을 연자는 알았다. 1년 반 동안의 일을 조이스 그라스만이라는 여자는 한 권의 책으로 썼는데 데니스 맥넬리라는 사람이 쓴 캐루악 전기에는 단 넉 줄로 처리되었으며 책 중간에 있는 사진들에도 그 여자는 없었다.

돈 계산하라고 연자의 딸 수림이가 들고 있던 잡지책 두 권을 연자에게 건네 주었다. 조이스 그라스만의 책을 산 키 작은 남자는 점원이 봉투에 책을 넣는 동안 주머니에서 담배를 꺼내 물었다. 그가 그 책을 읽을 것이 연자는 좋았다.

연자는 수림의 잡지 밑에 자기가 고른 책을 숨기듯 놓아 점원에게 내밀었다. 푸른 줄이 쳐진 면 셔츠를 입은 남자 점원이 책을 한 권씩 눈앞에 집어 들고 기다란 일련번호와 가격을 컴퓨터 계산기에 쳐 넣었다. 연자가 고른 책표지에 선정적인 그림과 더불어 굵게 박힌 글자는 줄 뒤 끝에 서 있는 사람에게도 보이려고 다투어 튀어나오듯 했다.

"애인을 가진 결혼한 여성들의 충격 보고서."

"모험심, 외로움, 복수심……결혼한 여성이 정사를 갖는 이유는 여성, 그 자체만큼 다양하다."

"당신은 과거에 애인을 가졌거나 혹은 현재 가진 주부인가?"

점원이 7달러 59센트라고 말하였다. 연자는 뜨거운 얼굴로 돈을 내고 점원이 내미는 책을 받아 들었다.

냉방 장치가 되어 있는 서점으로부터 길로 나서니까 여름 밤의 열기가 후끈하였다. 수림은 먼저 나가서 행상인이 펼쳐 놓은 귀고리 목판을 구경하고 있었다. 검은 벨벳 위에 반짝이는 값싼 귀고리들이 촘촘히 놓여 있었다.

서점과 마주보고 제법 큰 약국이 있었다. 길모퉁이에 자리잡았는데 두 면이 유리로 되어 있어 유난히 환해 보였다. 연자는 그 가게도 책에서 발견하였다. 오늘처럼 2층 서가에서 우연히 빼어 본 책이었다. 글쓴 여자는 발목이 삐게 되어 마사지 기구를 사러 바로 6번 애비뉴와 8가 모퉁이에 있는 저 약국으로 갔다. 점원이 거스름돈을 줄 때 손바닥을 은근한 태도로 간질여 놓더라고 하였다. 때는 60년대였고 그 여자는 마사지 기구를 사는데 왜 점원이 이상하게 구는가를 그때까지 몰랐다고 하였다. 그 글을 20년이 지난 80년대에, 60년대를 한국에서 보낸 연자가 그 가게를 내려다보며 달톤 서점 2층에서 읽는 우연한 순간을 가졌다. 연자는 약국이 20년 전에도 있었다는 사실과 마사지 기구가 삔 발목을 시원히 하는 외에 다른 용도로 쓰일 수도 있는 것임을 문장의 느낌으로 알았다. 책은 모르는 사실을 알려 줄 뿐 아니라 어렴풋이 깨닫고 있는 사실을 확인시켜 주고 일반화시켜 주는 친구였다. 남에게 말 못할 자신의 감정도 책에서 발견하면 확실하고 용서받을 수 있는 감정이 되었다.

수림은 말없이 걷고 있었다. 별로 빨라 보이지 않는 수림의 걸음을 연자는 따라가기가 힘들었다. 창백한 가로등이 여름 나무를 비추고 있는 공원 옆쯤에서 연자는 수림과 나란히 설 수 있었다.

"엄마 자랄 때는 전쟁 직후라서 엄마한테 공부하라는 사람도 없었고, 책 읽으라는 사람도 없었어."

또 공부하라는 소리 시작하는 줄 알고 수림은 신호등이 바뀌지도 않았는데 차도를 건너 길 건너편에 가서 섰다. 니가 죽을라고 그래 정말, 신호등이 바뀌자 건너는 행인 중 제일 앞서가서 연자는 수림을 야단쳤다. 다 크기 전에 지금 세상의 아이들은 죽을지도 모른다는 생각이 연자에게 들고는 하였다. 지금은 아이들이 태어나 자라서 늙고 죽었던 태평성대가 아니라 핵전쟁으로 지구가 일순에 종말을 고할 수도 있었다. 이 세상은 공정하지 않다고 법률책에 적어야 한다고 말할 필요도 없는 듯하였다. 핵전쟁뿐 아니고 교통 사고도 날 수 있고 살해당할 수도 있고 공사장에서 떨어지는 벽돌 조각을 맞고 죽을 수도 있었다. 집 밖 어디서나 위험을 느꼈으므로 연자는 아이들을 과잉 보호하고 다소 귀찮게 구는 어른이 되었다.

"엄마는 늘 행복감이 있는데 왜 그런가 생각해 봤거든. 어려서 전쟁을 겪어서가 아닌가 해."

공원에서 연자가 사는 아파트가 보였다. 부리커와 맥두갈 거리가 교차되는 곳에 가로등 빛을 받고 스카이라인의 부분을 이루며 무대 장치인 듯 건물은 서 있었다. 캐루악의 애인이었던 조이스 그라스만에 의하면 1960년경 바로 맥두갈과 부리커 스트리트에서 사람들은 캐루악이 더 이상 좋은 소설을 못 쓸 것이라고 쑤군거리고 다녔다고 하였다.

연자 아파트 아래층은 가방 가게이고 2층에는 연자 시누이 일가족이 살고 3층은 연자네가 살고 4층에는 은퇴한 노인 부부가 살았다. 각 층마다 아파트가 하나뿐인 조그마한 4층 건물이었다. 아래층 현관문을 들어서면 낡은 나무 층계가 가파르게 이마에 바싹 다가 있었다. 삐걱삐걱 층계를 밟고 올라가면 희미한 조명에도 벽과 천장의 회벽이 군데군데 떨어져 나간 것이며 금이 간 것들이 눈에 들어왔다. 연자와 연자 시누이네는 이 건물의 공동 소유자였다.

수림은 두 계단씩을 한꺼번에 디뎌 어느새 집 안으로 들어갔다. 그 뒤를 연자가 한 계단씩 올라가는데 2층 문이 열리고 시누이 남편이 썩 나섰다. 그는 연자가 가까이 오기를 기다렸다가,

"한국에서 유학 보낼 때는 인품 검사 같은 것도 안 합니까? 지도 교수가 추천장 써야 되고 안 그렇습니까? 공원에서 한국 유학생이라는 놈을 두 명 만났는데 하나는 정치학하고 하나는 컴퓨터한대. 뭐 그런 것들이 있어 내 더러워서 침 한 번 탁 뱉어 주고 왔어."

시누이 남편은 그 학생들이 인품상 뭘 잘못했는지 말하지 않았다. 그는 늘 분개하는 일이 한 가지 이상 있었다.

2

청명한 날 아침 열한 시경이면 모시 발을 드리운 부엌 창은 태양을 되쏘아 밖이 보이지가 않았다. 건너편 아파트 건물에서 이쪽을 본다면 연자의 집 부엌 창은 금빛으로 빛났다. 그 창 안쪽에서 연자

는 아침 설거지를 하고 있었다. 끼고 있는 노란 빛깔 고무장갑이 눅진히 녹아나도록 뜨거운 물이 접시에 묻은 기름기를 씻어 내었다. 연자는 설거지를 끝내고 고무장갑을 벗어 수도꼭지에 얹어 놓고 물이 튄 앞치마는 벗어 못에 걸었다.

결혼 전 연자는 남자들의 마음을 끌려고 몹시 노력을 기울였으나 이제는 아내 노릇 엄마 노릇에 길이 들었다.

연자는 샤워를 하고 옷을 갈아입었다. 닷새째 계속하고 있는 아침 공부 시간이었다. 연자는 무엇에 대해 마음먹어도 실천에 옮기기 힘들었다. 추를 단 듯 무거운 마음으로 지내다가 어느 날 이것이다 하고 결단이 내려졌다. 그렇게 해서 잠옷 입고 아침 커피 만들던 습관을 버렸고 그렇게 해서 야금야금 마시던 술을 끊었고 그렇게 해서 서성이던 바람기도 재웠으며(잠재웠다고 믿었으며) 그렇게 해서 아침 공부도 시작하였다.

하루 일과 중에 30분쯤 공부 시간을 갖자고 마음을 먹고 나서 연자는 무엇을 가지고 할까 하고 교과서 정하는 데 힘이 들었다. 읽어 보려 애썼으나 성경은 잘 읽히지가 않았고 결국 연자가 마음을 정한 것이 인도 사상 책이었다. 읽으면 호소력이 있고 마음에 새로운 다짐을 주는 구절이 많았다. 새 피부가 자라고 세포가 새로 바뀌고 머리털과 손톱이 매일 자라듯 연자는 새로워지고 싶었다. 연자는 자신 안에서 되고 싶은 새사람을 느꼈지만 남편은 그 사실을 모르는 듯하였다. 남편 앞에서 연자는 아직도 쩔쩔매고 요구 많고 잘 웃던 미숙한 신부였다.

요즈음 연자는 자신과 세상에 대해서 곰곰이 생각을 많이 하게 되었다. 연자는 중학교 졸업 학력인데 결혼을 해서는 계속 가정 안에서만 지냈으므로 그나마 있던 지식은 다 골에서 빠져 달아난 것 같았었다. 생선 가지고 음식을 만들 때 동그랗고 뿌연 플라스틱 같은 눈을 달고 있는 생선 대가리를 만지며 생선은 생각을 이 대가리로 했을까, 믿기지 않았고 남편과 아이들에게 좋은 토막 떼주고 대가리를 뜯어 먹으며 두뇌를 먹는다고 농담도 했었다. 연자는 자기 머리나 생선 대가리나 별로 다를 것이 없다고 느꼈었다. 이제 연자는 생각을 달리하게 되었다. 가정 안에서 머리는 녹슬고 몸은 낡아지고 뒷걸음질치며 세월을 보낸 것 같았는데 그 동안은 퇴보의 세월이 아니었으며 아이들의 뼈가 세월 속에 굵어지는 것같이 연자 자신도 어느덧 뭔가를 알아지고 힘을 얻는 것 같았다. 길에서 칼 든 강도를 만났을 때 죽음이 눈앞을 스치고 세상이 핑 도는 중에도 젊은 날의 연자라면 못 했을 말을 감히 했었다. 죽이지 말아요, 애가 둘 있어요.

공부책을 펴 들고 부엌 식탁에 앉았다가 연자는 일어섰다. 워크맨을 귀에 꽂은 채 침대에 누워 유행 음악 삼매경을 헤매는 열세 살난 아들아이에게로 갔다. 아이 귀를 막은 이어폰을 들치고 그 귓구멍에 연자는 제 목소리를 집어 넣었다. 너는 나이 40을 어떻게 느끼나 그것 좀 써 봐라. 이건 엄마가 내는 작문 숙제야. 아이에게 숙제를 내거나 공부하라고 말하려면 연자는 아이와 씨름하는 듯 힘겨움을 느꼈다.

연자는 다시 부엌 식탁으로 돌아와 앉았다. 아침에 욕실에서 젖어 나온 남편이 면도를 하며,

"내가 당신 어머니 처음 인사했을 때 그때 당신 어머니가 마흔둘이랬어. 지금 나보다 젊었을 땐데 그땐 그냥 노인네로 뵈더군. 당신은 지금 몇 살이야."

"마흔인가."

"아직 젊었는데 그래."

마흔여섯인 남편은 말했었다.

열세 살인 자기 아들은 40세를 어떻게 느끼는가 연자는 궁금하였다. 아이가 무슨 소리를 적어 오든 가지고 있다가 아이가 마흔 살 생일에 선물하면 좋겠다고 생각했다.

공부책을 펼치고 연자는 오늘 해당된 부분을 한 자 한 자 읽어 나갔다. 너무 힘주어 읽은 탓인지 머리에 잘 들어오지 않았다. 요리조리로 뚫려 가는 말길을 따라가다 보면 아물아물 머리가 아팠다. 연자는 두 번 읽었다. 그대는 지금 이 순간에도 더 많은 지식 속으로 파묻혀 가고 있다. 그에 따라 그대 존재의 가장 깊은 내면에도 무지와 어둠이 더욱 쌓이고 있다. 삶은 그 어떤 논쟁도 없이 그냥 존재하는 것이다. 진실은 증거를 필요로 하지 않는다. 진실은 그대의 가슴만을 필요로 하고 있다. 머리로써의 논쟁이 아니라 사랑과 믿음, 그리고 받아들일 수 있는 자세만이 필요할 뿐이다.

연자는 여기서 멈추었다. 받아들일 수 있는 자세란 무엇인가? 모든 것을 의심 없이 믿고 받아들이라 하는 것 같았다. 두 아이의 남편에게 아침마다 배웅하며 연자가 이르는 말은 조심조심 차 조심 사람 조심. 이 책의 가르침은 옛 인도에나 해당될까 아니면 이 현실에서 다 믿고 받아들인다는 듯이 살아도 될까. 모든 고통과 재난에 대비하여 탁 믿고 사는 태도와 조심스럽게 사는 태도와 어느것이 바람직한가 보고 싶은 것만 보고 무서운 것은 보지 않고 있으면 그것은 그냥 없어질까.

때마침 연자 아들이 40세에 대해 쓴 것을 부엌 식탁에 갖다 놓고 뭘 더 시킬 생각 말라는 듯 휘잉 제 방으로 돌아갔으므로 공부책을 덮고 연자는 아들의 작문을 읽어 보았다.

흠, 40이라, 거기 대해서는 뭐 그리 생각해 본 바가 없다. 내 나이로서 생각하기에는 너무 먼 날의 일이다. 차라리 20대를 생각하고 싶으나 40대에 대해 억지로 생각해 보겠다. 40세란 어른이 된 후 첫 번 맞게 되는 관문이다. 40세는 성숙 과정으로 치면 마지막 단계이며 노년기로 보자면 첫 발자국을 옮기는 때이다. 40세면 여러 가지 책임을 지고는 항구에 닻을 내리는 때다. 그 책임의 반은 생전 원하지 않았던 것이므로 억울하다. 40이 되면 골프치거나 집에서 같은 책을 40번씩 반복해 읽으며 재미있는 척 군다. 아니, 40세라는 것이 그렇게 나쁘지 않을지도 모른다. 40세면 어른이니까 뭐든지 하고 싶은 것을 한다. 좋은 친구들도 있고 안정된 직업도 있다. 남자는 40이 되면 약간 긴장을 푼다. 젊었을 때보다 걱정을 덜 하는 대신 더 현명해진다. 남자거나 여자거나 40세가 되면 내가 너무 늙었나 하고 자기 자신한테 물어 볼 것 같다. 내 대답은 아니다다. 여자 40은 남자와 좀 다르다. 40세 된 여자들은 깨어 있고 귀신같이 뭘 잘 안다. 여자들은 나이 먹으면서 영리해지고(바보짓도 잘 하지만) 주위에 무슨 일이 일어나는지 안다. 40세에 대한 내 결론은 40이란 늙은 것도 아니고 젊은 것도 아니며 그냥 중간 지점이다, 라는 것이다.

자기 자식이 쓴 것이었으므로 연자는 재미나게 읽었다. 연자 자신으로 말하면 40이란 나이에 특별한 느낌이 없었으나 친정이라고 늙은 어머니 혼자뿐인 것은 쓸쓸하였다. 연자가 태어나 자란 가정 자체가 한 단위로 묶이어 늙어 가고 있었다. 같은 부모 밑에서 같이 말을 익히며 자란 연자 동생은 이제 다른 가정 속으로 가서 어린 시절 가난하고 불화가 끊이지 않던 가정과 초라한 가구들, 어머니 목소리가 묻어 다니는 여러 가지 살림 방법, 먹던 음식, 가졌던 것 혹은 가지고 싶었던 것의 기억을 간직하며 살고 있었다. 네 살 아래인 여자 동생에게 연자는 일종의 어머니 같은 보호 감정이었는데 이제 동생은 친구가 되었다. 동생은 연자 대신 연자가 못 사는 다른 세계를 살아 주는 듯하였다. 동생이 아이를 낳았다는 소식을 들었을 때 연자는 막 태어난 동생의 아이에게 벌써 사랑 같은 것을 느꼈으며 그 아이가 제 엄마가 얼마나 특별한 사람인가 알아주었으면 싶었었다.

젊은 날 연자를 기쁘게 했던 일이 기뻐지지 않는 대신 연자는 더 이상 남편이 자신을 행복하게 해주지 않는다고 불평 않으려 노력하였다. 행복은 자신에게 달렸다고 보았으며 요즘 닷새 동안 하는 아침 공부에서도 가르침은 그것으로 요약되고 있는 듯하였다. 타고난 자신을 좋게 만들어 나가는 것은 생명을 가지고 태어난 이 세상에 대한 자기 임무같이 여겨졌다. 답답한 것은 인간관계에서 무엇이 좋고 좋은 것인지 잘 모르겠는 때가 많은 것과 이것이 내 몫의 삶이다 마음먹어 봐도 뜻대로 안 되는 일에 실망하고 일상 사는 무게를 견디기 싫은 때가 있는 것이었다.

3

닷새 동안 계속되었던 아침 공부는 한동안 중단되었다. 그날 아침 공부를 끝내고 연자는 아래층 가방 가게에 내려가 시누이 일을 저녁 다섯 시까지 보아 주었다. 식구들과 저녁을 먹고 치운 후 전날 달톤 서점에서 산 책을 집어 든 것이 기껏 닷새 계속되던 공부 중단의 원인이었다. 책이 재미있어서 뜨개질할 때처럼 손에서 놓을 수가 없었다. 다음날은 퇴근해 온 남편이 누르는 초인종 소리를 듣고야 저녁밥을 지었다.

그 책에 나온 가정주부들 중 어떤 여자는 나쁜 결혼을 끝내고 싶어서 애인을 얻었고 반대로 어떤 여자는 결혼 생활을 계속해 나갈 힘을 얻기 위하여 애인을 얻었다. 인터뷰에 응한 여자들은 어떻게 애인과 만나게 되었고 어떻게 불길이 붙었고 어떻게 숨기느라 고심하고 어디서 몰래 만나고 다른 남자와 자는 것은 어떻고 남편에 대한 느낌은 어떻고 어떻게 정사가 발각되었는가 등에 대해서 얘기하였다. 그중 134페이지에 나오는 여자 얘기가 연자는 제일 재미있었다.

그 여자는 35세 때 이웃집 남자와 연애를 시작하였다. 이웃집과 이 여자 집은 온 가족이 모여서 차도 마시고 저녁도 먹고 때로는 한 차를 타고 피크닉도 가고, 일상적인 친한 이웃으로 지내는 처지였다. 그때까지도 이 여자는 이웃집 남자가 자기 인생에 중요한 몫을 차지할 줄은 몰랐다고 하였다. 어느 날 여자는 이보다 더 나은 관계를 가지고 싶다고 이웃집 남자에게 말하였다. 이웃집 남자는 "당신이 그 말을 안 꺼냈으면 내가 꺼냈을 거요" 하였다. 그 이후로 두 사람은 '결혼 속에 있는 결혼' 같은 관계로 발전되었다. 이웃집 남자는 여자보다 15년 연상인 50세였다. 처음에는 전화를 걸고 1주일에 두 번 만나서 얘기하고 걷고 커피 마셨다. 처음 호텔에 자러 갔을 때 여자가 옷을 벗으려 하니까 이웃 남자가 "서둘지 말아요. 나는 당신을 사랑해. 이건 우리 일생에 있어서 첫 출발에 불과해"라고 말하였다. 그 말대로 관계는 15년이나 계속되었다. 관계는 갈수록 강해져서 여자와 이웃집 남자는 아이를 낳기로 결정을 보았다. 결혼은 각각 해 있으면서 마침내 여자는 이웃 남자의 딸아이를 낳았다. 딸애는 여자와 이웃집 남자는 물론 자기 아이로 믿고 있는 여자의 남편에게도 큰 기쁨을 안겨 주었다. 여자의 남편은 늦게 태어난 딸애를 극진히 사랑하고 좋은 아빠 노릇을 하였다.

이웃 남자는 딸애가 자기 아이라고 나서지 않겠다고 처음 계획 때부터 말하였으며 부인을 떠날 생각은 없다고 하였다. 그것은 여자도 바라는 바였다. 그들에게는 종교가 없어서 죄책감에 사로잡힐 종교적인 금지 사항도 없었으므로 딸아이의 탄생은 오로지 기쁨뿐 어느 누구도 상처를 받지 않았다. 여자와 이웃 남자는 아이의 성장을 가까이 지켜볼 수 있었다. 딸애는 기르기 쉽고 우아하고 사랑스러웠다. 남편은 퇴근하면 딸애가 보고 싶어 집으로 달려왔으며 진짜 아버지인 이웃 남자는 닮지 않고 남편도 닮지 않고 심지어 제 엄마도 닮지 않고 훌쩍 건너 뛰어 제 외할머니를 닮았다. 이것만 보아도 딸애가 얼마나 착한지 알 것이다. 그 딸애가 지금은 23세가 되어 갓 결혼하였다. 성품이 밝고 고와서 사람들이 다 사랑하였다. 형제들도 다 개를 사랑하였다.

읽어 나가던 연자가 어떻게 만사가 순조롭기만 할까 하고 의문을 품을 즈음해서, 이 여자는 이웃 남자와 살고 싶어서 괴로웠을 때도 있었으며 남편이 의심하여 레코드를 던져 깨며 화를 내기도 했다고 하였다. “물론 정열도 한 가지 높이로 머물지는 않았어요. 올라갈 때도 있고 내려갈 때도 있고 그렇지요. 저 스스로도 변하고 가치관도 변하고 인생의 목표도 변해요. 그러나 애인에 대한 좋은 감정만은 지속적이었어요” 하고 말해 놓았다.

마침내 여자는 결혼 25주년 기념일을 맞게 되었다. 이웃 남자는 이미 저 세상 사람이 되어 있었다(어떻게 죽었는지는 말 안 했다).

결혼 기념일날 파티에 초대받은 사람들로 집안이 북적거리는데 여자는 부엌에 들어온 남편에게 말하였다. 여보, 우리 결혼 기념일에 우리는 별로 행복하지 못한데 손님들은 밖에서 저렇게 즐기는군요. 우리 이 결혼을 끝냅시다.

남편은 싫다고 말했다. 그러면서 우리 어디 산이나 갔다 옵시다 하였다. 여자가 싫다고 하니까 남편은 혼자 산에 갔다 와서, 산에 갔더니 외로운 여자가 많더군, 당신도 이혼하면 그런 여자 중 하나일 거요, 하였다. 그 이후 매일 싸움이 계속되어 마침내 부부는 이혼하였다. 이혼할 때 다른 아이들은 담담히 받아들이는데 이웃 남자와 낳은 딸애만이 몹시 반대하며 아버지와 헤어지기 싫다고 하였다. 이혼 후 남편은 위자료를 안 주려 노력하고 갖은 방법으로 여자를 괴롭혔다. 남편은 두 번 재혼하였다가 두 번 이혼하고 혼자 살다가 죽어 버렸다.

이웃 남자도 남편도 다 저 세상으로 보낸 후 여자는 50세에 30세 난 남자를 애인으로 삼았다. 30세 된 남자의 부인을 알므로 그 부인에게 죄스럽지만 그 남자와 관계는 10년이 넘었다고 하였다. (그럼 이 여자는 이제 60세 노파게?) 젊은 남자는 부인도 사랑하고 아이도 사랑하고 결혼도 사랑하면서 일생 동안 정사를 가질 그런 타입의 남자라고 하였다. “애인을 가져서 제일 좋은 점은 재미있기 때문이에요. 재미! 그 재미는 산다는 게 좋다고 느끼게 해주거든요." 이 말을 마지막으로 인터뷰는 끝났다.

한 가지 사실이 연자는 이상하였다. 결혼중에 낳은 딸을 어떻게 애인의 딸이라고 이 여자는 단언할 수 있을까, 남편의 아이인지 애인의 아이인지 구별하기는 머리카락을 두 개로 가르는 것만큼 어려운 것 같았다. 만일 확연히 구별될 정도라면 남편도 의심할 것 같았다. 놀라울 만큼 연자는 이 여자의 얘기가 사실이라고 믿고 싶었다. 연자는 책 앞에 '이 책에 나온 여자들은 전부 실제 인물입니다. 그들이 한 말은 바로 그들의 언어이고 녹음해서 편집하였음—그들의 사생활을 보호하기 위하여 지역과 직장과 이름을 변경하였습니다' 라고 쓴 것을 다시 읽어 보았다.

결혼 1년 만에 아이를 낳고 또 아이—울기만 하는 두 아이 기저귀를 갈며 축제 불꽃 같은 애정 모험을 그렸던 연자의 피가 얼마간 잠잠한가 하였더니 다시 술렁거렸다. 번뇌란 결국 바람기인가? 연자는 생각했다.

4

햇볕은 어느덧 맑고 바랜 듯한 가을빛을 띠었다. 가을빛이 카페와 레스토랑과 좁은 보도를 따라 일렬로 주차해 놓은 자동차 위에 부서지고 있었다. 일요일이었다.

옥외 카페에는 사람들이 앉아 있었다. 혼자 커피를 마시며 신문을 읽고 있는 낯익은 동네 사람도 보이고 머리 맞대고 얘기하는 카메라멘 사람도 있고 길 가는 사람들을 구경하는 사람도 있었다. 그들 머리카락이 햇볕에 유순하고 청결히 반짝여 보였다. 4층 부엌 창가로부터 내려다보고 있는 연자에게 풍경은 수년 간 이미 익숙해 있음에도 불구하고 가보고 싶은 곳의 관광 엽서 사진을 보는 것 같았다.

연자는 창가를 떠났다. 부엌 식탁에는 늦은 아침을 먹고 밖으로 나간 아이들의 그릇들이 있었다. 연자는 그것을 싱크대로 옮기었다. 아이들 개학이 1주일 후로 다가와 있었다. 여름이 끝나 가는 것, 방학 동안 하루하루 놀아 버린 아이들이 학교 가는 것, 그런 것이 연자에게 막연한 불안감을 주었다. 미국에서 학교를 다닌 일이 없는 연자는 아이들이 학교에 가서 무엇을 하는지 몰랐으며 아이들이 노는 게임도 몰랐다.

남편이 거실에서 소리쳤다.

"커피 한 잔 부탁해."

연자는 주전자에 물을 받았다. 주전자를 스토브에 올려 두고 물이 끓는 동안 연자는 거실로 갔다. 커피 테이블에 앉아 서류를 들여다보고 있는 남편 몸에 창문의 그림자가 떠 있었다. 연자는, '보세요. 남들은 밖에서 저렇게 즐겁게 지내는데 우리 이제 이 결혼을 끝냅시다' 해보고 싶었다.

남편이 문득 서류 뭉치에서 고개를 들고,

"당신, 왜 거기 문간에 서서 웃고 있지?"

연자는 소리내어 웃으며 돌아섰다. 이혼을 죽을 만큼 두려워하였던 연자는 남편에게 우리 이제 결혼을 끝냅시다 하고 말할 것을 생각하면 재미스럽고 마음속에 무기 하나를 숨겨 가진 것같이 힘을 느꼈다. 남편 옆 침대에 몸을 누일 때, 새벽에 홀로 깨었을 때 그와 차를 탔을 때, 새 타올을 내어 줄 때, 창문을 열 때, 창문을 닫을 때, 비 올 때, 해 날 때, 바람 불 때, 남편이 왜 웃느냐 물으면 연자는 더 웃었다.

두 잔의 커피를 만들어 연자 부부는 부엌 창가에 서서 거리를 내려다보며 마셨다. 그들은 이 땅에서 흉잡히지 않게 공중도덕을 지키려 애쓰며, 뒷전에 물러나 소리 없이 사는 가정 생활을 하였다. 남편은 26년 전에 부산에서 떠나는 배를 타고 유학 와서 대학을 졸업

한 후 17년 전에 한국에 가서 연자를 아내로 데리고 왔다. 그는 무명의 이방인으로 살 수 있는 이곳의 자유스러움을 좋아하였다.

"벌써 9월이군."

남편이 말하였다.

"애들 학교 가기 전까지 돈 들을 일뿐이에요."

연자가 말하였다.

"참 유수같이 세월 흐르네."

아직도 눈이 오락가락하던 3월에 남편은 코네티컷 숲속 호텔에 10월에 쓸 방을 하나 예약해 두었다. 미래의 애인과 지내려 하였다. 그는 2년을 계속 헛되이 시도해 왔다. 봄에 싹 틔우고 여름에 꽃피워 가을에 맺어지는 연애를 올해는 꼭 이루려 하였는데 벌써 내일이 9월 1일이다. 부엌 벽에 붙은 달력을 보다가 남편은 8월 달력을 찢어 내었다.

5

연자는 언제 끝이 날까를 생각하며 저린 다리로 앉아 있었다. 정면 흰 벽을 배경으로 금물 입힌 부처님이 앉아 있는 제단 위에는 꽃과 촛불이 있었다. 앞에선 스님이 말씀하고 있었다. 맨해튼 강물에 있는 물고기를 여기 법당에 가만히 앉아서 잡으려고 해서 되겠어요. 맨해튼 강물고기는 맨해튼 강에 가서 잡아야 하는 겁니다. 마이크 목소리가 우렁우렁 울렸다. 설법중인 스님은 가슴 높이로 닿는 탁상을 앞에 두고 서서 얘기하고 신도들은 바닥에 일정한 간격으로 놓인 방석 위에 앉아 있었다. 부처님 모신 강단 한 옆으로 창문이 나 있고 열린 창문으로는 벽돌벽이 보였다. 벽돌벽에 담장이 잎사귀가 한 줄기 길게 드리워져 흔들리고 있었다.

연자가 하는 아침 공부는 아침 설거지가 끝난 직후에 하지 않으면 그날은 책을 잡게 되지가 않았다. 공부를 하다가 말다가 하는 중에 연자는 신문에 난 광고를 보았다.

대산림 설법 안내 말씀.

특별 계획으로 대승경전인법화경 대산림설법회가 봉행중입니다.

한만이 만나기 어려운 성스러운 대승경심지법문(大乘經心地法門) 법회상(法會上)에 백사를 뒤로 미루시고 꼭! 오셔서 무루지(無漏智)를 이루시고 법석(法席)의 주인공(主人公)이 되시어 부처님과 조상님의 혜목(慧目)을 원성(圓成)하여 불조혜명(佛祖慧命)의 상속자가 됩시다.

광고에 쓰인 주문과 같은 말이 연자에게 신비롭게 들렸다. 연자는 맨해튼 빌딩 숲속에 자리잡은 절에 와서 앉았다. 와서 보고 집에서 혼자 책을 읽고 세상 이치 마음 이치에 대해 생각해 보는 것과 불교를 종교로 믿는 것과는 다른 것 같다고 생각했다. 여기서도 무조건 믿는다는 마음이 전제되는 것 같았다. 스님은 말하고 있었다. "부처님께 자꾸 비세요. 빌면 아들 낳고, 그런 기적은 불교 역사상에 말도 못하게 많습니다. 죄지으면 암만 도망다녀도 경찰이 따라와 잡지만 죄 없으면 경찰에서는 내 발로 걸어 들어가도 아무도 안 잡아요. 내가 감옥에서 떡을 해가지고 부처님 말씀 전하러 갔는데 철문이 몇 개씩 철커덩 열리고 닫히고 간수들이 그렇게 많이 있어도 나는 지은 죄가 없으니까 그 안에서 맘대로 돌아다녔어요."

스님의 말씀은 연자의 귓전을 스쳐 지나가고 연자 내부는 오늘도 깊은 잠에서 깨어나려 하지 않았다. 연자는 자신을 잠자고 있는 처녀로 느꼈다. 그 잠을 깨서 새 숨을 쉬며 이 세상에 나뭇잎인 듯 또는 빗방울인 듯 무리 없이 스밀 수 있기를 바랐다. 곧 그렇게 될 수 있을 것 같아서 가슴 두근거리는 순간이 있기도 하였으나 그뿐 언제나 다시 잠 속으로 가라앉아 갔다.

마침내 설법이 끝나 연자는 수많은 신발 중에서 자기 샌들을 가려 신고 밖으로 나왔다. 늘어선 빌딩의 거리에 회색 길은 견고히 누워 있고 바람이 심하게 불었다. 지나가던 행인들이 길쭉하고 좁은 문으로부터 꾸역꾸역 쏟아져 나오는 아시아 인종의 모습을 돌아다보았다. 한국 사람들은 소란스럽게 인사를 주고받고 슬슬 흩어져 갔다. 그 속에서 한 목소리가 연자에게 말했다.

"안녕하세요?"

알 것 같으면서도 모르겠는 예쁘장한 젊은 남자 얼굴이 군중 속에서 가려 보였다.

"사시는 동네에 야채 가게가 있지요?"

"네."

생각을 더듬느라 눈썹을 모으고 연자는 대답했다.

"저 거기서 일했지요."

"네."

군복 윗도리 같은 것을 입고 과일 상자를 나르던 그의 모습이 생각나는 것도 같아 연자는 다행스러웠다. 통로를 막고 앉아 완두콩 다듬는 것도 본 것 같다.

절 입구로부터 한 블록 떨어진 거리 나무 밑에 나무 벤치가 네 개 나란히 놓여 있었다. 걸어가서 그들은 벤치 가에 서서 얘기하였다. 청년은 이찬준이라고 자기 이름을 소개하였다. 그는 야채 가게 일이 너무 힘들어서 요즈음은 공사판에 가서 일을 하고 먹을 것만 있으면 며칠이고 일을 안 한다며 일하러 다니다 보니 먹고 사는 데 매어 아무것도 못 하겠더라고 하였다. 연자는 바람에 날리는 머리를 제자리에 잡으려 애쓰며 찬준의 얘기를 들었다. 한 푼의 돈이라도 더 벌려는 사람을 많이 보았기에 연자는 찬준이 일하러 나가는 시간 아껴가며 혼자 추구하는 일이 무엇일까 궁금하였다.

"가족이 다 오셨나요?"

"아직 혼잡니다."

눈썹과 눈 근처가 깨끗하게 생긴 찬준은 엄숙해 보이고 잘 웃지 않았다. 웃고 있던 연자는 문득 허리를 펴고 어른답게 굴려 하였다. 찬준은 불경을 공부하는 10여 명이 모이는 작은 집회에 속해 있다고 말하였다.

"이런 데 관심이 있으신가 본데요. 한 번 모임에 와 보시지요. 모이게 되면 안내장이 나가는데 전화번호와 주소 주시면 연락드릴게요."

연자는 절에 나오지 않으리라고 생각했다. 가족이 함께 오지 않는 한 일요일날 혼자만 나오기도 어려웠다. 오늘은 남편이 아이들을 데리고 뉴저지 어디에서 열리는 고등학교 동창 골프대회에 참가하였으므로 연자는 혼자만의 일요일을 가지는 셈이었다.

"어디서 모이는데요?"

"각 회원 집을 돌면서 하지요. 꼭 철학 얘기만 하는 게 아니고 연사가 택하여 아무 주제로나 해요. 어떤 날은 유익한 말을 들었다 싶을 때도 있고 어떤 날은 시간 낭비다 싶은 날도 있어요."

찬준이 수첩을 꺼내 들고 연자의 주소를 적으려 하였으므로 연자는 전화 걸면 남편이 싫어할 것 같은 불안감이 있는데도 연락처를 알려 주었다.

저녁에 땀 밴 옷을 입고 남편과 아이들은 싱싱해서 돌아왔다. 추석 달이 밝은 밤이 되었다. 연자가 절에서 돌아오는 길에 한국 식품점에서 산 송편을 차와 함께 먹고 아이들과 연자 부부는 각각 잠자리로 들어갔다. 커튼을 열어 놓으니까 달빛이 침실로 들어왔다. 침대에 누워서 낮에 절에서 10분쯤 만났던 찬준에 대해서 연자는 생각했다. 연자는 찬준을 몰랐으면서도 지금의 자기보다 더라는 것이 꼭 있을 수 있기 때문에 항상 더더 해야 된다던 그의 말을 생각하고 그가 높은 정신 수준을 가지고 있다고 판단했다.

남편을 향해 연자는 돌아누웠다. 남편의 멋없이 편편한 가슴에 팔을 얹고 남편 어깨 우묵한 곳에 고개를 묻었다.

"요, 요, 우리가 언제부터 오누이가 됐어요?"

6

찬준으로부터 연락은 생각보다 빨리 왔다. 일요일이 지나고 사흘째 되었을 때 찬준은 연자 시누이 가게에 다음 모이는 곳의 약도와 날짜가 적힌 종이를 가지고 들렀다. 마침 가게 일을 보고 있던 때여서 연자는 찬준을 직접 대할 수 있었다. 카운터 뒤에 서 있는 연자에게 찬준은 말하였다. 박 선생님도 같이 나오세요. 부부가 같이들 오시니깐요.

저녁 식탁에서 연자는 남편에게 뉴욕 근처에 사는 교수와 예술가와 의사들이 주멤버로 모이는 작은 모임이 있다는 얘기를 했다. 같이 가지 않겠느냐고, 안 갔으면 하면서 말해 보았다. 남편은 그런 훌륭한 데는 혼자 갔다 오라고 농담하였다. 가정주부란 한 나라의 문화와 같아서 바깥바람을 좀 쏘여야 집안이 된다고 하였다. 17년 전 자기를 안 좋아해도 좋다고, 자기가 두 몫으로 연자를 좋아하니까 결혼하자고 했을 때, 남편의 말은 남편보다 학벌도 낮고 가정 경제도 어렵던 연자의 로맨스한 이상에 들어맞는 듯하였는데 이날 저녁 여자와 문화를 같이 말하는 남편에게도 연자는 작은 기쁨을 느꼈다. 중세 서양에 태어났으면 기사가 나타나 채어 갈 타입이 못 된다고 연자는 자신을 생각해 왔다. 남자 우월주의로 나가다가도 남편은 가끔씩 너그러운 태도를 보여 남편을 압박자로 여겼던 순간이 있었던 아내를 그 앞에 무릎 꿇고 싶게 하였다.

토요일날 저녁 식탁을 차려 두고 연자는 찬준이 준 길 안내도를 가지고 기차 타러 나갔다. 뉴잉글랜드로 나가는 기차 정거장은 얼마 전 어떤 사람이 총기를 난사하였던 곳이었다. 총을 가졌으면 사람들

모인 데 가서 한 번 쏴대고 싶은 미친 욕망이 나라도 일런지 모르겠다고 생각하니까 흉기가 난무하는 이 세상은 다시 아이들 기르기 어려운 곳으로 연자에게 느껴졌다.

찬준이 준 안내도에서는 이용수 박사 댁이라고 써 있었음에도 연자는 가는 곳이 절 비슷한 조그만 방일 것이라고 생각하였었다. 기차에서 내린 연자가 걸어서 막상 당도한 곳은 철길 연변 고층 아파트에 자리잡은 가정 집이었다. 엘리베이터에서 내리자마자 뜨거운 한국 음식 만드는 냄새가 났다. 한국말 소리와 웃음 소리도 들렸다.

음식도 나오는가 본데 초대받지도 않고 어떻게 가나? 연자의 발걸음은 멈춰졌다. 그때쯤 아파트 문이 수월히 열리더니 찬준이 얼굴을 내밀었다.

"오셨군요, 쉽게 찾으셨어요?"

찬준이 연자를 데리고 아파트 안으로 들어갔다. 찬준이 미세스 박이라고만 소개했는데 얘기하던 사람들은 더 이상 묻지 않고 목례하고 소파에 앉았던 부인들이 자리를 좁혀 연자가 앉을 자리를 만들어 주었다. 찬준은 그늘지고 엉성한 피아노 옆 벽에 기대어 앉았다. 그 방의 사람들은 친밀한 교제가 있어 보였다.

오늘의 연사는 이 집 주인인 이용수 박사였다. 스무 명쯤 모인 사람 중에서 누군가 녹음기를 틀고 강연은 시작되었다. 옛 우리나라 사람을 우리 주변 나라에서는 어떻게 표현하였는가, 옛날 다른 나라 문서와 고분 벽화에 나타난 내용들을 이 박사는 얘기하였다. 우리 국민이 대체로 온순하고 예의바르다는 얘기가 많고 용맹스럽고 사냥을 잘한다는 표현도 있었다. 방안 분위기는 진지하고 엄숙하였다. 우리나라에 대한 사랑과 긍지가 대단하였다. 강연은 밤 열한 시경 토닥토닥 치는 박수로 끝을 맺고 다음부터는 화기애애한 분위기로 들어가는 듯하였다. 연자는 연사의 말씀이 끝나자 곧 일어났다. 찬준도 연자를 데려다 준다고 뒤따라 나왔으므로 연자는 그에게 부담이 된 듯하여 미안하였다.

낡아서 쇳덩어리 같은 찬준의 차를 연자는 탔다. 창백한 가로등이 일정한 간격으로 우뚝우뚝 서 있는 하이웨이 상공에 약간 이지러진 달이 조용히 떠 있었다. 찬준과 연자를 태우고 자동차는 거의 빈 길을 달려갔다. 앞 차의 테일라이트들이 멀리 가까이 어둠 속에 담뱃불같이 빨갛게 떠가다가 사라졌다가 둘로 넷으로 나타났다가 하였다.

"처음 보았을 때부터 뉴욕은 내게는 이미 놀라운 도시가 아니었어요."

찬준이 말하였다.

"……."

"내가 원하는 도시란 사람들이 가만히 서 있어도 에스컬레이터에 탄 듯 길이 움직여 주고 자동차는 길을 달리는 것이 아니라 공중을 날아다니고 아라비안나이트에 나오는 것처럼 마술 양탄자를 타고 사람들이 하늘을 날아다니고요."

핸들에 손을 얹고 찬준은 단정하였으나 가끔씩 연자 눈에도 뜨일 만큼 고단한 표정이 얼굴을 스쳐 갔다.

"미세스 박은 결혼하신 지 얼마나 되었어요?"

"17년인가요?"

"댁의 가정이 참 단란해 보였어요. 모두 깨끗이 입고 평화로운 얼굴로 얘기해요. 우리 어머니 아버지의 결혼 역사는 바로 전쟁의 역사였거든요. 어머니는 아버지를 완전 포기하고는 우리 형하고 나하고 내 동생 이렇게 세 아들을 정성들여 기르는 정도가 아니라 그냥 숭배했지요. 하느님같이 숭배하셨다니까요. 어머니 영향권을 떠나려는 일념으로 지금 나하고 형은 뉴욕까지 흘러 나왔어요."

자기 가정이 단란해 보인다는 찬준의 말이 좋아서 연자는 웃었다. 자라는 동안 연자는 부모는 선택할 수 없다는 말이나 가족 중 가장

미친 사람이 한 가정을 지배한다는 말에 공감하였으며 히스테리를 일으키고 누워 있는 어머니 손을 붙들고 앉아 있던 어린 동생의 모습도 보았다. 꺼떡하면 기절을 해버리니 도대체 무슨 말을 할 수가 없단 말이야. 아버지는 집을 나가고 다섯, 여섯 살이 되었을 때부터 동생은 자기가 놀러 나가지 않고 어머니 옆에 있으면 어머니가 기분이 풀릴 거라고 생각하였다. 시한 폭탄을 안은 듯 조마조마한 가정이었지만 그들 형제는 자기 가정이 특별하다고는 생각지 않았다. 전쟁 뒤여서 대부분이 가족의 누구인가를 잃고 가난했는데다가 연자 동네 이집 저집에서 싸우는 소리가 나고 어른들은 아이들한테 성난 목소리로 말하였다. 저보다 어린 동생을 업은 채 매맞고 우는 아이도 늘상 보았다.

연자를 비롯하여 아이들은 일을 많이 하고 학교에 다녔으며 어른인 듯, 어른들을 가엾게 여기고 쓸쓸해하였다. 고통스러웠던 어린 시절은 고통스러운 사춘기로 이어졌다. 어른이 되면 성과 같이 견고하고 맛있는 음식이 있는 따뜻한 가정을 이루리라고 연자는 결심하였고 그런 노력을 할 수 있는 지금의 결혼 생활이 어릴 때의 원을 푸는 것같이 후련하였다. 그러나 가정은 또한 깊은 바닷속에서 어느 방향으로 헤엄쳐 나가야 할지 모르는 무거운 수압에 갇혀 앞뒤로 흔들리기만 하는 것 같은 어째 볼 수 없는 원인 모를 절망감도 연자에게 주었다.

"한국 어머니들은 딱 두 가지예요. 자식한테 미치든가 종교에 미치든가."

찬준이 말하였다.

연자 자신도 한국의 어머니이므로 찬준의 분류대로라면 두 가지 중 어느 한쪽에 속해야 하였다. 믿는다는 문제가 늘 걸려 있어 종교는 아니니까 굳이 괄호 속에 들어가야 한다면 자신은 자식에 미친다는 쪽이 아닐까 싶었다. 그러나 그 분류가 연자는 잘 이해가 되지 않았다.

"앞으로 인류가 자자손손 이어질까요? 핵전쟁이란 건 실수로도 일어날 수 있다던데요."

연자가 말하였다.

"참 그게 문제예요" 하고 찬준은 얼른 말을 하였다. 그는 작년 반핵 시위에 손수 만든 피켓을 들고 참가하였다.

"결국은 하나라도 많은 사람들이 그렇게 안 되기를 원하고 기도하고 그 길밖에 없어요. 생각이란 게 우리가 느끼는 결과로 나온 거지요. 우리한테는 은연중 얻게 된 나쁜 습관이 있어요. 어떤 사람은 나쁘다, 어떤 종족은 원수다, 어떤 놈은 우리가 꼭 이기고 봐야 된다, 그런 게 자라는 동안 상식처럼 머릿속에 자리잡아요. 서로 만나고 얘기하고 그 길밖에 없어요. 모를 때는 상대방이 더 무섭고 나쁘게 보이지요. 대화만이 유일한 길 같아요."

"그런데 사람은 또 피가 끓기도 하지요. KAL 비행기 사고 때는 내 몸이 가미가제 조종사처럼 자폭하더라도 원수를 갚고 싶었거든요. 내 기준에 의하면 소련은 벌을 받아야 했어요. 무슨 일이 일어나지요. 벼락치라고 기다려지던데요. 그런 식으로 피가 끓을 때는 전쟁이 나는 거겠지요. 나야 평범하고 힘없는 여자니까 괜찮았지만, 그런데 이 통은 뭐예요?"

아까부터 발 밑에서 걷어차이며 스타킹에 전선을 내는 플라스틱 통에 대해 연자는 물었다.

"아, 그건 비 올 때 새는 물을 받는 통이에요. 뒷자리에 던지세요."

연자가 집을 새 없이 찬준은 통을 들어 뒷자리에 던졌다. 잠시 차가 기우뚱하였다. 찬준은 말하였다.

"2차 대전 직전에 각 나라 모두가 대단히 애국적이었다지 않습니까? 편협한 애국심은 위태로워요. 과학의 발달로 지구는 이제 지구촌 시대예요. 혹시 비행기 사고로 누구를 잃으셨어요?"

"아니오."

"난 그 비행기 탈 뻔했어요. 떠나려고 짐이랑 다 싸놨는데 형님이 추석이나 쇠고 가라고 붙잡아서 비행기표를 물렀어요. KAL 타고 가다가 죽었으면 식구한테 보상금이라도 돌아가고 내 시체는 바닷속에 흔적 없이 사라지고 차라리 그게 낫지 않은가 싶기도 해요. 죽을 때까지 세상에 신세만 지면 어쩌나 싶어요."

차는 어느덧 맨해튼 강변 길을 달리고 있었다. 교통량이 많아지고 빌딩의 불빛들이 검은 강물 위에 어리었다.

"사람들이 모두 자식 낳는 게 중요한 것 같습니다. 그래야 내 자식이 지구를 더 좋게 만들겠다는 마음도 들겠고요. TV 뉴스에서 전쟁 현장을 보면 어느 나라든지 그 어머니가 죽은 아들 때문에 통곡해요. 죽은 테러리스트의 어머니도 통곡해요. 온 세상 어머니들이 손을 잡으면 세상 평화가 이루어지겠지요."

찬준이 말하였다.

"지금 몇 살이세요?"

연자가 물었다.

"스물아홉이에요. 몇 달 있으면 꽉 찬 삼십."

"네에."

찬준이 좋은 나이라고 연자는 생각했다. 연자에게는 지금 열세 살 정도 된 남자아이들이 위험해 보였다. 자기 아들의 나이였다. 세상 곳곳에서 작은 전쟁이 끊이지 않으며 미국도 징병제를 다시 실시하고 있었다. 지구촌의 한 사람으로서 인간답게 산다는 것도 전쟁이 나면 이상에 지나지 않고 아들은 어느 한 나라에 소속하여 총을 들어야 할 것이었다. 연자 생각으로는 아들이 스물쯤 굵은 청년이 되었을 때 참다 못해 이 지구 어느 지역인가가 곪아터져 세계는 다시 큰 전쟁 속으로 말려들 것만 같았다. 몇 년 전쟁 치르고 나면 그 뒤로 얼마는 또 조심스런 평화일 것이니 지금 열 살 미만의 아이들이

클 때쯤 세상은 다시 조용할 것 같았다.

찬준은 부시럭부시럭 주머니에서 무엇을 찾아 입에다 넣었다.

"사탕입니다. 드실래요? 편도선이 부어선 내리지를 않아요."

연자는 찬준이 건네는 사탕을 받아 물었다. 레몬같이 시고 달았다. 사탕을 좀 빨아먹다가 연자는 말했다.

"어떤 게 좋을까요? 걱정하며 조심스럽게 살아야 하나, 그냥 모든 걸 믿고 있어야 하나, 우리 딸애는 자전거 타고 집에서 센트럴 공원까지도 다녀오고 그래요. 뉴욕 시내 복잡한 교통 속에서도, 걔가 자전거 가지고 나가면 돌아올 때까지 난 앉아 있을 수가 없어요."

"믿으세요."

찬준이 말하였다. 말을 분명히 하기 위하여 물고 있던 사탕을 손바닥에 뱉어 내었다. 찬준은 눈두덩이가 아기 볼기짝같이 불끈 솟아오르도록 두 눈을 꽉 감고,

"걱정될 때는 믿사옵니다 하고 크게 소리내어 말하고는 걱정은 우주 순리에 맡겨 버리세요."

이 책 저 책 뒤지며 해답을 구하였던 연자의 의문에 찬준은 즉석 대답을 하였다. 오늘 저녁 강연에 모였던 사람 중에 제일 어렸건만 사람들이 찬준을 아끼는 태도로 대하던 것을 연자는 생각했다. 무엇을 탐구하여 대답을 가지고 있는 사람의 모습으로 찬준은 연자에게 보여졌다. 앞서 살고 더 아는 듯하였다.

"지금 나한테 말한 걸 책으로 쓰세요."

연자가 말하였다. 성기가 두 다리 사이에 있는 것이 아니라 두 귀 사이에 있는 듯 연자는 다리가 무거워지고 젖꼭지가 단단해지고 뺨이 붉어짐을 느꼈다.

"지금 매일 조금씩 쓰고 있어요."

찬준은 말하였다. 일하는 시간도 줄여 가며 매달리는 일이 바로 자기가 생각한 것을 적는 일이라고 하였다. 그 외에 그는 플루트도

불고 명상도 하고 그림도 그린다고 하였다. 없는 시간에 무엇을 그렇게 많이 하는가 싶기도 했으나 연자는 찬준의 재능과 능력에 대해 의문을 품고 싶지 않았다.

연자 집 앞에 차가 당도하였다. 토요일 밤이어서 거리는 열에 뜬 듯 소란스럽고 복잡하였다. 흔들흔들 걷는 사람들 사이로 차들은 천천히 지나가고 말잔등에 높이 앉아서 기마 순경이 거리를 굽어보고 있었다. 말이 말똥을 흘리자 기다렸다는 듯 작달막한 초로의 남자가 삽을 가지고 나와서 담아 갔다. 화단에 비료로 쓰려는 듯하였다.

차에서 내리며 연자는 안녕히 가세요 말하였다. 찬준도 운전석에 앉은 채 안녕히 가세요 말하였다. 한국말 교습 시간 같았다. 두 사람은 얘기를 많이 하였던 사이 같지 않게 서로에게서 물러섰다.

찬준의 차가 떠났다. 시누이 가방 가게는 불을 환하게 켜고 영업 중이었다. 관광 버스가 근처 어디에 섰는지 여행객들로 가게 안은 복작거렸다. 연자는 아래층 현관문을 열고 아파트 층계로 올라갔다. 후회감 같은 것이 연자를 훑고 지났다. 젖 한쪽이 잘려 나가는 듯 허전하고 아팠다. 찬준 외에는 오라는 이도 없고 아는 이도 없었던 그 먼데를 찾아간 것도 그렇고 오면서 차 안에서 남편도 아닌 젊은 남자와 너무 많이 지껄인 것 같았다. 연자는 허술히 서서 아파트 벨을 눌렀다. 남편이 문을 열어 주며, "예술가들 많이 만났어?" 웃고 있었다.

연자는 메고 있던 숄더백을 신발장 위에 얹어 놓고 신을 벗었다.

"응, 박사 닥터들하구 의사 닥터들두."

"닥터들은 몰라두 예술가들은 좀 다르지, 위대했어?"

누가 닥터이고 누가 예술가였는지 몰랐으나 연자는, "응." 대답하였다.

7

어느덧 10월도 반이나 지났지, 마루에 닿는 벗은 내 발이 시리다, 하고 연자는 부엌 식탁에 앉아서 동생에게 편지를 쓰기 시작하였다. 그 앞에는 방금 받은 동생의 편지와 동생 아이 사진이 놓여 있었다. 아이는 하얀 운동 모자 쓰고 빨간 티셔츠에 반바지를 입고 학교 가방을 메고 서 있었다. 편지에 동생은 쓰고 있었다. 오늘 헬렌 켈러가 쓴 짤막한 글을 읽었어. 헬렌 켈러는 그냥 눈, 귀 먹은 것을 딛고 일어서서 유명해진 사람이 아니었어. 어린 시절 처음 사물에 이름이 있다는 것을 깨치던 날의 얘기인데 나 역시 그런 어떤 순간을 맛보고 싶다는 소망이 있었어.

거실에서 딸 수림이 피아노 연습을 시작하였다. 연자는 피아노 소리에 잠시 귀를 기울였다. 수림이 내는 피아노 소리가 연자는 듣기 좋았다. 아들아이 운동복 치다꺼리하기도 좋았다. 아들아이는 학교 농구부원이었으며 1주일에 세 번은 14번가에 있는 태권도 학원에 다녔다. 태권도 옷을 보면 아이가 학원에 안 가고 다른 데서 놀다 왔는지 아닌지 연자는 느낌으로 알았다. 아이는 그것을 두렵고 신기하게 여겼다. 어른도 하루하루 바쁘지만 아이들도 바쁘게 지냈다. 식구들은 똑같은 층계를 걸어서 똑같은 문을 지나 세상으로 나갔다가 다시 똑같은 문을 지나고 똑같은 층계를 밟아 집으로 모여들어서 각각의 잠속에 빠졌다.

연자는 다시 볼펜을 집어 들었다. 연자는 동생에게 찬준에 대해서 쓸 생각이었다. 지구 반대편에 살고 있어도 편지를 보면 동생은 같은 방향으로 나이 먹고 있는 듯하였다.

연자는 9월에 다섯 번, 10월에 들어서 두 번 찬준을 만났다. 아까 낮에 찬준은 포스터 한 장을 연자 시누이네 가게에 붙여 놓고 갔다. '평화의 콘서트'라고 큰 글씨로 쓰고 흰구름을 배경으로 승려

옷을 입은 머리 깎은 흑인이 플루트를 부는 사진이 있었다. 구름 위에 사진을 몽타주하여서 사람이 구름 속에 두둥실 떠 있는 듯하였다.

마음의 음악

스리 친모이 씨의 명상 음악

입장 무료

만날 때마다 찬준은 새로운 면모를 연자에게 보여 주었다. 다른 데서 놀다가 다른 향기를 가지고 낡은 집에 잠깐잠깐 들러 가는 바람 같았다. 연자가 찬준을 일곱 번 만났다고 하는 중에 오늘같이 포스터를 붙이러 찬준이 연자 쪽에 들른 날도 있고 거리에서 색안경과 지등, 부채 등을 팔고 있는 그의 모습을 연자가 본 날도 있었다. 밤에 스물네 시간 여는 슈퍼마켓을 다녀오는데 향을 팔거나 가방, 액세서리, 값싼 시계, 쭉 늘어선 행상들 중 벽에 붙여 놓은 동양풍의 지등이 연자 시선에 들었다. 지등을 따라 행길을 건너 발을 멈춘즉 찬준이 있었다. 문닫은 책방 앞이었다. 한 팔 안에 드는 목판을 벌여 놓고 찬준은 장사하느라고 바빴다.

이 책방 주인을 좀 알아요. 이렇게 작아도 역사도 오래되고요, 여기서는 미술 서적, 종교 서적을 주로 취급해요. 주인이 문닫은 다음에는 와서 장사해도 좋다고 해서 시작했는데 남의 집 일할 때보다 편해요. 매일 해야 되는 것도 아니고요. 찬준이 가만히 서서 말하도록 행인들은 그냥 두지 않았다. 연인들끼리 휘감아 안고 심심풀이로 아무 물건이나 집어 만져 보고 안경도 써보고 값을 묻고 하였다. 어색하고 미안해지는 쪽은 연자이고 당사자인 찬준은 손님 시중을 들며 태연자약하였다.

길 저쪽에서부터 지등이 눈에 띄어 일부러 길을 건너왔다니까, 네 그게 좀 괜찮지요. 그는 좌판 옆 길바닥에 놓인 나일론 가방에서 착착 접힌 지등을 꺼내었다. 이거 가져가세요. 이걸 펴면 저렇게 돼요.

아니오, 연자는 극구 사양하였다. 그러나 연자는 찬준에 져서 지등을 그냥 갖고 필요 없는 부채 하나는 굳이 돈을 내고 사서 가졌다.

연자는 편지에 썼다. 이 사람은 나이도 어린데 사람들한테 존경받고 귀여움을 받아. 요새 사람 같지 않다고 노인들이 칭찬할 타입이야. 젊은데도 어깨에 힘을 빼고 두 팔은 어떻게 해야 할지 모르는 듯 앞으로 축 늘어뜨리고 다녀, 팔 어디쯤은 잘못 꿰매 붙인 인형 같애.

쓰다 보니 연자는 찬준이 정말 인형 같다는 생각을 하였다. 어려서 인형을 안고 산 아기였으면 하고 생명을 넣으려 해도 결국은 물체이었듯, 찬준을 만난 후면 어떤 형태로인가 여운은 남았지만 그의 정신적인 차원이 높아서인지 인형을 안을 때같이 허전한 느낌이 연자에게 들었다. 성직자나 동성 연애하는 남자를 대할 때같이 편안하면서도 영원히 안 통할 것 같은 이질감이 있었다.

언제나 고통 없고 편안하세요? 연자가 물으니까 되도록이면 내 둘레에 감옥을 안 지으려 노력하니까요. 찬준은 대답하였다.

"그럼 화날 때도 없고 우울하지도 않으세요? 그리운 것도 없고요?"

"나를 그대로 받아들이고 필요한 공간을 주는 사람들하고만 지내요. 참견하고 요구 많이 하는 사람이랑은 친해 본 일이 없어요. 그런 사람이라면 우리 어머니 하나로 족해요."

"자신을 완전히 통제하실 수 있나 봐요."

"왜요, 걷잡을 수 없는 감정도 있지요. 그럴 때는 심호흡을 해요."

그는 연자에게 배에 손을 대고 숨쉬는 방법을 몇 번 시범해 보여주었다.

"그래도 괴로우면 새파랗게 맑은 하늘에도 구름은 지나간다고 그렇게 자신한테 이르지요."

이 사람 속에는 남다른 의견들이 많아, 하고 연자는 동생에게 썼다. 무얼 골똘히 생각하고 그 생각들을 모아서 책을 내려 한단다. 내가 이 사람 얘기를 하면 형부는 그가 젊어서 그럴 뿐 새로운 것은 없다고, 자기도 젊어서는 그랬다고 말한다.

연자는 아이들을 잘 가르치자는 찬준의 글을 읽어 본 일이 있었다. 각 나라의 입장으로 보면 어느 전쟁이든 정당한 전쟁이며 어느 나라나 신이 있다. 그러므로 하느님 보고 이기게 해달라고 빈다면 하느님은 어느 나라 기도를 들어줘야 하겠는가. 핵무기 시대에 살고 있는 우리들은 전쟁하고 싶은 울분을 참고 견뎌 넘기며 참을성 있게 세월을 보내자. 가지고 있는 핵무기를 쓰지 않기란 몹시 어려울 것이다. 그 동안 우리의 자식들에게 사랑을 가르쳐 주고 편견 없는 지식을 넣어 주고 있으면 우리 시대말고 다음 시대에 세계 평화를 이룰 아이들이 나올지 모른다. 그런 내용을 노트에 적어 가지고 와서 연자에게 보여 주었다. 네모지고 넙적한 그의 글씨가 읽기 어려워 그의 글씨 버릇에 근거하여 연자는 다른 종이에 새로 적어 가지고 읽었다. 연자는 공부하는 입장에서 그의 글을 읽었다. 그의 목소리로 직접 들을 때와 달리 쓴 글은 납작하였다. 말할 때의 마력이 글에서 없어지는 것이 연자는 낭비같이 아까웠다.

연자 마음 밑에는 찬준에 대해 의문 부호 같은 것이 있었다. 가끔씩 마음이 쓰였다. 찬준에게 책에서 읽었던 혼외정사 가진 여자 얘기를 한 적이 있었다. 결혼해 있으면서 애인의 아이를 몰래 낳아 기른 얘기를 하였을 때 찬준은 의외로 관심을 나타내었다. 두 눈이 빛나고 숨조차 죽이는 것 같았다. 책에서 읽은 얘기라고 말했음에도 내 얘기로 들은 것이 아닌가가 연자의 걱정이었다. 다음에 만나면 내 얘기가 아니라고 못박아 놓아야지. 하지만 정작 찬준을 보면 그 사람은 가만있는데 그런지 아닌지도 모르면서 말을 꺼내는 것은 이상하고 오히려 더 의심을 살 것도 같았다. 그 후로 찬준이 아들아이는 범상히 보면서 딸 수림은 특별한 시선으로 보는 것 같으면 연자는 다시 근심스럽기 시작하였다.

내 마음에 걸리는 일이 하나 있어, 이 사람하고 관계되는 일인데 언제나 말 많이 하고 나면 나쁜 기분이 남지. 이것도 내가 실감나게 말하다가 되어 버린 일이다, 하고 동생에게 보내는 편지에 연자는 썼다. 잠시 멈추었다가 에이 몰라, 연자는 두 눈을 감고 찬준이 가르쳐 줬던 대로 믿사옵니다, 했다.

8

그날 연자네는 손님이 왔다. 손님은 술에 취하여 침실에서 잠이 들고 남편은 소파에 앉아 《뉴욕 타임스》 일요판을 뒤적이고 연자는 수림을 데리고 부엌에서 수북이 쌓인 그릇을 씻었다. 밤. 열한 시가 넘었다. 두 귀에 라디오 헤드폰을 끼고 아들아이는 침대에서 자는 체하여 파티 뒷일을 피하려 하고 있었다.

오늘 온 손님은 여섯 사람이었다. 여섯 사람 중 다섯 사람은 떠나고 술에 취한 이 선생만 남았다. 이 선생은 오늘 온 손님 중에 리버사이드에 사는 연자 친구를 좋아하는 태도를 보였다. 이 선생은 초면인 연자 친구에게 점잖게 굴고 국제 정세에 대해 얘기하였다. 우리나라 남북한 통틀어 6천만 국민이 가슴 터지도록 있는 힘껏 절규하여도 강대국이 우리나라를 놓아 줄 것 같지 않은 현실인데도 6천만 국민이 이미 낡은 이데올로기 싸움으로 둘로 갈라져서 등을 대고 있는 처지라는 애기는 좌중을 감동시켰다. 어디 강연에서 들은 애기를 다시 옮기는데 자기 속에서 우러나온 생각같이 설득력이 있었다.

열변을 토하던 이 선생은 한 모금씩 입술을 축인다는 듯 마신 조니워커에 취하여 연자 친구를 비틀걸음으로 따라다니고 손 좀 잡읍시다. 안아 좀 봅시다 하였다. 봉제 공장을 하는 이씨라 하여 봉제

리라고 스스로 부르는 이 선생은 연자 남편과 같은 시기에 생물학 석사 과정을 마쳤으며 미국에서 발간되는 한국 신문들에 가끔 사회 논평하는 그의 글이 실렸다. 이 선생 부인은 사업을 돌보느라 오지 못하고 연자 친구 남편은 여행중이었다. 술이 취해 연자 친구를 따라다니던 이 선생은 초대된 두 쌍의 부부에게 시비를 걸다 말다 하다가 연자 부부 침실로 들어가 푹 쓰러지는가 했더니 잠들어 버렸다. 외로워서 저러시는 거예요. 부인이 잘 보살펴 드리면 될 텐데, 부인하고 상관없어요. 왕이 되고 싶은데 왕이 못 되니까 그러시는 거예요. 손님들은 낮은 소리로 얘기하며 떠나갔다.

연자가 접시에 담긴 음식들을 버릴 것은 버리고 냉장고에 넣을 것은 정리해 넣는 동안 수림은 접시를 씻었다. 어떤 여자를 좋아한다고 하다가 잠드는 이 선생이 연자는 씁쓸하게 느껴졌다. 장난 삼아 연애 걸었어도 그 여자 앞에서 잘 수 있는지? 적어도 연정이 하루 저녁은 지탱해야잖아, 그렇지?

하던 일이 대충 끝났으므로 연자는 수림을 일에서 해방시켜 주었다. 수림이 끼고 있던 고무장갑을 연자에게 벗어 주는데 전화 벨이 울렸다. 거실에서 남편이 받는 소리가 났다. 이 선생 부인으로부터 온 듯, 남편이 말하였다. 지금 자고 있는데요, 술이 좀 과했던 것 같아요.

연자는 그릇 씻는 일로 돌아갔다. 눈물 나도록 하품이 나왔다. 오늘은 긴 날이었다. 어제부터 시장보고 음식 만들었으며 손님 초대는 오늘 오후 한 시부터였다. 남편이 부엌에 쑥 얼굴을 내밀었다. 나 재 데려다 주고 올게. 재 와이프가 온다는 걸 내가 간다고 했어. 남편은 부엌 벽에 걸린 열쇠를 집어 들었다. 코네티컷 숲속 호텔에 방을 10월로 예약하였던 그는 애인이 없지만 올해에는 그 예약을 취소하지 않았다. 대신 12월 중순으로 날짜를 옮겨 놓았다.

침대에 누운 아들아이를 일으켜 남편은 한량없이 무거운 이 선생을 부축하여 나가고 연자는 파티 뒷일을 마쳤다. 욕조에 물을 채우는데 남편으로부터 전화가 왔다.

"꼬리를 집 앞에서 만나잖았겠어. 혼자 외로이 거닐고 있더라구."

꼬리란 찬준을 말함이었다. 머리 뒤쪽을 길러 새끼손가락만하게 땋고 다닌다고 해서 남편은 찬준을 그렇게 불렀다.

"꼬리를 만나서 그래도 힘이 됐어. 꼬리가 봉제 리를 차까지 운반하는데 힘을 보탰다구, 내가 꼬리더러 오늘 집에 음식이 있을 테니까 가서 먹으라고 했어. 그러니까 당신이 알아서 국이랑 부침개랑 좀 뜨겁게 해서 먹이라구. 너무 말랐더라구."

남편은 아래층 가게 앞에서 찬준을 처음 보았을 때부터 곧 꼬리라고 부르며 나쁘게 들리지 않을 정도로 놀리는 태도를 취하였다.

남편이 가라고 했다는데 찬준은 연자 집에 오지 않았다. 대신 밖에서 공중 전화를 걸었다. 연자더러 집 앞으로 잠깐만 내려와 달라고 하였다. 찬준은 연자 아파트에 와본 일이 없었다.

"애들 아빠가 방금 전화했었어요. 올라오세요."

연자가 말했다. 연자는 찬준에게 해놓은 음식을 먹이고 싶었다.

"밖에서 기다리겠습니다."

찬준이 말하였다. 연자는 물을 받던 욕조의 물을 빼고 스웨터를 덧입고 밖으로 나갔다. 찬준은 현관 옆 외등 환한 곳에 서 있었다. 일요일 밤이므로 금요일이나 토요일보다 거리가 한산하였다. 가까운 카페로 그들은 들어갔다. 찬준은 탄산수를 주문하고 연자는 카페인 없는 커피를 주문하였다. 찬준은 술 담배 커피는 입에 대지 않았다.

카페 벽에는 개인전인 듯 그림이 전시되어 있었다. 주방 가까운 쪽 테이블을 넓게 차지하고 앉은 일행은 화가와 그 동료들인 듯하였다. 한 갤런들이 포도주 병이 테이블에 올려 있고 그들은 흥겹게 취해 있었다.

찬준이 말하였다.

"마음이 안 잡혀 하루 종일 서성거리다가 밖에 나왔어요. 집에서 여기까지 걸으며 생각에 생각을 거듭했어요."

그의 손이 떨리고 있었다. 그는 연자와 같이 살고 싶다고 말하였다.

"같은 지붕 밑, 같은 유리창 안에요."

찬준이 무엇을 말하는지 잘 알 수 없었지만 연자는 심장에 총알을 한 방 맞은 것 같았다. 무중력 상태로 있는데 키 큰 웨이트리스가 주문한 음료를 가져왔다. 웨이트리스는 화가 일행의 테이블에서 포도주를 얻어 마시고 기분이 좋았다. 음료를 내려놓고 웨이트리스가 떠났다.

그 동안 남의 부인인 여자와 만날 때마다 도덕적으로 나쁜 일이므로 영혼이 한 계단씩 밑으로 내려가는 것 같더라고 찬준은 말하였다. 연자는 찬준이 자기를 '만났다'고 하는 것이 뜻밖이었다. 찬준은 아는 사람도 많고 하는 일도 많고 잘하는 영어도 아니면서 부끄럼 없이 의사 소통을 하고 다니다가 바람이 가끔씩 추녀 끝에 달린 풍경을 건드리듯 연자 시누이 가게에 모습을 나타내었다. 바쁜 사람이 잠시 와서 쉬는 것 같았었다. 잠깐씩 '들른' 찬준을 연자는 '만났다'는 느낌이었다. 연자는 주로 아이들 세계에서 살아왔다. 어른들 친구는 두어 명밖에 없었으며 동화책과 기저귀와 아픈 아이들이다가 지금은 교과서와 이런저런 공부하는 아이들로 되었다. 그런 세계에서 가끔 찬준이 들렀다.

"더 이상 영혼이 타락하는 것을 막기 위해서는 결혼하는 길밖에요. 이혼하고 저와 결혼해 주실 수 있으신지요?"

찬준이 물었다.

연자는 할 수 없겠다고 대답하였다. 말하는데 귀가 더워지며 가슴이 찢어지는 듯하였다. 찬준이 같이 자자고 하였다면 좋았을 것 같았다. 연자는 그렇게 말하고 싶었으나 찬준은 고상한 사람이므로 그 말을 하면 자기를 멸시할 것 같았다. 또 여자인 연자의 자존심이 그 말을 못 하게 하였다.

찬준과 헤어져 집으로 올라오며 연자는 이제 다시는 그를 만날 수 없게 되었음을 깨달았다. 바깥을 향해 열렸던 단 하나의 문이 꽉 닫혀 버린 것 같았다. 인형이라고 서운히 여겼던 찬준은 피가 흐르는 사람이었다.

찬준이 가버린 뒤 연자는 뒤늦게 열병을 앓았다. 연애 시(詩)들은 연자에게 개인적인 메시지를 전하였다. 어떤 초능력이 개성을 빼앗아 가 버린 것같이 연자는 변하였다. 남편은 아내가 시선을 고정시키고 생각에 몰두하는 모습을 보았으며 식구들은 얼마 동안 맛있는 음식을 못 먹었다.

변화시킬 수 없는 꿈속에 갇힌 듯 연자는 나날을 보내었다. 이제까지 나는 너무 어린 것 같았는데 갑자기 나는 또 너무 늙었나? 내 시간 동안에 무슨 일들이 일어났나? 가끔 집 문지방에 나와서 서성이는 때가 없지도 않았으나 다시 집 안으로 돌아가서 연자는 안도의 숨을 쉬었다. 거기 앉아서 연자는 커튼은 바꾸거나 새 그릇을 사거나 하였다.

9

가을은 겨울로 변해 갔다. 아이들은 크리스마스 계획을 세우고 라디오에서는 크리스마스 캐럴이 들리고 카페와 상점들은 크리스마스 장식을 하였다. 남편과 아이들이 직장과 학교로 떠나고 난 아침 찬준에게서 전화가 왔다. 연자는 찬준의 목소리를 듣고 기뻤다.

언 땅이 구두 밑에서 내는 소리를 들으며 연자는 찬준을 만나러 근처 공원 입구에 나갔다. 나무들은 많던 잎들을 떨구고 잔가지들을 부드럽게 회색 하늘 속에 펼치고 서 있었다. 군밤 장수 같은 털모자를 깊숙이 내려쓰고 코트에 두 손을 찌른 찬준은 연자가 생각했던 것보다 더 익숙한 얼굴이었다. 연자의 베갯머리에 와 있던 얼굴이었다. 빈 어둠 속의 그 얼굴을 향하여 내게 찾아오는 당신은 실제인가 가공인가 하고 연자는 묻기도 했었다. 근처에 있는 햄버거 집으로 그들은 들어갔다. 이른 시간이어서 그곳밖에 문 연 곳이 눈에 뜨이지 않았다. 주황과 오렌지 색조로 산뜻한 실내에는 커피 향기가 감돌았다. 찬준은 오렌지 주스 연자는 커피를 시켜 가지고 창가에 앉았다. 마주보이는 은행에는 상점 주인들이 전날 수입을 입금시키러 들어가고 있었다. 창에는 플라스틱으로 만든 산타클로스가 선물 쿠폰을 들고 웃고 있었다.

찬준이 군밤 모자를 벗으니까 짧게 깎은 머리가 나타났다. 꼬리가 달렸던 뒤통수는 면도 자리가 파르스름하고 머리 꼭대기는 막 자른 잔디풀같이 포르르했다. 깎은 머리 탓인지 찬준은 전보다도 어리고 단정해 보였다. 그는 연자를 떼어 놓고 훨훨 걸어가듯 하였다. 연자는 나이 들고 위축되었다. 찬준을 만나러 나오며, 연자는 한낮이 되고 밤이 오는 것을 속수무책으로 지켜볼 수밖에 없었던 지난 한 달을 얘기하고 싶었었다. 연자의 뺨은 들어가고 눈가에는 검은 선이 둘리고 입술은 말을 찾아 열리지 않았다. 자신의 이름이 뭔지도 확실치 않았다.

찬준이 몸을 앞으로 숙이고 목소리를 낮추었다. 이제 내가 하는 얘기를 잘 들으시고 우리 생각해 봅시다. 먼저 약속해 주세요. 무슨 말을 들어도 놀라거나 화를 내지 않겠다고요.

나쁜 예감이 연자를 스쳤다.

"네."

수림이 어젯밤 자전거를 타고 아파트로 찾아왔더라고 찬준은 말하였다.

"거길요?"

수림이 자전거를 가지고 나간 것도 연자는 모르고 있었다.

"엊저녁에 학교 댄스에 간다고 나갔는데요. 걔가 찬준 씨 아파트를 알아요?"

"벌써 몇 번씩 왔다 갔는 걸요. 수림이가 말 안 하던가요?"

이번에는 찬준이 놀라움을 표시하였다.

"자전거 타고 다니면 엄마가 걱정하신다고 주의 줬더니 지하철 타고 오곤 했었습니다."

"몰랐어요 난. 걔가 왜 거기에?"

"피아노 레슨 받는 아파트 건물에 제가 살거든요."

"아, 네."

그것도 모르고 연자는 그 건물에 가끔씩이긴 하지만 3년째 드나들었다.

"한 달 전인가 수림을 우연히 문간에서 만났어요. 마침 명상한다고 친구들이 집에 와 있어서 같이 지냈지요. 수림이처럼 어린 사람은 없었지만 열여덟 살 된 여자애도 있었고요."

찬준은 잠시 머뭇거렸다. 무슨 나쁜 말을 곧 듣게 될 것 같아 연자는 몸이 굳고 차가워졌다.

"수림이가 임신했답니다."

찬준은 테이블에 시선을 박고 말하였다. 수림이는 죽고 싶다고, 엄마가 알면 같이 죽자고 할 거라며 울더라고 하였다.

기차가 레일 위를 달려가듯 연자의 생각이 급히 굴렀다.

"걘 아직……."

땅이 잡아당기기라도 하는 듯 연자는 가라앉았다.

수림은 아직 생리가 없었다. 적어도 9월까지 없었다고 연자는 말할 수 있었다. 학기초인 9월에 학교에서 요구하는 신체 검사를 하러 병원에 갔을 때 연자는 의사에게 수림의 늦은 생리에 대해 물어 보았었다. 닥터 리는 자기도 열일곱 살에 시작했으므로 수림도 더 기다려 보자고 하였다.

"남자애는 누구라고 그래요?"

"말 안 합니다."

찬준의 손이 조심스럽게 와서 연자의 손가락을 잡았다.

"수림이의 친구가 됩시다. 내가 어머니한테 얘기했다고 수림은 이제 아무도 믿지 않고 세상을 적으로 돌릴지 몰라요."

연자의 손을 한 번 더 꼭 쥐었다 놓고 찬준은 벗었던 털모자를 썼다. 정신없는 연자 눈에도 찬준이 어쩌면 좋을지 몰라하는 것이 보였다. 찬준은 고개 숙이고 바지 무릎께의 헝겊 올을 손톱으로 세고 있었다.

찬준도 갓난아기로 세상을 시작한, 어느 여자의 아들이라고 연자는 생각했다. 연자는 알려 줘서 고맙다고 말하였다.

연자는 몸을 끌고 간신히 집으로 돌아왔다. 수림이 가엾고 아까웠다. 열다섯 살로 그 자신이 아직 아이였다. 커서 말이 통하고 친구 같다 싶었더니 어느덧 이런 일이 일어났다. 연자는 자신을 비난하였다. 찬준에게 마음을 뺏겨 딸이 어떻게 변화해 가는지 몰랐다.

찬준이 딸아이의 임신을 알려 주었으므로 연자는 두 곱으로 타격을 받았다. 어떻게 남편에게 알리나, 창 밖에 보이는 겨울을 견뎌낼 수 없을 것 같았다. 연자는 날이 아무리 날카로워도 그것으로 무엇을 자를 수 없는 가위 반쪽같이 느꼈다.

10

수림은 임신을 하지 않았으며 남자 친구도 없고 아직 첫 생리도 없었다. 학교에서 돌아올 수림을 1초 1초 기다렸다가 연자 홀로 알아낸 사실들이었다. 수림은 '꼬리 아저씨'가 깜짝 놀라는 것을 보고 싶어서 그런 거짓말을 해보았다고 말하였다.

수림은 아빠한테 말하지 말라고 연자에게 맹세시켰다. 연자는 그 약속을 이틀 지키고 남편에게 말하였다. 아무것도 모르는 남편이 아직도 수림을 귀여운 아기인 듯 대할 때 연자는 소리치고 싶었었다. 걔는 이제 애기가 아니라고.

수림에게는 모른 척하라고 남편에게 연자는 맹세시켰다. 성적인 환상이 그런 거짓말을 하게 했나 보다고 남편은 말하였다. 참, 참, 남편은 혀를 찼다.

"니 딸이래서 얌전할 줄 알았는데 걔는 다르구나."

남편은 피아노 위에 놓여 있는 어릴 때 수림의 사진을 들여다보았다.

연자는 남편에게 수년 간 거짓말을 하며 산 것같이 느꼈다. 한 말로서가 아니라 말 안 한 말로서.

남편은 좀 있다가,

"그런데 왜 꼬리한테 찾아가서 그런 말을 했지? 재가 가끔씩 사람을 깜짝깜짝 놀라게 하지."

이 세상 누구도 모르는 수림의 비밀은 꼬리 아저씨가 더 이상 자기를 찾아오지 말라고 해서 수림은 그런 거짓말을 하였다. 약속을 저버리고 엊저녁 일을 날이 밝자 곧바로 엄마에게 일러바친 꼬리 아저씨지만 수림은 그가 자기를 귀중히 여긴다던 말을 마음에 간직하였다. 임신했다고 하니까 그는 등을 안아 주고 머리칼을 쓸어 올려주었다. 산다는 것은 여행길같이 정거장과 출발점의 연속인데 중도에 머물러서 목적지가 있다는 것을 잊으면 안 된다고, 수림이도 지금 있는 고통의 자리에서 털고 일어나라고 말했었다.

나는 공기처럼 가볍고 몸 속에는 햇살이 가득 논다.
나는 걷지 못하고 뛴다.
구름이 내 발 밑에 있다.

꼬리 아저씨를 생각하며 수림은 학교 창작 시간에 시를 지었다. 거울 같은 사람이 되고 싶다고 아저씨는 말하기도 하였다. 수림에게도 그렇게 되라고—좋아하는 남자 친구가 있으면 걸으면서 생각하고 자면서 생각하고, 그 사람 생각하느라 아무 일도 못 하고 그러지 말고 맑은 거울같이 사물이 있으면 비추고 없으면 안 비추라고. 그런데 그것은 참 어려운 일이라고 하였다. 수림은 거울같이 되기 싫었다. 만일 거울이 되어야 한다면 한 가지만 비추는 거울이 되고 싶었다.

11

연자 가족은 남편이 예약하여 놓았다는 코네티컷 숲속 호텔로 주말 여행을 떠났다. 가기 싫어하는 아이들을 자동차 뒷자리에 태우고 앞자리에는 연자 부부가 앉았다. 아이들을 이끌고 피로하고 지친 부부가 다시 애인이 되려 애쓰는 것 같았다. 차갑고 날카로운 겨울 햇빛이 눈을 시게 하였다. 같은 시차 다른 차칸에 타고서 같은 정거장에 내린 모르는 사람같이 연자 가족 네 사람은 말이 없었다.

"브라운 대학생들은 다음주에 핵전쟁이 났을 경우 낙진 때문에 죽느니보다 차라리 스스로 목숨을 끊을 수 있도록 학교 내 보건소에 청산가리를 비치하는 문제에 관한 찬반 투표를 하게 됩니다. 학부 재학생 700명이 서명한 청원서에 따라 이 문제는 학생 선거에서 학생 총선에 붙여집니다. 이를 제안한 학생 제이슨 살츠만과 크리스 퍼거슨은 1950년대에 나온 소설에서 아이디어를 얻었다고 합니다."

음악 프로그램 사이에 뉴스가 나왔다. 연자가 찬준을 알게 된 뒤부터 세상에서는 핵전쟁 얘기만 하는 듯하였다. 신문을 펴도 TV를 틀어도 아이들 숙제를 가끔 넘겨다보아도 그런 것부터 연자 눈에 띄었다. 핵무기뿐 아니라 다른 사물들도 연자에게 보였다. 하늘, 새,

나무, 그런 것들로부터 입에 넣는 음식, 인간에 의하여 더럽혀지는 자연과 공기, 늘어나는 인구, 한 인종이 다른 인종을 경계하는 태도 같은 것이 눈에 들어오기 시작하였다.

"그놈들 참, 핵전쟁이 곧 나는 것 같구만."

남편도 뉴스를 들었는지 한마디하였다.

"아니야 아빠, 지금 당장이라도 전쟁 날 수가 있다니깐, 이런 세상인데 왜 우리가 학교 다니고 공부해야 돼?"

아들아이가 말했다.

"중세기나 어느 시대나 다 자기 사는 세상을 말세라고들 떠들었었어. 그런데도 사랑하는 아들아 좀 보아라. 오늘도 맑은 하늘에 해는 저렇게 빛나지 않느냐."

무덤 같던 차 속이 활기 있어졌다.

"아빠 그때는 핵이 없었지."

아들아이는 지려 하지 않았다.

연자가 말했다.

"지금은 전쟁할 때가 아니란다. 좋은 아이들이 나올 때까지 우리는 있는 힘을 다해서 참고 견뎌야 한단다."

찬준은 연자에게 등을 보이며 먼 마을로 통하는 길로 미래의 아이들을 만나러 가고 있는 듯하였다. 그가 없어도 연자는 나쁘지 않았다. 연자 속에는 좋아하는 사람이 자기를 좋아했다는 따뜻한 느낌이 있었다. 찬준을 만나게 되는 경우가 있으면 아는 사람이니까 인사를 할 수 있을 것이었다. 찬준에 대해서는 생각해 보는 것만으로도 그 무엇이 변해 버리는 듯한 섬세한 감정이 되었다. 길에서 꽃을 보고 좋아서 집에 가지고 가려 하면 꺾자마자 벌써 상하듯.

잠잠히 있던 수림이 꿈에서 가까스로 깨어나듯 몸을 움직였다. 우주인들이 우주 속을 유영하는 것 같았다.

"만약 핵전쟁이 난다면 말이야, 누구랑 있고 싶어? 아빠 엄마부터 말해 봐."

수림이 말했다.

"우리 수림이가 보이 프렌드가 있는 모양인데 그래."

남편이 말했다.

"사랑에 빠지는 건 개인한테는 큰일일지 몰라도 남한테는 정말 쓸 데가 없어."

아들아이가 누이를 놀렸다.

연자가 자동차 뒷좌석을 돌아다보았다.

"엄마가 대답할게, 엄마는 너희들하고 있으련다."

"저런 저런 재들 생각은 다르다구."

남편이 말했다.

"아 그런가? 브라운 대학 학생들은 청산가리를 학교에 비치하자고 했는데 그럼 걔들은 학교 친구들과 죽고 싶나?"

연자가 말했다.

숲길을 돌자 통나무와 돌로 멋을 내 정취 있는 호텔이 나타났다. 호텔 뒤쪽에는 물소리 내며 도는 물방아도 있었다. 먼저 도착한 일가족이 자동차에서 스키 장비를 꺼내고 있었다.

"아빠는 여기 이런 데가 있는 줄 어떻게 알았어?"

아들아이가 감탄했다.

남편은 차를 호텔 입구에 세웠다. 차에서 내리자 찬바람이 몸을 움츠리게 하였다. 쩡하고 우람한 산이 그들을 에워쌌다. 짐을 호텔 앞에 내려 두고 남편은 호텔 뒤켠으로 주차시키러 갔다.

먼저 온 사람들은 호텔 안으로 모습을 감추고 빈 뜰에 그들만 남았다. 고요하였다. 연자는 미국 생활에 진력을 느꼈다. 그냥 죽음이 일어나고 있으며 나는 죽음을 향해 소멸되고 있다고 느꼈다.

차를 주차시키고 난 남편의 모습이 바람에 불리듯 벽 한 옆으로부터 나타났다. 어제 저녁 연자와 남편은 어떤 것부터 돈 내야 하나, 어떤 아이 요구가 우선되어야 하나, 환경이 더 나은 사립학교로 아이들을 옮기자면 남편은 다른 일 하나 더 하고 연자도 정식 직장을 가져야 하고, 그런 것을 얘기했었다.

"왜 추운데 들어가질 않구."

빠른 걸음에 어깨를 움츠리며 남편이 말하였다.

"애들은 안에 있어요."

남편이 여행 가방을 집어 들었다. 연자도 세면 도구와 옷가지가 든 가방을 들었다.

호텔 홀 안에는 커다란 크리스마스 트리가 장식 전등을 깜빡이며 서 있고 낮게 크리스마스 캐럴이 흐르고 있었다. 접수에서 남편이 지난 3월에 예약한 방 열쇠를 배당받는 동안 연자 가족은 오리 떼처럼 그 곁에 붙어 서 있었다.

접수 사무를 보는 중년 여인의 뒤에 조그만 창이 있었다. 창으로 그림자처럼 부드럽게 먼 산 가까운 산이 떠보였다. 산 모습이 연자 마음을 끌어당겼다.

하루의 끝 무렵 산이 검푸르게 변할 때 연자는 무거운 슬픔을 느꼈다. 산들은 옹기중기 서서 오늘 또한 지나갈 것이며, 사는 데 필요한 것은 오로지 참을성뿐이라고 연자에게 속삭였다. 지금은 전쟁하고 싶어도 전쟁할 때가 아니며 겸손히 참고 견뎌야 하는 때라고.

추·천·우·수·작

연못

권 현 숙

1955년 서울 출생.

성균관대 생활미술학과를 졸업하고,

1992년 《작가세계》에 중편소설

〈두 시에서 다섯 시 사이〉를 발표하며 등단했다.

《한겨레신문》 장편소설 공모에 《인샬라》가 당선됐으며

그 후 다수의 중·단편과 장편소설 《인샬라》를 출간했다.

연못

서른아홉의 초조, 마흔하나의 체념, 그 틈새에 납작하게 끼여 있는 마흔이라는 나이. 천만에, 나이 얘기가 아니다. 불시에, 강도라도 당한 듯 삶을 몰수당한 한 사나이가 있다. 남자로서 한창이라 할 마흔 나이에. 이때, 사나이가 몰수당한 삶이란 구체적으로 무엇일까. 그 무렵의 남자라면 당연히 움켜잡고 있을, 가령—수컷들의 영역 다툼에서 간신히 확보한 자기 자리, 슬슬 신경이 쓰이긴 해도 아직은 버틸 만한 건강, 아침마다 용케도 일어서 주는 섹스, 아옹다옹하면서도 그런대로 굴러가 주는 가정, 작심삼일을 되풀이하는 술, 담배—그리고 그는 후, 한숨을 내쉬면서 추가한다. 발 편한 구두 몇 켤레.

공부하는 사람이라지만 좋은 책상보다 발 편한 구두가 중요했었다. 신발장에는 아직도 이집트의 모래와 마야의 진흙이 묻어 있는 낡은 구두들이 들어 있다. 발 편한 신발에도 불구하고 발바닥에 굳은살이 박이도록 지구 구석구석을 걸어다닌 두 다리는 이제 영원한

휴식을 얻었다. 우스꽝스런 의자차에 실려 헝겊 인형처럼 힘없는 근육을 축 늘어뜨린 채.

그는 좀처럼 하지 않는 일이지만 못 주위를 천천히 돌아보았다. 방치되어 늪처럼 되어 버린 연못은 사연 많은 못처럼 그늘지고 물빛도 검었다. 골목 안으로 야채 행상차가 들어오고 있었다……오이 한 접 7,000원, 찰토마토 한 상자 1만 5,000원, 얼갈이, 열무, 쪽파, 대파……수선스런 마이크 소리도 물가의 고요를 흔들어 놓지는 못했다. 두꺼운 금속판처럼 동요라고는 없는 검은 물, 마치 이 안과 저 밖을 구별하는 어두운 표지만 같은……. 바깥세상과 일상으로 난 통로를 저것이 가로막고 있는 것은 아닐까. 그는 이름을 알 수 없는 물풀들이 제멋대로 뒤엉켜 자라고 있는 연못을 바라보면서 메워 버리자고 마음을 정했다. 뭔가에 된통 뒤통수를 얻어맞은 사나이가 노인네처럼 썩은 물이나 들여다보며 소일한다는 것은 정신에도 허리에도 그다지 좋은 일은 아닐 테니까.

처음 연못을 만들 때의 일을 기억하고 있다. 식물을 자꾸 보면 마음의 상처가 빨리 치유된대요. 물 가까이서 물고기가 힘차게 뛰노는 걸 보면 신체 기능의 회복이 빨라지구요. 아내는, 원예 치료사라는 사람의 처방에 매달려 크지도 않은 정원에 대대적인 조경 공사를 벌였다. 마음을 안정시키는 데 효과가 있다는 명자나무, 매자나무가 들어오고 맨 시멘트가 드러난 계단참은 누운 향으로 덮고, 볕이 닿지 않는 습한 구석엔 보라색 비비추와 향기 좋은 은방울꽃을 심었다. 보다 중요한 신체 기능의 회복을 위한 연못은 마당 한복판에 자리잡았다. 수심이 1미터나 되고 고기가 모여 겨울을 날 수 있는 월동용 포켓까지 설치했다. 연못을 만들면서 아내는 남편의 망가진 제1흉추의 부활을 기대했을까. 마야 인들은 재앙이 닥치면 신의 노여움을 풀기 위해 산 사람을 연못에 던져 넣었다. 산 제물이 된 그 누구도 거역하거나 반항하지 않았다고 기록은 전한다. 5년 전 어느 날 그는, 스스로 뛰어드는 사람도 있었다고 전해지는 그 희생의 연못가에 서 있었다. 바람결에도 흔들리지 않는 매끈한 수면, 깊이를 짐작할 수 없이 짙푸른 물, 그 일대에 떠도는 영험한 기운……보고 있는 동안 꿈결인 듯 노곤히 끌려내려가는 느낌에 정신이 아득해지는 것이었다. 아내가 그토록 확신을 갖고 만든 연못은 그에게 '산 제물의 연못'을 연상시켰다.

아내는 그가 하루 종일 방안에 틀어박혀 무슨 일을 하고 지내는지 전혀 모르는 체하고 있었다. 우울증에 대하여 두 시간이고 세 시간이고 정신과 의사와 값비싼 전화 상담을 하고, 실행할 생각도 없이 척수 손상 환자가 아내와 잠자리를 갖는 방법에 대하여 전문가의 조언을 구하고, 알 필요가 없게 된 고고학회 심포지엄의 날짜와 장소를 학회에 문의하고……이런저런 통화로 수화기가 늘 그의 손아귀에 들어 있는데도. 그런가 하면 아내는 그의 우편물을 일일이 개봉하여 치료비 내역이 낱낱이 적혀 있는 정신과 청구서를 책상 위에 놓아 두기도 하고 전화국에 통화 대기를 신청하여 한창 통화중에 수시로 신호음이 울리게 해놓는 것이었다. 어느 날은 소위 B자 에로 테이프를 그의 방 텔레비전 위에 올려놓기까지 했다. 아내가 자신의 속마음을 그런 식으로 전달한 것인지, 그에게 아직 성욕이 남아 있는지를 시험한 것인지는 알 수 없었다. 아무려나 도둑고양이 같은 수법에는 화가 치밀었다.

그 무렵 아내는 차고를 개조하여 약국을 냈다. 자기 텔레비전을 갖고 자기 신문을 구독해 보면서 아내는 약국에서, 그는 서재에서, 좀처럼 영역을 침범하지 않는 맹수들처럼 조용히 지냈다. 조심을 해도 종종 화장실이 있는 좁은 코너에서 부딪치고는 했다. 부부는, 이제는 다 자라 남 같아진 오누이처럼 웃으며 지나칠 줄도 알았다.

집 안에서 피아노 소리가 뚝, 끊겼다. 부르는 소리, 대꾸하는 소리, 쿵쾅거리는 발소리, 느닷없는 웃음 소리도 뚝, 끊겼다. 그는 비로소 연못까지 딸린 이 별스런 성채가 딸아이의 가느다란 피아노 줄에 기를 쓰고 매달려 있었다는 사실을 깨달았다. 덩치만 컸지 아직 어린애인 딸아이를 유학 떠나 보내고 아내는 무거운 신발을 벗어던진 사람처럼 활발해졌다.

아내는 오전에만 약국을 봐줄 시간제 약사를 두었다. 그는 아침마다 노란색 수영 가방을 흔들며 나가는 아내의 뒷모습을 보았다. 빨래건조대에는 매일처럼 색깔 다른 수영복들이 널렸다. 아내는 늦은 밤 들리는 술 취한 단골들을 위하여 드링크 냉장고를 큰 것으로 바꿨다. 침침한 형광등도 모두 떼냈다. 할로겐 램프가 눈부신 약국 안에서 아내는 금은방 여주인처럼 화사했다. 아내의 손길은 집 안 곳곳 미치지 않는 곳이 없었다. 심심한 연못에 붕어들이 늘고 앉은부채, 노랑어리연꽃, 쉬페라스 같은 처음 들어 보는 수초들이 망울에 망울을 물고 꽃들을 피웠다. 자잘한 꽃 그늘 아래 붕어들이 모여들고……약국은 밤늦도록 휘황하고……모든 것이 지나치게 잘되어 가던 어느 날 아내는 홀연 약국 셔터를 내리고 비행기를 탔다.

저 멀리 허드슨 강이 바라보인다는 뉴욕의 작은 아파트에서 모녀는 이 저녁 무얼 하고 있을까.

갑작스런 청소기 소음에 그는 연필 끝으로 읽다 만 문장을 짚어 놓고 잠시 얼굴을 들었다.

오전에 배달받은 책에 한창 빠져 있던 참이었다. 귀하가 구입을 원하신 책은 오래 전에 절판되었습니다. 여유를 주신다면 백방으로 알아보아……. 출판사의 먼지 쌓인 창고를 뒤집었을까. 대형 서점의 구석진 선반에서 찾아냈을까. 케임브리지에 있을 때 들르곤 했던 서점 앞으로 우편 신청을 낸 지 근 8개월 만이었다. 그 사람들의 성실성과 철저한 직업 의식은 사람을 감동시키는 데가 있다. 청소기가 집 어딘가를 한몫에 틀어잡고 뒤흔드는 것 같았다. 그는 변색된 은

제 책갈피를 페이지 사이에 끼워 넣고 의자차의 방향을 돌렸다.

거실에서 파출부가 납작한 까만 솔을 끼운 청소기로 회색 양탄자의 먼지를 빨아들이고 있었다. 청소기가 멈춘 짧은 틈새로 웅, 웅, 세탁기 진동하는 소리가 끼여들었다. 무국이 끓는 달착지근한 냄새도 풍겨 왔다. 화요일의 소리, 화요일의 냄새. 파출부가 오는 화요일에나 음식 냄새를 피워 보는 부엌에서는 지금 그가 먹을 1주일분의 무국이 끓고 있다. 그는 바퀴를 통해 전해지는 마룻바닥의 튼실한 부드러움을 양 팔꿈치로 느끼면서 현관을 향해 미끄럽게 굴러갔다.

깡마른 고양이 한 마리가 연못 가장자리를 어슬렁거리고 있었다. 끄실끄실한 털하며 삐죽 드러난 엉치뼈하며 도무지 볼품이라곤 없는 놈이었다. 듬성한 꼬리를 느슨히 치켜들고 말라빠진 발목 아래 그곳만은 유독 보드라워 보이는 발로 기척 없이 돌들 위를 걸어다닌다. 지금은 가만히 물 속을 들여다보고 있다. 오돌오돌 등뼈가 만져질 것 같은 옹색한 곱사등을 하고서. 못 속의 고기를 노리는 모양이지만 그래봤자 붕어 한 마리 없는걸. 허탕을 친 고양이가 긴장을 풀고 게으르게 하품을 한다. 빨까지 찢어진 입 속이 핏빛이다. 흔들리는 수초 물그림자에 놀랐을까. 고양이가 담장 쪽으로 달아났다. 물그림자가 아니었다. 갑자기 여자아이가 나타났다. 어딘지 파리하고 자그마한 아이다. 중1이나 2 정도? 딸아이보다 두세 살 어리겠다. 오전에 집배원이 다녀간 뒤로 줄곧 대문을 열어 두었나 보다. 그는 마당으로 굴러 나가기 시작한 의자차의 두 바퀴를 있는 힘껏 움켜잡았다. 아이가 고양이를 잡아 안고 나갈 때까지 기다려 주는 게 좋을 것 같았다. 갑자기 주인이 나타나면, 그것도 휠체어에 탄 거구의 남자가 나타나면 고양이고 뭐고 놓쳐 버릴 게 뻔했다.

연못 가장자리를 장식한 검은 돌에 한 발을 딛고 선 아이가 물 속을 들여다본다. 동그랗게 구부린 아이의 홀쭉한 잔등이 고양이를 닮았다. 고양이는 담장 밑 철쭉 아래로 숨어 들어가 보이지 않는다.

그는 노크처럼 헛기침 소리를 내면서 모습을 드러냈다.

"아무것도 안 보이는데요?"

아이는 휠체어 따위는 거들떠보지도 않았다.

"고양인 저쪽으로 갔는데……."

그의 말은 어쩐지 혼자말 같다.

"붕어 없어요?"

아이의 눈은 여전히 물 속을 뒤지고 있다. 그는 팔까지 들어 덤불 쪽을 가리켰다.

"저 철쭉 밑으로 도망갔다."

"정말 한 마리도 없단 말이에요?"

아이의 동그란 눈이 그의 얼굴을 빤히 쳐다보았다. 고양이 같은 건 까마득히 잊어버린 얼굴로.

"아, 붕어를 싫어하는 사람도 있다더니……." 아이가 파리한 윗입술을 살짝 비틀었다. 핼쑥한 얼굴에 묘한 표정이 만들어졌다. 아마도……별 괴상한 사람도 다 있네.

"뭐, 꼭 그런 건 아니지만……." 그는 더듬거렸다.

"그래도 미안하지 않아요? 연못을 이렇게 비워 놓다니."

이 당돌한 침입자를 어떻게 다뤄야 할지 그는 난감해졌다. 우선은 허락도 없이 남의 집 정원에 들어와 있단 사실을 일깨워 줘야 할 것 같았다. 그래서 그는 다시 고양이 얘기를 꺼내려고 했다.

"연못엔 잉어들을 많이 기르지만, 그건 너무 흔하잖아요? 열대어를 기를 수만 있다면 좋겠지만요……아!" 아이가 딛고 선 돌을 탁 찼다. "코메트가 좋겠어요."

카미트를 말하나? 하지만 물고기 이름일 텐데 혜성이라니. 물론 그는 반문하지는 않았다. 고양이나 찾아서 얼른 가 주었으면 싶었다.

"몸도 가늘구 길구, 긴 꼬리지느러미를 흔들면서 헤엄치는 모습이 혜성을 닮았어요. 헤엄치기가 활발해서 연못에서 많이들 기르지요.

물 속의 혜성이라니 멋있잖아요?"

듣기에 따라서는 건방진 말투였다. 그렇다고 불쾌할 정도는 아니었다. 아무튼 물 속의 혜성이라……물고기 같은 것엔 전혀 무관심한 그도 한번 보고 싶다는 생각이 들기도 하는 것이었다.

"빨간공작을 넣어도 좋을 거예요. 상상해 보세요. 공작새처럼 화려한 꼬리지느러미를 활짝 편 붕어가 우아하게 물 속을 헤엄쳐 다니는 거예요. 물론 쉽게 상상이 되지는 않겠지만요. 화방붕어도 재밌어요. 왜 화방붕언 줄 아세요? 콧잔등에 꽃송이 같은 혹을 잔뜩 매달고 다닌다니까요. 꼭 코걸이를 한 것처럼요. 참, 검은툭눈이를 잊을 뻔했네. 옻칠한 것처럼 검게 광택 나는 미끈한 몸이 얼마나 매력적이라구요. 샤킬오닐처럼요."

샤킬오닐? 흑인인 것은 알겠는데 들어 본 적이 없는 이름이었다.

"농구 선수예요."

아이가 그의 얼굴을 빤히 들여다보고 있었다. 그는 얼른 무표정으로 돌아왔다. 그리고 생각했다. 흑인의 몸을 매력적이라고 말하는 아이, 여간내기가 아닌걸. 설명을 실감나게 하려고 외국 스타를 끌어들이는 버릇은 딸아이와 닮았다.

"기르기가 쉽진 않을 거예요. 그렇다고 겁먹진 마세요. 아름다운 물고기일수록 조금쯤 까다로운 법이니까요. 그리고 뭐, 제가 도와드릴 수도 있으니까요. 저는요, 물고기라면 뭐든 다 알아요."

뭐든 다 안다고? 아무리 철부지라도 그렇지, 딸아이라면 저런 식으로는 말하지 않을 텐데. 게다가 묻지도 않은 말을 끝도 없이 늘어놓고 있지 않나. 이쪽은 예의상 나타내는 관심조차도 보여 주질 않는데. 그렇다면 혹시…….

때마침 고양이가 덤불 속에서 기어 나왔다. 기회를 낚아채듯 그가 말했다. 저놈의 고양이 또 도망가겠다. 얼른 붙잡아라.

"바퀴 달린 괴물." 아이가 콧잔등에 주름을 잡으며 혀를 낼름 내밀었다.

그 순간, 희끄무레한 콩 알맹이 속에 숨어 있던 숫자가 확연히 드러나는 기분이었다. 색맹 검사표의 6 혹은 9처럼. 그랬어. 정신이 온전치 못한 아이였어. 그는, 다시 덤불 속으로 달아나는 고양이를 마치 굴러가는 털뭉치라도 잡듯 한몫에 끄집어내는 아이의 허둥대는 손가락이 내는 '바스락' 소리를 들었다. 고양이가 보드라운 발속에 비수처럼 숨겨 둔 발톱을 내뻗어 아이의 가느다란 팔목을 할퀴는 순간 내는 '갸르릉' 소리까지 다 들었다. 괴물, 바퀴 달린. 아이가 정말 그렇게 말했을까. 마치 누더기를 빼앗겨 흉한 몸이 드러난 괴물처럼 그는 몸을 움츠렸다. 장마를 예고하는 습한 바람이 수초들의 산발한 머리를 흔들었다. 연못가에는 아무도 없었다.

줄기차게 퍼붓던 장마가 걷히자 거짓말처럼 땡볕이었다. 검은 도로와 암녹색 나무들이 하얀 얼룩을 만들며 젖은 몸들을 말리고 있었다. 본격적인 더위가 시작될 모양이었다. 역시 운전은 어렵겠는데요, 언제나 똑같은 담당 의사의 소견만을 확인하고 병원에서 돌아오는 길이었다. 제1흉추 손상 환자는 내인성 수부(手部)근육을 사용할 수 있어 의자차의 활동은 자유롭지만 운전은 어렵다. 잠결에도 외울 정도지만 1년에 새 구두 두 켤레를 해뜨리던 그로서는 운전만은 포기하기가 어려웠다. 오늘처럼 봉사자의 차에 실려 정기 검진이라도 가지 않으면 두 달이고 세 달이고 외출은 꿈도 꾸기 어려웠다.

막 입주를 시작한 아파트에 맞춰 문을 연 상가에 신문에서만 보던 신종 가게들이 즐비하게 들어서 있었다. 탕수육 전문점, 24시간 편의점, 빨래방, 실내 운전 연습장, 아기 전용 사진관……. 못 보던 가게들 앞에서 그는 시내 어디쯤에 있는 듯한 착각을 느꼈다. 신단지로 불리는 아파트와 상대적으로 구단지가 된 주택가의 교차점에 자리잡은 상가는 자연스럽게 동네의 중심가가 되어 있었던 것이다.

노선 버스와 택시들이 다투어 상가 앞에 정류장 표지판을 세우고 승용차들은 그 앞을 지나서야 비로소 자신들의 집에 이르렀다.

그는 봉사자를 차 안에서 기다리게 하고 상가 안으로 굴러 들어갔다. 상점들의 개업 선물일 피크닉 물통과 풍선 따위를 든 사람들에게 마음을 쓰면서 그는 조심스럽게 의자차를 움직여 나갔다. 손에손에 쇼핑 봉투를 든 가족들은 의자차에 앉은 그에게 자신이 세상으로부터 철저히 절연되어 있다는 고독감을 일깨워 주었다. 그는 서점이 있을 법한 구석 자리로만 의자차를 굴렸다. 한 블록 떨어진 중학교 앞에 문방구를 겸하는 책방이 있긴 하지만 학습 참고서와 잡지류가 주종이어서 그가 전화 주문하는 책들은 거절당하기 일쑤였다. 상가 어느 구석에도 서점은 없었다.

그가 수족관을 본 것은 지하로 내려가는 계단 입구에서 의자차의 방향을 돌리고 있던 바로 그때였다. 수족관의 모든 것, 아쿠아플랜. 그는 자신도 알지 못할 어떤 힘에 떠밀려 의자차를 파랑색 형광 간판 아래에 갖다 댔다. 이름에 비해서는 유리 상자 한 개만의 보잘것없는 수족관이었다. 깨끗이 씻긴 모래, 보글보글 끓어오르는 기포들, 연두색 적갈색 수초들……숲을 헤치며 떼지어 몰려다니는 열대어들은 물고기라기보다는 움직이는 색색의 모빌 같았다. 그는 주인이 나와 기다리고 섰는 줄도 모르고 아프리칸 시클리드 전문점, 각종 희귀 시클리드, 디스커스 전문 먹이, 쉬림프, 이구아나 구입 완비 등 암호 같은 글자들을 읽고 있었다.

"거시기, 수족관을 꾸미시게유?"

주인이 말을 붙였다. 입 언저리가 너부죽한 게 어딘지 메기를 닮았다.

"붕어도 있습니까?"

그는 왜 자신이 그런 말을 했는지 알 수 없었다.

"아문유. 안으로 좀 들어오시쥬."

그는 주인이 인도하는 대로 의자차가 수족관 모서리를 건드리지 않게 조심하면서 좁은 통로를 지나 안으로 들어갔다. 미리 이 상가에 수족관이 있는 것을 알고 붕어를 사러 온 사람처럼 망설임이라곤 없었다.

"물론 선생님 댁에 수족관은 있으시겄쥬?"

"아니오."

"저런, 그러시겄지유. 사실적으루 말씀드리자문 그렇지유. 처음 시작하시는 분은 열대어보다야 금붕어 쪽이 훨씬 수월하다, 그런 말씀이쥬. 및 마리나 필요하신지……?"

어항 속에는 흔히 보는 주황색 금붕어들이 빽빽하게 들어 있었다. 어항 속을 뒤지듯이 들여다보던 그가 중얼거렸다.

"빨간공작, 화방붕어, 코메트……."

주인 메기 씨의 얼굴에 잠시 낭패한 표정이 떠올랐다. 그러나 이내 장사꾼의 얼굴로 돌아가 싹싹하게 대꾸했다.

"거시기, 이거 참 물러뵙구서는……주문만 허시문 악어라두 가져다 드릴 거구마는유……."

그 자리에서 빨간공작 일곱 마리, 화방붕어 다섯 마리, 코메트 세 마리를 주문했다. 조심스럽게 좁은 통로를 빠져 나와 오던 길로 굴러가던 그가 갑자기 방향을 돌려 메기 씨를 불렀다.

"샤킬오닐도 몇 마리 추가합시다. 아니, 검은툭눈이 말이오."

주문한 붕어가 다 오지는 않았다. 몇 마리 온 붕어들조차도 그것이 정말 빨간공작인지 코메트인지 화방인지 그로서는 확인할 길이 없었다. 샤킬오닐도 왔지만 옻칠한 듯 검기는 해도 양 옆으로 툭 튀어나온 배하며 미끈한 농구 선수와는 거리가 멀어 보였다. 아무튼 그는 붕어들을 못 속에 넣었다.

그는 메기 씨가 일러준 대로 아침저녁 사료 봉지를 들고 못가를 서성거렸지만 수초 무성한 탁한 물에서 작은 붕어 몇 마리를 발견하기란 쉬운 일이 아니었다. 대기 청정한 날의 새벽과 아침 사이, 햇살이 황금 화살처럼 눈부시게 내리꽂히며 물 속을 투명하게 비춰 올리는 순간이 있다. 그는 노련한 낚시꾼처럼 때 놓치지 않고 살아 있는 붉은장구벌레를 살그머니 물 속에 풀었다. 놓여 난 장구벌레들이 돌아다니기 시작했다. 어찌된 셈일까. 한 마리도 입질을 하지 않는다. 메기 씨 말씀인즉, 값이 비싸 그렇지, 거시기 장구벌레, 물벼룩 거튼 생맥이는 붕어들이 자다가도 벌떡벌떡 일어난대니께유. 벌떡벌떡은커녕 물 그림자조차 얼씬하지 않는다. 그는 붕어들의 생사가 의심스러워졌다.

이따금 붕어들의 안부가 궁금하여 못 속을 들여다보곤 했다. 저 안 어디엔가 살고 있겠거니 여기다가도 문득 희생의 연못이 떠오르면 그만 가슴이 서늘해지는 것이었다. 한동안 그는 못가에는 얼씬도 하지 않았다.

"아저씨, 거기 공 좀 던져 줄래요?"

아이가 야트막한 벽돌담 위에 올라앉아 다리를 흔들고 있었다. 맨발에 걸친 하얀 슬리퍼가 금방이라도 벗겨질 듯 위태롭게 흔들거렸다. 그는 명자나무 그늘에 앉아 책을 읽고 있던 참이었다. 요 며칠 사이 갑자기 기온이 올라가 서향인 서재에서는 책 한 줄 읽기가 힘들었다. 처음엔 고양이, 이번엔 공이란다. 다음 번엔 강아지가 넘어올 차례로군. 지대가 높은 윗집에서는 맘만 먹으면 그의 집 장독대를 딛고 한걸음에 담장을 넘어올 수도 있을 것이다. 진작에 담을 높이자는 아내의 말을 듣지 않은 것이 후회되었다. 공 같은 것은 눈에 띄지 않았다. 혈색 없는 마른 발이 의자차 갈색 발 받침대 위에 의족처럼 얹혀 있었다

"아니오. 갈색돌, 회색바위 틈에요."

연못 한귀퉁이 안산암과 화강암 틈새에 연두색 테니스공이 떨어져

있었다. 그는 의자차를 움직여 그리로 갔다. 연못 가장자리 돌에 앞 보조바퀴가 닿았다. 거리가 있긴 해도 조금만 몸을 굽히면 공에 손이 닿을 것 같았다. 그는 바퀴를 고정시켜 놓고 왼손을 등뒤로 돌려 등받침을 단단히 붙잡은 다음 몸을 트는 기분으로 오른손을 길게 내뻗었다. 현기증인가, 의자차가 도는가……순간 쿵, 하고 공중에 떴던 큰 바퀴가 지면에 닿았다. 의자차의 손잡이가 아이의 손아귀에 잡혀 있었다. 그도, 아이도, 멍한 눈으로 서로를 보았다. 갑자기 청소기 작동하는 소리가 났다. 화요일이었다.

"고맙다. 빠질 뻔했는데……고양이는?"

난데없이 왜 그 말라빠진 고양이가 생각이 났는지 모를 일이었다. 아이가 킥킥 웃었다. 의자차의 거구가, 바퀴 달린 괴물이 물에 곤두박이는 모습을 상상했나 보다.

"도망갔어요. 도둑고양인 걸요. 그런데 아저씨. 이 안에 정말 공작이 들어 있나요? 코메트랑 샤킬오닐두요?"

그는 목덜미가 후끈 달아오르는 것을 느꼈다. 어떻게 알았을까.

"이 동네 수족관 손님이라야 빤하거든요."

맙소사. 메기 선생, 아이를 상대로 별소리를 다 지껄이셨군.

아이가 반쯤 벗겨진 하얀 슬리퍼를 당겨 신고 못 주위를 걸어다니기 시작했다. 딴에는 심각하게 물 속을 들여다보기도 하고 엉킨 수초 더미를 들쳐보기도 한다. 사라진 놈들의 행방이라도 찾고 있는 것일까. 붕어들의 생사는 그로서도 궁금하던 참이었다.

연못가는 밤이고 낮이고 고요하고 나무들의 물 그림자로 어둡고 웃자란 수초들이 뿜어내는 숨결로 늘 습한 기운이 맴돌았다. 그곳에서 증발된 음산한 기운이 집 안 구석구석 어두운 그늘을 촘촘히 드리웠다. 한낮에도 집은 어둡고 어디선가 늘 곰팡이 냄새가 났다. 슬리퍼의 고무 바닥이 돌들에 부딪히며 부드러운 소리를 냈다. 아이 주위에 햇살이 몰려들어 연못가가 환해졌다. 아이가 못 주위를 걸어

다니며 음산한 기운을 쓸어 내는 것 같았다. 그는 딸아이가 쓰던 작은방 격자무늬 창을 바라보았다. 꼭 닫힌 창에서 지금이라도 피아노 소나타가 터져 나올 것만 같았다. 아이의 슬리퍼 소리가 부드럽게 반복되고 있었다. 피아노 소리가 집 안을 채우던 시절, 의자차 따위는 까마득히 모르던 그 시절로 되돌아간 것 같았다. 그는 달아나는 환상의 끝자락을 붙잡듯 아버지다운 말투로 물었다.

"피아노는 안 치니?"

"그런 거 없어요."

"우리 집에 와서 쳐도 좋은데……."

"칠 줄도 모르는 걸요."

그는 말문이 막혔다. 피아노를 못 치는 여자아이를 상상인들 해 본 적이 없었던 것이다. 그러자 아이는 피아노 같은 건 배운 적도 없고 배울 수도 없다고 말했다.

"그래도 마음만 먹으면 그렇게 어려운 일도 아니지 않니?"

"그럴 거예요. 다른 아이들은요."

그는 왠지 이상한 마음이 들면서도 그렇지 않다고 말해 주려고 했다. 이런 경우 일반론은 무용하다. 다른 아이들이 할 수 있다면 너도 할 수 있다, 따위로는 어림없는 일이다. 마음을 건드리는 한마디, 편견을 무장 해제시키는 한마디. 그래서 약간은 기가 죽은 기분으로 주저주저 말했다.

"집 안에서 피아노 소리가 울리면……나도 좋겠구나."

한마디쯤 되돌아올 만한 고백이 아니었을까. 그제서야 혹 손이나 어깨 어딘가에 눈에 띄지 않는 장애가 있지는 않은가 의혹이 생겼다. 그렇다고 선뜻 묻기는 주저되었다. 아이의 하얀 슬리퍼 위로 툭, 뭔가 떨어졌다. 문득 바라보니 울고 있었다.

아이가 눈물을 쓱 훔치고 입술을 꾹 다문다. 그럼에도 눈물의 여운인 듯 가늘게 흔들리는 어깨, 이마로 흘러내린 머리칼이 뜻밖에도 조숙한 표정을 만들었다. 깊게 파인 셔츠 위로 드러난 목덜미는 아, 이미 아이라고는 볼 수 없는 성숙한 곡선을 그리고 있는 것이 아닌가.

딸아이로부터 편지가 왔다. 마지막 전화 통화로부터 실로 두 달 만에. 언제부턴가 딸아이는 전화보다는 편지로 소식을 전해 오고 있었다. 여전히 학교와 피아노와 선생님 주변을 맴도는 얘기들이지만 그가 받는 인상은 사뭇 달랐다. 오늘 윈드뮬러 선생님이 뭐랬는 줄 알아, 아빠? 잘 들어, 아빠. 기교를 넘어서는 너만의 음색을 갖고 있구나. 이건 최고의 찬사라구. 아빠. 엑설런트와는 차원이 다르다니까. 자기야, 기분이 어때? 흥분하면 곧잘 튀어나오는 '자기야' 라든가 숨가쁘게 불러 대는 '아빠' 라는 어미가 편지에는 일체 생략되어 있었다. 마치 10년 뒤에 다 자란 딸아이로부터 받을 편지를 미리 당겨 받는 기분이었다. 제 엄마의 소식을 따로 전하지 않고 그저 '우리' 라고 뭉뚱그리는 딸아이의 속 깊음에서 그는 이미 '우리' 는 존재하지 않는다는 사실을 깨달았다. 그는 홀로 집에 남은 자신을 한 마리 병든 고양이로 느꼈다. 집에게 정이 들어 주인 떠난 빈집에 홀로 남아 천덕꾸러기가 되는 고독한 짐승, 고양이.

담장 위로 오뚝, 아이가 있었다. 매일 아침, 담 위에 고양이처럼 앉아 있는 아이를 보는 기분이 이상했다. 아이는 제 엄마의 자동차 꽁무니가 골목을 빠져 나가자마자 벽돌담으로 달려오는 모양이었다. 거기 앉아서 그의 집을 내려다보는지 연못을 바라보는지는 알 수 없었다.

도대체 아이의 정체를 알 수가 없었다. 학교에도 가지 않고, 아예 학교에는 다니는 것 같지도 않고, 늘상 집에만 틀어박혀 있고, 빈둥거리는 거 말고 하는 일이란 없고, 찾아오는 친구도 없고, 아이인가 하면 다 큰 처녀이고…….

그는 신문을 가지러 가는 일에서조차 불편을 느꼈다. 세계 곳곳의 '잃어버린 도시' 와 '아름다운 폐허' 들을 헤매고 다닐 적의 그였더라면 담장 위의 아이쯤 학교도 피아노도 가지지 못한 사춘기 소녀의 기이한 습벽 정도로 웃으며 넘겨 버렸을 것이다. 그러나 이제 도시도 폐허도 잃어버린 그는, 자신에게 남은 유일한 공간이나마 침해당하고 싶지 않다는 이유 있는 피해 의식으로 안절부절못해지는 것이었다. 물론 그 담장은 두 집의 공동 자산으로 그가 단독으로 소유권을 주장할 수는 없는 입장이었다. 게다가 아이가 담을 넘어오는 것도 아니어서 딱히 침입을 당했다고도 말할 수 없었다. 어쨌거나 지금 아침 햇살을 피하기 위해 이마 위에 챙 모자처럼 손을 갖다 대고 담장 한 귀퉁이에 올라앉은 파리하고 가냘픈 아이를 보자 그는 갑자기 자신에게 정나미가 떨어졌다. 썩어 가는 못과 함께 귀양살이하는 남자의 비틀린 피해 의식, 비뚤어진 심성에.

거기서 뭘 하고 있니? 그가 말했다. 거기서 당장 내려오지 못해, 라고 했어야 옳을 어조였다. 어디에 숨기고 있었는지 아이가 네모난 무슨 채 같은 것을 내밀었다. 은색 광택이 나는 단단해 뵈는 철사 테두리에 살색 스타킹을 약간 자루 모양으로 헐렁하게 메운 이상한 채였다. 철사는 기성 제품 같지만 스타킹 부분만은 집에서 만든 물건 특유의 꼼꼼하면서도 어쩔 수 없이 어설픈 일면이 드러나 있었다.

"수족관 뜰채예요. 난 이제 필요 없거든요."

수족관 용구라면 그에게도 필요 없기는 마찬가지였다. 그러나 어쩐지 아이가 아끼던 물건 같아서 거절까지는 못하고 위로 비슷하게 말했다.

"손수 만든 건데, 네가 쓰면 좋을 텐데……."

"아저씨는 연못이 있잖아요."

아이는 그가 잘 볼 수 있도록 뜰채를 아래로 내려뜨려 주었다. 바로 코앞에서 스타킹 그물이 살랑살랑 흔들렸다.

"물고기 잠자리채라고 생각하면 돼요. 파는 걸 사다가 나일론을 떼내고 내가 만들었어요. 그물코가 거칠면 새끼고기는 머리가 박히거나 지느러미가 얽히거든요. 아저씬 물고기는 없지만 연못의 낙엽을 건질 때 쓰면 좋잖아요."

"두었다 쓰렴."

"아저씨가 가져만 주신다면……."

그래도 망설이자 아이가 소리쳤다.

"엄마가 보면 부러뜨려 버린단 말이에요."

격렬한 말투와 금방이라도 울어 버릴 것 같은 아이 표정에 그는 깜짝 놀라며 말했다.

"엄마가 그러실 리가……아마 네가 공부는 안 하고……아무튼 잘 모르고 그러셨을 거다."

한마디 대꾸도 없이, 흔들던 발을 멈추는 법도 없이, 아이는 쩔쩔매는 그를 빤히 쳐다보았다. 당황한 그가 또 이렇게 말했다.

"떨어질라. 내려오지 않겠니?"

"귀찮아하시면서……."

말은 그렇게 하면서도 아이는 엎어 놓은 빈 독을 딛고 가볍게 내려섰다. 내려오란 말을 했을 뿐인데 아이는 뜰채의 스타킹망 속에 한 손을 집어 넣어 장갑을 만들어 끼고는 건들건들 앞장서 걸어가기 시작했다. 마치 그는, 처음 온 집에 안내되어 가는 손님처럼 아이 뒤를 따라갔다.

"고무빨판 달린 먹이 그릇도, 약 줄 때 쓰는 스포이트도, 엄마가 몽땅 깨뜨려 버렸어요. 막 부화된 새끼고기들이 잔뜩 들어 있는 산란 상자까지 마당에 던져 버렸는 걸요."

그는 할말을 잃고 조용히 따라갔다. 아이가 휙 돌아보았다. 그리고 덧붙였다.

"계모는 아니니까 염려 마세요."

그 애는 좀 달랐어요. 다른 애들하고는 어딘지……까만 피아노 앞에 앉아서 눈을 감고, 조용히 숨을 고르던 모습이 잊혀지지 않아요. 그때 벌써 그 애는 음악가였어요.

그 애가 너한테 피아노를 가르쳤니?

아니오. 하지만 나도 피아노를 배우고 싶었어요.

왜 말씀드리지 않았어?

어림없어요. 엄만 뭐든지 못 하게만 하거든요.

그런데 어떻게?

레슨비요? 그거야 뭐, 세뱃돈도 있구, 모자라면 엄마 지갑에서 몇 장씩 빼내기도 하구요.

그래도 연습하러 다니면 아시게 될 텐데…….

엄만 늘 바빴어요. 여사장님이 됐으니까요. 아빠 돌아가시구 갑자기 공장을 떠맡게 돼서 정신이 없었지요. 며칠씩 얼굴 못 보는 날도 많았는 걸요.

그런데 어떻게 아셨을까.

피아노 집에서 쓰러졌거든요. 연습을 너무 한 거죠. 그치만요, 난요, 그 애한테, 멋있는 내 모습을 보일 수만 있다면, 죽어도 좋다고 생각했어요.

……그래서, 어떻게 됐니?

입원하구 난리가 났었지요, 뭐. 그런데 문득 이상하다, 느낀 거예요. 왜 난 피아노도 못 치고, 뛰어놀지도 못하고, 체육 시간에도 못 나가나. 맨날 아프구 맨날 병원 가구……그때까지는 애들은 다 그런 줄 알았어요. 병원에서 늘 아픈 애들하고만 놀았으니까요. 그런데 그 앤 피아노도 잘치고 달리기도 잘하고 아프지도 않고……그때 처음으로 내가 다른 애들하곤 다르다는 걸 알았어요.

그게 언제였는데?

초등학교 2학년 때…….

그 길로 학교를 그만뒀니?

아니오. 중학교 1학년까지 다녔는 걸요. 한 달 다니고 한 달 쉬고 그런 식이었지만요. 중1 때 담임 선생님은 너무너무 무서웠어요. 내가 뭐 우리 반 출석부를 더럽히는 주범이라나요.

그러니까 그게 선천성…….

안정성 협심증이래요. 허혈성 심장질환인데요, 의사 선생님 가라사대, 무리하고 쇼크 받으면 너 급성 심장사 한다. 그치만 움직이지 않고 가만히만 있으면 그런대로 견딜 만해요. 그런 얼굴 하실 거 없어요. 열 살을 못 넘길 거라고 그랬는데 아직까지 살아 있잖아요. 열여섯 살까지요. 놀라셨지요, 내 나이가 너무 많아서?

눈부신 나이로구나.

물고기처럼요?

수족관 얘기 좀 해보렴.

10호짜리가 두 개나 있었어요. 잘 모르시겠지만 보통 가정용보다 큰 거예요.

두 개씩이나?

블랙샤크나 베타 같은 싸움고기들은 소형 어류를 잡아먹거든요. 새끼손가락만한 진분홍 체리바브들이 먹이가 된다면, 아저씬 가만 있겠어요?

가만 안 있지.

그렇다니까요. 인도산 제브라다니오가 무리져 다니는 걸 보고 있으면……마치 내가 인도의 초원을 달리는 것만 같아요……글씨 쓰는 물고기도 있는 걸요.

물고기가 글씨를?

아니 아니, 정말은요, 이름이 펜슬피시예요. 머리를 쳐든 채 헤엄치는 모습이 꼭 글씨 쓰는 거 같다고……왼손으로 이렇게요. 아저씨가 카디널테트라를 보셨어야 하는데…….

예쁜 물고기니?

한숨이 날 만큼이오. 온몸에 에메랄드와 루비로 선을 두른 것 같아요. 불을 켜주면 반짝반짝 빛이 나는 게 보석이 살아 움직이는 것 같아요. 아마존에 가보셨어요?

그래. 남미에는 여러 번 갔었지.

아마존에서 물고기도 보셨나요?

그때는 바빠서…….

그랬겠지요. 물고기 같은 것엔 아무도 관심들이 없으니까요. 그래도 아름다운 곳이겠지요?

신비로운 대륙이지. 아직도 옛 왕국의 흔적들이 곳곳에 남아 있단다.

그럴 줄 알았어요. 아름답고 신비로운 열대어들이 다 거기서 왔거든요……내 열대어들을 보고 있으면……어두운 밀림, 바다처럼 너른 강이 눈에 보여요……그 차고 맑은 물이 느껴져요……물론 엄마가 나를 위해서 그런다는 건 알아요. 하지만 수족관도 없다면 난 하루 종일 무얼 보고 살지요? 누구하고 얘길 해요?

그 일이 힘에 부쳤니?

수족관에서 사람이 오는 걸요. 이끼 청소도 해주고 물관리도 해주고.

그런데도……?

어느 날 병원에 갔다 오니까 아줌마가 하루 종일 불이 나갔었대요. 수족관으로 달려갔지요……내 열대어들이 배처럼 뒤집혀서 둥둥 떠 있는 거예요 ……. 혼수 상태가 1주일이나 갔대요.

정원의 나무 그림자가 한 뼘씩 짧아지면서 기온이 자꾸만 올라가고 있었다. 나날이 기승을 부리는 무더위가 뉴스의 첫머리에 올랐다. 20년 만의 폭서가 다음날은 30년이 되고 그 다음날은 50년으로 정정됐다. 기록을 갱신하는 선수처럼 최고 기온이 매일매일 끝자리 숫자를 바꿨다. 그는 싱크대의 수도를 틀고 흐르는 물에 수건을 적셔 얼굴과 목의 땀을 닦아 냈다. 80킬로가 넘는 거구이면서도 의자차에 묶여 버린 후로는 별로 더위를 타지 않던 그였다. 과연 50년의 위력이 실감났다. 냉장고 아래 칸에 랩을 씌워 둔 수박 반 통이 뒹굴고 있었다. 저것을 자르고, 쟁반을 꺼내 담고, 밖으로 내가고…… 여간한 일이 아님을 느낀다. 그는 플라스틱 김치통을 한쪽으로 치우고 음료수 캔을 찾았다. 대장에 가스만 차게 만드는 탄산 음료를 먹지 않게 된 지도 꽤 됐다. 그나마 화요일마다 오는 파출부를 위하여 넣어 둔 캔들은 안쪽 깊숙이 밀려들어 가 있었다. 그는 차디찬 콜라 두 개를 비닐 봉투에 넣어서 의자차 손잡이에 매달고 다시 마당으로 나갔다.

명자나무 한 가지가 하얀 무명 파라솔에 짧고 까만 그림자를 떨어뜨렸다. 파라솔 그늘에 잠긴 아이의 파르스름한 맨발에서 꽃 달린 주황색 샌들이 한들거리고 있었다. 숱 많은 노란 꽃술이 하르르 쏟아질 것만 같아 그는 공연히 가슴을 졸였다. 이른 아침부터 시작한 연못 청소는 여태도 끝날 기미를 보이지 않는다. 상가의 아쿠아플랜에 부탁했더니 메기 씨가 직접 와 주었다. 메기 씨는 고무장화에 새끼줄을 감고 못 바닥에 내려가 겹겹이 쌓인 오물을 퍼내고 있는 중이었다. 해묵은 감탕과 함께 썩은 나뭇잎과 플라스틱 쪼가리들이 끌려 나왔다.

"아저씨, 순환장치 뒤에 약병 뚜껑 같은 게 끼여 있어요."

아이가 소리쳤다. 사람 좋은 메기 씨가 그려? 장치 뒤라구? 어쩌고 하면서 마침내 뚜껑을 찾아내어 못 밖으로 내던졌다. 아이는 또 "아저씨. 그렇게 막 떠내지 말구요. 삽 끝으로 살살 진흙 속을 살펴봐 주세요. 혹은 알아요? 붕어뼈라도 건질지"라고도 말했는데 붕어뼈라는 말에는 그도 귀가 번쩍 뜨이어 메기 씨의 대답을 기다렸다.

거시기, 물 빠질 때 못 봤남? 으른 주먹때기만큼 헌 개구락지들이 사방팔방으로 튀는 거. 메기 씨는 허리에 두른 수건을 잡아당겨 불쾌한 얼굴을 문질렀다. 아이는 줄곧 자리를 지키고 앉아 이런저런 참견을 하고 있었다. 늙은 메기가 붕어 새끼의 명령을 받고 있는 꼴이었다. 삽질하는 메기 씨의 목덜미가 칠면조 목덜미처럼 붉었다.

그는 아이의 심장을 후—하고 불어 만든 빨간 풍선쯤으로 여겼다. 일기예보에 의하면 오늘 낮 기온이 33도를 웃돌 거라던데 빨간 풍선이 견디어 낼까……. 아이는 청소가 끝나기 전에는 절대로 자리를 뜨지 않을 기세였다. 생각다 못한 그가 메기 씨를 지하 보일러실로 내려보내 피크닉 테이블과 파라솔을 가져오게 했었다. 배낭, 신발과 함께 지프에 싣고 다니던 지난날의 유물들, 추락 사고 이후 실수로나마 입에 오른 적이 없던 물건들이 밝은 햇살 아래 모습을 드러냈다. 빛바랜 무명 파라솔은 무덤에서 갓 꺼내 온 부장품처럼 그 순간 어두운 빛을 내며 사위를 압도하던 것이었다. 그는 콜라들을 테이블 위에 올려놓고 옹색한 명자나무 그늘 속에 자리를 잡았다.

막연한 고독은 사람에게 그다지 해를 끼치지는 않는다. 그러나 구체적인 외로움은 사람의 내장을 상케 할 만큼의 맹독을 품고 있다. 이즈음 유행처럼 번지고 있는 과민성 대장 증상이니 신경성 위염이니가 다 그런 예일 것이다. 어찌 내장뿐이랴. 죽음에 이르는 병, 우울증 역시 그렇지 아니한가. 소외된 사람에게 해독제가 필요한 것은 그러한 이유에서이다. 가령 그의 책들, 아이의 열대어 같은. 그렇더라도 이 무더운 날에 연못 청소를 시작한 것은 아무래도……그는 약간 후회하는 마음으로 아이를 보았다. 파라솔 그늘 속에 잠긴 아이의 창백한 볼이 사과빛으로 발그스레 피어나고 있었다.

"아저씨, 저기 보세요." 아이의 손 방향에서 그때 막 이쪽으로 몸을 트는 잉어가 보였다. 등줄기에 내뿜은 군청색이 선명하고 배 쪽으로 휘감긴 물결무늬도 선홍인데다가 비늘 배열까지 좋은 젊은 잉어였다. "가을이에요, 아저씨 잉어." 그 역시 가을이를 알아보았다. 등 빛깔이 맑게 갠 가을 하늘을 연상시키는 코발트 블루로 담박에 그의 마음을 사로잡아서 '가을'이라고 이름까지 지어 준 녀석이었다. 지느러미 짓이 힘차고 몸체도 미끈한 방추형으로 남성적인 느낌이 두드러진 녀석은 무리 중에 단연 돋보였다. 그는 자신의 눈을 의심했다. 어느새 다가온 가을이가 의자차 바퀴 밑에서 살랑살랑 몸을 흔드는 것이 아닌가. 마치 어리광을 부리듯이.

"먹이를 주세요. 얼른요."

아이는 어느새 못가에 납작 엎드려 잉어를 들여다보고 있었다. 그는 의자차를 뒤로 빼내어 앞 보조바퀴가 검은 바윗돌에 걸려 움직이지 않게 해놓고 양팔로 손잡이를 움켜잡고는 아슬아슬하게 땅으로 내려앉았다. 그러고는 낮은 포복으로 기어가 아이 곁에 나란히 엎드렸다. 먹이통에서 사료를 꺼냈다. 툭, 아이의 팔꿈치가 그의 팔꿈치를 건드렸다. 아이가 따라 하라는 듯 제 손바닥 위에 먹이를 올려놓고 손 채로 물 속에 집어 넣어 보였다. 그는 어리둥절했다. 그건 비둘기 같은 새를 길들일 때나 하는 행동이 아닌가. 툭, 아이가 또 팔꿈치를 건드렸다. 그는 얼른 손바닥에 먹이를 얹고 물 속에 집어 넣었다. 가을이란 녀석, 겁을 먹고 한 뼘쯤 물러났다. 그렇다고 아주 달아나지는 않았다. 툭, 어떻게 할까? 그의 팔꿈치가 물었다. 툭, 움직이지 마세요. 아이의 팔꿈치가 대답했다. 그는 시키는 대로 했다.

상체를 떠받친 왼쪽 팔꿈치가 저려 오기 시작했다. 물 속의 손이 움직이지 않도록 조심하면서 그는 살그머니 몸의 비중을 팔꿈치에서 가슴으로 옮겼다. 조심한다고 했건만 잔물결이 수면 위로 퍼져 올라갔다. 툭, 움직이지 말라니까요. 가차없이 팔꿈치를 채었다. 툭, 조심할게. 못가의 작은 소란을 아는지 모르는지 가을이란 놈, 꼼짝하지 않는다. 먹이를 바로 눈앞에 두고도 좀처럼 입질할 생각을 하지 않는다. 신중하고 오만한 녀석이다. 그는 몸이 달았다.

먹이를 본 '황금' 잉어들이 몸 비늘을 번쩍이며 모여들었다. 미끈하게 벗어진 금빛 머리며 햇살을 받아 번쩍번쩍 빛나는 몸체며가 영락없는 황금이다. 수온이 급상승허문 금이 녹는드키 거무스름해지기두 하지유. 처음 황금을 보았을 때 너무도 찬연한 황금빛에 놀란 그가 감탄하자 적이 걱정스럽다는 듯 메기 씨가 그랬었다. 금이 녹는다는 말도 들어 본 바가 없지만 아무튼 메기 씨 말씀대로라면 요즘 같은 무더위에 금빛이 죽기도 하련만. 가을이는 달아나고 없었다.

아까부터 아이는 두 손을 물 속에 넣고 가만히 있었다. 그도 그렇게 해보았다. 정맥이 불그러진 큰 손, 푸른 실핏줄이 내비치는 작은 손이 물 속에서 한 쌍의 수초처럼 흔들렸다. 잉어들이 손수초들을 슬쩍 건드리고 지나갔다. 꼬리지느러미로 손등을 치고 가는 놈도 있었다. 어떤 놈은 슬며시 몸을 비비기까지 했다. 기분이 묘했다.

뭐 하는 걸까. 아이가 두 손을 헐겁게 붙여 보였다. 공 하나 들어갈 만한 공간이 생겼다. 아치 같기도 하고 터널 같기도 한 이상한 구조물이 생겼다. 손놀림이 어찌나 유연한지 잉어들은 미처 눈치채지 못한다. 그도 가만히 따라 해본다. 물 속에 크고 작은 한 쌍의 손터널이 생겼다. 플래티나 한 마리가 다가왔다. 호기심을 이기지 못한 녀석이 그의 엄지손가락을 슬쩍 건드려 본다. 그는 미동도 없다. 못 보던 구조물 앞에서 녀석은 잠시 생각에 잠긴다. 녀석의 긴 수염이 터널 여기저기를 탐색하기 시작한다. 실토막 같은 것으로 간질이는 느낌이다. 터널은 꿈쩍도 않는다. 비로소 안심한다. 녀석은 터널 안을 미끄럽게 빠져 나갔다.

새로 생긴 놀이터가 안전하다는 뉴스는 연못 안에 금방 퍼졌다. 물고기들은 크고 작은 터널 속을 미끄럽게 빠져 나가며 장난을 친다. 그는 손 안에 든 황금 한 마리를 슬며시 만져 보았다. 낚시를 즐기지 않는 그에겐 물고기라면 빳빳한 냉동이나 흐물거리는 죽은 생선의 기억밖에는 없다. 그러나 살아 움직이는 물고기의 느낌이라는 것은, 손으로 만져 보는 자유의 알몸, 그 자체로서 충일한 원초적인 생명……, 미끄러운 점액질의 느낌, 금속처럼 차가운 비늘의 감각, 몸 전체를 실어 오는 튼실한 부피감, 이 모든 것들이 그에게 '살아 있다'는 감각을 뒤흔드는 것이었다. 펄펄 뛰는 생명체가 자신의 죽은 몸에 생기를 불어넣어 줄 것만 같았다. 가슴 안쪽에서 쿵, 쿵, 심장이 뛴다. 관자놀이께에서 팔딱팔딱 혈관이 맥박친다. 마치 죽은 하체의 신경이 되살아난 것 같아 하마터면 그는 자리에서 벌떡 일어설 뻔하였다.

연못에는 황금과 플래티나가 주종을 이루었다. 연못과 잉어라는 흔한 배합을 아이가 좋아하지 않았다. 따라서 비단잉어라면 으레껏 떠오르는 붉은무늬잉어들은 들이지 않았다. '황금'과 조화를 이루는 '플래티나' 즉 백금과 무지(無地)로 은색이 빛나는 '백황금', 흰 바탕에 드물게 비늘만 은빛으로 나타나는 '은빛 비늘'이 연못의 새 주민으로 입주했다. 이름처럼 차갑게 번득이는 플래티나의 금속적인 아름다움은 예상외로 매우 화려해서 연못은 금과 은의 단아한 조화로 독특한 아취를 자아내는 것이었다. 그러나 아무래도 금과 은만으로는 뭔가 심심하다고 느꼈나 보다. 아이는 까마귀잉어를 한 마리 들였다. 그것도 단순한 흑무지(黑無地)가 아니라 머리의 세 군데 지느러미가 백발처럼 희어서 특별히 '사백'이라고 구분하여 부르는 이놈은 상서로운 느낌마저 드는 진기한 변종이었다. 유일한 악역인 녀석이 우아한 금과 은 사이를 마구 헤집고 다니는 모습은 보기에도 장쾌했다. 어느 한 가지에 몰입하면 나름대로 경지를 터득하는가. 그야말로 화룡점정의 경지가 아닌가. 그는 아이의 아이답지 않은 안목에 탄복해 버렸다.

툭. 이번에는 뜻을 몰라 아이를 보았다. 보세요. 아이의 눈이 말했다. 가을이란 녀석, 그제서야 나타났다. 그의 손터널 주위를 빙빙

돈다. 한 번 스치듯 만져 보기보다는 두고두고 길들이고 싶은 녀석이다. 그는 얼른 터널을 풀었다. 손바닥에 먹이를 얹고 조용히 기다렸다. 녀석은 좀처럼 접근해 올 생각을 안 한다. 서두르지 않기로 마음을 먹는다.

녀석이 조심스럽게 접근을 시도해 왔다. 과연 안전한가, 수염이 촉수처럼 민첩하게 움직인다. 진흙 속을 후벼 먹이를 찾아내듯 진지한 정찰을 시도한다. 그는 기다린다. 숨도 멈추고 죽은 듯이. 녀석은 마침내 안전하다고 판단을 내린다. 재빨리 먹이 하나를 집어 간다. 그래 놓고 다시 살펴본다. 역시 안전하다고 느낀다. 물론 안전하고말고. 두 개째, 그리고 세 개째……녀석은 경계를 풀고 맘껏 먹이를 주워먹기 시작한다. 그러자 상상할 수도 없이 부드러운 감촉이, 점액질의 부드러운 입술이 애무하듯 손바닥을 간지럽혔다.

"먹이는요, 물고기가 꼬리를 흔들면서 모여들고 난 다음에 손으로 직접 주는 거예요. 그렇게 길을 들이면 주인의 발소리만 듣고도 모여들어요. 먹이 주는 사람을 알아보고 먹이를 졸라 대는 모습이 얼마나 귀엽다구요. 사람 식구보다 더 정이 든다니까요."

아이가 먹이 든 손을 물 속에 넣고는 이상한 휘파람 소리를 냈다. 높고 가느다랗게 떨리는 그 소리는 고래의 초음파와 닮았다. 거짓말처럼 잉어들이 모여들었다. 황금과 플래티나 속에 한 마리 입 붉은 잉어가 묻어 왔다. 몸 전체가 순백으로 그윽한 품위가 느껴지는 백무지. 요즘에사 누가 알어주기나 하남유. 선별 과정에서 다 내부리지유. 주딩이가 빨건 좀 이상헌 백무지가 있기는 헌디……. 처음, 메기 씨로부터 버려지는 백무지의 이야기를 들었을 때 아이는 한숨지었다. 그러나 붉은 입술 얘기를 듣고는 아이다운 귀염성이 발동했다. 물고기를 향한 아이의 욕심은 끝이 없었다. 안적 그 괴기가 기냥 있는지 모르것는디, 자신 없어 하는 메기 씨를 졸라 아이는 끝내 백무지를 손에 넣었다. 그러나 도태되어 가는 백색의 애틋함이라니.

번쩍이는 은빛과는 달리 달빛처럼 눈에 스며드는 청초한 아름다움이 있었다. 입술이 연지를 바른 듯 붉다하여 이름을 '연지'라고 지었다. 아이는 연지를 자기 잉어로 삼았다. 그는 아까부터 줄곧 물 속에 손을 담그고 있는 참이었다. 가을이는 진작에 떠나고 손바닥에 퉁퉁 불은 먹이만 남았다. "바보" 물 속에서 아이가 그의 손등을 찰싹 때렸다. 그러고는 재빨리 몸을 일으켜 담장 쪽으로 달아났다. 그는 멍하니 담을 넘어가는 아이의 뒷모습을 바라보았다.

직사광선이 가리개에 부딪혀 일부는 반사되고 일부는 틈새로 파고들었다. 가리개 아래로 잉어들이 모여들고 있었다. 어느새 한낮이었다. 성하의 태양 아래 연못은 접시물처럼 달아오르기 시작했다.

그날 저녁, 그는 뜻밖에도 아이의 방문을 받고 적이 당황했다. 김치와 무국만의 간단한 저녁을 들고 책을 읽고 있는데 현관 유리 두드리는 소리가 났다. 간유리 너머에 아이가 서 있었다. 손에 음식 접시를 들고서. 문을 열자 "이거……" 아이가 쭈뼛거리며 접시를 내밀었다. 뚜껑을 열어 보니 김치 빈대떡이었다. 방금 부친 듯 접시 밑바닥이 따뜻했다. 그는 잘먹겠습니다, 전하라고 말하고 그릇을 비우러 부엌으로 갔다. 아이가 따라 들어왔다.

"뭐 하고 계셨어요?"

책을 읽고 있었다고 대답하자, 내가 볼 만한 책도 있어요? 되물었다. 거의가 고고학 전공 서적인데다가 원서들이어서 읽을 만한 책이 없을 텐데, 그가 대답했다.

"마야 책이라면……집엔 책이 없어요. 엄마가 몽땅 치워 버렸거든요."

아이는 손가락을 입에 물고 난처한 청이라도 넣는 사람처럼 어려워했다. 마야 유적지라면 얘기한 기억이 난다. 그때 책을 빌려 주겠다고 약속했었나? 문득, 책도 열대어도 치워 버린 아이의 엄마가 떠올랐다. 그제서야 다 저녁에 접시까지 들고 온 아이의 행동이 이해되었다. 월요일은 아이가 엄마로부터 해방되는 날이다. 창원 어딘가로 출장을 간다지. 그렇더라도 이슥한 저녁, 단 둘뿐인 집 안에서 아이를 서재로 데려가기엔 왠지 망설여지는 구석이 있었다. 아이를 기다리게 하고 서재로 갔다.

책장 아래칸은 미처 정리하지 못한 자료와 사진들이 봉투째로 차곡차곡 쌓여 있었다. 어쩌면 영원히 정리되지 못할 봉투들의 네임택을 착잡한 마음으로 들추기 시작했다. 아무래도 전문 서적보다는 자료 사진 쪽이 아이에게는 흥미로울 것 같았다.

"옛날 소꿉인가요? 너무 귀여워요."

깜짝 놀라 뒤돌아보니 아이가 책꽂이 앞턱에 늘어놓은 명기(明器)들을 구경하고 있었다. 조선조 사대부가의 무덤에서 나온 것들로 엄지 손가락만한 것이 소꿉장 그릇으로 보일 만도 했다. 무덤이라는 말에 놀랄까 싶어 그는, 세상 뜰 때 가져가는 그릇인데 갖고 싶으면…… 말끝을 흐렸다. 그러자 대뜸, 여자아이 무덤이었나 부죠? 내 무덤엔 뭘 넣으면 좋을까, 놀라지도 않고 말하는 것이었다. 한 방 먹은 기분이었다. 역시 기분이 상했을까, 명기 때문에? 그는 몰리는 마음으로 자신이 한 말들을 되짚어 보았다. ……세상 뜰 때 가져가는 그릇……갖고 싶으면……아픈 아이에게 부장품을 주겠다고 한 꼴이니, 맙소사. 문득 보니 아이의 어깨가 한숨 쉬며 조그맣게 내려앉았다. 당돌하고 만만찮은 눈빛은 사라지고 속 깊은 표정을 감춘 옆 얼굴이 창백하게 떨고 있었다. 그는 파리한 그 볼을 쓰다듬고 싶은 충동을 느꼈다. 그러나 둘만인 이 방에서 그런 짓을 하면 아이가 이상하게 생각하지 않을까, 놀란 아이가 소리지르며 뛰쳐나가지는 않을까……. 그는 간신히 팔걸이를 움켜잡았다. 의자차가 갑절은 무거워진 것 같았다.

"이 책, 재미있어요?"

아이가 책 한 권을 뽑아 들고 다가왔다. 그의 가슴이 북처럼 둥둥 울리기 시작했다. 무슨 책인지는 보이지도 않았다. 아이는 두꺼운 책을 의자차 팔걸이에 얹어 놓고 손가락으로 목차를 짚어 가면서 내용을 검토했다. 그도 분명히 들여다보고는 있지만 내용이 눈에 들어오지 않는다. 그래서 아이의 물음에 즉시즉시 반응을 보여 주지 못했다.

"아, 이거 봐요, 우리." 아이가 스스로 점찍은 페이지를 향해 팔랑팔랑 책장을 넘겼다. 책장이 일으키는 수선스런 바람이 그의 얼굴을 간지럽혔다. 눈 주위의 얇은 피부가 자근자근 조여드는 기분이었다.

바람이 멈췄다. 아이가 찾아낸 페이지를 읽어 내려가기 시작했다. 그는 바로 눈앞에서 복숭아 속살 같은 입술이 달싹거리는 모양을 바라보았다. 시선을 느낀 것일까. 아이가 읽기를 멈췄다. 반쯤 벌어진 방심한 입술이 부르는 듯 밀쳐 내는 듯 수수께끼 같은 표정을 만들었다. 봉긋한 가슴을 앞으로 내밀 듯이 하고 한 손으로는 자꾸만 목을 쓰다듬는다. 어느 순간, 마치 끌어당겨지듯이 그의 입술이 아이의 뺨에 가 닿았다. 창백한 뺨은 뜻밖에도 놀랄 만큼 따뜻했다. 팔걸이 위에 펼쳐 놓은 책이 흰 날개를 활짝 펼친 새처럼 바닥으로 날아 떨어졌다. 거의 동시에, 마치 연속된 동작처럼, 아이가 그의 무릎을 스치며 바닥으로 무너져 내렸다. 어디선가 와르르 온 세상이 무너지고 있었다. 그의 우묵한 손 안에 자그맣고 파리한, 상처나기 쉬운 모습의 복숭아 하나가 들어와 있었다. 그는 손 안의 것을 가만히 들어올렸다.

누구에게 배웠을까, 아이가 눈을 감았다. ……메마른 입술은 물고기처럼 차고 부드러웠다.

병원에 있을까, 혼수 상태로, 벌써 두 주일째다. 벽돌담 너머는 텅 빈 채 죽어 있었다. 그는 손써 볼 아무것도 없었다. 정말 아무것도, 아무한테도.

도대체 자신에게 무슨 일이 일어났는지 그는 곰곰 되짚어 보기 시작했다. 책 속에 파묻힌 수도승 같은 생활에 문득 아이가 들어왔다. 그러자 자신 속의 악마가 되살아났다. 죽어 버린 남성과 함께 묻혀 버렸다고 방심했던 악마가. 악마는 그를 유혹했다. 그리고 그를 무너뜨렸다. 그는 자신을 꽤 합리적인 사람이라고 생각해 왔지만, 그런 구석이 없지도 않지만, 악마 앞에서 그의 이성은 모래성처럼 부서져 버렸다.

연못은 두 주일 새 검게 변했다. 의자차 그림자 아래로 배고픈 잉어들이 몰려들었다. 그는 손에 아무것도 들고 있지 않았다. 먹이통을 가져올 걸 그랬군.

하늘에서 뚝, 먹이통이 떨어졌다. 팔걸이 위에 딱, 소리를 내며 먹이통이 놓였다.

"나 없는 동안 우리 연못을 잘 돌보지 못했군요."

그의 두 눈은 아이의 마른 손바닥 안에 사로잡혀 있었다. 오, 하느님 감사합니다. 목이 메어 와 아무 말도 할 수 없었다.

"캠프에 다녀왔어요, 엄마랑."

소독약 냄새나는 캠프? 그는 고개를 끄덕거렸다.

"풀밭에 눕기도 하고……좋았어요, 어쨌든."

딱딱한 쇠침대, 빳빳한 시트 위에? 바보야, 거짓말을 하려거든 어쨌든 따위는 빼버려야 하는 거야. 그는 또 고개를 끄덕거렸다. 따뜻한 손바닥, 건강한 목소리로 돌아와 주었으니 어쨌든 고마울 밖에.

"야단치지 않겠다고 약속할래요?"

햇빛을 가린 아이의 손가락은 눈부신 핑크빛이었다. 그는 다시 한 번 고개를 끄덕거렸다. 갑자기 손에서 풀려났다. 의자차 그림자에 아이 그림자가 겹쳐서 뿔 달린 괴물 그림자가 물 위에 일렁이고 있었다. 돌아보았다.

그는 가슴 안쪽이 서늘해졌다. 되게 아프고 난 직후여서일까. 여전히 파리한 볼에 창백한 입술이지만 눈빛만은 어딘지 깊어졌다. 저 어둡고 조숙한 표정, 어른의 얼굴이었다. 가녀린 목줄기 위에 자리 잡은 어른의 얼굴……매우 어색하고 애달픈……너무 단시간에 성숙해 버린 속은 설고 겉은 쇠버린 과실 같은…….

아이가 의자차를 돌아와서 그와 마주섰다. 물거미 같은 손이 주저주저 다가왔다. 얼굴을 잡혔다. 그날 저녁, 그의 손 안에 아이의 얼굴이 사로잡혀 있었듯. 새하얀 물거미가 밋밋한 볼을 만지고 까칠한 턱을 문지르다가 들끓고 있는 목울대를 쓰다듬었다. 그의 내부에서 뱀대가리처럼 쳐들고 일어나는 욕망과 싸우고 있을 때, 만지면 부러질 것 같은 가느다란 팔이 갑자기 확대되면서 시야를 가렸다. 다음 순간 그의 얼굴은 아이의 봉긋한 가슴 사이에 파묻혔다. 시원찮은 셔츠 한 장이 간신히 아이의 팔딱거리는 가슴을 감싸고 있었다. 그의 억센 팔이 아이의 허리를 휘감아 당겼다.

빵—.

순간적인 스타카토처럼 짧게, 자동차가 경적을 울리고 달아났다. 그 빵, 하는 소리가 어찌나 현실적이고도 단호하던지 그는 마치 딸아이의 가슴에라도 안겨 있던 것처럼 소스라치며 아이를 밀쳐 냈다. 그의 입술은 얇은 셔츠 위에 도드라진 조그만 젖꼭지를 거의 깨물 뻔했다.

밀침을 당한 아이가 멍한 얼굴로 그를 본다. 그의 눈을 가만히 들여다본다. 무슨 뜻인가, 어떡해야 하나, 알아내기라도 하려는 듯. 그는 간신히 고개를 젓는다. 너무나 나약하고 너무나 위선적인 고갯짓. 그는 자신에게 정나미가 떨어져 버린다. 그 순간 약한 곳을 공격하는 거미처럼 아이가 와락 그의 목을 끌어안았다. 귓속으로 뜨거운 숨결이 몰려든다. 그 단내 나는 숨결은 도무지 정신을 차릴 수가 없게 만든다. 아래가 딱딱해졌다. 맙소사, 환각일 뿐이야. 그렇더라도 아래가, 아니 가슴이 이렇게 부풀어오르다가는 터져 죽을 것만 같다. 그는 파리한 아이의 얼굴을 움켜잡는다. 창백한 입술이 실룩 당겨 올라간다. 눈은, 그 어느 때보다도 깊어진 두 눈은 어두운 화염에 휩싸인다. 그는 순간 너무도 확연히, 너무도 절망적으로 그 눈의 의미를 알아챈다. 고뇌로 일그러진……욕망에 시달리는……타락한 천사의 눈, 젊음으로 인해 더욱 추악한 열여섯 노파의 눈. 그는 T자형 배수 밸브를 힘차게 비틀었다.

못 가운데로부터 천천히 둥근 회오리가 생기면서 물이 빠지기 시작했다. 수면이 눈에 보이게 낮아지고 있었다. 귀퉁이의 섬돌 두 개가 물에 잠겨 보이지 않던 이끼 낀 몸채를 치근처럼 드러냈다. 놀란 잉어들이 웅덩이를 찾아 우왕좌왕 몰려다녔다. 못 바닥이 드러나기 시작했다. 손바닥만한 웅덩이에 갇힌 잉어들이 빳빳한 꼬리로 못 바닥을 탁탁 쳤다. 헐떡이는 아가미, 활처럼 휘어져 파닥이는 몸들 위로 햇살이 바늘처럼 내리꽂혔다. 못 바닥 가득히 금비늘 은비늘이 눈부시게 반짝였다. 여름도 막바지였다. 8월 땡볕이 무수한 황금, 백금 틈바구니에서 숨가쁘게 할딱거렸다.

추 · 천 · 우 · 수 · 작

울프강의 세월

김 소 진

1963년 강원도 철원 출생.

서울대 영문과를 졸업하고,

1991년 《경향신문》 신춘문예에 〈쥐잡기〉가 당선돼 등단했다.

작품집으로 《열린 사회와 그 적들》 《고아떤 뺑덕어멈》

《자전거 도둑》 《바람부는 쪽으로 가라》 등과

장편소설 《장석조네 사람들》 《양파》 등이 있다.

울프강의 세월

지난 7년 간 나는 어딘가에서 강선태와 다시 마주칠 것이라는 막연한 느낌에 사로잡혀 왔다. 우린 그렇게 가뭇없이 사라지고 말 인연일 수가 없었다. 아마도 지방 도시의 허름한 버스 터미널이나 시골 다방 안, 혹은 갯가의 비릿한 어물 시장에서 우연히 맞닥뜨리게 될지도 몰랐다. 최근 들어서는 아무래도 갯가 쪽이 유력해 보였다. 2년 전에 그가 자갈치 시장에서 등에 칼을 맞고 죽었다는 뜬소문이 나돌기도 했다. 물론 나는 믿지 않았다. 그는 절대 칼 앞에서 등을 돌릴 위인이 아니었다.

그가 갯가 출신인지는 분명치 않다. 돌이켜보건대 갈데없는 서울 말씨였던 그에게 갯가 쪽 억양이나 사투리가 섞였던 경우는 없었다. 다만 내 짐작일 뿐이다. 항상 버석 마른 입술과 오른쪽 어금니가 드러나 보이도록 입가 한쪽으로 실그러지는 미소가 짠 소금기를 머금은 갯가 바람에 익은 것이라는 인상을 받았다. 그렇다면 내가 강선태를 다시 만난 곳이 남도의 한 쇠락한 항구 도시에 있는 대학 교정에서였으니 갯가 쪽이라고 한 내 짐작이 절반 정도는 들어맞는 편이다. 하지만 대학 교정 안이라는 건 천만뜻밖이었다. 나는 내 박사 논문 지도 교수를 맡았던 탁경진 교수와 그 대학 문과대 학장인 황호연 교수가 막역한 사이여서 두 학기째 전공 과목 시간 강사로 나가던 터였다.

하루는 두 시간 연속의 한국근대문학사론 강의를 마치고 나오는데 콧잔등에 주근깨가 호로록 올라붙은 과사무실의 미스 배가 학장님이 기다린다는 전갈을 해왔다. 학생 식당에서 얼른 이른 점심을 때우고 올라가는 길에 대전에 들러 한 탕을 더 뛰어야 하기 때문에 시간이 빠듯한 처지였다. 그러나 이 중차대한 시기에 학장이 부른다면 만사를 제쳐두고 뛰어올라가지 않을 수 없는 일이었다.

왜냐하면 3주쯤 뒤에 근대비평 전공 분야의 전임 강사를 공개 채용하는 한 과정으로서 서류 심사를 거쳐 올라온 네 명의 지원자가 '전향문학론'이라는 제목으로 공개 연구 수업을 하기로 돼 있었던 것이다. 일종의 백일장을 치르는 셈이었다. 지방 사립대인 만큼 학장의 입김을 조금이라도 가까이에서 쏘여 두는 게 나은 터라 나는 옷매무새를 여민 다음 학장실 문을 두드렸다.

"용 선생 어때요? 잘 돼갑니까?"

"되는 것도 없고 안 되는 것도 없습니다."

"허허 준비 잘 하셔야죠. 지원한 선생들이 서류상으로는 다들 고만고만하셔 가지고 아마 교수들이 전체적으로 평점을 매길 때 이번 공개 연구 수업이 적잖은 참고가 될 듯해요."

"명심하겠습니다."

"그건 그렇고, 그럭저럭 점심 시간이 다됐는데 식사나 같이하고 가도 되겠죠?"

"아 예, 그러시죠 선생님."

밥 먹고 커피광인 그와 어차피 차까지 마신다면 애초 15분 정도로 쪼개 놨던 점심 시간이 적어도 시간 반은 잡아먹힐지도 몰랐다. 그러나 이런 자리도 흔치 않겠다 싶어 다음 강의 중 한 시간 정도는 까먹을 각오를 하지 않을 수 없었다.

그런데 사실 강사료의 몇 곱이 드는 비행기삯을 마다하지 않고 다니는 '경력 관리형'들과는 달리 나 같은 '생계형' 시간 강사한테 이렇게 한 군데에서 노닥거릴 시간은 많지 않았다. 국·공립대 교수들이 1주일에 보통 여섯 시간 강의를 하고 일반 사립이나 지방대에선 평균 아홉 시간을 맡는다. 가끔 열한두 시간을 하는 사람도 있지만 최소한 4년제 대학에선 그런 경우는 거의 없다. 그런데 내가 맡은 강의 시간이 믿지 않을런지 모르지만 1주일에 자그마치 스물두 시간이다. 게다가 이번 학기에는 운이 나빠서 그런지 수도권 대학은 한 군데도 걸리지 않고 제주도만 뺀 나머지 네 개 도에 띄엄띄엄 걸쳐 있어 1주일마다 전국 순례를 하는 셈이었다. 요즘에는 꾀가 생겨 두 시간이나 세 시간을 연속 강의로 묶어 놓고는 끄트머리의 한 시간쯤은 도마뱀 꼬리처럼 은근슬쩍 잘라먹어 강의표에는 스물두 시간이지만 실제 내가 손가락에 분필을 묻히는 시간은 열여덟 시간이다.

가능한 한 지방 나들이를 줄이기 위해 나흘에 몽땅 밀어 넣다 보면 시간이 서로 겹치지 않도록 조정하는 것도 대단한 곡예였다. 어지간히 대수학적 능력이 없으면 자칫 다른 대학에서의 강의 시간이 서로 꼬리를 물거나 심지어는 일부가 겹치는 경우도 있어 무척 애를 먹곤 했다. 대학과 대학 사이의 강의 간격을 보통 두 시간으로 잡아 놓는데 그 시간 안에 도 경계선을 넘어서려면 오후의 고속도로에서 목숨을 걸어야 한다. 그나마 무역 오퍼상을 하는 큰처남이 재작년에 13만 킬로까지 뛰고 물려준 90년식 헌털뱅이 승용차가 시속 120킬로가 넘으면 차체가 심하게 떨리는 것을 빼고는 아직까지 큰 탈 없이 굴러가 주는 바람에 이런 아슬아슬한 전국 일주가 가능했다. 점심으로 학생 식당에서 미역국에 만 불어터진 밥알을 삼키는 경우는 양반이고 대부분 달리는 차 안에서 퍽퍽한 햄버거나 식빵 쪼가리로 때우는 경우가 허다했다.

하지만 그나마 나처럼 강의 시간을 많이 챙길 수 있는 것도 다행인지도 모른다. 주변에는 열 시간 미만의 강의밖에 따내지 못하고 그나마 부수입도 없는데다 맞벌이도 아닌 경우도 많다. 그런 사람은 기껏 한달 수입이 60만 원을 넘기가 힘들다. 그에 비하면 나는 강사료만도 100만 원이 넘고 또 신춘 문예로 등단한 평론가라는 타이틀이 있어 한 달에 한두 꼭지 정도는 원고 청탁이 들어오는 편이어서 강의가 없는 하궁기(여름 방학)나 동궁기(겨울 방학)를 감안하더라도 그럭저럭 월수입이 130, 40만 원은 된다. 게다가 마누라가 알음알음을 통해 입시 학원이나 학력고사 평가원 같은 데서 고교생들 논술 답안지를 장당 만 원씩에 채점해 주는 빨간사인펜 선생님이라는 부업거리를 짬짬이 물어들이지 않는가.

"더위가 한결 수그러들었지요?"

"예 선생님."

황 교수는 문과대 식당으로 가지 않고 도서관 뒷길을 거쳐 공과대 식당 쪽으로 난 길을 잡았다. 고혈압이 있는 그는 문과대 찬은 너무 짜고 조미료를 남발한다며 푸념을 했다. 식당에서 돌아올 때는 공과대와 자연대를 가르는 길을 택했다. 길 아래쪽에는 농구장이 서너 면 들어서 있었다. 막 점심을 욱여넣고 나온 학생들이 러닝 셔츠 차림으로 뽀얀 먼지를 일으키며 농구에 열중하는 모습이 보였다. 붉은색 공을 좇아 손을 뻗으며 발로 땅을 박차는 젊은 그들의 구릿빛 어깨 위에는 서걱서걱한 소금기가 햇빛을 받아 희끗희끗 빛났다. 주변 나무 그늘에서 가슴에 책을 껴안고 구경을 하던 몇몇 여학생들이 농구대가 철렁거릴 때마다 소리를 끼약끼약 질렀다.

"선생님, 젊음이란 그 젊다는 사실 하나만으로도 보기에 좋은 것 같습니다."

"그래요? 지금 용 선생 나이가 몇이지?"

나는 속으로 아차 싶었다.

"아유 죄송합니다, 선생님. 제가 외람되게 나이를 들먹거려서요. 왠지 저 학생들을 보니 뜬금없이 그런 생각이 들어서요. 소띱니다."

"소띠라! 그럼 적은 나이가 아니네 뭐. 서른여섯 아냐?"

"예."

"고빈데……."

"예예……?"

"아닐세."

황 교수는 내가 알아들을 듯 말 듯하게 중얼거리며 고개를 주억거렸다. 나는 땀이 배어난 손바닥을 바지 재봉선 따라 썩썩 문지르며 농구장을 내려다보았다. 그런데 유독 행동이 느려터진 학생이 하나 눈에 띄었다. 다른 학생들은 신세대답게 색상이 있는 러닝 셔츠를 입었는데 그는 흰 반팔 러닝 셔츠에다 종아리께까지 걷어올린 면바지를 입고 머리도 어깨까지 내려올 만큼 치렁치렁했다. 나는 눈이 부신 듯 양미간을 찡그렸다. 그리고는 입을 반쯤 벌린 채 아 하는 탄성음을 자아냈다. 어디서 많이 본 얼굴이었다. 나는 그 자리에 우뚝 섰다. 황 교수가 뒤를 돌아다보았다.

"용 선생, 왜 그래요?"

"아 예, 아는 사람인가 싶어서요."

내가 막 돌아서려는 순간 선 밖으로 나가려는 공을 코트 안쪽으로 쳐 넣으려고 뛰어오르다 아웃돼 버린 그 사내가 옆구리에 땀 묻은 공을 끼고는 나를 힐끗 바라보았다. 그도 처음엔 좀 놀라는 기색을 띠었지만 곧 미소를 베물며 나머지 한 손을 번쩍 들어 보이는 것 같았다. 나는 손등으로 먼지바람이 들어가 껄끄러워진 눈시울을 비벼댔다.

"자, 갑시다. 방에서 내가 새로 들어온 헤이즐넛 커피를 맛좋게 우려 줄 테니."
"아, 예예."
그날 이후로 나는 황 교수의 호의로 마침 비어 있는 그 대학의 독신자 아파트를 한 달 동안 마음대로 빌려 쓸 수가 있는 열쇠를 건네받았다. 한곳에 차분히 눌러앉아 공개 연구 수업 준비를 하라는 배려였다. 마침 중간 고사와 학술제 등의 행사가 겹치는 시기여서 돌아다닐 데가 많지 않았다. 나는 거기서 교안을 짜기 위해 머물 때 틈만 나면 학교로 나와서 농구장 근처를 배회했지만 그를 다시 볼 수가 없었다. 하지만 그가 바로 강선태일 것이라는 확신에는 흔들림이 없었다.

그는 특이한 용모 때문에 신입생 환영회 때부터 눈에 띄었다. 재수생 출신임을 표나게 내세우는 치렁치렁한 머리칼이 한 달에 한 번은 감는지 마는지 기름때에 절어 이삭이 몇 갈래로 져 있었다. 그리고 새카만 고무신을 꿰차고 나타났는데 짧은 검정 바바리 코트를 갑옷처럼 전면에 내세우고 있었다.

야, 거기 강선태, 휘줄그리하게 처박혀 있지 말고 노래나 한 곡 제껴 봐라.

선배들이 한구석에 처박혀서 막걸리잔이나 뒤집고 있는 그에게 불쑥 노래를 시켰다.

노래는 못합다!

그는 겸연쩍은 듯 씨익 웃었는데 입이 어찌나 큰지 웃을 때 드러난 잇바디가 얼굴 아래쪽을 거의 다 차지했다. 특히 앞의 두 옥니는 코미디언처럼 시커멓게 죽어 있었다.

야, 선배가 부르라면 불러야지. 거시키로 밤송이를 까래도 까는 게 신입생 환영식의 불문율이야.

그럼…….

그는 두 손을 가지런히 앞으로 모아 쥐고 음악 시간에 배운 가곡이나 건전 가요도 아닌, 그렇다고 유행가도 아닌 정체 불명의 가락을 뽑아 냈다.

……그리운 시절은 가고 즐겁던 시절도 잠시～기쁨에 찼던 옛날이 그립구나～……

야, 침 튄다, 왕침 튀어. 근데 거 좆나리 고상한 노래 같은데 제목이 뭐야?

천재 작곡가 볼프강 아마데우스 모차르트가 1786년 작곡한 오페라 〈피가로의 결혼식〉에 나오는 백작 부인의 아리아입니다. 바람둥이 남편 알마비바 백작이 몸종 피가로와 결혼할 약혼녀 스잔나를 넘보자 백작 부인이 백작을 혼내 주기 위해 스잔나와 협동하는 대목인데 그 둘이서 부르는 이중창 〈저녁 바람처럼 부드럽게〉는 언제 들어도 가슴을 촉촉히 적시는 절창이죠, 예.

뭐 오페라 아리아! 볼프강 아마데우스? 와하하하! 야 너 실연했냐? 생긴 것답지 않게 왜 이래? 이거 촌놈들 주눅들어서 살 수가 있나. 그러고 보니깐 아까 입학 소감 말하라고 할 때도 너 뭐라고 했지? 그때도 또 볼프강 어쩌구 했지? 그래, 뭐 요한 볼프강 괴테의 《파우스트》를 인용하면서 거 되게 근사하대. 악마 메피스토펠레스에게 영혼을 판 파우스트처럼 돼보자 응? 그렇게 한번쯤 자신의 영혼을 걸고 악마와 도박을 해보지 않는 청춘이란 잿빛 그 자체이며 무의미하다 그랬지. 맞지?

…….

야야, 그러지 좀 말고 우리 같은 천민 수드라 계급들도 이해할 만한 노래로 제발 불러 주라 응.

꼭 그렇다면 분위기를 조져도 제게 책임을 물을 순 없음다…….
하면서 그는 허리를 구부정하게 숙이고 두 손을 들어 기타를 치는 듯한 자세를 잡고는 온몸을 흐느적대며 노래를 불렀다.

한 번 보고 두 번 보고 자꾸만 보고 싶네～짠짜잔짜잔 짜자자자잔짜짜 잔짠～
아름다운 그 여인을 자꾸만 보고 싶네 헤이～짠짜잔짜잔 짜자자자잔짜짜 잔짠～

거기까지는 잘 나갔다. 그런데 그가 갑자기 가사를 바꿔 부르기 시작했다.

한 번 하고 두 번 하고 자꾸만 하고 싶네～짠짜잔짜잔 짜자자자잔짜짜 잔짠～
아름다운 그 여인과 자꾸만 하고 싶네 헤이～짠짜잔짜잔 짜자자자잔짜짜 잔짠～

그는 거의 직각으로 허리를 굽힌 채 하늘로 향한 엉덩이를 앞뒤로 외설스럽게 흔들어 댔다. 그러자 좌중에서는 환호와 탄식과 비명이 뒤섞여 터져 나왔다.

한 번 빨고 두 번 빨고 자꾸만 빨고 싶네～짠짜잔짜잔 짜자자자잔짜짜 잔짠～
아름다운 젖꼭지를 자꾸만 빨고 싶네 헤이～짠짜잔짜잔 짜자자자잔짜짜 잔짠～

여학생, 특히 숫기가 없는 신입 여학생들의 귀밑 뺨들이 불그레하게 물들었다. 그러나 강선태는 아랑곳없이 허리를 숙인 채 몸을 계속 흐느적거리며 두 손을 허공으로 뻗어 돌리며 가사에 맞는 시늉을 해보였다. 누군가 젓가락으로 술상을 두드리며 장단을 맞추자 다들 따라서 했다.

한 번 돌리고 두 번 돌리고 자꾸만 돌리고 싶네~짠짜잔짜잔 짜자 자자잔짜짜 잔짠~

그가 엉덩이를 들썩들썩하며 빙그르르 한 바퀴 돌리다 앞뒤로 절도 있게 한 번 흔들었다. 그러자 구석에 앉아 있던 어느 여선배가 막걸리가 출렁거리는 잔을 그의 등짝을 겨냥해 던졌다. 뭐 하는 짓이야! 퇴폐적 행태를 즉각 중지하라! 뿌연 막걸리가 팔레트에서 쏟아진 물감처럼 그의 등짝으로 흘러내렸다. 그러나 그는 표정을 바꾸지 않았다. 입가는 더 헤벌쭉하게 벌어졌다.

아름다운 그 늪에서 자꾸만 돌리고 싶네 헤이~짠짜잔짜잔 짜자자 자잔짜짜 잔짠~

막걸리잔을 집어던진 여선배를 따라 신입 여학생들 몇이 따라 나갔지만 좌중의 분위기는 걷잡을 수 없이 달아올랐다. 끝내는 강선태가 신고 온 때가 새까만데다 고린내가 코를 문드러지게 하는 고무신으로 막걸리를 돌려 마시기까지 했다.

신입생 환영회 이후 그는 잠깐 볼프강이라는 별명으로 불렸는데 어느새 울프강으로 바뀌었다. 하긴 독일어식으로 읽으면 볼프강이고 영어식으로 읽으면 울프강일 테니 큰 차이는 없는 터였다. 굳이 어원을 따져 본다면 wolfgang의 '-gang'은 고대 영어 'gangan'에서 유래하여 'go, walk'의 어원에 해당했다. 따라서 그 말은 '나아가는 늑대 또는 냉혈한, 호색한'이라는 뜻을 담고 있었다.

내가 청암(靑岩)문학회에 든 것은 순전히 그의 권유에 따른 것이었다. 첫 강의가 시작된 지 열흘쯤 지났을까. 강의실을 찾느라 종종걸음을 치는 나를 자장면과 가락국수만 파는 사범대 옆의 깡통식당 앞 나무 밑에 앉아 있던 울프강이 불러 세웠다.

헤이 수찬, 수찬 용수찬!

어, 울프강 여기서 뭐 해?

그는 대낮부터 막걸리통을 끌어안고 있었다. 눈자위는 너구리처럼 둥그렇게 불콰해 보였다.

좀 앉지.

수업 있는데.

그래두……너랑 얘기를 하고 싶어서.

얘기? 그런데 너 이렇게 술을 마셔도 돼?

그가 물을 먹어 쭈글쭈글해진 종이컵에 막걸리를 따라 주기에 내가 물어 보았다. 그는 내게 귓속말로 두런거렸다.

괜찮아……너도 이젠 새던 수도꼭지 다 아물었지?

나는 얼굴이 빨개진 채 주위를 두리번거리며 고개를 끄덕였다. 사실 신입생 환영식을 하던 날 선배 서넛을 따라 청량리 오팔팔까지 진출했다. 그 일행에 울프강도 끼여 있었는지는 술이 너무 취해 잘 기억나지 않았지만 아무튼 나는 어느 선배의 뒤꽁무니를 따라 삐그덕삐그덕 비명을 지르는 층계를 밟으며 2층 다락방으로 기어올라갔다. 그리고는 재수 시절까지 합해 통산 세 번째로 여자와 한자리에 눕게 되었다. 여자의 얼굴도 잘 떠오르지 않았다. 다만 내내 껌을 딱딱 씹으며 천장을 바라보고 있었다는 것, 그리고 아래쪽의 그것보다는 가슴을 더 만지고 싶어한 나에게 신경질을 부리며 윗도리를 더 이상 말아올리지 않았다는 것밖에는 기억이 희미했다. 그리고 사흘인가 나흘 뒤부터 수도꼭지가 새기 시작한 것이다. 나는 기본 열람실에서 의학 코너의 책을 참고해서 그게 임질임을 알았고 학교에서 몇 정거장 떨어진 시장통의 골목에서 찾아낸 허름한 2층 비뇨기과

의원을 찾아가서 주사를 맞고 약을 타 나오다 층계 앞에서 울프강을 만났다.

어?

응?

나는 인사도 나누지 못한 채 아래로 깐 눈길을 밟으며 허둥지둥 도망치듯 그 자리를 피했다.

야, 우리 구멍동서인지도 모르는데 기왕이면 서클도 같이 하자.

뭔데?

문학회…….

그때 그의 손에 이끌려 문학회에 가입했기에 2학년 때 국문과를 택하고 분필 보따리 장수로 연명해 가는 것인지도 몰랐다. 그런데 과연 교수가 될 수 있을까? 시간 강사에도 정년이 있는데 나한테 남은 시간이래봤자 7, 8년에 불과했다. 혹시 이번에 어떻게 운때가 맞아서 잘……. 아냐……분명히 남몰래 빽 쓰고 뒷돈 쓰는 개 같은 자식들이 있을 거야.

등나무로 틀을 겯고 대나무 껍질을 쪼개 등받이를 댄 의자에 앉아 몸을 앞뒤로 흔들던 나는 마침 독신자 아파트의 지저분한 벽 위를 슬금슬금 기어가는 바퀴벌레를 발견했다. 등에 검은색 빛이 반질반질하고 날개까지 돋은 놈이었다. 갑자기 손을 움찔거리는 바람에 운두가 낮은 잔에서 뜨거운 커피가 손등으로 넘쳐흘렀다. 바퀴벌레는 내가 가장 싫어하는 곤충 중에 하나였다. 나는 이를 악물고 탁자 위에 펼쳐진 스포츠 신문을 주섬주섬 말아 쥐며 까치발을 다뎠다. 박살을 내야 돼, 어둡고 퀴퀴한 곳에서 정의로운 밥그릇 위에 구역질 나는 유충을 슬어 놓는 놈들은! 멀리서는 굼뜨게 보이다가도 위기가 닥치면 발휘되는 녀석의 날렵함을 잘 알고 있는 나는 정신없이 신문지 뭉치를 휘둘러 댔다. 그러나 벽에도 신문지에도 녀석이 피살당한 흔적은 눈에 띄지 않았다. 그때 초인종이 울렸다. 문을 열어 주니

기한을 하루 넘겨서 중간 고사 리포트를 써온 남학생이었다.

들어오지.

늦어서 죄송합니다, 선생님.

마감 기한을 넘기면 감점 대상이야. 잘 알지? 그래야 공평하지 않겠나? 그래, 거기다 놓아도 돼.

채만식의 글쓰기 무대가 됐던 그 도시에 여전히 남아 있는 작품 속의 건축물에 대한 답사기를 쓰라는 것이 과제의 내용이었다. 그 도시는 사실 일제 시대의 거리와 건축물을 고스란히 유지하고 있어 작품 속의 중심 무대가 바로 현실적인 풍경이기도 했다. 그만큼 낙후했다는 반증이기도 했지만 그 때문에 《탁류》에서 유부녀를 겁탈하고 몽둥이에 맞아 죽는 은행원 고태수가 다니던 ××은행, 즉 조선상업은행 건물을 비롯해, 정 주사의 큰딸 초봉이를 겁탈하고 급기야는 초봉의 발길질에 불알이 터져 죽는 장형보가 일하던 미두취인소(곡식 거래소) 건물이 완벽하게 남아 있고 세관, 해안통의 창고 등도 예전의 모습을 변함없이 지니고 있었다.

출석은 잘 하고 있나?

예, 교수님 그런데요 말입니다…….

뭐가?

저번에 교수님이 수업 시간에 지나가듯이 말씀하신 사람 말입니다.

그런데?

가만히 생각해 보니 사실 제가 좀 알 것도 같아서요.

어떻게?

저도 농구 허벌나게 좋아하잖습니까잉? 근디 며칠 전에 여객 터미널 쪽 어디 술집에 우연히 친구들이랑 갔었는데 거기서 본 것 같아서요.

나는 그 학생이 호주머니 속에서 만지작거리고 있는 걸 뚫어져라 쳐다봤고 그러자 하는 수 없다는 듯 그는 선전 문구 스티커가 붙은 일회용 라이터를 내게 건네 주었다.

이 술집입니다.

나는 속으로 틀림없군 하고 짧게 외쳤다. 담뱃불로 지진 듯한 흔적이 남은 뒤쪽에는 약도가 그려져 있었다.

—스탠드바 태양의 집! 시내 최고의 젊고 싱싱한 미녀 30명 총집합! NO. 8 로맨스의 황제 울프강을 찾으시면 최고의 만족 OK! 완벽 책임.

알았어. 일러줘서 고마운데 그만 가봐.

무심코 라이터불을 켜보니 쉭 소리를 내면서 불꽃이 이마까지 솟구쳐 올랐다. 머쓱한 표정을 지은 나와 학생은 서로의 얼굴을 바라보며 싱겁게 웃었다. 나는 학생을 따라 나가 현관문을 잠그기 위해 의자에서 일어났다. 그런데 몇 발짝 떼지 않아 발뒤꿈치에서 스넥과자 부스러지는 듯한 소리가 빠그작 하고 들렸다. 나는 그 자리에 얼어붙은 채 눈동자를 좌우로 굴렸다. 장판과 발바닥 사이에서 척척한 느낌이 퍼지는 순간 나는 그게 방금 전에 반쯤 때려잡았다가 놓친 바퀴벌레임을 직감했다.

바퀴벌레를 유독 두려워하는 나와는 달리 울프강은 바퀴벌레의 천국인 서클룸 소파에서 그들과 거의 함께 서식하다시피 했다. 당시는 학교 쪽이 서클룸에서 밤을 새지 못하도록 통제를 하던 시절이었지만 그가 거기서 먹고 자는 건 틀림없어 보였다. 애들한테는 학교에서 거리가 좀 떨어진 산동네에서 자취를 한다고 했지만 밤늦게까지 술을 먹다가 학교 주위의 하숙집이나 자취방으로 몰려가 자는 경우를 빼고는 그는 학교 쪽으로 사라지곤 했다. 그는 내게 바퀴벌레의 몸 속에는 비타민X가 풍부하다고 어거지를 썼다. 그리고 그 비타민은 혀의 종창, 신경 과민, 현기증, 눈까풀 떨림 등의 증상에 특효여서 인간들이 한번 이용해 볼 만하다고 너스레를 늘어놓는 것이었다. 실제 그는 우리들을 상대로 숱한 임상 실험을 거친 듯한데, 한번은 내게 술자리 한가운데 놓인 곱창 전골에 두 마리의 바퀴벌레 시신을 넣어 비타민X를 보강했다고 귀띔해 주었다. 그 순간 비위가 약한 나는 숟가락을 놓고 술맛도 떨어졌지만 여러 사정을 감안해 전골 냄비 안으로 부지런히 숟가락질을 하는 아이들을 말리진 못했다.

울프강은 1학년 때부터 문학회 안에서 단연 뛰어난 문재(文才)를 보여 줬다. 세계 문학사는 물론이고 우리나라 문학사에 대해서도 일정한 식견을 갖추고 있어 논쟁이 붙으면 절대 말발에서 달리는 일이 없었다. 선배들도 그가 가장 싹수가 있다고 칭찬을 아끼지 않았다. 약간의 표절 시비가 뒤따르긴 했지만 1학년 말에 응모한 대학 문학상 현상 공모에서 아깝게 본선 탈락하기도 했다. 그러나 그는 과작이었다. 그가 1학년 내내 주위에 보여 준 시는 그 본선 탈락한 시를 비롯해 딱 두 편뿐이었다. 왜냐하면 그가 학기 초부터 1학년은 술의 해로 삼겠노라고 공언하며 항상 취해 다녔기 때문에 아마 시를 쓸 만한 여유가 없었는지도 몰랐다.

2학년이 되면 폭발적으로 시를 쓰겠다고 하더니 그는 또 연애의 해로 삼겠노라고 선언하고 나섰다. 그 때문에 주변에서 아연 긴장한 사람들이 한둘이 아니었다. 기타 연주 솜씨가 뛰어날 뿐 아니라 그의 기이한 행태는 당시의 암울한 분위기와 맞아떨어져 일부 여학생들 사이에서 묘한 감정과 연민을 불러일으켰다. 소문에 따르면 그는 점찍은 여학생들은 어떤 방법을 동원하든 다 자기 편으로 만들었다고 했다.

그가 제일 즐겨 쓴 최후의 설득 방법은 '아침이슬' 전술로 알려져 있다. 끝까지 호락호락하지 않은 여학생의 하숙집이나 자취방(그는 특히 지방 출신 여학생들을 집중 공략했다고 한다) 앞에서 담요나 신문지 쪼가리를 뒤집어쓰고 밤샘을 하다가 새벽녘에 이슬을 털고 일어서며 김민기의 〈아침이슬〉을 구슬프게 불러 준다는 것이었다.

그러다가 철학과의 같은 학번 덕근이한테 얻어맞기도 했다. 덕근이가 짝사랑한 여학생은 불문과 소속이었다. 항상 어깨 위로 분홍빛 망토를 걸치고 다닌 그 여학생은 그러나 덕근이를 본체만체하였다. 그런데 속을 끓이고 있던 덕근이한테 그 여학생이 울프강한테 함락됐다는 소문이 전해졌다. 그 며칠 뒤 학교 앞 막걸리 전문 한잔집에서 덕근이를 만난 울프강은 술에 취해 이기죽거리다가 흠씬 두들겨 맞았다. 그때 울프강은 병원으로 실려 가 왼쪽 눈썹 아래 눈자위를 여덟 방이나 꿰매는 중상을 입었다. 그러나 당분간 울프강을 학교에서 볼 수 없을 것이라는 주위의 희망 섞인 관측을 깨뜨리고 그는 1주일 뒤 실밥이 너덜너덜하고 퉁퉁 부어오른 눈으로 학교에 미완성의 프랑켄슈타인처럼 모습을 드러냈다. 그리고 그의 손에는 병상에서 구상했다는 시가 적힌 누런 원고지 뭉치가 쥐어져 있었다. 제목은 〈한잔집에서 눈탱이가 밤탱이가 되던 날〉이었다.

> ……우리를 사랑하는 긴 잎새들 위에 가을이 왔네/사랑이 시드는 시절이 닥쳐 와도/우리의 손이 이렇게 덧없이 흩날릴 수는 없네/꼭 쥔 주먹의 광채만이 번뜩이던 한잔집에서 눈탱이가 밤탱이가 되던 날/난 알았네/허리 잘린 휴전선 이남의 반도에서는 청춘도 유죄라는 것을/서로가 서로에게 무덤인 까닭을/삶이여, 육체들 사이로, 날카로운 철책선 사이로 포복하거라/그런 아픔이 우릴 깨우는 한 우리는 날 수 있네/날아야 하네/그렇다네/주먹은 그대의 절망에서 시작되어 나에게서 사랑으로 끝나네……

그가 2학년 때 쓴 유일한 이 시는 어김없이 표절 냄새가 짙음에도 불구하고 여학생들의 열화와 같은 요청에 의하여 그 해 문학회 회보 표제시로 오르지 않을 수 없었다. 그러나 울프강은 한번 찍어 함락시킨 애와는 석 달 이상을 끌지 않는다고 했다. 그런데 하필이면 2학년 말에 가서 내가 사귀고 있던 독문과의 김랑혜숙과 울프강이 그렇고 그런 사이라는 소문이 나돌았다. 아닌게아니라 혜숙(량혜숙이라고 부르기가 껄끄러워 그냥 혜숙이라고 불렀다)이가 부쩍 나를 피하는 낌새를 느낀 나는 그녀를 돈암동 카페로 조용히 불러 물어 보았다.

요즘 울프강을 자주 만난다면서?

그녀는 내 눈길을 외면했다. 나는 가슴속에서 뭔가 느꺼운 것이 울컥 솟구치는 걸 느꼈다. 울프강에 대한 강렬한 증오심에 가슴이 미어지는 듯했다.

미안해……그래서 그런 게 아니고 요즘 리포트에다 아르바이트에다 너무 바빠서 말이야.

그렇다면 미안할 게 뭐가 있어? 근데 새벽녘에 〈아침이슬〉이라도 들은 건 아니고? 어느 단계까지 갔어?

물어 놓고 나니 어리석은 질문이라는 후회가 들었다.

무슨 질문이 그러니 너? 듣자듣자 하니까.

혜숙은 그제야 두 눈을 동그랗게 뜨며 나를 쏘아보았다.

내가 못 할 질문을 한 거야? 울프강 그 자식은 자신이 찍은 애하고는 반드시 석 달 안에 함께 자고 만다던데?

혜숙이 아직도 뜨듯한 결명자차 잔을 들어 내 얼굴에 뿌렸다.

울프강은 적어도 지금의 너처럼 이렇게 야비하거나 꽉 막힌 애가 아냐. 마음이 열린 애고 그리고 나름대로의 철학과 품위가 있는 애야!

철학? 품위? 야! 너 뭔지나 알고 떠드는 거야? 그 자식은 말이야, 가짜야!

나는 이 말을 해놓고 내 손바닥으로 입을 틀어막고 말았다.

가짜라니?

나는 서둘러 봉합을 해야 했다.

엉터리 같은 놈이라구. 예술가연하면서 여자애들이나 꼬셔서 재미를 보고 헌 신짝처럼 차버리는 사기꾼 같은 놈이라구!

울프강은 내 진정한 친구 중의 하나야! 니가 내 친구를 모독하는 한 너와 나의 관계는 지속될 수 없다는 사실을 명심하라구!

하마터면 가짜 학생이라는 말을 입 밖에 낼 뻔했다. 만일 울프강이 혜숙이를 다시 나한테 돌려 보내지 않았다면 그가 가짜 학생일지도 모른다는 강한 혐의를 갖고 있는 나로서는 본격적인 확인이나 폭로 작업에 나설 수도 있었을 것이다. 그러나 한 달 뒤 혜숙은 아무 일 없었다는 듯 고요히 내게 '투항'해 왔다. 물론 투항 이전에 울프강의 '자수' 권유가 있었을 것이라는 짐작이 없는 바가 아니었다.

2학년 2학기를 막 등록했을 무렵 과대표를 맡고 있는 홍우가 나를 찾아왔었다. 그는 은근히 내 소맷자락을 잡아 끈 다음 상의할 일이 있다고 속삭였다.

뭔데?

너 우리 과에 강선태하고 친하지?

야, 그럼. 좀 그런 편이라고 할 수 있지.

1학년 때도 같은 반이었니?

아냐? 아마 아니지. 문과대 어문 계열이 자그마치 400명이 넘는데 일일이 어느 반인지 학생증 확인하면서 사귀기는 좀 그렇잖아? 반 편성이란 것도 수강 신청을 위한 형식적인 구분이었는데 말이야.

걔가 좀 수상해.

뭐가?

우리 과 애들한테 뭐 조사할 게 있어서 회람을 받고 보면 꼭 그때마다 학번을 한두 자리씩 틀리게 쓴단 말이야. 사는 주소도 불명확하고 말이야.

야야, 그럴 수도 있지 뭘 그래?

아냐, 정말 이상해. 너 번거롭겠지만 나랑 같이 학적과에 가서 한 번 확인해 보지 않을래?

야, 어떻게 친구를 의심하는 마음으로 학적과까지 가서 신분 조회를 하고 그러냐? 우리가 짭새냐? 보면 아는 거지.

나중에 큰 문제가 될 수도 있어. 내가 남모르게 할 테니깐 넌 그저 내 곁에서 지켜만 봐줘.

에이 참, 알았어.

홍우 말대로 학적과를 찾아가 조회를 해보니 강선태라는 학생은 없었다. 둘은 어안이 벙벙해져서 밖으로 나왔다.

거봐, 내가 심상치 않다고 했잖아. 혹시 짭새가 보낸 끄나풀 아닐까?

설마? 홍우 너 이거 아무한테도 얘기하면 안 돼. 내가 알아서 처리할 테니까. 알았지?

언제까지나?

글쎄 내가 좀더 조사를 해보고. 선태가 아직까지 우리한테 어떠한 피해를 준 바가 없잖니. 아, 안 그래? 혹 이번 학기에 선태가 등록을 하지 않아서 학적부에서 잠시 누락됐을 가능성도 배제할 수 없으니깐 만전을 기해야 한다구.

그러나 그 사건은 흐지부지 잊혀지고 말았다. 우선 울프강한테서 그 이후로도 학생이 아니라고 의심이 갈 정도의 흔적이 터럭만큼도 눈에 띄지 않았기 때문이었다. 누구보다도 열심히 아이들과 어울려 술을 마셨고 문학회 활동에 성실하고도 적극적이었다. 선배들은 다들 그를 기특하게 여겼고 후배들은 잘 따랐다. 동기들도 그를 인간적으로 신뢰했다. 혜숙이 사건 때문에 중간에 약간 굴곡을 겪긴 했지만 그와 나는 여전히 궁합이 잘 맞는 단짝이었다.

어느 날 학교 앞 술집에서 대낮부터 술을 마시다 말고 울프강은 갑자기 자리를 박차고 일어섰다.

나 휴학계 좀 내고 올게.

어, 왜? 또 내?

응, 군대 영장이 나왔거든.

그때가 4학년 초였다. 울프강은 전에도 학교는 다니면서 1년 휴학을 한 적이 있어 3학년인 때였다.

그래? 그러면 빨리 학교 올라갔다 와. 환송주 좀 거하게 제끼자구!

그가 떠난 교정은 왠지 쓸쓸했다. 그가 군대로 떠난 지 석 달이나 되었을까. 어떤 영남 사투리를 진하게 쓰는 젊은 여자가 내 이름을 대며 찾았다. 처음 보는 여자였다.

저는예, 한애경이라고 합니더.

아 예, 저를 어떻게 아시고 찾아왔죠?

강선태 씨를…….

아, 선태요? 걔 지금 군대에서 빡빡 기고 있을 걸요.

나는 반색을 지으려던 표정을 슬그머니 거둬들였다.

알구 있어예.

저희도 애가 군대 가서 편지 한 장 없어서 지금 어디 가 있는지 잘 모릅니다.

그게 아니구예……. 그리 친하셨다니까는 저랑 어데 가서 잠깐 얘기 좀 해주이소.

나는 그제야 그 젊은 여자의 아랫배 쪽으로 눈이 갔다. 얼굴에 낀 기미하고 왠지 헐렁한 원피스 차림의 그 아가씨는 몸의 균형을 잡느라 허리를 두 손으로 짚고 있었다. 드디어 올 것이 오고야 말았다는 직감이 들었다. 나는 주위를 두리번거린 다음 서둘러 밖으로 나와 잔디밭으로 갔다. 그 아가씨는 임신 5개월이었다.

다니던 직장도 그만 나오고예……집안에서는 휴가라도 나오면 예를 올리자고 닦달인데 어데 연락이 돼야 말이제예. 근데 그 사람 여기 학교 다닌 것 맞기는 맞능교? 학교 쪽에서는 그런 사람 암만 찾아도 없다고 해쌓아서 말이제예.

…….

말 좀 해주이소.

우리도 처음에는 걔가 친구인 줄 깜빡 속아 넘어갔죠. 그렇지만 나중에 들통이 나서 저희한테 늘씬나게 얻어터지고 무릎 꿇고 싹싹 빈 다음 다시는 이 주위에 얼씬거리지 않겠다는 각서를 쓰고 쫓겨났는데 그 길로 군대를 간 모양입니다. 이거 미안해서 어쩌죠. 단념하셔야겠습니다.

……!

그러나 울프강은 내가 이듬해 대학원 진학에 실패하고 군대 3년을 갔다 와 보니 나보다 1년 먼저 복학을 한 상태였다. 그의 변신은 이번에도 내 상상력을 뛰어넘었다. 그는 어느새 혁명가요 이론가가 돼 있었다. 때는 직선제 개헌 투쟁이 절정에 오르던 6월 대항쟁기였다. 그를 만나려 해도 만날 수가 없었다. 그가 철민이란 가명을 쓰고 있다는 사실을 아는 데도 상당한 시일이 걸렸고 약속 장소를 숨바꼭질하듯 세 번이나 바꾸는 바람에 아주 애를 먹었다. 결국 처음 지정한 장소에서 만나게 되었지만.

그는 레인보우라는 지하 카페의 한 방에서 당시 첫선을 보인 최신 전동 타자기 라이카로 뭔가 열심히 두들기고 있었다. 열 명쯤은 넉넉히 들어갈 만한 크기였지만 그 안에는 울프강 혼자밖에 없었다. 갓이 달린 알전구가 탁자 한가운데로 길게 늘어져 있어 타자기가 놓인 탁자 부분만 환했을 뿐 전체적으로는 어두어둑했다. 푹신한 의자 한구석에 담요가 아무렇게나 구겨져 있는 것으로 봐서 이 안에서 잠도 자고 식사도 해결하는 모양이었다. 타자기 주변에는 이런저런 운동권 책자와 유인물 등의 자료들이 뒤엉켜 있어 정신이 하나도 없었다. 문을 열고 들어선 나는 너구리를 잡을 듯이 꽉 들어찬 담배 연기 때문에 숨이 턱 막혔다. 그는 웅웅거리는 타자기의 전동기 소리 때문인지 한동안 내가 들어선 줄도 모르고 머리칼을 쥐어뜯다가 간간이 두 손가락으로 전화기 숫자판을 찍듯 자판기를 눌렀다. 이따금씩 유난히 굵은 마디를 지닌 손가락으로 헝클어진 머리칼을 쥐어뜯는 그는 영락없는 지하 혁명가의 모습이었다. 이윽고 그가 수면이 부족해 퀭한 눈빛으로 나를 올려다봤다.

너 왔구나.

거진 4년 만의 해후였지만 그는 마치 어제 본 사람을 다시 만나듯 덤덤한 표정이었다.

오랜만이야.

그렇군.

그는 전동 타자기의 스위치를 내린 다음 뒤통수에 손깍지를 대고 윗몸을 뒤로 벌렁 뉘었다.

여기서 뭐 해?

후후, 그저……별 거라기보다는……일종의 빵(팸플릿)이야……보안을 유지해야 하는……. 앉아.

대단한데.

대단하긴……선배라면 의당 이 정도는 사상적 지도를 해줘야지 애들이 고삐 풀린 야생 망아지처럼 멋모르고 날뛰질 않지. 이리 가까이 와서 앉아.

그는 맞은편에 앉은 나를 자신의 곁으로 불러들였다.

아직 짬밥 기가 덜 빠졌구나. 몇 달 됐지?

그는 내 어깨 위에 손을 얹어 놓았다.

석 달.

후후 하마터면 바리케이드를 사이에 두고 너와 내가 대치하는 운명적 국면을 맞이할지도 몰랐겠구나.

뭐 바리케이드? 야 지금이 무슨 150년 전 파리 혁명기냐? 국가 독점 자본주의 시대에?

지금은 누가 뭐래도 혁명의 만조기야. 곧 부르주아와 프롤레타리아와의 전선이 명확히 갈라져서 중간 계급들이 결단을 내리는 시기가 도래할 거야. 내가 주타방으로 삼는 쪽은 동요하는 중간 계급들이야.

주타방?

응, 주요 타격 방향 말이야. 외곽이 든든하지 않고는 혁명이 성공할 수 없어. 주위에서는 그런 내 글의 내용이 몹시 선동적이라고 하는 모양이야. 너도 아마 이거 완성된 다음 읽으면 바로 이해하게 될걸.

그의 어조는 단호했다. 나는 어이가 없다는 표정을 지었다.

혁명 할 때 하더라도 친구가 왔으니 좀 분위기 있는 데로 가서 술 한잔 하자.

안 돼! 여긴 혁명의 사령탑이야. 내가 움직일 수는 없어.

이 타자기하고 여기서 죽치는 돈이랑 다 어디서 나오는 거냐?

민중들과 각성된 중간층으로부터 나오는 것이지.

그것도 혁명세냐 그럼?

내 비아냥거림을 그는 고개를 끄덕이며 정색으로 받아들였다. 하지만 나는 그 민중과 각성된 중간층이 누구인지는 대충 알 만했다. 후배들의 빈약한 호주머니 아니면 이제 막 사회에 진출한 선배들을 반협박해 우려낸 것일 터였다. 그로서는 참으로 좋은 명분을 확보한데다 당분간 의식주 걱정은 없이 지낼 만해 여간 다행이 아닐 터였다.

처음에 울프강을 만나러 들어갈 때는 긴장을 해서 그런지 곰팡이 같은 음모가 논의되고 스산해 보였던 그 레인보우라는 카페가 나중에 보니 일반 카페와 전혀 다를 바가 없었다. 탁자 사이사이에 커다란 이파리가 우거진 화분들이 들어서 있어 서로의 얼굴을 잘 볼 수 없고 별실로 된 방이 두어 개 있어 운동권 학생들이 많이 들락거리는 건 사실인 모양이었다. 다른 볼일로 그 뒤로도 몇 번 더 가봤지만 울프강이 '빰'을 찍고 있던 그 별실도 밖에서 훤히 들여다보이는 구조였다. 전혀 보안이 유지될 만한 장소는 아닌 것이었다. 나는 가끔 '모든 권력을 ○○○○로'라는 전단을 붙여 놓은 유리문을 손가락으로 두들겨 그와 손짓으로 인사를 주고받기도 했다.

철저하지 못한 보안 때문인지 아닌지는 몰라도 울프강은 얼마 지나지 않아 한적한 오전에 속수무책으로 급습을 당했다. 그러나 불행히도 경찰이나 안기부에 의한 것이 아니라 그가 또 손을 댄 여자의 오빠들에 의해서였다. 우연하게도 나는 그 전날 레인보우에서 늦도록 술을 마시고 깜빡 두고 간 가방을 찾으러 갔다가 그 광경을 목도하게 되었다. 그는 전동 타자기도 챙기지 못한 채 건장한 사내들에게 둘러싸여 양쪽 어깻죽지가 꺾인 채 카페 밖에 대기하고 있던 하얀색 프레스토 승용차에 강제로 실렸다. 나는 하는 수 없이 그 라이카 타자기를 대신 떠맡을 수밖에 없었다.

어휴, 드디어 찐드기같이 달라붙는 혹을 떼내었군. 이렇게 하면 간단한 걸 가지고 그 동안 애를 먹은 걸 생각하면…….

카페 주인 아저씨는 홀가분하다는 듯 양손을 탁탁 털었다. 정확한 것인지는 모르지만 그 급습에 카페 주인 아저씨가 깊숙이 관여한 것만은 틀림없어 보였다. 그 뒤로는 사실 그를 한 번도 대면하지 못했다. 1년쯤 뒤인가 문학회 서클룸에 울프강에게서 시가 한 편 날아들었다. 말하자면 노동시였다. 제목은 〈파업하던 날〉이었다. 그의 시는 역시 표절의 혐의를 뒤엎고 후배들의 열화와 같은 지지를 등에 업고 문학회 회보의 표제시로 장식되었다.

내가 마음만 먹었다면 실제 그를 한번 볼 수도 있었다. 그가 보낸 편지가 실마리가 되었던 거다. 그 편지지 오른쪽 밑에 성원제강이라는 마크가 찍혀 있었다. 추적 끝에 나는 그가 그 회사에 다니고 있다는 사실을 확인할 수 있었다. 내가 그를 만나고자 한 것은 다름아닌 라이카 타자기 때문이었다. 그때만 해도 꽤나 귀한 물건이었다. 그의 소유가 분명한 이상 어쨌든 그를 만나 처리를 하지 않으면 안

될 것 같았다.

그 학생 아직 안 돌아왔슈.

내가 절친한 친구라고 밝히며 학생증을 보여 주자 주인집 아주머니는 그제야 뒷머리를 득득 긁으며 방문을 열어 보여 줬다. 한 평쯤 될 만한 속칭 벌집이었다. 방안에는 아침에 끓여 먹다 남은 듯한 때에 전 냄비가 아무렇게나 뒹굴고 있었다.

학생이오?

야간 대학 댕기잖우? 낮에는 일하믄서.

그는 위장 취업을 한 노동 운동가도 아니고 그렇다고 생계를 위한 노동자도 아니고 여전히 학생 꼬리표를 떼지 않은 채 살아가고 있었다. 나는 방문 턱에 엉덩이를 걸치고 앉아 있다가 그를 만나는 것을 포기하고 그냥 돌아서 버렸다.

이게 가짜 학생 강선태에 관해 내가 알고 또 기억하고 있는 사실의 전부이다. 아니 어쩌면 사실이 아닐지도 모른다. 그의 이름이 강선태가 아닐지도 모른다. 그의 주민등록증을 본 적이 있긴 하지만 아직도 내 주변에선 그를 순박한 열정으로 살아갔지만 현실과 부적응해서 세상 밖으로 사라진 인물로 기억하고 있는 판에 그깟 손바닥에도 차지 않는 종이 쪼가리가 무슨 소용이 있겠는가? 그렇게 따지면 또 가짜는 무엇이고 진짜는 무엇이란 말인가? 농구장에서 본 그 사내가 울프강이란 보장도 없지만 왜 나는 자꾸 그 사내가 울프강이라고 믿고 싶어지는 걸까? 그가 학생 신분이 아니었다는 의미에서 가짜라고 할 수는 있지만 인생의 다른 부분마저도 가짜라고 할 수 있을까?

아 참, 나말고도 그가 가짜 학생이었다는 사실을 아는 사람이 하나 더 있다. 김랑혜숙. 지금 집에서 아이를 재우고 열심히 고등학생 논술 고사 답안지를 빨간 사인펜으로 채점을 하고 있는 내 마누라이다. 언제였던가? 결혼 직후였던 것 같은데 아마 일산에 있는 화사랑이라는 카페에서였을 것이다. 나는 정말 아무 생각 없이 울프강에 대해 얘기를 해줬다. 분위기가 좋았기에 이제는 재미있는 얘깃거리로 입에 올려도 되겠거니 생각했다. 그러나 그게 아니었다. 크게 뜬 눈을 씀벅이며 내 말을 다 듣고 난 아내는 석고상처럼 미동도 않더니 눈에서 동지 팥죽 같은 눈물을 주르륵 쏟아 냈다.

그게 정말이에요?

어라, 당신 왜 이리 심각해 이거.

그렇게 풍부한 인간성과 순결한 영혼을 지닌 사람이 그런 쓰라린 상처를 내내 끌어안고 10년 이상의 세월을 보내야 했다니 가슴이 아프군요 정말로……허무하기도 하구…….

낭만의 한 우상이 무너졌다고 아쉬워하던 아내도 내 공개 연구 수업에 대해 은근히 기대를 거는 눈치였다. 그러나 나는 아무 말도 꺼낼 수가 없었다.

"……우리나라 비평의 현대화 과정은 전향 문제와 직결돼 있다고 할 수 있습니다. 물론 이때 전향이란 무엇인가를 일단 정의하고 넘어갈 필요가 있죠. 우선 다음 두 가지를 생각할 수 있겠는데 하나는 권력에 의해 강제되어 일어나는 사상의 변화이며, 자기 성장에 의한 사상의 굴절이 그 다른 하나라 할 수 있겠습니다. 첫 번째 경우의 권력이란 물론 일제에 의해 확립된 국가 권력의 강제 가령 투옥, 처형, 고문, 생활 위협, 이권 제공 등을 의미합니다. 한편 자기 성장에 의한 자발적인 사상 전향 내지 굴절은 개인과 사회의 새로운 발견이라는 관계를 문제 삼게 됩니다. 이 경우를 세밀하게 분석하는 게 훨씬 중요한 비평사적 의미를 띱니다……."

사흘 전 나를 부른 황 교수는 아주 곤혹스런 표정으로 입을 열었다. 대학발전기금 기획실장한테서 들은 얘긴데……현재 목표액에 훨씬 미달하고 있어 재단 고위층이 내린 결정이라고 하더구먼. 무슨 말씀인 줄 잘 알았습니다. 내가 그래도 자네가 유능하다고 우겼지. 그랬더니 깎아 주더군……다른 사람 같으면 얄짤없이 한 장이라나. 고맙습니다, 선생님. 나는 학장실을 나오면서 황 교수가 전화번호와 계좌번호를 적어 건네 준 메모지를 구깃구깃 접어 호주머니 속에 아무렇게나 처넣었다.

썩은 놈들, 근데 그것만 발라 넣으면 틀림없이 된대요. 아내는 전화통을 붙잡고 내게 악을 써댔다. 아 글쎄, 난 그런 추잡한 거래로 교수가 될 뜻이 전혀 없어. 무슨 소리예요. 친정집에서 마침 아파트 분양받으려고 마련해 놨는데……대충 1년 정도는 여유가 생긴 돈이래……. 경주에 있는 처가에서 새로 짓는 아파트에 당첨이 됐다. 그런데 그 아파트 공사장의 터를 파는 도중에 유물이 쏟아져 나오는 바람에 본격 발굴 작업을 거치려면 적어도 1년 이상 입주가 늦어진다고 했다. 도저히……. 마냥 싫다고만 하면 어떡해! 누군 좋아서 이 짓 할까? 그래도 난 패가 망신은 할지언정 처가 망신까진 시킬 수가 없어. 그렇게 거렁뱅이처럼 이 문턱 저 문턱 보따리 싸고 기웃거리는 게 처가 망신이지 처가 망신이 따로 있어! 뭐야, 말 다했어? 당장 전화 끊어!

"전향자의 대부분이 자기 혹은 가족이나 자기의 계층 의식을 돌보지 않고, 빌려 온 서양 사상을 단지 관념적으로만 받아들였던 셈이어서 그것이 세상 물정이라는 견고한 현실에 부딪치자 산산이 공중분해되지 않을 수 없었던 거지요. 전향자 즉, 지식인 대부분이 실제 소시민에 불과하며 투사도 아니고 혁명가는 더욱 아니었고 공산주의자, 사회주의 운동가, 이 모든 것이 맞지 않는 이름들임을 깨닫는 자리에 우리 전향 문학의 문학사적 비평사적 계보가 성립했습니다. 그리고 그 계보는 한편 달라 보이기는 하지만 본질에서는 동일한 오늘날 우리 문학의 이른바 후일담류의 계보로 이어지고 있다고 판단됩니다…….”

연구 수업을 마친 다음날 나는 그 라이터를 호주머니 속에 넣고 울프강을 찾아 나섰다. 어떤 이유에서건 그와 나는 대학 교정에 발을 들여놓은 이후로 16년 간 그 울타리를 떠나지 못하고 있질 않은가. 물론 나는 시간 강사 제한 연령에 걸려 길어 봤자 7, 8년 안에 이 보따리 장수 노릇을 자연스레 정리할지도 모른다. 그러나 울프강한테는 혹 제한 연령이란 게 없는 것은 아닌지!

사실 나는 처음부터 그가 가짜 학생이라는 걸 알고 있었다. 그리고 언제든지 그 사실을 폭로해서 그를 완전히 파탄에 빠뜨릴 수도 있었다. 그러나 그렇게 하지 않았다. 그렇다면 은근히 즐긴 것인가, 나는! 그렇다면 그건 죄악인지도 몰랐다. 그는 어쩌면 내게 이렇게 항의할지도 모른다.

—니가 잘 알잖아. 난 강선태 울프강이라는 이름으로 불리던 80년대 내내, 꽃 같은 20대의 10년을 고스란히 나 아닌 어떤 허상에 바쳤어. 설혹 내 이름이 이젠 강선태가 아니고 엄선태라고 불린다 치자. 어느 게 진짜 나야? 잃어버린 그 세월에 내 순결한 청춘도 영혼도 추억도 고립된 채 다 묶여 있어. 차라리 네가 나를 폭로해 버렸다면 당시는 아팠을지도 모르지만 난 내 세월을 이렇게 잃어버리지 않았을 텐데 하는 생각도 들어. 쓸데없는 짓이지만. 아무리 해도 보상받을 순 없지만.

나는 이런저런 생각에 잠겨 뉘엿뉘엿 바닷속으로 빠져드는 해를 바라보며 해안통 어물 창고들을 따라 걸었다. 군데군데 희끗희끗한 어패류 껍데기 더미들이 쌓여 있었고 고약한 해감 냄새가 코를 찔렀다. 술집의 네온 사인들이 점점 더 빛을 뿜어내기 시작하는 해안통 끝 시가지와 만나는 곳에 아주머니들이 카바이드를 켜놓은 함지 위에 굴이나 조개 같은 것을 놓고 글라스에 소주를 따라 파는 좌판이 서넛 보였다. 나는 좌판 앞에 무릎을 쪼그리고 앉았다.

태양의 집은 80년대 중반쯤 서울에서 많이 보던 코너식 스탠드바였다. 내가 앉은 코너는 12번이었다. 삼십은 넘은 듯한 카운터의 여자가 기본이라며 과일 한 접시와 맥주 세 병을 웨이터에게 시켰다.

혼자세요? 올 겁니다.

나는 홀 가운데의 좁은 무대에서 하이힐을 신고 수영복 차림으로 춤을 추는 금발의 여자에게서 눈길을 떼지 않은 채 대답했다.

언니. 왜요? 부탁이 하나 있는데, 로맨스의 황제 울프강 좀 불러 주쇼. 아항, 울프강! 보기보담 뭘 좀 아시는 손님이시네 호호. …… 그리고 여기 맥주 세 병 더 주시고.

나는 거푸 석 잔을 비우며 울프강이 다가오길 기다렸다.

안녕하십니까 손님? 오늘밤을 책임질 8번 웨이터 울프강입니다. 불러 주셔서 감사합니다.

고개를 돌려 보니 젊고 준수한 용모를 지닌 남자가 두 손을 앞으로 가지런히 모은 채 서 있었다.

나는 고개를 갸웃거렸다.

형씨가 울프강이 정말 맞습니까?

예, 제가 틀림없이 울프강인데요.

혹시……머리는 이렇게 길고…….

아, 그 형님이오? 제가 그 형님한테 이름 물려받은 지 벌써 넉 달이 넘었는데요 뭘.

그 사람이 지금 어딨습니까?

왜 그러시죠? 대기실에 계실 걸요.

카운터 여자가 잔에 술을 따라 주며 끼여들었다.

여자아이들 데리고 계시거든요.

아, 마침 저기 가시네요. 화장실 쪽으로요.

나는 고개를 꺾었다. 검은 양복 위로 긴 머리를 치렁치렁 늘어뜨린 사내의 뒷모습이 얼핏 눈에 띄었다. 나는 자리에서 비틀비틀 일어섰다. 그리고는 그가 방금 들어간 화장실로 쫓아 들어갔다. 그리고는 그의 옆 소변대에 서서 지퍼를 내리며 말했다.

"시원하시겠습니다."

"……!"

내가 히죽 웃었다. 조금 달뜬 기분인 나는 장난기가 발동돼 있었다. 그런데 옆에 선, 나를 뚫어지게 쳐다보는 울프강의 표정에는 아무런 움직임이 없었다. 나는 순간 당황했다. 너무도 닮은 인물이었나! 그러나 입술 새로 살짝 드러난 시퍼렇게 죽은 옥니를 보는 순간 의심의 여지가 없었다.

"울프강, 나야 임마, 용수찬! 몰라?"

"약주가 되신 것 같습니다, 손님. 모쪼록 즐거운 시간 보내십시오."

그는 강렬한 눈빛으로 나를 쏘아보며 물건을 털레털레 흔들었다. 나는 입을 쩍 벌렸다. 일부러 나를 피하는 것인가? 속에서 뭔가가 울컥 솟구쳤다.

"야, 임마 너 왜 이래? 나라니깐, 용수찬! 인간적으로 이럴 수 있어?"

내가 그의 옷자락을 붙잡고 늘어지는 게 마치 시비하는 모습으로 비쳤는지 밖에서 웨이터 복장을 한 우람한 덩치 두 명이 달려와 우악스레 뜯어 놓으며 귓불에 뜨거운 입김을 쏟아 부었다.

"술도 곱게 처먹어야지!"

"여기가 어디라고, 죽고 싶어!"

"버릇없는 취객은 아닌 모양이니 다치지 않게 잘 해. 괜히 소란 피울 거 없어."

그날 밤은 운이 좋았는지도 몰랐다. 하마터면 그렇잖아도 전국적 주먹들의 출신지로 악명 높은 그곳의 토박이 주먹들한테 제대로 걸려 늘씬하게 얻어맞고 해안통 창고 거리의 조개무지 위에 내던져졌을지도 모를 일 아닌가! 다음날 새벽 동이 트기 전에 나는 숙취로 뒤틀리는 속을 움켜쥐고 서울로 차를 몰고 가며 고개를 절레절레 흔들었다.

그리고는 갑자기 생각났다는 듯 양복 주머니 속을 샅샅이 뒤져 뭔가를 찾기 시작했다. 황 교수가 건네 줬지만 아무렇게나 구겨 버린 바로 그 메모 쪽지였다. 안주머니 한구석에서 형편없이 구겨지고 얼룩까지 번진 그 메모지를 찾아내는 순간 나는 깊은 안도의 한숨을 내쉬었다. 그 한숨 위로 새벽에 통화한 아내의 잠기 묻은 목소리가 정겹게 겹쳐 왔다.

……잘 생각했어요. 집에서도 1년 정도라면 얼마든지 좋대요. 임용만 되고 난 다음에는 또 길이 있지 않겠어요?

노란 햇동이 터오는 고속도로의 새벽길이 정말 시원하게 뚫려 있었다. 나는 차의 창문을 끝까지 내리고 얼굴로 쏟아져 들어오는 아침 공기를 한껏 들이마시며 가속기를 힘차게 밟았다.

추·천·우·수·작

식성

김 이 태

1965년 대구 출생.
서울대 철학과를 졸업하고,
현재 일본 기타큐슈(北九州) 대학교
대학원에 재학중이다.
1995년 《문학사상》 신인상에
중편소설 〈몽유기〉 당선으로 등단했으며,
장편소설 《전함 큐브릭》을 출간했다.

식성

언니는 어릴 때부터 고기를 좋아했다. 바짝 마른 그녀의 얼굴이 젓가락을 들이미는 모습은 어딘지 한 번도 본 적이 없는 짐승을 연상시킨다. 얌전한 고양이처럼 말도 별로 없이 공부만 잘했는데, 슬슬 담배를 피워 물기 시작했을 때도 흡사 그런 표정을 지었다. 나는 그녀가 남자와 성관계를 가질 때도 그런 굶주린 얼굴을 하는지 궁금해진다. 날름날름 타인의 생기를 잽싸게 빨아들이는 모습 말이다. 스트롱으로 주스를 빨아 마시는 낯선 아이들도 그녀를 연상시킨다. 밥상 위에 오른 김치찌개에서 돼지고기만을 뒤져 먹는 그녀, 떡국이 올라도 그 위에 얹힌 양념고기만 덜어 먹고 숟가락을 놓아 버리는 그녀. 그녀는 나보다 두 살 많았다.

딸만 둘 낳은 엄마는 집안의 여자들을 죄지은 듯 단속했는데 그것은 항상 밥상머리에서 시작되었다. 굴비는 한 마리만 구워서 아버지만 드려야 하고 아버지가 숟가락을 들기 전에는 아무도 꼼짝못하게 하는 그런 것들 말이다. 딸만 둘 낳은 죄책감이 어느 정도인진 몰랐지만 생선 한가운데로 파고드는 언니는 항상 손등을 맞곤 했다. 그러면 언니는 마치 자다가 물벼락을 맞은 사람처럼 눈을 끔벅하며 엄마의 얼굴을 빤히 쳐다보았다. 그리곤 슬픈 짐승의 얼굴을 하고 머리를 숙이는 것이다. 마치 자기가 왜 맞았나를 그제야 깨달은 듯이 말이다. 그 밥상 위의 풍경은 반복되었다. 물론 고기가 흔치 않았을 때의 일이다. 반 근 사서 국에 조금 넣고 불고기 하는 날은 집에 무슨 일이 있어야 했다. 1년에 갈비찜을 하는 날은 아버지 생일뿐이고 전기 통닭구이 한 마리가 대단한 외식이었던 시절, 언니의 식성은 곤란하게 두드러질 수밖에 없었다. 하기야 누군들 귀한 음식을 좋아하지 않겠는가마는 요는 그녀가 삐쩍삐쩍 마르면서 고기만 찾는 데 있었다.

초등학교 들어가기 전이었다. 아버지는 가끔 레이션 박스를 한 상자씩 들고 들어왔다. 군의관으로 일할 때였다. 나는 요즘에서야 그 레이션 박스와 베트남 전쟁을 겨우 연결시킨다. 그것이 베트남 전쟁에 나갔던 백마부대들이 뇌물 비슷하게 혹은 헐값으로 제공하는 물품이었다는 생각이 그 당시의 어린 내 머리에는 들어올 틈이 없었다. 백마부대들이 자기들의 끼니를 모은 것이었다는 사실도 알 도리가 없었다. 단지 철사 끈을 풀면 보물 상자처럼 빽빽하게 들어 있는 옅은 갈색의 박스들. 반짝거리는 짙은 갈색 봉지 안에는 매끈하고 네모난 껌이며 설탕 봉지, 크림 봉지, 초콜릿, 괴상한 모양으로 접혀 있는 휴지들이 눈부시게 쏟아져 나왔다.

언니는 아버지가 펜치로 상자를 뜯을 동안 무릎을 꿇고 가만히 기다린다. 그러고는 군용색 캔을 찬찬히 살피고 하나를 집는다. 그러면 그것은 틀림없는 것이다. 우리글도 읽을 줄 모를 때였다. 어떻게 알어? 보면 몰라. 그녀는 퍼즐처럼 글자들이 오글거리는 그 모양새만 보고 척 알았다. 고깃덩이가 뭉실뭉실 든 스파게티. 나는 국수덩이만 남은 캔을 멍청히 받아들곤 했다. 마치 날짐승의 눈을 먼저 파먹고 나머지를 다른 짐승들에게 물려주듯 말이다. 불평은 없었다. 언니가 욕심을 내는 것이라고는 고기뿐이었으니까. 그녀에게는 무릎까지 올라오는 부츠도 필요 없고 후드 달린 수영복 가운도 필요 없었다. 내가 엄마 귀고리며 향수를 훔쳐 달고 바르고 할 동안 언니는 아빠와 밀약을 맺었다. 자매라고 다 알고 자라는 건 아니다. 마치 타인의 과거사를 제삼자를 통해 듣듯 나는 옛날, 우리 어렸을 때 이야기를 요즘에 와서야 무심하게 듣곤 한다. 까마득히 모르던 일들이다.

언니는 미국에 간 지 3년 만에 돌아와서 곧장 절로 들어갔다. 고기도 못 먹고 담배도 못 피우는 삭막한 곳 말이다. 비구니가 되겠다고 했다. 마른하늘에 날벼락이 우리 집 지붕에도 떨어졌다. 엄마가 먼저 시름시름 드러누웠다. 아버지의 태도가 묘하기 짝이 없었는데 마치 이런 일이 벌어질 것을 오래 전부터 예감하고 있었다는 식이었다. 딸 둘에 오순도순하던 집안이 갑자기 엉망이 되었고 나는 언니에게 화를 냈다. 부모 가슴에 못박고 하나 있는 동생 혼삿길 막아 놓고 무슨 도를 닦냐고. 이왕 할 거면 석가처럼 결혼도 하고 애도 낳고 사람들 하는 짓 다 해보고 아버지 엄마 돌아가신 다음에 하라고.

언니의 막무가내는 사람을 은근히 미치게 하는 데가 있다. 말도 안 하고 그냥 가만히 있는 것이다. 후려치고 머리를 깎이고 다리 몽둥이를 분질러도 어쩔 수 없다는 건, 그 가만히 있는 싸가지 없는 모양을 보면 누구나 금방 알 수 있다. 타협이나 설득이 불가능한 정신 박약의 표정. 방과후 아버지의 병원 대기실에서도 분명 그런 모습이었을 것이다. 한 시간이고 두 시간이고 기다리고 있는 것이다. 아버지가 간호사에게 돈을 쥐어 주며 근처 갈빗집에 데려가라고 할 때까지 누구도 그녀를 끌어 내지 못했을 것이다. 그녀는 혼자서 갈비 2인분을 너끈 해치우고 가뿐하게 집으로 가곤 했다고 한다. 그때의 간호사가 애 데리고 설날 인사를 와서 20년이 지났는데도 그게 잊을 수 없다고 했다. 자기한테는 일절 먹어 보란 소리도 안 하고 반찬도 없이 고기만 먹었다고 했다. 제가 정말 그랬어요? 언니는 사과를 깎아 주며 참 별난 옛일이었다는 듯이 얘기한다. 입을 싹 닦고서 언제 그랬냐는 듯이 보기 좋게 웃기까지 한다.

어느 토요일 오후가 지금도 엊그제 같다. 우리는 오피스텔 하나를 빌려 쓰고 있었고 그날 언니는 수업이 없다고 했다. 나는 신문 편집 일을 하고 있었고 그날따라 만사가 흐느적해져 있었다. 원고를 받으러 간 정치학과 교수는 무슨 국제 전화를 하며, 어, 월요일 아침, 월요일 아침, 하고 손을 내저었다. 방안에 아무도 없는데도 자신의 영어에 자못 득의만만한 듯 책상 한 모서리에 비스듬히 서서 한쪽 다리를 꼬고 있었다. 정치가 기질이 번질거리는 교수를 뒤로하고 오후의 텅 빈 교정을 걸어 편집실로 올라갔다. 쪽지가 있었다. 시골서 부친 급상경. 캠퍼스 커플이 막 되려던 같은 과 남자였다. 지렁이가 꿈틀거리는 듯한 그의 필체가 금방 눈에 들어왔다. 그와 오후에 영화를 보기로 했는데. 제법 짜여진 듯한 하루가 막막하게 비어 버렸다.

왜 그렇게 넋 놓고 앉아 있어?

사는 게 막막해서 그래요.

그래서 난 그 서클 선배와 두 시간 탁구를 쳤고 콜라로 목을 축였고 친절하게 집까지 바래다 주겠다는 것을 그러면 우리 언니도 만나고 커피도 한잔하고 가시라고 했다. 언니가 없으면 어떡하지? 그는 짓궂은 말투로 물었고 그러면 텔레비전 보다 가면 되잖아요, 라고 했다. 그러나 언니가 없을 리는 없었다. 그녀는 학교 강의 시간 외에는 별로 나가는 일도 없었고 친구며 사귀는 사람을 모조리 그 좁아 터진 오피스텔로 끌어들였다. 들어서면 신발 벗을 자리도 없이 빼곡한 공간. 식탁에 누군가 있으면 누군가는 침대 위로 올라가야 했다. 우리는 그래도 항상 감지덕지 여기라는 말을 들었다. 서울로 유학까지 보내서 학비 걱정 안 하게 하고 오피스텔까지 마련해 준 게 어디냐고. 언니가 그 하숙방이 아닌 오피스텔을 잘 활용했던 편이라면 나는 오피스텔에서 죽치고 있는 언니를 주위로 밖으로 맴돌았던 셈이다. 그러나 그 선배와는 더 이상 둘이 있기가 싫었고 말 그대로 커피나 한잔 먹여 보낼 셈이었다. 오피스텔 문은 항상 거의 열어 놓고 있었다. 주위가 모두 사무실이라 토요일 오후가 되면 버려진 창고처럼 아무도 들여다보는 사람이 없었다. 지하실 주차장처럼 가스관 같은 파이프가 노랗게 칠이 되어 드러나 있었다. 선배는 오피스텔이 그다지 고급스러운 데가 아니군, 하며 빈정거렸다. 문을 열자 곧장 언니의 우물거리는 얼굴이 그대로 보였다. 관에서 죽은 아이의 심장을 파먹고 있다……. 우리가 왜 그때 셋 다 크게 당황했는지 모르겠다. 적어도 나는 그런 인상을 받았다. 언뜻 문을 도로 닫으려고 했다. 방안에는 연기가 가득했고 고기 타는 냄새가 코를 비릿하게 했다.

언니가 한참 우물거리며 불현듯 나를 쳐다보던 그 시선을 선배의 눈으로부터 감추고 싶었다. 나만 어떤 환상에 순간적으로 사로잡힌 것인지도 모른다. 등뒤에서 죄송합니다, 한창 식사중이신데 하는 덤덤한 소리가 나를 깨웠다. 아니에요, 들어오세요. 언니 역시 아무 일 아니라는 듯 가스불을 끄고 프라이팬 위에 있는 고깃점을 접시에 주워 담았다. 혼자서 고기를 구워 먹고 있었다. 그것도 두툼한 살점을 양념도 하지 않고 뭉턱뭉턱 썰어서 말이다. 그냥 서서 대강 굽히는 대로 손가락으로 집어먹고 있었다. 선배가 멍하니 서 있는 나를 밀치고 옷장과 싱크대 사이를 몸을 비틀며 들어갔다. 언니는 어떤 일이건 별로 쑥스러워하는 법이 없다. 그렇다고 성격이 덤벙덤벙한 것도 아닌데 만사를 하도 태연하게 잘 받아들여서 어떤 때는 그녀 자체가 커다란 구멍으로 보이는 듯했다. 고기를 굉장히 좋아하시나 부죠? 선배가 대뜸 의자에 엉덩이를 붙이며 그렇게 물었다. 언니는 행복하게 미소지으며 그렇다고 했다. 나는 삭막하게 나 있는 작은 창문을 열고 싱크대 위의 환풍기를 틀었다. 그러는 나를 돌아다보며 언니는 말했다.

너 오늘 늦게 온다고 하지 않았니?

그녀는 냉장고에서 청하를 꺼냈다. 소주잔 두 개를 식탁 위에 놓으며 선배에게 마시겠냐고 했다. 아니오, 낮술은 좀. 그녀는 뭐든 두 번 권하지도 않았다. 혼자서 따라 마셨다. 그녀가 비운 접시 위에는 벌건 피가 묽어져 있었다. 선배는 책장을 두리번거리며 보았다. 전공이 뭔지 모르겠네. 목축이에요. 내가 말했다. 언니는 소를 키우고 싶다고 했다. 키워서 마구 잡아먹게? 그러면 그녀는 생글거리며 입을 다시듯 웃었다. 언니가 목축학과를 지원했을 때도 집에서는 한바탕 난리가 났다. 의대를 지망해도 충분한데 왜 갑자기 농사꾼 마누라가 되고 싶어서 그러냐고 했다. 언니는 적성대로 지원하겠다고 했다. 엄마 입에서 그래 실컷 잘먹고 잘살아라 하는 말이 튀어나왔다. 엄마, 아버지, 나. 우리 식구면 그 말이 무슨 말인지 다 이해할 수 있다. 그녀와 20년을 같이 생활한 사람이 아니고는 무슨 맥락인지 모르는 소리 말이다. 제삼자로선 그 정도를 짐작조차 할 수 없을 것이다. 편식이라고 말하기에는 정도가 지나쳤다.

그녀는 이빨이 나기 시작했을 때도 우유만 마셨다고 했다. 엄마는 이유식을 못 먹여서 안절부절못한 걸 생각하면 지금도 화가 나고 가슴이 답답해 온다고 했다. 아이가 지 손가락으로 이것저것 집어먹을 나이가 됐는데도 밥풀 하나 묻히지 않고 우윳병만 찾았다고 했다. 할 수 없이 깨나 다시마 같은 것을 우유에 섞어서 타주면 한 모금 빨아 보고는 집어 던졌다고 했다. 나한테 맞기도 많이 맞았어. 하루는 어디 네가 이기나 내가 이기나 해보자고 우유 싹 치워 버리고 굶겼지. 그랬더니 돌도 안 된 게 이틀을 내리 굶는 거야. 난 그때 손 들었어. 이거 사람 새끼 아니다 싶어서.

언니는 우유만 먹고도 잘 자랐고 약간 마른 듯하면서도 별 큰 병치레 없이 커갔다. 약간 이상하고 께름칙한 느낌만 없다면 언니의 편식은 그리 문제될 것도 없었다. 갈빗집에 데리고 가면 여느 다른 아이들처럼 게걸스럽게 잘도 먹는데 구태여 없는 문제를 만들 건 없지 않는가. 부모들은 그렇게 여겼고 오히려 제대로 먹이지 못한다는 죄책감마저 가지는 듯했다. 저렇게 잘먹는 고기를 날마다 해 먹일 수 없으니 하는 것이었다.

그러나 나는 다르다. 아침저녁으로 날카로운 스테인리스 젓가락을 쳐들고 참하게 보이던 그녀가 돌변하는 모습을 지울 수가 없다. 그녀의 눈에서 처음으로 짐승 같은 광채를 본 것도 그때였다. 처음에는 형광등 불빛이 반사된 것 같았지만 그것은 그녀의 눈에서 나왔다. 번쩍 하는 광채. 내 눈으로 본 것임에도 잘 믿을 수 없었다. '눈을 번득인다'는 표현이 저걸 두고 말한다는 것을 그제야 알았다. 칼날처럼 스쳐 지나간다. 얌전하게 세수하고 머리 빗은 그녀가 밥상에 오도카니 앉아서는 그런 빛을 내는 것이다. 밥상 위에서의 그녀가 진짜 그녀이고 평소에 아침 일찍 일어나서 책상 닦고 내 손 붙잡고 학교 가고 하는 그녀는 뭐가 둔갑한 것이다.

나는 둔갑이란 말을 〈전설의 고향〉에서 배웠고 그 말을 배움으로 해서 어느 정도 마음이 편안해졌다. 이해할 수 없는 일을 돋보기처럼 뚜렷하게 비춰 주는 그 낱말이 마음에 들었다. 언니는 뭐가 둔갑한 거야. 한창 유행하는 사설 탐정이라도 된 듯이 그녀의 거동을 살폈고 혼자서 방안에 있을 때 몰래 다가가서 훔쳐보고는 했다. 문짝에 기대어 이마에 자국이 생길 때까지 가만히 서 있으면 실망감이 지루하게 덮쳐 왔고 나는 대단하군, 하는 혼자말을 했다. 감쪽같이 버티고 있는 것이다. 그녀는 책상에 앉아서 공을 들여 숙제를 하고 있었고 그것이 끝나자 연필을 깎아 필통에 넣고 가방을 챙겼다. 엄마의 곤란한 마음이 내게도 전해졌다. 고기를 지나치게 밝히는 것

외에는 그녀의 착실함에는 흠잡을 구석이 없었다. 물론 공부 잘해서 우등상 타오는 게 고작이지만 바로 그게 인생의 전부처럼 보였다. 특히 아들이 없어서 딸 둘을 아들처럼 키우는 집에서는 딸들에 대해 아들 못지않은 희망을 걸고 있었고 이 희망이란 법대나 의대였다. 아니면 그에 상당하는 남편을 고를 수 있을 만한 학벌, 일류 대학의 무난한 과. 부모들이 바라는 것에 대해 무작정 그들이 소견이 좁고 늙었다고만 탓할 수 없었다. 그들의 계산을 이해한 것이다. 언니 역시 그랬는지는 모르겠지만 아무 말 없이 공부를 잘했다. 고기만 먹여 주면, 하는 단서는 줄곧 붙어다녔고 나는 그 사실을 잘 모르고 있었다. 같은 초등학교를 다녔는데도 그 사실을 몰랐다. 가끔씩 엄마가 학교에 와서 병원에 데리고 간다고 나갔는데 그게 알고 보니 모조리 경양식 집이었고 가서 언니만 비프스테이크 사먹이는 것이었다. 아픈 기색 하나 없이 얼굴이 발그레해서 들어오는 연유를 알 도리가 없었다. 내가 그 사실을 알았더라면 울고불고 난리를 쳤을지도 모른다. 어린 마음에 불공평하다는 식의 상처가 컸을 것이다. 사정이야 어쨌든 언니에 대한 특별 취급을 용납할 수 없었을 것이다. 그러나 그 경양식 집이 병원과 같은 역할을 한 것만은 사실이다.

언니는 상당히 평범한 얼굴을 하고 있다. 단체 사진에 박혀 있으면 잘 눈에 띄지 않는 얼굴이다. 눈도 일직선이고 입도 일직선이고 몸 전체에 필요 없는 기름기라곤 하나도 없다. 대체로 작대기 같은데 가끔 그래서 어딘지 그녀 근처에는 썰렁한 바람이 분 듯한 느낌도 받는다. 그녀는 내게 대한 양보심도 대단했는데 그녀에게서 빼앗은 것은 하나도 없다 싶게 너무 순순히 자신의 물건을 주었다. 그러면 그토록 원했던 것이지만 힘이 쏙 빠지고 마치 쓰레기를 가진 느낌이 드는 것이다. 그녀는 항상 뭔가 상당히 중요한 것을 꼬불쳐 두고 있는 것 같았다. 그녀의 서랍을 뒤지고 가방을 뒤진다. 코트의 안주머니를 뒤집어 보고 일기장 같은 수첩을 몰래 살펴본다. 그러면 너무 평범해서 그 평범함이 아주 치밀한 스파이의 위장 전술처럼 보이는 것이다. 아무것도 없다. 내가 자기의 닷 돈짜리 금목걸이를 전당포에 팔아 치워도 모르고 지갑에서 만 원짜리를 슬쩍해도 모른다. 나는 그녀의 무덤덤함에 어떤 점진적인 충격을 가하고 싶었다. 이래도 네가 흥분 안 해? 이래도 모른 척 가만있을래? 어디 파렴치하게 생고기를 날름거리는 그 본얼굴을 드러내 보라구.

20여 년을 같이 자랐으면서도 막상 이 나이가 되니 그녀에 대해서 하나도 모르고 있었다는 기분이 든다. 같이 땅따먹기며 고무줄이며 맨날 붙어다니다시피 살았는데 막상 대학 들어와 그녀와 둘이 자취를 하면서부터는 생판 몰랐던 타인 같았다. 아니면 그녀가 절에 들어간 사건이 생긴 이후에야 모든 일을 소급해 올라가는지도 모른다. 미국 간 지 3년 만에 돌변을 해가지고 돌아온 이유. 그걸 동생 정도면 알아낼 수 있지 않겠나 하는 것이다. 아버지가 언니를 찾아가 보라고 했다. 그 부처처럼 변해 버린 얼굴이 꼴도 보기 싫다는 것이었다. 삼천배를 하며 우리를 대학에 들여보내 동네 보살로 불리는 엄마도 마찬가지였다. 가정의 평안과 행복을 망가뜨리는 종교는 끔찍한 무용지물이라는 것이다. 이렇게 되려고 부처님한테 그 정성을 바친 게 아니라고 했다.

미국에 가서 필시 무슨 일이 있었을 것이라고 했다. 그걸 저 아둔한 애가 혼자서 끙끙거리다 못해 세상을 등질 결심을 했다는 것이다. 요컨대 무슨 상처가 있다면 그건 치료될 수 있다고 했다. 도대체 미국에서 어떻게 지냈는지, 그것만이라도 알아 오라고 했다. 다달이 생활비 하라고 1,000달러씩 부쳐 주면 그때마다 스테이크 사먹을 수 있어서 좋다고 하고 기숙사 생활에 달리 돈 드는 일 없고 이래저래 별 외로운지도 모르고 잘 지낸다고 했는데 갑자기 웬 청승이냐고.

언니는 대학 4학년이 거의 끝날 무렵 대학원 입학 허가서를 당당히 내밀며 유학행을 선포했다. 장학금까지 받으며 박사 학위 따오겠다는데 계집애 혼자 외국에 못 보낸다는 말을 할 수는 없었다. 그렇게 의지가 확실하면 가서 열심히 공부하고 가끔 나와서 선이나 보라, 는 소리가 고작이었다. 결혼시켜서 같이 딸려 보내면 그 이상 원이 없는데. 아버지가 담배를 물며 말했다. 당장 같이 유학 갈 남자 구하는 게 쉬운 게 아니잖아요. 혼자 독신으로 책만 파고들 생각도 없어요. 저도 좋은 사람 찾아보죠, 뭐.

자식이 박사가 되겠다는데 그걸 두고 왈가왈부할 부모는 별 많지 않은 듯싶었다. 다들 조금 늦어도 상관없지, 했다. 오히려 처음부터 같이 유학 보내 놓으면 십중팔구 여자는 식모 노릇만 한대더라 하는 소리도 나왔다. 둘 중 하나라도 잘돼야 한다 싶어서 여자는 타이프 치고 밥 챙겨 주다 뒤로 밀린대더라. 여자 하는 일이 확실하면 암만 결혼했어도, 남편이라고 다짜고짜 어쩌지는 못한다. 하는 일이 마땅찮고 변변찮을 때 대뜸 남자 뒷바라지나 하라는 소리가 나오는 법이다. 가기 전 한 달 정도를 집에서 지내며 언니는 그런 소리를 하나도 귀찮아하지 않고 고분히 들었다. 유학을 간다고 별 들뜨는 법도 없었다. 마치 서울서 지내다 춘천 어디로 잠시 갔다 오는 것처럼 기분 나쁘게 덤덤했고 오히려 설치고 우왕좌왕하는 쪽은 엄마나 나였다.

집 떠나면 고생이다. 엄마, 나 집 떠난 지 벌써 4년이야. 그래도 거긴 다르지 않니. 다를 거 없어. 비행기 타면 금방인데. 엄마는 마른 오징어며 김 같은 걸 꾸리면서 계속 잘 먹어야 한다고 했다. 유독 그럴 때마다 언니는 화색이 돌았다. 마치 유학 가는 본뜻은 딴 데 있다는 듯이 말이다. 허긴, 넌 김치 안 먹고도 잘 살지. 엄마는 따라 웃었다. 거기는 허구한 날 먹는 게 고긴데. 언니는 참 교묘한 웃음을 지었다. 200그램, 300그램 하는 식의 고깃덩이를 상상하는 듯했다. 그 사람들 피가 철철 나는 걸 막 먹지? 소꼬리 같은 건 거들떠도 안 본다며.

언니는 가끔 흥얼거리며 혼잣소리 같은 노래를 했다. 엄마 앞에서 짝자꿍, 아빠 앞에서 짝자꿍. 그냥 흥얼거리기만 했는데 곡조가 그것이었다. 나는 계속 기분이 나빠졌고 하루 빨리 가버렸으면 싶었다. 물론 혼자서 하는 생활이 외로워질 것 같기도 했지만 우선 그 손바닥만한 오피스텔에서 둘이 비집고 다니던 생활에 신물이 나 있었다. 그리고 그 고기 굽는 냄새.

그녀는 가끔 맛있는 걸 사주겠다고 나가자고 했다. 뭘 먹고 싶냐 따위는 묻지도 않았다. 한 두어 번 따라간 다음부터는 내쪽에서 그냥 고개를 설레 흔들게 된 것이다. 두말없이 가는 곳은 항상 원조 무슨 집이었다. 암소갈비는 너무 부담이 들어서 보통 돼지갈비 집이었다. 나는 가끔 혼자서 왔을 그녀를 생각했다. 주인 여자가 얼굴을 잘 알고 있었다. 오늘은 동생도 왔는데 몇 인분으로 할까? 언니는 메뉴판도 보지 않고 내 얼굴을 바라보다가 음, 하며 한 4인분이면 되겠죠? 그래, 그럼 동생은 밥을 먹지? 네, 밥은 얘 것만 주세요. 그래. 주인 여자의 펑퍼짐한 등판을 보며 여기 자주 오냐고 물었다. 언니는 응응, 했다. 그러면서 담배를 피워 물었다. 공사판에서 일하는 노가다처럼 엄지와 검지손가락으로 필터 가까운 곳을 누지르듯 집으며 피웠다. 방바닥에 앉아 있었지만 엉덩이를 엉거주춤 들어올린 듯했다. 비슷한 나이 또래의 여대생들이 어둠침침한 카페에서 겉멋에 잔뜩 들려 엉성하게 피워 무는 모습과는 사뭇 달리 제법 천연덕스러웠다.

그녀는 빨간 솔 한 개비를 아무 말 없이 달아오는 석쇠를 바라보며 끝까지 태웠다. 마치 숨을 쉬듯 쉬지 않고 피워서 그녀의 폐가 거무스름하게 착색되는 것이 보이는 듯했다. 주인 여자가 마늘이며 참기름 얹은 된장, 오이 같은 것을 날라 왔고 쟁반에 고기와 가위를 같이 담아 왔다. 언니는 맛있겠다라고 하고는 김치나 샐러드 같은 것은 거들떠보지도 않고 고기 한 덩어리를 얹어 겉이 익기가 무섭게 가위로 대강 잘라 먹기 시작했다. 나는 입맛이 완전히 가시는 걸 느낄 수 있었다. 그녀와 고기를 같이 먹을 수 없었다. 같이 우물거릴 생각을 하니 묘하게 속이 느글거렸다.

소 혓바닥이나 산낙지 같은 괴상한 걸 맛있게 먹는 사람들이 짐승처럼 보이는 것과 같은 느낌이었다. 그냥 가볍게 양념된 돼지갈비를 먹는 것뿐인데 그녀에게서는 그런 짐승 냄새가 났다. 완전히 굽히지도 않은 채 듬성듬성 입 안으로 들어가며 그녀의 볼을 발그레하게 만드는 저 육질. 통닭 다리에 털이 그대로 붙어 있는 것처럼 불결해 보였고 구역질나는 느낌을 자극했다. 나는 연신 물김치만 들이켰고 그녀는 딱 한 번 고개를 들고는 왜 안 먹니, 맛있는데, 라고 물었다. 대낮이었는데도 나는 소주 반 병을 시켰고 무를 씹으며 그녀가 들이미는 나무젓가락 끝과 거기 집히는 고기 한 점과 그 고기 한 점이 빨려 들어가는 그녀의 어금니 언저리를 바라보았다. 얼굴이 갸름해서 코만 삐어 있는 모습인데 유독 고기를 씹을 때만은 어금니 근처가 불거져 나왔다. 숨어 있던 기관인지도 몰랐다. 그녀는 4인분을 거의 혼자 해치웠는데도 트림은커녕 박카스 한 병 마신 사람보다 더 가뿐해 보였다. 나는 그 이후로 그녀와 '모처럼 외식'이란 걸 가급적이면 피했고 언니도 꽤나 머쓱한 표정으로 더 이상 권하지 않았다. 잠만 한곳에서 같이 잘 뿐 우리의 생활은 완전히 제각각이었고 나 역시 일없이 바쁘기만 한 대학 초년생이었다.

책 몇 권에 옷가지를 대강 챙겨 트렁크 하나에 숄더백 하나만 달랑 들고 그녀는 미국으로 갔다. 고추장이니, 깻잎 같은 것은 고개를 절레거리다 엄마에게 너무 짐이 된다며 거의 다 빼놓고 갔다. 준비가 부산했다면 그녀를 떠나 보내는 내 심정도 섭섭하고 언제 다시 보나 하고 눈물이라도 찔끔거렸을지 모르겠지만, 쌈박하게 뒤도 안 돌아보고 티켓을 내밀고 나서는 그녀는 감정이 보글거리는 것에 못질을 한 듯싶다. 엄마는 그래도 손수건으로 눈물을 찍었고 힘들면 당장 돌아와도 누구 하나 뭐랄 사람 없으니 애꿎은 고생 사서 할 필요 없다고 했다. 나는 이왕 칼을 뽑았으니 무라도 잘라야지라고 했다. 시집갈 때까지 나는 집안의 외동딸 짓을 실컷 하고 싶었고 어딘지 어색하고 서먹하게 구는 그녀를 언니라고 약혼자에게 소개하고 싶지 않았다. 그리고 무슨 정말 박사란 호칭이 붙는다면 약간의 괴상한 식성이나 습관 같은 것은 다 너그럽게 받아들여지리라는 생각도 있었다. 공부를 너무 하면 사람이 살짝 간다지 않은가. 그렇게 살짝 가도 여전히 존경하는 눈초리를 우리 사회는 조장해 주는 것이다. 그녀에게는 학위라는 위장이 필요하다고 생각했다. 마치 내가 언니라도 된 듯 그녀를 보호해 주고 싶었는지도 모른다. 그녀의 무심함이 내게 준 상처를 역으로 보상해 주듯 나는 그녀를 어딘가 이상한 사람으로 치부해 버리고 싶었다. 그녀에게 부러워하는 것이 무엇인가. 나는 그게 무엇이지 몰랐고 그래서 더욱 불쾌해졌는지도 모르고 그녀의 출국에 쌍심지를 켜고 박수를 친 것이다. 나처럼 어리광 한 번 부리지 않고 줄곧 특별식을 제공받아 온 그녀가 내게는 항상 불편한 존재였다.

그런 그녀는 미국 간 3년 동안 한 번도 집에 들르지 않았다. 될 수 있으면 빨리 끝내고 싶고 미국은 상당히 불행한 나라, 라고 했다. 그렇지만 자기는 루이지애나에서 아주 안정되고 착실한 생활을 하고 있고 살기 편하다고 했다. 좋아하는 고기 진짜 실컷 먹나 부지. 아버지는 그렇게 너털거리면서도 방학이 될 때마다 다녀가라고 성화를 했다. 언니는 내 생일 선물이랍시고 오피스텔이 있는 주소로 체리 냄새가 나는 콘돔을 부쳐 왔다. 이제 우리 둘 다 성인이 되었으니 좀더 마음을 터놓고 친하게 지내자는 식으로 보였다. 그러나 내게 아직 성관계란 심각하기 짝이 없었고 유희의 단계로 비약할 정도로 빈번한 것도 아니어서 곤란하게만 여겨졌다. 언니는 어떤 남자들과 잘까. 키 큰 백인일까, 아니면 과감하게 라틴계나 흑인. 그 학교에는 일본 사람도 제법 많다고 했다. 가자마자 문란한 성생활을 벌였으리라고는 잘 상상이 가지 않았다. 몇 번 외박을 하고 들어와서는 시시하다고 하지 않았는가. 여관방이나 하숙집이나 구질구질한 꼬락서니가 보기도 싫다고 했다. 언니에게 성욕을 가지는 남자들도 궁금했다. 취기가 안 도는 한 말이다. 그러나 언니에게는 항상 남으로 하여금 어딘지 뒤져 보고 싶게 만드는 구석이 있다. 말소리도 낮아서 귀를 기울이게 하고, 얼굴을 흔들며 덜컥 안아 주고 싶은 기분이 들게 하는 것이다. 그녀는 300달러 주고 15년 된 포드 중고차를 사서 여기저기 몰기도 한다고 했다. 황야를 내달리는 무법자 기분이 난다며 사진까지 찍어 보내곤 했다.

가끔 그녀에게 편지를 하고 전화를 받고 하면서도 그녀는 예전처럼 멀게 느껴졌고 어떤 생활을 영위하고 있는지 감을 잡을 수 없었다. 하는 말로 미루어 보아 고등학교 생활의 연장인 듯만 보였고 자매치고 상당히 다른 감각 기관을 지닌 우리는 어쩌면 한 부모를 가지고 있다는 것 외에는 나누어 가진 게 없는 듯했다. 특히 내게 밀어닥친 거대한 이데올로기의 영향력은 엄마마저 타인으로 보이게 했다. 딱 3년이었다. 썰물처럼 사그라져 갈 때 나는 멍한 눈빛을 감출 수 없었고 자꾸만 뒤를 돌아보는 자신을 채근하곤 했다. 끝났어. 완전히. 추억으로 간수하기에는 피가 삭도록 자신의 흉한 모습이 몸서리쳐졌다. 갑자기 실패라고 낙인 찍힌 집단의 꿈. 내 생전에는 다시 부활할 수 없으리라. 언젠가는 다시 살아날 이 집요한 낙원에의 열망이 이 세기에는 다시 일어날 수 없다. 나는 아무데나 몸을 던져 버리듯 직장을 잡았고 진지하고 고루한 삶의 의미 따위에는 굿바이를 했다. 언니가 돌아온 것은 그 즈음이었다. 갈 때와 달라진 게 있다면 얼굴이 다소 가무잡잡해져 있었다. 트렁크와 숄더백도 여전히 같은 걸 쓰고 있었다. 외국물 좀 먹은 줄 알았더니 이게 뭐야. 나는 농담조로 그렇게 말했다. 그녀는 곧장 게보린을 찾아 공항 약국으로 갔다. 갑자기 머리가 빠개지는 것 같다며 김포로 내려오는데 시커먼 구름 속을 뚫고 가더라고 했다. 언니가 사전에 얘기를 드렸는지 아버지는 사뭇 심각하게 그래, 공부는 정말 관둔 거냐라고 했다. 금요일 아침이었다. 아침을 같이 먹었는데 언니는 갈비찜을 멀리한 채 콩나물국만 퍼먹고 있었다. 아버지가 출근하시자 곧장 2층으로 올라가서 저녁때까지 잤다. 그리고는 1주일 동안 집 안을 쑥밭으로 만들어 놓고 절간으로 들어가 버렸다.

내게 언니를 만나 자초지종을 듣고 오라는 임무는 한 2, 3주가 지났을 때였다. 토요일을 택해 여승들만 있다는 대전 근처의 절을 찾아갔다. 법당이 있고 방 두 칸짜리 별채가 하나 있는 조그만 절이었다. 주지 스님과 영어 회화 학원에 다닌다는 비구니가 한 사람 있을 뿐이었다. 언니는 잡일을 도맡아 한다고 했다. 바로 위에 성황당도 하나 있는데 그 집 무당과 이 절 주지는 보기만 하면 삿대질을 하며 싸운다고 했다. 언니 방에서는 썰렁한 냉기가 돌았다. 한쪽 구석에 구질구질해서 싫다고 했을 만한 요와 이불, 스펀지 속에 곰 인형이 그려진 베개가 하나 있었고 방문 바로 옆에는 앉은뱅이책상 위에 스탠드 하나만 놓여 있었다. 무슨 해명이 있어야 할 것 아니야? 나는 언니가 밖에서 가지고 들어온 방석에 엉덩이를 반쯤 얹으며 물었다. 아버지 어머니는? 언니 땜에 완전히 파장한 꼴이지 뭐. 그토록 좋아하던 고기도 안 먹고 이게 무슨 짓이야. 너, 커피나 뭐 그런 거 마실래. 있으면 달라고 했다.

나는 언니의 돌변을 이해할 수 없었다. 달라진 식성이 어떻게 사람을 지배할 수 있단 말인가? 나는 정신없이 차창에 코를 문대고 있었다. 싸하게 코끝이 잘렸다. 주먹으로 이마를 받쳤다.

언니는 자기도 어쩔 수 없다고 했다. 고기만 먹던 것도 그럴 수밖에 없었다고 했다. 자기는 병자처럼 거부되어 왔다고 했다. 사람들이 자기를 이상한 눈으로 바라보는 것을 줄곧 알고 있었는데도 살기 위해선 어쩔 수 없었다고 했다. 고기 이외는 모두 허접때기 같은데 그런 것을 무엇 때문에 주워 먹어야 하나, 고 생각했다고 했다.

나는 왜 갑자기 돌변하게 되었나를 추궁했다. 다시 한마디로 이해할 수 없고 이것 역시 자신이 살기 위한 것이라고 했다. 이유는 단순했다. 어떤 남자가 자신의 정액을 그대로 마셔 버리라고 해서 꿀떡 삼켰는데 그 다음부터는 어떤 것이든 단백질만 입 안에 들어가면 올려 버린다고 했다. 지독한 알레르기 정도로 생각하면 된다고 했다. 육질에 너무 민감해져서 보통 세상에서는 살아갈 수 없다고 했다.

이제까지 내가 써온 것은 모두 헛것이다. 나는 유령을 상대로 하고 있다. 아무것도 믿을 수 없다. 고기만 먹다가 단번에 고기는 죽어도 못 먹을 것 같아서, 그 비슷한 냄새만 맡아도 질식하고 토할 것 같아서, 고기 먹는 사람 옆에만 가도 머리가 어지러워지고 지천으로 널린 갈빗집을 피하느라고, 사람들의 거한 트림에 얼굴을 돌리느라고, 세상과 인연을 끊겠다고 결심했단 말인가? 입덧이 평생 내내 계속되는 사람을 상상할 수 있는가? 언니에겐 절이건 어디건 상관없다고 했다. 단지 끊임없이 솟아오르는 토악질을 멈출 수 있는 곳이라면.

처음에는 임신인 줄 알고 임신 테스트 약도 서너 개 써보고 병원까지 가서 초음파 사진까지 우겨 찍어서 확인을 했단다. 그럼, 이게 왜 이래요? 이거 입덧이잖아요. 의사는 상상 임신일 수도 있지만 검사를 해본 결과 말짱하다며 내과로 가서 위 검사를 받아 보라고 했다. 신경성. 의사는 이건 완전히 신경성이다, 유학 생활에 긴장을 너무 한 탓이라고 했다. 언니는 그 길로 비행기에 올랐다. 스튜어디스들이 자기를 이상한 눈으로 봤다고 했다. 기내식이 나올 때마다 곧장 화장실로 달려가 눈물을 질금거렸다. 언니는 한국에 들어오면 대번 나을 줄 알았고 자기도 느끼고 있지 못한 향수병이 체내로만 번졌다고 생각했다.

나는 슬픔이니 즐거움이니 감정에는 무디잖아. 근데 내 몸은 아주 빨라. 나는 몸에 무슨 이상이 생겨야 비로소 내가 느끼고 있는 것들을 자각할 수 있어. 이건 정말 슬픈 일이야. 언니는 곳곳에서 비린내와 기름기가 자신을 두들겨 치는 것 같았다고 했다. 한동안은 기숙사 방문을 잠그고 있었어. 나가기만 하면 누린내가 코를 찌르고 강의실엔 연기처럼 피 냄새가 어려 있고.

사람 후각이 갑자기 그렇게 예민해질 수 있어? 언니는 뭔가 계속 꾸며 대고 있는 것 아니야?

너 오늘 뭘 먹고 왔나 알아맞혀 볼까? 너도 지금 참기 힘든 괴상한 냄새가 나.

그녀는 얼굴을 약간 찌푸리며 말했다.

신들려서 무당 되는 사람들 있지? 자기가 하고 싶어서 하는 것도 아니고 하기 싫다고 그만둘 수 있는 것도 아니잖아. 그냥 그렇게 하지 않으면 계속 아프기만 하고 이 세상에 배겨날 수 없으니까. 경우는 다르지만, 나 역시 이런 곳에 와 있지 않으면 안 돼. 계속 사람 앞에서 구역질을 해대며 살아갈 수 있다고 생각하니? 난 여기 와서야 겨우 속이 트이고 머리가 맑아진 걸 알 수 있어. 제대로 숨을 쉴 수 있단 말이야. 한 25년 두루뭉실하고 끈적거리는 꿈속에 살았던 느낌이야. 항상 배가 고파 허겁지겁 먹던 꿈. 배 채우고 나면 동물원 짐승처럼 쳐다보는 사람들의 휘둥그래진 눈초리……그리고 나서 대번 닥쳐 오는 이 냄새들의 공격……나를 그냥 내버려둬. 그냥 나를 불쌍하다고 생각해. 정신 병원이나 소록도에 감금되어 있는 것보다는 낫지 않니. 연락할게.

그러면서 언니는 어딘지 메슥거리는 느낌을 참고 있는 듯했고 그

것이 내게서 나는 어떤 육식의 냄새라는 생각에 나도 더 이상 그곳에 있기가 머쓱해졌다. 하루도 같이 머물지 못하고 그 길로 고속 버스 막차를 탔다. 나 역시 어떤 꿈을 꾼 듯한 느낌이다. 자석의 같은 극처럼 보이지 않는 힘에 의해 밀려 나가는 꿈.

추 · 천 · 우 · 수 · 작

바다에서

김 인 숙

1963년 서울 출생.

연세대 신문방송학과를 졸업했다.

1983년 《조선일보》 신춘문예에

〈상실의 계절〉이 당선되어 등단했으며,

작품으로는 소설집 《함께 걷는 길》 《칼날과 사랑》

장편소설 《핏줄》 《불꽃》 《'79 · '80 겨울에서 봄 사이》

《긴 밤, 짧게 다가온 아침》 《그래서 너를 안는다》

《시드니 그 푸른 바다에 서다》 《먼 길》 등이 있다.

제28회 한국일보 문학상을 수상했다.

바다에서

J에게서 전화가 왔다. 그녀가 여보세요, 했을 때 수화기 속에서는 웃음 소리부터 들렸다. 가슴이 와락 흔들렸다. 꽤 오랜 시간이 흘렀는데도 그녀는 J의 웃음 소리를 잊지 않고 있었나 보다. 그녀는 느슨히 잡았던 수화기를 고쳐 쥐고 너, J구나, 라고 했다. 다시 웃음 소리가 들렸다. 15년 전, J를 처음 만났을 때와 똑같은 웃음.

J가 전화를 걸고 있는 곳은 미국이었다. J가 미국으로 이민 갔다는 사실을 알고 있었음에도 그녀는 그렇게 가까이 들리는 웃음 소리와 목소리가 넓은 바다를 건너, 그녀로서는 한 번도 가보지 못한 나라, 미국에서 건너오는 것이라는 게 믿어지지가 않았다. 아, 가까운 것은 여전히 웃음 소리뿐이로구나. J와의 거리가 새삼스레 까마득한 기분이었다.

그녀가 J를 마지막으로 본 것은 아마도 5년이나 6년쯤 전의 일이다. J가 미국으로 떠나고 그녀가 또 다른 나라로 떠나고, 그렇게 복잡다단한 먼 거리 이동을 하기 전에도 그들은 한동안 만날 수가 없었다. J가 미국으로 이민을 갔다는 것을 알게 된 것도 J에게서 직접 들은 것이 아니라 다른 친구를 통해서였다. 나, 비행기 타. 그런 말을 하려고 전화를 걸었을 때 친구는 기가 막혀 하면서 J는 미국 갔다, 라고 했다. 그녀는 놀라서 한동안 말을 이을 수가 없었다. 가슴속에서 뭔가 커다란 뭉텅이 하나가 쑤욱, 빠져 달아나는 느낌이었다. J는 어쩜 내겐 한마디도 하지 않고 그렇게 먼 길을 떠나 버릴 수가 있었을까. 내가 저를 얼마나 좋아하는지 잘 알 텐데.

전화를 끊고 나서도 그녀는 한동안 가슴속에서 무언가가 달아나 버린 느낌을 지울 수가 없었다. 그러나 그건 J에 대한 그녀의 맹목적인 애정 때문만은 아니었다. 그것은 오히려 그녀 역시도 며칠 후면 비행기를 탈 거고, 그 비행기를 다시 타고 되돌아올 날짜가 언제일지 알 수 없다는 불안감 때문이었을 것이다. 그녀는 J를 이해하기 위해 애썼다. 그녀 역시도 친구들을 만나 일일이 작별 인사를 하고 싶은 기분은 전혀 없었기 때문이었다. 그날, J의 소식을 전해 준 친구에게 전화를 걸었던 것도 작별 인사가 목적이었던 것은 아니었다. 아마도 처리하지 못한 다른 일 때문에 전화를 걸었다가 그냥 끊기가 미안해서 한번 해보는 말처럼 했던 말이었을 것이다. 나는 떠난단다, 라고.

그런데 J는 이미 떠나 버렸다고?

J가 떠난 것은 고작 1주일이나 열흘쯤 전의 일이었다고 했다. 그녀에게 J의 소식을 전해 준 친구가 아주 오랜만에 J에게 전화를 걸었을 때, J는 '나 내일 미국 가' 라고 말하더라고 했다. 친구가 그렇게 불쑥 전화를 하지 않았더라면 J는 아무도 모르게 그렇게 훌쩍 떠나 버릴 생각이었던 건지.

아니, 아마 그렇지는 않았을 수도 있다. J에게는 그녀나, 그녀에게 소식을 전해 준 친구보다도 더 많이 친한 친구들이 있었을 것이다. 그들이 대학에 들어간 이후, J에게는 그런 친구들이 있었다. 물론 그녀에게도 그런 친구들이 있었던 것처럼. 그러나 그녀는 간혹 J가 이야기하는 J의 대학 친구들에게 질투를 느꼈었고, 그건 J의 이민 사실을 알았을 때에도 마찬가지였다. J는 어떤 친구에게 작별 인사를 했을까.

어쨌든 그렇게 말없이 떠났던 J가 그녀에게 전화를 걸어 온 거였다. 그것도 미국에서. 열몇 시간이나 나는 시차를 뛰어넘어. 거기는 지금 한밤중이라고 말하면서.

—우리 집 전화번호는 어떻게 알았어?

J의 웃음 소리가 끝났을 때 그녀는 겨우 그런 말을 묻고 있었다. 한심하기는. 몇 년 만에 그렇게 다정하게 웃어 주는 J에게 그녀는 그런 말밖에는 할 게 없었을까. J는 신문을 보았다고 했다. 그곳에까지 배달되는 한국 신문. 거기에 그녀의 사진과 기사가 났더라고. 얼마나 반갑던지 그 신문을 오려 놓고는 아는 사람마다 얘가 내 친구라고 자랑하고, 그리고는 신문사에 전화를 걸고 다시 출판사에 전화를 걸어 그녀의 전화번호를 알아냈더란다. 그러자면 시차를 맞추는 일이며 비싼 전화요금까지 꽤 번거로웠을 텐데.

그러나 그녀는 J의 이야기를 들으면서 홀로 상상한다. 그녀가 다른 나라에서 살고 있었을 때 그녀 역시 비슷했었으니까. 우연히 빌려다 본 연속극 비디오에 그녀가 얘, 쟤, 하고 부르던 후배가 난데없이 탤런트로 등장했을 때, 그녀는 그의 이야기를 꺼내지 못해 안달이 났었다. 그건 유명인을 알고 있다는 자부심과는 전혀 다른 것이다. 그건 그리움이고…… 또 일종의 사무침인 것이다.

J도 그랬을까. 이제, 먼저 이민 가 있던 언니 집에서 독립해 서서히 자리를 잡아 가고 있다고 말을 하는 J. J가 늘 오빠라고 불러서 그녀 역시도 오빠라고 부르게 된 J의 남편 이야기를 물었을 때, 여기서 하는 일 뻔하지 뭐, 하면서 또 활달하게 웃는 J. 뻔한 일이라는 게 뭔지도 모르면서 야, 나도 다른 나라에서 살아 보니까 그런

데서는 그런 일이 최고더라, 라고 말하는 그녀. 그러나 J가 그녀의 기사와 사진이 난 신문을 가위로 오리고 있을 때, 그녀는 J의 손끝에 배어 있었을 그리움을 짐작한다. 그 사무침을.

J의 이야기를 한다……그녀가 J와 함께 보냈던 10대의 마지막 시간들. 그리고 20대의 몇 순간들. 그러나 30대가 된 이후로는 전혀 만나지 못했던 J. J의 이야기를 한다…….

J가 스물한 살이고 그녀 역시 스물한 살이었을 때, J와 그녀는 새벽 버스를 타고 있었다. 각기 다른 대학에 입학한 이후로는 통 만나지지 않던 J. 다니는 학교와 살고 있는 집의 거리가 아주 멀기는 했지만, 그런 물리적인 거리보다 더 많이 멀던 J와 그녀의 간격. 그러나 스물한 살의 어느 날 그녀가 불현듯 바다가 보고 싶어졌을 때 그녀는 이제 J와의 사이보다 더 가까워져 있는 많은 친구들을 다 제쳐두고 J에게 전화를 걸었다.

—우리 바다 보러 가자.

J와 그녀는 오래 전에도 그렇게 바다를 보러 떠난 적이 있었다. 기억하기로는 열일곱 살의 겨울. 그 해 초여름쯤에 캐나다에서 전학을 왔던 J는, 그곳에 두고 온 애인 때문에 늘 마음이 아팠었다. 그때 바다에 가자고 했던 건 J였다. J는 바다를 사이에 두고 떠나온 애인을 좀더 가까이 만나기 위해, 늘 바다를 그리워하고 있었던 것이다. J가 떠나 온 곳은 태평양을 건너야 닿을 수 있는, 눈 덮인 캐나다의 북부 지방. 그러나 열일곱이었던 그들은 차마 동해로는 떠날 엄두를 내지 못해, 고작 찾은 바다가 인천 연안부두였다. 연안부두의 바닷물이 돌고 돌아 태평양을 건너 캐나다까지 가려면 얼마나 오랜 시간이 필요할까. 그러나 아랑곳없이 J는 연안부두의 자갈 더미 위에 주저앉아 하염없이 바다를 바라보고 있었다. 겨울 바

람이 몹시 매웠던 기억. 그리고 그런 J의 모습이 사무치게 아름다워 보이던 기억.

열일곱 살에 처음 만난 J를 그녀가 그렇게 선뜻 좋아해 버렸던 것은, 아마도 J에게 애인이 있었기 때문일 것이다. 남자 친구도 아닌 애인. 목덜미가 버석버석할 정도로 빳빳하게 풀을 먹인 흰 칼라, 검은 제복 속의 그녀는 J의 연애에 숨이 막혀 버릴 지경이었다. J가 보여 준 사진 속의 남자는 얼마나 잘 생겼던지. 적어도 그는 스포츠 머리에 여드름이나 듬성듬성 나고, 멋대가리 없는 티셔츠 하나만 받쳐입으면 그게 폼나는 외출복인 줄 알던 그녀의 주변 남자 아이들과는 달랐던 것이다. 사진 속의 그는 '남자아이'가 아니라 분명한 '남자'였다. 이듬해 여름, J를 만나러 한국까지 날아온 그를 보게 되었을 때, J에 대한 그녀의 존경심은 이제 어찌할 수 없을 지경이 되어 있었으리라. 아아, 그녀는 말할 수 없이 J가 부러웠다.

하긴 부러운 것이 그뿐이었으랴. 한동안 J의 세계는 그녀에게는 경이였다. J의 집에 처음 놀러 갔을 때, J의 집은 그녀가 한 번도 가보지 못한 고급 '맨션' 아파트였다. 엘리베이터를 타고 쭈욱 올라가 철제 현관문을 열면 느닷없이 펼쳐지던 그 넓은 거실. 거기에는 중앙 난방으로 잘 데워진 온기가 있었고, 바다표범의 박제가 있었고, 침대가 있는 J의 방과 그 침대 옆에는 J의 것인 스키가 놓여 있었다. 그리고 알 수 없게 향긋하던 냄새.

그녀는 나중에야 그 냄새가 밀폐된 아파트 특유의 그다닥 향긋할 것도 없는 난방 냄새라는 것을 알게 되었지만, 당시로서는 그 냄새조차 그녀에게는 경이였다. 그녀가 살고 있는 집에는 그런 냄새가 없었다. 한겨울 아랫목을 까맣게 태울 정도로 온돌이 잘 들던 안방에서도 풍겨 나는 냄새라고는 노릇노릇하게 이불이 구워지던 냄새뿐이었다. 그 냄새는 그녀에게 향기롭지 않았을 뿐더러, 그녀의 구질구질한 삶의 흔적으로만 여겨졌다. 아주 많은 하숙생들이 있던 집.

술집 마담과 마흔이 넘은 고시생과 연애 편지 쓰는 것밖에는 관심이 없던 덜 자란 고등학생이 있던 집.

열일곱 살이었던 그녀는 그 집이 행복하지 않았다. 넓은 마당과 그 마당 한가운데에서 철철이 만발하던 꽃들에도 불구하고, 그녀는 그 집의 남루함에만 눈을 돌렸다. 열일곱 살이었던 그녀는 그녀의 방이 필요했고, 그녀의 침대와, 그녀의 책상과 그리고 그녀 홀로 들을 수 있는 카세트 레코더가 필요했었던 것이다. 그리고 언젠가는 다가와 줄 것 같은 운명적인 사랑에의 기대 따위들. 그러나 J는 그녀가 가지지 못한 모든 것을 갖고 있었다. 중앙 난방의 '맨션' 아파트와, 침대가 있는 자기 방과, 스키. 그리고 무엇보다도 그렇게 잘생긴 애인을!

당시 J와 친해지고 싶었던 그녀의 마음은 거의 연정이었으리라. 그리고 그런 J는, 그녀의 간절함에 대한 보답으로, 담배를, 연애의 비밀을, 술 마시는 법을 알려 주었다. 그러나 그랬음에도, J는 그녀에게 탈선의 교사가 아니었다. J가 얼마나 순진하고 순결한 여자였던지를, 어떻게 설명할 수 있을지.

라크라는 빨간색 포장의 일본 담배가 있다. 양담배가 금지되어 있던 시절. 그러나 라크 담배라는 것이 중요하다. 라크 담배의 필터 끝에 살짝 물을 적신 후 그것을 힘주어 빨면 필터 끝에는 그가 사랑하는 사람의 이니셜이 새겨진다. 절대로 라크 담배여야 할 것.

J의 방에서 빨간 포장 라크 담배를 컵 속의 물에 적시며, 그녀는 J에게 묻는다.

—그러니까 너는, 그런 것도 해봤니? 그러니까……마, 마리화나 같은 거.

얼굴이 달아오르는 J.

—네가 만일 마, 마약에 관해서 묻는 거라면……그, 그건 나쁜

거야.

나쁜 것은 하지 않는 J. 나쁘지 않은 것은 서슴없이 사랑할 수 있는 J. J는 라크 담배 필터 끝에 새겨진 자기 애인의 이니셜을 확인하고, 그녀가 짝사랑에 빠져 있던 어떤 남자의 이니셜도 확인하고 그녀의 목을 끌어안고 속삭인다.

—모든 사랑이 이루어지기를.

다시 스물한 살의 바다 이야기를 한다. 초겨울이었던 그날 새벽, J와 그녀는 한계령을 넘어 속초로 가는 시외 버스를 타고 있었다. 이제 대학생인 J와 역시 대학생인 그녀는, 같은 자리에 어깨를 맞대며 앉아 있었지만 그러나 J와 그녀의 거리는 차 안과 차 바깥처럼 멀었다. J는 그녀가 J를 처음 만났을 때처럼 예쁜 여대생이었지만, 그녀는 거친 단발에 남루한 청바지 차림이었다. J 같은 옷을 입으면 안 된다고 믿었던 시절이었다. 말하자면 형식이 내용을 규정한다는, 철학 에세이류의 구절들을 암송하던 시절. J는 그렇게 변해 가는 그녀가 낯설고 그녀 역시 그렇게 변해 가는 자신이 낯설었다. J에게 자기 자신을 설명할 재간이 없었던 것이다. 고작 한 해나 두 해쯤 전만 하더라도 J와 그녀는 이름난 여자 대학 앞의 즐비한 옷가게에서 가장 짧은 미니 스커트를 골랐었다. 매니큐어가 가득 담긴 바구니 안에서 빨간색과 파란색과 흰색의 매니큐어를 고르기도 했었다.

그런데 어느 날 갑자기 변해 가는 그녀를, J는 어떻게 감당해야 할지를 모르는 눈치였다. 그녀가 만나는 남자들은 J로서는 도저히 용납할 수 없는 '밥맛'의 포장을 하고 있었고, 그 남자아이들의 곁에 있는 그녀 역시 마찬가지였을 것이다. 그러나 순결하고 순진한 J. 한 번도 그녀에게 그런 내색을 해본 적은 없다.

—난 그냥……네가 하는 일이니까 믿어. 네가 그러고 다니는 걸 보면 아마 데모란 나쁜 게 아닌 걸 거야. 내가 걱정한다는 거나 아니?

J의 말은 언제나 진심이었다. 드문 경우지만 말하는 것마다 진심인 사람이 있다. 교활함이나 자기 포장 따위는 전혀 배워 본 적조차 없는. 그 표정으로부터 그대로 속이 드러나는. J는 그런 여자였다. J는 그녀를 믿고 그녀가 한다니까 무슨 이유의 데모인지도 모르지만 어쨌든 그게 옳다는 걸 믿고. 그래서 걱정이 되고……그것으로 전부였다. 그 이상도 그 이하도 아닌. 그러나 표정을 감추지 못하는 J는, 믿을 수는 있어도 이해할 수는 없는 모양이었다. 왜 이 아이는 옷차림에 전혀 신경을 쓰지 않을까. 왜 이 아이는 아름다운 것들보다 고통스러운 것들에 대해서만 얘기하려고 할까? 왜 이 아이는 달콤한 칵테일보다 소주를 더 좋아하는 것처럼 말할까. 하느님, 맙소사! 이 아이는 어쩌자고 이 사람 많은 카페에서 값싼 담배를 꺼내 피울 수가 있을까!

그러나 고백할 수는 없었지만 이해할 수 없는 건 그녀 역시 마찬가지였다. 그 시절에도 그녀는 열일곱 살 그때처럼 J가 부러웠다. 이제 새로 생긴 애인과 워커힐 산책로를 드라이브했다고 말하는 J가, 싼값에 산 건데 괜찮지, 라고 묻는 J의 니트 셔츠가, 그리고 날이 갈수록 자연스러워지는 J의 화장법이.

순결하고 순진해서 내색을 할 수 없는 J와, 설명할 수 없어서 내색할 수 없는 그녀가 바다를 보러 가는 여행은 어쩐지 어색했다. 대화는 자주 끊기고, 바라보는 시선도 자꾸 엇갈리고, 생각은 더 멀리 가 있었다. 그러나 J는 이번에도 그냥 그녀를 믿는 모양이었다. 이 아이는 바다에 가고 싶은 이유가 있는 거야. 이런 아이들에게는 그런 이유들이 있겠지, 하면서.

J와 그녀, 속초에서 내리자마자 커피를 타 가지고 갔던 보온병을 비우고 그 안에 소주를 채웠다. 술을 거의 못하는 J였지만, 바닷가에서는 소주 한 잔쯤이라는 낭만이 있었고, 삶이 견딜 수 없이 두려웠던 그녀는, 그 삶으로부터 도망칠 수 있는 구실이 필요했었다.

대학교 2학년 말에 처음으로 시위 대열에 끼여 보았던 그녀는, 훌라송 하나 제대로 따라 부르지 못한 채 그 시위를 끝냈지만 그러나 그녀는 그 순간이 너무나 좋았었다. 시인이 말했던가. 운동보다는 운동 가요를 더 좋아했노라고. 그녀는 그 시 구절을 이해했다. 그녀 역시 타도해야 할 적보다도 타도해야 할 그 무언가가 있었던 그 젊음이 좋았으니까. 분명히 그랬을 것이다. 그녀는 그 치열하던 시위의 순간보다 그 자리에서 무사히 살아남은 뒤 소위 동지들과 함께하는 술자리가 좋았고 그 술자리의 처절한 무용담이 좋았고 느닷없이 막걸리 잔 위에 엎어져 울음을 터뜨리는 그들의 울음 소리가 좋았다. 좋은 것이 너무 많아서 힘들고 괴로운 것에는 눈도 돌아가지 않던 시절. 새로 태어남에 대한 거의 세뇌적인 자부감. 의심이 허용되지 않는 확신. 절대선의 의미로서의 자기 헌신. 그러나 그런 순간들의 낭만은 언제까지 허용되는 것은 아니었다. 그녀는 등을 떠밀려 선배가 되었고, 후배보다 더 철학 구절들을 모르는 얼치기였던데다가, 선배가 되었음에도 끊임없이 시위 이후의 술자리가 더 좋았다.

그녀가 열흘 간의 구금 생활을 했던 것이 그 해 가을의 일이었다. 지금은 그 가두 시위의 이슈조차 기억이 나지 않는데, 어쨌든 얼치기였던 그녀는 도망가는 재주조차 제대로 익히지 못해 사복 경찰에게 허리를 붙잡히고 말았었다. 버스를 타려다가 그대로 나동그라져 바닥에 자빠졌을 때는, 이미 어쩔 수 없는 신세였고, 영등포 경찰서로 연행이 된 뒤 두어 차례 뺨을 맞고, 그리고 다음날인가 다다음날쯤에 열흘 간의 유치 명령을 받았다.

80년대에 열흘 정도 유치장 생활을 해보았다는 것은 전혀 얘깃거리조차 되지 못하는 일인데다가, 그런 식으로 붙잡혀 들어간 곳에서 일어나는 일들은 이미 너무나 많이 알려져 있다. 예컨대 대학을 다니다 들어왔다는 전경 하나는 아침마다 유치장 벽에 붙은 유치 규칙을 큰 소리로 낭독하게 하는데, 이 친구 사투리가 심해서 '의' 자를

끝끝내 '으' 자로 발음하면서도 그들이 그의 '으' 자를 흉내내면,

—'으' 가 아니라 '으' 다! 그것도 못하나!

그러면서 전기봉을 휘둘렀다던가, 그런 식의 일화를 말하는 것도 더 이상은 흥미가 없는 일일 것이다. 그러나 그 열흘은 그녀에게는, 특별했다. 그 열흘은 마치 남의 10년 옥살이만큼이나 특별했고, 그 특별함을 잊을 수가 없는 그녀는 그 열흘의 이야기를 언젠가는 한 번쯤 해보고 싶었다. 실제로 몇 년 전에 단편 하나에 그 이야기를 쓴 적이 있기도 했었다. 그때에도 그녀는 아마 자신의 얘기를 하고 싶었을 것이다. 그러나 그녀는 끝내 화자의 입을 빌려, 그 이야기를 삽화식으로 넣을 수밖에 없었는데 그 이유는, 끝끝내 그녀가 말할 수 없었던 어떤 부분에 관한 자기 통제 때문이었을 것이다. 유치 생활을 닷새가 1주일쯤 했을 때의 일이었다. 경찰서장의 호출이 있다고 해서 고무신 끌고 수갑 차고 경찰서장실엘 올라갔더니 지도 교수님이 와 계셨다. 그는 아마도 이 녀석이 소설은 안 쓰고 웬 유치장, 그러셨던 모양이었다. 커피를 한 잔 마시고 있는데 지도 교수님 옆에서 서장이 불쑥 그녀의 앞으로 책 한 권을 내밀었다.

—자네 이제 보니까 굉장히 유명한 친구더군. 나도 이 책을 아는데, 사인 좀 해주지.

그녀가 굉장히 유명한 친구라는 건 사실이 아니었지만, 그 책이 그녀가 썼던 최초의 장편 소설이었던 것만큼은 분명한 사실이었다.

그때 그녀가 그 책에 사인을 했는지 안 했는지는 기억이 없다. 기억하고 싶지가 않아서였을 것이다. 경찰서장실에서 다시 유치장으로 돌아왔을 때, 무슨 흉한 일이 있었을까 걱정하는 친구들 곁에서, 그녀는 죽고 싶었다. 80년대에 바칠 수 없던 그녀의 소설 때문에. 그러나 그녀가 하고 싶은 일은 유치장에 갇히는 일보다는 소설을 쓰는 일이었기 때문에. 그런데도 그것을 말할 수 없었고, 인정할 수도 없었으며, 심지어는 수치스러웠기 때문에.

그러나 문제는 열흘 간의 유치 생활을 끝내고 다시 학교로 복귀했을 때가 더 심각했다. 그녀는 이제 두려움 없이 시위 대열에 참여할 수가 없었고, 최루탄 한 방 터지는 소리에도 다리가 떨렸으며, 다시는 다시는……그녀가 원하지 않는 어떤 일도 당하고 싶지가 않았다. 그리고 정말로 소설을 쓰고 싶었다. 절대로, 경찰서장이 사인해 달라고 내밀 수 없는 소설을. 그러나 물론 그녀는 그 누구에게도 그런 얘기를 할 수가 없었고, 하지 않았다.

최근 들어 그녀는 소설 쓰는 일을 업(業)이라고 생각한다. 그리고 이제 와서 이 업의 문을 닫으면 자신이 할 수 있는 일은 무엇일까를 생각한다. 문학을 전공하지는 않았지만, 전공에 관해서는 가나다라조차도 잘 알지 못하는 그녀이다. 어린 시절 그녀가 원했던 일은 방송국의 프로듀서가 되는 것이었지만, 이제는 아주 한적하고 아름다운 해변에서 성수기와 비수기가 매우 뚜렷한 카페의 여주인이 되고 싶다는 생각을 한다. 고된 여름을 보낸 뒤, 거의 아무도 찾아 주지 않는 한겨울의 카페를 지키는 일. 가을 내내 테이블 위에 쌓인 먼지를 아주 가끔씩, 젖은 걸레로 닦아 내는 일. 그러다가 문득 바다를 바라보는 일.

그러나 그녀는 자신이 갖고 있는 이러한 희망이 어린 시절에 이루지 못한 프로듀서의 꿈이나 다를 바가 없다는 걸 안다. 그녀는 카페를 열기 위해 도시의 집을 떠나지도 않을 것이며 한적한 해변을 찾지도 않을 것이다. 그녀의 남은 인생은 어쩌면 지난 10년 간 그녀를 지켜 왔던 그 완고한 일상의 반복일지도 모른다.

그러나 그렇다면 여전히 그녀에게 남은 것은 현업의 유지뿐인 것일까. 그러한 생각은 그녀를 비참하게 만들지만 또한 안도하게 만들기도 한다. 한때 그녀는 소설 쓰는 일이 그녀에게 있어서만큼은 신성적인 의미이기를 바랐던 적이 있다. 이 세상에 존재하는 그 수많은 소설들. 그렇지 않은가? 소설은 이미, 너무나 많다. 어떤 열성적인 독자라도 이 세상에 존재하는 소설 모두를—싸구려들을 대부분 제외한다고 치더라도, 그 나머지의 소설조차도 다 읽을 수는 없을지도 모른다. 그런데도 그녀가 그 수없이 많은 소설 더미 위에 자신의 소설을 더 얹어 놓으려고 드는 것은, 그것이 세상을 빛나게 하리라는 기대보다는 자신을 사랑하는 방법이 되리라고 믿었기 때문이다. 쓸 수 있는 것이 있기 때문에 쓰는 것, 기록할 수 있기 때문에 기록하는 것, 생각할 수 있기 때문에 생각하는 것……그녀는 그것이 그것을 읽는 사람들과의 대화의 방법이 되리라고 믿었다. 그 대화가 세상을 살찌게 하지는 못할지라도, 적어도 그녀와 세상 사이의 교통의 수단은 되어 줄 것이며, 교통할 가치가 있는 세상은 아직……아름답다.

그런 그 시절, 소설을 쓰는 일은 그녀에겐 가혹한 일이었다. 신춘문예에 당선을 한 뒤, 누군가에게 진지하게 토로한 말이지만 그녀는 신춘 문예 당선이라는 게 백일장 장원하는 것과 전혀 다를 게 없는 일인 줄로만 알았었다. 상받고 박수받고 그래서 신나고, 그러면 끝나는 것. 남은 것은 오직 짜릿하게 쓰고 싶은 상금뿐인 것. 그러나 신춘 문예에 당선을 한 뒤 그녀는 작가가 되었고 책을 내었고 수많은 사람들이 그녀를 비난했다. 그녀는 갑자기 길을 잃었고 그리고는 겁이 나기 시작했다. 그러한 두려움은 심각한 우울증과 더불어 사람들이 모두 다 그녀를 알아볼지도 모른다는 대인 공포증 같은 걸로도 나타났는데, 그녀가 '운동'이 아니라 '데모'를 시작했던 이유는 어쩌면 무리 속으로 들어가고 싶은 강렬한 충동 때문이었을지도 모른다. 그녀를 감춰 주고 그녀를 보호해 줄 수 있는 무리.

그러나 데모를 시작한 뒤, 그녀의 세계는 너무나 선명하게 양극화되어 버리고 말았다. J가 속해 있는 세계. 거기에는 그녀가 이제껏 성장해 왔고 그녀를 오만하게 만들었던 모든 추억이 있었다. 세상의 절반 이상을 알아 버렸다고 믿었던 시절들의 추억. 그러나 그녀가 새로 알게 된 또 하나의 세계는 이제까지 그녀가 알아 왔고 믿어 왔던 세계를 부정하게 만들었다. 혐오하고, 유치하게 생각하게 만들기도 했다. 그리고 그녀를 부끄럽게 만들었고 그 부끄러움 때문에 자주 울게 만들었다. 그랬음에도 그 시절, 그녀를 그래도 끈질기게 사랑해 주었던 친구는 오직 J뿐이 아니었을까. 그녀가 열흘 간의 유치생활을 하고 있는 동안 그녀를 면회와 주었던 J는 생리대 속에 담배를 넣어 차입해 주었었다.

—나는 네가 소설을 써서 유명하게 되고 부자도 되었으면 좋겠더라. 그래서 내 친구가 누구누구라고 자랑 좀 하고 다니게.

언젠가 J가 그녀에게 했던 말. 그녀는 J가 그녀를 자랑스러워하고 있다는 걸 알았다. 속이 투명한 J. 거짓말 같은 건 도무지 할 줄 몰라서, 그녀를 자랑스러워하고 있다는 것조차 그대로 드러내 보이는 J. 그러나 그녀는 J를 이해해 보려고 한 적이 없었다. 아마도 이해해야 할 아무것도 없다고 생각했을 것이다. 부정한 세상과 권력에 대해서도, 데모를 하는 일에 대해서도, 그리고 그 시대에 소설을 쓴다는 것이 무엇을 의미하는 것인지에 대해서도 아무것도 알지 못하는 J……늘 1, 2등을 다투었던 성적에도 불구하고 부모님만 아니었다면 절대로 대학에 들어갈 생각이 없던 J. 이루어야 할 것은 오직 사랑뿐이라고 생각하던 J.

그녀는 J를 사랑했지만, 그러나 J의 세계를 들여다보려고 한 적은 한 번도 없었다. 생각해 보면……부끄러운 일이다. 그러면서도 가장 외로웠던 순간에는, J의 투명함에만 기대었으니……이 아이는 아무것도 묻지 않을 것이다. 그냥 나를 바라봐 주고만 있을 것이라는, 마음 편한 계산.

J와 바다 여행을 떠났던 그 초겨울의 새벽, 바람이 찼던가. 기억나지 않는다. 그런 식의 여행에 들떠 있던 J의 얼굴만이 기억난다. 대여섯 시간이나 걸리던 버스 여행 동안, 그들이 무슨 말을 했었던가. 편가르기에 묶여 있던 그 시절, J와 그녀는 금을 사이에 두고 앉아 있었다. 어쩌면 거의 한마디도 하지 않았을지도 모를 일이다. 도대체 그 시절에 J와 그녀가 무슨 이야기를 할 수 있었겠는가. 그들이 함께 보냈던 10대, 그 10대에 바쳤던 위험한 탐험들, 그 짜릿한 경험들……그런 이야기들을 했었을까? 웃으면서, 그 시절의 누군가를 그리워하면서?

기억나는 것은 침묵뿐이다. 버스에서 내려, 아직 해수욕장으로 탈바꿈하기 전의 속초 방파제 옆을 걸어 들어가 바위 위에 앉았을 때, 제법 거친 파도를 내려다보며 J와 그녀가 동시에 지키고 있던 침묵. 그러나 어쩌면 그녀는 물었을지도 모른다.

—J야. 너는 무슨 생각을 하고 있니?

그리고 어쩌면 J도 그녀에게 물었을지 모른다.

—너는 무슨 생각을 하고 있니?

대답을 해준 것은 아마도 바윗등에 부닥치던 파도의 거친 소리가 아니었을까. 아무것도 생각하지 말라고. 삶이란 흘러가다가 부딪치고, 부딪쳐서는 부서지지만 다시 한몸으로 뒤엉켜 바다가 되는 것이라고. 바다, 바다를 생각하라고. J와 그녀는 그 깊은 바다를 바라보고 있었다. 보온병에 담은 소주 한 병이 단숨에 사라지는 동안 어느새 어둠이 기어오고 있었다. 그리고 그 어둠의 길이만큼 발치 바로 앞까지 대들 듯이 달려드는 파도. 어느새 고개를 들면 다시 바닷속에 편안히 누워 있는 파도, 파도를.

—내가 저 속으로 들어갈 수 있겠니?

그녀가 묻고 J는 느닷없이, 우울하게 대답했다.

—글쎄.

그때 J의 목소리는 왜 우울했을까. 늘 속이 비치던 J. 마치 투명체 같아 진심만 드러내 보이던 J. 그런데 그때, J의 우울은 무엇이었을까. 그녀는 J가 그녀를 보고 있지 않다는 것을 알았다. J는 그녀의 목소리도 듣고 있지 않았을 것이다. J는 혼자였고, 혼자인 건 그녀 역시 마찬가지였다. 그러나 그건, J와 그녀 사이의 금 때문은 아니었다. 소주 한 병을 비우는 사이에 J와 그녀는 그들 사이의 금을 잃어버렸다. J가 그녀를 들여다보지 않고 그녀가 J를 들여다보지 않았으므로, 금은 아마 저 혼자 저만치서 홀로 존재하고 있었을 것이다. J와 그녀, 그리고 혼자 떨어져 있는 금.

—놀러 와라. 네가 놀러 오면 얼마나 좋겠니.

미국에서 걸려 온 J의 전화. 전화번호를 묻는 그녀에게 서둘러 자기 전화번호를 불러 주다 말고 J는 놀러 오라고 말했다. J는 그녀가 자기에게 전화를 걸 일이 없을 거라는 걸 알고 있을까. 전화번호를 물으면서도 그녀는 아마 자신이 J에게 전화를 걸 일은 없을 거라고 생각하고 있었다. 그러나 J의 목소리는 끝끝내 활달했다. 전화를 끊기 직전에도 J는, 그녀 특유의 웃음 소리를 내주었다.

그녀가 J와의 바다 여행을 떠올린 것은 J와의 전화 통화를 끝내고 나서도 하루나 이틀쯤이 더 흘러서였다. 그 하루나 이틀, 까닭 없이 그녀는 몸이 아팠다. 방안에서 주방까지 가는 발걸음이, 거실에서 현관까지 가는 짧은 발걸음이 공중에서 붕붕 떠다니는 것만 같았다. 몸살 기운인가, 고개를 갸웃거리며 열린 거실 창을 닫으려던 그녀는 불현듯 날아온 비릿한 냄새에 잠깐 현기증을 느꼈다. 머리를 뒤로 젖힐 사이도 없이 코피가 주르륵 흘렀다. 몸살인 건 사실이었다. 자신도 모르는 사이에 그녀의 온몸을 달궈 놓은 고열이 코피로 흘러버린 것이었다.

그러나 손바닥 위로 뚝뚝 떨어져 내리는 코피를 보는 순간, 그녀는 그 바다 여행을 떠올리고 있었다. 피에 대한 기억. 그렇다, 그런 것이 있었다. 스물한 살의 바다 여행에서, 그녀는 바닷속으로 뛰어들었었고, 아주 짧은 순간, 죽음이라는 것도 보았었다. 그녀가 바닷속에서 몸을 일으켰을 때 바위에 부닥쳐 찢긴 손등에서 손목에서 그리고 턱 끝에서 핏방울이 떨어져 내리고 있었다. 그러나 그녀는 피를 훔칠 사이도 없이 바위를 기어 올라왔다. 바윗등에도 핏방울이 뚝뚝 듣고 있었다.

J는, 그런 그녀를 가만히 내려다보고만 있었다. 높은 바위 위에 오도카니 무릎을 쪼그려 앉아서는, 저 아이가 끝끝내 이곳까지 기어 오를까를 궁금히 여기는 듯 가만히 내려다보고만 있었다. 그 여행의 기억은, 그녀가 바닷속에 뛰어들었다는 것에 대한 것이 아니라 그녀를 내려다보던 J의 시선으로 남아 있다. J는 어쩌면 그렇게 가만히 내려다보고만 있었을까. 구해 달라고 소리를 치든가, 아니면 스스로 구해 보려고 뛰어들기라도 해야 하지 않았을까. 돌아오는 고속 버스 안에서 그녀가 J에게 물었을 때, J는 이제 우울하지 않은 목소리로 대답했다.

—이상하지. 겁도 안 나고. 그냥 보고만 있게 되더라. 네가 살아서 나올지 죽어서 나올지, 그것만 궁금했어.

그때 그녀는 알았다. 그때, 바다에 빠졌던 것은 나만이 아니었구나. J도 같이 뛰어들었었구나. J도 같이 물 속에서 둥글게 회전을 하고, 바위에 찢겨 피를 흘렸구나. 도대체 왜, 나는 J는 절대로 바다에 뛰어들지 않을 사람이라고 생각을 했던가.

도대체 왜, 그녀는 그녀 이외의 어느 누구도 바다에 뛰어들지 않으리라고 생각을 했던가.

스물한 살, 바다 여행에 대한 기억의 환기는 몸살 기운보다 그녀를 더 열에 지치게 만들었다. 이불 속에 누워 뒹굴면서도 그녀는 전화기만 바라보았다. 그녀의 수첩에는 J의 전화번호가 있었다. 국가번호 1로 시작되는 미국의 전화번호. 그녀는 전화를 걸기 위해 늘 밤을 기다렸다. 그러나 J가 깨어 있을 시간보다 더 빠르게 다가오는 잠. 그런 밤의 꿈자리는 늘 뒤숭숭했다.

꿈속에서 그녀는 늘 어딘가로 떠나고 있다. 때로는 바다, J와 함께 갔던 속초의 방파제 옆, 또는 그녀가 한동안 살았었던 저 남쪽 나라의 푸르른 바다, 또는 글쓰는 사람이 된 이후 제일 먼저 달려갔었던 어느 곳의 겨울 바다. 그곳으로 가기 위해 그녀는 들판을 지나고, 기차를 타고, 골목을 헤매기도 했다. 그러나 꿈속의 바다는 이제, 그녀를 받아들이지 않았다. 파도는 그녀에게 말하지 않고, 바다, 저 바다를 생각하라고 말하지도 않았다. 그곳, 어느 바다에도 J의 모습은 없었다.

그러나 꿈속에서의 그녀는 그 바다를 등져 돌아오지 않는다. 꿈이 깰 때까지, 또는 꿈이 바뀔 때까지 그녀는 하염없이 그곳 바다를 바라보며 서 있다. 언젠가 J가 불쑥 그녀의 곁으로 나타나 그녀에게 말할 것을 기다리고 있는 것일까.

—그때, 우리는 참 아름다웠어. 그렇지 않니?

그녀는 J가 불쑥 그녀의 곁에 나타나 그녀에게 그렇게 말할 것을 안다. 너도 아니고 나도 아니고 이제는 '우리'인. 순결하고 투명한 J, 투명하게 그녀에게 말할 것을 안다.

—내게로 놀러 오렴. 그러면 얼마나 좋겠니. 아직 아름다운 날들이 이렇게 많구나.

라고.

추·천·우·수·작

어린 도둑과 40마리의 염소

성석제

1960년 경북 상주 출생.
연세대 법학과를 졸업했으며,
1986년 《문학사상》 신인상에
시 〈유리 닦는 사람〉이 당선되어 등단했다.
시집으로 《낯선 길에 묻다》가 있고,
소설집으로 《그곳에는 어처구니들이 산다》
《위대한 거짓말》 《새가 되었네》
장편소설 《왕을 찾아서》 등이 있다.

어린 도둑과 40마리의 염소

옛날

옛날 옛날에, 장원두라는 착한 소년이 살았습니다. 소년이 사는 곳은 사방이 산으로 둘러싸인 읍내 변두리 마을이었는데요. 동쪽으로 가면 동곡(東谷)이 있고요, 서쪽으로 가면 서곡(西谷)이, 남쪽으로 가면 남쪽 하늘이, 북쪽으로 가면 까마득한 절벽말고는 아무것도 없었습니다. 그게 소년이 살던 세상의 울타리였습니다.

소년의 할아버지는 동네에서 가장 부자였습니다. 소년의 집은 동네 제일 오른편 가장자리에 있었는데요, 햇빛이 제일 잘 들고 꽃이며 나무도 제일 많았고 마당도 제일 넓은 집이었습니다. 식구도 제일 많았습니다. 원두가 초등학교 다닐 때 식구수가 평균 스무 명이었고요, 동네에서 굶어 죽을 걱정을 하지 않는 사람이 스물두 명인데 그 가운데 스무 명이 모두 원두네 식구였던 것입니다. 원두네 집에는 마을에서 가장 큰 광이 있었고 광에는 사시사철 황금빛 나락이 떨어질 줄 몰랐으니까요. 광에는 소년의 머리만한 자물통이 걸려 있었고 열쇠는 할아버지가 가지고 있었습니다.

원두의 할아버지는 마을에서 가장 복 많은 사람으로 부러움을 사고 있었습니다. 무슨 좋은 일이라도 생기면 '그 집 샌님이 워낙 복을 타고났으니까' 그랬고요, 나쁜 일이 있으면 '만복 중에서 어쩌다 버릇없는 복 하나가 가출을 했군' 그랬거든요. 원두가 할아버지와 걸어가다 보면 어디서나 들려 오는 소리가 '복' '복' '복'이었습니다. '복도 많으시지, 손자까지 저렇게 의젓하니.' '저 손자가 염소를 키우는데 이번에 한배에 새끼를 네 마리나 낳았대.' '세 마리도 많은데 네 마리나? 그것도 복이야, 도깨비 장난이 아니고?' '이 사람아, 그런 걸 두고 복 터졌다고 하는 거라네. 저 집안처럼 오만 복이 만장하다 보면 도깨비가 장난을 쳐도 복이 터지게 치는 거야. 이상해 보여도 복은 복이에요. 터진 만두는 만두가 아닌가?' '아아, 도깨비도 무심하시지. 복을 타고난 집안의 염소에게까지 새끼 복을 내리시다니.' '왜 자네도 새끼라면 남부럽지 않게 많으면서.' '우리 애로 말할작시면 저 집안의 염소 새끼만큼도 복을 못 타고 난 것이여.' 사람들은 자신들이 못 가진 복을 원두네 할아버지가 몽땅 쓸어 가기라도 한 것처럼 부러워했는데요. 일생 동안 복이 귀찮을 정도로 따라와 어느새 복의 권위자가 된 할아버지의 생각은 조금 달랐습니다.

"사람은 태어날 때 똑같이 복을 타고난단다. 그걸 어떻게 간수하느냐에 따라서 사는 게 달라지는 법이지. 저 사람 걸어가는 걸 보아라. 사내 행세가 저게 뭐겠느냐. 팔은 건들건들, 다리는 휘청휘청, 고개는 까불까불, 저러니까 복이 다 새나가는 거란다. 그러고도 복, 복 하는 풍신(風神)들 하고선. 너는 절대로 저런 행동을 해서는 안 되느니라."

대부분의 옛날이야기에는 악당이 등장합니다. 이 이야기도 옛날이야기니까 악당이 있어야겠고요. 그런데 원두네 동네에는 일부러 만들 것도 없이, 신이 빚어 놓은 듯한 악당이 살았는데 그게 '깡다구' 였습니다. 깡다구가 뭐냐. 요즘에는 맥주잔을 이로 물어뜯어서 남의 얼굴에 뱉거나 제 배에 깨진 병을 휘둘러서 성공적으로 입원을 한다거나 하는 사람들을 깡다구가 좀 있다고 하지요. 하지만 원두네 동네에 살던 이 깡다구를 한밤에 아이들 울음이나 그치게 하는 일회용 악당으로 생각해서는 곤란합니다.

깡다구의 집안은 조상 대대로 마을 왼쪽 끝, 계곡이 끝나는 지점에 살아왔다고 합니다. 대부분의 악당이 그렇듯이 깡다구도 기초부터 차근차근 악의 경력을 쌓은 입지전적인 인물이었다고 하는데요. 남들이 '천하에 갈데없는 불한당'이라고 인정해 줄 만한 짓을 꾸준히 쉬지 않고 해내기란, 옳은일을 그렇게 하는 것만큼이나 어렵지요.

원두가 아주 어렸을 때 깡다구는 오로지 깡다구만으로 동네가 생긴 이래 최초, 최대의 변화를 동네에 가져왔다고 하지요. 수천 년 동안 논밭만 일구어 온 마을 사람들에게요, 과수원을 보여 주었다는 겁니다. 깡다구밖에는 아무것도 없는 깡다구에게 어떻게 과수원이 생겼느냐. 그때는 옛날보다 더 옛날이에요. 과수원은 읍내 전체를 통틀어 단 하나뿐일 정도로 드물었지요. 과수원에서는 사과, 배, 복숭아, 포도를 심어 가꾼대요. 수박, 오이, 호박을 나무 사이에 심고요. 참외, 호박, 딸기도 거둔답니다. 깡다구에겐 깡다구밖에 없다고 했는데 그 많은 씨앗, 묘목, 일손이 어디서 나왔겠어요.

농업 기술의 개척자, 전통의 파괴자, 창조적 계승자인 깡다구는 학교라는 걸 세웠지요. 중학 학력 인정 농업 중학교요. 중학교면 중학교지 중학 학력 인정 중학교는 뭔가. 그건 그 옛날로 돌아가서 문교부 관리의 멱살을 잡고 물어 볼 수밖에 없겠네. 하여튼 허허벌판에 새끼줄을 치고 학생들을 모집했다지요. 입학식을 마치고 즉시 수업이 시작됐는데요. 첫 번째 수업의 핵심은 선생과 학생들이 숙식을 함께 할 텐트를 치는 일이었답니다. 그 다음이 벽돌 찍기, 다음에는 벽돌 말리기, 그 다음에는 벽돌 쌓기, 그 다음에는 지붕 얹기, 그 다음에는 수업료 받고 비 오는 날이라 기념으로 하루 쉬고요. 이튿날부터 창문을 넣고 교탁을 쌓고 칠판을 다는 실습이 쉬지 않고 계속되었지요. 이렇게 해서 학생들의 첫 학기의 10분의 9는 실습으로 점철되었다고 하지요. 나머지 10분의 1은 잠자고 밥 먹고 배변하는 시간이고요. 하루가 24시간뿐이라는 게 원통할 정도로 일하고 일한 결과 교사가 들어서고, 그 다음 학기에는 기숙사를 만들고요. 하나씩 건물이 들어설 때마다 만국기를 휘날리며 완공식을 하고요. 그때마다 학생과 선생은 기쁨의 눈물을 흘렸다지요.

"깡다구는 역시 깡다구더군. 맨주먹 붉은 피로 중학 학력 인정 농업 중학교를 세우다니."

"머슴만 해도 일개 중대는 넘을걸. 그 머슴은 수업료라든가 하는 이름으로 새경을 주인에게 도로 낸다더군."

"장차 과수원 나무에 열매가 열리는 날 깡다구는 무엇이 될까."

"복잡하게 생각할 거 없어. 무시무시한 부자가 되는 거야."

"그럼 복잡해지는데. 우리 동네 제일 부자는 장풍원댁 샌님인데 앞으로는 누구에게 고개를 숙이고 살아야 하느냐."

그때부터 사람들의 눈길은 동네 맨 왼쪽 끝에 있는 깡다구의 과수원과 동네 제일 오른쪽 끝에 있는 원두네 집을 왔다갔다 했대요. 그래서 할아버지의 집안과 깡다구의 농업 학력 인정 중학교가 서로 원수 같은 사이가 됐는지도 모릅니다. 원두는 처음에 말했듯이 그저 착하디착한 아이였지요. 깡다구만 빼면 착한 사람투성이인 동네에서 유별난 존재도 아니었지요. 다만 할아버지의 말씀에 따라 사내 풍신을 지켜 복이 새나가지 않게 하느라 겁먹은 강아지처럼 꼬리를 엉덩이 사이에 집어 넣고, 참 그러고 보니 사람이라 꼬리가 없군요, 엉덩이 사이에 힘을 꼭 주고 다녔습니다. 모르는 사람이 보면 설사를 참고 있는 아이처럼 보였을 테지요.

할아버지는 식구 중에서도 특히 말 잘 듣는 원두를 예뻐하셨지요. 원두가 초등학교에 막 들어갔을 때 할아버지는 원두에게 까만 염소 두 마리를 주시면서 잘 키워서 대학까지 가보라고 하셨습니다. 그 염소가 새끼를 쳐서 나중에는 30마리가 넘는 대부대가 되는데요. 장원두와 염소들은 아침마다 풀이 많은 냇가에 나갔다가요, 어두워질 무렵에 집으로 돌아오곤 했지요. 그러노라 바빠 원두는 다른 세상이 어떤 것인지, 왜 지구는 둥근 것인지, 왜 복을 타고나는 사람과 잃어버리는 사람과 실어 나르기만 하는 사람이 따로 있는지도 생각해 볼 시간이 없었어요. 집안의 원수라는 깡다구가 어떤 사람인지, 뭘 하는지, 왜 깡다구인지, 도대체 깡다구가 뭔지도 잘 몰랐고요. 깡다구와 관계된 것 중에서 조금 관심이 있던 건 깡다구의 부인이었는데요. 그 여인이 참 예쁘다는 이야기는 자주 들었거든요. 원두는 어릴 때부터 예쁜 건 좀 밝히는 편이었어요. 사내아이라면 누구나 한때 그렇듯이.

동곡

읍내를 둘러싼 산 가운데 동쪽에 있는 산 이름은 동곡이었습니다. 정확하게는 산 이름이 아니라 그 산에 깃들인 계곡 이름이 동곡일 테지만요, 그 계곡을 찾으려고 해봐야 헛수고지요. 동곡이란 동쪽의 산이 곤장을 치려고 벗겨 놓은 엉덩이처럼 생겼기 때문에 생긴 이름이거든요. 그 엉덩이의 가운데 쏙 들어간 곳으로 아침 해라도 넘어 올라치면 꼭 공중으로 둥글고 뜨끈한 똥이 발사되는 것처럼 보였어요. 그래서 아이들은 동곡을 '똥고개'라고 불렀는데요. 철이 들면서 슬며시 '동고개'라고 부르고요, 어른이 되면 언제 그랬더냐는 듯이 점잖게 동곡이라고 부르게 되지요.

동곡이 워낙 유명하다 보니 서쪽 산의 이름도 덩달아 서곡(西谷)

이 돼버렸습니다. 거기 가봐도 계곡 같은 건 없어요. 동곡하고 장단을 맞추기 위해 서쪽 산을 서곡이라고 한 것뿐이지요. 동곡은 가파르게 치켜져 올라가서 꼭대기를 보려면 고개를 바짝 추켜들게 만들고요, 서곡은 느릿하게 경사가 져서 밭과 숲을 품은 넉넉한 품세여서 대조를 이루었지요.

봄이 끝나갈 무렵 어느 날 해질녘에 동곡을 넘어온 사람들이 있었습니다. 저녁에 염소를 데리러 냇가의 풀밭으로 가던 원두는 언뜻 보았지요. 동곡의 푸짐한 엉덩이살 사이 갈라진 틈에서 흔들거리며 걸어 내려오는 두 그림자를.

그때는 거지 같은 사람보다는 진짜 거지가 많았어요. 동곡의 엉덩이살 사이에서 내려온 사람들이 거지인지, 거지 같은 사람인지 구별하는 것은 중요했습니다. 왜냐하면 그 사람들이 하필 장원두 소년의 큰집, 그러니까 아버지의 사촌 동생이자 원두의 당숙이 사는 집으로 왔기 때문이지요.

원두의 당숙에 대해서 잠깐 말할까요. 아니 당숙이 사는 집에 대해 말하는 게 빠르겠군요. 집과 주인은 서로 닮는다니까요. 당숙의 집은 마을 한가운데 떡 벌어진 자리에 자리잡고 있는데요. 안채 · 사랑채 · 행랑채까지 전부 기와로 지붕을 했고요, 부엌 · 안방 · 건넌방 · 대청 · 사랑방 · 도장방에 변소는 동네에서 유일하게 두 개씩이나 되고요, 들여다보면 늘 컴컴한 우물까지 있는 커다란 집이었습니다. 당숙은 소싯적부터 오로지 집을 짓고 지붕 고치는 일에만 열심을 기울여 왔는데 정신을 차려 보니 양친 부모 다 돌아가고 자신은 가진 거라고는 집 하나밖에 없는 홀아비가 되어 있더라지 뭡니까.

거지들이 동네에 들어오면 당숙의 집이 제일 부자겠거니 하고 부지런히 걸음을 재촉해서 온다고 해요. 대문 앞에 와서야 아하, 하고 걸음을 돌리는 건 그래도 똑똑한 거지고요, 대문 안에 들어서서 귀신 같은 집안 꼴을 보고 걸음을 돌리면 철이 든 거지고요, 거기서도 포기하지 않고 각설이 타령을 시작하는 거지는 평생 거지를 못 면할 거지라고 보면 된답니다.

하여튼 거지인지 아닌지 모르는 두 사람이 찾아간 곳이 당숙의 집이었거든요. 당숙이 왜 불쑥 그 사람들을 자기 집에 받아들여 문간방을 내주었는가는 원두에게는 한동안 풀리지 않는 수수께끼였지요. 할아버지는 다음날 아침 당숙의 얼굴을 보자마자 "거지 먹여 살린다는 소문 나면 어떻게 하려고 그러나. 소문이 무섭다. 온 동네가 거지 천지가 되겠구먼" 하시고는 돌아앉으셨지요. 당숙은 그 두 사람을 빈방에 들여앉힌 다음날 새벽에 소를 빌리러 온 길이었지요.

"거지가 아니고 굶어 쓰러진 사람들입니다. 그냥 보낼 수는 없잖겠습니까."

"조카님 한 몸이나 잘 건사하시게. 거지가 별 건 줄 아나."

당숙은 이를 오도독 물며 눈에 핏발을 살짝 세우고, "알았으니 소나 빌려 주셔요" 했다는데 할아버지는 그날 아침에 먹은 고두밥 누룽지를 다 소화시킬 셈이셨는지 배를 쓸며 한 번 더 당숙의 가슴에 못을 박으셨답니다.

"손바닥만한 논에 비싼 소는 빌려 가서 뭐 할라누."

할아버지가 좀 심하셨을까요. 글쎄요, 평소에도 집에 치이고 문자(文字)에 치여 평생 제 앞가림도 못할 위인이라고 생각하셨으니까 그런 말이 나온 거겠지요. 그날 당숙은 소를 빌리지도 않고 성이 나서 대문을 차고 나가 버렸지요. 당숙은 순간의 분노를 참지 못한 덕분에 그날 하루 종일 어깨에 쟁기를 메고 소처럼 논을 갈아야 했어요. 그런데도 집 크기보다 작은 논 하나도 다 갈지도 못 하고 자리에 누워 앓았다고 하는데요. 당숙은 무슨 일이든 조금만 해도 온몸에 물집이 생기곤 했답니다. 워낙 귀한 몸—당숙의 말대로 하면 귀골(貴骨)이라서 그렇다나요. 원두가 보기에도 귀골인 당숙의 몸에서 아무리 써도 물집이 안 생기는 건 입술밖에 없는 것 같았어요. 그런데 그날 밤 기적이 일어났습니다. 당숙이 다음날 일어나 보았더니 논이 저절로 다 갈려 있었대요. 당숙의 집에 묵었던 사람들이 은혜를 갚기 위해서 밤새 논을 갈아 놓았다더라고요. 아니, 옆집 사람이 자기 논 가는 김에 쟁기질을 조금 더 했다고도 하는데 그게 다 당숙이 하는 일이 옳다고 믿었기 때문이라지요. 글쎄, 원두네 소가 당숙의 뜻을 받들어 밤에 혼자 쟁기를 메고 나가 밤새 갈았다는 황당한 소문도 있었지요.

그때부터 그 두 사람이 원두네 동네에 살게 되었어요. 살기 시작하면서 보니 거지가 아니었대요. 또 가만히 보니 남자와 여자였대요. 더 자세히 보니 모자(母子)였대요. 그 아주머니는 키가 당숙보다 크고요, 얼굴은 까맣게 탔고요, 목이 굵고요. 그 굵은 목 위에 안 어울리게 자그마한 머리가 달려 있었는데요, 그 머리의 가운데 머리카락은 늘 빠져 있었지요. 왜냐면 그 머리 위에 늘 또아리가 얹혀 있었기 때문이지요. 또아리 위에는 자배기가 있었고요. 자배기 안에는 뭐가 들었는지는 원두는 잘 모르지요. 언젠가 원두가 본 건 막 잡은 소의 몸에서 나온 김이 무럭무럭 나는 선지였어요. 선지와 비슷한 종류로는 자반 생선이 있고요, 젓갈도 있고, 소금도, 풋사과도 있지요. 그 아주머니는 그런 걸 자배기에 담아 산과 물을 건너 돌아다니면서 보리며 밀과 바꾸어 왔지요. 그걸로 다시 선지며 젓갈을 사고 나머지로는 먹고 살고 했겠지요. 하여튼 자배기와 그 아주머니는 떼놓고 생각하기 어려웠어요.

그 아주머니의 아들은 어떻게 생겼느냐 하면요, 집주인인 당숙 못지않게 귀골로 생겼는데요, 멀리서 보면 여자 같았어요. 머리는 늘 치렁치렁 길었고요, 얼굴은 둥글고 희었고요, 특히 입술이 유난히 붉고요, 크고요, 그 입에서 나오는 말투는 남자도 여자도 아니게 어중간하고 느릿느릿한 것이 이 세상 사람의 말투가 아닌 것 같았어요. 나이는 원두보다 다섯 살이 많다고도 하고 열 살이 많았는지도 모르는데요, 똑똑한 원두는 둘 사이를 평균 잡아서 아하, 일곱 살 반쯤 많겠다고 생각했지요.

원두가 동곡에서 온 두 사람을 정식으로 만나게 된 건 방학이 얼마 남지 않은 어느 오후였습니다. 원두는 학교에서 돌아오는 길에 하얗게 햇빛을 반사하는 길 위에서 무엇인가 천천히 움직이는 것을 보았습니다. 가까이 다가가서야 원두는 그게 사람이며 자배기를 머리에 얹은 아주머니라는 걸 알았는데요. 허리에는 쑥빛 전대를 두르고 검은 물을 들인 군복 바지에 때에 절어 바지와 비슷하게 검은색이 나는 긴소매 저고리를 입은 아주머니는 무척 더워 보였지요. 홀딱 벗어도 시원치 않을 날씨였거든요. 어머니가 새로 사입혀 준 하얗고 깨끗한 윗도리, 한때 보이 스카우트 대원이었던 형이 물려준 파란색 반바지, 고모들이 씌워 준 동그란 모자를 쓴 원두는 그 아주머니가 왜 그런 옷을 입고 대낮에 돌아다녀야 할까, 궁금하게 생각했습니다.

"늬가 장풍원댁 손자구나?"

자배기를 인 아주머니는 끝이 동그란 그림자를 원두에게 덮어씌우면서 말했습니다. 원두네 동네에서 그걸 모르는 사람은 간첩밖에 없었을 텐데요. 한낮에, 이고 지고 들고 끼고 짐투성이가 되어 날 잡아 보라고 사서 고생하는 간첩은 없겠지만요. "이거 좀 들어 주갔니? 어휴, 더워 죽갔구나야."

동네 사람 누구도 원두에게 그런 식으로 짐을 맡기지 못했지요. 동네에서 제일 어른스럽고 진중하고 똑똑하고, 뭐 그런 아이라기보다는 동네에서 제일 복 많은 부잣집의 손자에게는 가볍고 깨끗하고 예쁜 손수건 한 장 맡기는 것도 상당한 용기를 내야 하는 일이거든요. 그런데 그 아주머니는 숯검정이 묻은 축 늘어진 자루를, 당연히 받아 주어야 한다는 듯이 다짜고짜 내미는 거였습니다. 원두는 얼떨결에 그걸 받고 말았지요.

"참, 착하디. 집안 내력이가……."

원두는 착한 아이답게 타박타박 아주머니의 뒤를 따라 걸었습니다. 이윽고 두 사람은 마을 한가운데를 널찍하게 차고앉은 당숙의 집 앞까지 왔습니다.

"들어온. 줄 게 있으니."

아주머니는 뒤도 돌아보지 않고 대문을 열고 들어갔지요. 원두는 자석에 끌리는 쇳가루처럼 자루를 들고 그 뒤를 따랐습니다. 왜 그렇게 자신이 고분고분한지 생각할 겨를도 없었어요. 당숙이 혹시 집안에 있다면 물어 볼 수 있었겠지요. 저는 왜 이렇게 착한 것일까요? 남보다 스무 배 착한 것도 타고나는 건가요? 그런데 넓고 조용한 집 안에는 쥐똥만 흩어져 있을 뿐 당숙은 없었어요.

아주머니가 원두를 아랑곳하지 않고 자기 일만 하는 바람에 원두는 자루를 들고 문 곁에 우두커니 서 있었어요. 내려놓아야 할지, 그냥 들고 서 있어야 할지도 몰랐어요. 아주머니는 우물에서 두레박으로 물을 길었지요. 그 물에 푸푸 세수를 했습니다. 또 물을 길어 올렸지요. 종아리도 씻고 팔도 씻었어요. 또 물을 길어 올리고는요. 누가 말릴 겨를도 없이 웃통을 활랑 벗어제치고는 물에 덤벼들어 우적우적 몸을 씻기 시작했습니다. 겨드랑이도 씻고 젖가슴도 씻었어요. 그때는 옛날이었거든요. 마실 다니는 여편네들이 젖을 내놓고 담배 피우면서 돌아다니던 시절이지요. 그런데요, 아주머니의 속살은 어리디어린 원두의 얼굴조차 붉어지도록 여전히 탱탱했습니다. 문득 원두는 당숙이 그 아주머니를 집안에 받아들인 이유에 대해, 미안하지만 알 듯 말 듯했습니다.

"이거 먹어라."

뿌득뿌득 몸을 씻던 아주머니가 바지 주머니에서 무엇인가를 꺼냈습니다. 그건 익다 못해 물렁해진 검붉은 자두였지요. 그걸 자신의 젖을 씻은 물이 들어 있는 자배기에 넣어 씻는 둥 마는 둥 하더니 일어서서 원두 앞에 쑥 내밀었습니다. 자두보다는 바로 눈앞에서 흔들리는 커다란 젖꼭지 때문에 원두는 더한층 놀라서 얼떨결에 자두를 받았지요.

"세상에 공짜가 어디 있네? 고생했으니까 주는 거야……."

원두는 젖꼭지에서 간신히 눈을 떼어 손바닥에 놓인 자두를 내려다보면서 서 있었습니다. 거지한테서 수고비를 받았다는 미안한 느낌이 들기 시작했지요. 미안한 느낌은 그녀의 젖꼭지에서 더한층 오고 있었지요. 원두의 수그린 고개 앞에서 흔들리던 젖꼭지가 갑자기 사라졌습니다. 원두는 그제야 눈을 감고 포옥 한숨을 내쉴 수 있었습니다.

"이 호랑말코 같은 새낀 여태 자고 있는 거야, 뭐이야? 에미가 왔는데도 코빼기도 안 비치고스리."

아주머니는 방문을 확 열어제쳤습니다. 그 순간 컴컴한 방안에서 노도와 같이 쏟아져 나오는 독하고 다채로운 냄새에 원두는 머리가 아찔해졌습니다. 원두가 구별해 낸 냄새와 구별해 내지 못한 무수한 각각의 냄새에는 묵은 것, 금방 생긴 것, 생기다 만 것, 생겼다 사라진 것, 냄새와 흡사하지만 냄새가 아닌 것, 냄새 같지 않지만 냄새, 서로 뒤섞여 뭐가 뭔지 모를 것, 결코 뒤섞이지 않을 독특한 향과 자극을 가지고 있는 것 등등이 들어 있어서 그 냄새들을 잘만 가공하면 화생방 무기로, 부산물은 향수로 팔아먹을 수 있을 것 같았지요. 그 방은 가히 냄새를 모아 놓은 박물관이며 냄새의 본산 같았어요. 냄새의 샤워 속에서 원두의 어리고 작은 코가 더 이상 견딜 수 없을 것 같아서 원두는 입으로 조금씩 숨을 쉬었습니다.

"썩 못 일어나간? 이놈의 새끼래 약 먹은 괭이처럼 맨날 문 쳐닫고 퍼져 자고만 있으면 밥이 나오네, 똥이 나오네."

그렇지만 원두에게는 젖이 큰 아주머니의 말이 욕처럼 들리지는 않았어요. 그렇게 훌륭한 젖을 가진 여인이 정말로 나쁜 마음을 먹고 나쁜 말을 쓰겠어요. 일부러 그러는 것 같았어요, 일부러요.

원두가 눈을 뜨니 어두운 방안에서 문득 손이 하나 나팔꽃처럼 쑥 나오고요, 벌레의 더듬이처럼 쌍을 이루려는 듯 다시 한 손이 나왔습니다. 이윽고 느릿느릿 배로 몸을 밀며 누군가 나오고 있었습니다. 허옇게 살찐 쌀벌레처럼 보였어요. 쌀벌레보다는 훨씬 큰 사람의 몸뚱이였지만요. 쌀벌레는 몸의 반을 문턱 너머 댓돌 쪽으로 축 늘어뜨렸습니다.

"모친 왔어? 웬일이야, 이렇게 일찍?"

"애가 장풍원댁 손자다. 알고 있네?"

쌀벌레는 눈을 게슴츠레하게 뜨고 흐음흐음 소리를 냈습니다. 몸 어딘가가 아픈 것처럼요.

"어쩌면 이렇게 의젓하다니. 집이래 아주 부자래. 서로 동무하면 좋갔구나……."

쌀벌레는 흥, 하고 코웃음을 쳤습니다. 원두는 잘못한 것도 없이 얼굴이 붉어졌지요. 겉보기에 쌀벌레는 다 자란 성충(成蟲)으로 보였거든요. 원두는 속에 무엇이 들어 있든 간에, 남들에게 아무리 어른 한몫의 대접을 받고 있다고 하더라도 겉보기로는 아이였고요. 만나자마자 동무하긴 좀 그렇지요.

"아, 이제 좀 살겠네."

문득 쌀벌레가 몸을 일으켰습니다. 펄쩍 뛰어 댓돌 아래로 내려섰습니다.

"네가 나하고 동무가 되겠니?"

쌀벌레는 젖이 큰 여인의 말은 듣는 척 마는 척 원두에게 물었습니다. 냄새의 공격을 피해 입을 반쯤 벌리고 숨을 쉬던 원두는 문득 실실 웃는 듯한 쌀벌레의 표정 속에서 고요하게 빛나는 칼 같은 적의를 느꼈습니다. 그런 느낌은 아무리 겪는 것이라 신기하다고 해도 오래 견디기 괴로운 것이라서요, 원두는 가려고 했습니다. 가면서 예의바르게 인사를 하려고, 참 그 집은 원두 당숙 집이므로 예의의 박물관 겸 본산이기도 했군요, 했는데요. 세상일이란 게 사람 뜻대로 되는 게 아닌가 봐요. 전혀 생각지도 않은 말이 원두의 입에서 튀어나왔으니까요.

"그럼. 내가 친구해 줄게."

쌀벌레는 놀랍다는 듯이 입을 조금 벌렸습니다. 어이가 없다는 듯이 얼굴을 온통 일그러뜨리더니 곧 재미있다는 듯한 표정이 되었지요. 고개를 끄덕끄덕 했습니다. "너 허파에 바람이 딴딴히 들었구나."

원두는 얼굴이 빨개져서 자루를 얌전하게 내려놓고 다 쓰러져 가는 문을 열고 나왔어요. 뒤에서 하하하, 하는 쌀벌레의 웃음 소리가 났지요. 쯧쯧, 하고 혀를 차는 소리가 들리더니 아주머니의 목소리가 들렸습니다.

"또 오너라."

원두는 손 안의 자두가 뭉개져서 붉은 물이 뚝뚝 흘러내리는 것도 몰랐어요. 분하고 억울하고 뭔가 잘못된 것 같았지요. 거지 같은 것들이 세상도 모르고 까불고 있다고 생각했어요. 분하다!

기타

그냥 왠지 재수 좋은 느낌이 드는 저녁이 있지요. 그럴 때에 먹는 풋고추는 유난히 맵고요, 10리 앞을 지나가는 사람의 콧등에 솟은 땀까지 보이는 것 같아요. 공기 속에 섞여 있는 온갖 냄새가 다 분별이 되고 멀리 떨어진 사람들이 나누는 이야기, 개 짖는 소리까지 무슨 뜻인지 알아들을 것만 같은 날이지요. 이상하게 매일 되풀이되는 일이 하기 싫어지고요. 바로 그날 원두의 기분이 그랬어요.

원두는 읍내 학교에서 10리 길을 타박타박 걸어와서 방죽에 올라섰지요. 거기서 보면 논둑에 엎드려서 담배를 피우는 영감님 같은 마을의 집들이 다 보이지요. 방죽과 방죽 사이에는 냇가가 있고요. 냇가 풀밭에는 원두가 아침에 데려와 매어 놓은 염소들이 풀을 뜯고 있었지요.

냇가에는 홍수만 나면 떠내려가서 해마다 한 번은 새로 놓아야 하는 나무다리가 있었지요. 있다가 없다가 하는 그 다리를 경계로 해서 원두가 사는 동네 이름은 다리를 건너간다 해서 건너동, 맞은편 동네를 건너동에서는 다리 넘어간다고 해서 넘어동이라고 했는데요. 원래는 '은척 1리'라는 이름으로 한 동네이지만 넘어동 똥강아지들, 건너동 고구마방귀들이라고 서로 욕할 때는 그렇게 나눠 놓은 게 쓸모가 있었지요. 다리 건너편 방죽에는 다리를 따라 떠내려가지 못한 것이 미안한 듯 허리가 마을 쪽으로 휘어 있는 늙은 팽나무가 있고요. 팽나무 아래에는 동네 어른들이 만들어 놓은 평상이 있었지요.

원두는 여느 때처럼 다리를 건너기 시작했지요. 휘청거리는 다리를 건널 때는 늘 아슬아슬하지요. 한 뼘쯤 틈이 벌어진 다리 사이로 쑥 빠져 버릴 것 같기도 하고요. 막상 그 틈으로 빠졌다는 사람은 하나도 없는데 다리를 건너는 사람은 누구나 그런 생각을 하게 된다고 해요. 그래서 무사히 건너가게 되면 뭔가 장한 일을 해낸 사람처럼 으쓱해지기도 하는데요. 어른들 중에는 그런 게 싫은 사람도 있었나 봐요. 이놈의 다리 콱 때려 부수든지 다리를 안 쓰고 말든지 하겠다고 건널 때마다 욕을 하는 원두 아버지 같은 사람도 있었으니까요.

하여간 다리를 중간쯤 건너가는데 원두의 귀에 물방울이 물에 떨어지는 것 같은 이상한 소리가 들렸어요. 물에 떨어지는 물방울 소리가 어떻지요? 퉁? 띵? 땡그랑? 띵똥? 땡? 원두는 걸음을 멈추었지요. 무슨 소리가 났는데……잘못 들은 소린가 싶어서 다시 걸음을 옮기기 시작했는데요. 이번에는 암소가 송아지를 핥아 주는 소리가 들렸지 뭡니까. 그 소리는 너무 작아서 소리라고 할 수도 없지만요, 들을 준비가 되어 있는 사람에게는 다 들리는 법이지요. 쓰스슥? 오싹? 원두는 다시 걸음을 멈추고 사방을 둘러보았지요. 팽나무. 방죽. 평상. 집들. 뽕나무밭. 죽은 뱀처럼 흰 배를 드러낸 길. 이따가 군가를 부르며 줄 맞춰 발맞춰 집으로 끌고 갈 염소들. 뭐 이상할 게 없었지요. 어제와 그저께와 내일까지 똑같은 모습. 원두는 고개를 흔들면서 다시 걸음을 떼려고 발을 들었는데요. 그때 갑자기 뒷집 돼지 불알 까는 소리 같은 요란한 무슨 소린가가 원두의 귓속으로 확 엎질러져서요, 그 소리가 어떤 소린지 분별하기도 전에 원두의 발은 다리 사이 빈틈에 끼였지요. 아차 할 틈도 없이 넘어졌고요. 책가방이 팔에서 빠져 나가고 가방 중간에 들어 있던 필통이 쏟아지고 필통에서 연필과 지우개가 뛰쳐나와서 냇물에 떠내려가고요.

원두는 다리 위에 엎드린 채 무슨 일이 일어난 걸까, 이제 어떻게 해야 할까 고민을 하고 있었지요. 그런데 느닷없이 자신이 처한 상황을 헤쳐 나가는 데는 전혀 도움도 안 되는 '기타!' 하는 말이 머릿속에 칠판 글씨처럼 또렷이 떠오르지 뭡니까. 책에서 그림으로밖에 본 적이 없는 기타가 왜 하필 그때 원두의 머리에 떠올랐느냐.

기타(Guitar)는 무엇일까요. 보석의 원석처럼 모르는 사람은 모르고 알아보는 사람은 아는 것. 여섯 줄을 매고 손으로 연주해 소리를 내는 악기. 그 무렵에는 '키타아' 라고도 말하는 사람이 많았지만 엄연히 기타인 것. 신기한 것. 아름답고 경쾌한 것. 물건이지만 그를 소유한 한 사람 몫 이상의 존엄을 더해 주는 것. 무엇보다 기타 소리를 처음 들은 사람에게 기타라는 말이 떠오르게 해주는 물건.

그건 천천히 생각해 볼 문제고 하여간 원두는 자신이 들었던 여러 가지 소리가 바로 기타에서 나는 소리라는 걸 깨닫고는 다리에서 떨어졌지요. 떨어지면서도 어째서 기타라는 이름이 떠올랐는지 알 수 없었는데요. 알 수 없다는 게 물에 풍덩 빠지는 데 도움이 되는 것도 아니지만요.

누가 가까이 있어서 원두가 다리를 건너오는 걸 죽 지켜보았다면 참 웃긴다고 생각했겠지요. 그런데 정말로 누군가 있었습니다. 팽나무 위에서 파란 줄이 쳐진 러닝 셔츠를 입은 사람이 뛰어내렸으니까요. 그 사람이 들고 있던 게 기타였습니다. 씩씩거리며 물이 뚝뚝 떨어지는 가방을 추스르고 있는 원두 앞에 그가 섰습니다.

"너 참 웃긴다."

그게 그의 첫마디 말이었지요. 당연한 말에 원두는 화가 났지요. 나무 위에 올라가서 산적처럼 지키고 있다가 이상한 소리를 내서 자신을 물에 빠뜨렸다고 생각했던 거예요. 그럴 리가 없고 그럴 수도 없고 그럴 필요도 없겠지만 그때 원두는 자신의 귀에 이상한 소리를 들려주고 자신을 넘어지게 하고 책가방과 자신을 물에 빠뜨리려고 온 세상이 공모한 것처럼 생각할 수밖에 없었어요. 그래서 나타난 게 누구든지, 그가 무얼 들고 있든지 간에 원한의 대상이 될 수밖에요. 그래도 원두는 참고 걸음을 옮겼지요. 참는 자에게 복이 있다고 할아버지가 말씀해 주셨으니까요.

"야 임마, 너, 웃긴다구."

기타를 안고 뒷걸음으로 가면서 그는 말했지요. 원두의 얼굴을 쳐다보면서요. 원두는 그가 바로 며칠 전 당숙의 집에서 만난 쌀벌레라는 걸 알고는 그만 대꾸를 하고 말았지요.

"안 웃겨."

"더럽게 웃겨."

원두는 걸음을 멈추었습니다. 그를 노려보면서 한마디씩 또박또박 쏘아 주었지요.

"그럼, 네 혼자, 실컷 웃어."

그는 다시 며칠 전 그의 집 안에서 본 것처럼 여러 가지 표정을 얼굴에 나타냈습니다.

"너? 네가 지금 나보고 너라고 했니? 너?"

"응."

원두는 맞아 죽을 준비를 했습니다. 착한 사람들이 사는 원두네 마을에서는요, 어른에게 아이가 너라고 부르면 곧바로 맞아 죽어야 합니다. 원두가 맞아 죽고 나면 그도 사람을 죽인 죄로 맞아 죽겠지요. 덩치가 크니까 원두보다 더 오래 맞아야 죽겠지요. 더 많이 아프겠지요.

"너 어디 아픈 거야?"

"아프긴 왜 아파. 이 바보야, 등신아, 거지야."

원두가 영리하다는 말을 안 했던가요. 사실은 그전에 마을에서 한 사람이 다리 쪽으로 걸어오는 것을 보았거든요. 조그맣고 흰 얼굴, 가지 적은 나무가 걸어오듯이 단정하게 발만 옮기는 모습이 당숙이 틀림없었지요. 일단 욕을 한 원두는 염소를 몰고 다니는 소년다운 번개 같은 발을 이용해서 도망을 칠 작정이었지요. 욕을 다 듣고 그게 욕이라는 걸 깨닫게 된 그가 기타를 내려놓고 주먹을 휘둘렀을 때는 이미 원두는 음속보다 빠른 속도로 당숙의 품으로 돌진하고 있을 겁니다. 그러면 제까짓 게 어떻게 하겠습니까. 원두는 이미 당숙의 품속으로 뛰어들어가 저 거지 새끼가 나를 죽이려고 했다고 울며불며 일러바치고 있는데요.

그런데 말이지요. 희한하게도 그는 주먹을 쥐기는커녕 싹 소리가 날 정도로 가볍게 돌아서더니 한 걸음씩 천천히 방죽으로 다가가는 게 아니겠습니까. 도망을 치려던 원두는 뭔가 이상하다고 생각을 했지요. 왜 그가 갑자기 바보, 등신, 거지를 합한 멍청한 인간이 되었을까. 정말 내 욕이 효과가 있었던 걸까. 앞으로는 욕을 할 때는 더 독하고 강력한 걸로 골라야겠다. 그는 원두가 마음속으로 다짐하는 것도 모른 채 기타를 한 손에 쥐고 팽나무 밑으로 가더니 평상에 앉았습니다. 원두는 자신도 모르게 그를 향해 몇 걸음을 옮겼습니다. 그리고 보았지요. 반대쪽 방죽 끄트머리에 까만 점 하나가 나타난 걸요.

그는 고개를 수그리고 기타를 매만지고 있었지요. 딩동댕, 드르르릉 기타 소리가 났습니다. 저녁의 미지근한 공기 속으로 퍼져 나가던 그 소리는 그 후 원두의 사춘기 내내 지워지지 않을 아름다운 흉터를 남겼습니다. 아, 그건 세상에 없는 소리가 낡은 소리의 껍질을 뚫고 공기 속에 새로 태어나는 것 같았지요. 보잘것없는 나무판과 줄 몇 개에서 울려 나오는 희미한 소리가요, 원두의 세상을 바꾸었습니다. 그 세상의 논에 깊숙이 삽날을 밀어 넣고 욱, 뒤집어 속살이 나타나게 만들어 버렸습니다. 기타 소리일 뿐인 보잘것없는 소리가요. 냇물에 저녁의 붉은 물이 들었습니다. 들에서 집으로 돌아가는 사람들이 어깨에 걸쳐진 젖은 삽날에도 노을의 붉은 얼굴이 담겼습니다. 멀리서 구슬프게 우는 염소들의 눈도 붉었을 것이고요. 원두의 온몸은 저녁의 따뜻한 불길에 휘감겼지요. 그러는 동안 생전 처음 느껴 보는 감정이 원두의 가슴속에 연붉은 여린 싹을 내밀었지요. 그 이름을 뭐라고 할까요. 목멤? 감동? 감상? 슬픔? 서러움? 쓸쓸함? 부끄러움? 그 모두를 합쳐서 노래를 합한 다음 다시 나누면 그 감정의 이름이 나올까요. 모르지요. 원두는 말을 잊었으니까요. 그에게 맞아 죽을 작정을 한 것도 잊어버릴 지경이었지요. 원두는 자신이 어디 있는지도 잊고 기타와 사람의 몸이 만나 만들어 내는 황홀한 소리에 빠져 있었습니다.

그러는 동안 반대편 방죽에 나타난 점은 차츰 커지더니 가느다란 몇 개의 선으로 변했습니다. 이윽고 선은 자전거로 변했고 자전거 위에 탄 사람이 누군지 알아볼 수 있게 되면서 원두는 한숨과 함께 소리의 마법에서 풀려났습니다. 자전거에는 흰 윗도리와 검은 치마를 입은 여학생이 타고 있었는데요. 불그스럼한 바람에 단발머리와 치마가 소리 없이 나풀거렸습니다.

그건 그렇고 자전거를 타고 방죽 위를 오래도록 달려온 여학생은 누구였을까요. 뒷자리에 가방을 단단히 매달고 미끈한 다리를 뽐내며 저물어 가는 하루를 별똥별처럼 장식하고 있는 소녀는 과연 누구인가. 그거야 볼 것도 없지요. 건너동 넘어동 통틀어 단발머리 여학생이라고는 넘어동에 사는 한주의 누나 명주밖에 없었으니까요. 깡패 오빠가 구둣발을 휘둘러 벌어 오는 돈을 아껴 고등학교를 다니는 아가씨.

그러나저러나 그는 왜 갑자기 기타를 치기 시작했던 것일까요. 하필이면 명주 누나는 왜 그때 방죽 위로 자전거를 달렸던 것일까요. 명주 누나는 다리 옆에서 한 발을 살짝 들고 자전거에서 내렸습니다. 그러고는 기타 소리가 나는 팽나무 쪽을 흘끗 보고는 자전거를 끌며 걷기 시작했지요. 왜 하필이면 거기서 내렸을까요. 왜 빨리 가지 않고 검정 숫염소 앞을 지나가는 흰 암양처럼 우아한 옆모습을 보이며 천천히 걸어갔던 것일까요. 왜 바람은 그때를 골라 불어서 명주 누나의 머리칼을 흩날렸을까요. 왜 명주 누나는 다른 때보다 더 아름다워 보였을까요.

원두는 갑자기 심술이 나서 손을 마구 흔들었지요. 명주 누나가 원두를 알아보고는 빙그레 웃으면서 손을 가볍게 들었다 내렸는데요. 보통 때 같으면 밥 먹었니, 숙제는 했니, 염소는 잘 크니, 돼지가 알 낳았니, 요새 한주는 덜 패니, 저수지에 가지 마라 붕어 새끼 놀란다 등등 10분 이상은 마주서서 떠들었어야 하거든요. 그런데 한마디 말도 없이 그림처럼 조용히 지나가는 게 아니겠습니까. 원두 역시 말을 건넬 생각을 하지 못했어요. '누나 내일은 나한테 꼭 시집와야 돼' 하는 일상적인 인사조차 못 했어요. 기타 소리가 모든 것을 막아 버렸습니다. 세상을 제 식대로 매끈하게 밀어 버리고 뒤섞어 버렸습니다.

원두가 다리를 건너오기 시작하면서 명주 누나가 단발머리를 나풀거리며 동네 안으로 들어가 모습을 감추기까지 걸린 시간이 얼마였을까요. 하루는 아니고, 한나절도 못 될 거고, 아마 한 시간? 30분? 10분? 1분? 왜 시간을 따지느냐 하면요. 원두가 그 사이에 자신이 무척 원숙해졌다는 생각을 하게 되었으니까 말이지요. 원숙까지는 아니더라도 서너 살은 나이가 더 든 것 같았어요. 정신적으로요. 그러고 보니 방금 전에 위대한 솜씨를 가진 기타 주자와 어떤 대화를 했던가 하는 것조차 희미한 옛날의 일처럼 느껴졌고요. 위대한 예술은 이처럼 사람을 나이 들게 하나 보지요.

명주 누나가 사라지고 기타 소리가 그치자 사방은 고즈넉해졌어요. 고즈넉함과는 원수인 당숙이 때마침 다가오셨지요. 왜 저녁때가 넘었는데도 집에 안 들어가고 지랄들을 하고 있느냐고 물으셨어요. 그래서 위대한 기타 연주자와 원두는 나란히 집으로 향해 가게 되었지요. 이상한 일이지요. 원두는 그가 무섭지 않았어요. 오래된 친구처럼 느꼈어요. 아까 자신이 물에 빠졌다 나와서 욕을 한 것은 그와 친해 보려고 일부러 그렇게 한 것처럼 생각이 되었지요. 그 역시 기분이 좋았던 모양인지 원두가 처음 듣는 무슨 노랜지를 휘파람으로 불었습니다. 이윽고 휘파람처럼 원두에게 가볍게 말을 건넸지요.

"너 아까 걔하고 잘 아는 것 같더라?"

원두는 고개를 끄덕끄덕했습니다. 나중에 장가를 들 때 신부 후보 중 하나로 생각하고 있다는 말은 하지 않았습니다. 그 후보 중에는 깡다구의 예쁜 부인도 들어 있다는 말은 아예 할 필요가 없었지요. 대답 대신 원두는 물어 보았습니다. "이거 기타 맞지?" 그는 고개를 끄덕거렸습니다.

"걔 이름이 뭐야?"

"기타가 어디서 났어?"

두 사람은 동시에 말했습니다. 그렇게 해서는 서로가 묻는 게 뭔

지 잘 모를 수밖에 없지요. 다시 동시에,

"한 번 만져 봐도 돼?"

"개 몇 살이야?"

질문이 두 사람의 입에서 나오는 바람에 두 사람은 서로가 궁금해하고 있는 게 많다는 걸 알게 되었고요. 두 사람이 각자 가지고 있는 것에 대해 각각 관심을 가지게 되었다는 것도 알게 되었거든요. 그건 정말 친구가 될 징조였지요.

그 다음날 원두는 그의 집에 아침부터 가서 저녁까지 머물렀어요. 그가 연주하는 기타 소리를 들을 때마다 원두의 가슴은 부서질 듯 쿵쾅거렸지요. 틈을 보아 기타를 쓰다듬으면 기타는 드르르릉 소리를 냈습니다. 원두는 그때마다 누군가 위대한 손가락으로 자신의 갈비뼈를 훑어 내려가는 것처럼 느꼈습니다. 그래서 틈만 나면 기타를 찾아갔어요. 사랑에 빠진 소년처럼요.

이발

이제부터 그의 이름을 불러 주어야겠습니다. 그가 불러 달라고 한 이름이 있으니까 그걸 따르는 게 좋을 것 같군요.

"이제부터 내 이름은 기타 리다. 친구여, 나를 기타 리로 불러 다오."

그때 두 사람은 냇가 풀밭에서 만났습니다. 원두는 염소를 데려다 놓은 다음 그늘에 누워 독서나 명상, 인격 수양, 국제 정세와 세상 걱정을 하는 게 일과였는데요, 거기에 기타를 든 그가 나타나 누워 있는 원두의 얼굴 위에 두 발을 딱 벌리고 선언했던 것입니다. 그리고 그는 냇가에 있는 총 서른일곱 마리의 염소들조차 놀랄 만한 멋진 동작으로 둥가둥가 기타를 치며 춤을 추었습니다. 원두는 물론 그 노래, 그 춤, 그 이름에 감동하고 말았습니다. 염소는 죽든 살든 내버려두고 그의 뒤를 졸졸 따라갔습니다.

기타 리 모자가 사는 방은 늘 어두컴컴하고요, 살림은 금방이라도 피난을 갈 사람처럼 당장 쓸 것만 빼놓고는 모두 동여매져 있었지요. 이불을 싼 제법 커다란 짐 하나, 그 아래에 몇 개의 궤짝이 있었는데 그 안에는 구멍난 양말, 구멍난 버선, 이 빠진 그릇이 들었고, 그 옆의 종이 상자 안에는 겨울옷, 여름옷, 가을옷, 봄옷 해서 철철이 한 벌씩의 옷이 들어 있었어요. 방 한구석에는 깨진 거울이 기우뚱하게 세워져 있었고, 요강으로 쓰는 커다란 깡통, 커다란 양은 양푼은 속이 비든 차든 늘 한자리씩 차지했고 바닥에는 거적, 때 절은 이불, 이불 못지않게 때절은 담요가 늘 깔려 있었습니다. 벽에는 더러운 수건 하나, 깨끗하지만 다 떨어진 수건 하나, 커다란 달력 하나가 걸려 있었는데요, 달력 거는 못에는 몽당연필, 원래는 붉은색이었지만 낡아서 노인네 잇몸이 생각나게 하는 빗이 함께 걸려 있었지요. 그 아래 늘 소똥 비슷하게 생긴 세탁비누 세 장이 마분지 위에 놓여 있었고요. 신기한 건 모든 물건이 각각 개성적인 냄새를 가지고 있었다는 것. 그리고 기타.

"만날 놀고 처먹는 놈이 귀타(貴打)든 기타든 가당키나 한가."

당숙의 말씀이 옳았는지도 모르지요. 당숙은 마을의 제일 부잣집의 손자요, 다른 집 고등학생하고도 안 바꾼다는 말을 듣는 훌륭한 학생이며 예절과 사려로 똘똘 뭉친 보기 드문 착한 소년 원두가 기타 리의 방에 놀러 오는 게 이상하다 못해 못마땅했나 봐요. 아침상 숟가락을 놓자마자 쏜살같이 달려와 저녁이 이슥해서야 엉덩이를 떼놓는 이유가 기타라는 이상한 물건 때문이라는 걸 알게 되자 그렇게 말씀하셨는데요. 하기는 부잣집 손자 겸 언제나 착하고 훌륭한 학생은 기타를 칠 수도 있고 기타를 감상하며 쉴 수도 있지요. 그런 아이 노릇 하는 게 얼마나 피곤한데요. 하지만 제 어미가 하루 100리 길을 걸어 다니면서 벌어 오다시피 해오는 양식 거리 축내는 데만 이골이 난 게으름뱅이가 기타를 칩네 노래를 하네 뚱땅거리는 건

못 참아 주겠다는 거 아니겠어요.

넘어동에는 동네 사람들 이발을 해주는 이발소가 있었습니다. 동네 사람들은 언제든 그 이발소에 가서 이발을 하는 대신 한 해에 한 번, 식구수에 따라 쌀이나 돈을 걷어 이발사에게 주고 있었지요. 당숙은 이발소에서 사람을 구하고 있다고 조수를 시키라고 기타 리의 어머니에게 권유했지요.

"피양 감사도 저 싫다면 그만인데 이발소 조수가 뭐이 큰 벼슬이라고……."

기타 리의 어머니는 처음에는 시큰둥했는데요. 열 번 찍어 안 넘어가는 나무 없다더니, 나중에는 찬성을 했던 모양이에요. 당숙이 그렇게까지 기타 리를 이발소에 몰아넣으려고 기를 썼던 이유는 무엇일까요. 글쎄, 거기에도 어른들만이 이해할 수 있는 어떤 논리가 있겠지요. 산 하나에 두 마리의 호랑이가 살 수 없듯이 한 집안에 동네 대표급 알건달, 또는 귀골이 둘은 있을 수 없다고 생각해서였을까요? 아니면 자신처럼 나쁜 길로 빠질지도 모르는 후배를 건지려는 갸륵한 마음 때문이었을까요.

원두는 기타 리에게 기타를 배우려고 목을 빼 방학을 기다리고 있었는데요. 방학을 하는 바로 그날 기타 리가 이발소에 취직을 한다는 비통한 소식을 듣게 되었지요. 처음에는 믿을 수가 없었지요. 기타 리의 집으로 두 주먹을 쥐고 달려갔어요. 기타 리는 집에 없었어요. 냇가로 달려갔지요. 거기에도 없었습니다. 나무 밑에 가 보았습니다. 거기에도 없었고요. 마지막으로 원두는 이발소로 갔는데요. 창문 너머로 매일 기름을 처발라 반지르르한 머리를 뒤로 젖히고 누런 금니를 드러낸 채 잠들어 있는 당숙을 보고요. 긴 머리를 늘어뜨린 채 서서 이발사에게 무슨 말인가를 듣는 기타 리를 보았지요. 원두는 마침내 기타 리가 이발소에 취직하게 되었다는 걸 알았습니다. 원두는 입술을 깨물었습니다. 배신자. 놀면 어디 한번 죽으라 하고 놀아 볼 것이지 사나이가 사람들이 조금 뭐란다고 그걸 못 참고 낼름 취직을 해? 염소도 한 번 고집을 세우면 반쯤 죽도록 얻어터지기 전에는 제 갈 길을 가는데 좀 논다고 설마 사람을 때려죽이기야 할까. 기타는 어떻게 하고? 울고 있는 기타는 어쩌고? 기타의 황홀한 마력에 빠진 내 영혼을 줄 끊어진 헌 기타처럼 차버리고 기어이 이발소 조수가 되겠다고?

기타 리는 원두가 자신을 쫓아온 줄을 아는지 모르는지 한참이나 있다가 어슬렁어슬렁 걸어 나왔습니다. 원두를 보더니 묻지도 않았는데 자신이 이미 취직을 한 건 아니고 오늘은 면접을 보러 온 것이라고 얘기했지요. 이발사가 마음에 들어하지 않으면 취직을 못 할 수도 있는데 이발사가 마음에 들어하지 않는다는 것 같다고요. 원두는 그런저런 세상의 논리에 대해서는 할말이 없었습니다. 어른도 아이도 아닌 소년이 생각할 수 있는 범주를 벗어나는 일이니까요. 원두가 마음속으로 바라는 건 간단했지요. 기타 리여, 이름값을 해라. 이름을 바꾸든지.

두 사람은 나란히 다리를 건너고 신작로를 걸었습니다. 별이 막 뜨고 있었고요, 개구리가 수학 여행 갔다가 밥을 못 얻어먹은 아이들처럼 목청껏 울고 있었어요.

"월급이 얼마래?"

기타 리는 기운이 없어 보였어요.

"기술 배우는 동안은 없대."

그거야 당연하지. 그걸 몰랐단 말야? 원두는 생각만 했을 뿐, 말하지는 않았어요.

"기술을 언제까지 배워야 한대?"

"못 배우면 늙어 죽을 때까지지, 뭐……."

"그런데도 꼭 거기 취직을 해야 돼?"

기타 리는 한숨을 푹 내쉬었습니다.

"너는 좋겠다. 취직하라는 사람도 없고. 또 너는 좋은 게 많다. 아버지도 있고 할아버지도 있고 염소도 있고. 나는 좋은 게 없다. 하나도 없다."

너에게는 기타가 있잖아. 온 동네에 단 하나뿐인 기타. 그 기타를 울려 다른 사람을 울리고 감동시킬 수 있잖아. 속을 확 뒤집어 노을에 드러내 놓을 수도 있잖아. 원두는 그 말도 하지 않았습니다. 어쩌면 기타로 할 수 있는 건 그것뿐일 테니까요. 그것만으로 먹고 살고 행복하고 좋을 수 있을까.

"이발소 아저씨가 뭐래?"

기타 리는 문득 걸음을 멈췄습니다. 치렁치렁한 머리를 흔들어 가며 느리지만 흥분된 어조로 말했지요.

"내 머리부터 깎아야겠대. 떡을할. 내가 이 머리 키우느라 얼마나 고생을 했는데. 덥지 않냐 이거야. 덥게 보인다 이거야."

원두는 그제야 기타 리가 이발소 조수커녕 이발소도 좋아하지 않는다는 것을 알게 되었습니다. 그래서 기분이 조금 좋아졌지요. 당숙이 머리가 긴 기타 리를 골탕먹이려고 하고많은 일자리 중에 일부러 이발소를 고른 건 아닐까.

"안 가면 안 되겠지?"

기타 리는 대답하지 않았습니다.

"오라면 가야겠지."

원두는 혼자말로 제가 묻고 제가 대답했습니다. 그리고 참았던 한숨을 쉬었습니다. 자신이 이발소, 이발사, 이발소 조수, 이발에 관해 할 수 있는 일은 아무것도 없다는 걸 깨달았기 때문에요. 원두는 고개를 숙인 채 걸음을 옮기는 기타 리를 향해 살며시 손을 흔들었습니다. 염소를 데리러 가야 했거든요.

대회

며칠 후 염소를 몰고 집에 돌아온 원두는 눈이 번쩍 뜨이는 소식을 들었습니다. 아버지가 할아버지가 식사를 마치고 나가신 다음 식구들을 둘러보며 군민 노래자랑 대회 이야기를 꺼낸 것이지요. 군민 노래자랑 대회는 읍내가 생긴 이래 최초의 노래자랑 대회라고 했습니다. 노래도 안 하고 자랑도 안 하면서 몇천 년 동안 살아오던 어느 날, 이렇게 내버려두어서는 앞으로도 군민 노래자랑 대회 한번 하려면 몇만 년이 더 걸릴지도 모른다고 생각한 사람들이 자신의 전 재산과 목숨을 걸고 대회를 개최했던 것입니다. 그럴까요?

그전에 약장수들이 한패거리 읍내에 들어와 연극도 하고 마술도 하고 노래도 하고 차력도 하면서 사람들을 모았습니다. 역전 공터에 가마니를 깔아 놓고요. 생전 처음 보는 구경거리에 사람들은 넋을 잃었습니다. 넋을 잃는 바람에 약은 살 생각도 못 했습니다. 약장수들은 날이면 날마다 공짜 구경을 하는 사람들에게 질렸지요. 특히 학교 공부가 끝나기가 무섭게 파리떼처럼 모여드는 아이들에게요.

"너희들은 극장에도 안 가니?"

아이들은 합창으로 대답했습니다.

"극장은 돈을 받잖아요."

"너희들 집엔 라디오도 텔레비전도 없니?"

"없어요!"

"너희는 아프지도 않니, 이렇게 매일 눈 맞고 비 맞고 바람을 맞는데도?"

"그게 우리 고민이에요, 우리는 왜 이렇게 수송아지처럼 튼튼할까."

그래서 약장수는 아이들을 쫓아냈지요. 쫓겨난 아이들이 그냥 있을 리는 없지요. 쫓겨나는 순간 벌써 몸을 새끼줄 안으로 반을 들여놓는 게 아이들이니까요. 약장수들과 아이들은 짧은 저녁에 수백 번씩 들어가고 쫓겨나는 마술을 연출하면서 흥미진진한 나날을 보냈지요. 그 부조리한 광경을 지켜보며 개탄하던 유지들이 계셨습니다. 그들이 모여서 군민 노래자랑 대회를 개최하기로 한 것인데요. 원두의 아버지는 읍내에 농약 가게를 열고 있었지요. 농약 가게 주인은 양복점, 약국, 구두 가게, 극장, 농기구상 주인들처럼 유지의 일종이니까 그 아들인 원두가 군민 노래자랑 대회에 대해 알게 된 거지요. 저녁을 먹자마자 원두는 뒤도 돌아보지 않고 기타 리의 집으로 달려갔습니다.

방안에 네 활개를 펴고 누운 기타 리는 담배를 피우고 있었습니다. 그건 전에 못 보던 것이었지요. 이발소에 면접보러 갔다가 슬쩍하기라도 했나 봐요. 월급이 없다는 말을 듣고는 꽤 충격을 받았던 모양이지요. 기타 리는 계속 담배를 피웠지요. 원두는 기침을 참았지요. 연기 때문에 눈물이 나오는 눈을 비비면서 군민 노래자랑 대회가 열린다는 놀라운 소식을 전했습니다.

"몰랐어? 너희 집은 더럽게 소식이 늦구나."

기타 리는 군민 노래자랑 대회가 있다는 것을 벌써 알고 있었습니다. 원두가 그 소식을 늦게 안 건 노래, 춤, 체조, 놀이를 하면 있는 복도 나간다고 믿는 할아버지 때문이겠지요. 가만히 듣고 보니 기타 리는 당숙의 종용 때문이 아니라 자발적으로 이발소에 취직을 하려고 했던 것이었습니다. 이발소 조수 월급을 받아, 아니면 가불이라도 해서 군민 노래자랑 대회에 나가려고 시도한 거죠. 그런데 월급이 없었던 게 기타 리를 불행하게 만든 겁니다. 월급이 없는데 가불을 해줄 이발소 주인은 없지요. 기타 리는 소식을 전하러 온 원두에게 오히려 더 많은 소식을 전해 주었습니다.

대회에 나가려면 거지 같은 참가비가 있어야 했는데요. 금쪽 같은 쌀 세 되에 해당하는 엄청난 돈이라고 했습니다.

"나가기만 하면 최우수상은 틀림없는데. 오오, 내 금두꺼비!"

군민 노래자랑 대회 최우수상은 두꺼비 양복점에서 협찬한 금빛 찬란한 금송아지가 아니고 황금 두꺼비였지요.

"최소한 인기상은 맡아 놨는데."

기타 리에게는 최소한 기타가 있습니다. 노래자랑 대회에 나오는 그 누구도 기타를 들고 나오지는 않겠지요. 기타 리의 기타 솜씨가 보통 솜씨인가요. 원두도 한 번 듣자마자 넋을 잃은 그 솜씨가 발휘되면, 아니 그냥 기타만 아무에게라도 들려 내보내면 인기상은 틀림없을 것 같았지요. 인기상의 상품은 털보 구두점에서 협찬한 개털 모자와 개가죽 장갑이었습니다. 할아버지가 쓰면 근사하겠지요.

"솥만 해도 어디야."

2등 상품. 기타 리의 집에는 솥이 없었지요. 냄비에 밥을 해먹고 그 냄비에 찌개도 하고 국도 끓였는데, 하긴 국이나 찌개 끓이는 날은 1년에 몇 차례밖에 되질 않으니 냄비가 그렇게 바쁠 일도 없었지만은, 솥에서 밥이 끓고 냄비에서 국이 끓으면 그때 그 냄새, 그 기분은 얼마나 좋을까.

"밥상이라도 있으면 사는 게 확 달라질 거야."

3등 상품. 기타 리의 집에는 당연히 밥상이 없었거든요. 사과 궤짝 위에 밥그릇도 놓고 반찬 그릇도 놓고 수저도 놓고 했는데, 하긴 그렇게 격식 갖추어서 놓을 일이 1년에 한두 번 있을까말까 했지만 밥상 위에 그대로 밥을 비벼 먹을 수도 있고 국을 핥아 먹을 수도 있잖겠어요. 궤짝에 떨어진 밥알을 주워 먹어 본 사람은 밥상이 얼마나 소중한 건지 알 거예요. 원두는 잘 몰랐지만요.

멀리 서곡 쪽에서 "아으으우우우이!" 하는 소리가 들렸습니다. 조금 있으니까 동곡 쪽에서도 "아으으으으으으으!" 하는 긴 하품 소리가 들려 오고요. 그러고 보니 며칠 전부터 들려 오기 시작한 소리였지요.

"저게 무슨 소리지?"

기타 리는 이발소에 잠깐 가 있더니 알게 된 게 무척 많았습니다. 원두에게 설명해 준 것은 이렇습니다.

군민 노래자랑 대회가 열리기 전에도 새벽마다 동곡에 올라가 목청 연습을 하는 사람이 있었지요. 매일 새벽에 동곡에 올라가 목청 연습을 하면서 떠오르는 해를 맞으면 세계적인 가수가 된다는 전설이 있었거든요. 그런데 대회 열풍이 불자 새벽마다 목청을 다듬는 사람들이 열 배는 더 늘었는가 봐요. 동곡이 복잡해지자 사람들은 영험이 조금 떨어지는 서곡으로 갔는데 서곡도 곧 경쟁자들로 바글바글해졌다지요. 그러니까 저녁부터 산에 올라가서 미리 자리를 잡아 놓는 사람이 생기는가 하면 그냥 있기가 심심하니까 달밤의 늑대처럼 소리를 질러 대는 놈도 있고요. 다 대회의 열기가 무시무시하다는 걸 보여 주는 거지요.

특히 넘어동 사람들은 동곡에 딱 붙어 있던 관계로 새벽부터 목청 연습을 하는 늑대 인간들에게 몹시 시달렸는데요. 기왕 시끄러워서 깼으면 들에 나가 삽질이라도 한 번 더 하고 거름이라도 한 번 더 져 나르면 좋을 텐데, 넘어동 사람들은 그럴 사람들이 아니지요. 그런 갸륵한 생각이 있었으면 옛날에 가난뱅이 마을이라는 오명을 벗었겠지요. 주민들은 새벽부터 부스스한 얼굴로 모여 기왕 잠도 못 잘 것, 우리 동네에서도 가수를 내보내자, 그러자! 하고 결의를 했다는군요.

"이 동네는 왜 그런 멋있는 운동도 안 해? 냇가 하나 사인데."

기타 리는 기타를 베고 누워서 한숨을 푸욱 내쉬었습니다. 원두는 넘어동은 워낙 놀고 먹기 좋아하는 동네라서 그렇고 다리 건너 우리 동네는 예로부터 점잖은 양반 동네로 다른 동네들의 존경을 받아 온 터, 워낙 그런 일에는 초연해서 그럴 거라고 설명하려다 말았습니다. 어쩌면 그게 복 나가는 짓을 싫어하는 할아버지의 영향 때문이라는 생각이 들었거든요. 그런 생각은 안 하는 게 좋은데 생각을 하고 나니까 한층 더 미안해지지 뭡니까.

"하기는 누가 나 같은 놈한테 쌀을 모아 주겠어……."

그렇습니다. 원두네 동네 사람들이 일제히 미쳤다고 합시다. 곱게 미쳐서 넘어동처럼 노래자랑 대회에 대표 가수를 내보내기로 하고 쌀을 모은대도 기타 리에게 주기야 하겠습니까. 그때까지 기타 리가 그렇게 기타를 띵땅거리며 돌아다녀도 그걸 음악이라고 이해한 동네 사람은 장원두 단 한 명뿐이었지요. 동네에서 가장 아는 게 많고 예술에 대한 이해가 높다고 자부하는 당숙조차 기타와 귀타를 혼동할 정도였으니까 다른 사람들은 말할 것도 없지요. 그 외에 기타와 기타 소리를 감상할 줄 아는 존재가 있다면 원두가 기르는 염소 정도인데요. 염소들이 어떻게 쌀을 모으겠어요. 풀이라면 몰라도. 두 사람은 합동으로 바닥이 꺼져라 한숨을 쉬었지요. 그 와중에 원두가 한 가닥 희망의 심지를 찾아내서 기타 리에게 물었습니다.

"집에 혹시 모친이 감춰 둔 쌀은 없을까?"

"내가 골백번도 더 찾았다. 뒤질 것도 없어."

"모친이 이런 경우에 대비해서 미리 저축을 해두었다든가 보험에 들었다든가……."

혹은 심청이처럼 몸을 팔아 공양미 300석을 구했는데 그 가운데 일부가 남아 있다든가. 원두의 머릿속은 갖가지 궁리로 대단히 뜨거워졌습니다.

"오늘 먹을 보리도 떨어졌는데 뭘. 있어도 죽기 전에는 못 뺏어."

"그래도 혹시 혹시……."

"혹시 혹시 하지 말고 네가 한번 구해 봐라."

"내가?"

"그래, 임마. 네 집은 부자잖아."

원두는 와락 겁이 났습니다.

"난 아냐! 할아버지가 부자야!"

"너도 부자야. 넌 염소가 있잖아. 마흔 마리나."

기타 리는 눈을 가늘게 뜨고 담배 연기를 원두의 얼굴에 훅 뿜었습니다. 원두는 손사래를 치면서 외쳤습니다.

"염소는 식구나 마찬가진걸. 식구가 많다고 부자는 아니잖아. 그리구 잘못 알고 있어. 마흔 마리가 아니고 서른일곱 마리밖에 안 돼."

"알았다, 알았어. 자식 거 되게 놀라네. 하긴 염소가 1,000마리면 뭐 하냐. 나한테 줄 것도 아니고……."

그러면서 기타 리는 쓸쓸한 표정으로 피식, 하고 방귀 빠지는 웃음 소리를 냈지요. 원두는 이마를 긁는 체하면서 안도의 한숨을 내쉬었습니다. 그때였습니다. "아이구, 야야, 사람 죽는다아……."

바깥에서 염소가 우는 듯한 소리가 났습니다. 기타 리는 고개를 갸웃했습니다. 원두는 이야기가 더 길어지기 전에 일어서려다가 놀라서 주저앉았습니다.

"야야, 나 죽어……."

분명히 사람 소리였습니다. 원두는 문을 열려고 했습니다. 그런데 마술처럼 문이 저절로 열렸습니다. 알고 보니 마술은 아니었지요. 댓돌에 쓰러진 기타 리의 어머니가 있는 힘을 다해 문을 잡아당긴 것이었지요.

"아니, 웬 피……."

원두는 마술보다는 문고리 주변에 얼룩덜룩 묻은 피에 놀라 몸이 얼어붙었습니다. 그제야 기타 리가 몸을 일으켰습니다.

"이 범이 물어 갈 새끼. 네 난닝구라도 좀 던지라우……."

기타 리는 태연하게 담배 연기로 도넛을 만들어 날리며 말했습니다.

"또 그거야?"

"기래, 이 망할 놈의 새끼야. 빨리 못 하간?"

원두는 어쩔 줄을 모르고 두 사람 사이에서 고개만 왔다갔다 할 수밖에 없었습니다. 기타 리는 구멍난 러닝 셔츠를 천천히 벗었습니다. 가슴 근육이 보기 좋게 씰룩거리더니 러닝 셔츠가 원두의 머리 위로 날았습니다. 이윽고 무거운 물건이 끌려가는 듯한 소리가 났습니다.

"문닫아, 모기 들어와."

기타 리는 담배 연기로 동그라미를 만들고 나서 말했습니다. 원두는 머리가 어지러웠지요. 밖에서 피를 흘리며 죽어 가는 사람은 기타 리의 어머니가 분명한데요. 아들은 모기에게 조금이라도 피를 빨릴까 문을 닫으라고 말합니다.

"나 갈래."

말을 하고 문간을 나섰지만 발이 떨어지지 않았습니다. 발커녕 머리카락 하나 꼼짝할 수 없었습니다. 문고리와 문고리를 만진 원두의 손과 문간과 그 주변의 공기에서는 원두가 생전 처음 맡는 이상한 냄새가 계속 풍겨 오고 있었는데요. 물고기 배를 땄을 때 나는 냄새 같기도 하고요, 아니 거기에 비밀을 양념처럼 얹은 것 같기도 하고요, 간첩 사투리처럼 수상한 냄새기도 하고요. 원두의 코는 새로운 냄새를 소화하고 기억하느라 자꾸 공중을 향해 벌름거려졌지요.

"손님이 계셨구만 기래."

얼마나 시간이 흘렀는지, 기타 리의 입에서 먹지도 팔지도 못하는 담배 도넛이 스무 개쯤 만들어졌을 무렵, 기타 리의 어머니가 고개를 숙이고 허리에 손을 짚은 채 방으로 들어섰습니다. 원두는 자리에서 일어나서 고개를 꾸벅 숙였습니다. 친구의 어머니니까 예의를 갖춰야지요.

"이보라, 내래 다리까지는 오토바이 얻어 타고 잘 왔는데 냇가 건너면서 뛰는 바람에……."

"오토바이를 얻어 탔어?"

기타 리가 몸을 일으켰습니다.

"기래, 한 동네 사람이라고 하더만……."

"누굴까?"

오토바이를 몰고 다니는 사람은 동네에 한 사람밖에 더 있겠습니까.

"깡다구야."

깡다구라니? 그들은 깡다구에 대해 더 많은 것을 알고 싶어했지만 원두는 뭐라고 해줄 말이 없었습니다. 자신이 아는 것도 많지 않았거든요. 그저 신비에 싸인 무시무시한 악당이라는 것 정도지요. 그 악당이 왜 기타 리의 어머니를 태워 주었을까? 깡다구가 누구냐 하는 것보다는 그게 더 궁금했지요.

읍내로 행상을 다녀오던 기타 리의 어머니가 길 중간에서 상처를 입었습니다. 그때 길을 지나가던 한 사내를 만납니다. 오토바이를 탄 그 사내는 상처를 입은 어머니를 뒤에 태워 주겠다고 합니다. 어머니는 빈 자배기를 옆에 끼고 오토바이를 탑니다. 오토바이는 냇가를 건너야 하는데요. 다리를 이용할 수가 없는 오토바이는 물이 얕은 곳을 골라 촤촤촤 물을 튀기며 냇물을 통과합니다. 어머니는 그때 놀라는 바람에 그만 다리를 쫙 벌리면서 상처를 감고 있던 붕대가 빠져 나간 줄도 몰랐습니다. 그래서 피를 계속 흘리며 집으로 오게 됩니다. 그래요, 그랬다고 하지요. 그러나 그 사내가 깡다구라면 모든 것을 처음부터 다시 생각해 보지 않으면 안 됩니다. 중요한 건 왜 그랬는가 하는 거예요.

그리고 또 모를 것이 그 피였습니다. 그 피에서 나는 냄새는 왜 그렇게 독하고 괴상한지. 기타 리의 방이 냄새의 왕국이라 한다고 치고, 그 안에 있는 것은 모두 개성적이고 강력한 냄새를 갖고 있다고 하더라도 그 피의 냄새는 그중에서도 낯설고 수상쩍으면서 원두의 관심을 끌었습니다. 결국 그 냄새는 원두의 평생에 잊을 수 없는 기억으로 남게 되는데요, 그 냄새에 간신히 등을 돌리고 신발을 신는 원두에게 기타 리가 지나가는 말처럼 물었습니다.

"깡다구가 부자니?"

"모르겠어……."

원두도 깡다구가 부자인지 아닌지 설명할 자신이 없었습니다. 깡다구는 그냥 깡다구인 거지요. 원두는 문을 닫았습니다. 별이 총총한 하늘을 향해 크게 심호흡을 하고 걸음을 떼려는데 방안에서 기타 리가 윽박지르는 소리가 들렸습니다.

"그 새끼가 왜 태워 줬대?"

"내가 알간……."

"엉큼한 놈 아냐?"

"모른대두……."

원두는 가슴이 쿵쾅거리는 걸 느꼈습니다. 더 이상 어른들끼리의 대화를 엿듣는 건 실례이며 양심에 거리끼는 일이라서 착한 소년 원두의 가녀린 심장이 겁에 질린 거지요. 그렇지만 도저히 그냥 발을 뗄 수가 없었습니다. "그냥 데려다 줬어? 뭐라고 그래?" 하는 기타 리의 말이 들렸기 때문에요. 그들은 바로 '깡다구의 왜?'에 관한 비밀을 합동으로 파헤치고 있었던 겁니다. 느릿하던 기타 리의 말투가 금맥을 발견한 광부의 곡괭이질처럼 거세고 빠른 소리로 바뀌었습니다. 반면에 기타 리 어머니는 입에 꿀을 머금은 사람처럼 느릿느릿 우물거렸지요.

"잘 가라고 하더만. 또 보자구……."

"또 보자 하셨어? 어디서 내렸어?"

"뽕나무밭……."

낮에도 어두컴컴한 그늘이 있어서 으스스해 보이는 뽕나무밭. 원두의 머리끝이 쭈뼛해졌습니다. 뽕나무밭 때문인지 깡다구 때문인지 둘 다 때문인지는 모르지만요. 기타 리는 한동안 침묵을 지켰습니다. 방문에 비친 두 사람의 그림자는 엄한 지아비 앞에 앉아 음식 솜씨 타박을 받는 지어미처럼 보였습니다. 이윽고 나지막하게 기타 리가 뭐라고 하는 소리가 들렸지만 무슨 말인지 잘 들리지 않았습니다. 원두는 자신도 모르게 문에 귀를 갖다 댔습니다.

"그냥 왔냐구?"

"몸이래 슬슬 건드리구……."

기타 리 어머니의 그 말에서 자랑스러워한다는 느낌을 받은 건 왜 일까요. 어쨌든 그런 생각을 하는 순간 원두는 몸이 불에라도 닿은 듯이 뜨거워지는 것을 느꼈습니다. 원두는 기타 리의 어머니가 얼마나 예쁜지 아는 사람은 세상에 하나밖에 없다고 생각해 왔습니다. 그런데 깡다구가 그 비밀을 어떻게 알아냈을까? 하필이면 그 나쁜 놈이, 우리 집안의 원수가.

"왜 만져, 나쁜 새끼. 부자도 아니면서."

기타 리의 목소리가 들렸습니다. 원두는 그 말에 목이 메이면서 박수라도 쳐주고 싶어졌습니다. 아울러 자신이 부잣집에 태어나서 살고 있으며 앞으로 천 마리 만 마리의 염소를 거느린 부자가 될 수 있다는 것이 새삼스럽게 뿌듯하게 느껴졌습니다.

"내래 날래날래 도망왔다. 잘했지비?"

"잘한 게 뭐야. 뭘 잘했다구."

기타 리는 여전히 매섭게 모친을 나무랐어요.

"아쿠, 어지럽다. 그만 자면……."

기타 리의 어머니의 그림자가 쓰러지는 것이 문에 비쳤습니다. 원두는 갑자기 숨이 막히는 것 같아서 가슴을 움켜쥐었습니다.

"다음에 또 그러면 죽여 버려."

방안에서 기타 리의 굵은 목소리가 들렸습니다. 어른들끼리는 오토바이를 잘못 태워 주면 죽이기도 하는구나. 원두는 자신이 하고 있는 짓 역시 맞아 죽을 만한 일은 아닌가 싶어 문에서 귀를 뗐습니다.

"왜 고마운 사람 같은데……."

"그냥 죽여 버리란 말야. 알았어?"

기타 리의 목소리가 높아졌습니다. 원두는 어른들 사이의 규칙이 뭔지는 잘 몰랐지만 그렇게 하면 좋겠다는 생각을 했습니다. 찢어지게 가난한 악당 녀석이 오토바이 뒤에 예쁜 여자를 태우고 가면, 그 여자에게 다음에 또 만나자고 하면서 몸을 만질 경우, 다음에 만나면 인정 사정 볼 것 없이 죽이도록 한다.

"기래. 알았으니 불 끄고 자자……."

젖이 아름다운 여인의 힘없는 대답이 들렸습니다. 원두는 발꿈치를 들고 생각에 잠겨 대문간으로 걸어갔습니다. 생각에 잠겨 있느라 눈앞에 불이 번쩍하도록 문설주를 들이받았습니다. 생각에 잠겨 있어 아픈 줄도 몰랐습니다. 생각에 잠긴 채 내처 걸어 집으로 온 원두. 세상에는 자신이 잘 모르는, 책에 안 나오고 말로 할 수도 없지만 이상하고 잔인한 법칙이 있다고 생각한 원두. 그 원칙은 당숙이 알고 기타 리가 알고 기타 리의 어머니도 알고 깡다구도 알고 어른들은 다 알고 있다고 생각하는 장원두.

그날 밤 원두는 중대한 결심을 했습니다. 무슨 일이 있어도 나, 장원두는 기타 리를 군민 노래자랑 대회에 내보내고야 말겠다. 기타 리는 어머니의 상처를 치료하기 위해서라도 금두꺼비를 타야 한다. 금두꺼비를 타면 기타 리의 어머니는 깡다구에게 괴롭힘을 당하지 않아도 될 것이며 깡다구를 죽여서 경찰서에 끌려가지 않아도 되리라. 장원두는 결심했습니다. 착한 아이 장원두. 부잣집 아이, 장원두. 복을 타고난 장원두. 누구도 그런 일을 하리라고 생각하지 못할 장원두. 장원두가 결심한 일이 뭐냐.

그날 밤 할아버지 곁에 자겠다고 떼를 쓴 것. 할아버지의 허리춤에서 떨리는 손으로 열쇠를 풀어 낸 것. 다음날 새벽이 오기 전에 광으로 간 것. 광 밑의 공기 구멍에서 빈 푸대를 꺼낸 것. 광의 문을 연 것. 바가지로 나락을 푸대에 퍼담은 것. 조금 흘린 것. 달빛 아래서 닭이 모이를 부리로 집듯이 나락을 하나하나 주워 담은 것. 열쇠를 뒤곁에 감추고 끙끙거리며 푸대를 할아버지 옆구리에 가져다 놓으려 한 것. 방문 앞까지 와서야 실수한 걸 깨닫고 허둥지둥 푸대를 뒤꼍으로 가져다 놓고 열쇠를 할아버지 옆구리에 돌려놓은 것. 잠깐 잠이 들었다가 동곡, 서곡에서 악악거리는 소리에 도저히 더 잠들지 못하고 자리를 박차고 일어선 것. 난생처음 도둑질을 한 장소가 하필 제집이었다니. 누가 시킨 것도 아니고, 혼자서, 자발적으로, 용감하고 주도 면밀하게, 단번에 성공한 장원두. 장차 큰 도둑이 될 소질이 보이지요?

다음날 도저히 혼자 힘으로 푸대를 들고 나올 자신이 없던 원두는 기타 리를 남몰래 뒤안으로 불러들였습니다. 원두의 집 뒤꼍은 산으로 통해 있었는데요. 기타 리는 원두의 손짓에 따라 푸대를 들고 늑대처럼 산으로 도망쳤습니다. 원두는 산과 뒤꼍 사이에 암탉이 알을 낳는 장소에서 달걀을 꺼내 들고 대문을 통해 어깨를 펴고 나왔습니다. 두 사람은 산 속에서 만나 땀을 씻었습니다. 원두가 먼저 씩 웃고 기타 리도 씨익 웃었습니다. 말이 필요 없이 눈빛만으로 모든 비밀을 나눠 가졌습니다. 두 사람의 미소는 옛날 옛적보다 더 옛날 산적들이 부잣집을 먼지 하나 남기지 않고 톡톡 털어 낸 다음 지은 호탕한 웃음 소리 못지않게 만족스러운 것이었습니다.

푸대를 산에 감추어 놓고 두 사람은 대회가 열리는 냇가의 하류 모래밭으로 갔지요. 대회가 얼마 안 남아서인지 이미 가설 무대가 만들어져 있었고 알록달록한 전구를 매다는 작업이 한창이었습니다. 모래에 눕혀져 매달리기를 기다리고 있는 커다란 플래카드에는 다음과 같은 말이 적혀 있었습니다.

'慶 第一會 銀尺郡民歌唱競演大會 祝'

그 옆에는 나무 책상이 하나 놓여 있었고 안경을 쓴 사람이 앉아 무언가를 계산하고 있었습니다. 나무 책상에는 종이쪽이 펄럭이고 있었는데, '參加費 金 一百圓 整. 白米 參升 現物納付 可'라는 말이 적혀 있었지요.

"저 아저씨 읍내 쌀집 아저씨다. 아버지 친구셔."

"그런데 저기 뭐라고 써놓은 거야?"

원두는 모래밭에 그 글자를 몇 번 더 그리는 연구 끝에 수수께끼를 풀었습니다. 원수 같은 참가비가 100원, 또는 쌀 세 되라는 말이지요. 그러나저러나 기타 리와 원두에겐 쌀은 없고 나락밖에 없었거든요. 그걸 찧어 와야 했지요. 읍내에 있는 네 개의 방앗간 주인은 모두 원두 할아버지가 아는 사람이었습니다. 그때 방앗간은 지금의 조폐공사 겸 탐정 사무실 같은 곳이었거든요. 원두가 가서 나락을 찧다간 당장 의심을 받을 게 뻔했습니다. 그래서 원두는 만만한 한주를 불러냈습니다. 한주는 겁이 많았습니다. 어릴 때에 젖 대신 겁만 먹고 자란 아이 같았습니다. 나락을 찧어야 한다고 하자 당장 얼굴부터 하얘졌습니다.

"왜 그래, 너?"

"무서워. 못 해."

"자식아. 너는 가서 쌀을 찧어 오기만 하면 돼. 누가 잡아먹는대?"

"모, 몰라, 집에 갈래."

"여기가 네 집 앞인데 가긴 어딜 가. 등신."

원두는 자신이 기념비적인 도둑질 이후 서너 해 이상은 나이가 든 듯이 대범하고 씩씩해진 것을 느꼈습니다. 그렇지만 한주를 설득하고 구슬리는 데 하루 해를 다 보내야 했습니다. 다음날은 한주를 방앗간 앞으로오 갓, 시키는 데 염소를 몰던 솜씨를 총동원했음에도 한나절이 걸렸고, 푸대를 들려 방앗간에 집어 넣는 데 반나절, 방앗간에서 쌀을 찾아오는 데 하루가 걸렸고요. 그 다음날은 남몰래 대회에 접수를 하는 데 한나절, 더워서 아이스케키 하나 사먹고 노느라 이틀……그러다 보니 어느새 대회날이 되었습니다.

배신

하필이면 대회날 새벽에 일이 터졌습니다. 뒤꼍 장독대에 된장을 푸러 갔던 할머니가 도둑이 들었다고 소리치며 식구들을 깨웠거든요. 암탉이 알 낳는 곳 근처에 나락이 흩어져 있고 나락은 산으로 계속 이어져 있다고 했습니다. 나락의 씨가 트기 시작한 것으로 보아 도둑이 든 건 며칠은 좋게 지난 것 같았는데요. 아버지는 하루라도 더 늦기 전에 도둑을 잡아야 한다는 듯 바람처럼 뒷산으로 쫓아 올라갔고요. 할아버지는 새벽 내내 전세계에 비상 경보를 알리려는 듯이 장죽으로 놋쇠 재떨이를 따앙땅 내리쳤지요. 식구들은 옹기종기 모여 앉아 앞으로 각자의 신세가 어떻게 되나 걱정하고 있었지요.

"광을 열어라!"

어머니가 떨리는 손으로 할아버지에게서 열쇠를 받아 들었습니다. 광이 황금빛 내장을 드러내 보이면서 열렸지요. 광문 앞에 흩어진 나락이 원두의 눈에는 주먹만해 보였고요. 깨 한 알도 지나치지 않는 매처럼 날카로운 할아버지의 눈길이 그 나락에 멎었습니다. 등뒤에 꽂힌 장죽이 부르르 떨리고요.

원두는 잠이 덜 깬 척하고 기둥에 머리를 기대고 있었지요. 가슴속에서는 몇 줄기의 냇물인가가 큰물지듯 우르르우르르 흘렀지요. 가슴속에 누군가 허락도 없이 들어가 떡방아를 찧는 듯이 쿵덕쿵덕 소리가 났습니다. 아버지가 빈 손으로 내려왔지요.

"어느 년 짓이냐!"

할아버지는 예전에도 도둑질을 당한 적이 있었거든요. 연애 영화 보는 데 환장한 고모들이 작당을 해서 나락을 덜어 낸 적이 있었지요. 그때는 광 뒤편 들창으로 끄집어 냈지요. 그 다음부터 그 들창은 벽돌로 채워졌고요. 그때 철없던 고모들 반 죽었지요. 그 다음에는 며느리가 나락을 퍼냈지요. 맏아들을 대도시로 유학 보낼 때요.

광 밑의 통풍구 철사망을 뜯고 손을 넣어서 밤새 한줌 한줌 나락을 집어 내어 사과 푸대에 담아 아들 짐 속에 딸려 보냈다는 겁니다. 나락이 금이나 마찬가지였을 때니까요. 그때 며느리는 이틀 동안이나 밥을 굶으며 무릎을 꿇고 빌었지요. 할아버지의 말이 떨어지자 고모들이 우르르 몰려 나갔습니다. 며느리도 마당으로 쫓아 나갔지요.

"우린 아니에요, 아버지!"

"아버님, 저도 안 그랬습니다."

모두가 아니라고 하자 할아버지의 눈은 아버지에게 멎었지요. 그럴 때는 부자지간이고 뭐고 없지요.

"아, 저는 아닙니다, 아니에요."

아버지는 두 손을 파리처럼 싹싹 비볐습니다. 그 다음에 할아버지의 눈길이 식구 한 사람 한 사람에게 꽂혔지요. 쇠죽 가마 아궁이 불처럼 이글거리는, 소처럼 커다란, 동네에서 가장 힘센 황소보다도 위엄 있는, 소의 일생에 대해서는 다 알고 있는 늙은 암소 같은 깊이 있는 눈이었어요.

원두는 겉으로는 진중하고 태연한 모습으로 앉아 있으려고 했습니다. 안채의 기둥 곁에 앉아서 두려움에 떠는 다른 식구들을 살피는 체하면서 할아버지의 눈을 피했습니다. 그 눈에 마주치면 자신도 모르게 벌떡 일어나서 자수를 할 것 같았기 때문에요. 누나들은 오빠와 동생들을 살피느라 쉴새없이 눈을 굴렸습니다. 고모들은 고모들대로 올케를 힐끔거렸고요. 할머니는 아버지를 살피고 아버지는 할아버지를 엿보았습니다. 이러다가는 한 시간 내에 온 집안 사람이 사팔뜨기가 되거나 서로 원수가 돼버릴 것 같았습니다. 오랜 시간이 흘렀습니다. 하루가 그냥 흘러가고 새로 해가 뜬 것처럼.

"아침밥은 어떻게 됐느냐."

할아버지의 입에서 그 말이 떨어지자 갑자기 집 안이 부산해지기 시작했습니다. 어머니와 할머니가 부엌으로 날아 들어갔습니다. 형들은 마당 빗자루를 향해 도약했고요. 고모들은 걸레를 향해 달려들었고 누나들은 모기장을 걷고 이불을 개느라 피 터지는 경쟁을 벌였지요. 거위까지 괜히 바쁜 척 마당을 어슬렁어슬렁했고요.

기둥과 씨름을 하던 원두는 염소 우리로 향했습니다. 일단 벌렁거리는 가슴을 진정시키기 위해 그때까지 속 좋게 자고 있는 놈의 허리를 걷어찼지요. '누가 그랬어?' '내가 안 그랬어.' '네가 평소에 나한테 유감이 있다는 걸 안다, 임마. 내 뿔을 받아라' 하는 소동이라도 일으켜서 괜히 바쁜 척하려고요.

할아버지는 뒷짐을 지고 마당에 선 채 해가 떠오르는 광경을 바라보고 있었어요. 아침마다 해가 떠오르는 모습을 가장 잘 볼 수 있는 위치에 있었기에 할아버지가 거기에 집터를 잡은 것입니다. 할아버지가 하늘을 향해 무슨 말인가 중얼거리셨지요.

"만약에……만약에……만약에……."

원두가 들은 말은 그것이었습니다. 세수를 하고 집에 들어간 원두는 식구들이 단체 사진을 찍을 때처럼 대청마루에 모여 있는 것을 보았습니다. 원두가 슬금슬금 다가서서 빈자리를 채우자 할아버지는 선언했지요. 지금부터 도둑을 잡을 때까지 집 안의 밥은 먹을 생각도 하지 마라. 기왕 해놓은 밥은 쉬어서 버리느니 내가 먹으면서 도둑을 잡아올 때까지 기다릴 것이니라. 그러니까 할아버지의 '만약'은 도둑을 잡을 때까지 식구를 굶길 경우에 얼마나 나락을 아낄 수 있는가, 한 끼면 얼마고 두 끼면 얼마고 세 끼면 얼마인가. 언제 잃어버린 것만큼 벌충이 되는가, 그 계산 때문에 혼자말로 나온 것이었을까요? 하여간 할아버지는 파리채를 휘두르듯 식구들을 밥상머리에서 쫓아내고 혼자서 외롭게 아침을 드셨고요.

원두는 염소들을 거느리고 냇가로 갔습니다. 그날따라 대장 염소가 말을 듣지 않았어요. 염소들은 말이지요, 두 마리만 돼도 대장을 뽑는데요, 대장만 잘 끌고 가면 나머지 염소들은 알아서 따라오게 되어 있지요. 그러므로 훌륭한 염소치기 소년은 대장을 훈련시키는 데 일생을 바치는 걸 후회하지 않습니다. 원두가 쓰는 방법은요, 말 안 듣는 놈은 일단 냇물에 집어 넣고요, 염소가 냇물에서 못 나오게 발로 차면서 책도 읽고 노래도 부르고 기타도 감상하고 하는 거지요. 염소는 물을 무서워하거든요. 원두는 늘 하던 대로 일단 염소 떼를 냇가로 끌고 가서는 말뚝에 매었지요. 수염이 기다란 대장에게 저 푸른 초원에서 함께 마라톤 연습이나 해보자꾸나 제안을 해서 무리에서 떼어 놓고요, 방심하는 틈을 타서 힘껏 발로 차서 물에 밀어 넣었지요. 그리고 책을 보면서 나오려고 발악을 하는 염소를 발로 차 넣었는데요. 그게 그전처럼 신이 나지 않았어요. 사실 처음으로 삶의 고단한 흙탕물에 코를 박게 된 소년에게 신이 날 일은 무엇이며 재미있을 일은 또 뭐가 있겠습니까. 원두는 오전 내내 근심과 배고픔으로 눈이 가려진 장님 거지처럼 냇가를 어정거리며 한숨을 쉬다가 기타 리를 찾아갔습니다.

기타 리는 기타를 단장하고 있었어요. 기타 리가 그 일에 너무 열중해 있어서, 원두는 입을 뗄 수가 없었어요. 기타 리는 풀어 놓았던 줄을 기타에 끼웠지요.

"이거 좀 잡고 있어."

기타 줄은 한쪽 끝을 줄감개로 감아 장력을 조절하게 돼 있지요. 그런데 줄감개 대부분이 머리가 달아나고 없었어요. 원두가 한 손으로 줄을 당기고 있는 동안 기타 리는 펜치로 줄감개 몸통을 힘껏 잡아 돌렸지요. 어째 잘되는가 싶었는데 원두의 손에서 줄이 빠져 나가고 말았어요.

"못 하겠어."

아주 쉬운 일인데도 천재만 할 수 있는 일로만 여겨졌습니다. 보통 천재말고 배부른 천재요. 그제야 기타 리가 이상한 걸 눈치챘지요.

"너 왜 그래?"

"들켰어. 우리 나락 훔친 거."

기타 리의 눈이 순간적으로 반짝했어요.

"이런 젠장, 제기랄, 우라질, 개떡같이."

기타 리의 입에서 착한 원두가 처음 들어 보는 욕이 침방울과 함께 줄줄이 튀어나왔습니다. 그러면서도 기타 리는 여전히 손을 놀리고 있었는데 욕과 함께 묘하게 줄이 매어졌습니다.

"나한테 줬다는 것도 아냐?"

"아니, 아직은 몰라."

기타 리의 얼굴이 활짝 펴졌습니다.

"그럼 됐지, 뭐. 오늘 우리가 금두꺼비를 가져온다 이 말씀이야. 그거 반을 뚝 잘라 주면 되잖아."

"못 타면?"

기타 리는 그 말은 들었는지 말았는지 뚱땅뚱땅 소리를 내며 기타 줄을 맞췄습니다. 그전에는 그 소리만으로 원두의 가슴이 기타의 울림판이 된 듯이 함께 울리곤 했는데 이제는 줄이 모두 달아나 버린 기타처럼 아무 느낌도 없었습니다.

"못 타면 어떻게 해, 못 타면?"

기타 리는 대답을 하지 않았습니다. 기타 줄을 드르르릉 튕기고는 도레미파솔라시도를 치면서 "아아아아아아아" 하더니 아무 근심 없는 배부른 베짱이처럼 노래를 부르기 시작했지요. 그전에 냇가에서 들었던 영어 가사로 된 노래였습니다. 초등학생인 원두는 그게 무슨 말인지 알아들을 수 없었습니다. 기타 리는 원래부터 영어 노래밖에 부르지 않았습니다. 기타가 딴 나라에서 만들어진 것인 만큼 영어 노래가 잘 어울리는 것 같기는 했지요. 그래요. 그래서 더 신기했고 더 멋있게 보였어요. 기타 리는 노래는 외국어로 했지만 정작 외국어에 대해서는 원두보다도 더 몰랐습니다. 그럼 그 외국 노래는 어디서 훔쳤느냐, 배웠느냐, 주워들었느냐. 그건 기타가 어디서 났느냐, 동곡 너머에는 무엇이 있느냐 하는 문제와 마찬가지로 신비한 문제였지요.

'달팽이보다는 참새가 돼야지. 그래, 될 수만 있으면 그게 좋겠다. 못보다는 망치가 돼야지. 그래, 될 수만 있다면 그게 좋겠다. 여기 있다가 가버린 백조처럼 멀리멀리 항해를 해야지. 사람들은 땅 위에 매여 너무도 슬픈 소리를 내고 있어. 너무 슬픈 소리를. 길보다는 숲이 돼야지. 될 수만 있으면 그게 좋겠다. 발 아래에 대지를 느끼고 싶어. 느낄 수만 있으면 그게 좋겠다.'

조그만 우산이 가슴속에 펴지는 느낌. 그 우산 아래 들어가 빗소리를 듣는 듯한 편안함. 좋은 노래는 그런 역할을 하는 건가 봐요. 노래를 들으면서 원두의 마음도 차츰 편안해졌습니다. 역시 기타 리는 위대한 예술가였습니다. 노래 하나로 다 죽어 가던 소년의 영혼을 여느 소년처럼 새롭게 하다니. 그때 원두는 일생에 보탬이 되는 한 가지 진실을 발견하게 되는데요. 좋은 노래는 가사를 꼭 알아들어야 하는 건 아니라는 걸요.

"꼭 1등해야 돼."

기타 리는 자신만만했습니다.

"틀림없다니까. 촌놈들이 눈이 뒤집혀서 나자빠지게 해주지."

원두는 또 걱정이 됐어요. 너무 놀라게는 하지 말았으면 좋겠는데. 너무 놀라서 전부 기절하면 금두꺼비는 누가 주나요. 기타 리는 우물가로 가서 머리를 감았습니다. 기타 리는 또 빗으로 긴 머리를 빗어 내리고는 다 떨어진 운동복을 벗고 깨끗이 다림질해 둔 청바지로 갈아입었습니다. 그 다음에 기타를 메고 으윽, 소리를 내며 일어서니까 기타 리는 정말 지상에서 가장 위대한 기타리스트처럼 보였습니다.

"그런데 배가 너무 고프다."

"왜?"

"아침부터 지금까지 아무것도 못 먹었어."

"그래. 참 안됐구나."

그러면서 기타 리는 삶은 고구마 하나를 꺼냈습니다. 원두는 손을 내밀었습니다.

"안 돼. 이거 하나밖에 없어."

원두는 어리둥절했습니다.

"난 오늘 아무것도 못 먹었다니까."

"나도 그래, 임마. 좋다. 지금 이걸 네가 먹어야 되겠냐, 내가 먹어야 되겠냐. 대회가 눈앞인데 네가 선수를 잘 먹이지는 못할지언정 하나밖에 없는 내 걸 빼앗아 먹어? 문둥이 콧구멍에서 마늘을 빼먹어라, 자식아."

기타 리는 목청 연습이라도 하는 것처럼 큰소리로 떠들더니 입 안에 고구마를 얼른 집어 넣었습니다. 원두는 서글픈 마음으로 그의 커다란 입이 맷돌처럼 고구마를 씹어 대는 것을 바라보아야만 했지요. 고구마가 꿀떡 소리를 내면서 그의 목울대를 통과하는 걸 가만히 보고 있지 못하고,

"난 이때까지 한 끼도 굶어 본 적이 없어. 그래서 그런지 머리가 빙빙 돌아."

가냘프게 하소연을 했다가 또 속절없이 귀따가운 충고를 들어야 했지요. 예술의 길은 워낙 멀고 힘든 길인데 그 길을 걷는 사람은 다 배고픈 걸 운명으로 받아들인다는 겁니다. 그 길을 지금까지 걸어온 자신의 경험에 따르면 세 끼 굶어서 죽지는 않는다는 것이고요, 끼니 수를 셀 힘도 없이 굶어 보라, 세 끼 굶어서 죽는 사람은 대단히 운이 좋은 사람이라는 걸 알게 된다…….

"나도 참을 수 있어."

기타 리는 꺼억 하고 게트림을 했지요. 그 소리를 원두는 분명히 들었지만 더 이상 뭐라고 하지는 않았어요. 오기가 생겨났기 때문이

지요. 남들은 밥 먹듯이 굶으면서 예술의 길을 가는데 황금 두꺼비를 향한 희망찬 길에서 고구마 하나 때문에 더러운 꼴을 보일 수가 있나. 게다가 그 고구마는 크기만 컸지 맛없는 물고구마가 틀림없다는 생각이 마음을 약간 편하게 해주기도 했어요.

"가자!"

배부른 기타 리와 배고픈 소년 장원두는 땅거미 지는 길을 따라 금두꺼비를 향해 떠났습니다.

제1회 은척 군민 노래자랑 대회는 냇가 하류 모래밭에서 성대하게 열렸습니다. 온 읍내 사람들이 구경을 갔습니다. 원두네 마을에서 구경을 안 간 사람은 식구들이 도둑을 잡아 올 때까지 집을 지키는 할아버지와 설거지를 해야 하는 할머니밖에 없었습니다. 할아버지한테 같이 구경가자고 권할 만큼 효성이 지극한 식구는 없었고요, 구경을 다녀오겠다고 말할 만한 용기 있는 식구도 없었지요. 식구들은 재주껏 따로따로 갔습니다. 가서 다 만났지만 서로 얼굴을 마주 보는 것은 피했습니다. 사람들이 모였습니다. 남녀노소, 거지, 약장수, 솜사탕 장수, 엿장수, 냉차 장수, 상이 군인, 쌀장수, 구두 장수, 옷장수, 농약 가게 주인, 약국 주인, 땅주인, 집주인, 부면장, 부읍장, 지서 차석……다 모였습니다.

심사는 협찬을 한 양복점 주인과 구둣방 주인, 약국 주인, 그릇 가게 주인이 맡았습니다. 어버이날도 아닌데 종이 카네이션을 양복 주머니에 꽂고 앉아 있는 심사 위원 가운데 알 듯 말 듯한 사람이 있었습니다. 나비넥타이를 매고 머릿기름을 뺀지르르하게 바른 사회자가 그를 전국적으로 유명한 작곡가 겸 가수 겸 악단장 겸 배우라고 소개했을 때 원두는 비로소 그가 누구인지 짐작했습니다. 작년에 왔던 약장수였던 것입니다. 아무리 철저히 위장을 해도 수십 마리의 염소 가운데서 새끼 밴 염소 한 마리를 가려 내면서 단련이 된 원두의 날카로운 눈을 속이기는 힘들지요. 그러고 보니 사회자도 낯이 익은 듯했습니다. 약장수를 따라다니면서 하루에 두 번씩 연극 중에 총 맞아 죽는 다나까 순사가 아니겠습니까.

오색 전구가 반짝거리고 불빛에 비친 사람들의 얼굴은 기름이라도 바른 듯했습니다. 모두 부자처럼 보이고 배불러 보였습니다. 물렁물렁한 반죽 같은 어둠이 무대와 냇가 바깥을 천천히 감싸 오고 있었는데요. 원두는 그 반죽 속에 박힌 보석처럼 빛나는 한주의 누나 명주를 보았습니다.

"너 저녁 먹었어?"

한주를 보자마자 대뜸 그 말부터 나갔지요. 그런데 한주는 그걸 보통 하는 인사로 알아들은 모양이었습니다.

"어, 너는 먹었냐?" 하다가, 갑자기 제 딴에 무슨 농담을 한다고 하는 게 "참, 네가 굶을 리가 없지. 네가 굶으면 다리를 사이에 두고 두 동네 사람들이 다 굶는 거니까" 하고 중얼거렸습니다. 원두는 그 재미없는 농담을 참았습니다. 왜냐구요? 혹시 한주가 먹을 걸 가지고 있을지도 몰랐으니까요. 왜 요즘 극장에 가는 사람들은 팝콘이나 콜라 같은 걸 들고 다니지 않습니까. 그때라고 왜 그런 게 없었겠어요. 삶은 고구마나 찐 옥수수 같은 걸 들고 올 수도 있었고요.

"뭘 먹었는데?"

"음, 오늘 저녁은 아주 훌륭했다. 애호박을 기름에 살살 볶았다. 열무김치 어린것을 쫑쫑 썰어서 겉절이를 만든 다음에 참기름을 듬뿍 쳤다. 뜨끈하게 밥을 해서 고추장을 넣고 커다란 그릇에 썩썩 비벼 가지고 식구들이 둘러앉아 맛있게 먹었다."

원두는 눈의 흰자위와 검은 동자가 뒤바뀌는 것 같았어요.

"깡보리밥에 썩은 장아찌하고 먹은 게 아냐?"

"음, 그건 오늘 점심이었다. 썩은 장아찌는 빼고. 시렁에 찬 보리밥이 많이 있더라. 누나가 감자를 캐와서 소금 조금 넣고 폭 삶았다. 써늘한 샘물에 보리밥을 말았다. 한 숟가락 푹 퍼넣고 풋고추를 된장에 콕콕 찍어 먹다 보니 더위가 싹 가셨다. 포실포실한 감자까지 먹고 나니까 배가 파방 터질 것 같더구나. 감나무 밑에서 배 깔고 실컷 잤다."

"그 감자 혹시 안 남았니?"

"음, 남았다."

원두는 혹시 양을 잴 수 있다면 짧은 일생에서 기록적으로 굵은 침이 목을 넘어가는 것을 느끼면서 목메인 소리로 물었지요.

"가져왔어?"

"아니."

"가져온 게 없어?"

"하루 종일 배불러 죽을 뻔했는데 뭘."

원두는 미련스러워 보이는 한주의 콧등을 쥐어박으려다가 안간힘을 써서 억제를 했지요.

"집에는 있겠지."

집에 있다고 하면 비호처럼 날아가 감자를 먹으려고 했지요. 한주를 쥐어박는 건 그 다음 문제가 아니겠습니까. 한주는 사방을 두리번거리며 대답했지요.

"없어."

더 이상 참지 못하게 된 원두는 두 주먹을 부르쥐고 "왜!" 하고 외쳤습니다. 한주는 여전히 사방을 두리번거리며 대답했지요.

"복돌이 줬다."

원두는 자신이 문득 오색별이 반짝거리는 아득한 우주에 혼자 내버려진 듯한 현기증을 느꼈습니다. 복돌이는 한주네 집의 못생기고 뚱뚱한 개 이름이었지요. 그때 명주의 목소리가 들려 왔습니다.

"애, 뭐 하니. 자리잡자."

"음, 누나아."

두 사람은 어둠과 빛의 경계선에 서 있는 원두를 놓아 두고 빛의 거미줄 속으로 들어가 버렸습니다. 그 순간 마이크 줄로 온몸을 휘감은 사회자가 우렁찬 박수 속에 뛰어나왔습니다.

"자아, 기다리시고 기다리시던 제1회 은척 군민 가창 경연대회 제1부가 시작되겠습니다. 박수!"

뿜빠뿜빠 빰빠라빰. 악단이 냇물이 떠나가라 요란하게 반주를 했습니다.

"오늘 밤에는 전군민이 다 여기 모이신 것 같군요. 군수님, 읍장님, 서장님, 소방서장님, 우체국장님 다 나오셨습니다."

빰빠라빰. 드디어 시작.

"참가 번호 1번 은척 1리 1등 카아수 성억제 씨를 소개합니다! 박수!"

마을 맨 아랫집 큰아들 억제 씨는 예전에 논문서, 밭문서를 몽땅 훔쳐 들고 가수가 되겠다고 서울로 올라갔다가 음반 회사 바닥 청소하는 법만 배우고 낙향한 사람이었지요. 억제 씨는 결코 남들에게 그런 이야기를 한 적이 없다는데 그의 가슴 아픈 과거는 은척 사람이라면 세 살 먹은 아이까지 다 알고 있었어요. 그런 그가 군민 노래자랑 대회 소식을 듣고도 참가를 하지 않는다면 그게 바로 기적이지요. 하여간 원두네 동네 사람들은 손바닥이 아프도록 박수를 쳤습니다. 자기네 동네에서 1번이 나왔으니 1등도 자기네 동네에서 나올 것이라고 기대를 했지요. 제일 먼저 접수한 사람이 빠른 번호를 받는다는 걸 나중에 알게 됐지만요.

"자아, 무슨 노래를 준비하셨지요? 아, 예. 여러부운. 참가 번호 1번 성억제 씨이, 노래 제목은 〈꿈은 사라지고〉, 힘찬 박수 부탁합니다."

악단이 빰빠라빰빰 반주를 했습니다. 심사 위원석 바로 옆에 금빛 휘황한 두꺼비가 들어 있는 유리 상자가 있었고 그 옆에는 솥이며 그릇이 저마다 붉은 등수 표지를 휘날리며 쌓여 있었습니다. 은척군 은척읍 은척리의 최고 가수 성억제 씨가 노래를 했습니다. '끝없이 펴져 나간 젊은 꿈이여, 아름답구나. 귀뚜라미는 슬프게 울고 낙엽이 쌓이는 가을에 꿈은 사라졌다. 그 옛날 아쉬움에 한없이 웁니다.' 처음에 목소리가 잘 들리지 않는 게 마이크 탓인 줄 알았더니 정말 억제 씨 목소리는 귀뚜라미만했습니다. 가사도 엉망인 것처럼 느껴졌어요. 반말을 하다가 끝에는 존대말을 하니 초등학생인 원두가 심사를 해도 등수에 넣기는 곤란할 것 같았지요. 그래도 그 노래는 원두의 가슴을 뭉클하게 했습니다. 10년이 지나 30년이 지나도 잊지 못할 노래였습니다. 억제 씨의 노래뿐만은 아닙니다.

그날 밤 알록달록 빛나던 전구를 원두는 잊지 못합니다. 우렁찬 나팔 소리를 잊지 못합니다. 노래 하나하나, 가수 하나하나를 잊지 못하고 있습니다. 불빛에 번들거리던 사람들의 눈빛을 잊지 못했습니다. 하늘에 한없이 흐르던 은하수, 잊지 않았습니다. 좌르르르 소리내며 흘러가던 시냇물 소리 잊지 못합니다. 박수 소리, 종소리, 첨벙거리는 냇물을 건너오는 물 소리, 잊을 수 없습니다.

기타 리는 늦게 접수를 한 탓에 2부에 출연하게 되어 있었습니다. 한밤이 되자 은하수는 세게 흐르다 못해 홍수가 난 것처럼 보였습니다. 나오는 가수들의 노래 솜씨가 아름답긴 하지만 형편없다는 걸 느끼게 되면서 원두의 가슴속에서 누군가 디딜방아를 찧기 시작했습니다. 금두꺼비를 타기만 하면 먼저 한주부터 박살을 내고, 그전에 먹고 싶은 것 실컷 먹어야겠구나, 그 다음에 동네 사람들이 태워주는 무동을 타고 할아버지한테 가서 이 기쁨을 함께 나누고 수고했어, 다 내 덕이지? 기타 리 어깨도 두드려 주고……그 감격적인 순간을 떠올리자 옆구리까지 빼근해져 왔는데요. 원두는 시간이 흘러갈수록 점점 자신의 것이 돼가는 듯한 금두꺼비를 눈이 빠져라 지키고 있었습니다. 기다리고 기다리던 2부가 시작되었습니다.

"2부 순서 첫 번째 모실 카아수, 은척 1리의 최고 카아수 김말구 씨!"

1부에서 분명 은척 1리의 최고 가수가 나왔다고 했건만 사회자는 그런 건 아랑곳하지 않았습니다. 1부는 1부고 2부는 2부인 모양이지요. 무대에 김말구 씨가 등장했습니다.

원두가 잘 모르던 게 있었는데요. 사실 김말구 씨야말로 군민 노래자랑 대회가 생기기도 전 아득한 옛날부터 새벽이면 앞산에 올라 목청 연습을 해오던 사람이었지요. 그러니까 넘어동 집집마다 쌀을 모아 그를 마을 대표로 내보낸 게 아니겠습니까.

"아, 시간 관계상 빨리 진행을 하겠습니다. 무슨 곡을 부르시겠습니까."

그러나 김말구 씨는 무대 위에 올라오기 전에 무슨 말을 할까, 어떤 동작을 할까 수백 번도 넘게 연습한 게 있었던 모양이지요. 그는 무대에 넙죽 엎드려 큰절을 했습니다.

"여러분, 새해 복 많이 받으십시오."

세배를 주고받을 계절이 꽤 지난 한여름에 오랜만에 큰절을 받은 관중들은 대책 없는 큰 감동을 받았습니다.

"그 사람 참 조신하군. 사위 삼았으면 좋겠어."

"하늘이 낸 효자라는 거야. 얼마나 부지런한지 몰라."

그런 거야 노래자랑 대회와 상관없는 이야기지요. 그렇지만 크게 떠드니까 들리긴 들려요. 그러면 괜히 그 사람이 좋아 보이지요. 좋아 보이면 노래도 괜찮게 들리겠지요. 그러니까 쓸데없는 소리를 크게 떠드는 관객은 김말구 씨 동네 사람이라는 겁니다. 이윽고 김말구 씨가 노래를 시작했습니다.

'솔솔솔 오솔길에 빨간 구두 아가씨'로 시작하는 〈빨간 구두 아가씨〉. 심사 위원 가운데 구둣방 주인이 고개를 끄덕끄덕하며 박자를 맞추었습니다. '한 번쯤 뒤돌아볼 만도 한데 발걸음만 가볍게 멀어져 가네'라는 대목에 나이 많은 관중들은 자기 딸이 빨간 구두를 신고 시집가는 걸 연상하는 듯 한숨을 쉬었고요. 노래는 어느새 2절로 넘어갔는데요. 착착 맞아떨어지는 리듬과 박자는 관중들의 고개, 발목, 손목 등등 관절이 있는 부분을 까딱거리게 만들었습니다. 말구 씨는 군민 노래자랑 대회에서 최우수상을 타는 사람은 이렇게 한다는 모범을 보여 주기로 작정을 하고 나온 사람 같았습니다. 원두는 그때까지도 금두꺼비를 잡아먹을 것처럼 노려보고 있었는데요. 천둥 같은 박수 소리와 환호 때문에 정신을 조금 차렸습니다.

김말구 씨는 겸손하게 머리를 90도로 숙여 인사를 하고는 무대를 떠났습니다. 박수는 김말구 씨가 무대에서 내려오고도 끊이지 않았습니다. 사회자가 다음 사람을 소개하는 소리가 잘 들리지도 않을 정도로요.

"다음 출연자, 동곡에서 오신 기타 리!"

기타 리가 말처럼 용맹스럽게 달려 나왔습니다. 그게 고구마에서 나온 힘이라고 원두는 생각했습니다. 그렇지만 얼른 그 생각을 집어치우고 손이 아프게 박수를 쳤습니다. 기타 리의 출신지를 동곡으로 하자는 건 원두의 생각이었는데요. 이름이 특이한 만큼 사는 동네도 신비한 게 좋을 거라고 생각했고요, 기타 리가 서너 달 전에 동곡 너머에서 왔기 때문이기도 했고요, 음악과 예술을 모르는 무식한 건너동 사람들과는 거리를 두고 싶기도 했고요.

"아이고, 성질도 급하시네."

마이크 앞을 지나쳐 가는 기타 리를 사회자가 붙잡았습니다. 기타 리는 간신히 넘어지지 않을 수 있었습니다. 사람들이 와르르 웃었습니다. 원두는 기타 리가 인기상까지 휩쓸려고 일부러 그러는 거라고 생각하고 우와, 소리를 치며 박수를 쳤는데 치다 보니 박수를 치는 사람이 혼자밖에 없어 슬며시 관두었지요.

"키타아를 들고 나오셨군요. 성함이 기타 리라고 하셨는데 키타아하고 상관이 있습니까?"

다나까, 기타하고 키타아는 아무 상관도 없어. 원두는 자신도 모르게 중얼거렸습니다. 기타 리는 아무 말도 하지 않았습니다. 사람들은 영문도 모르고 또 웃었습니다. 기타 리의 얼굴이 하얗게 변해 있는 것을 원두는 보았습니다. 기타 리, 힘을 내! 원두는 속으로 힘껏 외쳤습니다. 조금만 기다리면 금두꺼비는 우리 거야!

"상당히 긴장하신 모양이군요. 무슨 곡을 부르겠다고 하셨나?"

사회자는 대답을 기다리지도 않고 종이 조각을 뒤적거렸습니다.

"여러분. 이 출연자는 자신이 직접 키타아를 치면서 노래를 부른답니다. 제목은 제가 도저히 읽을 수가 없군요. 꼬부랑말로 돼 있거든요."

그제야 사람들 사이에 존경과 기대의 분위기가 감돌기 시작했습니다. 그럼 그렇지, 됐어. 원두는 다시 주먹을 움켜쥐었지요. 금두꺼비가 손아귀에 들어온 것처럼 뿌듯했습니다. 그런데 원두 옆에 있던 밥맛 떨어지게 생긴 사내가 하는 말이 "저거 뉘집 자식이야? 밥맛 없는 꼬라지하고선" 하고 큰소리로 떠드는 게 아닙니까. 그 옆에 있던 들창코에 사팔이인 사내가 그 말을 받아서는 "며칠 전에 이발소에서 본 놈 같은데?" 하고 노래자랑과는 아무 관계도 없지만 결국 훌륭한 노래를 훌륭하게 듣는 데 방해가 되는 말을 계속했습니다.

"자네, 웅덩이 옆에 미나리꽝을 올해는 그냥 묵힐 셈인가?"

"젊은 놈들이 일할 생각은 안 하고 양복이나 쪽쪽 빼입고 연애질이나 하러 다니니 재수 없어 농사짓겠나."

제발 빨리 시작해. 원두는 더 이상 이야기가 계속되기 전에 기타 리가 그의 황홀한 솜씨로 말 많고 탈 많은 관중의 입을 틀어막아 주기를 바랐습니다. 기타 리는 기타를 드르릉 울렸습니다. 관중은 여전히 시끄러웠지요. 기타 리는 다시 기타를 울렸지요. 여전히 개구리가 시끄러웠지요. 기타 리는 다시 기타를 울렸는데 이번에는 냇물과 은하수 흐르는 소리가 방해를 했고요. 그 다음에 기타를 울리자 누군가 재채기를 했고 그 다음에 기타를 울리자 사람들이 하품을 하기 시작했습니다.

"왜 안 하는 거야?"

"저 지랄이 빨리 끝나야 다른 사람 노래를 듣지."

원두 옆에 있던 사내들이 서로에게 물었습니다. 원두는 자신이 장차 세계 대통령이 되었을 때 두 사내처럼 밥맛 없는 인간들을 세계인의 밥상머리마다 출장을 보낸다면 전세계적으로 식량을 엄청나게 절약할 수 있겠다는 비극적인 상상을 하고 말았습니다.

바로 그 순간 기타 리의 기타에서 킁작킁작킁자작킁작, 반주가 시작됐습니다. 기타 리는 엉덩이를 옆으로 뺐다가 앞으로 내밀었습니다. 빼고 넣고 빼고 넣고 또 두 번 반복. 그 다음에는 엉덩이를 뒤로 뺐다가 앞으로 힘차게 내밀었는데요. 늑대의 울부짖음 같은 소리가 그의 입에서 터져 나온 건 그 순간이었습니다. 사람들은 입을 벌렸습니다. 곧 와아, 하고 웃기 시작했습니다.

기타 리는 기타를 둥당둥당당다당둥당 치면서 무대 오른쪽에서 왼쪽으로 왔다갔다 했습니다. 멈출 때마다 엉덩이를 앞뒤로 흔들었지요. 기타 리가 두 번째로 무대를 가로지르자 사람들은 웃지 않았습니다. 은하수에서 쏟아진 찬물을 맞은 듯 관중석은 조용해졌습니다. 기타 리는 마이크를 깨물어 먹으려는 듯이 입을 갖다 대고 '헝크 헝크 버닝 러브!' 라고 소리를 질러 댔지요. 그러고는 엉덩이를 뒤로 집어넣었다가 앞으로 힘차게 내밀었습니다. 반복, 또 반복. 처녀들이 고개를 돌렸습니다. 노인네들은 벌렸던 입을 다물기 시작했고요. 남자 어른들은 인상을 찌푸렸습니다. 와글와글 욕이 터져 나오기 시작했어요.

"뭐 하는 거야, 저 새끼. 대가리 피도 안 마른 새끼. 미친놈의 새끼잖아. 뭐 저런 거지 같은 새끼가 다 있어."

원두는 오만가지의 다종다양한 욕을 자신이 얻어먹은 것처럼 온몸이 얼어붙었습니다. 커다란 얼음 망치에 머리를 연발로 된통 얻어맞은 듯했습니다. 그러면서 인생에 지침이 될 한 가지 진실을 깨닫게 되었는데요. 아무리 훌륭한 노래라도 들을 생각이 없는 사람에게는 노래로 들리지 않는다는 걸요. 기타 리는 점점 더 크게, 더 빠르게, 더 힘있게 '헝크 헝크 버닝 러브'를 외쳤습니다. 아무것도 모르고 헝크 헝크. 땀 흘리며 버닝 러브. 원두는 기타 리가 '헝크 헝크' 할 때마다 자신의 온몸이 불 위에 올라간 오징어가 되는 것 같았습니다. '버닝 러브'를 듣고 나서는 그 오징어처럼 온몸이 오그라드는 것 같았습니다. 원두는 결국 견디다 못해 오징어처럼 두 손을 오그리고 고개를 숙이며 머리를 감싸쥐고 말았습니다. 그 순간 심사 위원석에서 "땡!" 하는 소리가 울렸습니다. 기타 리는 헝크의 '헝'을 발음하던 그 자세 그대로 몸이 굳었습니다. 믿어지지 않는다는 표정이었습니다.

기타 리는 아니겠지, 하는 표정으로 발을 풀었습니다. 잘못 들었겠지, 하는 몸짓으로 다시 엉덩이를 가볍게 흔들면서 심사 위원석을 바라보았습니다. 그러자 또 "땡!" 소리가 대답처럼 들렸습니다. 기타 리는 "와아!" 소리내며 웃는 무대 아래의 관중을 원망스럽게 바라보았습니다. "땡, 땡, 땡!" 연거푸 소리가 났습니다. 학교 종 치듯이요. 기타 리는 사회자에게 떠밀려 어깨를 늘어뜨린 채 무대 아래로 내려왔습니다. 원두도 더 이상 견딜 수가 없었어요. 갑자기 허기가 태산처럼 몰려왔습니다. 복돌이 새끼 같은 놈들. 원두는 모든 세상 사람이 자신을 똥물에 집어 던지려고 공모한 것이라고 생각했습니다. 그렇게 생각하지 않고는 죽을 것 같았어요.

조금 있다가 방죽 위에 그림자가 두 개 생겼습니다. 원두는 사람들의 환성, 반짝이는 오색 전구, 떠들썩한 악단의 반주를 뒤로하고 멀고먼 방죽을 걸어 집으로 돌아왔지요. 집에 도착할 때까지 한 번도 뒤돌아보지 않았어요. 허기와 실망, 절망으로 기진맥진, 천근만근이나 되는 발을 끌어 간신히 집으로 기어들어갔습니다. 마루에 앉아 멀리서 들려 오는 환성 소리, 악단의 빰빠라빰 소리를 들으며 이를 갈았습니다. 하나둘 식구들이 모여들었지요. 맨 나중에 어디서 밥을 얻어먹은 게 틀림없는 아버지가 왔지요.

아버지는 자신이 노래자랑 대회에 간 것은 구경을 하러 간 것이 아니라고 누가 왜 갔느냐고 묻지도 않았는데 말하고는 거기서 방앗간 주인과 만났다고 말했습니다. 며칠 전 동업자의 집에 아이 하나가 나락을 들고 와 방아를 찧어 간 적이 있다는 정보를 들었다나요. 이윽고 고모들이 자신들 역시 노래자랑 대회에 간 건 단순히 구경 때문만은 아니라고 말하면서 거기서 친구를 만났는데 친구의 오빠가 쌀장사를 하고 있다, 오빠가 며칠 전에 그 '아끼바리 쌀'을 가져왔다고 했습니다. 〈빨간 구두 아가씨〉를 휘파람으로 불던 형이 나서더니 제가 무슨 형사라도 되는 것처럼 아끼바리는 인근에서 찾아볼 수가 없는 고급 품종으로서 한여름에 아끼바리 방아를 찧을 집은 읍내를 통틀어 우리 집밖에 없지 않는가 생각한다고 말했습니다.

이어서 누군가가 어둠 속에서 오늘 군민 노래자랑 대회에 이상한 녀석이 나왔는데 '땡'으로 떨어졌을망정 신성한 대회와 수준 높은 청중에게 상당한 충격을 주었다고 말했습니다. 또 어둠 속의 한 식구는 그 녀석이 우리 동네 어느 구석에 살고 있는데 처마에 고등어 한 손, 식은 보리밥 광주리 하나 걸어 두지 못하는 줄은 온 세상이 다 아는 사실로, 어떻게 쌀 세 되에 해당하는 어마어마한 참가비를 마련했는지 이해할 수 없다고 말했습니다. 또 어둠 속의 식구 뒤에 고개를 감춘 어떤 식구는 요즘 우리 집 식구 가운데 누군가 그와 함께 냇가에서 놀고 있는 걸 보았다고 했습니다. 한 사람 한 사람이 눈길을 원두 쪽으로 돌리기 시작했습니다.

온 식구가 원두를 쳐다보았습니다. 단 한 사람, 할아버지만은 먼 산을 바라보고 계셨지요. 원두네 집은 그날 저녁 불을 켜지 않았습니다. 말을 하는 사람도 없었고요. 마루에 방안에 모두 말없이 오래도록 앉아 있었지요.

원두는 방앗간에 가지 않았다고 말하지 않았습니다. 나락을 훔쳤다고 말하지도 않았습니다. 나락을 기타 리에게 주었다고 말하지도 않았습니다. 기타 리가 노래자랑 대회에 나갔다고도 하지 않았습니다.

원두의 눈에 저절로 눈물이 고였습니다. 내 눈이 샘인가요? 눈에서 눈물이 주르르 흘러내렸습니다. 내 얼굴이 냇물인가요? 내 고개는 저절로 숙여집니다. 내가 익은 벼라도 됩니까?

원두의 눈물은 섬돌에 떨어져 어둠 속에서 신발 자국만한 얼룩을 만들었습니다. 무슨 말을 하려는 듯 다가오던 할아버지가 그 얼룩에 고무신이 미끄러져 몸이 휘청했습니다. 간신히 기둥을 잡고 선 할아버지는 헛기침을 하신 다음 말씀하셨지요.

"됐으니 저녁이나 먹어라."

식구들은 그때부터 잔칫집처럼 부산하게 국수를 삶더니 자기들끼리 아귀아귀 퍼먹었지요. 허기지고 충격을 받아 반 기절을 해서 누워 있는 사람에게 먹어 보라는 말커녕, 같이 먹어야 된다는 말커녕, 최소한 정신을 잃은 놈에게 찬물이라도 한 사발 나누어 주자는 말커녕 후루룩 촵촵, 군인을 싣고 가는 기관차처럼 규칙적으로 씹고 삼키는 소리를 내가면서요.

하루씩 100번이 지나가고 새로 저녁이 된 것 같은 기나긴 시간이 지나고 나서 할아버지는 원두를 사랑방에 눕히라 하셨습니다. 할아버지는 원두가 고모와 누나와 할머니와 아버지와 어머니와 형과 동생에게 맞아 죽을까 봐 염려하셨던 모양이지요. 어떻게 하면 맞아 죽지 않게 할까 혼자 고민하셨고, 고민하는 모습을 보여 주기 싫어서 불도 못 켜게 하신 건지도 몰라요.

"크느라고 고생이다."

사랑방에서 할아버지는 원두가 들을 만큼 큰소리로 중얼거리고 입맛을 다셨지요. 그리고 또, "그놈 참 담대하다." 그 한마디로 모든 일이 끝났지요.

아, 위대한 할아버지. 손자가 미래에 위대한 도둑이 될 줄 미리 내다본, 손자에게 기어이 하루를 꼬박 굶겨 본전을 찾아낸 셈속 빠른 할아버지는 요즘 세상에는 그리 많지 않지요.

하여간 기나긴 그 하루를 보낸 이후 원두는 자신이 서너 살은 더 늙었다는 생각을 했는데요, 그런 식으로 나이를 먹어 가면 한 달 정도면 할아버지와 어깨를 나란히 하는 늙은이가 될지도 모르겠다 생각했지요.

장난감

노래자랑 대회가 끝나고 난 다음, 원두는 다시 예전의 생활로 돌아갔습니다. 아니, 예전보다 더 착한 아이가 됐지요. 공부도 더 열심히 하고요. 염소 떼도 열심히 훈련시켜서 순한 양 100마리 부럽지 않은 착한 염소들로 만들고요. 어른들 말씀에는 꼬박꼬박 순종하고요. 예전처럼 칭찬을 먹고 자랐습니다. 아이로 돌아간 어느 날 원두는 다리를 넘어 한주를 찾아갔습니다.

"야, 깡다구네 수박이 잘 익었다고 냄새가 솔솔 오더라. 오늘은 기어코 한 탕 하러 가야겠다."

"난 수박 싫어해."

한주는 잘 익은 수박만한 엉덩이를 빼기부터 했습니다.

"야, 사람이 수박 싫어한다는 이야기는 작년에 깡다구네 수박한테서 듣고 오늘이 처음이다. 빼지 말고 나만 따라와."

"딴 건 몰라도 깡다구 수박을 어떻게 먹냐."

하기는 깡다구의 수박에는 뼈가 들어 있을 법도 했지요. 아니면 병 조각이나 면도날 조각 같은 거요. 하지만 그런 수박이 더 맛있게 보이는 걸 어떻게 합니까.

"너 이 새끼, 비밀을 알고서도 따라오지 않는단 말이지. 배신자. 우정을 도둑질하는 놈. 편식하는 놈. 나쁜 놈."

"원두야, 제발 부탁이니까 나는 빼줘. 정말 무서워."

그러니까 제 형한테도 물을 먹지. 한주의 형 만주는 읍내에서도 알아주는 깡패였는데요. 흰 구두를 신고 다니다가 적을 만나면 한 발길질로 턱을 부숴 놓는 특기로 유명했어요. 만주는 동생 한주한테 수영을 가르쳐 준다고 한 적이 있지요. 그전에 한주를 붕어 체질로 만들겠다면서 반 말들이 주전자로 열흘 내리 물을 마시게 했다지요. 며칠만 더 계속 그렇게 먹였으면 한주한테 지느러미하고 아가미가 생겼을지도 모르는데요. 한주가 붕어가 되기 직전에 읍내에서 곧 턱이 부서질 운명의 깡패들이 다섯인가 여섯인가 줄을 지어 나타나서요, 만주가 그 일을 중단하고 흰 구두를 신고 바람처럼 달려가는 바람에 살아났지요. 누가 인공 호흡을 해주었다던가? 입술이 특히 예쁜 명주 누나였던가.

"야, 네가 오늘 저녁에도 1주일 전부터 어제 저녁에 이르기까지 그랬듯이 안 나오면 말이야. 오늘은 내가 진작 약속한 대로 깡다구네 학교 정문 앞에 네 이름을 수박 도둑놈이라고 써놓기로 하겠다. 유감은 없겠지?"

"왜 너는 나만 가지고 놀라고 그래? 왜, 왜, 왜?"

"한주야. 방학이 며칠이나 남았니. 지금 수박을 안 먹으면 올해 수박은 그냥 다 늙어 죽는다구. 너도 새나라의 씩씩한 어린이로서 모험 속에서 신나는 방학을 보낼 생각을 안 해본 건 아니겠지. 친구 좋다는 게 뭐겠니. 오늘 저녁 아홉 시, 팽나무 밑에서 보자. 안녕."

한주네 집을 나와서 다리를 건너다가 원두는 문득 팽나무 그늘에서 기타 리가 기타를 메지 않고 먼 옛날의 그때처럼 걸어 나오는 걸 보았습니다. 냇가 가장자리에 줄지어 서 있는 미루나무에선 바람이 솨아솨아 불어왔지요. 마치 미루나무가 바람을 생산하는 공장이라도 되는 것처럼요. 기타 리가 서 있는 방죽 위에서도 흙먼지가 풀풀 날렸는데요. 기타 리는 할 일 없는 황야의 무법자처럼 쓸쓸하게 서 있었지요.

두 사람은 방죽 위에서 마주섰습니다. 기타 리가 주머니에서 손을 빼고는 원두에게 걸어왔지요. 다가오는 기타 리의 오른뺨은 누구에겐가 몹시 얻어터진 듯이 부어 있었습니다. 입에서 나오는 말도 간신히 뜻을 알아들을 정도로 불분명했지요.

"이제서 지베 가느구나?"

그날따라 기타 리의 키가 구부정하고 높아 보인 건 왜였을까요. 기타 리의 목소리는 높은 곳, 먼 곳에서 들려 오는 것처럼 들렸어요. 원두는 기타 리와 말을 하기 싫었지요. 그렇지만 그런 심정을 들키는 것조차 바라지 않았어요. 그래서 몸을 기타 리에게 최대한 붙이고 고개만 끄덕끄덕했습니다.

"요즈므 네가 아니 보이더구나. 너르 마나고 시퍼느데."

원두는 눈을 조금 크게 떠서 '왜?' 하고 묻는 표정으로 말을 대신했지요. 그러면서 살짝 눈을 흘겨 자신이 그를 좋아하지 않는다는 것을 표시했지요. 두 동작을 합치면 '이 원수 같은 놈아. 왜 나를 찾아다니니?' 이런 말이 되는데요. 기타 리는 원두가 눈을 흘기는 것을 보지 못한 모양이었어요. 낮은 목소리로, 여전히 우물거렸지요.

"그래서 여기서 기다려다."

원두는 눈을 살짝 찌푸려 '네가 기다리든 말든 그게 나하고 무슨 상관이야' 라고 표현을 했지요. 그런데 기타 리는 그 찡그림이 너무 빨라서 자세히 보지 못했는지, 아니면 '참 슬픈 일이구나. 눈물이 나올 것 같다' 라는 뜻으로 잘못 알아들은 모양이었습니다.

"너느 왜 마르 아니 하니?"

기타 리가 궁금한 듯 물었습니다. 영리한 원두는 대답을 하는 대신 재빨리 두 손을 들어 양 뺨을 가리키고 고개를 흔든 다음 기타

리를 손가락질했습니다. '너, 누구한테 도리도리 소리가 나도록 맞았구나?' 이런 뜻의 질문이지요. 기타 리는 처음으로 원두의 몸짓을 알아듣고는 고개를 도리질했습니다.

"이가 나느라 그러 거야."

원두는 그 말을 듣고는 고개를 돌려 말을 참느라 입에 가득 고인 침을 뱉은 다음, 발로 문질렀습니다. 하도 어른인 척하길래 어른인 줄 알았더니 아직도 나처럼 이를 갈고 있군. 너를 경멸하노라. 그 동작에 담긴 뜻을 표현한다면 그 정도나 될까요. 그러나 착한 원두는 더 이상 몸짓으로 자신과 같은 어린 영혼을 헷갈리게 하는 일은 하지 않기로 했지요.

"그런데 왜 그렇게 얼굴이 부어?"

"이가 나다가 써거서 부어다."

기타 리는 그윽한 눈으로 맞은편 동네의 한주네 집 쪽을 바라보면서 말을 이었습니다. 자기 입 속에서 자라는 이는 사랑니라는 겁니다. 사랑을 할 수 있게 되면 사랑니가 난다고 하는데요. 원두도 한 10년 더 크면 날지도 모르겠다고요.

원두는 충격을 받았습니다. 세상에 없는 게 없다더니 별놈의 이가 다 있구나. 그렇다고 섭섭하지는 않았지요. 그럼 그 이를 열심히 키우도록 해. 원두는 가려고 했습니다. 염소들이 목메게 울고 있었거든요. 원두가 몸을 돌리자 기타 리는 급히 자신이 원두에게 줄 게 있다고 말했습니다.

"뭔데?"

"자나가."

원두는 기타 리가 자신을 놀린다고 생각했지요. 장난감 같은 거 필요 없다고 말했습니다. 기타 리는 웃는 건지 우는 건지 모를 표정으로 그때까지도 감추고 있던 등뒤의 한 손에서 끈 같은 걸 내밀었습니다.

"이걸 어떻게 가지고 놀란 말이야."

그건 살아 있는 뱀이었습니다.

"자나가야."

꼭 살아 있는 뱀처럼 생긴 정교한 장난감이었어요.

"왜 나한테 줘?"

여러 가지로 고마워서라나요. 그러면서 또 기타 리는 어른처럼 복잡하고 그윽한 눈빛으로 원두를 바라보는 게 아니겠어요. 원두는 장난감을 슬쩍 만져 보았습니다. 아무리 봐도 살아 있는 뱀 같았어요. 그런데 뱀의 입은 실로 꿰매져 있었어요. 실 주변에는 진짜 피와 비슷한 붉은 액체가 묻어 있었고요. 참 멋진 장난감이라고 원두는 감탄했습니다. 원두는 방금 전만 하더라도 배신자에, 원수에, 혀를 놀려 말도 하기 싫었던 사람의 선물을 받는 게 옳은가를 생각하면서 장난감을 만져 보았습니다. 장난감 뱀은 조금씩 움직이기까지 했습니다. 볼수록 탐이 났지요.

"가져가."

기타 리는 장난감 뱀의 목을 맨 끈을 원두에게 건네 주었지요. 원두는 최대한 천천히 장난감을 맨 끈을 받아 들었습니다.

"어디 갈 거야?"

"모라."

기타 리는 또 웃는지 우는지 모를 신비한 표정으로 가보라고 손을 저었습니다. 장난감을 끌고 돌아가던 원두는 뒤를 돌아보았습니다. 기타 리가 고개를 숙이고 반대쪽으로 걸어가고 있었는데요. 그렇게 걸어서 방죽을 따라 멀리멀리 어딘가로 가버릴 것 같기도 했습니다. 그건 그렇고 염소들이 더 이상 자기들을 방치하면 집단으로 냇물에 빠져 죽겠다는 의사 표시를 해왔기 때문에 원두는 서둘러야 했습니다. 김매고 농약 치고 농약 팔고 벌레 잡고 밭일하러 나갔던 식구들이 하나둘 집으로 돌아왔습니다. 장난감을 맨 먼저 발견한 것은 집

안에서 원두의 원수인 셋째 형이었지요.

"뱀 잡아 왔냐?"

"장난감이야."

"꼭 진짜처럼 생겼네."

형은 먹을 게 아니면 관심이 없다는 듯 방으로 들어갔습니다. 날이 어두워져서 장난감인지 실물인지 구별하기가 어렵기도 했어요. 원두의 막냇동생은 장난감을 보더니 아무 말도 없이 입술을 꼭 다물고 두 주먹을 부르쥔 다음 팔딱 뛰어서 지나갔습니다. '엄마!' 라고 한번쯤 울부짖을 만도 한데, 참 독하긴 독한 놈이지요. 그 뒤를 고모들이 떼를 지어 파도처럼 몰려왔습니다.

"뱀이다, 뱀! 엄마! 아부지! 할머니! 선생님! 하느님!"

"장난감이야."

원두는 식구들이 더 확실하게 징그러워할 수 있도록 작대기에 매달아 마당에서 끌며 한동안 신나게 가지고 놀았습니다. 마지막으로 근래 두 배로 늘어난 자물통에 걸맞게 두 배는 더 많아진 열쇠 소리를 쩔렁거리며 할아버지가 돌아오셨습니다. 한참 동안 장난감을 내려보시다가 말씀하셨어요.

"어떤 놈이 불쌍한 뱀을 이 지경으로 만들었나. 누구한테 얻은 거냐?"

그제야 원두는 그게 진짜 뱀의 입을 진짜로 꿰매 장난감으로 만들었으나 뱀임에 틀림없는 진짜 뱀이라는 걸 깨달았지요. 아직도 이해하지 못하는 것은 진짜 뱀의 입을 꿰맨 사람이 잔혹한 것인가, 담대한 것인가. 아직도 혼동하는 것은 기타 리가 준 것이 선물인가, 보답인가, 복수인가. 도대체 악의인가, 선의인가.

사형(私刑)

그날 밤은 이슬비가 내렸지요. 따라서 별도 달도 없이 캄캄했고요. 도둑질을 위해 하늘이 잡아 준 날 같았습니다.

"하늘이 우리를 도우시는구나."

원두는 한주의 어깨를 두드리면서 속삭였지요. 한주는 이를 딱딱 부딪치고 있었습니다.

"그렇게 무서워?"

"아냐. 추워서 그래."

"한주야, 일부러 용감한 척할 필요 없어. 이건 용감할 필요도 없는 거야. 들어가서 수박을 들고 나오기만 하면 되는 거라구."

"나도 알아."

"그럼 가자."

아랫도리에는 반바지를 걸치고 웃통은 홀딱 벗어 흙을 발라 위장한 두 사람은 해병대처럼 신속하게 도랑을 뛰어 건넜습니다. 주변에 있던 개구리들이 울음을 그쳤습니다. 원두가 미리 정찰을 해둔 대로 철조망은 뚫려 있는 데가 성한 데보다 많았습니다. 오이가 얼굴을 쳤습니다. 지나갔습니다. 참외 썩는 냄새가 났습니다. 지나갔습니다. 수상한 사과나무가 나타났습니다. 썩은 낙과를 밟으며 지나갔습니다. 배나무를 통과. 고추밭 통과. 가지밭 통과. 깨밭 통과. 드디어 목표로 했던 수박밭이 나타났습니다. 두 사람은 납작 엎드렸습니다. 수박밭이 상상외로 거지 코딱지만했던 까닭에 거기에서는 기숙사가 곧바로 내다보였거든요.

"자, 따자."

수박을 두드렸습니다. 통통 소리가 났습니다. 원두는 수박을 따서 가려고 했지요. 그런데 한주가 보이지 않았어요. 가만히 보니 수박만한 엉덩이 두 쪽이 기숙사 쪽으로 기어들어가고 있는 게 아니겠습니까.

"한주야, 임마. 어디 가?"

원두는 목소리를 최대한 낮추고 최대한 힘껏 소리쳤습니다.

"난 내 거 딸 거야."

"야, 이 바보야. 하나만 따도 둘이 배 터지게 먹어!"

"난 여기서 안 먹어. 집에 가져가서 누나랑 먹을 거야."

"미친놈아. 도둑질해서 집에 갖다 주면 누가 좋아나 하니?"

"말리지 마. 이제부터 내 맘대로 할 거야."

"너 참 씩씩하다, 정말 용감해. 내가 인정해 줄게. 더 이상 들어가지 마. 들킨단 말이야."

두 사람은 수박밭에서 수박만한 머리통을 들고 정전 협상 대표처럼 격론을 벌였습니다.

"왜 들켜. 아무도 없댔잖아."

"농담이었어. 너는 농담도 이해 못 하니?"

"아, 너는 이때까지 나를 우습게 알아 왔다. 너는 말이지, 날 우습게 알았어. 우습게 알았다구……하하. 오늘은 달라. 내가 잡히면 너도 잡혀. 알아?"

"……."

원두는 기가 차서 말문이 막혔지요. 한주를 우습게 알아 온 건 사실이었습니다. 우스운 한주가 이렇게까지 독하게 나올 줄은 몰랐습니다. 1주일 동안 그렇게까지 으르고 빰치고 유혹해도 응하지 않던 한주가 왜 약속 장소에 나왔는가를 비로소 알게 되었습니다. 제 이름을 써놓겠다고 하니까 나온 거지요. 나오면서 저도 머리를 굴려 생각을 했다, 내가 혼자 잡히면 억울하다, 원두의 이름을 나발 불자. 굼벵이도 생각을 하기 시작하면 이렇게 무서운 존재가 되는 거지요.

그 순간 원두는 인생에 관해 새로운 눈을 떴습니다. 인간은 모두 존엄하다는 것, 아이라고, 힘이 없다고, 바보라고 해서 우습게 알다가 한번은 큰코를 다친다는 것, 또한 실명제는 무섭다는 걸요. 한주는 원두가 벌린 입 속으로 빗방울이 떨어지는 것도 잊은 채 새로운 학문, 새로운 지적 단계에 접어드는 건 아랑곳하지 않고 안으로 기어들어갔습니다. 통통, 퉁퉁, 탕탕, 탱탱. 수박을 두드리는 소리가 계속해서 났지요. 그때였습니다.

"도둑이얏!"

기숙사 앞에서 누군가 소리쳤습니다. 방에 불이 켜지기 시작했습니다.

"들켰다! 도망가자!"

한주가 달려나왔습니다. 수박을 가슴 양편에 끌어안고 있었습니다. 젖을 드러낸 여자처럼요. 원두는 뛰면서 소리쳤습니다.

"야, 임마. 버려, 버리란 말야."

한주는 헐떡거리면서 외쳤습니다.

"싫어. 얼마나 힘들게 고른 건데!"

"등신아, 네가 지금 돈 내고 수박 샀니? 안 버리면 잡혀, 잡힌다구!"

"절대로 안 돼!"

그러면서도 두 사람은 도랑을 뛰어 건넜습니다. 원두는 한주의 품에서 수박을 빼앗아 바닥에 팽개쳤습니다. 잘 익은 수박 냄새가 주변에 확 번졌지요.

"내 거야!"

한주는 주먹을 쥐어 원두를 치려다가 하나 남은 수박이 굴러떨어지려고 하자 다시 수박을 움켜쥐며 이를 갈며 외쳤습니다.

"아이고, 나도 몰라. 네 마음대로 해."

원두는 수박과 한주를 내버려두고 논둑을 달렸습니다. 후닥닥거리며 과수원을 헤치며 달려오는 발소리를 들었기 때문이지요. 한주도 반대 방향으로 도망을 치기 시작했는데요. 원두가 돌아보니 공을 가지고 재롱을 떠는 물개처럼 하늘 높이 수박을 쳐들고 온 세상이 보란 듯이 도망가는 게 아니겠습니까. 모르겠다, 난 몰라. 원두는 뛰면서 중얼거렸습니다. 교문 앞을 지나가는데 갑자기 하얀 그림자가 원두를 가로막았습니다.

"누구세요?"

말이 끝나기도 전에 원두는 그게 깡다구의 예쁜 부인이라는 걸 알게 되었습니다. 잠복 근무라도 하고 있었던 모양이지요? 원두는 다시 냅다 달리기 시작했습니다. 논으로 밭으로 튀는 염소를 잡으러 다니며 익힌 달리기 솜씨로 말하면 달님과 시합을 해도 자신이 있었거든요. 그래도 자꾸 따라오길래 원두는 논으로 쑥 들어가 버렸습니다. 어디 따라와 보시지. 깡다구의 예쁜 부인은 하얀 윗도리에 바지를 입고 있었습니다. 어딜 감히 따라오겠어요. 깡다구의 부인은 논둑 위에서 멈칫거렸습니다. 원두는 논 가운데 서서 학교에서 배운 맨손체조 가운데 숨쉬기 운동을 하면서 쉬었습니다. 그런데 아뿔싸! 한주가 도망간 팽나무 쪽에서 "잡았다아!" 하는 함성 소리가 들리는 게 아니겠습니까. 한주는 정말로 수박을 들고 제집으로 도망치려 했던 모양이었습니다. 아아, 대책 없는 저 등신.

"넌 어쩔래?"

논둑 쪽에서 소리가 난 건지, 원두의 입에서 나온 소리인지, 공기 속에서 솟아났는지 모르지만 하여간 그런 소리가 났습니다. 정말 어쩌나. 10초, 또 10초, 또 20초가 흘렀습니다. 원두는 10초마다 열 살씩 한꺼번에 나이가 마흔 살은 더 드는 것 같았습니다. 다시 5초, 3초, 2초, 1초. 드디어 원두는 결단을 내렸습니다. 유사 이래 의리 때문에 망한 사람이 한둘이겠는가. 자신도 의리 때문에 망한 수십억 인류 가운데 한 사람이 되기로 했던 거지요. 정작 수박을 훔친 건 한주라고 생각했으니까요. 게다가 도망을 간다고 한들 결국은 일러바치고 말 한주였고요.

"여기도 잡았다아!"

부인의 뒤를 터벅터벅 따라가는데 뒤늦게 쫓아온 청년 하나가 원두의 팔을 꺾으면서 소리쳤습니다. 원두는 자신이 잡혔다고는 생각하지 않았지요. 자발적으로 잡혀 준 것, 즉 자수라고 생각했거든요. 자수하면 광명을 찾는다는 말을 어디선가 본 적이 있었어요. 문득 비가 개었습니다.

원두가 학교 안으로 끌려들어 가니 한주가 운동장 앞쪽에 흙벽돌로 만든 연단 위에 무릎을 꿇고 손을 들고 있는 게 눈에 띄었습니다. 한주 옆에는 긁힌 자국 하나 없이 말짱한 수박 하나가 같이 벌을 서는 것처럼 놓여 있었고요. 깡다구의 예쁜 부인이 원두를 툭 밀치더니 옷감이 찢어지는 듯한 거센소리를 질렀습니다.

"너도 꿇어! 손들어!"

원두는 웃음이 났지만 웃으면 안 된다고 생각했지요. 다 농담 같았습니다. 수박부터 무릎을 꿇은 자신까지. 그러나 그때 문득 운동장 입구가 환해졌습니다. 우다다당, 하는 엔진 소리가 나더니 오토바이가 나타났습니다. 그 위에서 허리를 한껏 뒤로 젖힌 거만한 자세로 등장한 사나이는 바로 깡다구였습니다.

"선생님!"

연단 주위에 몰려 있던 청년들이 일제히 몰려 나가 고개를 숙였습니다. 하는 짓으로 봐서는 선생과 제자 사이라기보다는 깡패 두목과 부하처럼 보였지요.

"드디어, 잡았군."

깡다구는 오토바이에서 내리면서 위엄 있게 말했습니다. 청년 하나가 민첩하게 오토바이를 세우고 시동을 껐습니다. 깡다구가 감회가 어린 얼굴로 엄숙하게 서 있는 동안 주위는 한동안 정적에 잠겼습니다.

"바로 이놈들을 잡으려고 방학도, 휴일도, 밤낮도 없이 기다리고 기다렸단 말이지."

깡다구의 손에는 노란 수실이 달린 작은 지휘봉이 들려 있었습니다. 그걸 손바닥에 탁탁 내리치면서 깡다구는 두 사람에게 다가왔습니다. 그러더니 갑자기 실망에 찬 소리를 질렀습니다.

"이거 뭐야. 애새끼들 아니야!"

그 소리가 너무 처절해서 원두는 동정심마저 느꼈습니다. 나는 아이가 아니라 한 사람의 당당한 도둑이라는 말이 튀어나갈 뻔했지요. 속에는 영감님이 들어앉아 있으니 염려 마십시오, 선생님. 하지만 잠자코 있었어요. 벌써부터 훌쩍훌쩍 울고 있는 한주는 확실히 아이였으니까요.

깡다구는 어둠 속의 제자들을 노려보며 다른 놈들은 잡지 못했느냐고 묻고는 그들이 못 보았다고 고개를 숙이자 눈이 삔 놈들이라고 힘차게 꾸짖었습니다. 제자 하나를 시켜 두 사람의 나이, 학년, 반, 학교, 주소를 적으라고 시켰습니다. 그러면서 다른 제자가 날라 온 걸상에 엉덩이를 붙이고 앉더니 제자들을 둘러보며 훈시를 시작했지요.

"여러분이 지금 경험하는 건 다 생생한 공부야. 지금 여러분은 학교의 실습장을 지키고 있지만 장차 여러분이 한 사람 한 사람 이 땅을 지키는 농부가 되었을 때 여러분이 수확해야 할 사과, 포도, 복숭아를 누군가 훔쳐 간다면 어떻게 대처하겠나를 배우고 있다, 이 말이야."

학생들은 원두와 한주를 현장 실습의 생생한 자료로 여겼는지 진지한 표정으로 관찰하기 시작했습니다. 공책이 있으면 깡다구의 말도 받아 적었겠지요. 바늘 도둑이 소 도둑 된다. 아이라고 우습게 보면 안 돼. 도둑놈의 특징이 뭔가 이 기회에 충분히 연구를 해보도록. 깡다구는 되는 소리, 안 되는 소리 마음대로 떠들면서 청년 하나가 적어 간 종이를 들여다보다가 엇, 소리를 치고는 자리에서 몸을 일으켰습니다.

"전지 가까이 대."

전짓불을 가까이 대고 깡다구가 두 사람의 기록을 읽으려고 깡마른 얼굴을 가까이 대는 순간, 원두는 깡다구의 입 안에서 강철처럼 번쩍이는 덧니를 보았지요. 안 보려고 했는데 보고 나니 더 무서워지지 뭡니까. 이윽고 깡다구는 자리를 차고 일어섰습니다.

"한 동네에서 작당을 해서 이런 도둑질을 하다니! 도저히 용서할 수 없는 범죄로다. 얘들아, 가서 몽둥이를 가져와라."

몽둥이가 왔고요. 먼저 한주가 얻어터지기 시작했습니다. 깡다구는, 너희 같은 어린이들이 신성한 학교 실습장에 야음을 틈타 무단 침범하야, 실습용 작물을 절취(竊取) 파괴하고 학생들의 불타는 향학열을 유린(蹂躪)하는 천인공노(天人共怒)할 만행(蠻行)을 저지를 것을 모의하고 실행에 옮긴다는 것은 상식에 맞지 않는다, 누구의 사주(使嗾)를 받았는가, 공범이 몇 명이며 배후 세력은 어디에 본부를 두고 있는가 등등을 심문했습니다. 불행히도 어린 한주는 그 질문이 너무도 어려워서 반의 반도 알아들을 수가 없었지요. 그래서 아야, 아이고로 통일해서 모든 질문에 대답을 해나갔습니다.

"독한 놈이군."

깡다구는 이번에는 원두 쪽으로 돌아섰습니다. 한주는 맞고 소리를 지르다 보니 아예 버릇이 됐는지 그냥 내버려뒀는데도 계속해서 아이고, 아야 소리를 질러 댔습니다. 원두는 다시 깡다구의 전짓불을 받아 번쩍이는 이를 보고야 말았습니다. 정말 보고 싶지 않았는데도요. 깡다구는 호흡을 고르게 하고 난 뒤, 몽둥이를 보기 좋게 왼손으로 옮겨 잡으며 원두에게 말했습니다.

"나도 야만적으로 구타를 하는 건 좋아하지 않는다. 신사적으로 말할 때 대답을 해라."

원두 역시 신사적으로 대화를 통해 사태를 해결하기를 원했지요. 그래서 이를 달달거리게 하는 공포를 억누르고 최대한 침착하게 대답을 했습니다.

"모의(謀議)를 한 건 1주일 전부터입니다."

"호오 그래, 너는 말이 좀 통하는구나. 무엇을 모의했느냐. 배후가 누구냐. 누가 이 학교와 나를 망치려고 이런 계획을 세웠나?"

"수박 서리 계획은 제가 했습니다. 재는 그냥 따라왔어요. 저를 잡아 두시고 재는 놔주십시오."

깡다구는 원두의 용감성에 상당히 감명을 받은 것처럼 입을 쩍 벌렸습니다. 원두는 그 틈에 깡다구의 옆에 서 있는 예쁜 부인의 얼굴을 살짝 엿보았지요. 친구를 위해 자신을 희생하는 이 갸륵한 마음을 그녀는 알 것이라고 생각했습니다. 그녀라면 자신을 위해 나서 주지 않을까. 충분히 도망을 갈 수 있었음에도 불구하고 친구를 위해 자수를 했고 일부러 그녀에게 잡혀 주었으며 한결같이 친구를 위해 자신을 희생하겠다고 말하고 있으니 이쯤에서 용서를 해주라고 말할 수도 있지 않을까. 그러나 부인은 고운 얼굴을 찌푸리고 그냥 서 있기만 했습니다. 원두는 상당히 실망을 했지요. 그 순간 거짓말처럼 구름이 스러지고 달이 밝았습니다. 고개를 돌린 원두는 깡다구의 얼굴 표정이 감명에서 놀람, 어이없음, 신기함, 기가 막힘으로 변하다가 마지막으로 성난 고양이처럼 일그러져 가는 것을 보았습니다.

원두는 눈을 감았습니다. 드디어 나도 맞고 마는구나. 평생 누구한테 뺨 한 대 맞지 않았던 내가, 흉터 하나 없는 깨끗한 이 몸이, 할아버지의 손자인 내가, 처음으로 매질을 당하고 마는구나. 할아버지는 뭐라고 하실까. 할머니, 아버지, 어머니, 형, 동생, 고모의 수십 얼굴이 눈앞을 스쳐 지나갔습니다.

"시동 걸어!"

원두는 눈을 떴습니다. 뜻밖에도 깡다구는 몽둥이를 집어 던졌습니다. 오토바이에 올라타더니 여전히 아이고 소리를 내는 한주를 앞에 태웠습니다. 이어서 원두를 뒷자리에 태우고는 꽉 잡으라고 소리치더니 바람이 되어 달려갔습니다. 삽시간에 냇가에 도착했습니다. 깡다구는 망설임도 없이 냇물을 좌좌좌 튕기면서 통과했습니다. 읍내로 가는 길을 구름이 되어 달렸습니다. 어디로 가는 걸까. 원두의 의문은 금방 풀렸습니다.

"수고, 하십니다!"

파출소 앞이었습니다. 경계 근무중인 순경에게 장군처럼 노련한 동작으로 경례를 붙인 깡다구는 원두와 한주의 목덜미를 움켜쥔 채 지서 안으로 돌진했습니다. 눈을 크게 뜨는 순경들에게 소리쳤지요.

"여기 절도범 둘을 체포해 왔소. 현행범이오. 엄중하게 처벌해 주시오. 소장님은?"

순경 하나가 얼떨결에 고개를 뒤로 돌렸고 깡다구는 두 사람을 순경들에게 확 밀친 다음 소장이 있다는 뒤쪽으로 돼도해 들어갔습니다. 원두와 한주는 비틀거리면서 고개를 숙이고 서 있었습니다.

"뭐야, 너희들?"

순경 하나가 물었습니다. 졸음을 방해당해 꽤 짜증이 난 얼굴이었지요. 한주는 또 훌쩍거리기 시작했어요. 원두는 두 사람을 대표하여 침착하게 대답을 했지요.

"수박 서리 하다가 걸렸어요."

자신의 어린 시절을 연상하는 듯 순경의 얼굴에 웃음이 퍼졌습니다.

"왜 걸려, 임마. 안 들키게 해야지."

원두는 진정으로 반성을 하면서 고개를 끄덕였습니다. 나도 어서 자라서 이분처럼 훌륭한 경찰이 되어야지. 그러나 바로 그 순간 깡다구가 들어간 뒤쪽에서 큰소리가 흘러 나와서 목을 옴츠리게 했습니다.

"이게 애들 장난이 아니라니까 그러네. 내가 국가와 이 사회와 이 땅의 농업 발전을 위해 이 한 몸 바쳐서 교육 사업을 하고 있다는 걸 모르고 하는 소리요? 그게 배아픈 사람들이 있다고. 지금 지나가는 사람 붙잡고 물어 봐. 최 아무개가 저 혼자 잘먹고 잘살자고 이러는 거냐 말이야."

"글쎄, 최 선생, 최 교장. 내가 그걸 몰라서 그럽니까. 그래도 이런 사소한 일 가지고 일일이 경찰서를 찾아오면 어떻게……."

"사소한? 사소한? 사소한! 저 자식들은 틀림없는 현행범이오. 경찰이 뭐요. 도둑놈을 사소하다 위대하다 가려 주는 게 경찰이오?"

"아, 왜 자꾸 소리를 지르고 그러시오. 최 선생도 내년에 노래자랑 나갈라고 그러시나?"

"저 애들 뒤에 누가 있나 알아보시오. 당장! 그러면 내 말이 틀림없다는 걸 알게 될 거니까."

그 말을 듣고 있던 순경이 원두에게 물었습니다.

"네 아빠가 누구야?"

원두는 아버지 이름을 말했습니다. 그 순간 계속 울고 있는 줄로만 알았던 한주가 고개를 발딱 쳐들더니 번개처럼 "얘 할아버지가요" 하더니 친구 이름처럼 할아버지 이름을 대는 게 아닙니까. 원두는 어른 이름 뒤에 최소한 '씨' 자는 붙여야 되는 게 아닌가 하고 한주에게 따지려다가 말았습니다. 순경이 고개를 끄덕끄덕했습니다.

"너는?"

한주는 아버지 이름을 말했습니다. 순경이 다시 고개를 갸웃거렸습니다. 원두는 한주의 형 만주 이름을 대주려다 그만뒀습니다. 읍내 최고의 깡패 이름이 나오면 두 사람 다 유리할 게 없을 것 같았거든요. 순경이 고개를 돌렸습니다. 깡다구가 잠시 한눈을 파는 사이 파출소 뒤쪽에서 소장인 듯, 나이 든 경찰이 고개를 내밀더니 손으로 물을 뿌리는 시늉을 했습니다. 순경은 네네, 하는 시늉으로 입을 빼끔거리다가 돌아앉아 책상에 걸쳐 있던 총을 집어 들었습니다. 철커덕 하고 탄창을 집어 넣고 한주를 겨냥했습니다.

"너희들, 다시 수박 서리 하다가 잡히면 총살이야."

한주는 와들와들 떨며 고개를 끄덕였습니다. 원두는 그 총이 총알이 없는 빈 총이라는 걸 진작에 알았지만 놀란 표정으로 고개를 끄덕여 주었습니다. 순경은 이번에는 책상 위에 있던 자를 집어 들었습니다.

"손 내밀어!"

한주가 손을 내밀었습니다. 한주는 세 대를 맞고는 아이고, 아야 소리를 치면서 닭똥 같은 눈물을 흘렸습니다. 원두는 또 한주를 따라 했습니다. 눈물이 나오지 않아 애를 먹었지만요.

"그만 가봐!"

순경은 조그만 소리로 말했습니다. 그리고 나이 든 경찰이 그랬던 것처럼 오른손으로 물을 뿌리는 시늉을 서너 번 했습니다. 두 사람은 꾸벅 고개를 숙여 인사를 하고 지서를 나왔지요. 집으로 가는 길은 멀고도 멀었어요. 오토바이를 타고 올 때는 잠깐이더니 말입니다. 두 사람은 말없이 걷고 또 걸었습니다. 한참 뒤에 다리가 나타났습니다. 넘어동 사는 한주는 다리를 건널 필요가 없었지요.

"괜찮을까?"

한주가 몸을 오스스 떨며 말했습니다.

"꼴좋다. 뭐? 네가 잡히면 나도 잡힌다고? 그래, 지금 어쩔래?"

원두는 화를 냈지요.

"거기 누구냐!"

방죽 너머 팽나무 아래에서 누군가의 목소리가 들렸습니다. 원두는 그게 당숙의 목소리라는 걸 알게 됐습니다. 그때만큼 당숙의 목소리가 반가운 적이 없었습니다. 그래서 다리를 한달음에 건넜지요. 한주는 다리 건너를 물끄러미 바라보면서 어둠 속에 서 있었고요.

"이 저녁에 웬일인고."

당숙은 부채로 무릎을 탁탁 쳐서 모기를 쫓으면서 물었지요. 원두는 슬프고 아름다운 그 저녁의 역사와 인간에 관해 이야기했습니다.

당숙은 한주를 데려오라고 했습니다.

"너희들이 비록 어리다고는 하나 무단한 절도 행위로써 민폐를 끼치고 관에까지 가서 소동을 일으킨 것은 작은 죄라 할 수 없겠거니와 용서를 받았다니 불행중 다행이며 다시는 그런 일이 있어서는 아니 되겠다. 너희는 지금 당장 학교로 가서 최 선생과 그의 부인에게 용서해 주셔서 고맙다고 절을 하고 오너라. 그래야 일이 원만히 마무리되어 뒷말이 없고 마음이 깨끗해지리라. 옛말에 마음에 부끄러움이 없으면 어찌 강물에 비추어 보지 않느냐고 하였다. 어서 가서 인사를 드리고 집으로 가거라. 알겠느뇨?"

원두는 고개를 끄덕였습니다. 알아들은 말은 반의 반도 안 됐지만 어쨌든 예절이 중요한 줄은 실감하게 되었지요. 그래서 다시 학교로 간 건데요. 운동장에는 깡다구도, 그의 예쁜 부인도, 실습생들도 하나 없고 수박만 덩그러니 놓여 있었습니다. 그렇게 진저리나게 고생을 시킨 수박을 확 밟아 터뜨리나, 그냥 가나 고민을 하던 끝에 두 사람은 수박에게 묵념을 바치고 돌아섰습니다. 그 순간, 성난 호랑이처럼 눈에 불을 켠 오토바이가 달려들어왔습니다.

깡다구는 하품을 해대는 지서장을 상대로 국가의 장래와 교육의 백년지대계에 대해 거품을 물고 연설을 하던 중에 오줌이 마려워 나왔다가 자신이 체포해 온 현행범이 사라진 것을 알게 되었습니다. 잠이 든 순경을 깨워 길길이 뛰어 아이들이 떠났다는 말을 듣고는 오줌을 눌 사이도 없이 쏜살같이 쫓아온 거지요. 그런데 오면서 길에도 없던 아이들이 학교에 와 있으니 분노한 가운데서도 얼마나 반가웠을까요. 깡다구는 경적과 엔진 소리로 기숙사에 있던 실습생들을 깨우고 부인을 나오게 한 다음 오줌을 갈기기 시작했습니다.

원두는 깡다구가 힘차게 오줌 누는 소리를 들으면서 또 인생에 보탬이 될 황금 열쇠 하나를 얻게 되었는데요. 당숙처럼 남의 일에 나서서 감 놔라 대추 놔라 할 때는 유식한 체 어려운 말로 해서는 안 된다는 겁니다. 감이면 감, 대추면 대추.

깡다구는 공중에 회초리를 휘두르기 시작했고 한주는 한주대로 아이고 소리를 지르기 시작했지요. 실습생들과 부인은 자신들이 그날 저지른 잘못을 반성하는 듯이 한구석에 몰려 잠자코 서 있었지요. 그러길래 저희는 먹지도 못하는 실습용 수박 두세 개 없어지면 없어지나 보다 할 것이지, 왜 잠자는 사자의 코털을 뽑은 거야, 잠도 못 자고 벌을 서는 꼴이라니 그거 참 잘코사니다. 원두는 곧 자신에게 매 타작이 돌아오리라는 걸 알았습니다. 그러나 그 와중에도 생각할 게 있으면 생각을 해야 했지요.

지금 깡다구가 원하는 것은 무엇인가……수박인가? 아니다, 그가 지금 흥분해 있는 것은 결단코 수박 때문은 아니다……그는 세상이 자신을 대우하는 방식에 대해 분노하고 있다……왜 사람들은 그가 나쁘다고 말하는 것을 나쁘다고 믿어 주지 않는가……악당이 악하다고 말하면 악당보다 더 악한 것이지, 오히려 선한 것으로 생각하다니, 이런 세상은 불공정하다……예컨대 누군가 악당의 재산을 훔쳤다……그럼 그는 악당보다 더한 악당이다……그 악당이 한주와 원두인데 원두는 동네에서 알아주는 모범 학생이고 한주도 훌륭한 악당이 되기에는 자격 미달인 등신이다……쉽게 말해 악당으로서는 덩치도 작고 맷집도 모자란다……그래서 배후를 대라고 강요하고 있는 것이다……깡다구가 흡족해할 배후로는 한주의 형 만주라면 충분하다……하지만 만주가 깡다구에게 불려 오면 깡다구가 뼈를 추리기가 힘들 것이다……가만, 기타 리는 나에게 악의 화신인 뱀을 주었다. 그는 살아 있는 뱀의 입을 꿰매 장난감으로 만들 만큼 잔혹하다. 그걸 예술이라고 말할 수 있을지도 모르지. 그러나 그것이 뱀에게 뜻하는 바는 무엇인가. 예술의 고통인가, 죽음인가, 소모인가, 희생인가. 도대체 기타 리는 무슨 뜻으로 내게 그걸 준 것인가. 나쁜 뜻인가, 좋은 뜻인가. 어쩌라는 말인가.

원두는 한주가 최후로 내는 윽윽, 소리를 들으며 남은 시간을 쥐어짜고 비틀어 생각할 단 1초의 여유를 얻었습니다.

나쁜 뜻이라면? 내가 그에게 해준 것은 좋은 뜻에서였나……기타 리는 어차피 상품을 타서 살림에 보태기 위해 대회에 나간 게 아니었다……내가 도둑질을 해서 그에게 참가비를 대준 것이 쓸데없는 부추김이었는지도 모른다……남모르게 고요히 예술가의 길을 가려던 그를 촌동네의 노래자랑 대회에 끌어넣었다……그는 그걸 나쁜 뜻으로 보았다……그래서 그는 헝크 헝크와 버닝 러브 형제들로 나와 세상에게 복수했다……그는 내게 나쁜 마음을 가지고 뱀을 준 것이다……뱀의 고통과 장난감 사이에 무엇이 있는가……나쁜 뜻이다……나쁜 놈! 악당! 나를 도둑놈으로 만든 결정적인 배후!

"잠깐만요!"

원두는 결심을 하고 손을 들었습니다. 깡다구가 충혈된 눈, 충혈된 얼굴로 돌아보았습니다.

"뭐야?"

"자수합니다. 시킨 사람이 있습니다."

"내가 그럴 줄 알았지. 누군데?"

"기타 리가 시켰습니다."

"기타 리이? 그게 뭐 하는 거야?"

"우리 당숙 집에 세들어 사는 건달인데요. 만날 기타만 치고 놀아요……."

깡다구는 원두의 말이 끝나기도 전에, 당장 실습생들에게 기타 리라는 수상쩍고 야릇한 이름의 배후 조종자를 잡아 오라고 명령했습니다. 그러고는 회초리를 내려놓고 심호흡을 하며 주먹 연습을 했습니다. 실습생들은 5분도 되지 않아 기타 리를 연행해 왔습니다.

"이놈의 새끼!"

깡다구는 다짜고짜 기타 리에게 달려가 이단 옆차기를 시도했습니다. 그러나 그 발길질은 기타 리에게 미치지 못하고 허공을 가르던 발의 주인이 물구덩이 속에 처박히더군요. 그것 때문에 제정신을 잃은 깡다구는 실습생들에게 기타 리가 도망가지 못하도록 잡으라고 말한 다음 속이 시원해질 때까지 기타 리를 두들겨 팼습니다. 끌려오기 전에 이미 사랑니 때문에 입이 잔뜩 부어 있던 기타 리가 뭐라고 했겠습니까.

"왜 이러세요, 난 모라요" 하다가요, 좀 맞고 나서는 "아파요, 요서해 주세요" 하고 깡다구가 원하는 답을 댔지요. 그 사이에 한주와 원두는 깡다구의 예쁜 부인 손에 의해 풀려나 학교 뒷문을 통해 도망가라는 충고에 따라 걸음아 날 살려라 하고 도망갔습니다. 하나는 절뚝절뚝 도망갔고 하나는 총알처럼 도망갔지요.

다음날

모든 하루에는 다음날이 있습니다. 다음날, 기타 리가 사라졌습니다. 다음날, 깡다구는 부인을 보내 원두의 할아버지에게 사과했습니다. 그날, 원두는 세상에서 태어나 처음으로 할아버지의 회초리를 맞았습니다. 다음날, 이 옛날이야기는 끝이 납니다.

첫 번째 다음날, 만주가 읍내에서 돌아왔습니다. 만주는 한주에게 눈물과 한숨과 분노 없이 들을 수 없는 하소연을 들었지요. 감히 내 동생에게 총을 겨누고 매질을 하고 고문을 하였던 장본인을 찾아 그게 누구든지 간에 똑같은 대접을 해주겠다고 별렀겠지요. 그래서 해가 뉘엿뉘엿 질 무렵 깡다구를 찾아갔겠지요. 학교가 내려다보이는 팽나무 어름에서부터 넘어동 건너동 사람들이 다 들을 수 있는 고함을 지르기 시작했답니다.

"누가 불쌍한 내 동생 똥줄 빠지게 패놨어! 누가 불쌍한 내 동생 똥줄 빠지게 패놨어! 누가 불쌍한 내 동생 똥줄 빠지게 패놨어!"

그 다음에는 똑같은 말을 반복하면서 학교까지 전진합니다. 누가 내 동생 똥줄이 빠지게 패놨어! 학교에 실습생 일개 연대가 있으면 뭐 합니까. 만주는 움직이는 지뢰 겸 수류탄, 기관총, 박격포, 헬리콥터, 잠수함을 거느린 항공 모함이나 다름없는데요. 그래서 읍내가 배출한 역대 최고의 깡패와 역시 읍내가 배출한 역대 최고의 악당의 대결이 벌어지는 역사적인 순간, 그 현장에 역대 최고의 뭐랄까, 중재자? 이야기꾼? 선비? 소설가? 만담가? 역사가? 그 모두의 특성을 조금씩 갖추었으나 어느 분야에서도 전문가로서 존경을 받지 못한 당숙이 끼여들었다지요. 역사의 현장을 기록하고 교훈을 후세에 남기기 위해서였다는 게 아니고요. 한주네 집 근처에서 한주 어머니의 부탁을 듣고 현장으로 달려온 겁니다. 명주가 없어졌다!

이윽고 기타 리의 어머니가 머리를 풀어헤치고 팽나무 곁에 주저앉았습니다. 내 아들도 없어졌다! 깡다구, 저 나쁜 놈이 그전부터 우리를 못 잡아먹어서 안달을 하더니 어제 저녁에 애를 반 죽여서 집을 나가게 만들었다, 아이고오!

다리 넘어 동네 유일한 여고생과 다리 건너 동네 유일한 알건달이 동시에 없어졌다! 소문은 회오리바람처럼 넘어동 건너동을 휩쓸었습니다. 수백 명의 마을 주민들이 모두 길거리에 나와 서서 온종일 수군거렸습니다. 읍내에서 오토바이를 타고 석양을 등진 채 돌아오던 깡다구도 그 소식을 들었습니다.

다음날, 깡다구는 부인을 원두네 집으로 보내 왔습니다. 깡다구가 학교를 세우고 난 이후 처음이었으니 10년 만에 원두네 집을 최초로 방문한 깡다구 집안의 사람이었지요. 부인은 사소한 일로 샌님의 심기를 어지럽혀서 죄송하다는 것, 손자에 관한 일은 일체를 불문에 부치기로 했으니 어르신이 노여움을 푸시라는 깡다구의 말을 전했습니다. 할아버지는 손님이 가고 난 다음 그 말이 무슨 말인지 몰라 손자들을 모두 모아 놓고 한바탕 굿판을 벌인 후 가장 사랑하는 손자 장원두의 종아리에 회초리를 대셨지요. 장원두의 종아리에는 피가 났고 할아버지의 눈에는 눈물이 났지요. 하필이면 네가 그랬느냐. 하필이면 그놈에게 그런 오만방자한 말을 들어야 하다니.

그날 저녁, 원두의 당숙과 깡다구가 기타 리의 집 앞에서 무슨 이야기를 나누었는데요. 원두는 그때 무슨 이야기가 있었는지에 대해서는 10년 후에야 들었습니다.

"만주의 간절한 부탁을 받고 내가 방죽을 따라 한 시간은 넘게 쫓아가지 않았겠나. 내가 그렇게 빨리 달린 건 오토바이 타고 처음이었다네. 가만히 보니 요것들이 다정하게 손을 잡고 타박타박 가고 있더라구. 그냥 가면 둘 다 깔겠대. 그래서 오토바이에서 부웅 날아서 뛰어내리면서 내 이 장홧발로 그 건달놈, 지금은 세계적인 카아수라는 그 사람 가슴을 냅다 걷어찼지. 강 바닥까지 그냥 굴러떨어지더구먼. 깨갱 소리도 못 내고 말이야. 안 그랬으면 내 오토바이가 작살났을 거야."

그리고 두 사람은 돈을 주고받았습니다. 할아버지는 당숙에게 깡다구의 실습장 수박밭 한 해 농사에 해당하는 돈을 지불했습니다. 돈을 준 사람은 미안하다고 했고 받은 사람은 충분치는 않지만 괜찮다고 했습니다. 만주가 여동생을 잡아 온 데 대해 깡다구에게 충분한 돈을 주었을 것이므로. 그때부터 깡다구 및 중학 학력 인정 농업중학교와 원두의 집안은 역사적인 화해를 하고 오손도손 잘살아가게 되었답니다. 깡다구는 그 자리에서 그의 인생을 통틀어 기념비적인 멋진 말도 했다고 합니다.

"사람들은 내가 나쁘다, 독하다고들 하는데 가만히 보면 필요할 때 나를 써먹기 위해서 나쁜 놈으로 만드는 것 같네."

우연인지 필연인지 바로 그날 원두네 염소가 새끼를 낳아 염소의 수는 총 40마리가 되었습니다. 그 새끼들을 값으로 치면 깡다구의 수박밭 한 해 농사가 될런지 말런지…….

다음날, 원두는 한주네 집으로 갔다가 감나무 옆 터진 담 사이로 이상한 걸 보았습니다. 부엌에서 나온 한주의 손에는 개다리소반이 들려 있었는데요. 거기에는 보리밥 한 덩어리, 노란 단무지 세 쪽, 물 한 종지가 얹혀 있었고요. 개집 쪽으로 가길래 세상에서 제일 복 많은 개 복돌이가 상에 밥을 차려 먹나 했는데 그게 아니고요. 한주는 개집 앞에서 몸을 틀어서는 누에를 칠 때말고는 비워 두는 도장방 앞으로 갔습니다. 그 문에는 자물쇠와 함께 희한하게도 소의 목에 다는 구리 방울이 달려 있었고요. 떨렁떨렁, 하고 한주가 방울을 울리니까 또 이상도 하지요, '열려라 떨렁떨렁'인지 방문이 열리더라고요. 한주가 어두운 방안으로 개다리소반을 들여놓고 빈 그릇하고 주전자가 얹힌 개다리소반을 내오고요. 문을 꽉 닫고 떨렁떨렁 방울을 울린 다음에, 문을 잠그고 부엌으로 가더라고요.

"너 지금 뭐 하니."

원두가 가서 묻자 한주는 기겁을 하더니 손을 휘휘 저었어요. 그러나 원두는 그 짧은 여름 동안 무척 자랐어요. 순간적인 놀람이나 휘젓는 손의 방향 같은 조그만 단서만 가지고도 당숙의 포마드 같은 세상의 겉거죽을 뚫을 수 있고 기타 리의 방처럼 겉으로만 요란한 냄새의 잔칫상을 둘러, 늘 숨어 있기 좋아하는 이승의 진실을 알 수 있게 되었단 말이에요. 그 안에는 명주 누나가 갇혀 있었던 거지요. 넘어동 유일의 여학생, 기타 리가 자신의 기타 솜씨로 사랑을 바치고 얻은 유일한 여인, 10년 후에 세계적인 기타리스트의 부인이 되는 아름다운 꽃봉오리가.

할 일 없이 냇가로 돌아온 원두는 동곡을 바라보면서 길게 기지개를 켰습니다. 서곡이 억울해할까 봐 그쪽으로도 공평하게 기지개를 켜 보였습니다. 그리고 보았습니다. 동글동글한 짐을 이고 지고 끼고 들고 서쪽으로 떠나가는 그림자 하나를. 기타 리의 어머니였습니다. 그만한 짐을 한꺼번에 운반할 수 있는 여인은 세상에 그녀뿐이니까요.

원두는 서곡도 자세히 보면 동곡처럼 노골적이지는 않지만 활처럼 가운데가 조금 들어가 있고 양쪽이 부풀어 있다는 것을 알게 되었습니다. 사람들이 다니는 길은 어디나 비슷한 법이니까요. 저물도록 기우뚱기우뚱 서쪽으로 걸어간 그림자가 서곡의 한가운데 쏘옥 들어간 곳에 채워지고 그 그림자가 잠시 멈추는 순간, 돌아선 원두는 동곡을 넘어가는 그림자 하나를 또 보게 되었습니다. 두 그림자는 동쪽 끝과 서쪽 끝에서 어디로 가느냐고 서로에게 묻는 듯이 원두가 지켜보는 동안 내내 그곳을 채우고 서 있었습니다.

원두는 집으로 데리고 가기 직전에 냇가에다 40마리의 염소를 모아 놓고 물었지요.

"너희도 지금 어디 가고 싶어?"

대장 염소는 아래쪽에 풀어 놓은 암염소들을 누가 훔쳐 갈까 봐 그러는 모양인지 원두의 말은 들은 척도 않고 그쪽만 쳐다보고 있었어요. 원두는 대장 염소의 옆구리를 퍽 걷어차면서 외쳤습니다.

"여기서 나하고 죽을 때까지 행복하게 오래오래 잘사는 거야."

그렇게 하루가 끝났고 그 다음날은 없습니다. 이 이야기는 여기까지니까요…….

추·천·우·수·작

그늘바람꽃

이혜경

1960년 충남 보령 출생.

경희대 국문학과를 졸업하고,

1982년 《세계의 문학》에 중편소설 〈우리들의 떨켜〉로 등단했다.

1995년 〈길 위의 집〉으로 오늘의 작가상을 수상했다.

그늘바람꽃

오늘도 소희는 보이지 않네. 소희가 시장 모퉁이 닭집 효임에게 다녀간 게 지난 토요일이니까 오늘이 목요일……벌써 닷새째야.

소희가 결코 뚱뚱하지 않다는 걸 효임이 증명한 뒤, 소희가 효임네 가게에서 먹어치운 닭만 해도 계란으로 치면 서너 판은 될 거야. 효임이 단골을 확보하기 위해 소희의 날씬함을 증명한 건 아니야. 그냥 그러고 싶어서였어. 160센티미터의 키에 47킬로그램 나가면서 자기가 너무 뚱뚱하다고 굳게 믿는 여자가 있을 때, 굳이 거울을 찾아내 그 앞에 세우고 싶어하는 사람이 있다면 그게 바로 효임이야. 그 오지랖 안 잘라 내면 평생 그 모양으로 살 거라고 평판이 난 효임이 시장 입구 도서 대여점의 우수 고객이라는 거 아직 말 안 했지? 대여점 주인 이슬이 엄마는 효임에게는 대여료를 100원씩 낮게 쳐 줘. 이따금 분수에 넘는 걱정도 하지. 닭 팔아서 우리 이슬이 학원비 댈 일 있냐고.

그날도 효임은 의자에 앉아 계란 공장이며 분식집 등의 스티커가

덕지덕지한 벽면에 머리를 기대고 《매디슨 카운티의 다리》를 읽고 있었어. 글썽글썽, 코끝이 찡하게 매워지며 눈물이 비어져 나오려 할 때, 효임은 우선 눈을 홉뜨고 몇 번 깜짝여 말리려 해보지. 그럴 때마다 눈에 띄는 건, 누릿한 기름 냄새에 전 벽에 붙은 액자야. 네 처음은 빈약하나 네 나중은 창성하리라. 닭집을 개업할 때 누군가가 사다 준 액자. 7년째 같은 자리에서 임대료에 허덕이다가 문득 액자에 눈이 가면, 어떤 때엔 그 거창한 축원에게 조롱당하는 기분이 들기도 해. 20대 중반부터 음습한 시장에서 보낸 7년은 저런 말로 조롱당할 만큼 만만한 건 아니야.

튀김 기름에 동동 뜬 부스러기를 거름망으로 걷어 내거나 속이 톡 밴 양배추를 송송 채 썰던 효임이 낯선 눈으로 가게를 둘러볼 때가 있어. 녹꽃을 피운 쇠 파이프 의자와 탁자 몇 개인 실내, 낡은 냉장고는 때맞추듯 위윙, 소리를 내기도 해. 그 소리가 이어지다 한순간 끊어져 정적에 잠길 때, 통나무 도마 위에 놓인 무쇠 칼이 확대되어 눈에 들어오지 않더라도, 효임은 죽음에 성큼 다가선 느낌을 받아. 유리문 한 겹 바깥에는 사람들이 서로 몸 부딪치며 오가고 시장 모퉁이 카세트 장수의 리어카에서는 삼바삼바삼바삼바……경쾌한 리듬이 들려 오는데 혼자 빠져든 정적. 얼마인지 모르게 갇혔던 그 정적에서 깨어나는 순간 온몸 쓸어 내리는 한기, 그 한기를 털어 내려 효임은 도서 대여점으로 가곤 하지.

여자는 끝내 남자를 혼자 보내는군. 제 인생을 한 번 들었다가 결국 제자리에 놓고 마네. 하지만 전 같지는 않겠지. 오래 한곳에 박혀 있던 돌을 들었을 때, 그 바닥에 고여 더 짙어진 흙빛깔. 여자의 어딘가에 그런 빛깔이 고일 거야. 남자의 차가 멀어지는 걸 보면서 여자가 울고, 눈꺼풀의 둑을 범람한 효임의 눈물이 투툭, 책장에 떨어졌어. 눈물방울에 갇힌 글자가 진해지더니 종잇장이 얼룩지고, 뒷면의 글씨가 은은히 배어 나왔어.

소희가 들어선 건 바로 그때야. 눈물 어룽진 효임의 눈엔 소희가 무언가를 질질 끌고 오는 것으로 보였어. 효임은 무안해져 눈을 씩 훔치며 보았지. 그건 침묵이었어. 하룻밤 사이에 철든 아이들이 갇혀 버리는 묵중함.

"부탁인데……나 좀 안아 줄래?"

채 마르지 않은 소설 속의 눈물과 소희의 침묵 사이에 끼인 효임은 아주 느리게 몸을 일으켰어. 뭉클, 빈약한 몸매에 비해 탄력 있는 소희의 젖가슴. 아기에게 젖을 빨리거나 옷맵시를 낼 때보다는 남자의 손에 쥐일 때 더 행복해할 젖가슴이야.

"그 사람 부인이 다녀갔어. 나더러 쓸개 빠진 여자래. 그런다고 자기 남편이 가정을 포기할 줄 알았냐고. 내가 쓸개 빠진 년이긴 하지?"

효임이 독신 사진작가와 유부녀의 운명적인 사랑과 이별을 좇느라 한숨을 쉬던 바로 그 무렵에, 거기서 10미터도 안 떨어진 민정 혼수방에선 유부남 사진기자와 바느질하는 독신녀의 사랑에 조종이 울리고 있었던 거야. 그놈의 종소리……효임은 엉뚱하게 종소리를 원망하지.

"성당 다닌다며? 성당에선 어떤 때 종을 울려?"

깍뚝썰기로 잘게 썬 무를 사카린 탄 물에 담그는 효임 앞에서, 시키지도 않았는데 무청을 쓸어 모으며 소희가 다가앉았어. 머무적거리는 손길, 슬몃 비끼는 눈, 그런데도 온몸에 분분한 꽃가루를 효임은 알아보았어. 또 어떤 놈에 마음이 팔려서 그러나. 그래, 그렇게라도 행복했으면 됐지, 하고 마음을 돌리다가도, 끓는 기름에 닭을 집어 넣은 것처럼 효임의 속이 부글부글 끓어오르는 걸 어쩌겠어. 끓어오르는 속을 가까스로 밝히면, 꽃술 없이 꽃잎만 오롯한 꽃 한 송이가 떠오르곤 하지.

효임에겐 세 살 위인 바람둥이 오빠가 있어. 다감하고 잘생긴 오빠야. 바람둥이의 진실은, 자기가 만나는 모든 여자에게 만나는 동안에 최선을 다한다는 거야. 만나는 여자마다 다 다른 향기로움으로 다가오는데 어쩌겠어. 문제는 여자들이야, 여자들은 그 최선이 오직 자기 한 사람에게만 향한 걸로 알거든. 나를 사랑하나요? 라고 묻지, 나말고 또 누구 사랑하는 사람 있어요? 라고 묻지는 않잖아.

효임을 찾아와서 울고 간 여자도 그들 중의 한 사람이었어. 식구들이 이민 가는데 오빠가 남으라고 한마디만 하면 남겠다고 하던 여자. 그래도 잡는 사람이 없자 울면서 태평양을 건너간 그 여자는 자기의 눈물을 지켜본 효임에게 편지를 보냈지. 뭐라고 썼는지는 기억에 없지만, 그 편지를 보았을 때의 아득함은 효임에게 지금도 선연해. 줄 안 쳐진 편지지 맨 앞머리에 효임 씨에게, 라고 쓰고 나서 그 아래 그려진 작은 꽃. 수술도 암술도 없이 다섯 장의 꽃잎만 오롯했어. 그 꽃을 보는 순간 효임은 대번에 알아차렸지. 백지를 앞에 두고 멍울지는 말, 서리서리 떠오르는 그리움과 회한을 삭이려는 몸짓, 그 안간힘이 말 대신 꽃을 그리게 했으리라는걸. 그 안간힘이 피워 낸 꽃이라는걸.

종소리를 굳이 강조하는 소희의 얼굴엔 꽃술이 화사하고 꽃가루가 난분분하지. 이런 여자는 꽃술 없는 꽃 따위는 그리지 않을 거야. 효임은 에두르지 않고 받아 버리지.

"성당 앞에서 누굴 만났는데?"

"응, 사진 찍는 사람. 사진기자. 근데 그 사람하고 눈이 마주치는 순간에 갑자기 성당에서 종이 울리는 거야. 왜 하필 그때 종이 울렸을까."

제 안에서 아직도 공명하는 종소리를 듣느라 소희의 눈이 투명해졌어. 효임은 짐작했지. 이번 연애가 끝날 때까지, 종소리는 내내 소희의 안에서 우련하게 울리겠군. 때로는 태풍 속에 놓인 듯 거세게, 때로는 골풀 쓸어 내리는 바람결의 섬세함으로. 연애가 끝나는 순간에는 묘지에서 듣는 종소리처럼 황량하게.

마침내 사랑의 조종 소리를 들은 소희의 가슴이 들먹였어. 이제 소리내어 울 차례야. 연애가 끝날 때마다 정해진 절차라서, 효임은 소희의 눈물을 맞을 만반의 준비를 했지. 효임의 어깨춤에 습기가 느껴지고 나면 소희는 냅킨을 뽑아 눈물 콧물을 닦으며 비통하게 소리내어 울지.

휴지 더미를 수북이 쌓아 놓고, 쓸개뿐 아니라 내장까지 다 빼버린 걸음으로 허전거리며 걸어 나간 소희는 다음날부터 결근이야.

벌써 몇 번째인지 모를 소희의 무단 결근을 민정 한복집 주인인 민정 엄마가 감내하는 건 소희의 바느질 솜씨가 워낙 빼어나서야. 소희는 재봉틀 앞에 앉으면 함초롬해지지. 바느질 솜씨도 그러해서, 소희가 꿰맨 한복을 다려서 펴 놓으면 어디 한 군데 들뜬 데 없이 바닥에 착 달라붙는대. 칭찬에 인색한 민정 엄마가 "바느질 솜씨 하나는 인간문화재급"이라고 말한 걸 보면 알 만하지. 오죽하면 그 옆의 범양 한복집 주인이 저 맵짠 손끝만 보쌈해 오고 싶다고 했을까. 범양 한복집의 쓰린 속을 조금 달래 준 건, 잊을 만하면 무단 결근하는 소희의 습성이었어. 그 바닥엔 늘 남자가 있었지.

이틀 전부터, 효임은 발탄 강아지처럼 가방 가게를 지나며 혹 장씨가 무얼 알아채지 않았을까 하고 기색을 살피거나 혼수방 앞을 지나면서 기웃거리게 되었어. 현란하게 드리워진 한복 천 아래 앉아 있는 민정 엄마에게 오늘도 연락이 없었나 물어 볼까 하다가 효임은 슬그머니 지나쳤지. 소희의 결근에 자기가 기여한 바도 만만치 않았거든.

"책은 왜 그렇게 열심히 읽는데?"

책이라고는 미장원에서 읽는 여성지가 전부인 소희에겐 효임이 신기했나 봐. 어떤 날, 효임이 잡다한 상식을 쉽게 풀이한 책 같은 걸 넘기고 있으면 소희는 거의 존경스러운 눈빛이 되기도 해.

"심심하니까 읽지. 안 그러면 멍하니 앉아 있어야 하는데……."

점심때와 저녁때 사이, 바쁜 시간을 비켜서 술을 한잔 하려는 시장 사람이 없는 한, 탁자는 대개 비어 있게 마련이야. 생닭을 사가거나 닭을 튀겨 가는 사람을 맞고 보내는 사이사이에 남는 효임의 시간을 죽이는 데엔 책 읽기가 그만이었어.

"심심하다고 다 책 보나? 그럼 글도 써? 수필이나 일기 같은 거?"

"일기는 무슨. 이 나이에 일기 쓸 일 있냐? 밤이면 씻고 자기도 바쁜데, 자긴 그런 것도 써?"

"아니……하지만 일기를 열심히 쓰는 사람들은 어떤 사람들인지 궁금해서. 우리 남편이 그렇게 열심히 썼거든. 중학교 때부터 쓴 일기를 모아 두었는데, 죽기 전까지도 꼬박꼬박 쓰데. 그거 태워 버리지도 못하고 두긴 했는데……책 읽기 좋아하니까 언제 한번 보여 줄까?"

"미쳤어. 남의 남편 일기를 내가 왜 보냐?"

얼결에 밀쳤지만 말하는 순간 효임은 후회스러웠어. 소희보다 여덟 살이나 많았다는 소희의 죽은 남편이 어떤 사람인지 효임은 처음부터 궁금해했거든.

소희가 처음 효임의 가게에 들어서던 날은 몇십 년 만인가라는 무더위가 휩쓸던 몇 년 전 여름이었어. 자고 나면 몸에 땀띠가 솟고 가슴팍 고랑으로 땀이 줄줄 흘러내렸지. 기름 솥만 봐도 더운 날 해질 무렵에, 땀이라고는 한 방울도 안 흘린 얼굴로 여자가 들어섰어. 서른이 채 안 되었을까. 화장기 없는 얼굴이 초라했어.

"저 닭좀 튀겨 주세요. 여기서 먹고 가도 되죠?"

저녁 무렵에 혼자 와서 통닭을 먹는 여자는 흔치 않아서, 효임은 여자의 얼굴을 좀 유심히 보았어. 가끔, 입덧을 하는 여자들이 장을 보러 와서 그렇게 먹고 가는 경우는 있거든. 어떤 땐 시켰다가 막상 튀겨내 오면 튀김기름 냄새가 역하다고, 싸들고 가는 경우도 있지. 여자는 부석부석하고 힘없어 보였어.

"앉으세요."

효임은 벽에 붙은 선풍기 바람이 가는 쪽의 의자를 꺼내 놓으며 말했지. 여자는 다소곳이 앉았어.

"반 마리도 되지요?"

반 마리는 안 되리라는 걸 미리 알면서도 우기는 눈이었지. 유아적인, 꾸중 들을 걸 겁내는, 그리하여 제 안의 겁먹음에 대한 반발로 자주 깜짝이는 눈. 무슨 부탁이든 거절하지 못하게 만드는 사람이 있는데 여자도 그랬어. 그렇게 엉기는 게 너무 환해서 오히려 효임은 거절할 수 있었어.

"반 마리는 안 돼요. 먹을 만큼 먹고 나머지는 싸드릴게요. 냉장고에 두었다가 전자 레인지에 데워 드시면 좋아요. 아니면 반은 튀기지 말고 드릴 테니까 가져가서 요리하시든가."

"어떡하나. 그럼 한 마리 튀겨 주세요."

여자는 효임이 마늘 소스와 후추가루를 끼얹어 낸 튀김닭에 손대기 전에 묵묵히 바라보았어. 무구한 식탐과, 그 식탐을 부리는 자신에 대한 경멸 같은 게 여자의 얼굴에서 괴롭게 뒤섞였어. 그러더니 먹기 시작하더군. 무슨 의식을 거행하는 사람처럼, 자기가 지금 먹고 있는 게 닭고기가 아니라 거룩한 음식인 것처럼. 그런 여자를 가리키는 표현으로 효임이 그 순간에 떠올릴 수 있었던 건 '넋 나간 여자'였어. 효임이 냉장고에서 사이다를 꺼내어 한 잔 따라 내민 건 아마도, 그 나가 버린 넋을 톡 쏘는 사이다의 기포가 되돌릴지도 모른다는 기대가 아니었을까.

"고맙습니다."

사이다는 효임이 기대한 효과를 거두었어. 사이다를 한 모금 들이켜고 입가를 냅킨으로 닦은 여자는 효임에게 흐릿하게 웃어 보이며 입을 뗐어. 그때쯤엔 여자는 알뜰히 발라 낸 뼈를 접시 가장자리에 모아 놓고 있었지. 뼛더미가 남은 고기보다 수북했어. 그런데도 먹는 속도가 여전한 걸로 보아 닭 한 마리가 결코 양에 넘치는 건 아니었어.

"저 너무 잘 먹죠? 그래서 통 살이 안 빠지나 봐요."

살? 효임은 눈으로 여자를 훑어 내렸어. 소매 없는 티셔츠에서 비어져 나온 여자의 팔은, 미끈하기가 왜무 같다고 채소 가게 민지 엄마가 감탄하는 효임의 팔보다 가늘면 가늘었지 두껍진 않았어. 화장기 없는 볼은 정면에서 보면 넓적한 턱뼈 덕분에 통통해 보였지만, 옆에서 보면 깎인 듯 살이 없었어.

"아가씨가 뺄 살이 어디 있다고……내 보기엔 더 쪄야겠구먼……."

"아녜요. 저 뚱뚱해요. 그런데 고기가 자꾸 먹고 싶어지니 탈이에요. 그리구……저 아가씨 아니에요."

그날, 나가다 말고 여자는 말했어. 저기요……근데 저 닭 말이에요. 꼭 사람들 같아요. 여자가 가리킨 건 입구에 놓인 진열장을 겸한 냉장고였어. 삼계탕 거리를 찾는 사람이 많아서 닭을 조금 많이 받은 효임은 닭을 모로 뉘어서 차곡차곡 쟁였거든. 털 벗겨 말간 살빛에 오톨거리는 살갗, 접힌 채 끼워진 날개는 앞발을 보듬는 듯하고, 포개진 다리는 앞 사람 발에 얹은 발 같긴 했어. 닭은 고단한 하루를 넘기고 단칸방에 끼여 자는 식구들 같았지. 천연스럽게, 잘린 목에서 긴 한숨이라도 한 번 내끼얹고 몸을 뉜 듯. 여자가 간 뒤 진열장을 바라보던 효임은 문득 깨달았어. 홀로된 여자로구나. 효임이 여자의 뒷모습을 좇았을 때, 여자는 민정 혼수방으로 들어가고 있었어.

"저처럼 혼자 와서 닭 한 마리 다 먹는 여자 없죠? 난 왜 이러는지 몰라요."

다음 번에 왔을 때에도 여자는 자기가 잘 먹는다는 사실에 혐오를 느끼는 얼굴이었어. 그래도 여자는 먹는 틈틈이, 민정 혼수방에 새로 온 바느질하는 사람이라는 것, 효임보다 두 살 아래라는 걸 효임에게 알게 해주었지.

여자가 네 번째 들르던 날, 효임은 여자에게 물컵과 함께 종이를 들이밀었어. 대여점 이슬이 엄마의 묵인 아래 낡은 여성지에서 떼어낸 표준 체중표. 다들 모이를 쪼아 먹느라 정신없는데 혼자 시궁창 쪽으로 아기작거리며 다가가는 병아리 한 마리에 눈 못 떼는 어미닭의 마음 같은 거였어. 효임이 거스름돈을 찾는 동안, 문간에 걸린 거울을 보던 여자, 소희는 돈을 건네 받으며 입을 열었어.

"그래요. 어쩌면, 어쩌면 저는 뚱뚱하지 않은지도 모르겠어요. 그래요. 어쩌면 날씬한 축에 들지도 몰라요. 그래도, 그러면 뭐 해요. 저는 안 그런 것 같은데……."

"도대체 새댁 보고 누가 뚱뚱하다고 그랬어요?"

"남편이오. 저 새댁도 아니에요. 우리 남편, 죽었어요. 저처럼 밥만 축내는 여자 만나서 고생만 하다 갔어요."

그 남편이 남긴 일기를 효임이 보게 된 시장 상조회의 야유회날이었어. 소희가 수줍어하면서 〈만남〉을 부르고, 단비를 할머니에게 맡긴 홀아비 장씨가 그런 소희를 장마 직전의 혼몽한 열기를 담은 눈으로 바라보던 날. 야유회가 끝나자 장씨는 2차를 제의했어. 소희는 몸을 뺐지만, 장씨의 눈이 내내 소희 언저리에서 벗어나지 못하는 걸 본 효임이 붙잡았어.

"이소희 씬 그 좋은 목청으로 혼자 늙을 거라예?"

목청과 혼자 늙는 게 어떤 상관 관계를 가지고 있는지 모르지만, 장씨는 소희의 잔에 술을 따르며 물었어. 아마 저녁 무렵의 공원에서 남자에게 노래를 들려주는 여자, 또는 아기를 업고 짐짓 고즈넉한 목소리로 자장가를 부르는 여자를 연상했나 봐. 아내가 유방암으로 숨지기까지, 병석에서 보인 장씨의 정성이 시장 안에 파다할 정도로 순정파였으니까. 오죽하면 민지 엄마가 장담을 했을까. 저 사람, 단비 엄마 가고 나면 뗏장에 풀도 마르기 전에 재혼할 거라, 저리 정이 많은 사람이 혼자 우예 살겠노. 혼자 3년 넘기면 내 손가락에 장을 지진다. 민지 엄마의 손가락을 위기에 빠뜨린 줄도 모르고 3년을 넘긴 장씨가 언제부터 소희를 운명이라고 느꼈는지 모르겠어.

"혼자 늙긴요. 데려가 주겠다는 남자 있으면 가야지요."

"어떤 남성형을 좋아하시는데요?"

"어떤 형이라면, 사장님이 그런 사람 데려다 주실래요?"

당돌한 말투였어. 어둑신한 조명 아래, 효임이 들여다보는 술잔 속에 조명이 반원의 빛무리를 퍼뜨렸지. 빛을 헤집을 듯 당돌한 소희의 말투가 낯설어 효임은 은근히 당황했는데, 그럴수록 장씨는 쩔쩔맸지. 그날, 연거푸 잔을 들이켠 소희는 몸을 가누기가 힘들 정도로 취했어.

소희가 세들어 사는 집은 큰길에서 조금 들어간 골목에 있었어. 본채에 덧들인 방. 화장실은 방 안쪽에 붙어 있었어. 소희는 변기를 끌어안고 어깨를 움찔거리며 토했어. 토하고 나서 누웠다가 다시 토하고. 건건이는 다 토해 버려서 이제 분홍빛에 가까운 신물만 흘리던 소희는 토사물의 질긴 점막처럼 늘어지게 말했어.

"나 이래봬도 남편 잡아먹은 년이라구우……저 화장대 아래 좀 열어 볼래? 글쎄 열어 보래니까……."

소희는 손을 허우적거렸어. 달라붙는 낙지를 떼어 내는 것처럼 힘겨운 손짓이 술기운 때문이라는 걸 알면서도 왠지 효임은 문을 열기가 꺼려졌어. 소희의 화장대는 너저분했어. 제대로 닫히지 않은 크림통 뚜껑을 닫고 나서 효임은 화장대 아래 문을 당겼어. 돌돌 뭉쳐진 머릿수건, 드라이어 따위를 헤치자 뚜껑 없는 내의 곽 안에 담긴 공책이 보였지. 이거? 효임이 물으려고 돌아보니 소희는 이미 곯아떨어져 있었어. 반쯤 벌리고 잠든 소희의 입에서 나는 단내와 시큼

한 냄새는, 보일러를 올려서 훈기가 돌기 시작한 방 공기에 섞여들었지. 효임은 맨 위에 놓인, 사무용 다이어리처럼 비닐 커버가 덮인 공책을 펼쳤어.

35세, 36세, 37세, 48세…….

서른다섯 살부터 일흔다섯 살까지, 일련 번호로 숫자가 씌어 있고, 그 해에 달성할 목표들이 적혀 있었어. 35세의 가장 큰 과제는 넓은 아파트로 이사하는 거였고, 40세엔 부장이 되는 거였어. 참 단정한 글씨였지. 펜습자 공책에 연습한 글씨를 보는 것 같았어. 그 글씨의 주인공은 인생도 그렇게 자로 잰 듯이 살려 했던 것처럼 보였어. 남의 남편, 그것도 죽은 사람의 일기를 읽는다는 석연치 않음을 호기심으로 억누르며 효임은 넘겨 갔어.

오늘 소희를 때렸다. 친구들과의 모임에서 소희가 나섰다. 번번이 타일렀는데 납죽납죽 술잔을 받아 마시다니. 집에 돌아와서 지적했더니 말대꾸했다. 나도 모르게 때렸다. 지금은 밤, 소희는 내 곁에서 오그리고 잠들어 있다. 소희는 모를 것이다. 저를 때리는 내 손길이 사랑이었음을. 제 행동을 단정하게 단련시켜 저를 빛나게 하려는 것임을.

동네 여자들과의 쓸데없는 수다에서 얻을 수 있는 게 무엇이겠는가. 그 시간에 내가 사다 준 책으로 교양을 쌓을 생각은 안 하고. 오늘도 돌아와서 확인해 보니 겨우 두 페이지 읽고 말았다. 홧김에 책을 내던졌다.

사소한 일에서의 불성실이 나를 화나게 한다. 내 앞에서 발을 뻗고 앉는 버릇을 소희는 아직도 못 고치고 있다. 텔레비전 보면서 눕는 버릇은 고쳐졌지만. 아내로서의 예의를 다해야 사랑받을 수 있다는 걸 언제 깨달을 것인지.

첫 권의 절반쯤 읽던 효임은 머리가 지끈거리고 가슴이 두근거려서 내의 곽을 밀어 넣고 누웠어. 땅바닥에 등이 닿는 순간 효임의 입이 저절로 뱉어 낸 말은 썩을 놈!이었어. 욕을 잘 못하는 효임으로선 한껏 생각해 낸 욕이지만, 가만히 생각해 보니 욕도 못 되는 것이, 욕 먹을 사람은 이미 땅속에서 썩고 있더군. 효임은 잠든 소희의 등을 가만히 쓸어 보았어. 머리맡의 화장대에 놓인 일기장이 소희의 꿈자리를 밟는지, 소희는 이따금 허우적거렸어. 썩을 인간, 그래서 소희가 그렇게 주눅이 들어 있었구먼. 한 사람에게 콜타르처럼 끈적이며 퍼부어지는 말의 폭력. 소희의 천진성은 남편의 일기에서는 미숙함이 되었고, 남에게 베풀고 싶어하는 마음은 무분별이 되었으며, 소희에게 다정한 이웃 여자들은 다 생각이라고는 하나도 없는 여편네들이 되었어. 그날 밤 효임은 결심했어. 죽은 남편의 제단 앞에 납작 엎드린 소희를 일으켜 걷게 하겠노라고.

"자기 피부가 원래 그렇게 고왔어? 어쩜 그렇게 환하니? 입술에다 연분홍 립스틱만 바르면 끝나겠다."

가게 안으로 들어서는 소희를 보며 효임은 탄성을 내질렀어. 사람을 앞에 두고 요란스럽게 칭찬하는 건 효임에게 제 낯이 먼저 붉어지는 일이었지만, 효임은 속에서 치받는 메슥거림을 꿀꺽 삼켰지. 당분간 지침서로 택한 '자신감이 인생을 좌우한다'는 요지의 책을 슬며시 덮어 냅킨을 놓은 선반 위에 치우면서 효임은 자신에게 말대꾸했어. 소희가 고운 건 사실이잖아? 그 책에 나온, '칭찬은 자신감을 북돋워 준다'는 항목의 실천에 소희는 윗몸을 뒤트는 수줍음으로 대답했어. 저렇게 천진하고 예쁜 사람을……안 하던 짓을 하느라 속으로 머쓱해 있던 효임은 용기백배했어.

구역질나는 일기장을 태우게 만들겠다고 결심한 다음부터, 효임은 소희에게 지나가는 말투로 남편이란 작자에 대해서 물었어. 일기를 읽힌 걸 잊었는지, 소희는 짧게 대답했어. 좋은 사람이었어. 입을 다무는 소희의 눈에서, 효임은 입만 떼면 '좋은 사람'을 뒤집어 말할지도 모른다는 두려움을 읽어 냈지.

"그럼 자긴 나쁜 사람이고?"

소희는 그 말을 받았지. 낚싯밥인 줄도 모르고 날름 삼킨 거야.

"그럼, 우리 남편이 나한테 해준 거 절반도 못 했어. 생각하면 나쁜 년이지."

"남편이 자기한테 어떻게 잘해 줬는데?"

"나같이 못생기고 성질 못된 여자를 우리 남편 아니면 누가 데리고 살았겠어?"

"열녀 났다. 그 남편이 어떻게 잘났는데? 얘기나 들어 보자."

소희의 눈이 깜짝이면서 고개가 한쪽으로 슬몃 기울기 시작했어. 나이를 어디로 먹었는지 무구한 얼굴, 결코 못생기지는 않은 얼굴. 선생님 앞에서 손을 내밀고 매가 떨어지기를 기다리는 아이의 주눅 들림. 가슴이 찡해졌지만 효임은 다그쳤어.

약국집 딸 소희는 그만그만한 여자 대학을 나와 집에 있었어. 대학 시절, 친구들은 소희를 놀리곤 했지. 너는 대학에 다니는 게 아니라 유치원에 다니는 애 같다고. 강의 시간에 빠지면 큰일나는 줄 알고, 한여름에도 스타킹을 꼭꼭 챙겨 신고 다니던 소희는 같은 과 친구가 "너 버진이니?"라고 물었을 때 버진이 무슨 뜻인지도 몰랐을 정도로 맹한 데가 있긴 했어.

제약 회사 영업사원이던 소희의 남편은 소희보다 여덟 살이나 많았어. 엄격하던 소희의 아버지, 그런 아버지 앞에서 굽실거려야 하는 처지인 그가 소희에게는 딱해 보였어. 나이차가 너무 나는데다 남자에게 부모가 안 계시다는 것, 소희 아버지가 알아본 바에 따르면 처세에 지나치게 빈틈이 없다는 것 때문에 결혼은 반대에 부딪혔어. 밖에서 그렇게 완벽한 사람은 집에선 잘 못 한다는 게 아버지의 지론이었어. 식구들이 한 사람도 빠짐없이 반대하는 바람에 소희의 모성애는 집과의 인연을 끊고라도 결혼하겠다고 고집할 만큼 비대해졌어.

결혼하고 나자, 남편은 처가에서 받은 수모를 하나하나 되살려 가며 '귀엽게만 자라서 제멋대로인' 소희를 가르쳤어. 집안의 모든 물건은 정해진 자리에 놓여야 했고 소희는 남편 앞에서 꼭꼭 무릎을 꿇고 앉아야 했어. 여자가 살이 찌면 돼지비계 냄새가 나는 것 같다는 남편의 말에 소희는 먹는 즐거움을 잃었어. 그런 건 오히려 견딜 만했어. 그냥 저를 죽이고 남편이 원하는 대로 맞춰 가면 되었으니까. 사람이 있고 없고에 따라 달라지는 남편의 태도에 낑겨서 어리둥절한 것에 비하면 쉬웠다는 얘기야.

소희의 남편은 능력 있고 성실한 사람이었어. 사회 생활에서 나무랄 데 없는 모범생이었지. 어쩌다가 친구들의 모임에 나가면 그렇게 소희에게 극진할 수가 없었어. 소희 앞으로 찬그릇을 당겨 놓고, 냅킨을 뽑아서 그 앞에 놓아 주고. 가끔 남들이 보는 앞에서 사랑스러워 못 견디겠다는 듯이 뽀뽀도 하고. 소희가 실수하면 귀엽다는 듯이 보면서, 우리 집사람이 원래 이렇답니다, 감싸 주고. 그때마다 소희는 어리둥절해서 인형처럼 웃어야 했지. 저렇게 능력을 갖춘 사람이 자상하기까지 하니 얼마나 좋을까 하는 여자들의 감탄사를 들으며.

남편은 원래 이렇게 자상한 사람이었어, 그런데 내가 못되게 굴어서 집에선 그렇게 무섭게 할 수밖에 없었나 봐. 나는 왜 그럴까.

여자들의 찬탄 앞에서 비타민이 많다는 설명을 곁들여 남편이 입에 대어 주는 키위 조각을 받아 삼키며 소희는 반성했지. 키위는 신물처럼 입 안에 시큼한 맛을 남겼어.

모임이 파하고 집으로 올 때면 남편은 딱딱하게 굳은 얼굴로 말했어. 그렇게 천박하게 웃지 않을 수 없냐고, 먹는 태도도 품위라고는 하나도 없는데다 자연스럽지 못하고 쭈뼛거린다고. 당신을 위해서 말하는 거야. 딱딱한 남편의 목소리에 소희는 주눅들었어. 그리고 나서 소희는 자신을 죽여 갔지. 립스틱 하나도 제가 좋아하는 색을 살 수 없었어. 제가 좋아하는 연분홍을 집어 들었다가도 당신은 여전히 그런 천박한 색깔을 좋아하는군, 하는 남편의 목소리가 귓전에 들려서 힘없이 놓아 두고, 사람들에게 말을 걸려다가도 문득 왜 그렇게 나서느냐고 책잡을 남편이 보여서 입을 꾹 다물고 있었지.

"간암으로 뚱뚱 부어 오른 배로 병원에 있으면서도 남편은 날 걱정했어. 내가 자기 없이 어떻게 살아나갈지 암담하다고. 내가 생각해도 못살 것 같았어. 그런데 나, 이렇게 잘살고 있네. 신기한 일이야. 우리 남편 같은 사람이 자기 몸에 생긴 병은 모르고 있었다는 것도 신기하고."

썩을 인간. 저 없는 세상에서 소희가 잘살 거라는 생각을 하면 견딜 수가 없었겠지. 사과를 깎으며 듣던 효임은 자기가 껍질을 칼로 저며 대고 있는 걸 발견했어.

소희가 얼마나 아름다운지를 일깨우려는 효임의 노력은 나날이 효과를 보았어. 멀쩡한 제 눈 놔두고 남편의 눈으로 자기를 본 소희였으니, 효임의 눈으로 자기를 보는 것도 더 쉬웠을 밖에. 한복을 만들고 남은 자투리 천으로 조각보를 만들어 구청에서 주최하는 공예전에서 상을 탄 것도 소희에겐 힘이 되었어. 바늘땀을 박고 나서도 남편의 눈으로 챙겨 보고 마음에 안 들면 뜯어서 다시 박아 버릇했다니까 오죽 꼼꼼했겠어.

남편이 들이민 거울을 치우고 효임이 내민 거울을 바라보면서 나날이 피어난 소희는 그 천진한 매력을 햇무리처럼 퍼뜨리기 시작했어. 해가 빛나면, 그 볕뉘를 쬐려 드는 사람이 있게 마련이지.

"그래서 얼굴이 이렇게 환해졌구나. 누군데?"

괜한 붕어빵을 들고 와서 머뭇거리던 소희가 사실은……하고 입을 열었을 때, 효임은 장씨를 떠올렸어. 소희와 효임이 친하다는 걸 안 뒤로 전에 없이 튀김닭을 안주로 술 한잔 하는 취미를 붙인 장씨였으니. 여기 사람은 아니야. 소희는 효임의 기대를 단박에 무너뜨렸어. 사내에 대해서 들으면 들을수록 다디달던 단팥이 효임의 혀끝에 씁쓸했어. 채 녹지 않은 사카린 덩이를 씹었나 봐.

소희는 제 역할을 비련의 여주인공으로 고정시켜 놓은 것 같아. 온몸을 내던져 헌신하고 헌신짝처럼 버려지는 여자. 첫 연애부터 일관된 소희의 안목은 번번이 효임의 입맛을 떨어뜨렸어. 소희를 품고 잔 새벽, 소희가 끓여 놓은 아침상을 외면하고 마누라가 차려 주는 아침 식사시간에 늦을까 봐 조바심치며 나가는 남자, 만날 때마다 소희에게 술값에 차비까지 당당히 요구하는 남자……몇 번의 연애를 지켜본 뒤에야 효임은 깨달았어. 그 남자들이 원래 그런 게 아니었어. 소희가 그들을 그렇게 만들고 있었어. 소희 속에 있는 헌신하고 싶은 열망이 하도 강해서, 남자들은 소희에게 무언가를 요구하면서 시혜를 베푼다는 느낌을 받았을 거야. 벽에 부딪혀 멍들고도 벽보다는 자기를 원망하는 여자가 있으면 신기해서 자꾸 멍들게 하고 싶은 사람도 있는 법이거든.

멍든 채 나대는 소희를 지켜보면서 그에 못지않게 멍드는 이가 있으니 장씨야. 천적이란 게 있긴 있나 봐. 소희가 싸늘히 외면하는 유일한 남자는, 바로 소희에게만 목매달고 있는 장씨야. 소박한 소희를 좋아했던 장씨는 눈부시게 피어난 소희에게서도 결코 눈 돌릴 순 없었지. 사람에게 목매단다는 점에서 둘은 참 많이 닮았어. 다른 게 있다면 장씨가 〈일편단심 민들레〉의 민들레라면 소희는 〈민들레 홀씨 되어〉의 그 민들레라는 거지.

일편단심 민들레가 지친 나머지 결혼할 뻔한 적이 있어. 작년 가을이었을 거야.

"잘됐네요, 장 사장님. 아가씨가 처녀라면서요?"

소희의 목소리가 낭랑했지. 단비가 새엄마를 맞는다는 소문이 시장바닥을 휩쓸 만큼 휩쓸고 큰길로 빠져 나간 어느 날, 효임이 영업을 끝내려는 참에 들어선 사람은 소희와 장씨였어. 장씨 깜냥으로는 마지막 확인을 하려 했는지도 몰라.

"무슨예. 지가 뭐 볼 끼 있다고 그러겠심꺼. 결혼도 마 날받아 놓은 것도 아니니 결정된 것도 아니고예."

처녀 장가를 갈 판인 장씨의 자부심은 소희를 바라보는 애절한 눈초리에 치여 흔적도 없어졌어. 아이고 저 먹통. 컵을 씻는 척하면서 그쪽으로 신경을 곤두세우던 효임은 장씨의 얼굴을 한 대 갈길 듯 팔을 움찔하다가 그만 컵을 미끄러뜨렸어. 다행히 설거지통으로 떨어지는 바람에 분위기를 깨진 않았지만, 그렇게 오래 좋아하고도 어떻게 다루어야 할지 모르는 걸 보면 장씨, 어디가 모자라긴 한가 봐. 소희 같은 여자는 머리채 휘어잡고 나서야 한다고 효임이 푼푼이 일렀건만 또 기고 들어가잖아.

"벌써 소문이 쫙 났는데요? 그 아가씨가 장 사장님과 결혼 못 하면 평생 장 사장님만 바라고 살 수도 있다고 했다면서요?"

장씨는 얼굴이 벌개졌어. 순정파 장씨는 의리파이기도 해서, 자기를 사랑한다는 것 때문에, 소희와 대면도 못 한 여자가 소희에게 모욕당하는 건 견디기 어려웠을 거야.

"무신, 말씀이 지나치네예."

간신히 그 말을 한 장씨는 앞에 놓인 소주잔을 드는 동작으로 노여움을 가렸지. 그러나 그 눈에는 어찌할 길 없는 매혹이 들어 있으니, 장씨가 듣기에 야비하기 짝이 없는 말을 하는 그 순간에도 소희는 장씨에게 매혹적으로 비쳐지는 것이었어. 개에게 쫓겨 허덕이며 달아나던 고양이가 시궁쥐 한 마리를 만나 어를 때, 그 동안 개에게 당한 것을 고스란히 갚겠다는 열망으로 한껏 잔혹해질 때의 앙칼진 집중, 근처에 가기만 해도 칼날로 베일 듯 날선 매혹. 그 매혹이 뒷날 장씨를 소리 소문도 없이 파혼하게 했겠지만, 그걸 보는 효임의 가슴은 까닭 없이 흐득거리며 비 듣는 소리를 내지. 소희가 장씨에게 잔인하게 굴 때마다, 효임은 거기서 소희의 지난날을 보게 되거든. 그 지난날이, 자꾸만 '사뿐히 즈려 밟고 가시옵소서' 라며 소희를 엎드리게 하는 것 같아.

사진기자라는 그 남자, 소희를 밟고 지나가는 데 저는 쑥 빠지고 제 아내를 등장시킨 걸 보면 여태까지 소희가 만난 다른 남자와 다를 바가 없는 것 같은데 후유증이 왜 이리 오래가지? 소희 말로는 아내가 눈치채고 나선 거라지만, 요즘 들어 소희가 꽃가루 다 날려버린 꽃술의 민숭민숭함을 드러내던 걸로 보아, 효임이 보기엔 그 작자도 몸 뺄 준비를 하고 있었던 게 틀림없어.

"저거 읽어 봤어? 요즘 광고에 많이 나오잖아. 암에 걸려 죽어 가는 아버지 이야기가 나오는 소설. 저기 두 번째 칸 맨 오른쪽에 꽂힌 책. 그래, 그거 새로 나온 건데 효임 씨야 워낙 빨리 읽으니까."

이슬이 엄마는 빨리 반납해야 한다는 걸 그렇게 말하곤 하지. 책등에 싼 비닐 커버가 투명한 새 책이야. 아무려나. 효임은 권하는 대로 집어 들고 나오지. 어차피 가게 안에 있기가 심란해서 나온 길이니 효임은 괜히 시장 안을 빙빙 돌았어.

궁륭을 이룬 비닐 천장은 저만큼 높고, 아크릴등을 켠 간판들과 정육점의 창백한 보랏빛 등불이 저만큼 겹쳐지고 낯익은 풍경이 성큼 뒤로 물러서. 그럴 때 효임은 시간을 성큼 거슬러 올라가 어린 시절의 시장 풍경 속으로 뛰어들기도 해.

"너 밖에서 누가 부른다."

만화 가게 아저씨가 어깨를 툭 치는 바람에, 공주를 구하는 기사가 되어 성벽을 타넘던 효임은 덜컹, 떨어져 내렸어. 높은 곳에서 떨어진 충격에서 벗어나려면 시간이 좀 걸려. 효임은 어릿어릿한 시선을 되도록 천천히 움직여 밖을 내다보지. 구슬을 꿴 발로 가려진 가게 입구, 발 사이로 흐릿한 윤곽이 보이고 그 아래, 무릎이 미어져 나온 골덴 바지가 낯익어. 뒷날 바람둥이가 되는 오빠야.

효임을 밖으로 끌어낸 오빠는 밤이면 유리문에 덧대는 함석 문짝들을 세워 놓은 곳으로 몇 발짝 앞서가지. 효임은 동전을 꺼내 오빠의 손에 올려 놓아. 짤랑, 동전이 오빠의 호주머니 속에 떨어지는 순간, 효임은 기사와 공주의 앞날이 어떻게 되는지 알려면 앞날을 기다릴 수밖에 없다는 걸 깨닫지. 만화가 금기이던 그때, 만화 가게에 있는 걸 들켰으니 오빠 입을 막느라 가진 돈을 다 써버렸거든. 그 무렵, 효임은 자기가 곱슬머리 컬을 완벽하게 그려 내는 만화가가 되거나 글을 쓰는 사람이 될 것이라고 막연히 예감했었어. 여전히 시장바닥에 있을 줄은 몰랐지.

사랑했던 날들보다 미워했던 날이 더 많아. 우리가 다시 저 강을 건널 수만 있다면…….

카세트 테이프가 차곡차곡 실린 리어카에서 나오는 노래가 효임을 붙잡았어. 테이프 장수 아저씨는 늘 무표정한 얼굴로 리어카 곁에서 있거나 앉아 있다가 노래가 끝나면 테이프를 갈아끼워. 탱고 리듬의 노래가 나오든 질질 늘어지는 트롯이든 무표정이야. 삼각파도의 끝처럼 코끝이 들린 아저씨를 볼 때마다, 효임은 저런 코를 가진 남자가 주인공인 만화를 어렸을 적에 보았는데……무언가 떠오를 듯 말 듯해서 안타까워지지. 어떤 기준으로 선곡하는지를 가늠할 수 있는 아무런 단서도 보여 주지 않는 석회석 같은 아저씨가 고른 노래를 들으며, 다시 건널 수 없는 강, 흘려 버린 시간이 가슴에 막막하게 부딪쳐 와, 효임은 들고 있던 책을 끌어안고 그냥 서 있지.

하지만 당신과 나는 만날 수가 없기에 당신이 그리워지면 저 강이 약속하다고…….

노래의 끝부분에 눅진하게 젖은 채 가게 안에 들어서는 효임을, 실내의 침침함이 저만큼 쑥 물러날 정도로 훤한 사내가 맞았어. 효임의 오빠야. 어쩐지 옛 생각이 나더라니. 효임은 속으로 웃었어.

"별일 없었냐?"

"오랜만이야."

여자들로 하여금 침묵으로 꽃잎을 피워 내게 하던 바람둥이 오빠. 언젠가 소희가 보고 나서 눈을 반짝일 만큼 아직도 용모가 수려한, 그러나 제 안의 바람기에 휘둘리며 살아온 날들이 배어 나와 허랑함이 두드러지는. 그 오빠는 아직도 미혼이고 직장도 없이 떠도는 신세야. 분위기 좋은 찻집에서 아무도 위로해 줄 길 없는 중년의 쓸쓸함을 말하기에 어울리는 사람. 그가 시린 가슴을 슬몃 내밀면, 소희 같은 여자들은 제 가슴으로 그 허전함을 덮어 주고 싶어 두근거리겠지. 어디서 매서운 여자한테 걸려들어서 정착했으면 좋으련만.

효임은 말없이 가게에 딸린 방의 장롱 서랍을 열어, 맨 아래칸에 미리 장만해 둔 봉투를 꺼내어 오빠에게 내밀었어.

"닭 한 마리 튀길게 먹고 갈래?"

"생각 없다."

오빠는 손을 내저었어. 오빠의 손은 칼을 들거나 튀김기름 방울에 덴 자국이 군데군데 흉터로 남은 효임의 손보다 더 곱고 희지. 아무 일도 못할 것 같은 손이야. 돈만 받으면 얼른 나가는 건 미덕일까. 이번엔 얼마나 버틸지 모르겠어. 며칠 전부터 효임의 속에서 일던 조바심은, 소희 때문만은 아니었던 것 같아.

오빠가 남들처럼 제대로만 대학에 가주었더라면 어쩌면 효임도 대학에 갈 수 있었을지도 몰라. 효임은 국문과에 가고 싶어했어. 어쩌면 여성지의 화보에 나오는, 공원 벤치에서 아득한 눈으로 무언가를 응시하는 시인이 되었을 수도 있었겠지. 삼수를 한 오빠의 입시와 효임의 입시가 겹쳤을 때, 한꺼번에 둘은 벅차니 네가 정히 가고 싶다면 내년에 가렴, 효임에게 그렇게 말씀하신 아버지는 효임이 자전거포에서 경리를 보면서 날깃날깃한 교과서를 틈틈이 펼치던 해에 어머니와 3개월 상관으로 돌아가셨어. 이따금 효임은 생각해 보지. 아버지가 살아 계셨더라면 뭔가가 달라졌을까?

시장 안, 가게들이 내건 아크릴등의 빛살 속으로 오빠는 멀어져 갔어. 뭇 여자의 눈엔 헌칠하겠지만 효임의 눈엔 부실하게만 보이는 뒷모습이 저만큼 환한 곳으로 사라져 가네. 어린 시절, 만화 가게에서 효임의 동전을 받아 가던 그때로부터 얼마나 긴 시간을 흘러 온 것인지. 어쩐지 이 생을 문턱문턱 뜯어내고 있다는 서러움이 후득이는 빗낱으로 효임을 때려 오지. 어쩌면, 효임은 오빠를 어느 만큼 사랑하는 것 같기도 해. 오빠에게 돈을 건넬 때, 그때 비로소 시장 안에서 보낸 남루한 시간에 보상을 받는 기분이 들거든. 푸슬푸슬, 한 번도 꽃피워 보지 못한 채 시드는 줄기 같은 효임의 빈약한 가슴에 물이 오르는 기분이야. 그러고 보니 가을이야. 시장 안에선 자장면으로 늦은 끼니를 때우는 아주머니의 앞에 놓인 알밤으로나 느껴지는 가을. 몸뻬 차림에 골반이 퍼지고 다리가 굽어 어기적거리는 걸음의 아주머니들. 생의 가을날을 맞아 바스러지기 직전의 단풍 같은 모습들. 저이들의 생애도 한 번은 환하게 꽃핀 날들이 있었을까. 그 기억을 그들은 어떻게 감당하는 걸까. 효임은 멍하니 바라보지.

만화 가게에 가는 게 금기였던 그때, 어른들이 왜 그렇게 만화며 소설책 읽는 걸 금했는지, 효임은 이제서야 겨우 알 것 같아. 만화는 낯선 곳으로 데려다 주지. 이 생의 남루함에서 건져내어 화려한 주인공이 되게 하지. 거기선 꽃으로 피어날 수도 있고 멀리멀리 떠나 버릴 수도, 떠났던 곳으로 돌아와 용서받을 수도 있지. 그렇게 만화와 소설 속의 세계에서 떠다니는 사이에 발은 수소 풍선처럼 조금씩 현실에서 떠오르지. 그래서 그렇게 말리셨던 게야. 하지만 어른들이 몰랐던 게 있으니, 어디선가 커다란 손이 불쑥 나타나 여기서 건져내 줄지도 모른다는 허무맹랑한 믿음마저 없으면 삭막해서 어찌 살까. 소희가 끝이 빤한 연애에 텀벙텀벙 빠져드는 것도 그래서일 거야. 소희는 물가에 내놓은 어린애 같지만, 물가에 내놓은 애가 다 빠져 죽는 건 아니잖아? 빠졌다가도 허우적허우적, 알 수 없는 힘으로 저 혼자 헤쳐 나오기도 하고, 아슬하게 기우뚱거리면서도 끝내 빠지지 않는 애들이 더 많아. 그러니까 시장 안에 이렇게 많은 사람들이 북적이며 사는 거겠지.

가만, 장씨가 가다 말고 왜 저렇게 말뚝처럼 서 있지? 저런, 드디어 나타나시는군. 으이그, 저 웬수, 다 저녁때 아예 꽃으로 피어났군. 저 환한 분홍빛 옷이라니. 비극은 끝나고 이젠 사랑의 예감에 부푼 여인으로 태어났다 이거지. 저 말갛게 씻긴 얼굴을 보면 장씨의 일편단심도 이해가 가. 아마도 〈무너진 사랑탑〉이라는 노래나 목청껏 불러 젖히거나 그 남자가 찍어 주었다는 사진 속의 저를 부여안고 글썽이느라 식음을 전폐하다가 점심때쯤 겨우 몸을 일으켜 목욕탕에 다녀왔을 거야. 분명히 혼수방에 얼굴만 비치고 이쪽으로 올텐데, 그러고 보니 튀김기름에 불부터 올려야겠네. 토실한 통닭이라도 한 마리 먹여야 저 반쪽이 된 얼굴을 어떻게 해보지. 이번엔 몸도 마음도 다 바쳐 헌신할 다른 놈팡이 만나기 전에, 내 장씨 앞에 무릎 꿇리고 말 거야. 그 동안 읽은 어떤 책보다 감동적인 장면을 그려 내고 말 거야.

환생, 끝나지 않은 이야기

유 재 용

1936년 강원도 김화 출생.
서울 환일고를 졸업하고
1969년 《현대문학》에 소설 〈상지대〉로 추천 완료했으며,
제4회 이상문학상을 비롯해 대한민국문학상,
제25회 현대문학상, 제4회 조연현문학상,
제18회 동인문학상을 수상했다.
소설집 《꼬리 달린 사람》 《聖河》 《아버지의 江》
《누님의 초상》 《관계》 《화신제》와
장편소설 《聖域》 《침묵의 땅》 《그들만이 꿈꾸는 세상》
《성자여 어디 계십니까?》 등이 있다.

환생, 끝나지 않은 이야기

세상 돌아가는 이야기, 동창생들 이야기, 날씨 이야기 따위를 두서 없이 늘어놓던 김정두의 입놀림이 둔해지기 시작했다. 건성건성 들어 넘기던 나는 거꾸로 귀기울여 듣기 시작했다. 김정두의 버릇이었다. 찾아와서 나와 마주앉고 나서도 얼마 동안은 준비 운동하듯 들어도 그만 안 들어도 그만인 그런저런 이야기를 늘어놓다가 드디어 정말로 하고 싶었던 이야기를 꺼내 놓는 거였다. 김정두는 드문드문 나를 찾아와 이야기를 들려주면서 정색을 하고는 실제로 일어난 일이라는 토를 달곤 했다. 나는 의심을 하지도, 이의를 제기하지도 않았지만 그의 이야기는 그의 해석을 거치면서 굴절되었거나 어떤 부분이 집중적으로 조명을 받았거나 한 탓으로 과장되고 환상적인 색채로 치장되지 않았을까 하는 생각이 들기도 했다.

지지난번에 김정두가 찾아와 들려준 이야기는 오빠의 죽음을 숨긴 어느 여인에 관한 것이었다.

"선생님은 이런 경우를 어떻게 생각하십니까?"

김정두는 질문으로 이야기를 시작하는 버릇이 있었다. 또는 그런 방식을 즐기는지도 모른다. 나는 대꾸 없이 고개만 끄덕거려 이야기 들을 준비가 됐다는 표시를 해도 되고, "무슨 얘긴지 어디 들어 보세" 하고 말대꾸를 해도 되었다.

"미국으로 이민 가서 고생 끝에 자리를 잡은 그 여자의 오빠가 교통 사고로 사망했습니다. 그 소식을 전해 들은 그 여자는 그 소식을 자기 한 사람만의 가슴속에 가두어 버렸습니다. 그 여자는 오빠의 죽음을 아무한테도 알리지 않았습니다. 아버지와 할아버지가 외아들이어서 가까운 친척이 없기는 했습니다. 그러나 먼 친척과 오빠의 친구는 꽤 많았습니다. 그 여자는 먼 친척과 오빠의 친구들에게는 물론 자신의 친구들과 오빠를 기억하고 있는 모든 사람에게 오빠의 죽음을 알리지 않았습니다. 그들이 간혹 오빠의 소식을 물어 오면 잘 있다고 대답했습니다. 그런 거짓말이 쌓여 가면서 오빠는 오빠를 기억하는 모든 사람 사이에 살아 있게 되었습니다. 그런데 그 뒤 어느 때부터 그 여자에게 이상한 증세가 나타나기 시작했습니다. 살아 있는 오빠의 귀국을 기다리고, 나아가 오빠가 이미 귀국해 있을지도 모른다고 생각하며 오빠와 연고가 있던 장소와 사람들 주변에서 오빠를 찾기 시작한 것입니다. 그 여자의 행동을 어떻게 해석해야 하겠습니까?"

김정두와 나는 그 문제를 놓고 꽤 오랜 시간 다방면으로 접근 분석 해석을 시도하며 토론을 벌였었다.

지난번에도 김정두는 이야기를 구해 가지고 찾아와서 세상 돌아가는 이야기, 직장 이야기, 동창생 이야기, 날씨 이야기로 뜸을 들이고 나서, "선생님은 이런 경우를 어떻게 생각하십니까?" 하는 물음으로 알짜 이야기를 시작했다.

"남자와 여자가 결혼해서 아기를 낳았습니다. 아기가 만 두 살이 된 어느 날이었습니다. 아기 엄마가 부엌에서 일을 하고 있는 동안 마당에서 놀던 아기가 사라져 버렸습니다. 대문 밖으로 나간 모양이었습니다. 집 앞에서 놀고 있으려니 생각하며 아기 엄마가 아기를 데리러 나갔지만 아기는 보이지 않았습니다. 골목골목을 뒤져 보았고 큰길에도 나가 보았지만 아기는 없었습니다. 아기 엄마는 경찰서에 신고를 했고, 수소문해 미아 보호소와 고아원에도 연락을 해두었습니다. 그러나 밤이 새도록 아기 소식은 오지 않았습니다. 이튿날도 부부는 온종일 아기를 찾아다녔지만 찾을 수가 없었습니다. 그 이튿날도 마찬가지였습니다.

'여보, 우리 영이, 우리 곁을 아주 떠나가 버렸나 봐요.' 사흘째 아기를 찾아다니다가 못 찾고 돌아온 밤 아내가 한 말이었습니다.

'무슨 소리야? 영이가 우리 곁을 아주 떠나가 버리다니?' 남편은 얼굴이 창백해져 가지고 되물었습니다.

'예감이 그렇다는 얘기예요. 물론 더 찾아봐야지요. 그렇지만 영이가 돌아오지 않을 경우를 대비해서 애기를 가져야겠어요. 애가 태어나면 이름을 영이라구 지을 거예요.' 아내의 말에는 이미 실종된 영이에 대한 체념이 깃들여 있었습니다.

아내는 영이를 임신했을 때도 낳았을 때도 더는 아기를 낳지 않고 영이 하나만을 잘 키우겠다고 말해 왔습니다.

'말두 안 되는 소리. 지금은 영이를 찾는 일만 생각해야 해. 영이를 대신할 애기를 만들 생각 같은 건 할 때가 아니야. 영이가 집을 나간 지 사흘밖에 되지 않았다구.' 남편은 아내를 윽박질렀습니다. 남편의 말이 옳다고 여겼는지 아내는 이의를 제기하지 않았습니다.

그렇게 한 달이 지났습니다. 영이는 돌아오지도 않았고 소식을 전해 오지도 않았습니다. 그러자 그 동안 영이가 돌아와 주기를 기원하는 마음으로 피해 왔던 부부 생활을 아내 쪽에서 요구하기 시작했습니다. 남편은 아내의 요구를 주저 않고 거절했습니다. '영이가 집을 나간 지 한 달 남짓밖에 안 됐어. 우리는 좀더 기도하는 마음으로 영이가 돌아오기를 기다려야 해.' 남편이 말했습니다. '별개의 문제로 생각하면 되잖아요? 밥 먹는 일 잠자는 일은 전과 같이 하면서 왜 부부 생활은 안 된다는 거예요?' 아내가 항의하듯 물었습니다. '부부 생활에는 쾌락이 섞여 있어. 애기는 어디서 어떤 고통을 당하고 있을지 모르는데 쾌락이 말이 돼?' 남편의 말소리가 높아졌습니다. '쾌락이 아니에요. 영이를 재생시키는 행위라구요.' 아내의 말소리도 높아졌습니다. '영이는 오직 하나뿐이야. 영이는 잃어버리거나 못쓰게 되면 다시 만들 수 있는 부속품 같은 존재가 아니란 말야. 하나밖에 없는 영이를 찾는 일에만 마음을 쓸 때라고 말하잖았어?' 남편의 말 속에 분노가 끼여들고 있었습니다.

'그럼 얼마나 기다리면 되지요?' '당신의 그 말을 영이가 듣는다면 무척 섭섭해하겠지. 영이를 생각 속에서 빨리 밀어내지 못해 안달이 난 것 같구만?' '정반대예요. 영이가 잘못됐다면 영이 혼이 들어갈 몸을 찾느라고 허공을 헤매 다닐지도 몰라요. 빨리 임신해서 영이 혼이 들어와 자리잡도록 해줘야 해요.' '말도 안 되는 핑계. 우린 적어도 1년 동안은 정성을 다해 찾으며 영이가 돌아오기를 기다려야 된다고 생각해. 그리고 그 1년 동안 우리는 마음도 몸도 깨끗하게 지녀야 하는 거야. 알겠어?' '당신이란 남자는 생각했던 것 이상으로 무정하군요? 난 1년 동안이나 영이가 떠나간 자리를 텅 비워 놓은 채 살아갈 순 없어요.' '겨우 사흘을 찾아보고 나서 영이를 단념하겠다고 생각한 사람이 다정다감한 척 누구더러 무정하다구? 적어도 1년 동안 금욕하겠다는 마음가짐은 영이에 대한 기본적인 예의일 뿐이야. 영이를 사랑한다면 1년 동안의 금욕은 너무 짧을 수도 있겠지.' '너무도 여자의 마음을 이해해 주지 못하는군요.'

그 뒤 아내는 한 달 동안 영이를 찾고 기다리며 금욕을 했습니다. 영이는 돌아오지도 않았고 소식을 전해 오지도 않았습니다. 아내는 다시 남편에게 동침을 요구해 왔습니다. 남편은 거절했습니다. 아내는 호소하고 애원하고 강요하고 협박했습니다. 그러나 남편은 단호하게 거절했습니다. '영이가 집을 나간 날로부터 적어도 1년이 될 때까지는…….'

아내가 방황하기 시작했습니다. 수시로 집을 나가 어디론지 쏘다니다가 돌아오곤 했습니다. 밖에서 자고 들어오는 일도 종종 생겼습니다. 그러던 어느 날 남편은 기막히게도 아내가 임신한 사실을 알게 되었습니다. 이것이 오늘의 이야깁니다. 선생님은 그 여자의 사고 방식과 행위를 어떻게 해석하시겠습니까?"

김정두와 나는 그 이야기를 사이에 놓고 역시 꽤 오랜 시간 다방면으로 접근 분석 해석을 시도하며 토론을 벌였었다. 김정두는 10년 전 내가 전문 대학에 재직할 때의 제자다. 글쓰기에 재능이 있어 문학을 권유했는데 문학 따위 쩨쩨해서 싫다며 사업가가 되겠다느니 정치가가 되겠다느니 하며 졸업 후 여기저기 기웃거리는 것 같더니 굴러굴러 결국 영화판으로 뛰어들어갔다고 했다. 오랫동안 발걸음을 끊고 지냈는데 영화판에 뛰어든 뒤에 영화 감독 수업과 소설 수업을 함께 하고 있다면서 내 집 문턱을 다시 넘나들기 시작한 것이다.

"선생님, 환생이 정말루 가능하겠습니까?"

한 달 만에 찾아와서 이런저런 이야기를 늘어놓던 김정두가 불쑥 그렇게 물은 것은 보름 전이었다. "선생님은 이런 경우를 어떻게 생각하십니까?" 하는 질문을 기다리고 있던 나는 기습을 당한 심정으로 잠시 김정두의 얼굴을 바라보고 있기만 했다.

"무슨 뜻인가?"

나는, 어떤 이야긴지 들어 봄세 하고 말하는 대신 그렇게 물었다.

"낱말의 뜻 그대룹니다. 죽은 사람의 혼이 새로운 육체를 입구 이 세상 사람으루 다시 태어나는 일 말입니다."

"어렸을 적부터 그런 이야기를 많이 들어오긴 했지만, 그 일이 실제루 이루어질 수 있다는 믿음은 아직 지녀 보지 못했네. 자네가 환생한 사람을 만나 봤다는 얘긴가, 아니면……."

김정두의 표정이 너무 진지해 보여 나는 하려던 뒷말을 생략해 버렸다. 혹시 자네가 만들려고 하는 영화거나 쓰려고 하는 소설의 내용이 환생인가? 생략된 말은 그런 것이었다.

내가 그 여자와 다시 만난 것은 회사 사무실에서였다. 하기야 처음부터 다시 만났다는 생각을 한 것은 아니었다. 실장이 사무실 안으로 어떤 여자를 데리고 들어와 오늘부터 함께 일을 하게 된 백주혜 씨라고 소개를 했고, 뒤이어 고개를 숙였다가 들어올리는 그 여자를 바라보던 나는 문득 낯익음이랄까 어딘가 익숙한 느낌이 가슴에 안겨 오는 것을 감지할 수 있었다. 전에 가깝게 대한 적이 있었든가, 아니면 내가 알고 있는 누구와 닮았다든가 해서 내 기억 속에 새겨진 어떤 모습을 상기시켜 주었지만 그 모습이 닳고 바래져 뚜렷하게 기억의 표면으로 끌어올리기 힘든 경우 같았다. 그런가 보다 했다. 그 일이 내 생각을 기억의 미로 속으로 당장 끌어들이지는 않았다. 그 낯익음, 익숙함은 근거가 있을 수도 있고, 착각일 수도 있으니까. 나는 때때로 낯선 환경 속에 몸을 담으며 문득문득 그 낯익음, 익숙함을 가슴에 안아 보곤 했었다. 일종의 신기루 현상인지도 모른다.

그 여자 백주혜가 내 옆자리를 차지하게 된 사실을 두고 우연이냐 필연이냐를 따질 필요도 없고 인연을 운위할 필요도 없을 터였다.

"백주혜 씨, 혹시 전에 어디서 나를 본 기억 없어요?"

퇴근 뒤 신입 사원 환영 회식 장소에 우리 사무실 동료들이 가서 식탁 주위에 둘러앉았을 때 내가 물었다.

"김 감독, 일찌감치 영토 선언을 하는 건가?"

"영유권의 역사를 전생에까지 소급해 올라갈 참인가 부지?"

동료들이 뼈 있는 말을 던졌다. 그러나 백주혜는 잡음 따위 귀에 들어오지 않는다는 듯 내 얼굴을 주의해서 살펴보았다. 실장을 비롯해서 남자 다섯, 여자 둘의 사무실 동료들이 제각기 입 안에 뱉어낼 짓궂은 말을 물고는 백주혜를 지켜보고 있었다. 이윽고 백주혜가 입을 열었다.

"금방 김 감독이라구 부르는 걸 들었는데 감독이 이름인가요, 직명인가요?"

사람들은 입에 물고 있던 말들을 웃음 소리로 바꾸어 와그르 토해 놓았다.

"내가 먼저 질문을 했어요. 우선 내 질문에 대답을 하세요. 그 다음에 내가 백주혜 씨 질문에 대답할게요."

나는 웃음 소리가 잦아들기를 기다려 말했다.

"예? 나보다 먼저 질문을 했다구요? 무슨 질문을 하셨는데요?"

다시 와그르 웃음 소리가 쏟아졌다. 나는 농담을 하는가 해서 백주혜의 표정을 살펴보았다. 농담을 하고는 시치미 뚝 떼고 있는 것 같지는 않았다.

"백주혜 씨 대단한데?"

실장이 고개를 주억거리며 말했다.

"예? 뭐가요?"

백주혜는 새 도화지 같은 표정으로 실장을 바라보았다. 웃음 소리가 삐죽삐죽 돋아났다.

"갈고 닦으면 위대한 개그우먼이 탄생하겠어."

"실장님, 그건 위대한 착각이세요. 위대하다구 말씀드리는 것은 제가 방송국 코미디언 선발 대회에 딱 한 번 응모한 전력을 꿰뚫어 보시는 듯하다는 생각에서였구, 착각이라구 말씀드린 것은 그 선발 대회에서 여지없이 떨어져 버렸다는 사실에 근거를 두었어요. 심사위원 선생님이 저한테 뭐라구 하셨는지 짐작할 수 있으세요? 코미디언은 전혀 멍청하지 않으면서두 멍청한 척해 보여야 하는데, 당신은 처음부터 끝까지, 속속들이 멍청 그 자체, 때문지 않은 순수멍청이라는 거였어요. 그런 말을 듣는 것이 결코 유쾌하진 않았지만, 전 새겨들었어요. 멍청 그 자체라는 말이 제가 지닌 모든 가능성을 통틀어서 적용되는 것이 아니라 코미디언 분야에만 적용되는 것이리라구요."

백주혜가 말을 끝내기 전에 좌중은 이미 자신들이 쏟아내 놓은 웃음 소리 속에 빠져들어가 있었다.

"그건 소질이 없어서가 아니라 유능한 지도자를 만나지 못했기 때문이에요. 유능한 지도자를 만나 지도를 받아 보세요. 위대한 개그우먼이 될 거예요."

장난꾸러기 김 계장이 말했다.

"다른 분야라면 모를까, 코미디언이 되겠다는 생각은 뿌리째 뽑아 버린 걸요."

백주혜가 고분고분 대꾸했다.

"다른 분야라면 어떤……?"

"분야라기보다는……. 지도해 주실 선생님을 따로 뫼실 만한 일이 못 되는 걸요."

"그건 그렇구, 김 감독이 사람의 이름이냐, 직책 이름이냐, 하구 물었지요?"

"예, 직책이라면 존경심이 우러나 엄숙해질 것 같은데 개인의 이름이라면 웃음이 날 것 같아요."

"하, 하, 그 나름으루 정곡을 찌르는 표현이네요. 그런데 우리 사무실 김 감독은 저 사람의 호적상 이름이 아니라 우리 사무실에서 지어 준 별명이에요."

"그래요? 어떻게 돼서 그런 별명이 붙었죠?"

백주혜는 그렇게 묻고는 이상한 사람 보듯 나를 힐끔 돌아보았다.

순간 나는 동물원 원숭이로 취급받는 듯한 기분이 들어 어험, 헛기침으로 불편한 심기를 드러냈다.

"영광스런 별명이지요. 저 사람은 영화 감독 되겠다는 야망을 품구 있는데 때와 행운을 만나지 못해 뜻을 이루지 못한 처지예요. 저 사람의 천재를 알아보는 영화 제작자가 아직은 없는 거예요. 그래서 위로하구 격려해 주는 의미에서, 또 한 걸음 더 나아가 한풀이해 주는 의미에서 감독이란 별명을 지어 줬어요. 이무기라거나 지렁이라는 별명보다 훨씬 낫잖아요?

"저 친구는 별명 운은 있어요. 감독으루 불리기 전에는 문사라는 별명이 붙었었어요. 김 문사. 점잖구 고상하지요? 저 친구는 작가가 되겠다는 야망두 품구 있었는데 그것두 때와 행운을 만나지 못해 뜻을 못 이룬 처지에 놓였거든요. 저 친구의 천재가 아까워서 문사라는 별명을 지어 줬어요. 놀리느라구 천재, 천재 하는 게 아니에요. 저 친구의 시공을 뛰어넘는 상상력, 그리구 온갖 경계를 무너뜨리구 지워 버리며 펼쳐 보이는 현란한 환상의 세계는 가히 일품이에요. 저 친구의 천재가 발휘되구 인정받는 때가 꼭 올 거라구 나는 믿어요."

백주혜가 다시 나를 힐끔 돌아보았다. 이상한 사람을 바라보는 눈길에서 천재를 바라보는 눈길로 바뀌어 있었다. 나는 다시 불편해지는 심기를 어험, 헛기침으로 얼버무렸다. 사무실 동료들은 나를 공중으로 던져 올렸다가 땅 구덩이 속으로 처박았다 하면서 놀려 댔지만 그것은 가벼운 짓궂음일 뿐 악의는 아니었다. 한두 번이 아닌 짓궂음의 공격을 겪어 오면서 나는 어설픈 대거리가 아니라 의연한 침묵이 방어의 상책임을 터득한 터였다.

"참, 아까 나한테 질문하신 게 있었지요? 잊어버려서 미안해요. 다시 한 번 질문 내용을 알려 줄 수 있으세요?"

백주혜가 불쑥 물었다.

"뭐 별루 중요한 질문이 아니었어요. 혹시 전에 어디서 나를 본 기억이 있느냐구 물었었어요."

백주혜는 다시 한 번 내 얼굴에 시선을 집중시키고 찬찬히 뜯어보았다.

"전에 본 기억은 잘 떠오르지 않는데요? 다만 내가 사귀던 남자와 이마가 닮아서 친근감이 느껴져요."

백주혜가 그렇게 말하는 순간 내 눈앞에는 얼굴 하나가 떠올라 보였다. 구름 운, 못 지, 운지가 이름이었다. 이목구비도 얼굴 윤곽도 백주혜와는 닮은 데가 없었다. 그런데 백주혜에게서 운지를 연상하게 된 까닭이 무엇일까.

그날 나는 퇴근하자 곧바로 충무로 지하철 역으로 가서 양재행 3호선 전동차에 올랐다.

"압구정동 역에서 내려 가지구 동쪽 출구루 나와서 한양 아파트 단지 건너편 세로 다방으루 와. 너 세로 다방에 한두 번 와 봤지? 전화번호 기억하구 있니? 잊어먹었으면 적어. 나중에 어쩌구저쩨서 못 온다는 전화하라구 가르쳐 주는 거 아냐. 일반적으룬 굉장히 매력 있구 재미있는 여자구 너한테는 관찰하구 연구할 가치를 충분히 지닌 여자야. 못 만나서 손해 보지 말구 기회 잡도록 해라."

잡지사 기자가 직업인 고등학교 동창생 길재였다.

지하철 전동차에서 내린 나는 땅 위로 올라와 압구정동 길을 걸었다. 황혼이었다. 노을은 사위어 가고 있었지만 건물과 대기를 물들였던 노을빛은 아직 가시지 않은 채였다. 남아 있는 노을빛과 켜지기 시작하는 전등빛과 차츰 짙어지는 어둠이 어우러져 거리는 몽환적인 분위기였다. 5미터쯤 앞에 몸에 꼭 끼는 청바지와 흰 윗옷을 똑같이 차려 입고 키도 163센티미터 정도로 같은 두 여자가 어깨를 가지런히 하고 걸어가고 있었다. 다른 점이라면 한 여자는 머리를 어깨까지 길러 늘어뜨렸고 또 한 여자는 머리를 커트해 목을 드러내 놓은 것이었다. 차밍 스쿨에 가서 매력 있게 걸음 걷는 법을 배우기라도 한 듯 걷는 모습이 율동적이었다. 제대로 갖추어진 여성의 몸매에다가 탄력과 부드러움이 조화를 이룬 걸음걸이의 뒷모습은 가히 매혹적이었다. 요즘의 젊은 여자치고 뒷모습이 매혹적이지 않은 여자도 있나, 하고 나는 어깃장 놓듯 입 안으로 중얼거렸다. 황혼의 거리가 배경이 되어 더 매력 있어 보이는지도 모르고 말야. 그러나 걸음을 옮겨 놓고 있는 두 여자의 뒷모습은 내 눈길을 붙잡고 놓아주려고 하지 않았다.

두 여자가 걸음을 멈추고 두리번거리다가 돌아섰다. 걸음 속도를 늦춘 나와 눈길이 마주쳤다. 두 여자의 네 눈과 내 눈이 동시에 마주쳤다고 나는 느꼈다. 두 여자의 얼굴 생김새는 달랐다. 머리 긴 여자는 갸름했고 머리 짧은 여자는 동그랬다. 뒷모습으로 얼굴을 짐작하다가는 실망하기 일쑤라는 말이 맞지 않는구나, 생각하는데 짧은 머리에다 동그란 얼굴을 한 여자가 내 앞을 막아 서듯 했다. 내가 주춤거리며 묻는 눈길을 보내자 그 여자가 자신의 행위를 설명하려는 듯 입을 열었다.

"저……이 근방에 세로라는 다방 있는 데 아세요?"

너무 쉽게 답을 찾아낼 수 있는 물음이어서 나는 잠시 우두커니 서 있다가 대답을 했다.

"나두 지금 그 다방을 찾아가는 중이에요."

"스포츠 신문 오늘의 운세에 남쪽에서 귀인을 만날 수라구 돼 있었는데, 그럼 지금 내가 오늘의 운세에 나온 귀인을 만난 건가요?"

짧은 머리 여자가 신기한 일을 만나 기분 좋다는 투로 말했다.

"귀인이라구 불러 주니 고맙긴 하지만 나두 지금부터 기억을 더듬어 세로 다방을 찾아야 해요. 그렇다구 해서 걱정할 것까진 없어요. 금세 찾을 테니까요."

두 여자와 나는 졸지에 같은 배를 탄 처지처럼 되어 버렸다. 압구정동 거리는 내가 지난번에 왔을 때보다 많이 달라져 있었다. 아니, 그런 나의 느낌은 착각이기 쉽다. 달라진 것은 계절이고 시간이고 늘어선 상점들의 업종과 간판뿐일지도 모른다. 아니, 많이 달라진 것이 사실일 수도 있다. 모든 사물은 멈추지 않고 끝없이 달라지고 있을 테니 말이었다. 초정밀 계기로 측정한다면 모든 사물이 날마다 시간마다 분마다 초마다 변화하는 모습이나 상황을 확인할 수 있을 것이다. 항차 내가 압구정동에 다녀간 지가 몇 달이나 되었으니 어떻게 달라지지 않을 수가 있겠는가.

사람들은 자신이 몸담고 사는 세상이 달라지지 않기를 바라는 마음과 달라지기를 바라는 마음을 함께 지니고 살아가고 있다. 객관적 사물도 그 속에 달라지지 않으려는 성향과 달라지려는 성향을 함께 지니고 있을 것이다. 사람의 그런 심리와 사물의 그런 성향이 만나 조화를 이루느냐 부조화를 이루느냐에 따라 실제 상황 밖으로 일어나는 느낌의 농도차가 만들어질 것이다. 그날 내 마음이 변화를 기대하는 쪽으로 기울어 있었는지 아닌지는 알 수 없었다. 마음이 기대하는 대상도 수시로 변하니까.

어쨌든 압구정동의 황혼 속에서 우연히 만난 두 멋쟁이 여자와 함께 세로 다방을 찾아다니는 일은 내 가슴에 즐거움을 안겨 주었다. 나는 황혼의 색깔과 우연한 만남의 즐거움에 얼근하게 취해 가는 자신을 느꼈다.

"이건 절대루 우연일 수가 없겠지요?"

"뭐가요?"

"두 분과 내가 기막히게 쾌적한 초가을의 황혼에 그 유명한 압구정동 길에서 만나 공동의 목표를 지니구 걷고 있다는 사실 말예요."

"우연이 아니면 뭐지요?"

"오래 전부터 오늘의 만남이 예정되어 있지는 않았을까요?"

"내가 찾는 장소를 옆을 지나는 사람한테 물어 봤더니 그 사람 하는 말이 자기도 그곳에 가는 길이니 따라오라고 했다. 그런 경우는 드물지 않게 일어나잖아요?"

긴머리 여자가 끼여들어 시큰둥 말했다.

"운동장이나 시장이나 공연장을 찾아가는 경우와는 다르다구 생각되는데요? 어쨌든 내 말은 두 분을 세로 다방으로 안내해 드리게 된 사실이 기분좋게 여겨진 데서 비롯된 거예요."

"무척 고맙긴 하지만, 세로 다방을 알구는 있지만 갈 일은 없는데 우리 두 사람 때문에 하지 않아도 될 수고를 하시는 건 아닌가요?"

긴머리 여자의 물음이었다.

"그렇진 않으니까 걱정 마세요. 세로 다방에 가보면 그 사실이 여지없이 증명될 테니까요. 세로 다방에서 두 분을 기다리는 사람은 남잔가요? 여잔가요?"

"그 질문에 대한 대답이야말로 세로 다방에 도착하는 대로 곧 얻으실 텐데요 뭘?"

"내가 두 분을 안내해 드리는 데 대해 부담을 느끼실지두 모른다 싶어 안내비조루 물은 거예요."

"남자예요."

긴머리 여자가 단호하게 말했다.

그런데 다방 안에서는 재미있는 일이 두 여자와 나를 또 기다리고 있었다. 나는 두 여자가 자기들 갈 길 가라고 내버려두고 다방 안을 둘러보았다. 오른쪽 벽을 따라 배치해 놓은 차 탁자들의 중간쯤에서 길재가 손을 들어올렸다. 나는 다가가 길재 맞은편 자리에 앉으려고 했다. 길재가 자기 옆자리를 가리키며 와 앉으라는 손짓을 했다.

"그 자리는 숙녀들한테 양보하고 넌 내 옆으루 와 앉아."

순간 나한테 여자를 소개해 주겠다던 길재의 말이 생각났다. 나는 두 여자를 만나 함께 세로 다방을 찾아오는 동안 길재의 그 말을 깜박 잊고 있었던 것이다. 나는 두어 걸음 물러서며 돌아보았다. 나와 함께 온 두 여자가 웃음을 입 안에 가두어 넣은 표정으로 거기 서 있었다. 나는 내가 두 여자의 길을 막아 섰나 해서 길재 옆자리로 재빨리 몸을 들이밀어 길을 터주었다. 하지만 두 여자는 지나가려고 하지 않고 선 채였다.

"앉지 않구 왜 그렇게들 서 있어요? 이 사람이 낯설어서요? 내 고등학교 동창이에요. 정식으로 소개할 테니 어서 앉아요."

길재가 두 여자를 바라보며 말했다. 두 여자가 맞은편에 자리잡고 앉았다. 입을 다물고 있었지만 궁금해하고 재미있어하고 어리둥절해하는 표정이었다.

"이 다방에서 두 분을 기다린다는 남자가 길재였어요?"

길재가 소개말을 시작하기 전에 내가 먼저 말했다.

"아니 서로 알구 지내는 사이였어?"

길재의 김빠진 말소리.

"아까 두 분이 나한테 한 질문에 대해 대답이 제대루 됐나요?"

"의심을 해서 한 질문은 아니었어요."

긴머리 여자가 대꾸했다.

"무슨 얘기들을 하구 있는 거야? 암호 주구받는 거야?"

길재가 헤집고 들어왔다.

"넌 몰라두 돼."

길재를 밀어내듯 내가 말했다. 두 여자가 재미있어하며 키득키득 웃었다.

"그러니까 우연이란 것두 때로는 극적인 상황을 절묘하게 연출해 낼 수 있다는 말이로구만. 그런데 오늘 얘기는 그것이 전분가? 환생과는 전혀 상관없는 얘기 아닌가?"

내가 물었다.

"서두가 너무 길어졌나요? 운지라는 여자를 만나게 된 경위가 재미있는 데다가 운지를 처음 어떻게 만났는가에 관해 말씀드려 둘 필요가 있다구 판단되어서 잠깐 언급해 둔다는 것이 고만……. 그렇지만 운지를 만나게 되는 얘기는 독자를, 아니 청중의 호기심과 주의를 끌어모으기에는 안성맞춤이잖아요?"

김정두의 대답이었다.

"그건 그렇구. 그 얘기 자네가 직접 겪은 건가, 누가 겪은 얘기를 듣구 나한테 전하는 건가, 아니면 자네가 머릿속으루 꾸며 낸 얘긴가?"

"선생님의 상상에 맡기겠습니다. 그래야 제 얘기에 더 흥미를 가지실 테니까요."

짧은 머리 동그란 얼굴의 여자가 운지였다. 운지의 솔직성은 때로는 나이 어린 소녀처럼 순진 무구해 보이기도 했고, 때로는 상대방에 미칠 효과를 미리 계산한 행위로 보이기도 했다.

가령 "남자들 눈길은 왜 여자 가슴과 엉덩이 쪽으로만 뻗어 오지요? 그래서 가슴과 엉덩이를 숨기고 싶으면서도 한편으론 은근 슬쩍 드러내 보이고 싶은 혼란과 모순을 지니게 돼요"라든가 "어느 날 만원 지하철을 탔는데 어떤 남자가 내 뒤에 밀착해 서더니 슬금슬금 내 몸을 만지기 시작하는 거예요. 뿌리쳐 버리려다가 어떻게 생긴 남자가 이런 짓을 하나 궁금한 생각이 들어서 뒤돌아봤어요. 뜻밖에 아주 깨끗하게 잘생긴 남자더라구요. 순간 그 남자의 손장난에 대한 거부감이 혀끝에서 아이스크림 녹듯 녹기 시작하지 뭐예요. 그런 내 심정을 알아차렸는지, 내가 돌아볼 때 잠시 멈칫했던 그 남자의 손장난이 다시 시작되면서 점점 더 노골적이 돼가는 거예요. 남자의 손장난이 아주 싫지는 않았지만, 이대루 방임했다가는 나를 거리의 여자쯤으로 오해할지도 모른다 싶어 대책을 궁리하기 시작했어요.

어떻게 하면 남자의 손장난을 품위 있게 거절할 수 있을까 하구요. 그런데 이 궁리 저 궁리하는 도중에 목적지 전철역에 도착했어요. 뒤로 주의를 기울이면서 전동차 밖으로 나오는데 그 남자도 뒤따라 내리는 기색이었어요. 내 품위와 위신을 살릴 유일한 기회다 생각하면서 뒤돌아 멈춰 서며 그 남자를 노려보았지요. 그 남자 눈길과 내 눈길이 마주쳤어요. 마치 짝사랑하는 남자를 대했을 때처럼 가슴이 떨리더라구요. 그 순간 내가 무슨 생각을 했는지 아세요? 떨리는 가슴을 애써 참으며 그 남자 쏘아보는 눈길을 뻗어 보내고 있었지만, 그 남자가 내 눈길 따위 아랑곳하지 않고 싱긋 웃으며 다가와 어디 가서 차라도 함께 하십시다, 하고 말해 주기를 기대했던 거예요. 우습지요? 그런데 그 남자 어땠는지 아세요? 내가 쏘아보는 눈길에 겁먹은 표정이 되더니 허겁지겁 피해 달아나지 뭐예요." 이런 이야기가 그랬다.

"두 여자 가운데 하나를 골라 봐. 저녁을 넷이서 같이 먹구 나서 한 쌍씩 짝을 지어 각기 자유 시간을 가지기로 미리 약속이 돼 있으니까. 너, 그렇다고 해서 팁 주면 아무렇게나 다뤄두 괜찮은 술집 여자쯤으루 알면 안 돼. 너나 나에 비해 못할 게 없는 여자들이야."

다방에서 나와 음식점으로 가는 도중에 길재가 말했다.

"일반적으루 굉장히 매력 있고 재미있는 여자구 나한테는 관찰하구 연구할 가치를 충분히 지닌 여자가 어느쪽이지?"

나는 저만치 앞서가는 두 여자의 뒷모습에서 어떤 차이를, 개성을 구별해 내려고 시도하며 물었다. 그때까지는 운지에게서 그 솔직한 체험담들을 듣지 못한 상태여서 두 여자의 뒷모습만으로는 차이점을 찾아내기가 어려웠다.

"너, 툭하면 자랑하는 영화 감독과 소설가의 직관, 두었다가 어디다 써먹을라구 그러니? 그 예리한 직관을 발동시켜서 니가 골라 봐."

길재가 퉁바리주듯 말했다. 나는 평소에 꼭 둘 중에 하나를 고르라면 갸름한 얼굴보다는 동그란 얼굴을 고르겠다고 생각해 왔다. 그런 생각도 직관의 영역에 속하는지는 알 수 없었지만.

"짧은 머리 동그란 얼굴을 택하겠어."

나는 그렇게 말하면서, 사람이 살아가는 길이 계속해서 둘 중에, 또는 여럿 가운데 하나를 택해야 하는 것이라면 그런 법을 만든 것이 사람일까 신일까 하고, 얼빠진 생각을 잠시 떠올려 보았다.

"역시 네 직관력은 쓸 만해. 내가 너한테 특별히 소개해 주려고 마음먹은 여자를 어김없이 집어 내는구나."

길재는 말하며 승복했다는 듯 내 잔등을 투덕거려 주기까지 했다.

"너, 니가 마음에 둔 긴머리 여자를 내가 스치구 지나가 다행스러워서 하는 말 아니니?"

나는 나의 직관력을 좀더 과시해 보이듯 물었다.

"이 사람아, 그건 잘못 짚었어. 아니야. 니가 원한다면 그것두 정확하게 짚었다고 인정해 주지. 그건 아무렇대두 상관없구……. 끝으로 말하겠는데 연구나 관찰의 전제 조건은 거리를 유지하는 것이라는 철칙 잊지 않도록 해라."

"그건 영화와 소설에서두 적용되는 법칙이야. 영화 감독과 소설가는 그들이 제작하구 창작하는 영화와 소설에서 일정 거리를 유지해야 함."

음식점에 들어가자 길재는 아주 능숙하게 긴머리 여자를 자기 옆자리에 앉혔다. 운지와 나는 덩달아 길재들의 맞은편에 나란히 앉게 되었고 그렇게 짝이 맺어졌다. 운지는 옆에 앉은 나를 새삼스럽게 돌아보았는데 불만은 없는 표정이었다.

"선생님, 그날 밤에 무슨 일이 생겼는지 짐작하시겠습니까? 그리구 그날 밤 이후 제 생활에 어떤 무늬가 그려졌는지 짐작하시겠습니까?"

김정두는 이끌어 나가던 이야기에서 살짝 벗어나며 물었다. 목을 축이고 싶었는지도 모른다. 김정두는 그렇게 묻고 나서 실제로 찻잔을 들어올려 차를 마셨다.

"그날 밤 그 여자가 죽었다가 환생이라두 했나?"

나는 비꼬는 투로 물었다.

"선생님. 심심풀이 삼아 드리는 얘기가 아닙니다. 저 개인의 입장에서는 심각한 관심을 가질 만한 문제구, 선생님께서두 음미해 보실 만한 의미를 지닌 문제라구 생각합니다."

"자네 얘기가 어떻게 환생과 연결되는지 궁금하구만. 종(種)이나 유(類)의 차원에서라면 환생은 특별히 이상할 것두 없는 얘길 테구 말일세."

"그렇다면 선생님은 개체의 환생은 믿지 않으십니까?"

"다시 원점으루 돌아왔네 그래."

"운지는 살아 돌아온 남편을 찾고 있어요."

하린이 귀띔해 주었다. 얼굴이 갸름하고 긴머리를 한 운지의 친구 이름이 하린이었다. 물 하(河) 자, 비늘 린(鱗) 자라고 이름 글자를 듣는 순간 내 눈앞에는 태양빛을 반사해 현란하게 번득이는 하천의 잔물결이 떠올라 보였다. 아침해가 떠오를 때나 저녁해가 질 무렵이면 하천은 엄청나게 큰 물고기의 꿈틀거리는 몸통 같았고 반짝대는 잔물결은 그 큰 몸통을 뒤덮은 오색의 비늘 같았다.

"무슨 얘기지요?"

"걱정할 건 없어요. 운지 남편이 정말로 살아 돌아온 건 아니니까요."

"네?"

"우선 그 정도만 알고 있으면 돼요."

"……."

"그만하면 영화 감독과 소설가 지망생이 관찰하고 연구할 만한 인물로는 부족함이 없잖아? 잘해 봐."

길재가 하린을 거들었다. 운지가 화장실에 간 사이였다.

음식점 문을 나오자마자 우리 두 쌍은 각기 반대 방향으로 갈라졌다. 운지는 길재와 짝이 되어 떨어져 가는 하린에게 손을 한 번 가볍게 들어 보이고 나서는 깨끗이 정리라도 해버린 듯 다시는 뒤돌아보지 않았다. 골목을 다 빠져 나가기 전에 운지는 다가서며 오른팔로 내 왼팔을 감았다. 골목 밖 큰길 건너 치솟은 빌딩들 틈바구니에 만월이 머지않은 달이 떠 있는 게 보였다. 외로워 보이는구나 생각하는데,

"우리 달 구경 하러 가요."

운지가 내 왼쪽 팔에 체중의 일부를 실으며 말했다.

"달 구경이오? 어디루요?"

"한강 고수부지에 가면 달 구경 잘할 수 있어요. 술하고 안주 좀 사가지구 가요."

"시가 저절루 읊어지겠네요."

"문학을 하신대니까 멋진 시간이 될 거예요. 시를 읊어 이태백의 혼백을 불러낼 수도 있을 테구요."

나는 잠깐 동안이었지만 으스스한 기운이 등줄기를 훑어 내리는 것을 느꼈다.

"운지 씨가 혼백을 불러낼 수 있어요?"

"원한다면 한번 시도해 볼게요."

과일술과 오징어, 땅콩 따위 마른안주를 사들고 택시를 잡아탔다.

초가을의 고수부지에는 써늘한 기운이 감돌고 있어 인적이 드물었다. 빈 벤치에 술과 안주를 사이에 놓고 나란히 앉았다. 휘영청 달이 밝았다. 도시의 소음이 멀리 물러나 있었다. 종이컵 두 개에 과일술을 따라 부었다.

"자, 운지 씨와 달과, 전생에서 헤어졌다가 이승에서 오늘에야 만

난 우리의 기막힌 인연을 위하여!"

"야, 멋진 말인데요? 문학가라 달라요. 위하여! 술잔 단번에 비워야 해요."

운지가 팔을 걸자고 해 X모양으로 팔을 엇갈려 걸고 술을 마셨다.

"이태백의 혼백 불러내요?"

운지가 팔을 풀어 가져가면서 물었다.

"정말 불러낼 수 있어요?"

"이태백의 혼백은 불러내 보지 못했어요."

"그럼 누구의 혼백을 불러냈지요?"

"남편 혼백을 불러내 봤어요."

"그래서 만났어요?"

나는 다시 으스스한 기운을 등줄기에 느꼈다. 그러나 저녁 먹으면서 반주로 마신 매실주에다가 단숨에 마신 과일술 기운이 어우러져 빚은 취기가 빠르게 몸 안으로 퍼지면서 으스스한 기운을 쫓아내 주었다.

"단 한 번 목소리로 나타나구는 다신 응답이 없었어요. 환생을 했기 때문일 거예요."

"환생을 믿으세요?"

운지는 대답을 유보하고 술병을 들어올려 두 종이컵에 따라 부었다.

"술 들어요. 내가 환생을 믿는 까닭을 말해 줄 테니까요."

운지와 나는 종이컵을 들어올려 3분의 2쯤 차 있는 과일술을 단숨에 비워 냈다.

"나 이런 밤이면 전생의 소리를 들어요."

운지가 말했다.

"전생의 소리요?"

"내가 전생에서 살던 어떤 마을에서 나는 이런저런 소리를 듣는 거지요. 마음을 가다듬고 조용히 귀기울이면 내가 지금 몸담구 있는

데서 나는 소리가 아닌 소리들이 들려 와요. 조용히 귀기울여 봐요. 그 소리들을 들을 수 있을 테니까요."

나는 조용히 귀기울였다. 운지도 묵념하듯 조용히 앉아 있었다. 도시의 소음이 멀리서 들려 왔다. 그러나 그 소리는 고수부지의 고요를 깨뜨리지는 못했다. 마음을 가다듬고 귀기울이면 강물 흐르는 소리와 더 나아가 달빛 쏟아지는 소리도 잡힐 듯싶었다.

"저 소리 들려요?"

운지가 돌연 속삭였다.

"무슨 소리요?"

"개 짖는 소리요. 닭 우는 소리도 들려요. 그리구 아이들이 떠드는 소리. 여자들이 아이들을 부르느라 지르는 소리도 들려 와요, 소리 들려요?"

나는 청신경을 좀더 날카롭게 갈아 세워 가지고 귀기울여 보았다.

"그런 소리들은 안 들리는데요."

"그쪽하구 터널이 뚫리거나 다리가 놓여야 되는데 아직 그렇게 되지 못한 탓이에요. 어쨌든 내 귀에 그런 소리들이 들린다는 건, 내가 지금의 나로 이 세상에 태어나기 전에 그런 소리들이 나는 마을에서 살았었구, 거기서 살다가 죽은 다음에 지금의 나로 환생했음을 증명하는 거잖아요? 나 자신이 환생을 했는데 어떻게 환생을 믿지 않겠어요?"

나는 취기와 더불어 신비감이 몸과 마음을 감싸안는 것을 느꼈다. 병에 남은 술이 두 종이컵에 나눠어 부어지고 그 술은 곧 운지와 나의 식도를 거쳐 각자의 위장 속으로 흘러 들어갔다.

운지가 내 옆으로 다가앉으며 머리를 내 어깨 위에 얹었다. 향긋한 머리칼 냄새와 숨결에 섞여 나오는 알코올 냄새가 코끝에 와 닿았다. 나는 팔을 들어 운지의 어깨를 감싸안았다. 운지의 몸이 호응해 왔다.

"인중 씨. 난 끊임없이 당신을 찾아다녔어요. 당신은 환생한 게 틀림없으니까요. 아니, 당신은 이렇게 환생해서 내 곁으로 돌아왔어요. 인중 씨, 당신이 떠나간 뒤로 오늘까지 내가 얼마나 당신을 그리워하며 살아왔는지 당신은 모를 거예요."

운지의 말이 섬뜩한 느낌으로 내 가슴에 와 닿았다. 그러나 운지의 탄력 있는 몸이 섬뜩한 느낌을 밀어내며 나긋나긋 가슴을 파고들었다. 취기와 신비감이 젊은 관능과 어울려 운지의 몸을 열렬하게 받아들이고 있었다. 운지와 나는 자리를 옮겼고, 그날 밤 두 사람의 몸은 불덩어리가 되어 밤새도록 얼크러져 뒹굴었다.

"운지는 무척 아름답구두 관능적인 몸을 지니구 있었어요. 나는 그런 운지가 내 것이 됐다구 믿었어요. 나는 운지와 결혼하겠다구 마음먹었구, 내가 청혼만 하면 운지는 주저없이 응해 오리라구 생각했구요. 그런데 나로서는 이해할 수 없는 사태가 벌어진 거예요."

김정두는 이야기 속에 흠뻑 빠져 들어갔던 자신을 잠시 이야기 밖으로 건져 올리듯 말했다. 오늘은 운지라는 여자를 연구 검토하자는 것이로구나, 하고 나는 생각했다.

"운지라는 여자가 실재한 인물인가, 가상 인물인가?"

"실재한 인물입니다, 선생님."

"영화나 소설을 만드는 사람들은 흔히 실재한 인물과 작품 속 인물을 혼동하지 않는가?"

"운지는 실재의 인물입니다, 선생님."

"그 이름두 실명인가?"

"선생님은 변함없이 의심하시는군요? 이름은 가명입니다."

"실재의 인물도 가명으로 불리워지는 순간 허구의 인물이 되어 버린다네. 얘기 계속하게나."

사흘 뒤 나는 운지와 단 둘이서 만났다. 그날 밤 이후 전화는 날마다 몇 번씩 했지만 통화가 이루어지지 않았다. 지금은 외출중이어서 전화를 받을 수가 없어요. 삑 소리가 울린 뒤에 용건, 이름, 전화번호를 녹음해 주세요. 돌아와서 연락 드릴게요. 나는 처음부터 녹음을 하지는 않았다. 관찰하고 연구할 대상으로 삼으려면 거리를 유지해야 한다는 길재의 말을 상기했기 때문이었다. 결혼을 결심했더라도 운지와의 거리를 제로로 만들어서는 안 된다. 타인과의 거리 제로는 상상 속에서나 가능한 수치이다. 상상 속의 수치를 현실의 거리에 적용하려고 시도하는 데서 억지와 무리가 생기는 것이다. 그러나 많은 사람들이 상상 속의 제로 거리가 실재할 수 있다고 생각하고 그 함정에 빠져 들어가곤 한다. 길재의 경고는 그런 사태에 대비하라는 것일 터였다. 나는 길재의 경고를 충분히 이해한다. 그러나 이해와 현실 사이에도 함정이 아가리를 벌리고는 먹이를 기다리고 있었다.

나는 함정의 먹이가 되지 않으려고 운지의 전화 응답기에 음성 녹음을 하지 않았다. 그러나 응답기를 통해 전달되는 운지의 부재는 나를 초조하게 만들었고, 이윽고 강력한 흡인력을 지닌 거대한 공허가 되어 나를 끌어들여 가려고 했다. 김○○예요. 전화 주세요. 조금은 무뚝뚝한 투로 녹음을 하면서, 나는 운지와의 사이에 길재가 경고한 만큼의 거리를 끼워 넣을 자신이 없음을 깨달았다.

그 깨달음은 다방 탁자를 사이에 두고 운지와 마주앉았을 때, 그리고 음식점 식탁을 사이에 두고 운지와 마주앉았을 때 현실로 증명되기 시작했다. 사흘 만에 만난 운지는 내가 기대했던 만큼 다정한 표정도 아니었고, 다소곳한 몸짓도 아니었고, 스스럼없는 태도도 아니었다. 부끄러워하거나 계면쩍어하는 기색도 없었다. 사흘 동안의 공백이 어색한 분위기를 만들 것이라고 지레짐작해 술기운을 빌릴 필요가 있겠다고 생각했던 나 자신이 쑥스러웠을 뿐이었다.

운지는 그날 밤의 은밀한 관계를 기억하지 못하는 듯한 표정이고 태도였다. 어색함과 부끄러움을 감추기 위한 새침일까, 아니면 그런 것쯤 아무것도 아니라고 치부해 버리는 대담성일까, 하고 재보고 달아 보았지만, 어느쪽으로도 이가 잘 맞지 않았다.

"운지 씨, 술 사들구 한강 고수부지루 달 구경 갈래요? 어제가 보름이니까 오늘두 달이 휘영청 밝을 거예요."

"달 구경 하고 싶은 생각 없는데요."

"전생의 소리를 듣구 싶은데요. 방법 좀 가르쳐 주지 않을래요?"

"아무때나 들을 수 있는 게 아니에요. 그쪽에서 기운이 전해져 와야 해요. 오늘은 기운이 종로 쪽에서 전해져 오는 걸요."

"그래요? 그럼 종로 쪽으루 가지요 뭐."

나는 운지와 함께 택시를 타고 종로로 갔다. 종로 2가에서 내려 종각 쪽으로 천천히 걸어갔다. 사람들이 들끓어서 빨리 걸음을 옮길 수도 없었다. 때때로 사람들이 운지와 나 사이로 끼여들어 두 사람 사이를 저만치 떼어 놓기도 했다.

"역시 이리루 방향을 잡기를 잘했어요. 오늘 밤 난 그이를 만날 수 있을 것 같은 느낌이 들어요."

운지는 걸으면서 오고 가는 사람들의 모습을 눈여겨보았다.

"그이가 누구지요? 아, 환생한 남편 말이군요?"

나는 물으면서 입 안에 씁쓸한 맛이 도는 것을 알았다.

"그래요. 이 근방 지름 100미터 원 안에서 강한 기운이 일구 있어요."

나는 운지가 걷는 대로 따라 걸었다. 종각까지 가서 뒷길로 접어들었다. 관철동의 골목길들은 큰길 못지않게 번화하고 사람들도 북적거렸다. 운지는 오고 가는 남자들, 길가에 서 있는 남자들을 살피면서 걸었다. 그 눈길과 표정이 진지해서 일부러 꾸며서 하는 행위로는 볼 수가 없었다. 남자들의 눈길이 운지의 얼굴과 몸을 쓸고 훑었다. 운지의 얼굴과 몸매와 걸음걸이는 그 번화한 관철동 골목길에서도 빛이 났다. 운지와 특별한 관계를 맺고 운지와 나란히 걷고 있다는 사실이 은근히 자랑스러워졌다. 그러나 운지는 옆에서 내가 함께 걷고 있다는 사실을 가끔가끔 잊어버리는 게 아닌가 하는 의심이 문득문득 들곤 했다. 방향을 바꾸거나 왔던 길을 되돌아가거나 멈춰서면서 나에게 아무런 표시도 하지 않았다. 그럴 때는 나의 존재를 까맣게 잊어버린 것처럼 보이기도 했다. 아니, 정말 잊어버리기도 했다. 한 번은 운지가 방향을 바꿨을 때 나는 따라가지 않고 멈춰서 보았다. 그러나 운지는 뒤 한 번 돌아보지 않고 걸음을 이어갔다. 순간 나는 한강 고수부지의 그날 밤 일이 꿈은 아니었을까, 하는 생각을 했다. 혼자 돌아가 버릴까 하는 생각도 불쑥 솟았다. 그렇지만 나는 걸음을 옮겨 운지의 뒤를 따라갔다. 태도는 이해하기 힘들었지만, 운지의 매력은 내 마음을 한 겹 더 옭아맸다.

"다리 아프지 않아요?"

나는 다시 운지와 어깨를 가지런히 해 걸으며 물었다.

"정말, 아프네요. 어디 들어가서 쉬면서 맥주나 한잔 할래요?"

운지는 걸음을 멈추고 주위를 돌아보았다. 운지의 눈길을 뒤쫓아간 내 눈 속으로 명멸하는 네온 불빛이 밀려들어왔다.

"저기 나이트 클럽이 있네요."

운지는 그렇게 말하고는 내 의견은 묻지도 않고 나이트 클럽을 향해 걸어갔다. 할 수 없이 나도 뒤따라갔다. 땅속 세계로 연결된 다리인 양 층계가 놓여 있었다. 꽤 가파른 층계를 밟고 내려갔다. 층계는 중간에서 꺾여졌고, 꺾여진 층계를 따라 방향을 꺾자 쿵쾅쿵쾅 음악 박자 소리가 들렸다. 운지는 거침없이 나머지 층계를 내려가 벽의 한부분처럼 보이는 문을 열었다. 문 안에 갇혀 소용돌이치던 음악이 왈칵 쏟아져 나왔다. 안으로 들어가 문을 닫자 운지와 나도 노도 같은 음악 속에 휩쓸린 꼴이 되었다. 앞이 잘 보이지 않았다. 운지가 다가와 내 팔을 감아 쥐었다.

"캄캄해라."

운지가 내 귓가에서 소곤거렸다.

"곧 어둠에 눈이 익을 거예요."

나는 운지 손에 감긴 팔을 뻗어 운지 허리를 살포시 안았다. 운지는 다소곳이 몸을 맡겼다. 운지를 다시 찾은 듯한 충족감이 혈관을 타고 후끈후끈 전신을 맴돌았다. 회중전등을 든 안내인이 다가와서 운지와 나를 빈자리로 데리고 갔다.

"우선 기본을 줘요."

내가 안내인에게 말했다. 기본은 맥주 세 병에 안주 한 접시였다. 자리잡고 앉자 탁자 위에 놓였던 빨갛고 굵고 짤막한 양초 심지에 불이 달여졌다. 운지와 나는 '기본'이 나오기를 기다리며 나이트 클럽 내부를 둘러보았다. 앞쪽, 악단이 자리잡은 무대와 그 바로 아래 무도장을 빼고 꽤 넓은 홀이 바닷속같이 침침한 어둠에 잠겨 있었다. 탁자마다 촛불이 타고 있었지만 어둠을 밀어내는 데는 별 힘을 쓰지 못했다. 그래서 조금만 거리가 떨어져도 사람들의 모습은 실루엣으로 보였다. 그러면서도 주위가 어수선하게 느껴지는 것은 요란한 음악 때문일지 몰랐다. 볼륨이 높고 박자가 강하고 급한 팝 계열의 음악이 홀 안의 공기를 뒤흔들고 있었다.

기본이 나왔다. 나는 운지의 컵에 맥주를 채우고 병을 운지에게 넘겼다. 운지가 내 컵에 맥주를 채워 주었다. 컵을 들어올려 부딪쳤다.

"우리들의 오늘 밤과 미래를 위하여!"

나는 그렇게 외쳤지만 음악의 거센 물살에 휩쓸려 버렸다. 나는 운지 곁으로 가 운지 귀에 입을 대고 그 말을 되풀이했다. 알아들었고 공감한다는 듯 운지는 웃음지으며 고개를 끄덕거렸다.

기분이 제법 좋아 보였다. 운지와 나는 첫 번째 컵을 단숨에 비웠다. 목이 말랐는지 맥주 맛이 달고 시원했다. 운지 얼굴이 내게로 다가왔다.

"우리도 나가서 춤춰요."

운지가 말했다. 운지와 나는 몸을 일으켜 무도장으로 나갔다. 뒤헝클어져 몸을 흔들어 대고 있는 뭇 사람들 틈새로 비집고 들어가 몸을 흔들기 시작했다. 운지의 유연한 허리가 자유자재로 꼬아지며 탄력 있는 가슴과 엉덩이가 마구 출렁거렸다. 매혹적인 것을 지나 뇌쇄적이었다. 춤 속으로 함몰해 버린 듯 보였던 주위의 남자들 눈이 운지에게로 모여들었다. 남자들의 눈길을 좇아 여자들의 눈길도 모여들었다.

나는 보호 본능이 발동하는 것을 느끼며 운지의 주위를 빙글빙글 돌며 울타리를 둘렀다. 그러나 소용없었다. 몇몇 남자들은 눈길뿐만 아니라 몸으로 내가 두른 울타리를 밀어 버리고는 운지 주위로 몰려들었다. 운지를 가운데 두고 대여섯 명의 남자가 둘러서서 몸을 흔들어 대었다. 나는 졸지에 운지를 둘러싼 여러 남자들 가운데 하나가 되어 버렸다. 주도권을 찾으려고 시도해 보았지만 뜻대로 되지 않았다. 남자들보다도 운지가 나의 기득권을 존중해 주려 하지 않는 것 같았다. 나는 음악이 끝나기를 기다렸다. 드디어 요란하던 음악이 멎었다. 춤추던 사람들이 흩어져 홀 안으로 들어갔다. 나는 운지를 앞세우려고 기다렸다. 운지가 다가왔다.

"들어가서 목 축입시다."

내가 말했다.

"먼저 가서 목 축이고 있어요. 나 블루스 한 곡 더 추구 들어갈게요. 우리 인중 씨 닮은 사람을 찾았거든요."

운지는 그렇게 말하고는 몸을 돌려 무도장 안으로 들어갔다. 그때 블루스가 흘러 나와 잔잔하게 퍼지고 무도장 한가운데 서 있던 사내가 운지를 맞아들이며 함께 춤의 리듬 속으로 빠져들어갔다. 나는 혼자 좌석으로 돌아와 내 손으로 컵에 맥주를 채우고 마시며, 이제는 어서 블루스가 끝나기를 기다렸다. 블루스가 끝나고 다시 요란법

석스런 팝 음악이 시작되었다. 홀에 앉아 있던 사람들이 우르르 일어나 무도장으로 나갔다. 춤의 소용돌이가 이루어지고 있었다. 나는 앉은 채 운지가 자리로 돌아오기를 기다렸다. 그러나 운지는 돌아오지 않았다. 남편을 닮았다는 사내와 춤을 계속하고 있는 것일까. 한참 뒤에 팝 음악이 끝났다. 그래도 운지는 돌아오지 않았다. 무도장에도 운지는 보이지 않았다. 나는 천천히 맥주와 안주를 먹으며 기다리다가 혼자서 나이트 클럽을 나왔다.

그는 왜 그 여자를 잊지 못하는가. 나는 '나'를 '그'로 대치하고, 운지를 '그 여자'로 대치해 놓고 생각해 본다. 나와 운지의 관계를 객관적으로 분석 검토하기 위해서 냉정성과 일정한 거리가 필요함을 절감한다.

그가 그 여자를 잊지 못하는 까닭은 무엇인가, 그 여자는 그가 그 여자를 단념하고 떠나갈 수 있을 만한 빌미를 마련해 주었다. 그런데도 그는 단 1주일을 참아 내지 못하고 그 여자에게 전화를 했다. "지금은 외출중이어서……, 삑 소리가 울린 뒤에……" 그 여자를 불러내 마주앉기까지 응답기에 녹음된 그 여자 목소리를 수없이 들어야 했다. 외출중이라는 응답기의 말소리가 그 여자에게서 그를 떠나지 못하게 했을까.

"그런 경우가 어디 있어요? 그런 자리에 혼자 남겨 두구 온다 간다 말 한마디 없이 사라져 버릴 수가 있는 거예요?"

"우리 인중 씨와 닮은 사람을 찾았다고 말했을 텐데요? 난 정말로 우리 인중 씨가 살아 돌아온 줄 알았어요."

"그래서, 그 사람이 정말 인중 씨였어요?"

"그 사람의 눈 모습과 버릇 한 가지가 인중 씨를 그대로 빼닮았더라구요."

"그래서요? 그 사람과 함께 살 생각이에요?"

"그날 밤을 그 사람과 함께 지냈는데 아침에 눈을 떠보니 그 사람은 감쪽같이 사라져 버렸어요. 인중 씨의 혼백과 하룻밤을 지낸 것 같기도 했구, 꿈을 꾼 것 같기도 했어요."

"그래서, 앞으룬 어떻게 할 작정이지요?"

"낮에는 일하고 밤에는 인중 씨를 찾아다녀야지요."

"고만 인중 씨를 잊어버리구 결혼해 새출발하는 게 어때요?"

"인중 씨를 좀더 찾아야 해요. 그러지 않으면 결혼하고 나서도 인중 씨를 찾아다니게 될 거예요."

그 여자는 만나자는 그의 청을 거절하지는 않는다. 그 여자가 거절하지 않는다는 사실에다 그는 희망을 걸어 보곤 한다. 그 희망은 그의 욕망의 줄기에서 뻗어 나온 가지다. 그는 자신의 내부 깊숙이 그 여자를 향한 욕망이 용암처럼 고여 있음을 깨닫는다. 그는 그 욕망을 인류애, 형제애, 또는 적어도 순수한 연민으로 변질시켜 보려고 노력하곤 한다. 그는 자신의 그런 심정을 그 여자 앞에서 드러내놓기도 한다. 그러나 그 여자는 그의 그런 심정에 대해서 관심을 나타내지 않는다. 흥미가 없거나 믿지 못하거나일 것이다. 그 여자의 무관심이 그로 하여금 그 여자를 잊지 못하게 하는지도 모른다.

그와 함께 밤거리를 걷던 그 여자가, 그와 마주앉아 술을 마시던 그 여자가, 그와 함께 노점에서 액세서리를 고르던 그 여자가, 남편 닮은 사람을 찾아냈다면서 돌연 그를 팽개치고 떠나가 버릴 때, 그는 그 여자와의 단절감을 느끼며 잊어버리자고 자신을 향해 말한다. 그러나 그는 말과는 달리 그 여자를 미행하는 자신의 초라한 모습을 보게 되곤 한다. 초라한 눈길로 그 여자가 남편 닮은 사내와 다정하게 걷는 뒷모습을 바라보며 따라가기도 하고, 그 여자가 남편 닮은 사내와 다방이나 술집에 마주앉아 화기애애하게 대화를 나누는 모습을 먼빛으로 바라보기도 하고, 남편 닮은 사내와 주저 없이 택시를 잡아타고 사라져 버리는 모습을 닭 쫓던 개 지붕 쳐다보듯 바라보기도 하고, 그 여자가 다소곳하게 남편 닮은 사내를 따라 호텔문 안으로 들어가는 모습을 지켜보기도 한다. 더러는 그 여자가 남편 닮은 사내를 놓쳐 버리고 거리 모퉁이에 우두커니 서 있는 모습을 대하게 되기도 한다.

그 여자를 미행하는 그가 그 여자에게 발각될 때도 있다. 어느 때는 그의 쪽에서 미행하는 모습을 그 여자 앞에 노출시키기도 한다. 그가 가장 외로움과 소외감을 맛볼 때가 그때다. 그 여자는 자기를 미행하는 그를 알아차리고도 당황해하거나 불쾌해하는 기색이 없다. 마음 쓸 필요가 없다고 생각하거나 전혀 모르는 사람 대하는 투다. "그 여자에게 있어서 나의 존재는 무엇일까?" 그는 그런 생각을 어금니로 질겅질겅 씹어 보듯 한다. 아무래도 그 여자는 그를 구체적인 개인으로서의 남자가 아니라 뭇 남자들 속의 하나로 치부해 버리는 것은 아닐까. 적어도 그 여자가 남편 닮은 남자를 찾아다니는 밤거리에서는 그는 그 여자에게 김 아무개가 아니라 그냥 한 사람의 남자에 불과할지도 모른다. 얼마든지 바꿔 버릴 수 있는 구별되지 않는 남자. 그렇다면 그가 그 여자를 잊지 못하는 까닭은 그 여자에게 개별적인 남자, 독립된 한 남자로 인식되지 못하는 데 대한 아쉬움과 안타까움에 연유한 것일까.

"결국 자네는 죽은 남편의 환생을 바라는 여자의 사랑놀음 덫에 걸려든 얘기를 한 거로구만."

"선생님의 요약이 틀린 건 아니지만 이 사건의 모든 부분을 포함하진 못했어요. 다시 말씀드리자면 선생님의 요약은 정확했지만 이 사건의 겉이야기 부분에 국한됐을 뿐이에요."

"그럼 이 사건의 속이야기는 무언가?"

"하느님이 저를 독립된 개인으루 보아 주실까, 아니면 무리의 최소 단위루 보아 주실까, 하는 문제가 그 여자로 인해 어느 날 갑자기 제 앞에 절벽처럼 버티구 섰다면 그것을 사랑놀음의 덫이라구만은 할 수 없잖겠습니까?"

"자네는 성현의 말씀을 명심해 듣지 않는구만. 좁은 문으루 들어가라. 좁은 문은 들어가기 어렵구 넓은 문은 들어가기 쉽되 좁은 문은 생명의 문이구 넓은 문은 사망의 문이다. 예수님이 하신 말씀이지만 부처님이 하신 말씀이기두 하네. 자네는 개인은 섬이라구 생각하구 무리는 바다라구 생각하는 것 같구만. 섬으루 올라가면 살구 바다에 빠지면 죽는다구 말일세. 성현의 말씀을 음미해 보게. 좁은 문으루 들어가려면 한 사람씩 들어가야 하니까 하느님 눈에 개인으루 보이실 테구, 넓은 문으루 들어갈 때는 무리지어 들어가두 되니까 하느님 눈에 무리루 보이실 테지. 안 그런가?"

"선생님, 제가 드린 말씀은 농담이 아닙니다."

"내가 자네한테 한 말은 농담이었나? 자네가 겉이야기, 속이야기, 하구 구별하니 하는 말이네만, 자네는 자네 이야기가 가벼운 이야기나 통속적인 이야기루 취급될까 봐 겁이 나서 심오한 속이야기를 겉들이구 싶어하는 건 아닌가?"

"선생님은 제가 이야기를 시작할 무렵부터 영화나 소설을 위해 꾸민 이야기루 취급하려 드시는데, 선생님의 오해를 풀어드리기 위해 솔직하게 말씀드리겠어요. 제가 말씀드린 이야기는 제가 직접 겪었구 아직두 계속되구 있는 실화입니다."

"알아듣겠네. 그렇지만 그 실화두 자네의 주관적 해석의 검열을 거치지 않았는가? 운지라는 여자가 자네를 특별 취급해 주지 않는다구 해서, 하느님이 자네를 개인으루 취급해 주시지 않구 무리의 구성 분자루밖에 보아 주시지 않을 거라구 확대 해석해 고민의 바다에 투신할 것까진 없잖은가? 이번 사건은 운지라는 여자를 자네한테 소개해 준 친구의 경고를 자네가 무시했기 때문에 생긴 걸세. 일정한 거리를 유지해 냉정한 관찰자의 위치를 지켜 나가도록 해라. 친구의 그 말은 신탁(神託) 같은 것이었네, 하기야 자네를 덮어놓구 나무라는 말이 아닐세. 운지라는 여자, 얘기 듣는 것만으루두 매력 있구 흥미롭네. 신비롭기까지 하구만. 그 여자의 후일담이 궁금해지는걸."

"나 임신했어요."

어느 날 나와 단둘이 마주앉은 자리에서 운지가 말했다. 나는 화들짝 놀라는 기분으로 운지의 표정을 살폈다. 김정두 씨가 태아의 아버지예요. 운지의 이런 주장이 나올 것에 대비해야겠다는 생각도 순간적으로 내 머릿속에 떠올랐던 것 같다. 운지의 얼굴에는 화색이 감돌고 있었다. 임신을 기뻐하고 행복해하는 기색이 역력했다. 그러나 그때까지도 나는 경계심을 버리지 못하고 있었다. 물론 순수한 염려도 함께 했다.

"축하해야 할지 어쩔지 모르겠군요?"

내 입에서 그런 말이 흘러 나왔다.

"무슨 뜻이에요? 하기야 남이 어떻게 생각하든, 무어라고 말하든 난 구애받지 않아요. 내 마음속을 가득 채운 충족감, 흘러 넘치는 행복, 기쁨은 다른 사람들의 눈길을 여지없이 녹여 버려요. 인중 씨의 영혼이 이제야 분명하게 환생을 이루게 된 거예요. 인중 씨가 돌아와 내 몸을 통해 새로운 몸을 얻어 태어날 수 있게 된 사실이야말로 환생이고 부활이 아니구 뭐겠어요?"

나는 운지에게 영양가 높은 음식을 대접해 임신을 축하하고 인정하는 표시를 했다. 그러나 내 내부에서는 줄곧 누구의 아이일까 하는 궁금증이 머리를 쳐들고 있었다. 여러 남자와 관계해 임신을 했더라도 여자는 자기 뱃속에 든 아이가 어느 남자의 씨라는 것을 안다던데……. 나는 내 아이일 경우도 생각했다. 운지가 태아를 내 아이라고 확인해 준다면 운지와 결혼할 수 있을까.

"운지 씨, 인젠 결혼해야지요?"

"결혼이오?"

운지는 내 말이 전하는 울림이 생경하게 들린다는 듯 되물었다.

"아기 아버지와 결혼을 해야잖아요? 아기를 위해서두요."

나는 내친 김에 말해 버렸다.

"애기 아버지가 다름아닌 인중 씬 걸요. 인중 씨는 그 동안 환생해 있었지만 완전한 환생이 아니었어요. 인중 씨의 외모와 성정이 여러 부분으로 나누어져 여러 사람 속에 환생해 있었어요. 그렇게 분산되어 이루어진 인중 씨의 불완전했던 환생이 내 뱃속 아기로 인해 다시 종합된 거예요. 아기가 세상에 태어나는 날 인중 씨는 완전하고 온전한 환생을 이룩하게 돼요."

"그러면 아기 성은 어떻게 정하지요?"

"김씨 이씨 박씨 하는 성 말예요? 이 세상 모든 성을 합해 하나로 만든 성을 구해다 주실래요? 인중 씨의 성을 그대로 따르면 돼요."

나에게서는 외모의 어느 부분과 성정의 어느 부분이 아기에게 합해졌을까 하고 나는 생각해 보았다. 아기는 개체로 태어나는 것일까, 전체의 한 부분으로 태어나는 것일까. 여러 사람에게로 분산됐다가 한군데로 다시 모인 외모와 성정은 고유한 개체일까, 조립된 개체일까.

그 뒤로 운지를 한동안 만나지 못했다. 운지를 만나고 싶은 열의도 조금은 식었고, 전화를 하고 응답기에 녹음을 해놓아도 운지에게서 연락이 오지 않았다. 그렇게 달포쯤 지난 어느 날이었다. 길재에게서 전화가 걸려 왔다.

"정두야, 퇴근 뒤에 병원에 같이 갈 수 있겠니?"

"별안간 무슨 소리니? 병원은 왜?"

"운지 씨가 입원을 했어."

"왜? 무슨 일이야? 나쁜 소식은 아니지?"

"자궁외 임신을 해서 수술을 받았어."

"병원에 가봐야 하구말구, 퇴근 뒤에 어디서 만날까?"

"병원 1층 대합실에서 만나자, ○○병원에서 여섯 시 반이다."

나는 운지가 그토록 절망한 모습을 처음 대했다. 나는 병원으로 향하면서 "억울하지만 아기를 하나 더 만들어야겠어요. 그래야 우리 인중 씨가 온전한 환생을 하잖아요?" 말하며 씁쓸하게나마 웃을 줄 짐작했다. 그러나 운지는 고통과 절망이 덕지덕지 달려 붙은 표정을 하고 눈을 꽉 감은 채 누워 있었다. 우리가 찾아왔다고 말해도 눈을 뜨긴커녕 손가락 하나 까딱하지 않았다. 침대에 폭 파묻힌 듯 누운 모습은 운지의 의식이 바닥 모를 심연 속으로 빠져들어가 있음을 드러내 보여 주는 것 같았다. 하린이 운지 이마에 입을 맞추고 길재와 나는 운지의 손을 잡았다 놓는 것으로 위문을 마치고 병실을 나올 수밖에 없었다.

"운지야, 건강 빨리 회복해. 대수로운 일 아니야. 길재, 정두, 하린 오늘 다녀가구 곧 다시 올게."

하린이 그런 말을 남겼다. 그러나 그것이 마지막이었다. 우리가 병실에 다녀온 이튿날 운지는 죽었다. 수술 결과가 좋지 않았기 때문이라기도 했고 자살이라기도 했다. 따로 살던 운지의 부모의 뜻에 따라 운지의 시신은 화장을 했다.

"선생님, 후일담이 궁금하시다구 말씀하셨어요? 세상일은 수레바퀴 돌듯 한다더니 제가 그 뒤 어떻게 하구 있었는지 짐작하시겠습니까? 운지 대신 제가 밤거리를 헤매 다니게 됐답니다. 운지 대신 환생한 인중 씨를 찾아다닌 건 아니구요, 환생한 운지의 모습을 찾아다니게 된 거지요. 운지처럼 의도적으루 밤거리에 나선 건 아니구요. 외롭구 울적해서 밤거리에 나가면 문득 운지 모습이 눈앞에 떠오르구, 그렇게 되면 나두 모르게 주위의 여자들에게서 운지를 찾게 되군 한 거예요."

"자네, 운지를 환생시킨다는 핑계루 운지 닮은 여자들한테 자네 씨를 함부루 뿌리는 건 아니겠지?"

"저는 그렇게 하지 않구 운지를 만날 수 있는 이야기들을 수집하구 다니는 쪽으루 방향을 잡았어요. 때때루 선생님을 찾아뵙구 말씀드린 얘기들두 그런 과정에서 만나구 겪구 들은 것들이었어요. 죽은 오빠를 살아 있다구 생각하구 찾아다니는 여자, 잃어버린 아기를 재생시키려구 외간남자의 아이까지 임신한 여자, 저는 그런 얘기들을 통해 운지를 다시 만나구 운지의 환생을 부활을 확인하구 있거든요. 선생님, 그런데 선생님께 정말 의논드릴 문제는 얼마 전에 제가 다니는 회사에 새루 입사한 백주혜라는 여직원입니다. 처음에 백주혜한테서 운지의 분위기를 느꼈다는 말씀을 드렸었지요? 운지와 백주혜는 외모가 달라서 크게 어떤 사태가 벌어지리라구는 생각 못 했었는데, 시간이 지나구 날짜가 쌓여 갈수록 그게 그렇지만은 않은 모습으루 진전돼 가는 겁니다. 말투에서 몸짓에 이르기까지 운지를 재생시켜 놓는다는 느낌을 주면서 차츰 전혀 다른 듯싶던 외모까지 운지를 닮아 가는 겁니다. 며칠 전에는, 자기는 거리에 나서면 얼마 전 교통 사고루 죽은 애인의 모습을 애인의 나이 또래 남자들에게서 찾게 된다는 백주혜의 고백을 듣구는 놀라는 것을 넘어서 전율을 느꼈습니다."

"거리를 유지하는 것을 명심하게."

"물론 무장을 단단히 하구는 더 이상 다가가서는 안 될 선을 마음속에 단단히 그어 놨지요. 그런데 그 선이 요즘 와서 자꾸 희미해져 갑니다. 무장두 허술해지구요. 백주혜를 보구 있노라면 문득문득 운지를 보구 있는 듯한 착각에 사로잡히곤 하거든요?"

"거리를 유지하기 어렵거던 빨리 청혼을 해서 결혼을 성사시키게나. 그 여자가 위험한 바다루 변하기 전에 자네 집 정원의 아담한 못으로 만들어 버리게나. 나는 이 말밖에 도와 줄 수가 없네."

"잘 알겠습니다. 그런데 백주혜가 운지와 너무두 닮았거든요. 제 청혼을 받아들여 줄지 모르겠습니다. 또 청혼을 받아 준대두 결혼을 하구 나서 두 사람이 함께 방황하는 경우는 발생하지 않을런지요? 백주혜는 여전히 죽은 애인의 모습을 찾아다니구, 저는 저대루 백주혜가 아닌 운지와 함께 사는 착각에 빠져들어가구……. 이 문제에 대해 선생님은 어떻게 생각하시겠습니까?"

나는 대답할 말을 궁리하는 동안 김정두의 얼굴을 새삼스럽게 살펴보았다.

"나는 지금 자네가 왜 아직 영화나 소설을 만들어 내지 않구 있나, 하는 생각을 하구 있다네. 자네는 세상 이야기, 인생 이야기에 너무 깊이 빠져들어가 있구만, 숲속에 들어가 있으면 숲이 안 보이는 법이지. 세상사 인생사 속에 깊이 빠져들어가 체험하는 몫은 대리인을 시키구 자네는 세상사 밖, 인생사 밖에 잠시잠시라두 나와서 멀찍이 바라보는 시간을 갖두룩 해야겠네. 오늘 얘기는 이걸루 끝내세."

김정두는 돌아갔다. 그러나 나도 어느덧 김정두에게 감염되어 김정두가 수집해 올 이야기를 기다리는 처지가 되어 버렸다. 그리고 이야기를 찾아다니는 김정두의 모습과 함께 김정두의 말소리를 듣곤 했다.

"선생님. 신이 보시기에 저는 독립된 개인입니까? 아니면 한국인의 하나, 동양인의 하나, 인류의 하나에 지나지 않을까요?"

김지원의 수상 소감과 문학적 자서전

● 수상 소감

'종의 기원' 이라고 이름 붙이고 싶었던 흰꽃의 회상

아직 때가 안 되었는데,
하나님께서 여물지도 않은 씨앗을 내놓으라고
우리 집 문을 두드리는 것만 같다.
〈사랑의 예감〉의 이상문학상 수상이 이국에서
모국어로 창작하시는 여러분들께
큰 격려가 되었으면 한다.

●김지원이 말하는 자신의 문학과 삶

'소설 나부랭이' 를 읽으며 시작된 작가의 길

나이 들어 가면서 작가라는 사람들이
더욱 좋아진다. 글을 몇십 년씩 쓴 사람이
절대 나쁠 수는 없다고 생각한다.
또한 소설만 가지고도 인간을 교육시킬 수
있다고 믿는다. 장차 우리나라의 개국 신화와
설화들을 주제로 글을 써보고 싶다.

'종의 기원' 이라고 이름 붙이고 싶었던 흰꽃의 회상

아직 때가 안 되었는데, 하나님께서 여물지도 않은
씨앗을 내놓으라고 우리 집 문을 두드리는 것만 같다. 〈사랑의 예감〉의
이상문학상 수상이 이국에서 모국어로 창작하시는 여러분들께
큰 격려가 되었으면 한다.

김 지 원

▶존재에 대한 절대 고집, 혹은 고독

뜻 이전에 귀에 향기같이 아름답게 스며드는 말이 있는데 사람마다 다르겠지만 나의 경우에는, '가을 소나타' 가 그랬고 '종의 기원' 이 그랬다. 가을 소나타는 잉그마르 베히만 감독의 영화 제목으로 어른이 되어서 들었지만 종의 기원은 초등학교 때 들었는데, 교회당의 종소리가 울리자 밭에서 일하던 농부 부부가 하던 일을 멈추고 서서 기도하는 밀레의 그림 〈만종〉의 장면 같은 것을 떠올렸던 것 같다. 알고 보니 종의 기원은 다윈의 진화론 책 제목으로 종자의 시작, 그런 뜻이었다. 그렇다고 알고 나니 싱거워졌는데 지난 여름 숲속에서 그냥 종의 기원이라고 이름을 붙이고 싶은 흰꽃을 보았다.

황혼이 다가오고 바람이 불고 어둠은 모르는 곳으로부터 밀려오고 하늘에는 별이 돋아나는 낮과 밤 사이, 어둠을 볼 수 있도록 밝고 밝음을 볼 수 있도록 어두운 바로 그곳에 종 모양으로 생긴 꽃송이로 고개 숙인 채 호젓이 피어 있었다. 바로 이 지점에 뿌리를 박고

서 눈, 비, 바람을 맞는 그곳의 경험은 오로지 나만의 것이다 하는 존재의 절대 고집, 혹은 고독 같은 것이 느껴졌다. 자신의 빛깔을 빨강이나 쪽빛으로 하고 싶어도 할 수가 없고 키가 더 크고 싶어도 클 수가 없고 해바라기같이 태양을 향해 활짝 얼굴을 펴들고 싶어도 그럴 수가 없는 자신을 곰곰이 생각하며 자신만이 할 수 있는 경험을 좋건 싫건 실컷 하고는 가을이 되면 시작 때보다는 그 무엇을 좀 더 아는 씨앗이 되어 근본으로 돌아가겠지 싶었다.

수상 소식을 들었을 때 이걸 어쩌나 하며 종의 기원이라 이름 붙이고 싶었던 흰꽃이 떠올랐고, 아직 때가 안 되었는데 하나님께서 여물지도 않은 씨앗을 내놓으라고 우리 집 문을 두드리는 것만 같았다. 더군다나 올해에는 전례가 없이 수상작 심사 과정이 치열했다고 들었는데 끝까지 경합을 벌였던 작가께는 죄송스럽고, 사사로이 겸손을 표해 이상문학상 전통에 오히려 누를 끼칠까 그만두지만 나 개인의 정직한 느낌은, 어떻게 걸어가다가 바람이 불어 가르마가 한 줄로 깨끗이 타지는 것 같은 아름다운 순간에 나 자신이 있었던 것만 같다.

수상 후보에 오르신 여러분들과 널리 세상에는 알려지지 않았으나 좋은 소설을 쓰시는 작가들과, 나는 이 상을 감히 함께 받는다고 생각한다.

▶ 영혼의 완성, 사랑을 이해해 가는 여러 차원의 삶의 진실 묘사

〈사랑의 예감〉은 1996년 7월쯤 《라쁠륨》지에서 원고 청탁을 받고 쓰기 시작했는데 두 달 넘게 걸렸다.

처음에는 구체적인 상황 설정이 안 되고 대화체로 진행이 되어 지문을 넣어야지, 넣어야지 하고 애를 쓰다가 팔에다가 자유를 주며 극본을 쓰듯 해보자 했더니 쓰는 일이 쉬워지고 재미가 났다. 제2장 '서울의 사랑' 부분은 산문시처럼 되어도 괜찮겠다 하며 썼다.

영혼의 완성, 혹은 사랑을 이해해 가는 인간의 길에 여러 차원으로 존재하고 있는 삶의 진실을 여러 인생의 입장에서 생각해 보고 싶었었다.

▶ 이국에서 모국어로 창작하시는 모든 분들께 격려가 되길……

사람들은 종종 나에게 '이국 생활에도 불구하고 꾸준히 글을 쓰고 있다' 라고 말한다. 하지만 우리가 흔히 자기가 디디고 있는 땅이 지구 위에 어디쯤 되는지 감을 잡지 못하듯 나 자신은 '이국 생활에서 글을 쓴다' 라는 느낌이 없이 그냥 '쓴다' 였으므로, 이번 수상이 마치 누가 지도를 보여 주며 너는 여기 서 있다 하는 것 같다.

아, 내가 그런 입장에 있는 거구나. 그렇다면, 내 자리가 거기라면 그 자리에 가 서고자 한다. 그래서 〈사랑의 예감〉 수상 소식이 이국에서 모국어로 창작을 하시는 여러분들께 큰 격려가 되었으면 한다.

1997년 1월

'소설 나부랭이'를 읽으며 시작된 작가의 길

나이 들어 가면서 작가라는 사람들이 더욱 좋아진다.
글을 몇십 년씩 쓴 사람이 절대 나쁠 수는 없다고 생각한다. 또한 소설만 가지고도 인간을 교육시킬 수 있는 길이 있다고 믿는다. 장차 우리나라의 개국 신화와 설화들을 주제로 글을 써보고 싶다.

김 지 원

▶ 너무나 좋고 고마운 나의 이생

서양 철학자들의 말이나 중국 고전의 글귀, 성경, 불경의 구절을 외워 대는 사람들을 보면 전에는 유식을 자랑하는 것 같아 답답하고 지루했었는데, 나이 들어 갈수록 나도 그렇게 되어 간다.

무얼 좀 깨달은 것 같아 얘기를 하려고 보면, 그것을 너무나도 지혜롭게 설명해 놓은 얘기가 이미 있으므로, 내 말을 따로이 보탤 필요를 느끼지 못한다. 그래서 듣는 이들을 하품으로 눈물 솟게 하는 줄 알면서, 나 자신에게도 들려주고 싶어 그런 성현명철(聖賢明哲)의 말이나 글귀들을 자주 인용하게 된다.

보이는 것이나 안 보이는 것들이 처음 한낱에서 비롯되어 큰 하나가 열리는 것이니—《천부경》에서

나는 이생이 너무나 좋아서 내생(來生)으로 가기 전에 그 고마움을

어디엔가 표시해야 할 것 같은데, 아무것도 못 하고 하루하루를 지내고 있다. 좋고 고마운 나의 이생은 아버지와 어머니로부터 비롯되었으며, 물과 엿이 녹아서 엿물이 되듯 그 안에 형제와 자식과 친구, 스승, 나아가 우리 민족에 대한 동포애, 더 나아가 인류애까지 깃들어 있다. 문득 바늘귀보다도 좁아 터진 나의 마음이 지금은 이 세상에 계시지 않는 부모님 생각에 미치게 되면, 생존해 계셨을 때 어리석게 굴었던 것을 보상이라도 하려는 듯 감당도 못 하게 마구 넓어지며, 하늘과 땅에서 우주와 지구로 뻗어 가고 확장된다. 그렇게 나의 상념의 세계는 천맥과 지맥과 인맥이 창세기인 듯 함께 어울려 소용돌이친다.

▶ 지금은 저세상에 계신 세 분 아버지와 세 분 어머니

동생 채원이의 지난 생일에는 그리니치 빌리지에 있는 세인트 안소니 성당으로 가서 촛불을 켰다. 크리스마스가 임박한 때여서 예수의 말구유 탄생 장면을 비롯해 다양한 행사가 준비되고 있었으며, 성탄 장식이 반짝거리는 등 축제 분위기로 들떠 있었는데, 어떤 청년이 유년반 아이들을 데리고 크리스마스 캐럴을 연습시키고 있는 장면이 특히 내 눈길을 끌었다.

어린시절 할머니를 따라서 다니던 덕소의 예배당과 동네 아이들을 따라다니던 서울 동숭동의 동숭교회가 생각났고, 그때 어린이들을 지도했던 매력적인 젊은 선생님들이 생각났다. 그날 채원이와 함께 촛불을 켜며 형제는 참, 같은 사람이라고 불러도 좋을 정도로 부모, 조부모, 조국 등 똑같은 것을 가졌다는 사실을 새삼스럽게 느꼈다.

채원이와 나는 다른 사람들과 달리 아버지가 세 분, 어머니도 세 분 계신다. 형제도 아홉이나 되는데 파인(巴人) 김동환(金東煥) 아버지와 신원혜 큰어머님은 4남매를, 최정희 어머니와 일찍 세상을 뜬 영화 감독 김유영 아버님은 아들 하나, 그리고 우리에게 호적을

주신 김유영 아버님의 동생되시는 김영식 아버님은 남매를 낳으셨다. 지금 세 분 아버님과 세 분 어머니, 그리고 삼형제는 저세상에 계신다. 그분들은 우주에 가득 차고 나는 귀를 활짝 열어 놓은 채 그 우주가 내게 하는 말이 무엇일까 하고 귀를 기울인다.

작년에는 김영주 언니가 시집을 내 파인의 세 딸들이 문학을 한다고 여성 잡지 같은 곳에서 화제성 질문을 받기도 했다. 채원이와는 너인지 나인지 모르게, 어떤 때는 집의 아이들 이름을 부른다는 게 채원이의 이름을 부를 정도로, 서로의 생활에 막 참견을 해가며 성가실 정도로 정을 퍼부었으나, 혈연(血緣)의 아버지를 함께 가진 김영식 오빠와 김영주 언니는 다른 면으로 꿈같이 사모한다. 그분들을 생각하면 가장 선하고, 가장 아름답고, 가장 지극스런 마음이 우러난다.

김영식 오빠는 내가 초등학교 2학년에 올라갈 때 납북되신 '파인 김동환'의 모든 원고를 찾아 정리하는 일에 심혈을 기울이고 있다. 실로 하늘이 낸 효자의 모습을 보는 것 같고, 사랑은 직관적으로 순수하게 아는 것이라 저절로 그런 노력이 되는 것일까 싶다. 김영식 오빠는 채원에게 우리들이 다 잘 돼야 한다며, 한집에서 문인이 셋이나 나왔으니 얼마나 좋으냐고 말했다고 한다. 셋은 무슨 셋? 대통령 셋도 아니고 의사 셋도 아니고, 문인 셋. 어떤 집에선 이거 야단났다 할 수도 있는 일이겠다.

▶너무나 행복했던 유년의 뜰

나는 1942년 11월 30일 생으로 여섯 살까지 경기도 덕소에서 아주 행복하게 살았다. 어른이 되어 돌이켜보니 그저 행복한 시절이었다가 아니라, 어린애임에도 너무 행복해서 어쩔 줄을 몰라했다. 어머니, 아버지, 할머니가 너무 좋았고 우리 집이 너무 좋았다. 시골 풍경이 너무 아름다워 사는 일이 재미가 있었다. 아버지는 자식들을 학교에 안 보내겠다고 했으나, 학교 다니는 아이들이 부러워 울며불며 떼를 써서 여덟 살에 서울 창경초등학교에 들어갔고 대구 피난지에서 수창초등학교를 졸업한 후 이화여중고를 거쳐 이화여대 영문과를 다녔다. 학창 시절에는 별로 뛰어난 구석이 없었는데, 2학년 때 《여원》 신인문학상에 응모한 〈늪주변〉이란 소설이 당선되었던 기억이 있다.

▶좋은 분들, 유명한 분들, 재능 있는 분들을 많이 만난 어린 시절

집에는 언제나 책이 있었는데 어릴 때부터 《학원》지와 학원사에서 나온 어린이 문고는 물론이고, 《여원》 《여상》 《아리랑》 같은 어른 잡지들도 닥치는 대로 읽었다. 독서로 교양을 넓히겠다고 하는 그런 생각은 전혀 없이 순전히 재미로, 재미있는 것만 읽었다.

잡지에 난 소설을 삽화까지 자세히 보고 아껴 읽으면서, 소설은 '소설 나부랭이'로 공부를 안 하고 읽는 자랑스럽지 못한 것이라고 알았다. TV가 있는 시절이었다면 책을 그렇게 읽었을까 싶다. 아마도 공부는 안 하고 TV만 본다고 걱정을 들었을 것이다.

그래도 사람마다 다르기는 한가 보다. 채원이는 그처럼 책이 많건만 하나도 안 읽고 나가 놀기만 했다. 집에는 우리들이 언니, 오빠라고 부르는 젊은 사람들이 많이 놀러 왔고, 놀다가 자고 가기도 했다. 오빠가 노래를 좋아해서 아코디언 소리, 기타 소리, 노랫소리가 끊이지 않았고, 집에 온 언니들과 《제인 에어》의 로체스터 같은 남자가 좋은가, 《바람과 함께 사라지다》의 레트 버틀러가 좋은가, 일본 소설 《만가》의 가쓰라기가 좋은가, 그런 얘기꽃을 피우기도 했다. 그런 얘기는 해도 해도 끝이 없었다.

참혹했던 한국전쟁을 겪고 허물어져 가는 집, 아픈 데가 많은 어른들, 가난, 그런 어두운 삶의 부분으로 인해 오히려 더욱 밝게 떠오르는 추억의 장면들이다.

그리고 지금도 자랑하고 싶은 것은 채원과 나는 가족 관계로도 남보다 사랑을 받았지만, 어머니로 인해 좋은 분들, 유명한 분들, 재능 있는 분들을 많이 만났다는 사실이다. 하나도 귀엽지 않은 모습으로 이제는 전설같이 되어 버린 그분들을 아저씨, 아줌마라 부르며 버릇없이 굴던 일이 부끄러워지며 또한 몹시 그립다.

곡마단집 아이들은 다 곡마를 한다고, 나는 작가되는 일을 쉽게 생각했었다. 나는 시인 아버지와 소설가 어머니의 자식이었으며, 늘 가까이 대하는 '아저씨', '아줌마' 들이 신춘 문예 혹은 현상 문예 심사 위원들이라 그렇게 착각했던 것이다. 게다가 채원과 내가 대학에 다닐 무렵에는 우리 집에 놀러 오는 젊은 문인들도 많았다. 예를 들어 오정희, 김청조, 김승옥, 김문수, 서영은, 김영태, 이제하, 송상옥, 이재연, 조문진 등(그 누구 이름을 하나라도 빼놓았는가 염려스러운데……). 그들 모두는 김현, 김치수, 염무웅 같은 젊은 동료 평론가들과 활동하는 신예 작가들이었는데, 나만이 작가가 아니었다. 채원도 물론 작가가 아니었으나 여기서 채원을 거론할 여지가 없는 것이, 그때 채원은 작가가 될 것 같지도 않았고 되고 싶어하지도 않았다. 미술 숙제도 힘들어하는 미술 전공 학생이었다. 그 시절 나는 신춘 문예에 가명으로 응모를 했는데 다 떨어졌다. 네가 추풍낙엽처럼 떨어지는구나. 어머니는 그렇게 실망어린 한마디를 던졌다.

우리 집은 문인의 집이라 해도 책만 많았지 집 안에 예쁜 찻잔이 있다거나 아름다운 커튼이 쳐 있다거나 하는 멋이 없었고, 어쩌다 눈에 띌 만한 것이 있다면 채원과 내가 이대 입구에 있는 선물 가게에서 하나씩 사온 것이었다. 그런 우리들에게 김영태 씨가 예술의 향기, 인생의 향기를 몰고 왔음을 얘기 안 할 수가 없다. 우리가 입고 있는 옷이나 신고 있는 구두를 보며 스페인의 무희 같다라든가, 〈부베의 연인〉에 나오는 크로디아 카르디날레 구두 같다고 말해 줘서 삶을 마술같이 변화시켰다. '누아르' 라는 이름의 찻집, 맛있는 커피,

연극, 무용, 음악 이야기를 휘감고 자신을 초개(草芥)라고 낮추며 사는 일 자체를 예술로 만들었다. 러시아 여자같이 생긴 눈이 큰 여자를 만났는데 좋다고 하더니 그 여자와 결혼을 했다.

▶ '감옥'에 갇힌 인간을 풀어 주는 문학

1973년에 미국으로 오기 전에 〈사랑의 기쁨〉으로 《현대문학》에 황순원 선생님의 1회 추천을 받고, 미국에 와서 〈어떤 시작〉으로 추천을 마쳤다. 서른두 살 때였다.

그 무렵은 일본에 그림 공부하러 갔던 채원이가 미국으로 와서 1년쯤 계속 공부를 하다가 또다시 파리로 그림 공부를 하러 가기 전인데, 뉴욕 맨해튼 지하철 속에서 글을 쓰겠다고 해 내가 속으로 깜짝 놀라며 말렸다. 채원이가 글을 쓸 줄은 몰랐었고, 또 외국에 나와 보니 같은 예술이라고 해도 그림이나 음악, 무용은 잘 받아들여지지만, 언어의 장벽 때문에 문학은 거의 길이 없는 듯이 보였었다.

그 후 결국 채원이와 같이 소설을 쓰게 되었지만, 보통은 서로의 글을 잘 안 읽고 지낸다. 글을 쓸 때 마음의 자유를 가지라는 상대방에 대한 배려와 격려, 그리고 마음이 조여서 서로의 작품을 읽기 어려운 면도 있어서다.

나는 나이 들어 가면서 작가라는 사람들이 더욱 좋아진다. 글을 몇 십 년씩 쓴 사람은 절대 나쁠 수가 없다고 생각한다. 너는 이러니 좋은 사람, 너는 이러니 나쁜 사람, 너는 이러니 미친 사람, 인간에게 딱지를 붙여 분류해 감옥에다가 딱딱 집어 넣는 지식이 있다면, 그 감옥에 갇힌 인간을 풀어 주는 일을 하는 것이 문학이라고 나는 믿고 싶다. 돌이켜보면 '소설 나부랭이'라고 생각되지만, 그래도 재미있었기 때문에 읽기 시작했고 마침내 작가의 길로 들어서 꾸준히 좋은 작품을 쓰려고 애썼던 나의 삶. 이제는 소설만 가지고도 인간을 교육시킬 수 있는 길이 있다고 생각하게 되었다.

나는 가끔 사람은 동그라미라는 생각을 한다. 이리 봐도 절대 안전한 동그라미이고, 저리 봐도 절대 안전한 동그라미인데, 살아 가며 여러 경험을 하는 동안에 이해의 영역이 넓어지면 그 동그라미는 커진다. 아니, 안 커지고는 배겨 낼 수가 없다. 나는 장차 아주 큰 원으로 퍼져 우리나라의 개국 신화와 설화들을 이해해 보고 싶다. 불가능한 줄은 알면서도 그날을 바라보며, 그 동안에는 다른 소설들을 쓰고 있을 것 같다.

〈사랑의 예감〉의 작품 세계와 작가 김지원

● 김지원의 〈사랑의 예감〉과 그 작품세계

영원을 향해 함께 가고 있는 사랑의 삼중주
—김종욱

이 작품은 삶의 가장 중요한 가치인
'사랑' 과 그것을 회복하는 방식을 제시한다.
그리고 영원을 향해 함께 가고 있는 작품 속의
세 쌍의 부부들이 펼치는 사랑을 통해
독선이나 아집과 구별되는
진정한 사랑이 무엇인가를 말해 준다.

● 작가 김지원을 말한다

투명하고 아름답고 유현하고 신비로운 스토리텔러
—서영은

그녀의 작품들을 보면 그녀라는 피리를 통해
세상이 지나가는 소리를 듣게 된다.
등장 인물들도 자기의 캐릭터로 존재하기보다,
보고 들은 세상 이야기를 자기를 통해 흘려 보낸다.
그 소리들은 깜짝 놀랄 만큼 투명하고
아름답고 유현하고 신비롭다.

영원을 향해 함께 가고 있는 사랑의 삼중주

이 작품은 삶의 가장 중요한 가치인 '사랑'과 그것을 회복하는 방식을 제시한다. 그리고 영원을 향해 함께 가고 있는 작품 속의 세 쌍의 부부들이 펼치는 사랑을 통해 독선이나 아집과 구별되는 진정한 사랑이 무엇인가를 말해 준다.

김종욱(문학평론가)

▶사람과 사람 사이에 있는 섬, 그리고 그 사이를 잇는 사랑의 미학을 추구한 작품

시인 정현종은 말한다. "사람과 사람 사이에 섬이 있다. 그 섬에 가고 싶다"라고. 사람과 사람 사이의 섬, 그곳에 가고 싶은 것은 비단 그만이 아닐 것이다. 우리 모두는 고독하며, 그래서 사람과의 사이에 있는 섬에 닿고 싶다. 그렇듯 고독한 우리는 일생 동안 셀 수 없이 많은 사람과 각기 다른 방식으로 얼굴을 맞대고 혹은 얼굴을 가리고 만난다.

그러나 만남의 형태가 다양해지고 횟수가 잦아질수록 우리는 더욱 외롭고 공허해진다. 수많은 관계 속에서도 결코 '나'는 '너'와 하나가 될 수 없다는 사실만은 변하지 않는다. 육체의 개별성과 의식의 절대성으로 말미암아 '나'는 여전히 나일 뿐이며, '너'가 되지 못한다.

자아와 타인 사이의 존재론적 분리를 해소할 수 있는 유일한 가능

성은 '사랑' 뿐이다. 상대방을 진심으로 사랑함으로써 '나'는 주체성을 상실하지 않고도 상대방과 일체감을 얻을 수 있다. 사랑은 자신이 아닌 타인을 위해 목숨까지도 버릴 수 있는 힘을 준다. 자식에 대한 부모의 희생이나 연인에 대한 헌신처럼 상대방을 진정으로 사랑할 때, '나'는 '너' 속으로 용해되어 '우리'가 된다. 사랑이 빚어내는 황홀경 속에서 타인과 나 사이에 존재했던 육체적, 정신적인 소외감은 사라진다. 사랑함으로써 얻어지는 타인과의 일체감은 자아의 상실이 아니라 오히려 자아의 확장이다.

두 사람은 사랑을 통해 자아와 타인이 서로 구별되는 독립된 주체인 동시에 상대방에게 의존적인 관계라는 사실을 인식하게 된다. 사랑 속에서 두 사람은 자유롭고 평등해지며, 다른 사람을 진정으로 이해하고 인정하는 힘을 얻게 된다.

그러나 사랑하는 사람을 만난다는 것은 인간의 노력만으로 되는 것은 아니다. 진정 나를 버리고 그 속으로 들어가 하나가 될 상대방을 찾기 위해서는 수많은 우연이 인연이라는 이름으로 두 사람을 감싸 주어야 한다. 그때 비로소 열광과 홍분이, 그 매혹의 감정이 우리의 육체를 엄습한다. 진정 나를 사랑하고 신뢰하는 누군가가 나를 지켜 주고 있다는 느낌, 그 속에서 우리는 잠시 황홀경에 빠지며, 세상을 사랑할 것 같은 예감에 빠지는 것이다.

'사랑'이 소설적 주제로서 너무나 평범한 것이면서도 항상 홍미로운 것은 그만큼 현대인이 감추고 있는 고독이 절대적이기 때문일 것이다.

▶ 이념의 영역이 현실을 지배하는 초라한 사적 공간, 소설적 필연에 대한 새로운 해석의 가능성

김지원의 소설 〈사랑의 예감〉은 스물여덟에 결혼하여 이태 만에 허니문을 떠난 이서환, 한신옥 부부가 뉴욕에서 겪었던 일을 담은

제1장과 서울로 되돌아온 후의 일을 그린 제2장으로 구성되어 있다. 작품의 전반부와 후반부는 설정된 공간 자체가 엄격하게 구별되고 등장하는 인물도 독립적이라는 점에서 개별 에피소드처럼 보이지만, 독특한 구성 방법에 의해 한 편의 소설로서 통합된다. 작품의 전반부와 후반부는 사실 아무런 연결 고리도 가지고 있지 못하다. 주요 등장 인물인 '장미'와 '갈희'의 삶은 완벽하게 떨어져 있어서 상대방의 삶에 아무런 영향력을 행사하지 못하며, 신옥과 서환을 매개로 했을 때에만 가느다란 인연의 끈을 맺을 뿐이다. 그러나 신옥과 장미는 십 수 년을 서울과 뉴욕에서 떨어져 살아온 만큼이나 서로 다른 사고 방식과 생활 방식을 지니고 있으며, 뉴욕에서의 만남 역시 일회적이어서 서로의 삶을 변화시키리라고 기대할 수 없다. 신옥과 갈희 역시 서환의 우연한 사고를 계기로 만나게 되지만, 소설에서는 그들의 만남이 지속될 것이라는 아무런 암시도 없다. 따라서 세 쌍의 부부들은 처음부터 독립적이었고 앞으로도 상대방에게 구애받지 않는 삶을 살아갈 것처럼 보인다.

서울과 뉴욕으로 구체화된 작품 내적 공간은 서로 병치된다. 병치는 제시일 뿐만 아니라 대조이기도 하다. 작가는 두 공간을 구체화함에 있어서 의도적으로 변별적인 특징들을 부여하고 있다. 두 공간의 차이를 보여 주는 가장 선명한 지표는 세 가지이다.

첫 번째는 명명화 방법의 차이이다. 작가는 인물을 형상화함에 있어서 뉴욕에서는 고유 명사를 사용하고 서울에서는 인칭 대명사를 사용한다. 제1장 '지금은 뉴욕'에서는 인물들이 모두 자신의 이름으로 소설 속에 등장하고 있다. 소설 속의 세계에 잠시 얼굴을 내밀고 사라지는 '낙수 형', '우섭 씨'조차도 자신의 이름을 지니고 있다. 이에 비해 제2장 '서울의 사랑'에서는 대부분 '여자', '아이', '손님' 등과 같이 자신의 이름으로 불리지 못한다. 특히 중심 인물인 '갈희'의 이름이 등장하는 것은 한 번뿐이다.

두 번째는 인물들 간의 관계의 차이이다. 뉴욕에서 신옥과 장미는 20여 년 만에 만났음에도 불구하고 수많은 이야기를 나눈다. 한 번 발화된 말은 멈추지 않고 새로운 화제를 찾아내어 자신에게 되돌아온다. 남북한 통일 문제, 올림픽 문제, 사랑 문제 등등 그들의 대화는 끝이 없는 것처럼 보인다. 그들의 대화는 일상의 사소함으로 가득 차 있어 수다스럽다고 느낄 지경이다. 이에 비해 서울에서 갈희는 말을 의도적으로 아끼고 있다는 인상을 준다. 그녀와 대화를 주고받는 사람도 많지 않거니와 생활을 유지하는 데 필요한 최소한만이 말해질 뿐이다. 발화된 말은 의미를 전달하는 본래 목적을 달성하면 멈춰진다.

세 번째는 소설의 내적 원리라고 할 수 있는 시간 진행의 차이이다. 뉴욕에서의 삶은 외적, 객관적 시간과 맞물려 진행된다. 작가는 시계의 척도에 따라 인물들의 행위를 구성한다. 따라서 독자들은 작가가 보여 주는 여러 시간적 지표에 따라 작품 내적 시간을 재구성해 낼 수 있다. 정확히 말하면 장미와 신옥은 1996년 8월 2일 오후 2시 무렵부터 밤 2시까지 열두 시간 남짓한 시간 동안, 그리고 이틀 뒤인 8월 4일 아침 잠깐 동안 두 차례에 걸쳐 만났다. 이처럼 현실적인 시간의 계기적 진행과 달리, 서울에서의 시간 진행은 불분명하다. 시간의 진행이 계절적인 단위로 바뀔 뿐만 아니라 꿈과 현실이 교차하고 있어 외적 시간이 어떻게 진행되고 있는지 짐작하기 어렵다. 다만 서환이 갈희의 세계로 들어오면서 현실적인 시간이 1996년이라는 사실을 어렵게 확인할 수 있을 뿐이다.

작가가 이렇듯 두 공간을 형상화함에 있어서 의식적으로 변별성을 부여한 까닭은 무엇일까? 그 이유는 여러 측면에서 살펴볼 수 있을 것이다. 먼저 떠오르는 생각은 이념성의 문제와 관련된다. 뉴욕에서는 남북한 모두와 상대적인 거리를 두고 있어서 이념적으로 완전히 자유롭다. 북한을 자유롭게 왕래할 수 있고, 올림픽 마라톤에서 남북한 선수를 함께 응원할 수 있는 열려진 공간이 바로 뉴욕이다. 이렇듯 이념의 경계가 허물어지는 까닭은 모든 것을 일상인의 관점에서 바라보기 때문이다. 남과 북을 가로막고 있는 이념적 경계는 고향에 대한 사무치는 향수와 북에 두고 온 친척에 대한 그리움 등 일상인의 관심과 생활 속에서 사라진다. 삶의 의미는 거대한 것이 아니라 사소한 세계 속에 놓여 있고, 사람들은 일상적인 관계 속에서 자기 나름의 방식으로 삶의 의미를 발견하며 살아간다.

일상적인 세계에 깊이 닻을 내리기 위해 필요한 것은 타인이다. 혼자 있을 때, 문득문득 엄습하는 고독감과 존재의 불안을 이겨 내기 위해서 사람들은 다른 사람을 만난다. 다른 사람과 떨어져 있다는 사실은 바로 혼자서 삶의 의미를 발견해 내야 한다는 것을 의미한다. 따라서 자기만의 존재 의미를 발견해 낼 수 없는 개인은 타인과의 만남을 통해 안도감을 얻는다. 그들이 나누는 무수한 언어들은 생활의 사소한 일상의 재현에 지나지 않지만, 상대방과 함께 있다는 사실을 확인시켜 준다. 따라서 그들의 언어는 끊임없이 화제를 발견하며 계속되지만, 한 번도 완성된 적은 없다.

대화는 지속되지만 의미는 생산되지 않는다. 의미의 전달이나 생산을 목적으로 삼고 있지 않기 때문이다. 작가는 뉴욕에서 장미와 신옥 부부가 나누는 대화를 시시콜콜하게 재현하고 있지만, 그렇게 자세하게 재현되는 만큼 대화의 가치는 평가절하된다. 그들은 무의미한 언어를 주고받으면서 혼자 있다는 불안으로부터 도피하고, 혹은 혼자 있어야 할 시간을 소모해 버리는 것이다. 이처럼 타인과의 일상적 관계는 삶의 의미에 대한 탐색을 포기하게 하는 대신 삶의 안전성과 확실성을 가져다 준다.

이에 비해 서울에서는 이념적인 경계가 분명하다. 5년 전 직장일로 유럽 연수중이던 남편이 제네바에서 강제 납북된 이후 갈희는 끊임없이 국가 기관의 감시를 받아야 할 정도이다. "이북은 통일이 되기 전엔 못 가는 덴 줄만" 아는 곳이 서울이고, "이북 끌고 1, 2등으로 함께 들어오너라"를 외칠 수 있는 곳이 서울이다. 이념이 일상적 생활까지 지배하는 폐쇄적이고 억압적인 공간에서 살아남기 위해서 사람들은 익명성을 선택한다. 이 익명성은 일상적인 삶에서 발생하는 익명성과는 구별된다. 일상 생활 속의 익명성은 모든 것을 표현함으로써 나타나는 현상임에 비해, 억압된 공간 아래에서의 익명성은 모든 것이 은폐됨으로 해서 나타난 현상이다.

이처럼 이념의 영역이 현실을 지배함으로써 사적인 영역은 초라해진다. 사적인 삶은 끊임없이 이념적 영역에 의해 간섭당한다. 아무런 예고 없이 나타나는 '서 형사'는 일상을 위협하는 이념의 힘을 표상한다. 이념이 현실을 지배하는 한 인간은 자신만의 공간을 찾기 위해 내면 세계에 칩거할 수밖에 없다. 꿈을 꿀 수밖에 없는 것이다. 서울이라는 공간이 보여 주는 환상성은 여기에서 비롯한다. 자신의 의지와는 상관없이 진행되는 현실 세계의 논리를 내면 공간 속에서 해체해 버리는 것이다.

뉴욕과 서울이라는 상반된 공간을 병치시키는 이러한 대위법적 구조는 작품의 결말 부분에서 하나의 접점을 통해 연결된다. 뉴욕 여행을 마치고 돌아온 서환은 심한 정신적인 공허감에 빠져 방황하다가 산에서 사고를 당하지만, 갈희의 도움으로 살아난다. 전혀 연결될 성싶지 않았던 두 세계는 이 조그만 점을 통해 하나의 세계로 통합된다. 서환과 갈희의 만남은 뉴욕과 서울을 연결시켜 주는 통로이다. 만약 이 통로조차 없다면 작품은 완전히 별개의 부분으로 균열되고 말 것이다. 물론 완벽한 의미에서 통합은 아니다. 두 세계는 여전히 독자적인 성격을 강하게 지니고 있기 때문이다. 그들이 나누는 전화 통화는 두 세계가 여전히 거리를 두고 있다는 점을 보여 주는 동시에 하나의 세계로 통합될 수 있는 가능성 또한 지니고 있음을 보여 준다. 뿐만 아니라 갈희를 가두고 있던 폐쇄성은 깨어져 나가고, 서환을 옥죄고 있던 답답함은 숨쉴 틈을 발견하게 된다.

이 독특한 결말 부분에서 우리의 통상적인 플롯 관념은 여지없이 깨어져 나간다. 전혀 상반된 공간 속에서 완전히 독립된 두 인물이 펼쳐 가는 이야기가 오직 한 점을 통해서만 연결되어 있다는 생각은 소설이 필연적인 사건의 제시라는 통념을 완전히 뒤엎어 버린다. 하지만, 조금만 돌려 생각해 보면, 우리의 삶에서 다른 사람과의 만남은 항상 그런 방식으로 이루어졌던 것은 아니었을까.

모든 사람은 자기 안에 자기만의 소우주를 구축하고 있다. 그 소우주와 소우주가 만나는 곳에 인연이 있고, 그러한 인연 속에서 인간은 자아를 확장하고, 세계를 인식한다. 모든 것이 필연의 법칙에 따라, 인과의 법칙에 따라 진행될 수 있으리라는 믿음이 세계를 지배했던 적도 있었지만, 필연의 법칙은 사회와 집단의 영역에서는 적용될 수 있을지언정 개인과 개인의 관계의 영역에서는 결코 적용되기 어렵다. 우연한 만남이 우연적으로 겹쳐졌을 때, 그것은 필연이 아니라 인연을 형성한다. 그 인연을 얼마만큼 소중하게 여기는가에 따라 개인은 물론 세계가 달라질 것이다. 따라서 〈사랑의 예감〉의 결말은 소설적 필연에 대한 새로운 해석의 가능성을 우리에게 제시하고 있는 셈이다.

▶ 상처를 감춤으로써 얻어지는 안온함을 좇는 독특한 구성으로 인간과 인간이 만나는 의미를 새롭게 탐구

김지원의 〈사랑의 예감〉은 이처럼 독특한 구성 방식을 통해서 인간과 인간의 만남이 가지는 의미를 새롭게 탐구하고 있다. 뿐만 아니라 소설 속에서 그려지는 세 부부의 사랑도 그러한 대위법적 구조 속에 놓여 있다. 세 부부의 만남은 표면적으로 아무런 영향도 주고받지 않지만, 각각의 삶을 비추는 거울의 역할을 담당한다. 생활 방식과 사고 방식이 서로 다른 그들은 동일시되기 어렵다는 사실을 잘 알고 있지만, 자신의 의식을 상대방의 거울에 비추어 본다. 그들이 나누는 대화는 이해와 동의를 구하는 것이라기보다는 상대방으로부터 자신을 구별해 내고 대립시킬 뿐이다. 각각은 자신의 삶의 방식이 옳음을 주장하고 상대방을 설득하려 하지만, 상대방 역시 자신을 포기하지 않는다. 장미는 지나치게 모범적이고 계획적으로 살려는 신옥의 결혼 생활을 위태롭게 생각하고 그를 충고하려 하지만, 신옥은 오히려 장미의 생활 방식이 삭막하고 지나치게 편의적이라고 생각한다. 명시적으로 드러나지는 않지만 남편이 부재한 상황을 나름대로 성실하게 살아가려는 갈희의 삶 역시 이들 누구와도 일치하지 않는다. 결국 평행선을 달리는 세 사람의 자의식은 대화 속에서 대립을 해소시킬 수 없다.

장미는 10년 연상의 남편과 만나 뉴욕에서 안정된 생활을 유지하고 있다. 하지만, 삶의 이면에는 결핍과 부재가 담겨 있다. 신옥의 눈에 비친 장미 부부의 모습은 매우 위태롭기 짝이 없다. 그들의 사랑과 삶은 언젠가 무너져 내릴 것만 같다. 그들의 관계는 "커튼이나 블라인드"로 가로막힌 뉴욕의 풍경만큼이나 황량하고 적막하다. "입구 쪽에 스토브와 싱크대 같은 부엌 설비가 있고, 휑하니 넓은 공간에 다탁과 의자들이 한구석에 모여 있고, 그리고는 저쪽 벽에 붙여서 컴퓨터 같은 전자 기계들이 스산히 놓인 책상이 있"는 그들만의 공간을 신옥은 "마음붙일 곳이 없는 방"이라고 생각한다. 이를 증명이나 하듯이 장미의 남편인 김 교수는 한국에 있던 시절 선망의 대상이었던 '이수나'가 죽었다는 사실에 허전해한다. 그러나 그들의 삶은 결코 와해되지 않을 것이다. 김 교수의 애수 어린 노래는 과거의 진정성을 찾아 나서기보다는 현실을 위해 과거를 잊는 지혜가 담겨 있다.

진정한 사랑은 이미 사라져 버렸다. 사라진 진정성을 찾아 현실을 박차고 떠날 수 있는 용기 있는 사람도 있겠지만, 대부분의 사람들은 삶을 유지하기 위해서 현실에 안주한다. 그들은 상처를 감춤으로써 얻어지는 안온함을 무엇보다도 사랑하고 있었던 것이다.

이에 비해 갈희 부부의 사랑은 여러 점에서 장미 부부의 삶과 비견된다. 갈희 부부는 통상적인 의미에서의 사랑이 존재할 수 없다. 사랑의 한 주체이자 대상이 부재하는 것이다. 5년 전 직장일로 유럽 연수중이던 남편이 제네바에서 강제 납북된 후 갈희는 남쪽에 홀로 남게 된다. 하지만, 그녀는 부재에 길들여지지 않고 남편의 사랑을 기억하며 끊임없이 사랑을 확인한다.

> 그 무엇을 잊지 않기 위해 여자는 머리를 비우고, 그래서 결국은 언제나 기억한다. 어둠을 보고 빛을 기억하듯 사랑의 기억은 한 번도 여자를 실망시킨 적이 없다. 둘이 아니고 하나라는 것. 하나의 경험을 다른 사람하고 완전히 나누었다는 것.

시간이 경과함에도 불구하고 사랑의 강도는 약해지지 않는다. 김 교수를 포함하여 대부분의 사람들은 눈에서 멀어진 사랑을 간직하지 않는다. 앨범 속의 사진을 뒤척이듯 가끔씩은 옛사랑을 문득문득 꺼내 보기도 하지만, 일상의 시간 속에서 추억은 곧 잊혀진다. 그러나 갈희의 사랑은 시간과 일상 속에서 결코 사그라들지 않는다. 그녀는 과거 속에, 추억 속에서 삶의 끊임없는 힘을 발견해 낸다. 육체적으로 함께 있으면서도 정신적으로 개별적인 장미 부부의 삶과 달리, 갈희 부부의 삶은 육체적인 부재와 결핍을 가지고 있음에도 불구하고 정신적인 일체감을 형성한다. 사랑의 대상은 부재하지만, 사랑은 현존한다.

이처럼 서로 상반되는 사랑의 두 형태 사이에 존재하는 것이 신옥 부부이다. 더운 여름에도 단정하게 투피스를 입고 진주 목걸이를 해야 직성이 풀리는 신옥은 자신의 삶과 가정을 모범적으로 가꾸기 위해 늘 부지런히 계획하고 교양을 쌓고 인생을 설계한다. 국수를 반드시 먹기 직전에 삶아서 낼 만큼 남편에게 헌신적임에도 불구하고, 남편 서환은 왠지 모를 분노를 품고 있다. 그래서 장미는 신옥에게 '너는 보통 아니게 매사에 열성스럽고, 보통 아니게 몸을 가꾸고, 보통 아니게 어른들의 환심을 산다. 그렇게 노력함에도 단 한 사람으로부터는 인정을 못 받는구나. 그 사람은 언제나 너의 손이 닿는 곳 너머로 냉큼냉큼 물러나는구나' 라고 말해 주고 싶어한다. 그러나 신옥은 장미의 충고를 받아들이려 하지 않을 뿐만 아니라 남편의 불만을 자신의 편의대로 해석해 버린다. 이기심에 물들어 버린 사랑은 상대방의 전부를 소유하고 싶다는 욕망의 표현이자, 타인을 지배하려는 욕망의 표현이다. 상대방을 배려하지 않는 이러한 사랑은 궁극적으로 상대방의 의식에 구속감과 상실감을 가져다 준다. 상대방의 의지에 종속되어 있어서 자신의 존재 의미를 상실해 버렸다고 느끼는 것이다. "영원을 향해 함께 갈 사람"에 대한 신옥의 욕망이 완전한 사랑이 될 수 없는 것도 이 때문이다.

신옥 부부의 이러한 사랑의 방식은 서울에 오면서 심각한 위기에 처한다. 신옥과의 관계에서 자신을 잃어버리고 종속당했다는 느낌을 받은 신옥의 남편은 공허함을 느끼고 산에 올라갔다가 사고를 당하는 것이다. 하지만, 죽음의 경계선을 넘나들던 서환은 신옥과의 사이에 아이가 생겨나자, 그 아이를 기쁨으로 맞이하게 된다. 신옥 또한 남편이 병원에 있는 동안 직장에 나간다. 그녀는 갈희를 찾아가 "봉긋한 배를 하고 초췌한 얼굴로 이 은혜를 두고두고 갚겠다는 말만 몇 번씩" 하고 갔다. 작가는 신옥의 변화된 외양 묘사를 통해 그녀 역시 그 동안의 독선적인 사랑의 방식을 수정하였음을 암시한다.

상대방을 진정으로 사랑하는 것은 그의 삶을 인정하는 것이며, 그럼으로써 결국 자아를 확장시킬 수 있다는 것을 깨닫게 되는 것이다. 자신의 사랑의 방식을 상대에게 강요하는 것은 결국 사랑의 본질을 망각한 것이다. 사랑은 상대가 원하는 방식대로 그를 인정하고 그를 살리는 것이기 때문이다. 작품의 결말 부분을 장식하고 있는 서환과 갈희의 전화는 그래서 다시 한 번 문제시될 수 있다. 두 사람은 완전히 구별되는 공간과 시간 속에서 전화를 통해서 만나지만, 두 사람은 상호 교감을 얻는다. 서로 다른 공간에 속해 있으면서 "차도 마시고 아침도 함께 먹을 수 있다"는 사실을 확인하는 것이다. 그렇듯 갈희와 남편은 이념적 경계선에 의해 갈라졌지만, 두 사람의 영혼은 "영원을 향해 함께 가"고 있는 것이다. 그때 비로소 사랑은 가장 자유롭고 완전해진다.

투명하고 아름답고 유현하고 신비로운 스토리텔러

그녀의 작품들을 보면 그녀라는 피리를 통해 세상이 지나가는 소리를 듣게 된다. 등장 인물들도 자기의 캐릭터로 존재하기보다, 보고 들은 세상 이야기를 자기를 통해 흘려 보낸다. 그 소리들은 깜짝 놀랄 만큼 투명하고 아름답고 유현하고 신비롭다.

서영은(소설가)

▶왕궁의 하렘에서 본 듯한 좀 육감적인 외모

굳이 작가 냄새라는 것이 있다면, 김지원에겐 영혼에도 마음에도 몸가짐에도 전혀 그 냄새가 배어 있지 않다.

외모로 보면, 김지원은 이집트나 아라비아 왕궁의 하렘에서 본 듯한 인상이다. 왕에게 지목을 받아서 화장을 했는데, 썩 요염하지는 않고, 좀 요염한 듯만 하다고 할까. 얼굴을 반쯤 가린 긴 퍼머 머리와 짙은 빛깔의 입술 연지, 그것이 요염의 정체라기엔……그 좀이란 것이 은근히 육감적이다.

김지원의 옷에서는 옷을 만든 사람이 본래 의도한 선이 모두 흐트러져 버리고, 선도 아무것도 아닌 이상한 엉성함으로 변형되어 있다. 뒤꿈치가 트인 샌들식 높은 구두에, 속치마인지 겉치마인지 모를 풍성한 흰 치마, 깃을 안으로 말아서 감추어 버리고 브이넥만 덩그러니 살린 투피스 윗도리, 도무지 그렇게 입도록 만든 그 사람의 취향이 잡히지 않는 옷차림이다.

만약, 세계 유명 디자이너가 만든 옷을 그녀에게 입으라고 강요한다면, 그녀는 우선 라벨부터 떼어 내고, 멋스럽게 들어올린 어깨는 주저앉히고, 반짝이는 단추나 벨트를 모두 없애 버린 뒤에나, 그것도 아주 어색해하며 간신히 입을 것 같다.

▶ 한없이 여린 무욕(無慾)의 마음

어린 시절, 어머니인 최정희 선생님은 큰딸을 두고, "아란아, 이 바보야, 네가 공부까지 못하면 어쩔 뻔했니" 하시면서 늘 마음을 애태우셨다고 한다. '오밤중'이라는 별명을 떨치지 못했던 최정희 선생님 눈에마저 '바보'로 보인다면, 그것은 그저 애틋한 마음뿐인 어머니 눈에 비친 '바보'가 아닐 것이다.

창 밖의 나무들이 휘청거리기만 해도 '바람 불어, 바람 불어' 하면서 울던 아이. 나이 들어서도 세상이 여전히 두렵고 감당할 수 없을 만큼 벅차기만 한 어른. 다른 사람들이 너무나 당연시하는 일조차 감당치 못해 벅차하는 어른.

모자를 쓰고 외출했던 어느 날, 바람이 모자를 휘감아 날려 보냈다. 어떤 사람이 그 모자를 주워서 가져가 버리는 것을 보고도, 그녀는 오히려 자신이 어쩔 줄 몰라했다. '그거 내 모잔데 주세요'라고 말하기가 너무 벅차서, 자기 모자를 남이 가져가 버리는 것을 그저 지켜볼 수밖에 없었다.

그런가 하면, 《음악동아》에 음악인 인터뷰를 연재하고 있을 때였다. 원고료는 20만 원이었고 온라인으로 송금되었다. 그런데 어느 달인지 착오로 '0'이 하나 떨어져 나가 2만 원이 부쳐져 왔다. 당연히 《음악동아》에 전화를 해서 착오를 고쳐 달라고 하면 될 텐데, 그녀는 또한 그 말을 하기가 미안하고 벅차서, 자신이 손해를 감수하는 쪽을 택했다. 자기 수입원의 전부인 그 고료를.

김지원은 남들이 지니지 못한 물건을 자신만이 지니게 되면, 그것도 미안하고 벅차서 감당치 못했다. 남편이 결혼 기념으로 준 반지, 그가 월남전을 취재하러 가서 사온 반지나 브로치 같은 고가의 선물들도 예외는 아니었다. 그녀는 그것들을 자신이 간직하기가 힘겨워, 어머니나 동생한테 갖다 주었다. 그런데 어머니는 그 반지를 아무렇지 않게 받아서 끼고 있다가 화투를 하면서 돈이 떨어지게 되자 그 중의 한 사람에게 그만 팔아 버렸다.

▶ 쓱쓱 자취도 없이 늘 어디론가 가고 있는 작가

모자도 원고료도 반지도 자기 몫이었던 것조차 자기 몫으로 챙기지 못한 그녀의 주변엔 아무것도 없었다. 이제까지 그래 왔고, 앞으로도 그럴 것이다. 세상을 딛고 서 있는 두 발, 그 두 발로 걸어다니며 남기는 발자국만으로 '있으려' 하는 사람.

2년 전 그녀는 아주 눌러앉을 생각으로 한국에 돌아왔다. 그녀의 거처는 어머니가 사셨던 정릉 산장 아파트 가동 904호. 생전에 어머니가 꾸며 놓으셨던 집 그대로 보존해 두고, 그녀는 떠나기 전까지 그곳에서 자기 물건 하나 없이, 글 쓰는 노트 한 권만 옆에 둔 채, 소리 없이 있다가 소리 없이 훌쩍 뉴욕으로 돌아갔다.

김채원이 말했다.

"언니가, 라디오 두 대를 켜놓고 들으니 음악이 스테레오로 들린다고 좋아해서, 그저 그런가 보다 했지. 떠난 뒤에 보니까, 그 라디오는 엄마가 듣던 고물이었어. 망가질 대로 망가져서 잡음이 심했어. 라디오 하나 변변한 것 없이 지냈던 거야."

30대 초, 그녀는 남편과 함께 아들 둘을 데리고 뉴욕으로 이민 갔다. 이제 그때의 아들 둘은 성장하여 멋진 청년이 되어 있고, 남편이었던 사람은 남남으로 갈라섰다. 화투를 광적으로 좋아했던 어머니와 그 연배의 유명한 어머니 친구들도 모두 타계했다.

뉴욕과 서울을 오락가락해 온 그녀, 돌아올 때나 돌아간 뒤에나 아무런 자국이 없음에도, 주위 사람들은 느끼게 된다. 그녀가 쓱쓱 어디론가 가고 있다는 것을. 아니다, 그녀가 가고 있다기보다 자신을 비워서 점점 피리같이 되어 가는 그녀를. 아들이, 남편이, 어머니가, 세상이 지나가며 '그녀'라는 피리 소리를 자아내고 있는지도 모른다.

▶그녀라는 피리를 통해 듣는 세상 지나가는 소리

여럿이 앉아 있을 때, 함께한 사람들이 누구이든 간에 김지원은 가장 편안한 자리에 자기 마음을 내려놓는다. 그녀가 웃는 웃음, 그녀가 하는 말은 대화 속에 끼여들기 위해서라기보다, 가만히, 편안히 앉아 있는 그녀를 통과해서 지나가는 세상의 소리들인 것이다. 그래서 그녀의 화법은 언제나, '어떤 책에서 봤는데……', 또는 '최 박사가, 승옥이가, 인호가, 그러는데……'로 시작해서 '그랬다지'로 끝을 맺는다.

칠면조가 우는 소리와 흡사한 그녀의 웃음 소리는 대화의 흐름과 상관없이 좌중에다 웃음의 이랑을 만들어 간다. 조금도 우습지 않은 일이 그녀를 웃게 하고, 조금도 감격스러울 게 없는 사소한 일이 그녀를 너무도 감격스럽게 한다.

최근에 그녀가 발표해 온 소설들, 〈사랑의 예감〉이나 〈집〉 같은 작품들도 자세히 읽어 보면, 그녀라는 피리를 통해 세상이 지나가는 소리들인 것이다. 소설 속에 등장하는 인물들은 자기의 캐릭터로 존재한다기보다, 보고 들은 세상 이야기들을 자기를 통해 흘려 보낸다. 그 흘려 보내는 소리들이 깜짝 놀라게 투명하고 아름답고 유현하고 신비롭다.

"……그 사람 보니까 좋은 사람이더라구. 자연에 미친 사람이더라. 한번은 해변에 나가서 혼자 잤는데 그 넓은 천지에 사람이라고는 자기 혼자인데 하나도 안 무섭더래. 그런데 너무 이상한 경험을 했더라구. 바람 하나 안 부는 고요한 밤인데 잠든 몸이 공중으로 날아올라가 파도 속에 두 번씩이나 떨어졌대. 신기하잖아? 사람 몸이 이렇게 무거운 건데 말야. 그때마다 그는 도로 헤엄쳐 나와서 젖은 옷 채로 해변에서 잤는데 그렇게 기분이 좋더래. 무섭지가 않고."

그녀가 이렇게 자신을 텅 빈 피리로 만들어 온 과정을 옆에서 지켜본 친구들은, "그래, 지원아. 더 많이 그리워하고 충분히 아파해라"고 말하는 것이 결코 잔인한 일이 아님을 알게 되었다.

'이상문학상' 의 취지와 선정 방법

—알기 쉽게 풀이한 이상문학상 제도

1. **취지와 목적** : 〈문학사상사〉(이하 주관사라고 한다)가 제정한 '이상문학상(李箱文學賞)' (이하 '본상' 이라고 한다)은 요절한 천재 작가 이상(李箱)이 남긴 문학적 업적을 기리며, 매년 가장 탁월한 소설 작품을 발표한 작가들을 표창하고, 《이상문학상 작품집》(이하 '작품집' 이라고 한다)을 발행하여 널리 보급함으로써, 순수문학의 독자층을 확장케 하여 한국문학의 발전에 기여할 것을 목적으로 한다.

《이상문학상 작품집》에 대한 독자의 관심이 고조됨에 따라 순문학 독자층이 광범위하게 형성됨으로써, 일찍이 한국은 물론 다른 나라에서도 유례를 찾아보기 어려운 순문학 중·단편집의 초장기 베스트셀러시대가 실현되었다는 것이 문단의 정평이다.

2. **수상 대상 작품** : 전년도 심사 대상(對象) 작품의 마감 이후인 당해년도 1월부터 12월 말 사이에 발표된 작품은 모두 심사 대상에 포함된다. 문예지(월간지의 경우 당해년도 1월 초부터 12월 말일 이전에 발행된 '2월호' 에서 다음 해의 '1월호' 까지 포함된다)를 중심으로 해서, 각종 정기간행물 등에 발표된 작품성이 뛰어난 중·단편소설을 망라하여, 1년 내내 독특한 방법으로 예비심사를 거쳐 본심에 회부한다. 예비심사 과정에서는 물망에 오른 작품의 작가에 대하여, 대상 또는 우수작상으로 선정될 경우, 본상의 규정에 따른 수락 의사 유무를 직접 또는 간접적으로 타진한다. 중·단

편소설을 시상 대상으로 하는 까닭은 문학의 중심이 장편소설에서 점차 중·단편소설로 이행하는 추세를 감안하고, 작품 구성과 표현에 있어서의 치밀성과 농축성으로, 짙고 강렬한 소설 미학의 향기와 감동을 자아내게 한다고 믿기 때문이다.

3. **상의 종류** : 본상은 대상(大賞) 1명과, 10명 이내의 대상에 버금하는 작품에 대한 우수상을 선정하되 경우에 따라 복수의 대상 수상자를 선정할 수 있다. 그리고 기수상작가를 포함하여 중견 및 원로작가의 문학적 공로도 감안해 당해년도의 뛰어난 작품에 수여하는 '이상문학상 특별상' 1명을 선정한다.

4. **포상의 방법** : 본상의 포상은 제3항에 명시된 각 상의 매절고료가 포함된 현상금을 일시불로 수여하는 방법과, 판매 실적을 감안하여 추가적인 상여금을 지급하는 두 가지 방법 중 수상자로 하여금 수상 수락 전에 서면으로 그중 한 방법을 자유롭게 선택게 한다.

5. **'본상'의 현상고료** : 위 제3항의 '본상'의 대상(大賞) 중 일시불 방식은 발행부수와 관련없이 3,500만 원을 지급하고, 우수상은 각각 300만 원을 지급한다.

위 항의 일시불 방식이 아닌, 발행 2년이 경과한 이후부터의 판매부수에 따른 추가적인 상여금을 원하는 수상자에게는, 2003년부터 1차로 시상 당시 대상(大賞) 수상자는 2,000만 원, 우수상 수상자는 200만 원을 지급하고, 작품집 발행 후 2년이 경과한 이후부터, 매년 말에 당해년도의 '작품집' 발행부수에 따라, 1부당 정가의 10%를 각 수상자별로 균분하여 10년간 지급토록 한다.

6. **특별상(현상고료)** : 특별상은, 기수상작가를 포함하여 한국문학 발전에 공로가 현저한 문단의 원로작가 또는 '본상'의 우수상을 3회 이상 수상한 작가로서, 당해년도에 우수 작품을 발표한 작가에게 '본상'의 대상(大賞) 작품과는 별도로 수여하며, 현상매절고료는 500만 원으로 정한다.

7. **예심 방법** : 예심은 월간《문학사상》편집진이 매 연도의 1년 동안 각 매체에 발표된 작품을 수집하여, 주관사의 편집위원과 편집주간 및 편집진으로 구성된 이상문학상 운영위원회에서 대학교수 · 문학평론가 · 작가 · 각 문예지 편집장 · 일간지 문학담당 기자 등 약 100명에게 수시로 광범위하게 추천을 의뢰하여 비밀리에 예비심사를 진행한다. 3회 이상 우수상을 받은 작가는 당해년도에 발표된 작품 중 뛰어난 1편을 선정하여 본심에 회부할 수 있다.

그 모든 자료를 일괄하여 주관사 편집주간이 중심이 되어 편집위원들과 예심위원들의 의견을 수렴하여, 연간 2분기로 나누어 본심에 회부할 작품을 선별한다.

이와 같은 독특한 예심 방법은 소수의 예심 및 본심의 심사위원이, 짧은 시일 내에 수많은 작품 속에서 본심에 회부할 작품을 선정하고 본심 심사위원이 단시간에 여러 작품을 심사하고 수상 작품을 선정하는 일반적인 문학상 심사제도의 단점을 보완하고, 되도록 문학 발전에 관심이 깊고, 전문 지식을 지닌 다수의 전문가에 의해 장기간에 걸쳐 많은 작품을 수시로 검토하여 심사 대상에 망라함으로써, 신중하고 세심한 예심 과정을 밟기 위한 것이다.

8. **본심 방법** : 예심을 거쳐 본심에 회부된 작품은, 권위 있는 평론가와 작가로 구성된 5인 이상 7인 이내의 심사위원회에 넘겨져, 수일간 개별적인 검토를 거친 후 본심 회의에서 최종 결정을 한다. 본심 회의는 대체토론을 통해 본심에 회부된 작품 가운데 10편 내외의 작품을 먼저 선정한다. 이 작품 속에서 1편(예외적인 경우 2편)의 대상(大賞) 작품을 선정하고, 나머지 작품 중에서 우수상 작품을 선정한다. 수상 작품 결정에 있어 심사위원의 의견이 일치하지 않을 경우에는, 무기명 비밀 투표로써 다수결 원칙에 의하여 최종 결정을 한다.

그러므로 이상문학상의 대상과 우수상은 모두 거의 동일 수준의 작품이라고 볼 수 있으며, 전문 문학인이나 독자의 주관적인 판단에 따라 그 평가는 달라질 수 있을 뿐이다. 그 때문에 한 번 우수상을 받은 작가는 대부분 자주 우수상을 받게 되며, 3～4회 내지 5～6회 만에 대상을 받게 되는 경우가 대부분이다.

9. **저작권** : 대상(大賞) 수상 작품(이하 '대상 작품'이라고 한다)의 저작권은 본상의 수상 규정에 따라 주관사가 보유한다. 단, 2차 저작권(번역 출판권, 영화화 · 연극화 등의 저작권)은 저자에게 있고, 《이상문학상 작품집》 발행 후 3년이 경과하면 동 대상 작품을 저자의 작품집 또는 저자의 전집에 한해서 수록할 수 있다. 다만, 어떤 경우에도 《이상문학상 작품집》의 표제(대상 작품명)와 중복되거나, 혼동의 우려가 없도록 하기 위하여 대상 작품명을 대상 수상작가 작품집의 서명(書名, 표제작)으로는 쓰지 않기로 한다.

10. 이상문학상 작품집 발행 : 〈이상문학상 운영 규정〉에 따라 대상(大賞) 작품과 주관사가 본상의 규정에 따라 저작자의 승낙을 받은 저작권법상의 편집저작권을 보유한 우수상 작품 및 특별상 작품을 모아, 염가 대량 보급을 목적으로 《이상문학상 작품집》을 발행한다.

이 작품집은 이상문학상의 공정성과 권위를 독자에게 다시 묻고, 수록된 작품과 그 작가들에 대한 표창과 홍보의 뜻도 담고 있다. 한편 이 작품집은 해마다 문단의 작품 경향과 흐름을 알 수 있는 앤솔러지적인 성격을 띠고 있다. 또한 이 작품집은 아무리 세월이 흘러가도 한 사람이라도 독자가 있는 한 이윤을 초월해서 제한 없이 영구히 보급함으로써, 이상문학상과 그 수상작가에 대한 영원성과 영예를 오래도록 선양하고 세계에 그 유례를 찾아볼 수 없는 문학상 작품의 영원성을 유지케 한다.

그런 뜻에서 《이상문학상 작품집》은, 그 영예로운 작가와 작품을 일과성(一過性)이 아닌 영구적으로 널리 독자에게 보급하여 읽히게 하고, 그 작가에 대해 더욱 탁월한 작품을 창조하기 위한 끊임없는 격려와 기대의 뜻을 담고 지속적인 홍보와 보급에 힘쓰고 있다. 때문에 30여 년 전의 작품도, 계속해서 한결같이 널리 알리고 홍보를 계속하여, 독자의 관심권에서 벗어나지 않도록 하는 매우 독특한 작품집으로 정착되었다. 그러한 노력은 작품의 우수성과 더불어, 이 작품집이 매년 수많은 독자들에게 애독서로 선택되어, 20여 년 전의 《이상문학상 작품집》도 계속 새로운 독자가 끊이지 않고 있다. 그처럼 여러 작가의 작품을 보아 매년 한 권의 책으로 묶은 중 · 단편 창작 소설집이 장기간에 걸쳐 다량으로 발간되고 있는 것은 세계적으로도 매우 희귀한 예로 알려지고 있으며, 그것은 우리의 문학과 독자의 성장도와 함께 성숙도를 가늠케 하는 한국문학의 상징적 발전의 척도이기도 하다. 그 같은 예는 세계 제일의 출판대국이며, 인구만도 우리의 9배 내지 3배에 가까운 미국이나 일본에서도 찾아보기 어려운 순수문학 중 · 단편집의 대량 보급 현상과 아울러 순수문학 애호 인구의 엄청난 증가 현상을 말해 주고 있다.

11. **이상문학상 운영위원회** : 주관사의 발행인을 위원장으로 하고 월간 《문학사상》의 편집인과 편집주간 및 문학사상사 이사회가 선임한 3인의 위원으로 구성되며, 본상의 제도와 운영에 관한 모든 업무를 관장한다.

12. **이상문학상 심사위원회** : 이상문학상 운영위원회는 매 연도마다 5~7인의 이상문학상 심사위원을 위촉하여 이상문학상 심사위원회를 구성한다.

동 심사위원회는 주관사의 편집주간의 주재로, 이상문학상의 대상(大賞)과 우수상 그리고 특별상을 수여할 작품을 심의 결정한다. 수상자를 결정함에 있어 의견의 일치를 보지 못할 경우는 무기명 비밀 투표로써 결정한다.

13. **규정의 수정** : 본 규정은 이상문학상 운영위원회에서 3분의 2 이상의 찬성으로 수정할 수 있다.

2002. 12. 20. 개정

문학사상사

이상문학상 운영위원회

제21회 이상문학상 작품집

1판 1쇄 2005년 1월 20일
1판 40쇄 2023년 8월 10일

지은이 김지원 외

펴낸이 임지현
펴낸곳 (주)문학사상
주소 경기도 파주시 회동길 363-8, 201호(10881)
등록 1973년 3월 21일 제1-137호

전화 031) 946-8503
팩스 031) 955-9912
홈페이지 www.munsa.co.kr
이메일 munsa@munsa.co.kr

ISBN 978-89-7012-238-0 (03810)